三保忠夫著

鷹狩と王朝文学

吉川弘文館

緒言

本書の目標とするところは、次の二点である。

［一］古記録史料に見える「鷹狩」記事を収集し、原則として年代順に整理し、鷹狩の歴史を展望する。

［二］「鷹狩」という視点から主な王朝文学作品（『万葉集』『宇津保物語』『源氏物語』『増鏡』など）における鷹狩関係の章段を見直し、通説を点検し、不備があったならば修正する。

前者［一］は、「日本の鷹狩」とは、どのようなものであったか、——何時、どこで、どのように行われたのか。その時日・場所、主体者・随行者、形態など、記録史料に見えるところを検討・整理し、通観しようと意図するものである。著者は、先に、宮内庁書陵部蔵本を中心に、日本各地に現蔵される「鷹書《たかのふみ》」についての総合的調査を行った。鷹書には、同名異書・異名同書の類も、また、稿本・正本・増補本の別や完本・零本の別など不詳のものも少なくない。その著者や本文形態、伝本や伝来経路等々に関する問題も多いのであるが、実は、この前段階の問題として、日本の鷹狩は、何時、どのように行われてきたのか、この具体相が分明でなく、そのため、作業の中断することがあった。そこで、一度、古記録・史料類をひもとき、簡明な「鷹狩に関する諸記録」をまとめ、傍らに置きたい、併せて、大方の研究者にもこれを提供したいと考えるに至った。王朝時代の社会・制度の問題、恒例・臨時の儀式・行事、有職故実書、また、関係する中国古代資料など、それなりの形で通観できるようになれば、必ずや諸方面の便宜となるであろう。本来ならば、王朝時代に限らず、更に近・現代にまで及び調査しなければならないが、色々な制約もある。ここでは、まず、奈良・平安の王朝時代に留め、中世以降については次の段階に委ねたい。

後者［二］は、右にいう鷹狩の具体相を探るため、まま、文学作品に頼ることがあった。ところが、その「語釈」「通釈」の中には、恐縮ながら、時に納得しがたい条があり、当惑せざるを得なかった。古典に通暁した近世注釈書においても、不審とみられるような語釈・解釈が目につくこともあった。日本の放鷹文化は、王朝期（奈良・平安時代）と、鎌倉〜織豊時代、近世封建時代とでは特徴も様相も大きく異なる。筆者は、古典注釈史・注釈学に精しくはないが、窺うところ、近世注釈書は、その王朝期の「鷹狩」に関する配慮が欠けているのではなかろうか。王朝期の放鷹文化は、公家社会の衰退と共に地方に拡散したところも多いようで、そのため、近世注釈書は、その知的遺産を十分に継承できなかったのかも知れない。近・現代の注釈もそれに倣う限り、新見を得ることは難しいであろう。

しかし、古典の研究・解釈に不備・不足があれば、補っていけばよい。新しい史料を発掘し、時を重ね、人を継ぎ、よりよい「解釈」を目指すだけである。

本書は、以上の二点を目標とし、古記録・古典作品を検討していきたい。日本放鷹文化史、また、王朝文学や鷹《たか》詞《ことば》研究、その他、諸々の学科・分野に貢献できれば、この上のことはない。

目次

第三部　王朝物語の鷹狩

鷹狩と王朝文学

第一部　古記録における鷹狩

序

「鷹狩（放鷹）」とは、鷹を飼い馴らし、その習性を利用して野禽や小獣を捕獲する狩猟方法である。主たる対象は鳥類で、その成果は、網や弓矢などの及ぶところではない。ユーラシア大陸、その他に行われていたとされ、これが東漸し、あるいは、南下して日本にも及んだようである。我が国最初の正史である『日本書紀』（養老四年〈七二〇〉舎人親王ら編修）によれば、この技術は、仁徳天皇の四三年、百済から伝えられたという。次がその条である。

卌三年秋九月庚子朔、依網屯倉阿弭古、捕二異鳥一、献二於天皇一曰、臣毎張レ網捕レ鳥、未三曾得二是鳥之類一。故奇而献之。天皇召二酒君一、示レ鳥曰、是何鳥矣。酒君対言、此鳥之類、多在二百済一。得レ馴而能従レ人。亦捷飛之掠二諸鳥一。百済俗号二此鳥一曰二倶知一。是今時鷹也。乃授二酒君一令二養馴一。未二幾時一而得レ馴。酒君則以二韋緡一著二其足一、以二小鈴一著二其尾一、居二腕上一、献二于天皇一。是日、幸二百舌鳥野一而遊獵。時雌雉多起。乃放レ鷹令レ捕。忽獲二数十雉一。
◎是月、甫定二鷹甘部一。故時人号二其養レ鷹之処一、曰二鷹甘邑一也。

（『日本書紀』、巻一一）[1]

日本放鷹文化史上、重要な記録である。だが、窺うに、この記事に見る鷹狩は、諸点において、既に、かなり整った情況にあるようである。このままでは、これが日本における〝当初〟の状況であるとは認めにくい。外来の猟法であれば尚のこと、もっと素朴な段階、あるいは、試行錯誤の段階などがあったはずである。「百済」「酒君」といった国名・人名等も目立つ。「百済俗……倶知」という言葉も問題である。『日本書紀』の編修の目的、編修資料などにも関わるが、ここには、天皇家―「鷹狩」―百済（酒君）の三点を繋ぐ種々の問題が横たわっているようである。

「鷹狩」は、当然のことながら、狩猟史や食生活史の方面から論じられることが多い。しかし、日本の鷹狩は、他の狩猟と異なり、天皇の首長権と密接に関わっていた。(2) 勅命、官司制度、法令などに関与する問題も少なくなく、王侯貴族社会における文学的営為の場においても多くの素材を提供してきた。鷹歌や鷹詞《たかことば》（集）、鷹の飼養・調練・医療等に関する専門的な「鷹書」群などは、日本独特の放鷹文化の所産といってよい。

右のような「鷹狩」文化を理解するには、一つに、「古記録」類によってその実状を解明すること、一つに、物語や和歌等により、その精神世界を窺うことが必要となる。筆者は、先に、我が国の各地に伝存する「鷹書」類の分析・整理を行い、小著をもってその一端を報告した。(3) この折、古記録に見える「鷹狩」そのものに関する総合的調査の必要であることを痛感した。もちろん、これまでに古記録類を踏まえた研究がなされ、それぞれに帰結された成果が論述書・研究書として公表されている。(4) だが、この一方、論考以前における鷹狩の事実を網羅した素朴な白書様の報告書が望まれたのである。「鷹書」は、事実を踏まえなければ、解読できない。時の経過に沿って客観的・総合的に事実（事件）を連ねた、いわば、「年表」のような調査報告書が先行していたならば、その都度、右往左往するようなことはなかったかも知れない。そこで、以下には、我が国古代における「鷹狩の記録」を収集し、その記述的報告書を作成しておきたい。何時、どういう「鷹狩」が、どのように行われたか、という点を主題とするものであり、必要に応じて若干の語釈を付すことがある。

「古記録」とは、我が国古代の記録類で、古文書類と共に歴史学研究、日本語学・文学研究などの基本的な史料とされる。「鷹狩」は、その性格上、古記録類の随所に見えている。古記録の多くは、時の政治・文化を担った公家・武家等の日記や部類記であるが、ここでは、先ず、「六国史」、及び、『日本紀略』『類聚国史』などを調査し、奈良・平安時代における「鷹、鶻、隼」による狩、遊獵（遊獦）につき、記述的な調査を行う。これらを紐解けば、『万葉集』『伊勢物語』『大和物語』『源氏物語』、韻文学研究などの諸研究にも得られるところがありそうである。右にいう「鷹書」群は、放鷹文化を綴った文字資料であるが、ここに遺された鷹狩特有の言葉の母胎も覗き得るであろう。

以下、次の約束（凡例）により、記録記事を収集する。概ねは、時代順に挙げていく。しかし、内容の面で類似する場合は若干の分類を行うことがある。

［凡例］

・原文は、多く変体漢文による。原文をそのまま提示すべきだが、これを敢て試読する。傍訓も私意による。
・原文には、条文の冒頭部に○印の付されているものがある。これはそのままに引用する。
・用例は、「鷹」「鶺」「隼」、「遊獵」「遊獦」「狩獵」などの文字が見える記録記事に限りたい。但し、「行幸」「幸」など、また、「北野」「神泉苑」等といった狩獵地の見える場合など、若干の選択を行った。
・条中の引用文相当部に「　」印を付し、原文の句点「。」を読点「、」に変えることがある。
・句末の助辞「焉」「乎」などにつき、訓読しにくい文字は［　］印を付して「[焉]」と残すことにする（不読文字の対応）。

第一章　鷹狩（鷹、鶚、隼）

第一節　主鷹司（鷹戸）・放鷹司

令制官司の一つとして、「主鷹司」が置かれた。『令集解』、巻四、「職員令　兵部省」の条に、次のようにある（〈　〉内は割書細字）。鷹狩は軍事の一部であり、職掌は、鷹、犬を調習する、訓練をつむこと、調練だとある。

主鷹司

正一人。掌㆘調㆓習鷹犬㆒事㆖。令史一人。使部六人。直丁一人。鷹戸。〈古記及釈云。別記云。鷹養戸十七戸。倭。河内。津。右経㆑年毎㆑丁役。為㆓品部㆒免㆓調役㆒。〉

（『令集解』、巻四、職員令）(5)

ここに「鷹」と見える。この実体は、実は、必ずしも明瞭でない。「たか（鷹）」にも種々の種類がある。これが、今日の動物学・分類学では何という鳥に相当するのか、この点に関する文献は未見である。この問題を抱えながら、一応、「おおたか（大鷹）」、また、「はしたか（鶚）」を念頭に置いて、以下の筆を進めることとする（〔補説〕参照）。

○庚午《廿五》。詔して曰はく、「凡そ、霊図《れいと》に膺《よ》りて、宇内《うだい》に君とし臨みては、仁、動植に及び、恩、羽毛に蒙《かがふ》らしめんとす。故《かれ》、周孔《しうこう》の風、尤も仁愛を先にし、李釈《りしやく》の教へ、深く殺生を禁ず。宜しく其の放鷹司《はうようし》の鷹・狗《いぬ》、大《だい》膳職《ぜんしき》の鸕鷀《ろじ》、諸国の鶏・猪、悉く本処に放ちて其の性を遂げ令《し》むべし。今より〔而〕後《のち》、如須《もしもち》ふべきこと有らば、先づ其の状《さま》を奏して勅《みことのり》を待て。其の放鷹司の官人、幷《あは》せて職の長上等は、且《しばら》く之を停めよ。役する所の品部《ともべ》は並びに公戸《くうこ》に同じくせしむ」とのりたまふ。

（『続日本紀』、巻八）(6)

右は、元正天皇養老五年（七二一）七月二五日、放生を命じた勅令である。元正天皇は、霊亀元年（七一五）九月受禅し、神亀元年（七二四）二月聖武天皇に譲位した（在位九年）。草壁皇子の第一王女で母元明天皇である（天平二〇年〈七四八〉崩御）。この年以前、「主鷹司」は「放鷹司」と改められていたらしい。勅令には、放鷹司の鷹・狗、大膳職の鸕鷀、諸国の鶏・猪を放ちなさい、関係者等は役職停止、所役の品部は公戸に移すとある。放鷹司の鷹飼、大膳職の鵜飼などは停止となった。「霊図」は、天子の位。天子となるべき符瑞に合致することを「膺図《ようと》」という。「膺」は、任務に当ること、また、受けること。「宇内」は、天地の間。あめがした。「周孔の風」は、周公旦《たん》（周の文王の子）と孔子の説くところ。孔子は周公を理想とした。「李釈の教へ」は、李耳《りじ》（周の老聃《ろうたん》〈老子〉）と釈迦の説くところ。「狗」は、鷹狩のための犬。鷹犬。「鸕鷀《ろじ》」は、「鸕」も「鷀」も鵜飼の鵜《う》（カツオドリ目）をいう。「鶏」は、頭注に「鶏、略記作鷂」とある。

その後、所管は、「兵部省」から「民部省」に替ったようで、『正倉院文書』に、次のような古文書が見える。

兵部省　移民部省

合壱拾弐人六人直丁 六人廝丁

省六人三人直丁 三人廝丁

放鷹司二人一人直丁 一人廝丁

右、在甲賀宮、応給米弐斛参斗弐升、人別日二升塩弐升参合弐夕人別日二夕布肆段人別一段／（次に四行分略す）／

以前、省并管司直丁等、来五月之料粮、所請如前、故移、

天平十七年四月廿一日正六位下行大録馬史益万呂

大輔正五位下勲十二等紀朝臣　（『正倉院文書』、正集　二一）(7)

聖武天皇の天平一七年（七四五）四月二一日、兵部省から民部省に発した文書である、「移」とは、所管を異にする同等級の官相互に用いる公文書である。

放鷹（遊猟）は、称徳天皇の天平宝字八年（七六四）から神護景雲三年（七六九）停止され、「放生司」が置かれた。『続日本紀』、巻二五、天平宝字八年（七六四）一〇月乙丑に次のようにある。

○冬十月《甲子朔》乙丑。廃《シテ》二放鷹司《ヲ》一。置《ク》二放生司《ヲ》一。　（『続日本紀』、巻二五）(8)

しかし、古記録によれば、この後、桓武天皇の延暦七年（七八八）七月二五日の除目に、

従五位下多治比真人屋嗣為二主鷹正一。　（『続日本紀』、巻三九）(9)

と見え、また、延暦一三年正月九日に、

癸未。有レ雉集二主鷹司垣上一。　（『日本紀略』）(10)

更に、同一五年一〇月一四日に、

始置二主鷹司史生二人一。　（『日本後紀』、巻五）(11)

また、同一七年閏五月二四日に、

先レ是。主鷹司於二北山一造レ巣。放二二鴿子一。即生二三雛一。於二御前一養二長之一。天皇甚愛翫。詔曰。云々。授位。令下二群臣一賦上レ詩。　（『日本紀略』、巻一三）(12)

などと見える。桓武朝には「主鷹司」が復活したようである。称徳朝の国禁は、あるいは、その前の光仁天皇の宝亀年間、守られないような情況も生じつつあったようである。この点については、後にも検討する。なお、末尾の『日本紀略』の記事の「即生二三雛一」の「雛」字は、『新訂増補国史大系』本では「鶵」と書く。「雛」の異体字であろう。

聖武天皇は、大宝元年（七〇一）文武天皇の第一皇子に生まれたが、元明天皇、元正天皇の後、神亀元年二月四日即位した（二四歳）。天平勝宝元年（七四九）七月二日退位（四九歳）、同八年五月二日崩御。

○壬戌《十七日》。鼓吹戸《のへ》三百戸、鷹戸《のへ》十戸を定む。　（『続日本紀』、巻九）(13)

神亀三年（七二六）八月一七日の条である。「鷹戸《の》」は「鷹戸《たかかひのへ》」ともいう。本節の冒頭に引いた「職員令」「主鷹司」の第一条の割書（〈 〉印）の中に「養鷹戸」と見える。「別記云」によれば、「鷹養戸十七戸」とされた時があったらしい。

○丙戌《廿七》。鷹戸を停止す。　（『続日本紀』、巻四〇）(14)

桓武天皇延暦一〇年（七九一）七月二七日の条である。

「主鷹司」は、貞観二年（八六〇）以後は要員が置かれず、陽成天皇の元慶七年（八八三）七月五日、これは「蔵人所」に移管された。

○五日己巳。　勅すらく、「弘仁十一年以来、主鷹司の鷹飼卅人、犬卅牙の食料、毎月彼の司に充つ。其の中、鷹飼十人、犬十牙の料を割きて、蔵人所に充て送れ。貞観二年以後、官人を置くこと無く、雑《くさぐさ》の事停廃《ちやうはい》す。今、鷹飼十人、犬十牙の料、永く熟食を以って蔵人所に充てよ」とのりたまふ。　（『日本三代実録』、巻四四）(15)

第二節　鷹・犬の貢上

『正倉院文書』の「正集三十五・三十六」として収められている『周防国正税帳』は、前部（恐らく後部も）を欠く天平一〇年（七三八）の文書であり、この本文の内に、次の「（一〇月）四日向京」の一条がある。次に原文を引く。(16)

但し、細字割書部分（＊印）が長いので、これを［割書＊］として次行に転記しよう。

［本文行］四日向京従大宰進上御鷹部領使＊御犬壱拾頭　食稲捌束

［割書＊］筑後国介従六位上日下部宿祢古麻呂、将従三人、持鷹廿人、合廿四人、往来八日、食稲七十四束四把、

　酒一斛三斗六升、塩三升八合四勺、

この『正税帳』の紙面には「周防国印」九顆があり、料紙継目の裏書に「周防国天平十年正税帳史生大初位上秦連国麻呂」とある。その内の一条が右であるが、後には「大嶋郡／天平九年定正税壱拾萬玖仟肆伯肆拾玖束伍把伍分」云々と見えるから、この記事は天平一〇年の前年に遡るかも知れない。そうした一〇月四日、大宰府より、狩猟用の「御鷹」「御犬」を京に貢上した、部領使は、筑後国介の従六位上、日下部宿祢古麻呂で、一行は延べ二四名、往来の所要日数と食稲《じきとう》の明細は云々と、記載されている。何故か、鷹の数は記載がない。貢上物に数量を明記しないとは、不審である。「持鷹廿人」とあり、これをもって鷹二〇聯（二〇羽）とする見方もある。「御犬壱拾頭」はともかく、二〇聯とはやや大きな数字ではある。「筑後国《ちくごのくに》」は、今の福岡県南部、タカ（一部のタカ）の渡りを観察するに便があるとされる地域である。右はこれを捕獲したもの（網掛《あがけ》）かも知れない。大宰府は、管内諸国の貢上物の、いわば生産調整、集積・発送等の業務も行っていたようであり、日下部古麻呂はその一端を担い、上京したのであろう。「部領使《ことりづかひ》」は、諸国と中央との間で人員（防人・役夫・相撲など）や物資等を移送する際、統率者として任命される国司の官人。「使」は、特定の任務のために指名される責任者。

次いで、『正倉院文書』の「正集四十三」として収められている『筑後国正税帳』には、天平一〇年（月日不詳）の次の条が見えている。(17)

貢上鷹養人参拾人、起天平十年六月一日盡九月廿九日、并壱伯肆拾漆日、単肆仟肆伯壱拾人、食稲捌伯捌拾弐束、

人別二把

貢上犬壱拾伍頭、起六月一日盡九月廿九日、幷一百卌七日、単弐仟弐伯伍頭、食稲肆伯肆拾壱束、犬別二把

この『正税帳』の紙面には「筑後国印」三八顆があり、料紙継目の裏書に「筑後国天平十年正税目録帳従七位下行目津東真麻」とある。その本文の内の一条が右である。「鷹養人参拾人」は、若鷹を狩猟用に飼養する者、「犬壱拾伍頭」は、鷹狩用の犬であろう。これらは、筑後国から大宰府に貢進されたものであり、その後、大宰府で訓練した（六〜九月）。この文書は、訓練中の費用（食稲）が筑後国正税から負担されたことを示している。訓練が終ると、京進の適否の選別が行われた。「周防国印」ある先の文書によれば、可とされたのは御鷹二〇聯と御犬一〇頭であり、これらは（一〇月）四日向京（貢上）の運びとなった。

この二分された鷹については、先学は、「（前略）しかも両者とも、京進数が少なくなっているのは、まず府用をさしひいた残部であるからであろう。(18)」、あるいは、「このことは、筑後国で三十聯の鷹を調養したが、貢上分はそのうち二十聯にすぎなかったことを示唆しよう。前者から後者を差し引いた鷹養人十人および彼らの調養した鷹十聯は、筑後国または大宰府に残って放鷹に従事したと考えられる。犬もまた同じく、十五頭を十頭に精選して貢上した。差し引き五頭分の犬は、残された鷹とともに大宰府管内で放鷹に従事したのであろう。(19)」と述べられている。否とされた鷹一〇聯と犬五頭は、如何様に処置されたか分らない。

さて、平安時代には、嵯峨天皇弘仁五年（八一四）三月四日の条に、次のように見える。

五年三月辛亥。四 右大臣従二位兼行皇太子弟傅藤原朝臣園人奏すらく、「去る大同二年、正月の二節を停む。三年に迄《いた》り、又、三月の節を廃す。大概、費を省かんが為なり。（中略）庶《ねが》はくは、他人の望みを絶ち、大蔵の損を省かんことを」てへり。又、奏すらく、「去る延暦十年、車駕、交野に幸《みゆき》す。此の時、畿内の国司の献物を禁ず。

而るに比年の間、曾って遵行無きに、国郡の官司、必ずしも其の人に非《あら》ざるに、言を貢献に寄せ、還《ま》た百姓を煩はす。不穏の議、相ひ続きて息《いこ》ふこと無し。伏して望むらくは、今より以後、一切禁断されむことを。但し、臣下の志、私に供進すること有ら者《ば》、禁ずる限りに在らず」者《て》り。之を許す。

（『類聚国史』、巻七四、「歳時五　九月九日」[20]）

前半部は別件である（出費節減の奏）。後半部に、延暦一〇年、天皇が交野に幸された折に、畿内の国司の奉献は止めよと命じられた。近時、行幸は全くないが、国郡の官司が、そうした関係者でもないのに、「献物にするためだ」と言っては百姓の産物を収奪している。険悪な事態が続いて落ち着かない。今後、禁断してほしい、とあり、これは、裁可された。後に見られるように、天皇は、畿内の鷹野に度々行幸し、遊猟を行った。在地の国司・郡司等は、その都度、物を奉献したようである。負担は大きく、誠に迷惑なことであった。いわんや、献物と詐称して収奪する輩《やから》もいたとは、とんでもない話であるが、これが各地で常態化しつつあったのであろう。但し、延暦一〇年交野における行幸とは桓武天皇のそれであろうが、現今のところ、その記録が見えない（後述）。

○廿五壬申。美濃国言《まう》すらく、「凡そ上下《のぼりくだり》の諸使、其の位階に随ひ、人馬を乗用すること、灼《あき》らかに条章に立てり。而るに、御鹿尾《ろくび》・熊膏《あぶら》・昆布、并せて沙金、薬草等を貢する使、或いは遷替《せんたい》の国司を以って、便ち綱領に充て、或いは浮遊の輩を差して、公乗を得しむ。而して公物は限り有り、私荷は数無し。使等、偏《ひと》へに威勢を仮りて、憲法を憚らず。駅子《えきし》告訴に由《よし》無く、山谷に運送す。人馬の斃亡、職《もと》として此れに由る。望み請《こ》ふらくは、「御鷹・馬を貢し、并せて四度使《よどのつかひ》に非ざるを除く外の諸使等は、初位《そゐ》已下の子弟を以って之に差し宛てられむことを」てへれば、勅すらく、「請ひに依れ。宜しく陸奥・出羽両国、及び、東山道諸国に仰せ、此の制を知ら令《し》むべし」てへり。

（『続日本後紀』、巻一五）[21]

仁明天皇承和一二年（八四五）正月二五日の条である。美濃国（東山道の一）が、公用と称して駅子を酷使する輩が多いので、特定の使（御鷹・馬を貢ずる使、四度使等）を除く場合は初位以下の子弟を指名されたいと訴えたもの。「鹿尾」とは、珍味として聞え、「酒肴の最」とされた食品で、肉醤《ししびしお》の一種のようである。貢進物として指定される内には、山海の美味・珍味などもある。あるいは、これは、そうしたものを象徴的に意味している可能性もある。これに関連しては、『類聚国史』、巻三三、「御膳」の条に、「淳和天皇天長八年四月己丑《廿二》。停二止大宰府例進鹿尾脯等御贄一。」、また、『日本三代実録』、巻三六、元慶三年正月三日の条に、「又摂津国蟹胥。陸奥国鹿尾。」などとも見える（第二章、「第二節　鷹狩の禁制」の条参照）。「遷替」は、国司の任期が満ちて他の官職に遷り替わること。「綱領に充て」は、そうした前の国司を搬送の宰領に仕立てることか。「公乗」は、おおやけの車。これを不審の者に使わせているとの意。「駅子」は、駅戸《えきこ》から出て業務に従事する壮丁。駅夫、駅丁とも。律令制では、諸道三〇里（今の約一六キロメートル）ごとに駅《えき》（うまや）を設け、急を要する使者のため、馬・食糧を常備した。経費は、駅子の耕作する駅田《えきでん》で負担した。「軄《もと》として此れに由る」は、原文「軄此之由」、全てはこれが原因だとの意。「軄（職）」は、もとより、もっぱら、ただひたすらの意。古文書類に見られる強調表現法の一つ。「四度使」は、地方行政府から中央政府に報告書（四度の公文）を持参する大帳使・正税使・貢調使・朝集使などの総称。「初位」とは、律令制の最下位の位階。八位の下に大・少とあり、それぞれに上・下があった。右によれば、当時、朝廷に「御鷹・馬」が貢上されていたこと、その経費は、「四度使」に同様、諸国の管理下で駅子の負担となっていたこと、また、「四度使」は当然のことながら、その「御鷹・馬」も、その他と異なり、諸国にとって負担せざるを得ない性格下にあったことなどが分る。

右は、『政事要略』巻五六、「交替雑事」にも収められている。だが、事書以下に差異がある。次に引いておく。

貞雑格云。応下陸奥出羽両国貢上雑物使等以二初位已下子弟一差宛進上上事。

右得二美濃国解一偁。凡上下之使。随二其位階一乗二用人馬一。詳立二条章一。而件両国貢雑物使等。或以二遷替之国司一。便差二充綱領一。或差二遊蕩之輩一。量令レ得二公乗一。因レ此偏仮二使威一。不レ憚二憲法一。駅子苦二於重擔一。伝馬疲二於過程一。積習為レ例。経レ代不レ停。人馬費亡不レ可二更論一。望請。下二符彼両国一。除二貢御鷹幷四度使一之外諸使。以二初位以下子弟一令二差充一。然則貢御之事無レ怠。路次之費永絶。謹請二官裁一者。大納言正三位兼行右近衛大将民部卿陸奥出羽按察使藤原朝臣良房宣。依レ請。

　　承和十二年正月廿五日

（『政事要略』巻五六、「交替雑事（四度使）」）(22)

頭注に、『続日本後紀』、その他による異同が示されている。煩雑になるので、今、省略する。仁明天皇は、嵯峨天皇の皇子ということもあり、鷹狩を好んだ。後に引くように、仁明天皇が後の太上天皇（淳和上皇）に朝覲した折、太上天皇が鷹・鷂各二聯、嗅鳥犬四牙を献じたと見える（承和元年正月二日。翌三日、嵯峨上皇に拝賀した）。

○八日辛卯。地震。」　勅《みことのり》すらく、「五畿七道の諸国の年貢の御鷹、一切停止す」とのりたまふ。

（『日本三代実録』、巻二）(23)

清和天皇の貞観元年（八五九）八月八日の条である。年貢の御鷹の一切停止に併せ、鷹・鷂を養うことも禁制となった。後述の第二章、「第二節　鷹狩の禁制」の条参照。

なお、鷹の貢上につき、光孝天皇の曾孫源為憲《ためのり》が、藤原為光の長子松雄君（七歳、後に参議、左衛門督）の教養書として著わした真福寺本『口遊』（天禄元年〈九七〇〉一二月成）一巻の「禽獣門」に、次のように見える。(24)

八月十六日甲斐国　八月十二日信乃　八月十三日下野国／八月廿五日陸奥　八月廿九日出羽々（ママ）　九月十日能登／九月〔塗消部〕（十日）越後国　九月十三日安芸国　九月廿四日大宰府／謂之貢鷹期。（後略）

諸国から貢納される鷹の貢納期・貢納国である（／印は改行）。貢納期・貢納国は、年代により差異があるようだが、「大宰府」は、九州諸国から集めた。捕獲・調養された鷹・犬は、都に進められ（京進）、天皇の御前に引き出され（『侍中群要』、第一〇）、御覧の後、蔵人所の鷹飼、その他の諸司（衛府）、親王、貴族等に班給される。[25]

また、『大和物語』に、次のような話が見える。右の貢納国陸奥に関与しよう。

を《（お）》なじ帝《みかど》、狩《かり》いとかしこく好《この》みたまひけり。陸奥国岩手《みちのくにいはて》の郡《こほり》よりたてまつれる御鷹《たか》、世《よ》になくかしこかりければ、になうおぼして、御手鷹《てだか》にしたまひけり。名《な》をば岩手《いはて》となん付《つ》け給（ひ）ける。それを、かの道《みち》に心《こころ》ありて預《あづか》りつかうまつりたまひける大納言に、預《あづ》けたまひける。夜昼《よるひる》これを預《あづか》りて、取《と》りかひたまふほどに、いかがし給（ひ）けむ、そらしたまひてけり。心肝《こころきも》をまどはして求《もと》むるに、（中略）かしこまりいますかりて、

「この御鷹《たか》の求《もと》むるに侍らぬことを、いかさまにかし侍らむ。などかおほせごともたまはぬ」

と奏《そう》したまふときに、帝《みかど》、

「いはでおもふぞまされる」

との給ひけり。かくのみの給はせて、異事《ことごと》もの給はざりけり。御こころのうちに、いといふかひなく惜《お》しくおぼさるるになんありける。（後略）　（一五二段）[26]

この作品の成立年代につき、「天暦五年《（九五一）》から七年の間に大体の形成を遂げ、さらに十一年までの間に第一次追補が行はれ、以後さらに引きつづいて追補が行はれて現存諸形に至っている。」[27]、また、「天暦五年ごろ原作が成立して後、おそらく二次三次にわたって増補されたもので、大和物語が現存流布本の形に落着いたのは拾遺集完成以後のことであろうか。」[28]とされる。貢上地は「磐手《いはで》の郡《こほり》」、鷹の名は「磐手《いはで》」と翻字する向きもある。「いはで…」の条につき、『古今六帖』五に、「いはで思ふ」と題して、「心には下ゆく水のわきかへりいはでおもふぞいふにまされる」とある。

『嵯峨野物語』は、南北朝期の二条良基《よしもと》（生歿、元応二年〈一三二〇〉〜元中五年・嘉慶二年〈一三八八〉）の著述で、

「鷹狩」の故実に詳しい。ここには「諸国御つぎ物にそなゆる也」として、次のように見える。(29)

一鷹は毎年坂東以下諸国御つぎ物にそなゆる也。数十連の鷹をまいらすれば。天皇清涼殿に出御ありて。御前にて蔵人所に給ふ。蔵人所より御鷹飼にわかち給ふ也。御鷹飼六人。宇多かた野を管領して。権門無双なり。毎月廿四日の鳥をたてまつる。六斎日をのぞきてまいらする也。もし鳥のなき時は。御鷹飼大鷹を居て。いづくの庄よりものぼれ。行あひたるを捉て供ずる。さだまれる法也。又すけ鷹飼とて。禁野交野にその所をあづかりて。鷹をよくつかふものあり。鷹をこのむ人は。これをかたらひてつかひしなり。

「御つぎ物」は、貢ぎ物。「鷹」も諸国から貢上された。「数十連の鷹」の「連」も、鷹を数える助数詞である。

第三節　狩の使

1　狩の使派遣

右にも引いた二条良基の手になる『嵯峨野物語』に、次のように見える。(30)

一天皇御鷹をば近衛次将随身にわかち給て。鳥の多き国へつかはさる。これを鷹の使といふ。業平中将が伊勢物語に。かりのつかひと書たるはこれなり。東国陸奥国などへもつかはされけるとかや。

勅命を受け、時に応じて諸方の国に派遣された使者を「狩の使」という。『伊勢物語』には、「むかし、おとこ《(を)》有(り)けり。そのおとこ《(を)(ママ)》、伊勢の国《くに》に狩《かり》の使にいきけるに、」(六九段)、「むかし、おとこ《(を)》、狩の使より帰りきけるに、」(七〇段)などと見え、(31)「平安時代初期に鳥獣を狩して朝廷の用に充てるために諸国に派遣された使。」(頭注)などと注釈されている。

「狩の使」とは、「平安時代の十一月の五節に用いる野鳥などを狩るためにつかわされた勅使。（中略）もとは五節以外にも派遣され、その場所も限定されたものではなかったのであろう。しかるに『西宮記』には狩使は五節に関して記してあり、『公事根源』には五節に用いる雉などを狩るため河内国交野につかわされたとあるから、のち交野に派遣されるようになったのであろう。(32)」とある。

五節に用いる野鳥となれば、少々の数量ではなく、勅使を派遣される国側でも対応に苦慮したであろう。しかし、事改めて勅使を立てなくても、予め数カ国に貢納を義務付けておけば、必要数量は確実に得られよう。また、『西宮記』（源高明編）には、「（恒例第三）十一月　鎮魂祭等」の条に、「⑭一、依二五節一遣二狩使一事」という、事書一条が見える。(33) これだけでは、「狩使」が「五節」に限定されていたかどうか、分らない。限定されていたとすれば、その理由が問われよう。他方、『公事根源』には次のように見える。

百五十五五節　同日丑二ある時は上丑《ノヲ》用　或下《ノ》丑の日《ヲ》用也

中《ノ》丑の日をハ五節帳臺《ノチヤウダイノコヽロミ》　試といふ　常寧殿にて主上御覧あり　五節舞姫ハ五人なり（中略）けふ御前のこゝろミあり　御殿の廂《ヒサシ》にて乱舞あり　くしなとをかかる　昔は年々におこなハる　いまは大嘗会の時より外ハなきにや　昔ハ狩《ノ》使なといふ事ありけれハ　けふ五節所にたまハらむために＊かた野のきしなとをめされしに　使のありしをかりの使とは申也

（松下見林跋『公事根源集釈』、下、二九オ）(34)

本書は、先例を集めた有識故実書で、一条兼良の著になる（応永三〇年〈一四二三〉頃成）。＊部左傍に「交《カタ》野《ノ》ハ河内国ニアリ」とある。後半部の趣きは、昔は狩の使などといったことがあったので、この日の五節所に賜らんがため、交野の雉などを召された時に勅使が遣わされた、これを「狩の使」とは申す、とある。「狩の使」という便宜があったので、この五節の日、その世話になったというのである。良識的な解説であろう。

「狩の使」とは、諸国に遣わされた勅使である。その趣旨は、単に鳥獣にあったというわけではなかろう。つまり、これは「王土王民」思想に基づくものと考えられる。これにつき、『詩経』に、「溥天《ふてん》之下、莫レ非二王土一、率土《そつど》之浜、莫レ非二王臣一、…」（「小雅」「谷風之什、北山」[35]）とある。また、『日本霊異記』、下巻には、嵯峨天皇の「聖君」なることを説く段に、次のような文言が見えている。

（前略）是以定知　此聖君也　又何以知二聖君一耶　世俗云　国皇法　人殺罪人者　必随レ法殺　而是天皇者　出二弘仁年号一伝レ世　応レ殺之人成二流罪一（中略）又天災地妖飢饉雖繁多有　又養二鷹犬一取二鳥猪鹿一　是非二慈悲心一　是儀非レ然　食国内物　皆国皇之物　指レ針許未(末カ)　私物都無也　国皇随二自在一之儀也　雖二百姓一敢誹之耶

（後略）

（下巻、三九縁[36]）

「狩の使」の趣旨は、「この国土は全て天皇の統治するところであり、従って、その土地の生産物・獲物、その他、一切のものは天皇の所有物であることを全土に知らしめ、かつ、実践を行う」ということである。「狩の使」は、正しく勅使である。これは天皇自ら狩をすることに他ならない。天皇が、意のままに狩をするのである。天を飛翔し、地を睥睨する鷹（鷹・鶻）こそは、天皇の権威（王権）の象徴でもある。

情況は異なるものの、後代においても鷹による狩猟は行われた。これは、原則として自領で、あるいは、それなりに許容される土地で行われた。他領で鷹を放つことは、他領の産物を奪うことである。許されないことであった。中世には、武将間に、まま、鷹の贈答が行われた。相手に鷹を贈るということは、実質的に、あるいは、形式的にでも、自領をもってその権威に服する、即ち、臣服の姿勢を示すことになる。鷹は、制空権にも似た意味を有したのであるが、これも右と軌を一にするものであろう。

左記の三例は、光孝天皇の「狩の使」として注意される。同天皇の狩猟については後にも触れる。

○二日戊子。勅《みことのり》すらく、「左衛門佐従五位上藤原朝臣高経、六位六人、近衛一人、鷂七聯、犬九牙を播磨国へ、中務少輔従五位下在原朝臣弘景、六位四人、近衛一人、鷹五聯、犬六牙を美作国へ遣はし、並びに野禽を獵り取らしめよ」とのりたまふ。（『日本三代実録』、巻四六）(37)

元慶八年（八八四）一二月二日の条である。太政官符をもって当該国に下されたはずである。狩の使の経費は、次に見えるように、行く先々の国が正税をもって負担した。

○七日壬戌。勅《みことのり》すらく、「従四位下行左馬頭藤原朝臣利基を近江国へ、従五位上守右近衛少将源朝臣湛を備後国へ遣はし、並びに鷹を臂にし、犬を擡《もた》げ、行きて野禽を払はしめよ。路次の往還、幷せて、彼《かしこ》を経る間、正《しょう》税《ぜい》を用ゐ、食《かて》に供せよ」とのりたまふ。（『日本三代実録』、巻四七）(38)

同じく仁和元年（八八五）三月七日の条である。「路次」は、みちすじ。「彼を経る間」とは、彼の地（派遣先）に滞在する間の意であろう。「正税」は、地方財政にあてるため、諸国の正倉に納められた田租。官稲。「擡」字は、『類聚国史』の本文には「揕」とある。

○十六日丙寅。勅《みことのり》すらく、「越前権介従五位下藤原朝臣恒泉を遠江国へ、雅楽頭従五位下在原朝臣棟梁を備中国へ遣はし、並びに鷹・鷂を齎《もたら》し、野鳥を払ひ取らしめよ」とのりたまふ。（『日本三代実録』、巻四九）(39)

同じく仁和二年二月一六日の条である。左に傍線を付した文字は、「齎」字（音セイ、訓義もたらす、もっていく）か「賚」字（音ライ、訓義たまふ、たまもの）字か、はっきりしない。今、前者と解した。

2　狩の使停止

太政官符

諸院・宮家の狩の使を禁止すべき事

右、参河国の解を得るに偁《い》はく、「此の国は田地狭小にして山野曠遠なり。民の疾苦は、只狩の使にあり。其れ諸院・宮家の狩の使の到来は、常に冬時、春月に在り。各《おのおの》牒状を齎《もたら》し、夫馬を借り求む。国司は已むを獲《え》ず、符を郡司に下す。郡司・百姓《ひゃくせい》等は、冬時に収納の官物を営み、春月に出挙《すいこ》の耕稼を勤《つと》む。天《そら》寒く草枯れ、民労《なづ》み、馬疲れぬ。而るに、使等、疲れたる馬を駆《か》り馳《は》せ、終日《ひねもす》休めず。労《なづ》みたる民を率将《ひきゐ》て、旬を累《かさ》ね、息《いこ》ふこと無し。是れに由《よ》り、馬の死に亡《う》するは十が六七、民の逃げ散るは又大半を過ぐ。若《も》しは、郡司の事の状《さま》を陳《の》べ請《こ》へば、則ち妄《みだ》りに凌轢を加ふ。若《も》しは、国司の其の由を牒送すれば、則ち罵詈を憚らず。仍って国郡司等、威猛に勝てず、口を緘《つぐ》み、舌を巻く。又、其の従者等、放縦を宗と為し、民家に乱入し財物を掠奪す。凡そ、厥《そ》の暴悪、誠に具《つぶさ》に陳ぶること難し。国司の煩ひ、百姓の愁ひ、斯《これ》に過ぎたるは莫し〔焉〕。望み請ふらくは、官裁、件の使を禁止し、以って国の煩ひを省《かへりみ》んことを」者《てへり》。左大臣《藤時平》宣す、「勅《みことのり》を奉《うけたまは》るに、宜しく早く下知し、特に禁遏《きんあつ》を加ふべし。五位已上、及び、六衛府官人、並びに此の制に同じ。自余の諸国も、亦宜しく此れに准《なら》ふべし」てへり。

延喜五年十一月三日　　（『類聚三代格』、巻一九、「禁制事」）[40]

醍醐天皇の延喜五年（九〇五）一一月三日の太政官符である。参河国司・郡司等が、「諸院・宮家の狩の使を禁止してほしい」と解《もう》し出た。これを承け、左大臣藤原時平が勅を奉《うけたまわ》って「諸院・宮家の狩の使」は禁止する、諸院・宮家だけでなく、五位已上、及び六衛府官人も同様だ、参河国以外の諸国もこの官符に准ぜよ」と命じた。本来、「狩の使」は、勅使であった。が、この時分、諸院・宮家までもが「狩の使」との牒状をかざし、横暴を働いていたことが分る。「諸院」とは、陽成、宇多太上天皇の関係者か。「宮家」は、親王・諸王などであろう。狩の使停止に関し、目にしたのは右だけであるが、同様の事態は諸国に発生していたかと推測される。

第四節　鷹　狩

『類聚国史』、巻三二、「帝王十二　天皇遊猟」の条がある(41)。見えるところは鷹狩とは限らないが、この条における応神天皇から聖武天皇までは、次に略記する（〔第一表〕参照）。

〔第一表〕（返り点省略。…は語句の省略を示す）

天皇	年月日	場所	備考
応神	二二年九月丙戌《六》	淡路嶋	…亦麋鹿鳧雁。多在其嶋。故乗輿屢遊之云云。
履中	五年九月壬寅《十八》	淡路嶋	…河内飼部等従駕執轡。…
允恭	八年二月	日根野	更興造宮室於河内茅渟。而衣通郎姫令居。因此以屢遊獦于日根野。
	一四年九月甲子《十二》	淡路嶋	天皇獦于淡路嶋。時麋鹿猨猪。莫々紛々。…
雄略	二年一〇月丙子《六》	御馬瀬	幸御馬瀬。命虞人縦獦。凌重巘。…毎獦大獲。鳥獣将盡。…
	四年二月	葛城山	射獦於葛城山。忽見長人。…
	四年八月庚戌《二十》	河上小野	幸于河上小野。命虞人駈獣。欲躬射而待。…
	五年二月	葛城山	狡獦于葛城山。霊鳥忽来。…人皆獵禽獣。朕獦得善言而帰。
天智	七年五月五日	蒲生野	縦獦於蒲生野。于時太皇弟《(天武)》。諸王。内臣及群臣皆悉従焉。
	八年五月壬午《五》	山科野	縦獦於山科野。太皇弟。藤原内大臣《(鎌足)》及群臣皆悉従焉。

天武	一〇年一〇月	広瀬野	将蒐於広瀬野。而行宮搆訖。…
	一二年一〇月丁卯《十三》	倉梯	狩于倉梯。
聖武	天平一二年一一月丁亥《四》	和遅野	遊獦于和遅野。免当国今年租。
	一三年五月乙卯《十八》	河南	幸河南。観狩獦。

桓武天皇

桓武天皇は、光仁天皇の第一（第二とも）皇子、母は高野新笠《たかののにいがさ》。新笠は、渡来人系和史《やまとのふひと》出身で、父は乙継。百済武寧王の子純陀太子の裔という。桓武天皇は、初め山部《やまのべ》王となったが、廃皇太子他戸《おさべ》親王（母井上内親王）に代わり、藤原百川に推されて皇太子となり、天応元年（七八一）即位した。翌年「延暦」と改元された。同三年長岡京（宮域の中心は今の向日市に相当）に遷都すべく、その造営中に首唱者藤原種継の暗殺、早良《さわら》親王の廃太子といった事件が続いたので、これを中止し、同一三年山城国宇太に遷都して平安京と称した。延暦二五年（大同元年、八〇六）三月一七日崩御した。行年七〇歳。長子平城天皇が即位した。桓武天皇の鷹狩については先学の言及もある(42)。

○戊午《十四》。交野《かたの》に行幸《みゆき》して、鷹を放ちて遊獵す。（『続日本紀』、巻三七）(43)

桓武天皇延暦二年（七八三）一〇月一四日の条である。翌々日、詔して今年の交野郡（河内国）の田租を免じ、また、「百済王等供㆓奉行在所㆒者一両人進㆑階加㆑爵。」、及び、百済王たちに行賞がなされた。

交野は、河内国交野郡（大阪府枚方市）、淀川の左岸にある台地。渡来系の百済王氏の本拠地であった。

○庚子《八》。水雄岡に行幸し、遊獵す。（『続日本紀』、巻三八）(44)

同延暦四年九月八日の条である。

○丙申《十七》。天皇、交野に行幸して、鷹を放ちて遊猟す。大納言従二位藤原朝臣継縄《つぐただ》が別業を以って行宮と為す［矣］。
（『続日本紀』、巻三九）(45)

同延暦六年一〇月一七日の条である。二〇日には、「主人」（継縄）が百済王等を率いて「種々之楽」を奏し、よって、百済王玄鏡、藤原乙叡、百済王元信・善貞・忠信、藤原明子、藤原家野らに加階があった。

「藤原朝臣継縄」は、豊成（武智麻呂の子、仲麻呂の兄。右大臣、従一位）の次男として神亀四年（七二七）に生れ、百済王明信を室とした。蝦夷の乱（伊治呰麻呂）に征東大使となる。右大臣、正二位に昇る。『続日本紀』後半の編纂を主幹したとされ、延暦一三年その一部一四巻を撰進した。延暦一五年（七九六）薨。贈従一位。「別業《べつぎょう》」は、別荘。「行宮《かりのみや》」は、行幸の際の仮の宮居。行在所《あんざいしょ》。『類聚国史』巻三二参照。

○冬十月丁酉《戊子朔十》。交野に行幸して、鷹を放ちて遊猟す。右大臣〔継縄〕の別業を以って行宮と為す。（『続日本紀』、巻四〇）(46)

延暦一〇年一〇月一〇日の条である。翌々日には右大臣が百済王等を率いて「百済楽」を奏し、よって、藤原乙叡、百済王玄風、同善貞、藤原浄子、百済王貞孫に昇叙あり、一三日車駕《しゃが》、還宮す、と見える。「車駕」は、行幸の際、天皇の乗る車。転じて、移動中の天皇を意味する。『類聚国史』巻三二参照。

なお、弘仁五年三月四日右大臣従二位藤原朝臣園人の奏状に、「又、奏すらく、「去る延暦十年、車駕、交野に幸す。此の時、畿内の国司の献物を禁ず。而るに、比年の間、曾って遵行無きに、国郡の官司、必ずしも其の人に非《あら》ざるに、言を貢献に寄せ、還《ま》た百姓を煩はす。不穏の議、相ひ続きて息ふこと無し。伏して望むらくは、今より以後、一切禁断されむことを。但し、臣下の志、私に供進すること有ら者《ば》、禁ずる限りに在らず」者《てへり》。之を許す。」（『類聚国史』、巻七四、歳時五、九月九日）とある。(47) 年と遊猟地は右に同じである。とすれば、この折、こうした詔があったのであろうか（既述）。

桓武天皇の遊猟につき、この後、延暦一一年から二三年までの情況を『類聚国史』巻三二[48]によって略記すれば、次頁以下の［第二表］のようになる。

右、『類聚国史』巻三二においては、延暦二三年一〇月三〜一〇日の和泉・日根における遊猟記事が洩れているようである。『日本後紀』、巻一二によって補えば、次の条に含まれる五例がそれである[49]（同じく試読する）。

○冬十月《壬寅朔》甲辰《三》。和泉国に行幸す。其の夕、難破行宮に至る。○乙巳《四》。摂津国司に被衣を賜ふ。上舟に御して江に泛ぶ。四天王寺楽を奏す。国司奉献す。○丙午《五》。和泉国に至り、大鳥郡恵美原に遊猟す。散位従五位下坂本朝臣佐太気麻呂、物を献ず。綿一百斤を賜ふ。○丁未《六》。城野に猟す。日暮に日根の行宮に御す。○戊申《七》。垣田野に猟す。阿波国、物を献ず。国司等に物を賜ふこと、差《しな》有り。左大弁正四位下菅野朝臣真道、物を献ず。綿二百斤を賜ふ。○己酉《八》。藺生野に猟す。近衛中将従三位坂上大宿祢田村麻呂、物を献ず。綿二百斤を賜ふ。○庚戌《九》。日根野に猟す。河内国、物を献ず。○辛亥《十》。詔して曰く、「天皇詔旨らまと勅命るを、和泉摂津二国司郡司公民陪従司々人等、諸聞し食せと宣る。今年は（中略）」とのりたまふ。

桓武天皇は、栗前野や北野に遊猟し、度々伊豫親王の荘、江亭、山荘に御した。伊豫親王は、桓武天皇の第三皇子で、母は藤原是公女吉子、生年は未詳だが、延暦一一年（七九二）に加冠した。大同二年（八〇七）一一月叛逆の嫌疑により、母と共に捕縛、幽閉された。親王号を剝奪された翌一二日母子は服毒死した。後、冤罪と判明し、弘仁一〇年親王号を復し、承和六年一品が贈られた。

なお、『寛平《かんぴょうの》御遺誡《ごゆいかい》』は、寛平九年（八九七）宇多天皇が幼少の醍醐天皇に譲位するに際し、王道を記し与えた教訓書である。この中に、桓武天皇の鷹の古事が見える。次が、その条である[50]（返り点私意）。

延暦帝王、毎日御㆓南殿《なでん》帳中㆒、政務之後、解㆓脱衣冠㆒、臥起飲食、又喚㆓鷹司御鷹㆒、於㆓庭前㆒令㆓呼《をき》餌《え》㆒、或時御手

[第二表]（返り点省略。…は語句の省略を示す。年号は延暦）

年月日	場所	要件
一一年正月乙亥[二十]	登勒野	遊獵于登勒野。獵罷臨葛野川。賜従臣酒。
二月辛卯[六]	水生野	遊獦於水生野。
癸卯[十八]	大原野	遊獵于大原野。
壬子[廿七]	栗前野	遊獵于栗前野。獵罷。御・右大臣藤原朝臣是公別業。賜物有差。（・部に「故」脱カ）
九月辛酉[九]	大原野	遊獵于大原野。
癸酉[廿一]	栗前野	遊獵于栗前野。賜五位已上衣被。
丁丑[廿五]	登勒野	遊獵于登勒野。
庚辰[廿八]	交野	遊獵於交野。
一〇月乙未[十四]	大原野	遊獵于大原野。
閏一一月癸未[二]	水生野	遊獵于水生野。
庚寅[九]	葛葉野	遊獵于葛葉野。
丁酉[十六]	大原野	遊獵于大原野。日暮還宮。賜五位已上綿有差。
己亥[十八]	石作丘	幸高橋津。便遊獵于石作丘。
乙巳[廿四]	登勒野	遊獵于登勒野。
一二年二月癸丑[四]	栗前野	遊獵于栗前野。便御伊豫親王荘。親王及山背国司等奉献。五位以上賜衣被。
壬戌[十三]	水生野	遊獵於水生野。
七月乙未[十九]	大原野	遊獵于大原野。
八月丁卯[廿一]	大原野	遊獵于大原野。還御南園。賜五位已上衣。
甲戌[廿八]	葛野	遊獵于葛野。御右大臣藤原朝臣継縄別業。賜侍臣及大臣子弟衣。
九月癸未[七]	大原野	遊獵于大原野。
戊戌[廿二]	栗前野	遊獵於栗前野。便御伊豫親王江亭。親王。左衛士督従四位下藤原朝臣雄友等奉献。…。
庚子[廿四]	瑞野	遊獵於瑞野。
一一月庚辰[五]	葛野	遊獵於葛野。
乙酉[十]	交野	遊獵於交野。右大臣従二位藤原朝臣継縄献摺衣。給五位已上及命婦采女等。
辛丑[廿六]	栗倉野	遊獵於栗倉野。
一二月甲寅[十]	瑞野	遊獵於瑞野。
癸亥[十九]	岡屋野	遊獵於岡屋野。左大弁従三位紀朝臣古佐美。…奉献。…。
一三年正月己亥[廿五]	栗前野	遊獵於栗前野。
庚子[廿六]	瑞野	遊獵於瑞野。是日大雪。

二月丙辰[十三]	葛野	遊獵于葛野。
庚午[廿七]	水生野	遊獵於水生野。
三月丁丑[四]	大原野	遊獵於大原野。
八月庚戌[十]	大原野	遊獵于大原野。
丙辰[十六]	大原野	遊獵于大原野。
九月壬辰[廿二]	交野	遊獵于交野。
一〇月壬子[十三]	交野	遊獵於交野。賜百済王等物。
一一月辛未[二]	北岡	遊獵於北岡。
戊寅[九]	康楽岡	遊獵於康楽岡。
一二月丙辰[十七]	大原野	遊獵於大原野。
癸亥[廿四]	山階野	遊獵于山階野。
一四年三月癸未[十六]	日野	獵於日野。賜五位已上衣。
甲午[廿七]	交野	遊獵于交野。
八月己巳[五]	柏原野	遊獵於柏原野。
庚辰[十六]	大原野	遊獵於大原野。
丙戌[廿二]	柏原野	遊獵於柏原野。
壬辰[廿八]	日野	遊獵於日野。
九月丙辰[廿二]	登勒野	遊獵於登勒野。
一〇月甲子朔	紫野	遊獵於紫野。
辛卯[廿八]	栗栖野	遊獵於栗栖野。近衛将監従五位下住吉
		朝臣綱主授従五位上。

一一月戊午[廿五]	大原野	遊獵于大原野。
一五年正月甲辰[十一]	芹川野	遊獵于芹川野。
癸丑[廿]	登勒野	遊獵於登勒野。賜四位以上衣。五位帖綿。
辛酉[廿八]	水生野	遊獵於水生野。賜五位已上被衣。
三月癸巳[二]	日野	遊獵于日野。
八月丙戌[廿八]	登勒野	遊獵於登勒野。
九月己酉[廿一]	栗前野	遊獵于栗前野。
一〇月癸酉[十六]	登勒野	遊獵于登勒野。
壬戌[五]	大原野	遊獵於大原野。
癸亥[六]	紫野	遊獵于紫野。賜五位已上衣。
丙寅[九]	日野	遊獵於日野。賜五位以上衣。
一一月己丑[二]	北野	遊獵於北野。
戊申[廿一]	日野	遊獵於日野。
丙辰[廿九]	栗栖野	遊獵於栗栖野。
一六年正月丙午[十九]	水生野	遊獵於水生野。
壬子[廿五]	大原野	遊獵於大原野。
二月辛酉[五]	北野	遊獵於北野。
壬申[十六]	登勒野	遊獵於登勒野。
三月丙午[二十]	北野	遊獵於北野。宴飲奏楽。賜四位已上衣。
		正六位上…。
八月庚辰[廿七]	的野	遊獵于的野。

九月己丑（七）	北野	遊獵于北野。賜五位已上衣。
癸卯（廿一）	北野	遊獵于北野。
戊申（廿六）	大原野	遊獵于大原野。
一〇月甲子（十二）	北野	遊獵于北野。還宮曲宴。賜五位以上衣。
丙子（廿四）	日野	遊獵于日野。
戊寅（廿六）	陶野	遊獵于陶野。
一一月乙酉（四）	栗栖野	遊獵于栗栖野。
己酉（廿八）	大原野	遊獵于大原野。
一二月丙辰（五）	北野	遊獵于北野。
一七年三月己亥（十九）	水生野	遊獵于水生野。賜五位以上衣。
八月壬午（五）	柏原野	遊獵柏原野。
庚寅（十三）	北野	遊獵於北野。便御伊豫親王山荘。飲酒高会。于時日暮。天皇歌曰。気佐能阿狭気。…。登時鹿鳴。上欣然。令群臣和之。冒夜乃帰。
辛丑（廿四）	柏原野	遊獵於柏原野。
甲辰（廿七）	大原野	遊獵於大原野。
九月乙卯（九）	北野	遊獵於北野。
庚午（廿四）	栗前野	遊獵於栗前野。
癸酉（廿七）	日野	遊獵於日野。
一一月庚戌（五）	大原野	遊獵于大原野。

戊午（十三）	日野	遊獵於日野。
庚午（廿五）	水生野	遊獵於水生野。
一八年二月辛丑（廿七）	栗前野	遊獵於栗前野。
八月癸巳（廿二）	栗前野	遊獵於栗前野。
丁酉（廿六）	水生野	遊獵於水生野。
九月癸亥（廿二）	陶野	遊獵於陶野。賜四位以上衣。
乙丑（廿二）	的野	遊獵於的野。賜五位以上衣。
一〇月己卯（九）	交野	遊獵于交野。
壬辰（廿二）	西野	遊獵於西野。
一二月乙酉（十六）	水生野	遊獵于水生野。
一九年二月戊子（廿）	栗前野	遊獵於栗前野。
八月乙酉（十九）	水生野	遊獵於水生野。
九月戊午（廿三）	栗前野	遊獵于栗前野。
癸亥（廿八）	大原野	遊獵于大原野。
一〇月辛未（六）	的野	遊獵于的野。
廿年八月丁未（十七）	大原野	遊獵于大原野。
乙卯（廿五）	栗前野	遊獵于栗前野。
九月乙丑（六）	的野	遊獵于的野。
乙酉（廿六）	大原野	遊獵于大原野。賜五位已上物有差。
一〇月壬辰（三）	栗前野	遊獵于栗前野。
壬寅（十三）	日野	遊獵于日野。

戊申（十九）	水生野	遊獵于生水野。
廿一年三月己巳（十三）	水生野	遊獵于水生野。
八月辛亥（八）	的野	遊獵于的野。便御親王諱嵯峨荘。賜五位已上衣被。
九月戊午（四）	芹川野	遊獵于芹川野。
丁丑（廿三）	北野	遊獵于北野。
廿二年八月乙未（十七）	柏野 水生野	遊獵于柏野及水生野。
乙巳（廿七）	北野	遊獵北野。便過伊豫親王大井荘。
九月癸酉（廿五）	的野	遊獵于的野。賜五位已上銭有差。
甲戌（廿六）	北野	遊獵于北野。
一〇月庚辰（三）	大原野	遊獵大原野。賜侍臣被衣。
廿三年正月丙申（廿）	水生野	遊獵于水生野。是日天寒。於野中。賜五位已上衣。
八月乙卯（十三）	北野	遊獵于北野。
癸亥（廿一）	大原野	遊獵于大原野。
丁卯（廿五）	栗前野	遊獵于栗前野。
九月壬辰（廿一）	北野	遊獵北野。
一一月己卯（八）	日野	遊獵・日野。（・部に「于」を有する本あり）

作二鷙爪《はしつめ》等一可レ好、又至二苦熱一、朝政後、幸二神泉苑一納涼、行幸之時、（前後略）

「南殿」は、紫宸殿のこと。内裏の正殿で、南面しているところからの称。『倭名類聚抄』道円本に「紫宸殿謂之南天」（巻一〇、居宅類、二オ）とある。「謂二之南天一」とあれば、「てん」と清音か。「鷹司」は、主鷹司をいう（既出）。「呼餌」は、「をきえ（す）」（「き」は濁音「ぎ」とも）と読む。鷹を拳上に呼び返す餌、また、その調練をいう。鷹狩特有語。「朝政」は、帝が朝早くから正殿に出て政務をとること。あさまつりごと。

桓武天皇は、鷹を持ってこさせては、手ずから鷹の嘴爪の世話までしたという。その日常性が偲ばれる。それもさることながら、宇多天皇が、これを遺誡としてわざわざ書き伝えた点に注目される。

平城天皇

平城《へいぜい》天皇（在位、大同元年〈八〇六〉～同四年〈八〇九〉）の遊猟には、大同三年一〇月七日の次がある。

○乙《七》卯。北野に遊猟す。布勢内親王奉献す。飲宴し日を極む。有司、楽を奏す。五位已上に衣被《いひ》を賜ふ。

（『日本後紀』、巻一七）[51]

「有司《うし》」は、太政官以下の官吏。つかさびと。当時は王族・家臣いずれにあっても、それなりの技芸に秀でていることが必須であった。楽器を分掌し、官人らが自ら演奏するわけである。「衣被」は、きもの・ふすま。

嵯峨天皇

嵯峨天皇（在位、大同四年〈八〇九〉～弘仁一四年〈八二三〉）は、桓武天皇第二皇子で、即位当初に薬子の変、高岳親王の事件が生じたので、弘仁元年（八一〇）蔵人所・検非違使などを設け、令の官制に大変革を加えたとされる。蔵人所は、天皇直属の役所であり、校書殿の北に位置した。

「御鷹飼」の御随身は、蔵人所の被官で、一〇名が置かれた。『侍中群要』第一〇にも次のようにある。

御鷹飼事

『家』蔵人奉レ仰々二検非違使・馬寮等一、又以二所下文一給二禁野一、交ゝ
交（百済王）○野検校事

『家』以二所御牒一給レ国、幷仰二禁野一、

（『侍中群要』）[52]

底本は、蓬左文庫蔵旧金沢文庫蔵本である（返読符等私意）。末尾の「交ゝ」のミセケチ部は、次の二行（「交野検校事」に関与するものである。関連して、早稲田大学図書館蔵本（ワ3/701/5）には次のようにある。

御鷹飼事

蔵人奉レ勅、仰二撿非違使・馬寮等一、又以二所下文一仰二禁野一、（第五冊、二六丁ウ）

『西宮記』巻一五にも、次のように見える。趣旨は同じである（返読符等私意）。

　御鷹飼事

蔵人奉レ　勅、召二撿非違使幷馬寮官人等一仰下、次禁野給二所下文一、

（『西宮記』[53]）

「御鷹飼」の任用（人事等）は、蔵人が仰を奉じて検非違使・馬寮等に下達し、蔵人所の下文をもって禁野に下達せよ、とある。「禁野」とは、天皇・太上天皇が猟場と定め、私人の狩猟を許さなかった場所のことである（第二章、「第二節　鷹狩の禁制」参照）。宇陀野、交野といった著名な禁野もあれば、寛平元年（八八九）一二月二日、「太上天皇（陽成上皇）御二此郷一。（中略）此為レ狩二取安倍山猪鹿一也。（中略）今月以二件山一為二院禁野一。宇治継雄為二専当一。牓二示路頭一。行路之人往還艱難。」[54]云々といった、突然の「禁野」も出現した。「専当」は、その管理職をいう。

右の場合、秋吉氏によれば、「ここにはただ単に「禁野」と記されているが、「禁野」とは左右衛門府の官人が兼任していた禁野の管掌者「禁野専当」であろう。」、また、「蔵人が鷹飼補任を通達する諸司の内、検非違使は元々左右衛門府管下の部署である。検非違使は、嵯峨朝に左右衛門府の官人の兼任として設置された。」とされる[55]。引出物の形で鷹を入手できる公家は、あらかじめ、勅許を得ており、禁野にも供奉できたのであろう。諸国に置かれた禁野であるが、時代の降るにつれ、禁が緩み、重ねて禁制が発せられている（『類聚三代格』、巻一九、「禁制事」、貞観二年一○月二一日太政官符・同五年三月一五日太政官符[56]）。

嵯峨天皇は、弘仁元年〜同一四年の間、よく遊猟を催した。『類聚国史』巻三二（『新訂増補国史大系5　類聚国史　前篇』）によれば次のような記録がある。留意される条を引く（（　）内は私の補足）。

(弘仁二年)〇十二月丁丑《十七》。大原野に遊獵す。右大臣藤原朝臣内麻呂、幷せて山城国奉献す。雅楽寮楽を奏す。五位已上に衣被を賜ふ。　(『類聚国史』、巻三二、一九六頁)

(同二年)〇閏十二月甲辰《十四》。水生野《みなせの》に遊獵す。山埼駅に御《おはしま》す。山城・摂津二国奉献す。五位已上に衣被を賜ふ。　(同、一九六頁)

(同四年)〇二月己亥《十六》。交野《かたの》に遊獵す。山埼駅を以って行宮と為す。　(同、一九六頁)

(同四年十月)〇丙子《廿七》。芹川野《せりかはの》に遊獵す。皇太弟《(淳和)》奉献す。五位已上に衣被を賜ふ。　(同、一九六頁)

(同五年二月)〇乙未《十七》。交野に遊獵す。日暮に山埼の離宮に御《おはしま》す。河内国、及び、掌侍従五位下安都宿祢吉子奉献す。賜・四位已上に被を賜ふ。五位、幷せて百済王等に衣(を賜ふ)。　(同、一九七頁)

(同九年)〇八月己卯《廿八》。北野に遊獵す。嵯峨院に幸《みゆき》し、文人をして詩を賦せしむ。侍臣に衣を賜ふ。　(同、一九八頁)

「山埼」は、山城国山埼(現在の京都府乙訓《おとくに》郡大山崎町大山崎)をいう。木津川・宇治川・桂川が合流して淀川となる地(今の楠葉辺り)の北側に位置する。背部に天王山、南方に石清水八幡宮を頂く男山丘陵を望む。西国の大道に通ずる水陸交通の要衝であり、駅制(律令制)の「駅《むまや》(山埼駅)」が置かれ、大いに賑わった。

嵯峨天皇は、山城・摂津の遊獵の度に「山埼駅」を訪れ、ここを行宮とした。弘仁二年閏十二月、四年二月、五年二月などの記録が残るが、「山埼」の文字が見えない場合でもここを行宮とした可能性がある。弘仁四、五年の頃には、「離宮」と称されるほどに整備されていたようで、同一〇年二月己巳には「水生野《みなせの》に遊獵す。日暮に河陽宮に御す。水生村の窮乏の者に、米を賜はる。…」という表記が見える。「河陽」とは、河(淀川)の北という立地条件によるものであり、これが嵯峨天皇の離宮「河陽宮《かやのみや》」ということになる。この後、淳和天皇も利用したが、『日本紀略』

によれば、貞観三年六月、「○七日庚戌。山城国奏言。河陽離宮。久不二行幸一。稍致二破壊一。請為二国司行レ政処一。許レ之。」[57]と見える。この宮は、同国の国衙として機能することとなる。

こうした嵯峨天皇の遊猟につき、『類聚国史』[58]によって総覧すれば、次頁以下の［第三表］の通りである。

『日本霊異記』、下巻の三九縁に、嵯峨天皇は「聖君」であられることを説いて、「食国内物　皆国皇之物　指レ針許末（未カ）　私物都無也　国皇随二自在一之儀也　雖二百姓一敢誹之耶」と見えること、先の「狩の使」の条に引いた。

嵯峨天皇の勅撰漢詩文集『凌雲集』（小野岑守・菅原清公ら奉勅撰）は、弘仁五年頃成るかとされる。ここには、「河陽駅経宿有懐京邑」（11番）と題する七言絶句「河陽亭子経数宿、月夜松風悩旅人、雖聴山猿助客叫、（後略）」、「春日遊猟、日暮宿江頭亭子」（13番）と題する七言律詩「三春出猟重城外、四望江山勢転雄、逐兎馬蹄承落日、追禽鷹翮払軽風、征船（後略）」、「和左大将藤冬嗣河陽作」（14番）と題する七言律詩「節序風光全就暖、河陽雨気更生寒、千峯（後略）」、また、小野岑守の「奉和観佳人蹋歌　御製」（60番）と題する七言排律「春女春粧言不及、（中略）、河陽旧県先亡色、（後略）」、「奉和春日遊猟日暮宿江頭亭子　御製」（63番）と題する七言律詩「君王猟罷日云暮、江上郵亭駐綵輿、（後略）」などが収められている。[59]

嵯峨天皇は、日本放鷹文化史上、『新修鷹経』三巻の弘行をもっても知られる。「本書は、本朝における鷹書の鼻祖として、斯道に大いに珍重された」とされ、[60]この巻末には、主鷹司の官人らしい正巨勢馬垂・令史上野祖継、別当二品行式部卿親王（葛原親王）以下の連署と「弘仁九年五月廿二日」の施行日時が見える。直接的には同天皇が創設した蔵人所に施行され、その鷹飼らの指南書となったものであろう。

［第三表］（返り点省略。年号は弘仁）

年月日	場所	要件
元年一二月己卯《十三》	芹川野	遊獵于芹川野。賜五位已上衣被。
二年二月丙子《十一》	北野	遊獵于北野。五位已上賜衣被。
八月戊寅《十六》	北野	遊獵于北野。五位已上賜衣被。
九月丁巳《廿六》	紫野	遊獵于紫野。五位已上賜衣被。
一〇月乙酉《廿四》	栗前野	遊獵于栗前野。賜五位已上衣被。
戊子《廿七》	紫野	遊獵于紫野。
一二月丁丑《十七》	大原野	遊獵于大原野。右大臣藤原朝臣内麻呂。幷山城国奉献。雅楽寮奏楽。賜五位已上衣被。
閏一二月甲辰《十四》	水生野	遊獵于水生野。御於山埼駅。山城摂津二国奉献。賜五位已上衣被。
三年正月甲申《廿五》	栗前野	遊獵于栗前野。五位已上及山城国掾已上賜衣被。
二月癸卯《十四》	水生野	遊獵水生野。
甲辰《十五》	交野	遊獵交野。山城。摂津。河内等国献物。賜侍従以上及国宰掾已上衣被。
九月辛酉《六》	北野	遊獵北野。五位已上賜衣被。
庚辰《廿五》	大原野	遊獵於大原野。右大臣従二位藤原朝臣内麻呂献物。侍従已上。山城国司。及右大臣子弟賜衣被。
一二月乙巳《廿一》	芹川野	遊獵於芹川野。侍従已上。幷山城摂津両国司賜衣被。
四年正月庚辰《廿六》	栗前野	遊獵於栗前野。五位已上賜衣被。
二月己亥《十六》	交野	遊獵於交野。以山埼駅為行宮。是日…。
辛丑《十八》	水生野	遊獵水生野。山城国奉献。五位已上。幷山城。河内。摂津等国司賜衣被。史生郡司賜綿有差。是夕還宮。
九月丁丑《廿八》	大原野	遊獵于大原野。賜侍臣及山城国掾已上衣被。
一〇月癸未《四》	北野	遊獵于北野。
丙戌《七》	櫟原野	遊獵于櫟原野。賜侍臣及山城国司衣被。
癸卯《廿四》	栗前野	遊獵栗前野。
一一月癸酉《廿四》	水生野	遊獵水生野。山城。摂津。河内等国奉献。侍臣及三国掾已上賜衣被。目已下綿各有差。
丙子《廿七》	芹川野	遊獵芹川野。皇太弟（淳和）奉献。五位已上賜衣被。
五年二月丙戌《八》		遊獵於栗前野。山城国及弾正尹明日香

		親王奉献。賜侍臣衣衾。
甲午[十六]	交野	幸交野。
乙未[十七]	交野	遊獵于交野。日暮御山埼離宮。河内国及掌侍従五位下安都宿祢吉子奉献。賜・四位已上被。五位幷百済王等衣。（・部「従」字脱カ）
丙申[十八]	水生野	遊獵水生野。摂津国奉献。
己亥[廿七]	（誤脱アルカ）	山城守従四位下藤原朝臣継彦授四位上。…。是日。車駕至自交野。（「遊獵於(地名)」等ノ語句、誤脱カ）
閏七月辛丑[廿七]	北野	遊獵北野。日晩御嵯峨院。賜侍臣衣被。
八月戊辰[廿五]	北野	遊獵北野。
己巳[廿六]	栗栖野	遊獵栗栖野。
九月庚子[十]	栗前野	遊獵栗前野。日暮御弾正尹明日香親王宇治別業。親王奉献。賜侍臣衣被。
一〇月癸丑[十]	北野	遊獵北野。
丁卯[廿四]	水生野	遊獵水生野。山城摂津両国奉献。賜侍臣已上及二国掾已上衣被。
一一月甲午[廿二]	芹川野	遊獵芹川野。
一二月壬戌[廿]	芹川野	遊獵芹川野。賜侍臣衣被。
六年八月甲子[廿六]	北野	遊獵北野。
九月癸巳[廿六]	大原野	遊獵大原野。五位以上及国司掾以上賜衣被。
一〇月壬戌[廿五]	栗前野	遊獵栗前野。五位已上賜衣被。
一一月甲午[廿八]	水生野	遊獵水生野。五位已上及両国掾以上賜衣被。
一二月癸丑[十七]	芹川野	遊獵芹川野。
七年正月壬辰[廿六]	栗前野	遊獵栗前野。賜侍臣及山城国掾已上衣被。
二月壬子[十六]	交野	幸于交野。
丙辰[廿]	水生野	遊獵於水生野。授従四位下百済王教徳従四位上。従七位下百済王勝義従五位下。賜陪従五位已上。山城。河内。摂津三国掾已上衣被。施捨佐為。百済。栗倉僧尼三寺各綿一百屯。是日。車駕至自交野。
八年正月乙酉[廿五]	芹川野	遊獵芹川野。賜侍従已上衣被。
二月己亥[廿五]	瑞野	遊獵于瑞野。山城国奉献。次侍従已上及山城国掾已上賜衣被。
八月甲戌[十七]	北野	遊獵北野。便御嵯峨院。賜五位已上及山城国掾已上衣被。
九月辛亥[廿五]	大原野	遊獵大原野。五位已上及山城国掾已上。

		賜衣被。
一〇月戊寅（廿二）	栗前野	遊獵栗前野。
己卯（廿三）	水生野	遊獵水生野。山城摂津両国献物。五位已上及両国掾已上。賜衣被。
一一月戊申（廿三）	水生野	遊獵水生野。
一二月戊辰（十四）	芹川野	遊獵于芹川野。是日大雪。
九年正月戊申（廿四）	芹川野	遊獵于芹川野。賜五位已上衣被。
二月辛酉（七）	栗前野	遊獵于栗前野。賜五位已上衣被。
八月己卯（廿八）	北野	遊獵于北野。幸嵯峨院。令文人賦詩。賜侍臣衣。
一〇月甲戌（廿二）	栗前野	遊獵栗前野。
一〇年正月乙巳（廿六）	芹川野	遊獵芹川野。五位以上賜衣被。
二月己巳（廿一）	水生野	遊獵水生野。日暮御河陽宮。水生村窮乏者。賜米有差。
庚午（廿二）	（誤脱アルカ）	五位已上賜衣被。□車駕還宮。（空白部、明応本・大永本无シ）

一〇月丁未（廿二）	大原野	遊獵於大原野。
一一月丙申（廿二）	栗前野	遊獵栗前野。
庚子（廿六）	芹川野	遊獵于芹川野。五位已上賜衣被。
一一年正月己亥（廿六）	栗前野	遊獵于栗前野。
閏正月乙丑（廿二）	芹川野	遊獵芹川野。賜五位以上衣被。
一三年正月丁巳（廿五）	北野	遊獵于北野。
己未（廿七）	芹川野	遊獵于芹川野。
二月己巳（七）	栗前野	遊獵于栗前野。
壬午（廿）	水生野	遊獵于水生野。
癸未（廿一）	芹川野	遊獵于芹川野。
九月甲寅（廿七）	北野	遊獵于北野。
一〇月甲午（八）	交野	幸河陽宮。遊獵于交野。
一一月癸未（廿七）	瑞野	遊獵于瑞野。
一四年正月甲申（廿八）	芹川野	遊獵于芹川野。賜侍臣幷山城国宰衣被。
二月丁酉（十二）	栗前野	遊獵于栗前野。

淳和天皇

淳和《じゅんな》天皇は、桓武天皇の第三皇子で、母は藤原旅子である。在位は、弘仁一四年（八二三）～天長一〇年（八三三）、承和七年（八四〇）崩御。検非違使庁を設置し、『経国集』『秘府略』『令義解』などを撰述させた。

淳和天皇天長二年冬十月己酉《十》、太上天皇〔嵯峨〕、交野《かたの》に遊獵す。左大臣〔冬嗣〕陪従す［焉］。中納言清原真人夏野《なつの》、并せて蔵人三人を遣はして供奉せしむ。（『類聚国史』、巻三二、「太上天皇遊獵」）(61)

冬場の「交野」とあれば、冬季の大鷹狩であろう。遊獵の主体は、太上天皇（嵯峨上皇）である。陪従した「左大臣」は嵯峨上皇の重臣藤原冬嗣《ふゆつぐ》で、彼は、左大臣、正二位に至り、天長三年薨じた（行年五二歳）。贈太政大臣、正一位。『日本後紀』を編纂した。「清原真人夏野」は、正五位下小倉王《おぐらおう》の子で、桓武天皇延暦二三年六月二一日、皇子（滋野内親王）の名に触れることもあって夏野の改姓を賜わる（旧名繁野《しげの》）。右大臣、従二位に至り、承和四年一〇月七日薨去した（行年五六歳）。『内裏式』の改訂、『日本後紀』『令義解』の編纂に従事した。(62)

以下、用例は、末尾に出典注記を添えない限りは、『類聚国史』、巻三二、「帝王十二」「天皇行幸」の条、巻三二、「帝王十二」「天皇遊獵」の条、その他から引用する(63)（（ ）内は私意）。

淳和天皇天長三年正月乙未《廿八》。芹川野《せりかはの》に幸《みゆき》し遊獵す。従四位下源朝臣信《まこと》、侍従と為《な》す。山城国別当中納言従三位清原真人夏野《なつの》、国司を率《ひきゐ》て聊《いささ》か物を献ず。群臣、及び、国司の判官以上に衣被を賜ふ。

（同年）〇十月丙申《二》。天皇、栗前野《くりくまの》に幸《みゆき》し遊獵す。侍従、及び、狩長《かりをさ》、非侍従《ひじじゅう》、并せて山城国掾已上に衣被を賜ふ。

「狩長」につき、『新儀式四』、「野行幸事」の条に「前十日、仰二左右衛門府一、令レ差二遣獵長尉・志各一人一〈長等掌二各府列卒廿二人一〉(64)」とあり、「おそらくこの獵長のことで、狩獵の際に隊長を勤める武官であろう。(65)」とされる。『爾雅』に、「冬獵為レ狩(66)」とあり、「狩」「獵」、共に和語「かり」を表わす文字である。左にも類例がある、狩の際の列卒は二列、左右の衛門府から各二〇名、それぞれを尉《じょう》・志《さかん》各一名が指揮するものと知られる。「非侍従」は、次侍従《じじじゅう》（儀式・行事に際して侍従の職務を補助する）の下にあって、臨時的なものであろう。

（同年）○十二月戊申《十六》。車駕、大原野に幸《みゆき》し遊猟す。親王以下、侍臣、及び、狩長、五位、非侍従以上に禄を賜ふこと各《おのおのしな》差有り。

五年九月戊申《廿六》。北野に遊猟す。山城国司、物を献ず。扈従《こしょう》の五位已上、及び、山城国司已上に禄を賜ふこと差有り。（「司」を「目」とする伝本がある。）

六年十月丙辰《十》。泥濘池《みどろがいけ》に幸し、水鳥を羅猟す。紫野《むらさきの》院《ゐん》に御《おはしま》す。山城国司、物を献ず。日暮に雅楽寮音声を奏す。侍従、并せて狩長、五位、及び、院《ゐん》の預《あづかり》、山城国掾已上に禄を賜ふこと差有り。

「泥濘池」は、貴族の遊猟地で、現在の京都市北区松ヶ崎丘陵南麓の深泥池とされる。[67]「羅猟」は、網で捕獲する猟。「紫野院」は、紫野にあった淳和天皇の洛外離宮で、[68]同天皇出御のもとで、しばしば詩賦などが催された。天長九年四月一一日の詩宴に際して、唐風に「雲林亭」（九月に「雲林院」）と改められた。『日本紀略』の天長九年四月癸酉（一一日）の条に、「幸二紫野院一。御二釣台一。院司献レ物。命二文人一賦レ詩。御製亦成。賜レ禄。新択二院名一。以為二雲林亭一[69]」とある。紫野は、平安京北部、船岡山の北に広がる野。山城国愛宕郡（現京都市北区紫野）に位置し、嵯峨天皇の御代、賀茂社に奉仕する斎王の御所（斎院）が設けられた（紫野院・紫野斎院）。遊猟の適地でもあり、朝廷の標野《しめの》（禁野）が置かれた。洛北七野の一つで歌枕ともなった。

○甲戌《廿八》。天皇、栗前野に幸し遊猟す。親王已下、四位以上、御被を賜ふ。五位已下、及び、山城国掾已上に御衣を賜ふ。山城国、例に依りて物を献ず。又、右大臣〔緒継〕物を献ず。亥《ゐ》の時、還宮す。

○十一月丁酉《廿一》。芹川野に行幸し、遊猟す。

七年十月丁卯《廿七》。天皇、北野に幸し、鶉・雉を猟《か》り、水禽を払ふ。便ち、嵯峨院に幸し、五位已上に衣被を賜ふ。

○十一月乙未《廿五》、栗前野《くりくまの》に幸す。山城国、物を献ず。陪従の親王已下、野を暗《そらん》ずる六位、及び山城国掾已上に禄を賜ふこと差有り。

これには「遊猟」とはないが、引いておく。「野を暗《そらん》ずる六位」の条は、原文に「暗レ野六位。」（『類聚国史』、巻三一）とある。『新儀式第四』の「野行幸事」の条に、「若有下知二猟道一親王公卿幷非参議四位五位上。令レ仰下可レ供二奉鷂飼鷹飼一之由上。(70)」と見える。この猟道を熟知する者をいうのであろう。「猟道」は、猟《かり》をする際の都合のよいみちすじの意。禽獣の平素の通り道（いわゆる獣道《けものみち》、海なら魚道）をもいうか。

八年二月丁亥《十八》。皇帝、水成野《みなせ》に幸す。申の時、澍雨《じゆう》あるも俄頃《にわか》にして〔而〕晴る。多く鶉・雉を獲《う》。酉の時、河陽宮に御《おはしま》す。山城・摂津両国土宜《どぎ》を献ず。親王已下、狩長の大夫《たいふ》、野を暗ずる六位、山城・摂津両国掾已上に禄を賜ふこと差有り。夜深くして還宮す。外従六位下勲六等伴刈田臣継立、外正七位下勲六等他田舎人足主二人に従五位下を借《しやく》す。

末尾の「借」字は、他本に「授」（「辛本（柳本大本）及逸史作授」）とも見えるが、「借す」とは、借授の意。仮に位階を与える借位をいう。(71)「水成野《みなせの》」は、水生野の異表記。「河陽宮」は、既出。「土宜」は、その土地の産物。「大夫」は、五位の称。「外」は、京官（内官）に対する外官（地方官）をいう。

九年九月乙卯《廿六》。乗輿、北野に幸し、鷹・犬を試む。双岳《ならびがをか》、及び、陶野に猟《かり》す。雲林院《うりんゐん》に幸し、侍従已上に禄を賜ふこと差有り。

原文に「試二鷹犬一」とある。こうした書き方は、「鷹犬《ようけん》」（たかいぬ）という犬のことでなく、「鷹と（その相方となる）鷹犬《たかいぬ》」を意味しよう。犬は、鷹のために働く。が、鷹に食い付くこともある。調練が必要である。ともあれ、天皇が北野まで幸して「鷹犬《ようけん》」を試みることはない。これは犬飼（犬養）の担当とするところでもある。因みに、先の天長三年四月二一日に「幸二神泉苑一。令下二渤海狗一逐上二苑中鹿一。中途而休焉。」（『日本紀略』、前篇、巻一四）と見える。(72)

渤海国からの信物の犬を、狩の役に立つかどうか試したのだが、不出来であったらしい。神泉苑においては、天皇が幸して左右馬寮の御馬、相撲などを試すことはあった。

○十一月辛亥《廿三》。皇輿、栗前野に幸し遊獵す。侍臣已上に禄を賜ふこと差有り。

「皇輿」も、「乗輿」に同様である。

仁明天皇

仁明《にんみょう》天皇は、弘仁元年（八一〇）嵯峨天皇第一皇子に生まれ（母橘嘉智子）、同一四年四月淳和天皇の皇太子に立った（一四歳）。同天皇は叔父に当る。天長一〇年（八三三）三月践祚（二四歳）、嘉祥三年（八五〇）三月一九日病により落飾、入道し、同月二一日清涼殿にて崩御した（行年四一歳）。聡明で衆芸を修め、経史を耽読し、漢音にも習熟した。『群書治要』以下、百家の説を通覧し、草書、弓射、鼓琴吹管、医術などにも通じた。同月二三日には嵯峨皇太后（橘嘉智子）は、病により入道した（『続日本後紀』、巻二〇）[73]。

○戊寅《廿五》。天皇栗栖野《くるすの》に幸し、遊獵す。右大臣清原真人夏野、御輿《みゆき》の前に在り。勅《みことのり》して笠を着せしむ。便ち、綿子池《わたごいけ》に幸し、神祇少副正六位上大中臣朝臣磯守をして調養せるところの隼を放ち、水禽を払はしむ。仙輿臨覧して之を楽しむ。日暮に還宮す。扈従の者に禄を賜ふ。（『続日本後紀』、巻二）[74]

天長一〇年九月二五日の条である。「正六位上」は、「従五位下」（『類聚国史』、巻三二）とするテキストもあるが、右が正しいとされる。「栗栖野」「綿子池」は、現在の京都市北区大宮釈迦谷（今、尺八池《しゃくはちいけ》がある）の辺りに位置した野、また、池沼。水禽を狩るには「隼」を遣う。神泉苑でも隼が用いられている。

○乙未《十三》。芹川野・栗隈山《くりくまやま》に行幸し遊獵す。扈従の者に禄を賜ふこと差有り。（『続日本後紀』、巻二）[75]

仁明天皇天長一〇年一二月一三日の条である。

○己丑《八》。芹川野に行幸《みゆき》す。遞《たが》ひに鷹・鶚・隼を放ち、其の接撃を覧《みそなは》す。

（『続日本後紀』、巻二）[76]

承和元年（八三四）二月八日の条である。「接撃」は、接近して攻防するさま。

別にも、「次御二神泉苑一。放レ隼撃二水禽一。天皇献二御馬四疋。鷹・鶚各四聯。嗅鳥犬及御屏風。種々翫好物一。」（後掲、『続日本後紀』、巻七。承和五年一一月二九日の条）などと見えるから、「鷹」「鶚」「隼」の三字は、おおたか、はしたか、はやぶさと表記し分けていたようである。「嗅鳥犬」は、たかいぬ。

仁明天皇承和元年十月壬午《五》、後《淳和》の太上天皇、雲林院に幸《みゆき》し、北郊に遊猟す。内裏の蔵人所の隼を有《も》ちて、之れに従ふ。

（『類聚国史』、巻三二、「太上天皇遊猟」[77]）

遊猟の主体は、後の太上天皇（淳和上皇）である。「雲林院」は、同天皇の洛外離宮（既出）。用いた隼は、「内裏の蔵人所の隼」であった。『続日本後紀』、巻三（同月日の条）参照（『新訂増補国史大系3』、三〇頁）。

なお、この年の春正月二日、仁明天皇が後の太上天皇（淳和上皇）に朝覲した折、太上天皇は、天皇に鷹・犬を献上したという。淳和上皇は、桓武天皇第三皇子である。鷹狩の話もはずんだかも知れない。

承和元年春正月壬子朔《ついたち》。天皇大極殿に御し、朝賀を受く。畢《をは》りて侍従已上、紫宸殿に於いて宴《うたげ》し、御被《かづき》を賜ふ。○癸丑《二》。天皇、後《淳和》の太上天皇に淳和院に於いて朝覲す。太上天皇逢迎す。各《おのおの》中庭に於いて拝舞す。乃ち共に殿に昇り、群臣に酒を賜ふ。兼ねて音楽を奏し、左右近衛府更に舞を奏す。既にして太上天皇、鷹・鶚各二聯、嗅鳥犬四牙を以って、天皇に献《たてまつ》る。天皇、還宮せんと欲して殿より降る。太上天皇、相送りて南屏の下に到るなり。

（『続日本後紀』、巻三）[78]

○戊子《十一》。車駕、栗隈野《くりくまの》に幸《みゆき》し、鷹・鶚を放つ。日暮に還宮す。

（『続日本後紀』、巻三）[79]

仁明天皇承和元年一〇月一一日の条である。「栗隈野」は、山城国久世《くせ》郡の古代地名（郷名）で、現在の京都府宇治市の大久保・広野一帯をいうとされる。

○甲戌《廿八》。芹川野に行幸し、遊獵す。日暮に車駕還宮す。　（『続日本後紀』、巻四）[80]

承和二年正月二八日の条である。『類聚国史』、巻三二にも収める（『新訂増補国史大系』、二〇〇頁）。

○二月壬寅《廿七》。水生瀬野に行幸し遊獵す。扈従の者に禄を賜ふ。日暮に還宮す。　（『類聚国史』、巻三二）[81]

承和二年二月二七日の条である。

○甲申《十三》。箕津野《みつの》に行幸し、遞《たが》ひに鷹・鷂《はしたか》を放つ。扈従の者に禄を賜ふ。日暮に還宮す。　（『続日本後紀』、巻四）[82]

承和二年一〇月一三日の条である。『類聚国史』、巻三二にも収める（二〇〇頁）。「箕津野《みつの》」は、現在の京都市伏見区淀美豆《よどみず》町の辺りとされる。[83] 先の桓武天皇の条には、「瑞野」という訓字表記で見え、『続日本後紀』、巻八、承和六年閏正月一六日の条には「○己亥《十六》。行幸美都野。山城国献御贄。賜親王已下国司判官已上禄各有差。……」[84]との表記でも見える。

○乙酉《十五》。芹川野に行幸し、遊獵す。　（『続日本後紀』、巻四）[85]

承和二年一二月一五日の条である。『類聚国史』、巻三二所収（二〇〇頁）。

○壬辰《廿二》。天皇、神泉苑に幸《みゆき》し、隼を放ち、水禽を払ふ。　（『続日本後紀』、巻四）[86]

承和二年一二月二二日の条である。

次の五例は、仁明天皇承和三年正月二二日、二八日、また、二月一三日、一九日、二〇日の条による。[87]

○壬辰《廿二》。天皇、神泉苑に幸し、遊賞す。見参の五位已上に禄を賜ふ。　（『続日本後紀』、巻五）

○戊辰《廿八》。天皇、神泉苑に幸し、隼を放ち、水禽を払ふ。（『続日本後紀』、巻五）

○壬午《十三》。天皇、神泉苑に幸し、鶻・隼を放つ。（『続日本後紀』、巻五）

○戊子《十九》。先の太上〔嵯峨〕天皇、河内国交野に遊猟す。（『続日本後紀』、巻五）

○己丑《二十》。天皇、神泉苑に幸し、隼を放つ。其の逸気《いっき》横生《わうせい》なるを愛す。麾《さしまね》けば則ち杌〔機〕に応じ、招《を》けば、則ち呼び易し。（『続日本後紀』、巻五）

一例目は「遊賞」とのみある。だが、こうした場合でも鷹飼は随行していた可能性がある。「逸気」は、優れた気性、「横生」は、あふれ出る、盛んであることをいう。北周庾信の『趙国公集序』の「柱国趙国公、発言為論、下筆成章、逸態横生、新情振起」(88)などを踏まえた表現かもしれない。「麾」は、さしまねく、麾呼《きこ》。「招《を》く」は、鷹・隼を呼び返すこと。鼻音を介して後に語形「をぐ」となったらしい。

三年二月戊子《十九》。先の太上〔嵯峨〕天皇河内国交野に遊猟す。

四年十月戊午《廿八》。従五位上百済王慶仲に正五位下を授く。正六位上百済王忠誠に従五位下。先の太上〔嵯峨〕天皇、交野に遊猟せる処より、諷旨有り。因って叙するところなり。（『類聚国史』、巻三二、「太上天皇遊猟」(89)）

承和三年二月一九日の記事（右に重複）と続く四年一〇月二八日の記事とを併せ引いた。先の太上天皇とは嵯峨上皇。『令義解』、巻六に「太上天皇。譲位《ノ》帝《ニ》所ㇾ称《スル》。」(90)とある。「諷旨」は、間接的な指示、御内意。

○丙辰《廿二》。天皇、神泉苑に於いて隼を放ち、水鳥百八十翼を獲たり。是の日、侍従、及び、非侍従、見参の者に禄を賜ふこと差有り。（『続日本後紀』、巻五）(91)

承和三年一二月二二日の条である。「水鳥」は、まがも、こがも、こはくちょう等の冬季の渡り鳥など。

○戊午《廿八》。従五位上百済王慶仲に正五位下、正六位上百済王忠誠に従五位下を授く。先の太上天皇、交野《かたの》に遊猟せ

る処より、諷旨有り。因って叙するところなり。（『続日本後紀』、巻六）(92)

承和四年一〇月二八日の条であるが、遊猟の主体は、先の太上天皇（嵯峨上皇）である。百済王氏と交野（北河内交野郡中宮郷、現在の大阪府枚方市中宮）との関わりは深い。

○戊辰《八》。天皇、神泉苑に於いて隼を放つ。（『続日本後紀』、巻六）(93)

○丁亥《廿七》。天皇、神泉苑に於いて隼を放つ。（『続日本後紀』、巻六）(94)

右二例は、仁明天皇承和四年一一月八日、同月二七日の条である。

○庚子《十二》。水生瀬野《みなせの》に行幸し、遊猟す。扈従の五位已上に禄を賜ふこと差有り。日暮に車駕還宮す云々。

（『続日本後紀』、巻七）(95)

承和五年二月一二日の条である。『類聚国史』、巻三二にも記載されている（二〇〇頁）。「車駕」は、天子の行幸、また、その天子。『令義解』、巻六に「車駕。行幸ニ所レ称スル。」(96)とある。

○癸未《廿九》。先の太上天皇、先づ冷然院に御《おはしま》し、次に神泉苑に御す。隼を放ち、水禽を撃つ。天皇、御馬四疋、鷹・鷂各四聯、嗅鳥犬、及び、御屏風、種々の翫好物を献る。」无位の源朝臣生《すすむ》に従四位上を授く。従五位下滋野《しげの》朝臣貞雄に従五位上、従四位上笠《かさ》朝臣継子《つぎこ》に正四位下、従五位上内蔵宿祢影子《かげこ》に従四位下、无位の菅原朝臣閑子《しづこ》・大中臣朝臣岑子《みねこ》に、並びに従五位下。当日、先の太上天皇に陪《したが》ひ奉る近臣の侍女の類なるを以ってなり。扈従の諸臣、及び、外記・官史・内記等に禄を賜ふこと各《おのおの》差《しな》有り。（『続日本後紀』、巻七）(97)

承和五年一一月二九日の条である。『類聚国史』、巻三二、「太上天皇行幸」の条にも見える（一八二頁）。「先の太上天皇」とは、嵯峨上皇をいう。「冷然院」は、平安京左京二条二坊三〜六町に位置していた嵯峨天皇の後院。弘仁七年（八一六）八月の行幸・詩宴が知られている。後に（天暦八年〈九五四〉直前か）、「冷泉院」と改称されたようである。「神泉苑」は、宮城の南に拡がる八町余の大園池で、古来、種々の遊宴・仏事等が催されてきた。中世以降は衰退し、現在、その一部が京都市中京区神泉苑町御池東入ル（真言宗東寺派神泉苑）に残る。

この日、先の太上天皇（嵯峨上皇）は、冷然院、神泉苑に御して隼を遣い、水禽を狩した。そこで、仁明天皇は御馬四疋、鷹・鶻各四聯、嗅鳥犬、及び、御屛風、種々の翫好物を献上した。陪従した近臣・侍女、官吏等には昇叙、禄を賜った、――とある。「御馬四疋、鷹・鶻各四聯、嗅鳥犬」などとは結構な数字であるが、狩獵を好む太上天皇（嵯峨）のため、御所にあるところからこれを贈ったのであろう。

なお、この条の直前（一一月二七日の条）には、次のように見える。

是日亦源朝臣融於二内裏一冠焉。天皇神筆叙二正四位下一。嵯峨太上天皇第八皇子。大原氏所レ産也。賜二之天皇一令レ為レ子。故有二此叙一。賜二見参親王已下五位已上禄一有レ差。

「源融《とおる》」は、二日前の二七日、内裏において初冠した。仁明天皇は神筆をもって正四位下に叙した。融は、嵯峨太上天皇の第八皇子であり（弘仁一三年〈八二二〉誕生、母は大原全子《またこ》。一説に第一二子とも）、太上天皇はこれを仁明天皇に賜わり、子と為さしめた。故にこの叙あり。見参の親王已下、五位已上に禄を賜わること差有り、――とある。左大臣、従一位に昇り、寛平七年（八九五）八月二五日薨じ（行年七四歳）、正一位が贈られた。豪壮な河原院、宇治の別業などを営み、光源氏の物語のモデルの一人かともされる。

○辛丑《十八》。水成瀬野に行幸し、遊獵す。山城・摂津両国、御贄を献る。親王已下、侍従、及び、国司・已上に禄を賜ふこと差有り。

（『続日本後紀』、巻八）(98)

承和六年閏正月一八日の条である。「国司・」の個所につき、頭注に「国司、此下恐当補主典二字」とある。

○二月癸丑朔乙丑《十三》。天皇、先づ神泉苑に幸す。次に北野に遊覧す。皇太子、駕に従ふ。山城国、御贄を献る。

便ち、右近衛の馬埒に駐蹕《ちゅうひつ》し、先駆を近衛等に命じ、御馬の遅疾を騁試《ていし》す。日暮に還宮す。

（『続日本後紀』、巻八）[99]

承和六年二月一三日の条である。「遊獵」とはないが、文字面に出ていないだけかも知れない。「駐蹕」は、蹕《ひつ》を駐《とど》めること。後出。「先駆」は、馬場で騎《の》り手が競争すること、「右近衛の馬埒」については、第三部、「余論」参照。「騁試」は、馬の走り具合をためすこと。

○乙丑《十七》。車駕、水成瀬野に遊獵す。山城・摂津・河内等国司、御贄を献る。扈従の群臣、及び、国司等に禄を賜ふこと各《おのおの》差有り。

（『続日本後紀』、巻八）[100]

承和六年一二月一七日の条である。『類聚国史』、巻三二所収（二〇〇頁）。

○戊寅《廿五》。交野に行幸す。扈従の群臣、侍従已上、及び、河内・摂津等の国司に禄を賜ふ。日暮に車駕還宮す。

（『続日本後紀』、巻一四）[101]

承和一一年二月二五日の条である。「遊獵」とも「鷹・隼」ともないが、鷹飼を従えたはずである。

○丁酉《十八》。水沼野《みぬまの》、及び、芹河に行幸す。山城国司、御贄を献る。扈従の侍従已上、及び、国司に禄を賜ふこと差有り。日暮に車駕還宮す。

（『続日本後紀』、巻一四）[102]

承和一一年一〇月一八日の条である。地名から推して鷹獵であろう。「御贄」は、天皇に献ずるもの（食事）。

○丁丑《廿九》。水成瀬野に行幸《みゆき》す。山城・摂津・河内等の国司、御贄を献る。離宮に還り、扈従の臣、及び、国司等に禄を賜ふ。日暮に車駕還宮す云々。

（『続日本後紀』、巻一四）[103]

○辛卯《十四》。天皇、水成瀬野に幸《みゆき》す。摂津の国司、御贄を献る。扈従の臣、及び、国司等に禄を賜ふ。日暮に乗輿還宮す。

（『続日本後紀』、巻一五）[104]

右二条は、仁明天皇承和一一年一一月二九日の条、また、翌年二月一四日の条である。「水成瀬野」は、水無瀬の地をいうのであろう。摂津国（大阪府）三島郡島本町広瀬の地の古称である。「鷹・鶚」とも「遊獵」ともないが、この時期、この地に行幸した目的は、放鷹の他はない。この地は、「水生野」（桓武・嵯峨天皇）、「水成野」（淳和天皇）、「水生瀬野」「水成瀬野」（仁明天皇）とも書かれ、桓武、嵯峨、淳和、仁明天皇等の遊獵の地とされてきた（『類聚国史』、巻三二、「帝王一二　天皇遊獵」の条〈二〇〇頁〉）。

○壬寅《廿五》。河陽宮《かやのみや》に行幸し、遊獵す。兵部卿四品忠良《ただなが》親王、及び、百済王《くだらのこにきし》等、御贄を献る。扈従の侍従以上に禄を賜ふ。日暮に乗輿廻宮す。（『続日本後紀』、巻一五）[105]

承和一二年二月二五日の条である。「忠良親王」は、嵯峨天皇第四皇子、生歿は弘仁一〇年～貞観一八年。『三代実録』、巻二八、貞観一八年二月二〇日に薨伝がある（後出）。百済王氏は外戚となる。「河陽宮」は、既出。

○壬子《二十》。双岡《ならびがをか》の下に大池有り。池の中に水鳥群を成す。車駕臨幸す。鶚・隼を放ち、之を払ふ。左大臣源朝臣常《ときは》が山庄、丘の南に在り。因りて御贄を献る。扈従の臣等に饌を賜ふ。（『続日本後紀』、巻一七）[106]

承和一四年（八四七）一〇月二〇日の条である。『類聚国史』、巻三二所収（二〇〇頁）。「双岡」は、京都市右京区御室にある丘陵地帯である。「源朝臣常」は、嵯峨天皇の皇子、生歿は弘仁三年～斉衡元年六月一三日、四三歳。左大臣、正二位、追贈正一位。仁明天皇・忠良親王らの兄弟であるが、信《まこと》、弘《ひろむ》、常《ときわ》、定《さだむ》、明《あきらむ》、融《とおる》、勤《つとむ》などは源朝臣の姓を賜った（賜姓源氏）。「饌」は、酒食の意。

なお、この前日、双岡の東の墳に従五位下を授けた。仁明天皇は、遊獵の時、この東墳上に駐蹕し、四望（天子が四方を遥拝して山川を祭ることをいう）の地としたためである。ここには、当時、双池《ならびのいけ》と称された大きな自然池があり、冬季には渡り鳥が群れていたようである。

○辛巳《二十》。上《かみ》、神泉苑に幸《みゆき》し、隼を放つ。水鳥百廿翼を獲たり。日暮に侍従已上に禄を賜ふ。（『続日本後紀』、巻一八）[107]

承和一五年正月二〇日の条である。「上」とは、仁明天皇をいう。

○戊申《廿二》。神泉苑に行幸す。転じて北野に幸し、遊獵す。（『続日本後紀』、巻一八）

○壬子《廿六》。双岳《ならびがをか》に幸《みゆき》し、池に臨んで隼を放つ。（『続日本後紀』、巻一八）[108]

右二例、併せて掲出した。仁明天皇嘉承元年（八四八）一〇月二二日、同じく二六日の条である。『類聚国史』、巻三二所収（二〇〇頁）。前者の干支につき、『類聚国史』（『新訂増補国史大系』）に「戊申《廿三》」と注記されているのは誤りであろう（内田正男編著『日本暦日原典』による）。

○三月乙卯朔己未《五》。水生瀬野に行幸す。山城・摂津・河内等国司、御贄を献る。扈従の臣、幷せて、国司已上に禄を賜ふこと差《しな》有り。日暮に車駕還宮す。（『続日本後紀』、巻一九）[109]

嘉祥二年三月五日の条である。「遊獵」とも「鷹・隼」ともないが、「水生瀬野」であれば、鷹狩であろう。

なお、仁明天皇の治世につき、『日本三代実録』に左記のような記録がある。仁和元年九月一四日の条である。

○十四日乙未。卯の時、地震あり。」幕四条を造る料、紺絁十四疋六尺、緋絁十四疋六尺、緋絲一絢、生絲二絢四両、幔四条を造る料、黄絁十六疋、大学寮に賜ふ。是に先だち、式部省、解を修《をさ》めて偁はく、「大学頭従五位上兼守右少弁藤原朝臣佐世《すけよ》の言《まう》して曰く、「令に云く、「凡そ、学生《がくしやう》、公私に礼事有り。儀式を観ぜ令めよ」てへり。又、承和十二年、宣旨に云く、「車駕の行幸の日、官人、文章生等を引きて陪従せよ」てへり。然れば則ち、朝堂の儀、公私の礼、節会・宴享の日、巡狩・遊獵の時、必ず須く学生を率ゐ、縦観《しようくわん》・陪従すべし。而るに、寮に、本より幕幔無し。事に臨んで闕くこと多く、常に煩礙を成す。諸司の例、二条を申請す。当寮は四百の生徒を領し、両幕の容《い》る可きに非ず。望み請ふらくは、四条を以って儲備《ちょび》と為されんことを」てへり。太政官処分す。請ひに依れ［焉］。（『日本三代実録』、巻四八）(110)

この時、光孝天皇は、大学頭藤原佐世の申請により、大学寮の便宜を計り、幕幔四条を造らせた。『類聚国史』の「大学寮」の条にも収められている。(111)「藤原朝臣佐世」は、菅雄の子、文章博士、大学頭、従四位下となるが、藤原基経の家司・侍読を務め、仁和三年宇多天皇即位の折、「阿衡事件」に関わった。昌泰元年（八九八）卒す。『日本国見在書目録』の著がある。「令に云く」とは、『令義解』、巻三、「学令」に、「凡学生。公私《ニ》有《ラム》二礼事《ノコト》一処。令《メヨ》レ観《セ》二儀式《ヲ》一。謂。元日及公卿大夫喪葬之類也。」(112)と見える。「縦観」は、自由気ままに見て学ぶこと。「幕幔」は、式場・会場などに張り廻らす幕。幔幕《まんまく》。「四百の生徒」とは、『令義解』、巻一、「職員令」の「大学寮」の条に、「学生四百人。掌《ル》レ分《チ》二受《クルコトヲ》経業《ヲ》一。」(113)と見える。経業《けいぎょう》とは、経学、即ち、孔孟の道を究める学問をいう。「儲備」は、前もって準備しておくこと。

文中、仁明天皇は、承和一二年、宣旨を下し、「車駕行幸之日。官人引二文章生等一陪従。」と命じたとある。これに従い、大学寮の教育方針として、「然則朝堂之儀。公私之礼。節会宴享之日。巡狩遊獵之時。必須下率二学生一縦観陪従上。」（原文）と意図するが、いつも設備面で難渋していた。そこで、右の処置を戴くことになった。

こうした情況から推せば、仁明天皇は、書物学習のみならず、それぞれの現場における実践・実利の学や詩想・情操の教育を重んじていたと知られる。

光孝天皇

光孝天皇は、仁明天皇第三皇子として天長七年（八三〇）に誕生した。諱は時康、母は藤原総継女沢子（贈皇太后）。承和一三年四品、嘉祥元年常陸太守、翌々年中務卿、仁寿元年三品、貞観六年上野太守、同八年大宰帥、同一二年二

品、同一八年式部卿、元慶六年（八八二）一品を経て、同八年二月二三日陽成天皇の後を承けて践祚した（五五歳）。仁和三年八月二五日源定省（宇多天皇）を親王に復して皇太子とし、翌日崩御した（五八歳）。

光孝天皇の時には、「狩の使」の用例がある（元慶八年一二月二日の条、仁和元年〈八八五〉三月七日の条、同二年二月一六日の条の三例）。これらは、先の第三節に挙げたので、ここには省く。

〇七日丁巳。　天皇、神泉苑に幸す。鷹・隼を放ち、水禽を払ふ。

（『日本三代実録』、巻四八）[114]

光孝天皇仁和元年一二月七日の条である。

〇十四日戊午。芹川野に行幸す。寅の二尅に、鑾駕《らんが》建礼門《けんれいもん》を出づ。門前に到りて蹕《ひつ》を駐《とど》む。勅《みことのり》ありて、皇子源朝臣諱朱雀太上天皇に帯釼を賜ふ。是の日、勅ありて、参議已上は摺布衫・行縢《むかばき》を着す。別して、皇子源朝臣諱、散位正五位下藤原朝臣時平の二人に勅ありて、摺衫・行縢を着せ令《し》む［焉］。辰の一尅に、野口に至る。鷹・鷂を放ち、野禽を払ひ撃つ。山城国司、物を献ず。幷せて酒醴《しゅれい》を設け、獵徒に飲せしむ。日暮、乗輿、左衛門佐従五位上藤原朝臣高経が別墅に幸《みゆき》す。夕の膳《おもの》を進め奉る。高経、物を献る。行《みゆき》に従ふ親王・公卿・侍従、及び、山城国司等に禄を賜ふこと各《おのおのしな》差有り。夜、鑾輿還宮す。」是の日。朝より夕に至り、風雪惨烈なり［矣］。

（『日本三代実録』、巻四九）[115]

仁和二年一二月一四日の条である。『類聚国史』、巻三二、「帝王一二、天皇遊獵」の条にも、これに同じ記事が見えているが、若干字句の差異がある。[116]「朱雀太上天皇」は、醍醐天皇の第一一皇子、名は寛明、光孝天皇の曾孫・宇多天皇の孫に当る。「鑾駕」は、天皇をいう。「建礼門」は、内裏外郭門の一つで、南面中央の正門となる。ここを出て朱雀門を経由するのであろう。「門前」は、建礼門を出た場所か。「蹕」は、行幸の先払い、「駐蹕《ちゅうひつ》」で、行幸の途中で一時乗輿を留めることをいう。「摺布衫」「摺衫」は、狩衣の一種。狩衣は、公家の略装でもあり、「ことに御幸・

社参などの路頭供奉の装束として風流をつくしたので、次第に季節・階級・家格・年齢・吉事凶事の行事の次第などによる地質・文様・重ねの色目・下着の配合・被りもの・はきものなどに詳細な先例が集積して煩瑣な故実を生じた。形態は、布衫を簡易化した盤領（まるえり）・闕腋（けってき）の襖の一種。（後略）」とされる。[117] 冬季であるから、内側に小襖子《あおし》（綿入れ）を着用したであろう。「摺」は、山藍《やまあい》（たかとうだい科の多年生草本）、その他の草木の葉・根を絞った汁を、鳥・水辺・草花などの文様を刻んだ型板を用いて布に摺り込む手法。『万葉集』に「紅《くれなゐ》の赤裳《あかも》裾《すそ》引き山藍《あゐ》もち摺《す》れる衣《きぬ》着て」（巻九・一七四二番）と見える。[118]「衫」は、ころも。「行騰」は、当時、狩の際に、熊などの毛皮で作り、腰から脚部にかけて覆い通す。「野口」とは、野・山の狩猟場の、ここからその領域に入るという場所を野口・山口などという。ここで身支度・手はずを改め、神に祈念する。醍醐天皇延長六年一二月五日大原野行幸の記事（後掲『李部王記』）、また、円融上皇寛和元年二月一三日御子日の紫野御遊の記録（『小右記』広本〈大日本古記録〉、同年月日条）などにも「野口」と見える。『西宮記』の場合、「一、北野行幸」の条に、「但、至二于王卿之鷹飼一、入レ野之後、…」、「其鷹飼入レ野之後、余二大緒一矣」という表現も見える。「物」は、食物・衣服・丁度類など。「酒醴」は、さけ・甘酒。「惨烈」は、厳しくはげしいこと。

右には、芹川野の野行幸において、供奉の参議以上に、勅をもって「摺布衫・行騰《むかばき》」を、また、皇子源朝臣諱・散位正五位下藤原朝臣時平の二人に、「摺衫・行騰」を許したとある。「摺布衫」「摺衫」は、行幸における正規の衣服ではなく、野行幸における主立った人物に、勅をもって着用を許した格別の、この意味でも極めて晴れやかな衣裳であったらしい。後に引く『李部王記』には、「摺染成レ文衣袴」とも見える。この摺り染めの着用は、『文選』、巻八所収の司馬相如作「上林賦」に、武帝の「獵者」が「班文」（虎豹の皮）を被《き》ていたところに倣ったものと考えられる（後述）。

なお、この後、藤原高経は、一二月一八日に加階を受けている。「加」は、『日本紀略』に「加級」と見える。

○十八日壬戌。　詔ありて、左衛門佐従五位上藤原朝臣高経に正五位下を授く。　帝の其の別墅に幸《みゆき》せるを以っての故に、此の加有り［焉］。　（『日本三代実録』、巻四九）[119]

藤原高経は、元慶八年一二月二日、播磨国に「狩の使」を務めてもいる（既出）。父は、藤原長良《ながら》（従二位、斉衡三年七月三日薨、贈太政大臣、正一位）、実兄（母同）は、基経（太政大臣、摂政、従一位、寛平三年正月一三日薨）である。『日本紀略』には、仁和四年二月二日の条に、「蔵人頭藤原朝臣高経上㆓意見五条㆒。」、寛平三年一一月二四日の条に、「於㆓鴨明神㆒有㆓奉幣走馬㆒。勅使右兵衛督藤原高経率㆓遊男廿人㆒。参㆓上下社㆒。」[120]と見え、『尊卑分脈』には、「哥人」、「内蔵頭、左中弁、右兵衛督、正四位下」「母同基経公、寛平五五十五卒」とある。[121]孫に倫寧《ともやす》、その子に道綱母などがいる。

『伊勢物語』、第一一四段には、次のように見える。[122]

むかし、仁和のみかど、芹河《せり》に行幸《（ぎやうがう）》したまひける時、今《いま》はさること似《に》げなく思（ひ）けれど、もとつきにける事なれば、大鷹《おほたか》の鷹飼《たかゞひ》にてさぶらはせたまひける。摺狩衣《すりかりぎぬ》のたもとに書《か》きつけける。

翁《おきな》さび人なとがめそ狩衣《かり（ごろも）》けふばかりとぞ鶴《たづ》も鳴《な》くなる

おほやけの御《（み）》気色《けしき》あしかりけり。を《（お）》のが齢《よはひ》を思（ひ）けれど、わかゝらぬ人はきゝおひけりとや。

わざわざ「大鷹《おほたか》の…」とあるのは、当人が、栄えある「鷹飼（鷹《の》人）」を担当したことがあったのであろう。これは、例えば、醍醐天皇の延長六年一二月五日の大原野行幸の折には「鷹飼《の》親王・公卿立㆓本列㆒、其装束…」などと見えるように、栄えある任務であった（後掲、『李部王記』参照）。「もとつきにける事なれば」とあるのも、元、その任務に就いていたという意味である。その「鷹飼」は、勅をもって右のような「摺染成㆑文衣袴」の着用が許された。

ここの「摺狩衣《すりかりぎぬ》」との言葉には、そうして帝に陪従した往時の栄光が重ねられていよう。

なお、「仁和のみかど」は、光孝天皇（仁和三年八月崩御、五八歳）をいう。その芹川行幸は、先に見たように前年一二月のことであった。この話は、在原業平（元慶四年卒）でなく、兄の「行平の事跡を換骨奪胎して、はなやかな野行幸に従った老人の、今日を限りの奉仕とて懸命によんだ歌が、帝の不興を買うことになったという物語となっている。」(123)とされる。行平は、寛平五年（八九三）七月一九日薨じた（八二歳、七六歳とも）。

○廿五日己巳。神泉苑に行幸す。魚を観《みそなは》す。鷹・隼を放ち、水鳥を撃た令《し》む。彼《かしこ》より、便《すなは》ち、北野に幸《みゆき》し、禽を従《お》ふ。右近衛府の馬埒の庭に御《おはしま》し、左右の馬寮の御馬を馳走せ令《し》む。是の日、常陸太守貞固親王扈従す。太政大臣〔基経〕臣奏して言はく、「遊獵の儀、宜しく武備有るべし。親王の腰底、既に空し。請ふらくは帯釼を賜はらんことを」てへり。帝、甚だ欣悦し、即ち、勅ありて帯釼を聴す。中納言兼左衛門督源朝臣能有の釼を取りて之を帯せ令《し》む。日暮に還宮す。

（『日本三代実録』、巻四九）(124)

先の条に一〇日ほど経た仁和二年一二月二五日の記事である。「北野」は、今の京都市上京区北西部辺りで、北野神社・平野神社などがある一帯。「右近衛府の馬埒」は、北野天満宮（上京区馬喰町《ばくろうちょう》）の南の鳥居を出たところに位置したという。「常陸太守貞固親王」は、清和天皇の第二皇子、母は治部大輔橘休蔭女。大宰帥、三品弾正尹に任じられた。兄は陽成天皇、弟に貞元、貞平、貞保、貞純、その他の親王がいる。「太政大臣」は、関白太政大臣藤原基経（五〇歳）。「腰底」は、大鷹・小鷹の大緒を結い懸ける腰の下あたり。「源朝臣能有」は、文徳天皇皇子、惟喬親王、惟脩親王、清和天皇らは兄弟となる。時に中納言、従三位、左衛門督・検非違使別当であった（四二歳）。仁寿二年源姓を賜り、寛平九年薨去（五三歳）、贈正一位。

宇多上皇

宇多上皇は、その譲位の翌年、昌泰元年（八九八）一〇月二〇日出京し、片野で鷂の「競狩」をし、次いで大和（宮瀧）、河内（竜田山）、摂津（住吉）を巡幸し、一一月一日帰京した。この次第が紀長谷雄（生歿、承和一二年〈八四五〉～延喜一二年〈九一二〉）の筆で記録されている。宮内庁書陵部蔵伏見宮本『紀家集』、巻一四断簡、一巻（函号、伏・六四一）に収めるのがそれで、奥に「延喜十九年正月廿一□□（夜）□江朝綱記之」とある。大江朝綱（生歿、仁和二年〈八八六〉～天徳元年〈九五七〉）の書写になる。東京帝国大学史料編纂掛（大正一四年）、宮内庁書陵部（昭和五三年、便利堂）から複製本が刊行されており、活字翻刻に、①東京大学史料編纂所編纂『大日本史料』の「第一編之二」（左記）、②川口久雄校注『菅家文草　菅家後集』（『日本古典文学大系72』、巻尾の「参考附載」678[125]）、③宮内庁書陵部編『「紀家集」解題釈文』一帖（右便利堂の複製に添える）、④同書陵部編『図書寮叢刊　平安鎌倉未刊詩集』[126]などに収められたものがある。原文は、白文（変体漢文）、草書体で、破損・擦損箇所も多く、読解に難がある。次に、右の①から要所を抜き出す（返り点私意）。

〔伏見宮御記録〕九紀家集　昌泰元年歳次戊午十月廿日競狩記

凡遊獵之事、多致二騒擾一、皆是不二知誡一、不二張制一之使レ然也、故人犯二細過一、箠楚立加、僕従不レ謹、其主相坐、行路粛然、邑落安静、□□（都鄙カ）□苦、今実二録其事一、以貽二後鑒一、其大略□田野無事、聊弄二小鷂一、逍遥歴覧、□条、彼我相乱、藪沢幽曠、左右難レ分、毎異□整馬色、欲使望而易レ識、尋以不レ迷耳、其人数粧束如レ左、

左方

鷂飼九人　掌調練知道、渉獵随宜、摯獲之数、勤思過人事、

頭左近衛中将在原朝臣友于
行事左大辨源朝臣希
　左近衛権中将藤原朝□(臣)定□(国)
番子左近衛少将藤原朝臣滋実
　中宮職亮藤原朝臣恒尚
　中宮職大進源朝臣敏相
　右兵衛権佐良岑朝臣衆樹
　右衛門少尉源茲風
　左兵衛少尉源朝臣浣
　右九人装束、同用新羅□(組)之緒、櫨結□(立カ)総櫨色韝、櫨革著レ鈴、赤白橡□□□□(地色摺衣)、櫨纐袴、火色□□□(小下衣)
櫨□添二餌袋一、葦毛馬、□白玉帯、五位以上著二□馬脛帯(ママ)一、五□(位以下著)二烏犀
帯一、若帯レ劔者、参議用二豹皮□(後)鞘一、五位以上用二虎皮一、六位用二小豹皮一土俗云、阿多羅□、
間諜九人掌遠近影従、記獲多少、糺察詐謀、不受囑請事、
　少納言今枝王
　刑部大輔藤原朝臣連松
　左兵衛権佐平朝臣元方
　散位平朝臣伊望
　主殿助藤原季縄

内蔵大允藤原善行
左兵衛大尉良岑遠視
左馬少允藤原良柯
藤原俊平
右九人装束、同用深櫨染之□衣、同浅地括袴、鹿毛馬□鞘緒等同レ上、
右方鷂飼九人　掌同左、
頭右兵衛督藤原朝臣清経
行事勘解由使長官源朝臣昇
右近衛権中将藤原朝臣善
番子左兵衛佐源朝臣忠相
右兵衛佐平朝臣惟世
右近衛権少将源朝臣嗣
備前権介藤原朝臣春仁
武蔵介藤原朝臣惟岳
能登介源朝臣凝
右九人装束、同用新羅組之緒、青白橡結立、総青色、韝青革、著レ鈴、青白橡地色摺衣、青巻目袴、
志遠色小下衣、青白橡末濃脛巾、青白餌嚢、鴾毛馬黒緋鞦、其帯及劔後鞘等同左、但□同用二
青色一、

間諜九人　掌同左、
右馬頭在原朝臣弘景
左馬助藤原朝臣□□（恒佐）
左衛門少尉橘公頼
右衛門少尉藤原朝見
左衛門少尉藤原元忠
左馬少允平元規
越前権掾橘良利
蔵人源等
源興平
右九人装束、同用深青地墨摺衣、同□地括袴、黒毛馬、其帯及劒後鞘等、同レ上、
次第使二人　掌行列之次、不致濫越、随時上下、指導進退事、
左近衛将監藤原俊蔭
右近衛将監藤原忠房
右二人装束、同著青□橡綾袍□表袴、其下衣上、不拘禁色、其然（ママ）毎□為内裏蔵人也、但
在野外宜著獵□、
当日丙辰、天気微陰、及二巳一剋一、雲収日晴、従行之輩、皆悉会参、巳二剋、次第使等行事、主上駕二御馬一、従臣
皆乗馬、巳三剋、列二南庭一、出レ自二西門一、其行列、左右鷂飼、相分在レ前、左右間諜、相分在レ後、大駕在二於中

央一、蔵人所堪二容貟一者八人、著二紫貲布摺衣一、白絹袴、脛布一歩従、喚継八人、著二青摺衣一、各執二威儀之物一、御胡禄（篠）、御弓、□□（御笠）□御行騰、御水甬（ママ）、御履筥、御大笠、御餌嚢、是□（也）、［　　］嚢鈿令金銀、結以作之、求二於古今一、未レ有レ此□（也）、□□□□（式部大輔）紀朝臣長谷雄、皇大后宮職亮平朝臣好風、式部［　］菅原景行等、午（著脱カ）朝衣扈従、在二大駕之後一、殿上童□人、各著二浅紫地摺衣一、□（韓カ）錦夾レ腰、左右行列、各臂□□（鷹鸇カ）、馬色不定、鷹飼四人、著二帽子一、腹纏行縢、左右相次、典薬頭阿保常世、著二故弊青白橡衣一、随二御薬韓櫃一、陪従［　］、塵落尽、如二青紬形（ママ）一、又其従者二一人、（中略）即自二三条大路一東行、自二朱雀大道一南行、縦観之車、夾レ路不レ絶、男女鱗葺、亘［　］車中之女、争瞻二天顔一、或出二半身一、或忘二露面一、（中略）、巳□□（剋カ）許、到二□条大路一、折而西行、午一剋許、到二川嶋之原一、始命二獦騎一、各以従レ事、（中略）、午三剋［　］渡二葛野河一、且獦且行、渉レ田渉レ野、従レ禽往還、行無二定道一、（中略）、昏黒之頃、到二赤目御厩一、（中略）、左方所レ獲鶉一翼、小鳥九十一翼、以二鶉一翼一、准二小鳥□（五）翼一、都合九十六翼、衆樹（良岑）獲二一小菟一、不三以為二獲物□□（之数）一、□（右）方所レ獲小鳥百廿二翼、右方舞二踏於庭中一畢、（後略）、

（『大日本史料』、「第一編之二」[127]）

鷂《はしたか》による小鷹狩で、鷂飼は紀長谷雄の手になる「競狩記」一篇である。文頭に「聊弄小鷂、逍遥歴覧、」とある。左右に分かれて獵果を競う。主上（宇多上皇）以下、従臣は騎乗した。行列は左右二列で、鷂飼・間諜は左右九人ずつで編成された。鷂飼の装束は、左方は櫨色《はじいろ》（赤味のさした黄色）を主用し葦毛馬に乗り、右方は青白橡《あおじろつるばみ》色で鴾毛《つきげ》馬に乗った。別に「鷹飼四人」も帽子・腹纏・行縢を着し、左右に次いだ。蔵人所の見目良き者八人は、紫貲布摺衣・白絹袴・脛布を著し、歩従した。「行事《ぎょうじ》」は、狩の執行・取り捌きを担当する役、「番子《ばんこ》」は、鷹・馬などを世話する役か。「間諜《かんちょう》」は、影のように付き添い、獵の多少を記録し、不正を防ぐ役。

当日は、朱雀院に巳一剋（午前九時）従行者会参、同二剋、騎乗、同三剋（一〇時）南庭に列し西門より出た。（皇

嘉門大路を北上し）三条大路より東行、朱雀大路で南行した。見物の市民は沿道に溢れ、一目なりとも天顔を拝したいと、物見車の女性も慎みを忘れた。九条大路で西行し、午一剋（一一時）ばかりに川嶋の原（猟場）に着き、初めて獵騎を命じた。何かとハプニングもあったが、夜には徹して酒宴・笛歌が催され、遊女数人も侍った。視聴覚器材のない時代のこと、さしずめ、長谷雄は、筆をもってその様を活写するカメラマンであり、後世への報道マンでもあった。尤も、翌二一日の条には「史臣長谷雄、右脚為㆔馬所㆓踏損㆒、不㆑堪㆓従行㆒□（申）㆑故帰洛、雖㆓悔無㆒㆑及、掻㆑首而已、」とある。長谷雄は、馬に脚を踏まれて負傷し、随行能わずと帰洛したので、この日以後、記録掛は詩友菅原道真（右大将）が担当することになった。

この狩獵のことは、『日本紀略』の「醍醐天皇」、『扶桑略記』の巻二三、その他にも記載されている。

○十月廿日。主上聊弄㆓小鷂㆒。逍遥歴覧。左頭左近衛中将在原朝臣友于。行事左大辨源朝臣希。左近衛権中将藤原朝臣定国。番子左近衛少将藤原朝臣滋実。中宮職亮藤原朝臣恒尚。右兵衛権佐良岑朝臣衆樹等。右頭右兵衛督藤原朝臣清経。行事勘解由使長官源朝臣昇。右近衛権中将藤原朝臣善。番子左兵衛佐源朝臣忠相。右兵衛佐平朝臣惟世。右近衛権少将源朝臣嗣等。当日丙辰。天気微陰。及㆓巳一刻㆒。雲収日晴。従行之輩皆悉参会。巳二刻。主上駕㆓御馬㆒。従臣皆乗馬。列㆓於南庭㆒。出㆑自㆓西門㆒。其行列。左右鷂飼相分在㆑前。左右間牒相分在㆑後。大駕在㆓於中央㆒。蔵人所堪㆓容貌㆒者八人。著㆓紫貲布摺衣㆒。白絹袴脛巾㆒歩行。自㆓三条大路㆒東行。至㆓朱雀大道㆒南行。縦観之車（中略）長谷雄朝臣右脚為㆔馬所㆓踏損㆒。不㆑堪㆓従行㆒。申㆓故障㆒帰洛。已上紀家記。毎事雖㆑多。依㆑煩不㆑能㆓記写㆒。

（『扶桑略記』、巻二三、「醍醐天皇上」）[128]

末尾に「毎事雖㆑多。依㆑煩不㆑能㆓記写㆒」とあるのは一つの立場である。平安時代における鷹狩の実際の陣立ては消去されている。

醍醐天皇

醍醐天皇は、初め源維城といい、元慶九年（仁和元年、八八五）正月一八日源定省《さだみ》（光孝天皇第三皇子）の第一子に生まれた。その父は、仁和三年宇多天皇として即位した。維城は、寛平元年（八八九）一二月親王宣下あって名を敦仁と改めた。藤原基経女温子を継母とした。寛平五年立太子、同九年七月三日受禅（一三歳）、践祚し、同一三日大極殿にて即位した。左大臣藤原時平、右大臣菅原道真（延喜元年〈九〇一〉大宰権帥に左遷）の補佐を得て、昌泰、延喜、延長にわたる親政を敷いた。律令政治最期の君主とされ、文化的にも『日本三代実録』『類聚国史』『古今和歌集』『延喜格式』など、重要な編纂が行われた。延長八年（九三〇）病臥し、九月二二日皇太子寛明皇太子（朱雀天皇、母は基経女穏子）に譲位、同二九日落飾し、崩御した（行年四六歳）。

なお、敦仁親王の実母は内大臣藤原高藤の女胤子である。『公卿補任』(129)によれば、高藤は、寛平六年正月三日、三階越えて従三位に叙せられた（五七歳）。前年四月二日敦仁親王の立太子に伴うものである。高藤は、元慶七年正月、左近少将となっている（従五位上）。源定省と胤子との馴初めは、『今昔物語集』、あるいは、『勧修寺縁起』(130)、『世継物語』などに記されている（第三部第二章第七節参照）。

さて、醍醐天皇の延喜、延長期における遊猟は、はっきりしない。その一部であろうが、『西宮記』の「臨時　人々装束」（「一、野行幸」）に五件見えている（外、一件、「仁和　年、芹川行幸時」云々とある）。遊猟地は、大原野、北野などで、この内、延喜一八年一〇月一九日（北野）、延長四年一一月五（四カ）日の二件は、比較的長文である。その前者が、左記である（細字割書の部分は〈　〉内に記す。後者については六二、六五頁参照）。

延木十八年十月十九日、幸㆓北野㆒。〈大将不㆑参。依㆓承和例㆒無㆓大将㆒也。〉云々。鷂鷹々飼、兼茂朝臣・伊衡・言行、〈已上、青麴塵、雲鴈画㆓褐衣㆒、紅接腰等。但、並如㆓去年装束㆒。但、浅紫布袴、以㆑花摺㆓唐草鳥形㆒。〉雄鷂々飼、源茲・同教。小鷹々飼、源供・良峰義方。〈以上四人、檜皮色布褐衣、嶋黄画二鳥柳花形一。紫村濃布袴、青接腰、帯紫脛巾。〉各臂二鷹鷂一。八人一列、〈小鷹東西。〉立二版位一。西（ママ）鷹々飼、御春望春・播万（磨）武仲・春道秋成・文室春則、各臂レ鷹一列、立二版位西南一。〈已上四人。紫色褐帽子、腹纏行騰並如二去年一。徘徊鱗魚絵二褐衣一。去年用二黄色衣一。其色非レ宜。仍改二用之一。但、鷹飼行時在二輿前一、雄鷂次在二其前一。小鷹次レ之。鷹在二近衛陣前一。〉犬養八人候二安福殿前一。（割注略）云々。畢乗輿到二知足院南一。隼人・左右衛門・左右兵衛等陣及侍従等、以レ次仍倚留。鈴印及威儀御馬等留在二輿後一。親王・公卿等候二輿後辺一。左右近陣左右開レ帳並行。即鷹飼等皆解二大緒一、就レ獦云々。到二船岡一下レ輿就二軽幄座一、仰二親王・納言一、令レ就レ獦。（後略）　（『西宮記』[131]）

「鷂鷹々飼」「雄鷂々飼」「小鷹々飼」「鷹々飼」、「犬養」などの語句が見える。それぞれの要員、行列の順位、また、衣裳からしても、「鷂鷹々飼」、及び、「雄鷂々飼」が優位に置かれていたと知られる。右については、第三部、「宇津保物語」の条でも触れる。

『貞信公記抄』は、藤原忠平（元慶四年生〜天暦三年薨）の日記の延喜〜天暦間の抄本である。記主忠平は、基経の子、時平の弟。摂政・関白、従一位に至る。この延喜一八年一〇月一九日の条に、次のようにある。

十九日、行二幸北野一、皇太子（保明親王）追参、親王・公卿堪二其道一者、着二狩衣一鷹合、日暮賜レ禄有レ差、　（『貞信公記抄』[132]）

「皇太子」とは、保明親王である。醍醐天皇の第二皇子、母は基経女中宮穏子。これに先立つ一〇日の条には、「十日、震宮（保明親王）始二御馬一、為レ従二北野行幸一也、」とも見える。一六歳であった。延長元年三月二一日病死した。行年二一歳。[133]「親王・公卿」で、「其の道に堪へたる者、狩衣を着て鷹合す」とある。当時の鷹飼は、親王・公卿である。「鷹あはす」、「鷹あはせす」という表現があったと知られる。

『貞信公記抄』には、来訪した吏部王（是忠親王）に「鷹・馬」を献じた（延喜一四年一月二〇日の条）、また、「昨日鷹二聯奉㆓入大内(朱雀天皇)㆒」（天慶二年〈九三九〉一月二〇日の条）、「内裏(朱雀天皇)・東宮(成明親王)各貢㆓鷹二聯㆒」（同八年一〇月二日の条）、「河面牧内山下取巣鷹一聯、加㆓出羽守所㆑送若鷹一㆒、差㆓伊尹朝臣㆒奉㆓入朱雀院(朱雀上皇)㆒」（天暦二年七月三日の条）などと見えている。需要に応えたということであろうが、記主も鷹を使ったであろう。また、天慶九年八月一七日、村上天皇は朱雀院に行幸し、太上皇（朱雀）・大后（穏子）に観《まみ》え、還御に臨んで「被㆑献㆓鷹・馬・犬等㆒、馬四疋、鷹聯(脱アルカ)、犬二牙㆒」[134]と見える。朱雀院上皇は鷹狩を愛好したようである。

以上に関連し、明法博士惟宗允亮《これむねのただすけ》著『政事要略』巻六七、「糾弾雑事」に次のように見える。長いので原文を引く（割書細字部を〈　〉内に示し、私に①～⑧の符号を挿入した）。

① 弾正式云、摺染成㆑文衣袴者。並不㆑得㆓着用㆒。但縁㆓公事㆒所㆑着。幷婦女衣裾不㆑在㆓禁限㆒。

② 或云。鷹飼着㆓摺衣袴㆒。御馬乗近衛又号㆓調袴㆒着㆓用摺袴㆒。禁制之外。古来之例也者。③ 今此鷹飼馬乗之類。未㆑見㆘着㆓用摺衣㆒之由㆖。④ 天長二年二月四日宣旨云。一聴㆔鷹飼官人着㆓摺衣㆒事。右左大臣〔冬嗣〕宣。奉　㆑勅。諸衛府鷹飼官人。行幸之時。執㆑鷹供奉。聴㆑着㆓摺衣㆒。⑤ 又類聚部(日カ)仁和二年九月十七日宣旨云。鷹所鷹飼四烈。右近衛将曹坂上安生云々。已上四人許㆓摺衣緋鞦㆒。左兵衛権佐藤原朝臣恒興云々。已上三人許㆓摺衣㆒。左近衛日下部安人已上一人。許㆑不㆑帯㆓弓箭㆒。鷂所鷂飼四烈。右兵衛権少志布勢春岡云々。已上四人許㆓摺衣幷緋鞦㆒。蔭子菅原冬縁云云。已上七人許㆓摺衣㆒。左近衛下毛野松風云々。已上四人許㆑不㆑帯㆓弓箭㆒。中納言従三位藤原朝臣山蔭宣。奉　㆑勅。件等人応㆑免㆓摺衣緋鞦幷兵仗不㆑具之責㆒。⑥ 又延長四年十一月四日宣旨云。右馬頭源朝臣云々。已上四人鷂飼。聴㆑着㆓摺衣袴㆒。近江権大掾御春朝臣望晴云々。已上四人鷹飼。聴㆑着㆓摺衣㆒。左大臣宣。奉　㆑勅。明日可㆑有㆓北野行幸㆒。件等人摺衣宜㆑聴㆓禁止㆒。但毎㆓野行幸㆒。立為㆓永例㆒者。〈自余之例。／具見㆓類聚㆒。〉依㆓野行幸㆒。有㆓別宣旨㆒。御鷹飼等聴㆓摺衣㆒例御鷂飼皆在㆓此中㆒。依㆑斯案㆑之。尋常難㆑着。⑦ 又

撿レ式。御馬乗近衛不レ聴レ着二摺袴一。衛府之輩牢籠自着欤。為レ披二昏蒙一聊以記註。⑧或人云。邑上天皇御代。藤原季平為二蔵人式部丞一。新嘗会着二青摺一立レ列不レ可レ然。式部答云。為二蔵人一輩。被レ聴二雑袍一。不レ存二其旨一。所二教正一不レ可レ然。時人聞云。省台所レ謂遞以有レ興焉。始レ自二此時一。蔵人式部丞。着二小忌装束一立二本列一云々。誠雖二口伝之説一。可レ知二濫觴之時一。

私案。台式云。縁二公事一所レ着。不在二禁限一者。式部所レ陳自叶二章条一。

仁寿四年正月廿日。右大臣《良房》宣。祭使着二用摺袴一。雖下事寄二神供一着用上。莫レ令レ参二宮中一。又鷹飼等着二用細美之摺衣袴一。非二給レ司之摸《様カ》一。早制者。〈左近看督壬生広古。右／近看督山口今継奉者。〉

案。此宣旨不レ載二格式一。亦非二奉　勅一。難レ為二後比一。就レ中上条式。摺染成レ文衣袴、縁二公事一所レ着。不レ在二禁限一者。祭使着用豈非二公事一哉。而称レ莫レ令レ参二宮中一。既是乖二違式意一。况主鷹司廃置之後。無レ有二給レ司之摸《様カ》一。縦雖二鷹飼一何着二摺衣一。有二野行幸一之時。依二宣旨一得レ着。然則件上宣不レ可レ用。但見二此文一之者。恐為二後代之証一。仍欲レ遏二其事一。以述二其意一。

典侍源朝臣珎子宣。奉　レ勅。今日中宮《穏子》被レ奉二歌舞於賀茂神社一。宜レ聴二儛人等着二摺衣一者。〈実仰二蔵人左近衛少／将藤原朝臣実頼一。〉

延長五年四月五日　　左衛門大志惟宗公方奉

案二之。縦《雖脱カ》・神事院宮王臣猶下二宣旨一。可レ令二着用一。任レ意令レ着。似レ無レ所レ憚。（後略）

（『政事要略』、巻六七）[135]

文中、「類聚」「具見二類聚一」とある。『類聚検非違使官符宣旨』に相当するか（和田英松著『本朝書籍目録考証』、一九七〇年四月、明治書院、三一三頁）。前半部の、①部は、標目に相当し、「弾正式」には、摺り染め文様の衣袴は着用禁止となっている。但し、公事によって着用する場合と婦女の衣・裾は禁の限りではない、とある。②以下（一字下げ）は、関連史料である。概要は、②或る人が、鷹飼は摺衣袴を着し、御馬乗の近衛もまた、調袴と号して摺袴を着用するのは、禁制外のことだ。古来の例である、という。③今、この鷹飼・馬乗の類が、いまだ摺衣を着用する由来（根拠）を知らない。④天長二年（八二五）二月四日の宣旨に「一、聴三鷹飼官人着二摺衣一事。右左大臣〔冬嗣〕宣。奉レ勅。諸衛府鷹飼官人。行幸之時。執レ鷹供奉。聴レ着二摺衣一」とあり、⑤また、「類聚」には、仁和二年（八八六）九月一七日の宣旨に、鷹所の鷹飼四烈（中略、これらには摺衣等を許す）、鷂所の鷂飼四烈（中略、同じく摺衣等を許す）とあり、中納言従三位藤原朝臣山蔭の宣に、件らの人（鷂飼・鷹飼各四人）に摺衣等を許す、とある。⑥延長四年（九二六）一一月四日の宣旨に、明日、北野の行幸に件らの人に摺衣等を聴す、野行幸ごとに立って永例となせとある。野行幸に際して、別して宣旨があって御鷹飼・鷂飼等に摺衣を聴した。これによって案ずれば、尋常には着することはできない。⑦また、「式」を撿するに、御馬乗の近衛府には摺袴を着することを聴さない。衛府の輩は他者を丸め込んで自分勝手に着しているのではないか。混迷している道理を明かさんがため、聊かここに書いておく。⑧或る人がいう、村上天皇の御代、藤原季平が、蔵人式部丞として、新嘗会に青摺を着て列に立ったのは間違いだ、と。式部省が答えるには、蔵人は雑袍《ざっぽう》が許されている、それは納得できない、教正は当たらない、という。当時の人がこれを聞いて、式部省と弾正台のいうところが食い違うと興味をもった。この時から始めて蔵人式部丞は小忌《おみ》装束を着して本列に立つことになったと、云々。誠に口伝えの慣例だが、このしきたりの始まった時期を知ることができる。

私に案ずるに、「台式」（弾正台式）に「縁二公事一所レ着。不在二禁限一」という、式部の陳ぶるところ、自から章条に叶う、——となろう。（以下、省略）

①の「弾正式」につき、『延喜式』、巻四一、「弾正台」の条に、「凡揩染成レ文《アヤヲ》衣袴者。並不レ得二著用一。但縁二公事一

所レ著。幷婦女衣裙。不レ在二禁限一。[136]」とある（頭注に、「揩」「裙」は『政事要略』に「摺」「裾」とある、とする）。⑤の藤原山蔭については六八頁参照。⑥の延長四年一一月四日の野行幸については六〇頁参照。この野行幸は、『西宮記』（『神道大系　朝儀祭祀篇二』、一九九三年六月、五七四頁）にも見える。⑧の「新嘗会着二青摺一立レ列」云々は、『延喜式』、巻四五、「左右近衛府」の条に、「凡供二奉十一月新嘗会一小斎官人幷近衛。青摺布衫卅五領。〈細布五領。佐渡布卅領。但有二中宮陣一之時加二請十一領一。〉並請二縫殿寮一。[137]」とある。小斎《おみの》官人は、小忌《おみ》装束で大嘗祭・新嘗祭などにする重いものいみを掌る職員。小斎《おみ》は、小忌《おみ》とも書く（六八頁参照）。「雑袍」、また、藤原季平についても後出。

「摺染成レ文衣袴」については種々の経緯《いきさつ》もあり、細部については、なお、調査する要があろう。しかし、衣服の規定があるにも関わらず、野行幸に勅をもって鷹飼が「聴レ着二摺衣袴一」されたのは何故であろうか。

案ずるに、これは、次のような『文選』、巻八「畋猟中」の「上林賦」に依拠したものであろう。『文選』三〇巻は、梁の昭明太子蕭統の編になる。推古朝（五九二～六二八）に伝来した作品である。

「上林《じょうりん》」とは、漢の武帝の御苑である上林苑をいう。規模は長安を中心に周囲三百余里といわれ、監理を置き、種々の動・植物を集めた。楊雄の「羽獵賦幷序」（同『文選』）に詳しい。秋が過ぎて冬に入る頃、天子は、ここで獵を挙行する。その美々しく壮大な様を描いたのが司馬相如（字長卿、生歿は紀元前一七九～一一七年）の「上林賦」である。「子虚賦」と共に絶品とされ、「子虚・上林賦」とも称されている。

その本文の一部（前後略）、及び、先学の読み下し文（傍線部のみ）と通釈を引用する。次の通りである。[138]

鼓二厳簿一、縦二獵者一。河江為レ陆、泰山為レ櫓。車騎靁起、殷レ天動レ地。先後陸離、離散別追。淫淫裔裔、緣レ陵流レ澤、雲布雨施。生二貔豹一、搏二豺狼一、手二熊羆一、足二壄羊一。蒙二鶡蘇一、絝二白虎一、被二班文一、跨二壄馬一。

・（読み下し文）鶡蘇《かつそ》を蒙《かうむ》り、白虎《はくこ》を絝《はかま》にし、班文《はんぶん》を被《かうむ》り、壄馬《やば》に跨《また》がる。

・〔通釈〕そのいでたちは、鶡の尾羽根を頭につけ、白虎の皮をはかまとし、虎のまだらな皮の服を着、野生の馬にまたがっている。

「この広大な狩り場は、黄河・長江が柵となり、泰山が物見櫓となっている」といい、ここに出動し、縦《はな》たれた獵《りょう》者《しゃ》（供奉の狩獵者）は、貔《ひ》（虎豹の一種）や豹《ひょう》を生け捕り、云々とある。その装束は「絝二白虎一、被二班文一」と見え、これは、「白虎の皮をはかまとし、虎のまだらな皮の服を着、……」と通釈されている。

足利学校旧蔵本（李善注、明州刊本）によれば、傍線部には次のような訓点が付されており（平仮名はヲコト点）、

蒙《フリ》鶡〔入声〇点〕曷－蘇〔平声〇点〕を一・絝苦故白－虎〔上声〇点〕を一・被《フリ》斑〔平声〇点〕－文〔平声軽〇点〕を一・跨《ノル》野－馬に一、

また、「野馬」字の下に細字割書で次のようにある（読点私意、／印は改行部）(139)。

済曰皆獣名、絝絆也、被猶駕也、跨騎也、孟康曰、／鶡鶡尾也、蘇析羽也、張揖曰、鶡似雉闘死不卻、／善曰、蒙謂蒙覆而取之、鶡以蘇為奇、故特言之以成文耳、郭璞曰、絝絡也、／善曰、斑文虎豹之皮也、司馬彪漢書曰、虎賁騎皆虎文単衣、跨謂騎之也、

「埜馬」は、五臣注本に「野馬」とある。「鶡」は、やまどり。戦えば死ぬまで止めないので、その尾を飾って武士の冠にしたという。「蘇」は、羽根飾り。「絝」は、はかま、ズボン、行縢《むかばき》の類をいう。「班」「斑」は同字といってよく、まだら、ぶちの意味である。李善注に「斑文」は「虎豹」の「皮」だとある。即ち、「斑文は、虎豹の皮の文様だ」と解される。虎・豹は勇猛で狩に長け、体表に特有のまだら文様を有する。武帝に従う獵者は、皆、白虎や虎豹の毛皮を着用し、どっと獵に取り掛かったのである。狩り場は戦場にも等しい。『魏志』巻一には、武帝（曹操、一五四～二二〇年）の戦を描き、「先以二軽兵一挑レ之、戦良久、乃縦二虎騎一夾撃、大二破之一」(140)と述べる。「虎」は、勇気、剛力を象徴し、「虎騎」「虎賁」など、形容詞的にも用いられる文字である。

日本には、虎・豹の類は棲息していなかったが、毛皮は渡来し、敷物・調度・尻鞘などにも使われていた。『延喜式』巻四一には、虎皮の着用は五位以上、豹皮は参議以上、及び非参議三位に聴すとある（弾正台）。右は、これを模したまだら文様を型木で(141)摺り出したものであろう。これが当面の「摺染成レ文衣袴」、即ち、「摺《すり》衣」である。武帝は「獵者」に「斑文」を着用させた。これに倣い、日本でも野行幸の当日、花形を務める「鷹飼」にこれを被《き》せたい。そこで摺り染めの技法によって「斑文」（虎・豹）を模造し、着用させたのであろう。

関連して、『万葉集』の巻七に、「臨レ時」（「右十七首、古謌集出」の内）として、「不レ時　斑衣　服欲香　嶋針原時二不レ有鞆」（一二六〇番）と見え、また、「譬謌喩」の内の「寄レ衣」として、「今造　斑衣服　面影　吾尓所レ念未レ服友」（一二九六番）と見える。これらは、「斑《まだらのころも》　衣」「斑《まだらの》　衣服《ころも》」と読み、美しいまだらのころもをいうと解釈される。前者に先行しては、「月草尓　衣曾染流　君之為　綵色衣　将レ摺跡念而」（一二五五番）とも見える。これも「綵色衣《まだらのころも》」か、それとも「綵色衣《いろどりころも》」かとされている。(142)これらは、普段に着用する並の摺衣ではない。敢て推測すれば、これらも天皇の狩獵に供奉する青年のため、格別に仕立てた衣裳をいうのではなかろうか。というのも、一二六〇番の次には「山守之　里辺通　山道曾　茂成来　忘来下」（一二六一番）とある。「山守」とは、「大君《おほきみ》の境《さかひ》賜ふと山守《やまもり》すゑ守《も》るとふ山（に）」（巻六・九五〇番）に配置された監理官である。一二六〇番・一二六一番の二首、また、一二五五番や一二九六番なども、間接的ではあるが、天皇の野行幸に関わる歌と見られる。その一二六〇番については、「まだらの衣」は「晴着」であったという注釈もある。先行説（東京の八丈島方言：「晴衣をマダラといふ。ヨケマダラ、デーチケマダラとも謂ふ。」云々(143)）を引いてのことである。

延暦一二年（七九三）一一月一〇日桓武天皇交野に遊獵の折、「右大臣従二位藤原朝臣継縄《つぐただ》献二摺衣一。給二五位已上及命婦采女等一。」（『類聚国史』(144)）と見える。天皇は、このところ、新京を巡覧しながら各地で遊獵し、継縄の別業を行宮とすることもあった。この場合、「五位已上」の獵者（男性）用の摺衣、「命婦采女等」の女性用の摺衣など、摺り柄《がら》も異なる複数種を献じたのであろう。関連して、後の『夫木和歌抄』に、宗尊親王（鎌倉幕府第六代将軍）の歌に「うき恋は　まだら衣の　とにかくに　一色にやは　そでもぬれける」（雑一五・一五五五七番）と見える。[145]これも右に同様の摺り染めの「斑文」、即ち、特別仕立てのまだら文様の染物で、かつ、男性用の晴れがましい衣服であったらしい。「まだらの衣」にも、デザイン・色・形などにバラエティーはあったであろう。

以上からして、「摺染成㆑文衣袴」は、既に、万葉時代には狩衣などに着用することがあった、就中に、淳和天皇は、野行幸に際し、勅をもって、意匠を凝らした「まだらの衣」の摺り染めを鷹飼の正装とした、――と解される。

なお、「藤原朝臣山蔭」は、清和天皇（貞観一八年〈八七六〉退位）のもとで蔵人、近衛少将を務め、太政大臣藤原良房（貞観一四年〈八七二〉薨）の後、従四位下、蔵人頭、右近衛権中将となる。陽成天皇の元慶三年従四位上、参議となり、光孝天皇の仁和二年（八八六）従三位、中納言、同三年兼民部卿、同四年二月四日薨じた（行年六五歳）。「藤原季平」は、各国国司を経た後、貞元二年従三位（造宮賞）、天元五年治部卿、翌永観元年（九八三）六月一一日薨じた（行年六二歳）。「雑袍《ざつぽう》」につき、勅許を得た三位以上は直衣《のうし》（色目《いろめ》の制限のない公家の平服）のままで参内することができた。こうした場合の直衣を雑袍という。[146]「小忌装束」は、小忌衣に同じ（既出）。大嘗会・新嘗祭などの神事に際し、白布に春の草木・小鳥・水流などを藍摺りし、斎戒して祭官が着用するころも。「中宮（穏子）」は、藤原基経女、醍醐天皇皇后となり、朱雀・村上天皇らを生む。天暦八年（九五四）崩御、行年七〇歳。「藤原朝臣実頼《さねより》」は、忠平の長子、村上天皇に仕え、左大臣、従一位、摂政・関白、太政大臣に昇り、天禄元年（九七〇）薨ず。行年七一歳。贈正一位。有職故実（小野宮流）に通じた。「惟宗公方《これむねのきんかた》」は、明法博士、父は惟宗直本《なおもと》、允亮は孫。醍醐、朱雀、村上、冷泉の四代に仕え、『本朝月令《ほんちょうがつりょう》』の著がある。

有職書の一つ、『西宮記』（西宮左大臣源高明著）、「臨時四　人々装束　野行幸」に、次のように見える。

延長六年十月十八日。貞公記云、中使平頭《平時望》立二門外一、御《仰》狩事也、鷹飼親王・大納言摺衣。自余麹塵。諸衛府生以上、褐衣・腹纏・行騰、舎人、青摺。狩長四人、狩子卌人定了。（『西宮記』[147]）

「貞公記」とあるように、『貞信公記』の延長六年（九二八）一〇月一八日の条に、かくあったものらしい。「西宮記」のこの記事は、『大日本古記録　貞信公記』（東京大学史料編纂所編纂）の「貞信公記逸文」の部にも収められている。[148]「狩長」は、既出。この折の鷹狩は、左記のように実施された。

『李部王記』には、次のように見える。[149]延長六年一二月五日大原野（西京区大原野南北春日町辺）の行幸の記事である。原文を引くが、異文との関係もあって読みにくいので、試みに、本文の部分に私に返り点を付した。

五日、大原野行幸、卯初上御輿《醍醐天皇》、自二朱雀門一至二五条路一西折、到二桂河辺一、上降レ輿就レ幄、群臣下レ馬、上御輿、群臣乗馬渡二〔浮ヲ〕橋一、方舟、其上為輿敷板、自二桂路一入二野口一。鷹飼到レ此持レ鷹、員外鷹飼祇候、武官著二青摺衣一者四人、摺衣徒《者従祠ヲ》伺所二扈従一也、

鷹飼親王・公卿立二本列一、其装束御赤色袍、親王・公卿及殿上侍臣六位以上著二麹塵袍一、諸衛官人著二褐衣・腹巻・行騰一、諸衛服上儀、府宰《掌ヲ》以上著二腹巻・行騰一、悉熊皮、唯腹巻四位・五位用二虎皮一、六位以下阿多良志及麑皮通用、無文《毛ヲ》、皮者用色皮、以上武官着《差ヲ》二小手一、馬寮・内舎人等同諸衛、鷹飼親王・公卿著二地摺布衣及袴、或〔用柴ヲ〕木蘭色〔綺袴ヲ〕一、小襖子餌袋一、犬鷹著二豹皮腹巻一、及レ到二野口一、著二狼皮行騰一、四位以下同二大井河行幸一、乗輿按行、出二日華門一、自二左近陣一於《出ヲ》二朱雀門夫門《夾欤》一就レ路、鷂人院朝臣《浣欤》・伊衡朝臣《藤原》・朝頼朝臣《藤原》在二将前一、鷹人茂春・秋成・武仲・源教在二公卿〔前ヲ〕一、鷹人陽成院一親王《元良》・按察大納言《藤原仲平》、〔鷂人中務卿・弾正尹《代明》・陽成院三親王《元長》在二公卿前一、仁和二年芹河行幸日、公卿皆著二摺衣一在レ前、旧記云、正五位下藤原朝臣時平著二摺衣一立レ列亘二

獵野ヲ二〕、従二獵卒一行レ〔獵之ヲ〕、至二御輿墳一、進二朝膳一、親王・公卿著二平張座一、於二墳頂一眺望已下（卓　欨）、召二中少将一、右権中将実頼（藤原）朝臣・少将中正（藤原）進持二御璽筥・劔一、上降二墳路一、右兵衛佐仲連（良岑）候二御前一、料二理鷹人所レ獲之雉一、殿上六位昇二俎具一、御厨子所進二御膳御台二基一、蔵人頭時望（平）朝臣陪膳、侍従以衡賜二王卿〔公ヲ〕饌一、侍従手長益送、六条院（宇多法皇）被レ貢酒二荷・炭二荷・火爐一具、殿上六位昇レ之立二御前一、即解二一瓶一、至二雉調所一充二供御一、充二公卿一料、近衛将監役レ之、〇菊亭家本（河海抄〔ヲ〕ヲ以テ校ス）李部王記

『李部王記』は、重明親王の著になる。右は、「菊亭家本李部王記」を底本とし、『河海抄』をもって校訂したものである。この後に、『扶桑略記』からの引用本文（「重明親王記略抄」）も並置されている。合わせ見るべきだが、今、省略する。一三行目「眺已下（卓欨）」の右傍「㒷欨」の「㒷」は「畢」字の異体字。

一行目の「上」は、醍醐天皇。大原野行幸の記事に続き、「大井河行幸」「仁和二年芹河行幸日」、その他の先例が引かれ、詳しく、所定の衣裳、装具が記録されている。大鷹・鶉を遣い、雉を狩った。「鶉《の》人」「鷹《の》人」などと、親王以下の担当者が挙げられる。それぞれに勅許を得て「公験」を有していたのであろう。また、鷹人の獲った雉は随行の料理人の手で料理し、御膳に進めた。陪膳の平時望は、延長五年二月九日蔵人頭に任じられた（時に従四位下）。

重明親王（生歿、延喜六年〈九〇六〉～天暦八年〈九五四〉）は、醍醐帝の第四皇子、三品、式部卿（唐名吏部）に昇り、『李部王記』を遺した。『江談抄』に「忠文民部卿好レ鷹」として、次のような話が見える。[150]

忠文民部卿好レ鷹。重明親王為レ乞二其鷹一。向二宇治宅一。忠文以レ鷹与二親王一。々々臂レ之還。於レ路遇レ鳥。此鷹頗以凡也。親王則自レ路帰。返二与鷹忠文一。々々更取二他鷹一云。此鷹欲レ令レ献。恐不レ為二其用一。則与レ之。李部王得レ之還。於レ路遇レ鳥放レ之。鷹入レ雲去。此鷹五十丈之内得レ鳥。必（摯）レ之云々。頗知二主之凡一飛去歟

「忠文《ただぶみ》」は、藤原式家枝良の子、左馬頭・右近衛少将、諸国守を経て参議となる。天慶三年平将門乱の時は征東大

将軍、翌四年藤原純友の乱の時には征西大将軍となった。民部卿、正四位下に至り、天暦元年（九四七）六月二六日歿、行年七五歳。贈中納言、正三位。鷹、馬の上手で、本書には他にも数話が残されている。「宇治宅」は、その別荘。重明親王は、忠文から鷹を貰い受けた。だが、最初の鷹は凡鷹だと分ったので返した。次のは「五十丈之内」なら必ず鳥を摯るという逸物であったが、親王はこれを逸らしてしまった。鷹は、主の凡庸なるを知ったから逃げたのであろう、という。「摯」（底本、醍醐寺蔵『水言鈔』）は、前田尊経閣文庫蔵本に「撃」字。

『江談抄』は、後冷泉以下五朝に仕え、白河院司別当を兼ねた大江匡房（天永二年〈一一一一〉薨、七一歳、正二位、権中納言）の言談を蔵人藤原実兼（通憲父、生歿は応徳二年〜天永三年）が筆録したものである。

第五節　薨卒伝に見える「鷹・犬」

薨卒伝を通して、その人物と「鷹・犬」との関わりを見よう。

住吉綱主

散位従四位下住吉朝臣綱主卒す。綱主、善射を以って近衛と為《な》す。後に将曹・将監を経たり。人と為《な》り恪勤にして宿衛怠らず。好みて鷹・犬を愛す。多く士卒の心を得《え》、仕へて少将に至る。卒時、年七十七。

（『日本後紀』、巻一二）(151)

桓武天皇延暦二四年（八〇五）二月一〇日の条、住吉綱主卒伝である。天皇の鷹狩に随行した人物であろう。

坂上田村麻呂

○[廿三]丙辰。大納言正三位兼右近衛大将兵部卿坂上《さかのうへ》大宿祢田村《たむら》麻呂《まろ》薨ず。正四位上犬養《いぬかひ》の孫、従三位苅田麻呂の子なり。其の先、阿智使主《あちのおみ》は、後漢《ごかん》の霊帝《れいてい》の曾孫なり。漢祚、魏に遷りて、国を帯方に避け、誉田《ほむだ》天皇の代に部落を繂《ひき》ゐて内附す。家世は武を尚《たふと》び、鷹を調へ、馬を相す。子孫業《げふ》を伝へ、相次ぎて絶えず。田村麻呂は、赤面・黄鬚にして勇力人に過ぐ。将帥の量《りやう》有りて、帝《みかど》之を壮《さう》とす。延暦廿三年、征夷大将軍を拝し、功を以って従三位に叙す。但し、往還の間、従者限り無し。人馬給し難く、累路費《つひ》え多し。大同五年、大納言に転じ、右近衛大将を兼ぬ。頻りに辺兵を将《ひき》ゐ、出づる毎に功有り。寛容にして士を待ち、能く死力を得たり。粟田の別業に薨ず。従二位を贈す。時に年五十四。

（『日本後紀』巻二一）[152]

嵯峨天皇の弘仁二年（八一一）五月二三日の坂上田村麻呂の薨伝である。その家門は武を尚び、鷹を調養し、馬の能力を判別した、子孫、家業を伝えて脈々と絶えず、――とある。「霊帝」は、後漢の第一二代皇帝、名劉宏。在位は建寧元年（一六八）～中平六年（一八九）。後漢も末期に及び、農民の反乱（黄巾の乱）や飢饉、災害などが続いた。「漢祚、魏に…」は、後漢の皇位は魏に奪われたことをいう。「部落」は、一族、部族。「内附」は、日本に帰化すること。「量」は、才能。「辺兵」は、国境防衛の兵。「(士を)待ち」は、大事にもてなす意。

巨勢野足

○[十四]乙巳。中納言正三位巨勢《こせの》朝臣野足《のたり》薨ず。人と為《な》り、鷹・犬を好む云々。年六十八。

（『日本後紀』巻二五、佚文）[153]

弘仁七年一二月一四日巨勢野足の薨伝である。この原文の前半部、及び、行年は『日本紀略』の同年月日の条に見える。(154)「為人好鷹犬云々」の語句は、『公卿補任』の同年の条に見える。(155)野足は、参議、従三位、兵部卿堺麿の孫、式部大輔・左中弁・河内守・正四位下苗麿の一男に生まれ、備中守、右大将、備前守等を経て、勲三等、中納言、正三位に昇った。歴代天皇の狩猟にも供奉したであろう。

藤原道嗣

散位従四位下藤原朝臣道継卒す。道継《みちつぐ》は、従五位下鳥養《とりかひ》の孫、贈従二位大納言小黒麻呂《をぐろまろ》の第二子なり。才能聞《きこ》えず、武芸小《すこ》しく得たり。酒、及び、鷹を好み、老いて弥《いよいよ》篤し。時に年六十七。（『日本後紀』、巻三〇、佚文）(156)

嵯峨天皇弘仁一三年二月二四日藤原道継の卒伝である。「聞えず」は、世間の評価のないこと。「篤し」は、熱心にこころざすこと。父小黒麻呂（延暦一三年七月一日薨、行年六二歳）につき、『尊卑分脈』によれば、「贈従一位／桓武天皇御宇／造平(安脱カ)京使」との傍注がある。(157)『類聚国史』、巻六六にも収める。

伴　弥嗣

淳和天皇弘仁十四年七月甲戌《廿二》。越後守従四位下伴宿祢弥嗣《いやつぐ》卒す。従三位伯麻呂の男なり。延暦十九年、従五位下に叙す。大宰少弐に任ず。弘仁七年従五位上。十三年正五位下。十四年従四位下。頗る歩射《かちゆみ》に便なり。苦鷹・犬を好む。人と為《な》り、疾悪にして、人を射るを憚らず。晩《おそ》く而《し》て操《みさを》を改め、暴慢聞え不《ず》。時に年六十三。（『類聚国史』、巻六六）(158)

淳和天皇弘仁一四年七月二二日伴弥嗣の卒伝である。「歩射」は、歩射《ぶしゃ》とも。騎射の対。「苦」字は、異文があるが、「苦《はなは》だ」の意か。

安倍男笠

○五月丁卯朔。散位従四位上安倍朝臣男笠《をがさ》卒す。延暦十七年従五位下に叙し、右兵衛佐に任ず。左馬頭に遷任し、参河守を兼ぬ。弘仁の初、従五位上に叙し、駿河守に任ず。俄《にはか》に従四位下に叙し、主殿頭《とのものかみ》に拝任す。尋いで従四位上を授く。性《ひととなり》質素にして、才学無し。職を内外に歴て善悪聞こえず。鷹を調《ととの》ふる道は衆倫に冠絶《くわんぜつ》す。桓武天皇、之を寵し、屢《しばしば》竜顔に侍り。卒時、年七十四。

（『日本後紀』、巻三四、佚文）(159)

淳和天皇天長三年（八二六）五月一日安倍男笠の卒伝である。『類聚国史』、巻六六に収める（二八一頁）。人となり質素で才学なしと評されながら、抜群の養鷹術を有しており、それ故、嵯峨天皇は、これを俄に従四位下に叙し、主殿寮の長官に抜擢し、次いで従四位上を授けたらしい。兵衛府・馬寮を経たなら馬術にも長じている。桓武天皇はもとより、嵯峨天皇、及び、淳和天皇の野行幸《ののみゆき》（狩猟）にも親しく供奉したとみられる。また、国守として任国に下ったなら、そこでも鷹を遣った蓋然性が高い。禁制の鷹狩は、このパターンで地方に広まっていったのであろう。「内外」は、内官《ないかん》と外官《げかん》。前者は在京の官衙の官吏、後者は地方官。「善悪聞こえず」とは、良くもなく悪くもないといった評価をいう。「毀誉不レ聞」ともいう。「冠絶」は、飛び抜けて優れていること。

安倍雄能麻呂

八月丁酉二。従四位上安倍朝臣雄能麻呂卒す。従五位下億宇麻呂の孫、因幡守従五位上人成の子なり。弘仁元年従五位下に叙す。八年従四位下。十三年従四位上。初め鷹を調ふるを以って達すること得たり。他の才学無く、品《ひん》秩《ちつ》の顕要《けんよう》なるは一身の幸《さいは》ひなり。

（『類聚国史』、巻六六）(160)

天長三年八月二日安倍雄能麻呂の卒伝である。「鷹を調ふるを以って…」出世したという。嵯峨、淳和天皇に奉仕したのであろう。「品秩」は、位と禄。また、貴賤のたぐい。「顕要」は、身分の高い地位。また、その人。

良岑安世

〇戊寅。大納言正三位良岑《よしみね》朝臣安世《やすよ》薨ず。従二位を贈る。太上天皇、挽歌二篇を製《つく》る。少《わか》くして鷹・犬を好み、騎射《むまゆみ》を事とす。自余の伎芸、皆、多能と称す。比《ころ》は成立に及び、始めて孝経《かうきやう》を読む。書を捨てて歎じて曰はく、「名教《めいけう》の極《きは》み、其れ玆《ここ》に在《あ》らん乎《か》」てへり。七月、同母兄左大臣冬嗣薨逝す。病を謝して上らず。中使、屡《しばしば》催すも禁中に入るを肯《かへ》んぜず。

（『日本後紀』、巻三八、佚文）(161)

淳和天皇天長七年七月六日良岑安世の薨伝である。今、黒板伸夫・森田悌両氏の整理された本文を読み下したが、『日本紀略』には、「〇秋七月癸酉朔六戊寅。大納言正三位良岑朝臣安世薨。贈二従二位一。太上天皇製二挽歌二篇一。(162)」とある。また、『公卿補任』の弘仁七年・天長三年の両条における尻付等に、右と共通する文言があり、その前の条には「延暦四年乙丑生。少好鷹犬。事騎射。自余伎芸皆称多能。比及成立。始読孝経。捨書而歎曰。名教之極。其在玆乎。延暦廿一十二廿七特賜姓良峯朝臣。貫右京。大同二十一ー右衛士大尉（廿三）……」、後の条には「七月同母兄左大臣冬嗣薨逝。謝病不上。中使屢催。不肯入禁中。」と見える。(163)「少好鷹犬」といった表現類型は、『三国志』、「魏書一」の「武帝紀第一」の注に、「曹瞞伝云、太祖少好飛鷹走狗、游無度…(164)」と見える。

「安世」は、桓武天皇の皇子、母は百済宿祢永継。蔵人頭・左衛門督・右大弁・参議・左大弁・右近衛大将などを経た。行年四六歳。『凌雲集』（弘仁五年頃成）に序を認め、天長四年滋野貞主らと勅撰漢詩文集『経国集』二〇巻（内、現存は六巻）を撰した。なお、同母兄冬嗣は、天長三年時、左大臣、正二位、左大将であった。行年五二歳。

「太上天皇」は、嵯峨天皇。「成立」は、成人し、身を立てること。「孝経」は、一三経の一。孔子と曾子の問答によって孝について説く。「名教」は、儒教に説く、人倫の名分を明らかにする教え。「中使」は、勅旨を伝える特使。

伴　友足

散位従四位上伴宿祢友足卒す。友足は、延暦廿二年内舎人《うどねり》に任じ、弘仁の初、左衛門の大尉に除す。弘仁五年従五位下に叙し、右兵衛佐を拝す。天長六年加賀守を兼ぬ。遠江守・常陸介に遷る。十月左衛門佐に任ず。十年（天長）従四位下を授く。友足、人と為《な》り平直にして物情に忤《さから》はず。頗《すこぶ》る武芸有りて、最も鷹・犬を好む。百済の勝義王と[与]、同時に獵狩するなり。但《ただ》、其の用心の各《おのおの》同じからざるのみ[耳]。勝義王は鹿を獲て必ずしも其の肉《しし》を分かたず。友足は御贄《みにへ》を献り、余《のこり》は偏へに諸大夫に遺し、一臠《ひときれ》として留めず。是れに由り、諸大夫の戯《あざ》れて言はく、「閻楽王に至りて、縦《たと》ひ友足を以って悪趣《あくしゅ》に配せば、我ら之を救ひ、必ず脱《まぬが》れ出で令《し》む。謬《あやま》ちて勝義を以って浄《じゃう》刹《せつ》に赴《おもむ》けば、我ら亦、陳べ訴へ、泥黎《ないり》に擠《お》し墜《おと》さむ」てへり。友足年六十六にて卒す。自らの属纊《ぞくくわう》の期《とき》を知り、沐浴束帯し、病無く而《し》て終れり。有識之れを異《あや》しみ、僉《みな》曰《い》はく、「生くる処、識る可《べ》き人なり」てへり。

（『続日本後紀』、巻一三）(165)

『続日本後紀』、仁明天皇承和一〇年（八四三）正月五日の条、伴友足の卒伝である。友足は、桓武天皇延暦二二年以来、以下の五代に仕えたらしい。就中、桓武天皇に仕込まれた鷹術を嵯峨、淳和、仁明天皇のもとで発揮したのではなかろうか。「兼」字は、『類聚国史』に「拝」（巻六六、二八七頁）。「御贄」とは、天皇へ捧げる狩の獲物、御膳《おもの》。「一臠」は、肉の一切れ。「悪趣」は、地獄のこと。「浄刹」は、浄土のこと。極楽浄土。「泥黎」は、「泥犁《ないり》」（梵語）に同じ。地獄の意。「属纊」は、綿入（死装束）を調えること。「勝義王」は、後述。

大野真鷹

散位従四位下勲七等大野朝臣真鷹《またか》卒す。左近衛中将従四位上勲五等真雄の子なり。弘仁元年、春宮坊主馬首に任じ、漸《すす》みて左兵衛・右衛門少尉を歴たり。十二年従五位下に叙し、散位頭、大監物、左兵衛佐に至る。淳和天皇践祚ありし天長の初、右近衛権少将に任ず。旧臣たるを以ってなり。尋《つ》いで正五位下を授け、中将に転ず。九年、従四位下を授く。　天皇脱屣《だっし》ありて閑に御《おはしま》す日、猶、真鷹が身を公家《こうか》に留む。是の歳（天長十年）冬十一月、大嘗会に供し、陣畢《をは》りて自ら兵仗を褫《ぬ》ぎ、権中将藤原朝臣助《たすく》に贈与せり。私に退去して綴喜《つづき》の第に隠《かく》る。爾後《そのご》、復《ふた》たび出仕せず［焉］。真鷹、素《もと》より文学無く、且《か》つ鷹・犬を好むと雖も、而も砥礪《しれい》して公に従ひ、夙夜懈《おこた》ら匪《ず》。又、平生俸分を抽《ぬ》き割《さ》きて、経を写し像を造り、人を使《し》て知らしめず。齢の崦嵫《えんじ》に迫るに至って、頓《ぬか》きて以って供養し薫修《くんじゅ》す。後家をして追福の煩ひ无《な》から令《し》む。父子武家にして、而も此の行跡を同じうす。観る者歎息し、我の如《しかあ》らざるを悪《は》づ。厥《そ》の後、紀伊権守を拝せ被《ら》るも、未だ国に之《いた》らざるに卒せり。時に年六十二。[166]

（『続日本後紀』、巻一三）

仁明天皇承和一〇年二月三日の条、大野真鷹の卒伝である（出生は延暦元年）。「春宮坊主馬首」は、春宮坊の主馬署の首《かみ》をいう。「散位頭」は、散位寮の長官。定員は一人。相当官位は従五位下。「大監物」は、中務省の官職の一つ。庫蔵の物の出入を監察する職掌に、大監物二人、中・少監物各四人、史生四人があった。「旧臣」は、多年の精勤。「脱屣」とは、位を去ること、即ち、淳和天皇の譲位をいう。「公家」は、朝廷。おおやけ。「陣」は、大嘗会の警衛のため、右近衛中将として任務に就いた詰所。「藤原朝臣助」は、藤原内麻呂の第一一男。生歿は延暦一八年〜仁寿三年（八五三）、行年五五歳。正四位下、参議に至る。淳和天皇の時、蔵人頭を務め、この天長一〇年には正五位下で右近衛権中将になっている。「綴喜の第」は、山城国（京都府）綴喜郡《つづきぐん》の内に構えた邸宅。「文学」は、学問、学芸。「砥礪」は、刃物を研《と》ぎ磨くように研鑽すること。「崦嵫」は、甘粛省天山県の西方にあった、日の沈む山という。

『山海経』、「西山経巻二」の末尾の段に「崦嵫之山」とも「其中多砥礪」とも見える。右は『山海経』のこれを踏まえたらしい(167)。「武家」は、五衛府、軍団等の武官をいう。「行跡」は、（武官としての）経歴。『類聚国史』、巻六六にも同文を収める（二八七頁）。

「弘仁元年（八一〇）」とは、いわゆる薬子《くすこ》の変（既出）を意味しよう。嵯峨天皇は、この前年（大同四年）四月一日受禅した。同天皇は、桓武天皇第二皇子として延暦五年誕生し（母は藤原乙牟漏）、三品中務卿を経て大同元年五月同母兄平城上皇の皇太弟となっていた。しかし、藤原仲成・薬子（前帝平城上皇尚侍）の兄妹は、前帝の重祚を画策し、事は軍事に及んだ（元年九月一〇〜一二日）。この結果、平城上皇は出家し、仲成は射殺され、薬子は自殺した。皇太子高岳親王（平城上皇第三皇子、真如法親王）は廃太子となり、代わって大伴親王が立太子した。右の「春宮（坊）」とは、この大伴親王をいう。同親王は、桓武天皇第三皇子、母は藤原百川女旅子である。延暦一七年四月元服し、三品兵部卿、大同元年治部卿、同三年中務卿となり、弘仁一四年四月一六日嵯峨天皇の退位により、同月二七日即位した。淳和天皇である。天長一〇年二月二八日仁明天皇に譲位した。

右、真鷹の卒伝には「旧臣」との評価も見える。大きな政争もあったが、彼は、馬、鷹・犬をもって嵯峨、淳和、仁明の三朝に仕えたのであろう。これは公務の一端でもあった。その名も養鷹の技に因むのかも知れない。

藤原緒嗣

○庚戌《廿三》。致仕の左大臣正二位藤原朝臣緒嗣《をつぐ》薨ず。例に依り、使を遣はして喪事を監護せ令むるも、遺言して受けず[焉]。詔《みことのり》して曰く、「功を念《おも》へば惟《こ》れ深し。徳を懐《おも》へば即ち旧《ふる》し。天工《てんこう》の綱紀を惣じて、人臣の重望を為す。況ん乎《や》朕の幼郁《えういく》より、王室を比翊《ひよく》せるをや。志は鷹・隼に同じく、摻《せん》は松《まつ》・筠《たけ》に均《ひと》し。夫れ哀《かなし》みは以って往くを悼み、栄《ほまれ》は以って終ふるを餝らむ。宜しく寵贈を崇め、用ゆるに幽壌《いうじやう》を光《て》らすべし。贈るに従一位をもってすべし」てへり。緒嗣は、参議正三位式部卿大宰帥宇合の孫にして、而も贈太政大臣正一位百川の長子なり。桓武天皇の延暦七年春、緒嗣を殿上に喚び、加冠せ令《し》む［焉］。其の幞頭《ぼくとう》・巾子《こじ》、皆是れ乗輿《じようよ》の徹むるところなり。即ち、正六位上を授け、内舎人に補し、劔を賜ふ。勅《みことのり》して曰く、「是れ汝が父の献ずる所の劔なり。汝が父の寿詞、今に未だ忘れず。一《ひとたび》想像《おもひや》る毎に、覚えずして涙下る。今以って汝に賜ふ。宜しく失ふこと莫かれ［焉］」とのりたまふ。尋いで封百五十戸を賜ふ。十年春、従五位下を授く。時に年十八。侍従中衛少将に補し、常陸介・内厩頭を兼ぬ。（後略）

（『続日本後紀』、巻一三）(168)

承和一〇年（八四三）七月二三日、藤原緒嗣の薨伝である。(169) その人となりを述べるべく、「志は鷹・隼に同じく」とある。先ず、この前提として、「鷹、隼」とは、そうした鳥であると評価されていたのである。

緒嗣は、宝亀五年藤原百川の長子に生まれた。嵯峨朝には、藤原冬嗣のもとで弘仁六年従三位、同一二年大納言、淳和朝には、天長二年右大臣、翌三年（冬嗣歿）台閣の首班となり、同九年左大臣、翌年正二位に昇った。仁明天皇の承和一〇年、この日、薨じた。行年七〇歳。贈従一位。『日本後紀』編纂を主導した。文中、「旧し」は、年功。勤務年数の多いこと。「天工」は、天下を治める仕事をいう。「重望」は、厚い期待・信任の気持ち。「幼郁」は、おさなく頼りないこと。「比翊」は、たすけ守ること。「志は…」とは、強く精確であることをいうか。「摻は…」とは、政務を扱うさまは美しくしなやかであることをいうか。頭注に「摻、即操字譌體」とある。「操」は、こころざしの固いこと。「寵贈」は、特別の贈り物（官位）。「崇む」は、大切にすること。「幽壌」は、冥土をいう。「幞頭」は、朝服に用いた冠、「巾子」は、冠の頂上後部にあるもとどりを入れる突起。「乗輿」は、天皇の輿、転じて天皇をいう。『令義解』、巻六に「乗輿。服御《ニ》所レ称《スル》。」(170) とある。「徹」は、頭注に「徹、当作撤、古相通」とある。「徹《をさ》む」と試読する。「寿詞」は、祝詞、言祝ぐことば。

橘　百枝

散位従四位下橘朝臣百枝卒す。従四位上綿裳の子なり。延暦十八年内舎人《うどねり》と為《な》し、大同二年常陸員外掾と為す。弘仁十三年従五位下に叙す。天長七年正月従五位上に叙し、伊勢介と為す。承和十三年正月正五位下に叙す。十五年四月従四位下に叙す。百枝、文書を解さず。好むは鷹・犬に在り。年八十に至る。漁猟に息《いこ》ふこと無し。頭を剃って僧と為り、葷完《（ママ）》を食せず。家は大和国山辺郡に在り。池堤頽破し、洪流湧溢す。倉舎家口、悉皆く漂失せり。百枝独り樹抄に繋がり、纔《から》うじて存命すること得たり。

（『日本文徳天皇実録』、巻六）[171]

文徳天皇斉衡元年（八五四）四月二日の条、橘百枝の卒伝である。彼は、桓武天皇の延暦一八年（七九九）、中務省の内舎人に任じられた。禁中の宿直・警固、天皇の雑役、行幸の警衛などを務める役である（定員九〇名）。以来、桓武、嵯峨、仁明天皇などに仕えたのであろう。「葷完《くんにく》（宍カ）」は、辛臭の菜（ニラ・ニンニク類）や肉類。「家口」は、家族。「樹抄」は、樹杪《じゅびょう》（こずえ）の誤読、あるいは、「木」偏・「扌」偏通用の例か。

雄風王

○癸卯《廿六》。従四位下雄風王卒す。雄風王《をかぜわう》、贈一品萬多《まんた》王の第四子なり。人と為《な》り沈敏にして、弱冠にして学に入る。帝、春宮に在《おはしま》す時、引きて侍者と為す。頗る鷹・馬に習《なら》へり。践祚の日、従四位下を授け、左馬頭に除す。次侍《じ》従に補す。殿中に給事するに進退閑雅にして性素《ひととなりもと》より寛裕なり。官に卒す。時に年卌二。帝、甚だ之《これ》を愍悼す。

（『日本文徳天皇実録』、巻七）[172]

文徳天皇の斉衡二年六月二六日の条、雄風王の卒伝である。文徳天皇は、仁明天皇の第一皇子、母は藤原冬嗣女順子、諱は道康、承和九年二月元服した。同年七月の承和の変で恒貞親王に代わり、八月に立太子、嘉祥三年（八五〇）三月二一日、仁明天皇の死去によって践祚、四月一七日即位した。「萬多王」とは、桓武天皇の第五皇子萬多親王（生歿、延暦七年～天長七年〈八三〇〉四月二一日薨、四三歳）。大宰帥、二品、贈一品。

「沈敏」は、落ち着いてさといこと。「学」とは、大学寮。一〇代半ばのことであろうか。「次侍従」は、中務省所属の職員。天皇の御側に近侍する侍従は、もと八名であったが（大宝令）、後に次侍従（九二人）として、四、五位の内で年功ある者を、八省、その他から選抜し、これに補した。関連して、非《ひ》侍従、擬《ぎ》侍従なども置かれた。雄風王は、「鷹・馬」に練達していたようで、文徳天皇は春宮時代にこれを引いて侍者とした。二人の関係は、父帝の膝下で培われたのかも知れない。

なお、この辺り、大学寮出身者が続くが、その政策につき、平城天皇大同元年六月一〇日の条（『日本後紀』、巻一四）、嵯峨天皇弘仁三年五月二一日の条（同、巻二二）などが参照される。

百済王勝義

○戊寅。従三位百済王《くだらのこにきし》勝義《しょうぎ》薨ず。勝義は、従四位下元忠の孫、従五位下玄風《げんふう》の子なり。少《わか》くして大学に游び、十頗る文章に習へり。大同元年二月大学少允と為《な》す。四年二月右京少進と為す。弘仁七年二月従五位下に叙す。十年二月左衛門佐と為す。十一年正月兼ねて相摸介と為す。十二年十月従五位上に叙す。十三年三月遷して但馬守と為す。天長四年正月兼ねて美作守と為す。正五位下に叙す。六年二月従四位下に叙し、右京大夫と為す。十年十一月遷して左衛門督と為す。承和四年正月相摸守を兼ぬ。六月宮内卿と為す。六年二月従三位に叙す。年老いて致仕し、河内国讃良郡《ささらぐん》山畔に閑居す。頗る鷹・犬を使ふ。以って養痾《やうあ》の資と為す。卒時、年七十六。

（『日本文徳天皇実録』、巻七）(173)

文徳天皇斉衡二年七月戊寅の条、百済王勝義の薨伝である。勝義は、先の『日本後紀』、仁明天皇承和一〇年（八四三）正月五日の条、伴友足の卒伝に見えた人物である。友足ほどの人望はなかったらしいが、大学寮で文章を学んだ後、大学少允《しょうじょう》（従七位上相当）を振り出しに、堅実に勤めながら従三位にまで昇った。公卿の職官補任記録『公卿補任』によれば、斉衡二年の条に、「非参議　従三位×百済勝義七十六　七月－薨」(174)とある。父の百済王玄風は、延暦一〇年一〇月一二日従五位上に昇叙された。前々日から桓武天皇は交野に行幸し、鷹を放った（既出）。この折、右大臣藤原継縄は、自らの別業を行宮とし、玄風らを率いて「百済楽」を奏させた。昇叙はこの賞である（生歿年不詳）。

勝義は、頗る鷹・犬を使ったという。嵯峨、淳和、仁明天皇などの狩猟に随ったであろうが、国守としての任地でも鷹を放った可能性がある。閑居したという「河内国讃良郡」は、今の大阪府四條畷市と大東市・寝屋川市各一部とに相当する。「養痾」は、病を療養すること。

当世王

○己《十三》丑。散位従四位下当世王《まさよわう》卒す。当世王は、二品大宰帥仲野親王第四子なり。天性羸弱《るいじやく》にして、風雨に当るを悪《い》む。頗る鷹・犬を好むも、敢て出遊せず。

（『日本文徳天皇実録』、巻七）(175)

文徳天皇斉衡二年八月一三日の条、当世王の卒伝である。出生時は未詳。「羸弱」は、からだが弱いこと。「頗る鷹…」の個所は、原文に「頗好鷹犬。敢不出遊。」とある。とても鷹・犬を好んだらしいが、無理してまで（あるいは、一向に）遊猟に出なかったという。病弱であれば、この二句はなくてもよかろうに、敢て、このように記されているのは、王臣家ならば、あるいは、「仲野親王」の子息であれば、「鷹・犬」を好んで当然だといった事情でもあったのであろうか。この疑問と直結するか否か定かでないが、父の仲野親王は、頻繁に狩猟を行ったようで、清和天皇から、鷹を養う勅許を下されている（後述）。「鷹・犬」でなくても、王臣家は、藤原氏に対抗すべく、何らかの芸術（技芸や学術）をもって評価を得る必要があったようではある。(176)

正行王

○己巳。正四位下弾正大弼兼美作権守正行王《まさゆきわう》卒す。正行王は、贈一品萬多親王第二子なり。初め兄正躬王と与《とも》に業を大学に受く。初め　太上天皇詔有りて、之を徴《め》し、命じて嵯峨院に直《はべ》らしむ。天長十年三月従四位下を授け、侍従と為す。時に年十八。　天皇甚だ之を寵遇す。承和五年越中守を兼ぬ。九年遷《うつ》して左馬頭と為す。十三年従四位上に叙し、転じて左京大夫と為す。仁寿元年加賀守に除す。斉衡二年弾正大弼と為す。天安二年兼ねて美作権守と為す。其の年、官に卒す。正行、性《ひととなり》文酒に耽《ふけ》り、日夕怠ること無し。鷹・馬の類、愛翫すること殊に甚し。

（『日本文徳天皇実録』、巻一〇）(177)

文徳天皇の天安二年（八五八）七月一〇日正行王の卒伝である。「正行王」は、萬多親王（既出）の第二子。「太上天皇」は、嵯峨上皇をいうか。天長一〇年三月仁明天皇の侍従となる。

藤原良相

○十日乙亥。右大臣正二位藤原朝臣良相《よしみ》薨ず。正一位を贈る。　天皇、事を視《みそなは》さざること三日。良相朝臣は、贈太政大臣正一位冬嗣朝臣が第五子なり。姉は太皇大后、兄は太政大臣忠仁公〔良房〕、並べて大臣と同胞なり。大臣、年童稚に在りて局量開曠《きよくりやうかいくわう》なり。弱冠に及び、始めて大学に遊ぶ。雅にして才辯有り。承和元年仁明天皇、徴《め》して禁中に侍せしむ。（中略）室は大江氏。大臣の生年卅余歳に臨み、旧寝に卒《をは》る。大臣、本、内典を習ひ、真言に精熟す。是に至り、腥鮮を撤却し、尤も念佛を事とす。江氏を喪《うしな》ひしより、復《ふたたび》妻を娶ること无し。貞観の初、機務に専心す。志は匡済に在り。当時、鷹を飛ばせ、禽を従《お》ふ事、一切禁止す。山川藪澤の利、民業を妨げず。皆是れ大臣の奏し行ふところなり。（中略）終りに臨み、乃ち侍児に命じ扶け起さしむ。西方に正面し、阿弥陀佛の根本印を作り、俄《たちまち》に薨ず。時に年五十五。遺言して薄葬せしむ。単衾にて棺を覆ふ。大臣、蔬韮にて年を累ぬ。羸痩過ること甚だし。一身を終ふる迄、宿誓を虧《か》かさず。其れ篤く佛道を信ず。臨命正念。時の人、之を姚《えう》伯審《はくしん》に比す。子有り。（後略）

（『日本三代実録』、巻一四）[178]

清和天皇の貞観九年（八六七）一〇月一〇日藤原良相の薨伝である。「藤原朝臣良相」は、冬嗣の第五子として弘仁四年（八一三）生まれた。母は藤原美都子。姉は文徳天皇母順子、兄は摂政従一位藤原良房。女多可幾子は文徳天皇の、多美子は清和天皇の女御となる。妻は大枝（大江）乙枝女。承和元年仁明天皇のもとで蔵人となり、後、春宮大夫、権中納言、大納言、右大将、右大臣等に任じた。貞観八年応天門の変があったが、良房と違和を生じた。同九年一〇月初め、直廬《ちよくろ》（内裏の休息所）にて病を得、里第に退き、旬日経ずして薨じた。贈正一位。文学の士を愛し、貧寒の学生に心を配り、また、『続日本後紀』『貞観格』『貞観式』の編纂に与った。

「事を視《みそなは》す」とは、天皇が政務に従事することをいう。『令義解』、巻六に「皇帝二等以上親。及外祖父母。右大臣以上。若散一位喪。皇帝不視事三日。」云々とある。[179]「同胞」は、兄弟姉妹。「局量」は、ひとを容れる度量、「開曠」は、広やかなこと。「旧寝」は、昔、使用していた奥座敷。「匡済」は、糺し救うこと。「禽を従ふ」（原文「従禽之事」）は、中国古典に散見するが、恐らくは文選語といわれる類であろう。『文選』、第四巻の左思の「蜀都賦」に、「従《オヒ》二禽《を》[平]于外巷《にてチマタに》無二居人一、」（金沢文庫蔵本）(180)と見える。「印」は、両手の指を組み合わせて諸佛根本の理念を象徴し、祈念すること。ここは阿弥陀佛根本印。「姚伯審」は、南朝隋で学行無比と言われた姚察、字伯審をいう。梁の東宮（簡文帝）に近侍し、陳では吏部尚書に至った。『漢書訓纂』『説林』『梁書』『陳書』などの著があるが、後二著は子の姚簡（字思廉）によって完成した。煬帝大業二年（六〇六）歿。行年七四歳。篤く仏教を信じ、質素に生きた人で。伝記には、「大業二年終於東都、遺命薄葬、以松板薄棺纔可容身、土周於棺而已」(181)と見える。

「鷹を飛ばせ、禽を従《お》ふ事、一切禁止す」の条につき、貞観元年八月一三日の「太政官符」（「鷹鷂を養ふことを禁制す応《べ》きこと」）、その他の具体的な養鷹の禁制発布が参照される。これについては、後に述べるが、禁制は、仏道のため、また、民業妨げざるためであった。但し、こうした禁止令の背後には、当時、あるいは、この時代には、各種各様の形で鷹狩が盛んに行われていたという事情があったかと推測される。

源　信

○廿八日丁巳。左大臣正二位源朝臣信《まこと》薨ず。信朝臣は、嵯峨太上天皇の子、源氏の第一郎なり。母は広井宿祢氏なり。大臣、率《おほむ》ね性□（文字不詳。頭注に「強」か、「俊」か、また、「淵」かとあり。）雅にして、風尚恒《つね》ならず。好みて書伝を読み、兼ねて草隷を善《よ》くす。又、図画を工《たく》みとし丹青《たんせい》の妙、馬形《むまがた》真を写す。太上天皇、親しく自ら教へ習はす。吹笛・皷琴・箏弾・琵琶等の伎《わざ》、思ひの渉るところ、其の微旨を究む。乃至、鷹・馬、射獵、尤も意を留むるところなり。天長二年冬、従四位上に叙す。三年春、侍従に除す。数月して遷して治部卿と為す。五年、播磨権守を兼ぬ。八年、参議を拝す。九年、正四位下を授く。其の年左兵衛督と為す。播磨権守、故《もと》の如し。十年、爵を進めて従三位と為す。承和二年正三位に加へ、近江守を兼ぬ。俄《たちまち》に左近衛中将に遷す。近江守、故の如し。四年、遷して左衛門督と為す。八年、武蔵守を兼ぬ。九年七月、太上天皇崩ず。憂に丁《あ》ひて職を去る。同月、中納言を拝す。十五年、大納言に転ず。嘉祥三年、従二位を授け、皇太子傅を兼ぬ。仁寿中、右近衛大将を兼ぬ。斉衡の初、左大臣を拝す。天安二年正二位に至る。貞観六年冬、是に先だち、大納言伴宿祢善男、大臣と相忤《さから》ふ。（中略）大臣、自ら後《しりぞ》きて門を杜《とざ》し、輙《たやす》く出づるを肯《がへん》ぜず。憂情を開遣せんと欲し、摂津国に向ふ。時に野中に出て禽を従《お》ふ。馬より堕ちて深泥に陥《はま》る。自ら抜くこと獲《え》ず。人有りて扶《たす》け起こすも、気殆《ほとほ》と絶ゆ。須臾にして蘇息す。病を載《いただ》きて帰る。心神恍惚として数日にして薨ず。時に年五十九。遺命に薄葬、殯斂《ひんれん》の日、人多くは知らず。平生北山の嶺下に一屋を造立し、中に一床を置く。棺を其の上に居《す》ゑ、固く四壁を閉づ。人畜をして之を據犯せざらしむ。子恭・平・有、三人並べて爵し、四位に至る［焉］。明くる年三月、正一位を追贈す。

（『日本三代実録』、巻一五）[182]

清和天皇貞観一〇年閏一二月二八日源朝臣信の薨伝である。「源信」は、弘仁元年嵯峨天皇第七子に生まれ、正二位、左大臣、贈正一位となり、北辺大臣と称された。晩年、不遇でもあって鷹狩を好んだようで、『日本三代実録』、巻二、貞観元年四月に、「廿日乙巳。　詔賜㆓左大臣従一位源朝臣信。摂津国河辺郡為奈野㆒。為㆓遊獵之地㆒。」と見える。[183] その河辺郡に出獵中、落馬がもとで薨じたという、行年五九歳。

右に中略した個所には、源信、融、勤ら兄弟の巻込まれた応天門の変（貞観八年）の次第が記されている。「第一郎」は、嵯峨源氏の一番目（第一源氏）をいう。「書伝」は、書物・伝記類。「草隷」は、書体の草書と隷書。「馬形」は、御所の衝立などに描かれる馬の絵。迫真の絵を描くとの意であろう。「親しく自ら」の「自」字は、接尾辞と解してもよい。「鷹馬射獵」の「射」字につき、頭注に「射、原作ず、今従印本」とある。だが、あるがままに「ず」（「等」の略体）を尊重し、「鷹・馬等の獵《かり》」と解するべきであろう。文脈上も弓射（射術）は必要でない。「憂に丁《あ》ふ」

は、父母の喪にあうこと。「殯歛」は、亡骸《なきがら》を埋葬する前に、棺に納めて祭ること。「平生」は、生前の意。

源信は、清和天皇貞観八年一一月一八日の勅により、「鷹三聯・鷂二聯」を養《か》うことを聴《ゆる》されている。

以上、人物の薨卒伝に「鷹、鷂、隼」、「犬」などの見える事例を引いた。「鷹」を遣ことができたということは、芸術の一つとして、評価に値する。これをもって時の天皇に仕えた人物もいたであろう。少なくとも、日本の放鷹文化史上、貴重な記録である。

なお、古来、「鷹」、「鷂」、「隼」などの文字を人名に用いた例がある。人名とはいえ、こうした用字から得られる知見は、放鷹文化史上にも有益であるが、ここでは保留する。

第六節　御鷹飼の申文

左は、堀河天皇の寛治三年（一〇八九）、左近衛番長中臣近時の「御鷹飼」の申文である。

左近衛番長中臣近時《ちかとき》解《まう》す、　天裁を申し請ふ事

特に　天裁を蒙り、先例に因准し、禁野の御鷹飼の闕に補せ被《ら》れんことを請ふ状

右、近時、謹みて案内を撿するに、御鷹飼は其の闕有る毎に、勤労の者、先づ其の撰に当たること、古今の間、已に運例と為《な》せり。近時、累祖相承して宿衛して懈《おこたら》匪《ず》。競望の間、誰人か肩を比《なら》べん哉《や》。望み請ふらくは、天裁、件の闕に補せられんことを、者《てへれば》、試みに愚駑の性を励まし、臂鷹の勤めを致《むね》とせんと欲す。仍って事の状を注し、謹みて解す。

寛治三年八月廿三日　（『朝野群載』、巻八、「別奏」）[184]

堀河天皇の寛治三年八月二三日、左近衛番長中臣近時が禁野の御鷹飼補任を申請した。

鳥羽天皇の天仁二年（一一〇九）九月六日、上皇は高陽院《かやのいん》亭に御幸あって競馬が催された。この詳細な記録が『殿暦』に残されており、その第五番の左に「左　左府生中臣近時左大将随身、　鹿毛方人甲斐守師季朝臣出馬、」と見える。[185]「左大将」とは、源雅実（時に内大臣、正二位、五一歳）、「師季」は、藤原である。なお、競馬の馬は、公卿ら（いわゆる馬主）の所有する馬、騎手は、左右府生、近衛将曹など（公卿の随身、院候人ら）が務めた。

「高陽院」は、堀河・鳥羽天皇の里内裏とされたが、藤原忠実（摂政・右大臣、正二位）の女が、白河法皇薨後（大治四年〈一一二九〉）、長承二年六月鳥羽上皇のもとに入内し、翌年三月准后宣下（勲子と命名）、皇后となり（泰子と改名）、高陽院（鳥羽上皇の後宮）を称した（保延五年〈一一三九〉院号宣下）。

注

（1）坂本太郎、他校注『日本書紀　上』（『日本古典文学大系67』）、一九六九年五月、岩波書店。四〇九頁。

（2）史学研究の論考に、網野善彦「天皇の支配権と供御人・作手」（同著『中世の非農業民と天皇』、一九八四年二月、岩波書店）、大津透「律令国家と畿内」（同著『律令国家支配構造の研究』、一九九三年一月、岩波書店）、鉄野昌弘「歌人家持と官人家持―鵜飼・鷹狩の歌をめぐって―」（高岡市万葉歴史館編『大伴家持研究の最前線』、高岡市万葉歴史館叢書23、二〇一一年三月）、その他がある。

（3）小著『鷹書の研究　宮内庁書陵部蔵本を中心に』、上下二冊、二〇一六年二月、和泉書院。

（4）弓野正武「古代養鷹史の一側面」（竹内理三先生喜寿記念論文集刊行会編『律令制と古代社会　上巻』、一九八四年九月、東京堂出版、所収）、秋吉正博著『日本古代養鷹の研究』（二〇〇四年二月、思文閣出版）、根崎光男著『江戸幕府放鷹制度の研究』（二〇〇八年一月、吉川弘文館）、その他、日本史学において関係する研究・論考は多く、多大の恩恵をいただいた。

（5）黒板勝美、他編輯『新訂増補国史大系23　令集解　前篇』、一九六六年二月、吉川弘文館。一〇四頁。

（6）黒板勝美、他編輯『新訂増補国史大系2　続日本紀』、一九六六年九月、吉川弘文館。八七頁。
（7）東京帝国大学文科大学史料編纂掛編纂兼発行『大日本古文書　二』、一九〇一年一二月。四一六頁。
（8）既出、注（6）文献、『新訂増補国史大系2　続日本紀』、三〇八頁。
（9）既出、注（6）文献、『新訂増補国史大系2　続日本紀』、五三〇頁。
（10）黒板勝美、他編輯『新訂増補国史大系10　日本紀略　前篇』、二〇〇〇年四月、吉川弘文館。二六七頁。
（11）黒板勝美、他編輯『新訂増補国史大系3　日本後紀・続日本後紀・日本文徳天皇実録』、一九六六年八月、吉川弘文館。五頁。
（12）既出、注（10）文献、『新訂増補国史大系10　日本紀略　前篇』、二七二頁。
（13）既出、注（6）文献、『新訂増補国史大系2　続日本紀』、一〇六頁。
（14）既出、注（6）文献、『新訂増補国史大系2　続日本紀』、五五五頁。
（15）黒板勝美、他編輯『新訂増補国史大系4　日本三代実録』、一九六六年四月、吉川弘文館。五三九頁。
（16）既出、注（7）文献、『大日本古文書　二』、一三三頁。
（17）既出、注（7）文献、『大日本古文書　二』、一四八頁。
（18）平野邦雄「大宰府の徴税機構」（竹内理三博士還暦記念会編『律令国家と貴族社会』、一九六九年六月、一九七八年二版、吉川弘文館、所収）。三三二頁。
（19）既出、注（4）文献、秋吉正博著『日本古代養鷹の研究』、八九頁。同じく、弓野正武「古代養鷹史の一側面」（竹内理三先生喜寿記念論文集刊行会編『律令制と古代社会』所収）、その他にも言及がある。
（20）黒板勝美、他編輯『新訂増補国史大系5　類聚国史　前篇』、一九六五年三月、一九九九年一二月新装版、吉川弘文館。三六六頁。
（21）既出、注（11）文献、『新訂増補国史大系3　日本後紀・続日本後紀・日本文徳天皇実録』、一七五頁。
（22）黒板勝美、他編輯『新訂増補国史大系28　政事要略』、一九六四年九月、吉川弘文館。四一二頁。
（23）既出、注（15）文献、『新訂増補国史大系4　日本三代実録』、三六頁。
（24）真福寺本『口遊』、一九二五年一一月、古典保存会複製。『群書類従』、第三二輯上、続群書類従完成会、八一頁。
（25）既出、注（4）文献、秋吉正博著『日本古代養鷹の研究』、「第二章　貢鷹制度の基盤」、九三頁。
（26）南波浩校注『大和物語』、一九七三年一月、朝日新聞社。二五五頁。

（27）既出、注（26）文献、「解説」、一九頁。また、三九頁。
（28）阿部俊子・今井源衛、他校注『竹取物語　伊勢物語　大和物語』（『日本古典文学大系9』）、一九七七年四月、岩波書店。「解説」、二一七頁。三二三頁。
（29）『群書類従』、第一九輯、一九三三年一二月、一九五九年訂正三版、続群書類従完成会。四七六頁。
（30）既出、注（29）文献、『群書類従』、第一九輯、四七六頁。
（31）阪倉篤義、他校注『竹取物語　伊勢物語　大和物語』（『日本古典文学大系9』）、一九七七年四月、岩波書店。一五〇頁、一五二頁。
（32）福井俊彦執筆「かりのつかい　狩使」、斯編集委員会編集『国史大辞典3』、一九八三年二月、吉川弘文館。六七三頁。
（33）土田直鎮・所功校注『神道大系　朝儀祭祀編二　西宮記』、一九九三年六月。三一九頁。
（34）奥の跋文末に「元禄七年六月廿六日　　松下見林書」、刊記に「銅駝坊書肆平楽寺村上勘兵衛寿梓」。
（35）白川静訳注『詩経雅頌1』（『東洋文庫635』）、一九九八年六月、平凡社。二三五頁。
（36）遠藤嘉基、他校注『日本霊異記』（『日本古典文学大系70』）、一九六八年九月、岩波書店。四五〇頁。傍線部は、「食《を》す国の内の物は、皆国皇《こくわう》の物にして、針を指す許《ばかり》の末だに、私の物都《かつ》て無し。国皇の自在の随《マニマニ》の儀なり。」と訓読されている。
（37）既出、注（15）文献、『新訂増補国史大系4　日本三代実録』、五七五頁。
（38）既出、注（15）文献、『新訂増補国史大系4　日本三代実録』、五八四頁。
（39）既出、注（15）文献、『新訂増補国史大系4　日本三代実録』、六〇六頁。
（40）黒板勝美、他編輯『新訂増補国史大系25　類聚三代格・弘仁格抄』、一九六五年八月、吉川弘文館。五九九頁。
（41）既出、注（20）文献、『新訂増補国史大系5　類聚国史　前篇』、一八九〜二〇一頁。
（42）松本政春「桓武天皇の鷹狩について」、寝屋川市市史編纂課編集『市史紀要』、第五巻、一九九三年三月、寝屋川市教育委員会。その他。
（43）既出、注（6）文献、『新訂増補国史大系2　続日本紀』、四九五頁。
（44）既出、注（6）文献、『新訂増補国史大系2　続日本紀』、五一二頁。
（45）既出、注（6）文献、『新訂増補国史大系2　続日本紀』、五二六頁。

(46) 既出、注(6)文献、『新訂増補国史大系2　続日本紀』、五五六頁。
(47) 既出、注(20)文献、『新訂増補国史大系5　類聚国史　前篇』、三六六頁。
(48) 既出、注(20)文献、『新訂増補国史大系5　類聚国史　前篇』、一九二〜一九五頁。
(49) 既出、注(11)文献、『新訂増補国史大系3　日本後紀・続日本後紀・日本文徳天皇実録』、三五〜三六頁。
(50) 山岸徳平、他校注『古代政治社会思想』(『日本思想大系8』)、一九七九年三月、岩波書店。二九五頁。
(51) 既出、注(11)文献、『新訂増補国史大系3　日本後紀・続日本後紀・日本文徳天皇実録』、七七頁。
(52) 渡辺直彦校注『続神道大系　朝儀祭祀編　侍中群要』、一九九八年一一月、神道大系編纂会、三三八頁。目崎徳衛校訂『侍中群要』(一九八五年二月、吉川弘文館)などにも収める。
(53) 『西宮記　第二』、斯編集部編『改訂増補　故実叢書』第七巻(一九九三年六月、明治図書出版株式会社)所収。
(54) 所功編著『三代御記逸文集成』(『古代史料叢書』、第三輯)、一九八二年一〇月、国書刊行会。一四頁。この宇治郷には左大臣源融の別業があり、二四日融は、被害を受けたと奏している。
(55) 既出、注(4)文献、秋吉正博著『日本古代養鷹の研究』、一七四頁。「禁野専当」については、竹内理三編『平安遺文　古文書編』(一九六四年四月訂正版、一九六七年一一月第二刷、東京堂出版)、第一巻に収める「〇二三〇　安倍乙町子家地売券〇内閣文庫所蔵文書」(延長六年一二月一五日)に「右衛門(擬脱カ)府生禁野専当従七位下宇治部造」・「散位供御都介氷所勾当従六位上氷部」(三三五頁)、同じく「〇二三八　安倍乙町子解〇内閣文庫所蔵文書」(承平元年月日)に「右衛門擬府掌禁野専当従七位下宇治部」・「散位供御都介氷所勾当従六位上氷部」(三五一頁)とある。
(56) 既出、注(40)文献、『新訂増補国史大系25　類聚三代格・弘仁格抄』、五九七・五九八頁。
(57) 既出、注(10)文献、『新訂増補国史大系10　日本紀略　前篇』、四一四頁。
(58) 既出、注(20)文献、『新訂増補国史大系5　類聚国史　前篇』、一九六〜一九八頁。
(59) 本間洋一編『凌雲集索引』、一九九一年一二月、和泉書院。本文は『群書類従』所収本に同じ。
(60) 岩橋小弥太執筆「新修鷹経《しんしゅようきやう》」、『群書解題』、第一五巻、一九六二年九月、続群書類従完成会。五一頁。
(61) 既出、注(20)文献、『新訂増補国史大系5　類聚国史　前篇』、二〇一頁。
(62) 既出、注(11)文献、『新訂増補国史大系3　日本後紀・続日本後紀・日本文徳天皇実録』、三三頁、また、六九頁(清原真人夏野薨伝)。

(63) 既出、注(20)文献、『新訂増補国史大系5　類聚国史　前篇』、一九八頁。
(64) 『新儀式第四臨時上』、『群書類従』、第六輯、一九三二年一一月、一九八七年訂正三版、続群書類従完成会。二三三頁。
(65) 黒板伸夫・森田悌編『日本後紀』(『訳注日本史料』)、二〇〇三年一一月、集英社。一三〇七頁、補注。
(66) 清・阮元校勘『十三経注疏』、嘉慶二〇年重刊宋本、一九七七年一〇月景印初版、大化書局。五六七二頁。
(67) 既出、注(65)文献、黒板伸夫・森田悌編『日本後紀』(『訳注日本史料』)、九八一頁、頭注。
(68) 太田静六著『寝殿造の研究』(新装版)、二〇一〇年七月、吉川弘文館。一一五頁、一二二頁。
(69) 既出、注(10)文献、『新訂増補国史大系10　日本紀略　前篇』、三三三頁。
(70) 既出、注(64)文献、『新儀式第四臨時上』、『群書類従』、第六輯、二三二頁。
(71) 既出、注(65)文献、黒板伸夫・森田悌編『日本後紀』(『訳注日本史料』)、一三三一頁、補注。
(72) 既出、注(10)文献、『新訂増補国史大系10　日本紀略　前篇』、三一九頁。
(73) 既出、注(11)文献、『新訂増補国史大系3　日本後紀・続日本後紀・日本文徳天皇実録』、二三八頁。
(74) 既出、注(11)文献、『新訂増補国史大系3　日本後紀・続日本後紀・日本文徳天皇実録』、一六頁。
(75) 既出、注(11)文献、『新訂増補国史大系3　日本後紀・続日本後紀・日本文徳天皇実録』、一八頁。
(76) 既出、注(11)文献、『新訂増補国史大系3　日本後紀・続日本後紀・日本文徳天皇実録』、二四頁。
(77) 既出、注(20)文献、『新訂増補国史大系5　類聚国史　前篇』、二〇一頁。
(78) 既出、注(11)文献、『新訂増補国史大系3　日本後紀・続日本後紀・日本文徳天皇実録』、二一頁。
(79) 既出、注(11)文献、『新訂増補国史大系3　日本後紀・続日本後紀・日本文徳天皇実録』、三一頁。
(80) 既出、注(11)文献、『新訂増補国史大系3　日本後紀・続日本後紀・日本文徳天皇実録』、三六頁。
(81) 既出、注(20)文献、『新訂増補国史大系5　類聚国史　前篇』、二〇〇頁。
(82) 既出、注(11)文献、『新訂増補国史大系3　日本後紀・続日本後紀・日本文徳天皇実録』、四二頁。
(83) 既出、注(65)文献、黒板伸夫・森田悌編『日本後紀』(『訳注日本史料』)、三二一頁、頭注。
(84) 既出、注(11)文献、『新訂増補国史大系3　日本後紀・続日本後紀・日本文徳天皇実録』、八四頁。

(85) 既出、注(11)文献、『新訂増補国史大系3 日本後紀・続日本後紀・日本文徳天皇実録』、四四頁。
(86) 既出、注(11)文献、『新訂増補国史大系3 日本後紀・続日本後紀・日本文徳天皇実録』、四四頁。
(87) 既出、注(11)文献、『新訂増補国史大系3 日本後紀・続日本後紀・日本文徳天皇実録』、四八頁。
(88) 『庾子山集』(『鮑氏集』等と合冊)、四部叢刊初編集部、上海商務印書館縮印明屠隆刊本。一九六七年九月、台湾商務印書館。七八頁。
(89) 既出、注(20)文献、『新訂増補国史大系5 類聚国史 前篇』、二〇一、二〇二頁。
(90) 黒板勝美、他編輯『新訂増補国史大系22 律・令義解』、一九六六年七月、吉川弘文館。二〇五頁。
(91) 既出、注(11)文献、『新訂増補国史大系3 日本後紀・続日本後紀・日本文徳天皇実録』、六一頁。
(92) 既出、注(11)文献、『新訂増補国史大系3 日本後紀・続日本後紀・日本文徳天皇実録』、六九頁。
(93) 既出、注(11)文献、『新訂増補国史大系3 日本後紀・続日本後紀・日本文徳天皇実録』、六九頁。
(94) 既出、注(11)文献、『新訂増補国史大系3 日本後紀・続日本後紀・日本文徳天皇実録』、七〇頁。
(95) 既出、注(11)文献、『新訂増補国史大系3 日本後紀・続日本後紀・日本文徳天皇実録』、七四頁。
(96) 既出、注(90)文献、『新訂増補国史大系22 律・令義解』、二〇五頁。
(97) 既出、注(11)文献、『新訂増補国史大系3 日本後紀・続日本後紀・日本文徳天皇実録』、八〇頁。
(98) 既出、注(11)文献、『新訂増補国史大系3 日本後紀・続日本後紀・日本文徳天皇実録』、八五頁。
(99) 既出、注(11)文献、『新訂増補国史大系3 日本後紀・続日本後紀・日本文徳天皇実録』、八五頁。
(100) 既出、注(11)文献、『新訂増補国史大系3 日本後紀・続日本後紀・日本文徳天皇実録』、九五頁。
(101) 既出、注(11)文献、『新訂増補国史大系3 日本後紀・続日本後紀・日本文徳天皇実録』、一六六頁。
(102) 既出、注(11)文献、『新訂増補国史大系3 日本後紀・続日本後紀・日本文徳天皇実録』、一七一頁。
(103) 既出、注(11)文献、『新訂増補国史大系3 日本後紀・続日本後紀・日本文徳天皇実録』、一七一頁。
(104) 既出、注(11)文献、『新訂増補国史大系3 日本後紀・続日本後紀・日本文徳天皇実録』、一七五頁。
(105) 既出、注(11)文献、『新訂増補国史大系3 日本後紀・続日本後紀・日本文徳天皇実録』、一七六頁。
(106) 既出、注(11)文献、『新訂増補国史大系3 日本後紀・続日本後紀・日本文徳天皇実録』、二〇一頁。

（107）既出、注（11）文献、『新訂増補国史大系3　日本後紀・続日本後紀・日本文徳天皇実録』、二〇六頁。
（108）既出、注（11）文献、『新訂増補国史大系3　日本後紀・続日本後紀・日本文徳天皇実録』、二一七頁。
（109）既出、注（11）文献、『新訂増補国史大系3　日本後紀・続日本後紀・日本文徳天皇実録』、二三三頁。
（110）既出、注（15）文献、『新訂増補国史大系4　日本三代実録』、五九四頁。
（111）黒板勝美、他編輯『新訂増補国史大系6　類聚国史　後篇』、二〇〇〇年三月、吉川弘文館。六二一頁。
（112）既出、注（90）文献、『新訂増補国史大系22　律・令義解』、一三四頁。
（113）既出、注（90）文献、『新訂増補国史大系22　律・令義解』、三九頁。
（114）既出、注（15）文献、『新訂増補国史大系4　日本三代実録』、六〇〇頁。
（115）既出、注（15）文献、『新訂増補国史大系4　日本三代実録』、六二一頁。
（116）既出、注（20）文献、『新訂増補国史大系5　類聚国史　前篇』、二〇一頁。
（117）鈴木敬三執筆「かりぎぬ　狩衣」、斯編輯委員会編集『国史大辞典3』、一九八三年二月、吉川弘文館。六七一頁。
（118）山岸徳平校注『源氏物語　三』（『日本古典文学大系16』、一九六七年七月、岩波書店）にも言及がある（四二六頁、「補注」七六）。
（119）既出、注（15）文献、『新訂増補国史大系4　日本三代実録』、六二一頁。
（120）既出、注（10）文献、『新訂増補国史大系10　日本紀略　前篇』、五三二頁、五三八頁。
（121）黒板勝美、他編輯『新訂増補国史大系58　尊卑分脉　第一篇』、一九六六年六月、吉川弘文館。四一頁。
（122）既出、注（31）、阪倉篤義、他校注『竹取物語　伊勢物語　大和物語』（『日本古典文学大系9』）、一七六頁。
（123）堀内秀晃・秋山虔校注『竹取物語　伊勢物語』（『新日本古典文学大系17』）、一九九七年一月、岩波書店。一八七頁。
（124）既出、注（15）文献、『新訂増補国史大系4　日本三代実録』、六二一頁。
（125）川口久雄校注『菅家文草　菅家後集』（『日本古典文学大系72』）、一九六六年一〇月、岩波書店。巻尾の「参考附載」678、六二六〜六三〇頁。
（126）宮内庁書陵部編『図書寮叢刊　平安鎌倉未刊詩集』、一九七二年三月、同書陵部刊。三八〜四三頁。
（127）東京大学史料編纂所編纂『大日本史料』、「第一編之二」、一九二三年刊・一九六八年八月覆刻、東京大学出版会。六〇九〜六一八頁。

(128) 黒板勝美、他編輯『新訂増補国史大系12　扶桑略記・帝王編年記』、一九六五年一二月、吉川弘文館。一六七頁。
(129) 黒板勝美、他編輯『新訂増補国史大系53　公卿補任　第一篇』、一九七一年年九月、吉川弘文館。一五一頁。
(130) 『群書類従』、第二四輯、一九三二年一〇月、一九七七年訂正三版、続群書類従完成会。二〇八頁。
(131) 既出、注(33)文献、土田直鎮、他校注『神道大系　朝儀祭祀編二　西宮記』、五七五頁。
(132) 東京大学史料編纂所編纂『大日本古記録　貞信公記』、一九五六年三月、岩波書店。五八頁。
(133) 保明親王につき、福田景道「歴史物語における不即位東宮―「先坊（前坊）」再考―」、『島根大学教育学部紀要』、第四九号、二〇一五年一二月、その他が参照される。
(134) 既出、注(132)文献、『大日本古記録　貞信公記』、二三五頁。
(135) 既出、注(22)文献、『新訂増補国史大系28　政事要略』、五四四〜五四六頁。
(136) 黒板勝美、他編輯『新訂増補国史大系26　延暦交替式・貞観交替・延喜交替・弘仁式・延喜式』、一九六五年三月、吉川弘文館。九〇九頁。相曾貴志「政事要略にみえる式―糺弾雑事を中心に―」、『書陵部紀要』、第四六号、一九九四年三月。
(137) 既出、注(136)文献、『新訂増補国史大系26　延暦交替式・貞観交替・延喜交替・弘仁式・延喜式』、九五七頁。
(138) 高橋忠彦注『新釈漢文大系　文選（賦篇）中』、一九九四年九月、明治書院。一〇〇頁。
(139) 長沢規矩也解題『文選』（足利学校秘籍叢刊第三）、第一巻、足利市教育委員会・足利学校遺蹟図書館後援会発行、一九七四年一〇月、汲古書院。五三三頁。及び、『六臣註文選　一』、四部叢刊初編集部、上海商務印書館縮印宋刊本、一九六七年九月。一六一頁。
(140) 『景印文淵閣四庫全書　史部一二　正史類』（一九八六年三月、台湾商務印書館）所収、『三国志　魏志』、巻一、「武帝」。二五四―三一頁。
(141) 河野多麻校注『宇津保物語　一』（『日本古典文学大系10』）、一九七七年七月、岩波書店）に、「かくて、吹上の宮には、御鷹ども心み給うて、（中略）君達四所は、赤き白橡のぢむずりのスリ草の色に、絲を染めて、形木の文を織つけたる狩の御衣、折鶴の文の指貫、」云々と見える（三四三頁）。
(142) 佐竹昭広、他校注『万葉集　二』（『新日本古典文学大系2』）、二〇〇〇年一一月、岩波書店。一五五頁、一六六頁、また、一五四頁。三例目は、澤瀉久孝著『万葉集注釈』に「綵色衣《マダラノコロモ》」（巻七、一九七頁）。なお、高木市之助、他校注『万葉集　二』（『日本

古典文学大系5』)、一九七八年一月、岩波書店。二四四頁。なお、『万葉集』に、「夢可登　情班　月数多…」(巻一二・二九五五番)という用例もある。これは、「ココロマトヒヌ(「心迷ひぬ」の意)と訓むことは、正しい訓であることがわかる。」とされる(小島憲之「万葉用字考証実例(二)—原本系『玉篇』との関聯に於て」、『万葉集研究』、第三集、一九七四年六月、塙書房。一四七頁)。

(143) 倉田一郎執筆「二四　服装に関する資料」、柳田国男編『海邑生活の研究』(一九四九年四月、一九七五年復刻、国書刊行会、所収)。四〇四頁。また、小学館辞典編集部編輯『日本方言大辞典　下巻』(一九九五年五月、小学館)に、「まだら【斑】」につき、語義・用法、調査地点等を掲出する。二二六四頁。

(144) 既出、注(20)文献、『新訂増補国史大系　類聚国史　前篇』、一九三頁。

(145) 中田泰昌編輯『校註国歌大系　夫木和歌抄　下』、一九三四年一二月、誠文堂。五〇七頁。

(146) 石村貞吉著『有職故実(下)』、一九九〇年二月、講談社。七五頁。

(147) 既出、注(33)文献、土田直鎮、他校注『神道大系　朝儀祭祀編二　西宮記』、五七四頁。

(148) 既出、注(132)文献、『大日本古記録　貞信公記』、二八〇頁。

(149) 米田雄介・吉岡真之校訂『史料纂集　吏部王記』、一九七四年七月、続群書類従完成会。二六頁。

(150) 江談抄研究会編『古本系　江談抄注解』、一九七八年二月、武蔵野書院。九一頁。

(151) 既出、注(11)文献、『新訂増補国史大系3　日本後紀・続日本後紀・日本文徳天皇実録』、四〇頁。

(152) 既出、注(11)文献、『新訂増補国史大系3　日本後紀・続日本後紀・日本文徳天皇実録』、一〇二頁。

(153) 既出、注(65)文献、黒板伸夫・森田悌編『日本後紀』(『訳注日本史料』)、七二六頁。

(154) 既出、注(10)文献、『新訂増補国史大系10　日本紀略　前篇』、三〇四頁。

(155) 既出、注(129)文献、『新訂増補国史大系53　公卿補任　第一篇』、八八頁。

(156) 既出、注(65)文献、黒板伸夫・森田悌編『日本後紀』(『訳注日本史料』)、八一〇頁。

(157) 既出、注(129)文献、『新訂増補国史大系58　尊卑分脈　第一篇』、三〇頁。

(158) 既出、注(20)文献、『新訂増補国史大系5　類聚国史　前篇』、二八〇頁。

(159) 既出、注(65)文献、黒板伸夫・森田悌編『日本後紀』(『訳注日本史料』)、九一八頁。

(160) 既出、注(20)文献、『新訂増補国史大系5　類聚国史　前篇』、二八一頁。

(161) 既出、注(65)文献、黒板伸夫・森田悌編『日本後紀』(『訳注日本史料』)、九九六頁。
(162) 既出、注(10)文献、『新訂増補国史大系10 日本紀略 前篇』、三三九頁。
(163) 既出、注(129)文献、『新訂増補国史大系53 公卿補任 第一篇』、八八頁、九六頁。
(164) 長沢規矩也編『和刻本正史 三国志 一』、一九七二年、古典研究会。一六頁。
(165) 既出、注(11)文献、『新訂増補国史大系3 日本後紀・続日本後紀・日本文徳天皇実録』、一五一頁。
(166) 既出、注(11)文献、『新訂増補国史大系3 日本後紀・続日本後紀・日本文徳天皇実録』、一五三頁。
(167) 『山海経』「西山経巻二」に「西南三百六十里曰崦嵫之山日没所入山也見離騒奄茲両音其上多丹木其葉如穀(中略)水出焉而西流注于海禹大伝曰洧盤之水出崦嵫山其中多砥礪磨石也精為砥麄為礪也有獣焉其状馬身而鳥翼人面蛇尾(後略)」、「凡西次四経自陰山以至於崦嵫之山」とある(『景印文淵閣四庫全書』、「子部三四八 小説家類」。一九八六年、台湾商務印書館。一〇四二―一九頁)。
(168) 既出、注(11)文献、『新訂増補国史大系3 日本後紀・続日本後紀・日本文徳天皇実録』、一五九頁。
(169) 「藤原緒嗣」については、林陸朗《ろくろう》「藤原緒嗣と藤原冬嗣」(同著『上代政治社会の研究』、一九六九年九月、吉川弘文館、所収)一九八～二二一頁、服藤《ふくとう》早苗「元服と家の成立過程」(同著『家成立史の研究』、一九九三年一〇月、校倉書房、所収)二七八～二九九頁なども参照される。
(170) 既出、注(90)文献、『新訂増補国史大系22 律・令義解』、二〇五頁。
(171) 既出、注(11)文献、『新訂増補国史大系3 日本後紀・続日本後紀・日本文徳天皇実録』、六一頁。
(172) 既出、注(11)文献、『新訂増補国史大系3 日本後紀・続日本後紀・日本文徳天皇実録』、七三頁。
(173) 既出、注(11)文献、『新訂増補国史大系3 日本後紀・続日本後紀・日本文徳天皇実録』、七四頁。
(174) 既出、注(129)文献、『新訂増補国史大系53 公卿補任 第一篇』、一二〇頁。
(175) 既出、注(11)文献、『新訂増補国史大系3 日本後紀・続日本後紀・日本文徳天皇実録』、七四頁。
(176) 既出、注(169)文献、林陸朗著『上代政治社会の研究』、二四九～三四一頁(「賜姓源氏の成立事情」)、その他。
(177) 既出、注(11)文献、『新訂増補国史大系3 日本後紀・続日本後紀・日本文徳天皇実録』、一一八頁。
(178) 既出、注(15)文献、『新訂増補国史大系4 日本三代実録』、二三三頁。
(179) 既出、注(90)文献、『新訂増補国史大系22 律・令義解』、二〇七頁。細字割書、付訓等略。

(180) 既出、注(139)文献、『文選』(足利学校秘籍叢刊第三)、第一巻、三二六頁。平仮名は朱筆ヲコト点、片仮名は墨筆付訓。

(181) 既出、注(140)文献、『景印文淵閣四庫全書　史部二三　正史類』所収、『南史』(唐李延寿撰)、巻六九、二六五―九七五頁。

(182) 既出、注(15)文献、『新訂増補国史大系4　日本三代実録』、巻五、二三七頁。

(183) 既出、注(15)文献、『新訂増補国史大系4　日本三代実録』、二七頁。また、既出、注(169)文献、林陸朗著『上代政治社会の研究』、二二二～二四八頁(「嵯峨源氏の研究」)などが参照される。

(184) 黒板勝美、他編輯『新訂増補国史大系29上　朝野群載』、一九六四年一一月、吉川弘文館。二三五頁。

(185) 東京大学史料編纂所編纂『大日本古記録　殿暦　三』、一九六五年一一月、岩波書店。四三頁。

第二章　鷹狩の勅許と禁制

当時、鷹狩は首長権（天皇）の象徴であった。私の鷹は許されないが、その勅許を賜った場合（者）には、許された。勅許の条件は、秋吉正博氏によれば次のようであったとされる(1)。

各家、各氏族の養鷹技術継承の状況を考慮に入れて、養鷹特権を勅許する対象者が選ばれたとみてよかろう。基本的には五位以上が国家的保障下に養鷹特権の資格を有したが、実際には皇親が若い頃から皇太子・天皇・太上天皇の庇護を受けてその鷹を預かって狩猟に出ることもあり、また、五位以上を輩出する貴族層が子弟等を使って組織的に養鷹を展開していたのである。

特権の勅許者には「印書」が発行され、ここには私鷹の飼育数（鷹、鶴、隼の種と数）、餌を調達する者の員数、猟場の指定が記載されていたともされる。この「印書」は、「験《しるし》」（『類聚三代格』、巻一九、「禁制」）などの言葉で見えることもある（後述）。

猟場は、勿論、禁野以外の野であり、この旨は、詔をもって指定の猟場のある国々に通達された。

本章では、鷹狩の「勅許」、また、「禁制」とは、どのようなものであったか、具体的な情況を窺っていく。

第一節　鷹狩の勅許

ここでは、先ず、鷹狩の「勅許」について見ていく。但し、後の第二節で取上げる「禁制」の中にも、部分的に「勅許」を賜るとする条文がある（重複を避け、それらは第二節に委ねる）。

斎院司

〇丙辰《廿六》。斎院司《さいゐんし》に私に鶻二聯を養《か》ふことを聴《ゆる》す。

（『続日本後紀』、巻六）[2]

仁明天皇承和四年（八三七）一〇月二六日の条である。「斎院」は、賀茂神社に仕える未婚の皇女をいう。時の斎院は仁明天皇第一二皇女高子（在任、天長一〇年〜嘉承三年、母は百済王永慶）。「斎院司」の職員は、弘仁九年（八一八）五月乙巳、賀茂長官（従五位下官）・次官（従六位上官）・判官（従七位上官）各一人、主典（従八位下官）二員、及び、宮主《みやじ》（従八位下官）一員とされている[3]。

斎院司は、仁明天皇のもとでそれなりの権勢を有していたであろうが、神事にも「鶻二聯」は必要であった。

忠良親王

〇四日庚戌。二品行兵部卿忠良《ただよし》親王に　詔《みことのり》して、私の鷹二聯を以って五畿内の国の禁野辺を狩ることを聴す。

（『日本三代実録』、巻四）[4]

清和天皇の貞観二年（八六〇）閏一〇月四日の条である。「忠良親王」は、嵯峨天皇第四皇子、生歿は弘仁一〇年

〜貞観一八年（既出）。貞観一八年二月二〇日の薨伝には、「〇廿日戊辰。二品行式部卿兼大宰帥忠良親王薨。帝不レ視レ事三日。薨時年五十八。時人惜レ之。云々。」（『日本三代実録』、巻二八）(5)とある。

源　融

〇三日己卯。参議正三位行右衛門督源朝臣融《とほる》に、大和国宇陀野を賜ふ。鷹を臂《ひぢ》にし禽を従《お》ふ地と為す。

（『日本三代実録』、巻四）(6)

清和天皇貞観二年一一月三日の条である。「源朝臣融」は、嵯峨天皇の第一二子、母は大原全子。弘仁一三年誕生、仁明天皇はこれを賜って子となした（既出）。貞観二年時は、三九歳、近江守でもあり、狩猟を好んだ。

源　定

〇廿五日己巳。（中略）」大納言正三位兼行右近衛大将源朝臣定《さだむ》に詔《みことのり》し、私の鷹・鶻各二聯を以って、山城・河内・和泉・摂津等の国の禁野の外に遊猟することを聴す。

（『日本三代実録』、巻五）(7)

貞観三年二月二五日の条である。「源朝臣定」は、弘仁六年嵯峨天皇の皇子に生まれ（母は尚侍百済慶命）、淳和天皇の猶子となる。貞観五年正月三日大納言、正三位、右近衛大将で薨ず。四九歳。追贈あって従二位。

仲野親王

〇廿三日丁酉。河内・摂津両国に詔《みことのり》すらく、「二品行式部卿兼上総太守仲野親王に、私の鷹・鶻各二聯を以って禁野の外に遊獵することを聴す」とのりたまふ。

（『日本三代実録』、巻五）(8)

貞観三年三月二三日の条である。「禁野」は、天皇の猟庭である。「仲野親王」は、桓武天皇の第一二皇子（次々条参照）。「鷁《げき》」は、中国の想像上の水鳥で、白鷺に似るという。よく飛んで風に堪えるところから龍頭と共に船首に刻み付け、風波の難を避けるしるしとした。『文選』には「浮二鷁首一」（班固「西京賦」）・「浮二文鷁一」（司馬相如「子虚賦」）などと見え、我が国でも「龍頭鷁首《りようとうげきす》」の船遊が知られる。但し、右は、鵜飼の鵜《う》の美称として見えるものである。その助数詞にも「聯《れん》」とある[9]。鵜飼も「禁野」同様の制度下にあったらしい。右は、それを、禁野の外において許可するという、勅許である。鵜飼も、勅許を得て初めて可能であった。

なお、鮎漁の場合、「禁河」が設けられ、監理下にあった。『西宮記』に次のように見える。

禁河。埴河。左衛門府撿知。葛野（河。）右衛門府撿知。以上夏供鮎。

（『西宮記』、臨時五　諸院）[10]

忠良親王・源　信

○十八日己未。勅《みことのり》すらく、「二品式部卿忠良親王に、鷹二聯・鷂二聯を養《か》ふことを聴《ゆる》す。左大臣正二位源朝臣信に鷹三聯・鷂二聯」とのりたまふ。

（『日本三代実録』、巻一三）[11]

貞観八年一一月一八日の記事である。「忠良親王」また、「源信《まこと》」については、先に述べた。

仲野親王・源　融・連扶王

○廿九日庚午。（中略）」是の日、勅《みことのり》すらく、「二品仲野親王に鷹三聯・鷂一聯を養《か》ふことを聴《ゆる》す。正三位中納言陸奥出羽按察使源朝臣融に鷹三聯・鷂二聯、従五位下行内膳正連扶王に鷹一聯、従五位上行丹波権守坂上大宿祢貞守に鷹一聯、従五位下行近江権大掾安倍朝臣三寅に鷹三聯」とのりたまふ。

（『日本三代実録』、巻一三）[12]

同じく貞観八年一一月二九日の記事である。「仲野親王」は、桓武天皇の第一二皇子、延暦一一年（七九二）誕生、母は藤原大継《おおつぐ》女河子である。貞観九年正月一七日薨去（七六歳）。貞観三年三月にも、仲野親王に「私の鷹・鷂各二聯を以って禁野の外に遊猟することを聴す」と見えた（前々例参照）。桓武天皇延暦二四年八月一六日の条に、「安芸国賀茂郡地五十町賜二仲野親王一。」（『日本後紀』、巻一三）、同年一二月二〇日の条に、「河内国交野郡白田《しろた》一町賜二仲野親王一。」（『日本後紀』、巻一三）などと見える。「白田」とは、はたけ、白地。畑地も野原も狩猟には適している。

『三代実録』、巻一四に、次のような仲野親王の薨伝がある。

二品仲野親王薨ず。親王は桓武天皇の第十二子なり。母は従四位下藤原朝臣河子、従四位上大継の女なり。桓武天皇、之を納《い》れ、親王、及び、四皇女を生む［焉］。親王、幼くして辨恵、性寛裕なり。弘仁五年、四品を授く。天長七年、大宰帥と為す。十年、三品に加ふ。承和九年、弾正尹を拝す。十四年、二品を賜ふ。嘉祥三年、遷《うつ》して式部卿と為す。仁寿三年、本官を以って常陸太守を兼ぬ。貞観三年、上総太守を兼ぬ。五年、大宰帥に遷す。六年　勅《みことのり》ありて輦車に乗り、宮中に出入するを聴す。親王、能く奏寿宣命の道を用ふ。音儀・詞語、模範と為すに足れり。当時の王公、其の儀を識ること罕《まれ》なり。参議藤原朝臣基経、大江朝臣音人等に　勅し、親王の六条亭に就き、其の音詞・曲折を受習せしむ［焉］。故致仕の左大臣藤原朝臣緒嗣《をつぐ》、此の義を親王に授く。親王、襲ひ持して師法を失はず［焉］。薨ぜし時、年七十六。男十四人、女十五人有り。茂世、輔世、季世、秀世、房世、当世、基世、潔世、実世、十世、在世、康世の十二人は爵して四位と為す。十世、官は参議に至る。惟世、利世の二人は姓平《たひら》の朝臣を賜ふ。並べて五位と為す。女、諱班子、光孝天皇龍潜《りようせん》の日、之を藩邸に納《い》れ、朱雀太上（宇多）天皇を生む。天皇践祚の日、尊みて皇大夫人と為す。親王に一品太政大臣を追贈す。今上（醍醐）即位ありて、皇太夫（ママ）人を尊みて皇太后と為す。

（『日本三代実録』、巻一四）[13]

「奏寿宣命の法」は、寿詞《よごと》（天皇の治世の長久・繁栄を寿《ことほ》ぐ祝詞）や宣命を読誦・奏上する方法。「藤原朝臣緒嗣」は、百川の長子。天長九年一一月二日左大臣、同一〇年三月六日正二位に昇る。承和一〇年（八四三）七月二三日薨じた。年七〇歳。贈従一位。「当世」は、既出（八二頁）。「龍潜」は、天子の即位前の称。「班子」は、天長一〇年誕生、時康親王（光孝天皇）の女御となり、貞観九年宇多天皇を産む。同天皇践祚（仁和三年〈八八七〉）の日、班子は皇大夫人となり、[14] 仲野親王に一品太政大臣が追贈された。班子は、醍醐天皇（宇多天皇第一皇子）の即位時に「皇太后」となった。「藩邸」は、垣《まがき》の内、私の宅。「源融《とおる》」は、既出。

時康親王（光孝天皇）

○八月癸巳朔。勅《みことのり》すらく、「摂津国河辺郡為奈野を二品行中務卿兼上野太守諱光孝天皇親王に賜ふ。以って遊狩の地と為せ。百姓《ひやくせい》の樵蘇《せうそ》を禁ずること勿かれ〔焉〕」とのりたまふ。

（『日本三代実録』、巻二四）[15]

清和天皇の貞観一五年八月朔の条である。光孝天皇は、既出（第一章第四節）。諱は時康。嘉祥元年常陸太守、翌々年中務卿、仁寿元年三品、貞観六年上野太守、同八年大宰帥、同一二年二品、同一八年式部卿、元慶六年一品に昇る。同八年二月陽成天皇の後を承けて践祚した（五五歳）。仁和三年八月二六日崩御（五八歳）。

この地は、貞観元年四月二〇日源信が遊獵地として賜ったが、彼はこの地で落馬し、病臥した[16]（既出）。

第二節　鷹狩の禁制（放生を含む）

「鷹狩」の禁制には、その性格上、次の二様がある。

第一、鷹狩は、天の下を統べる天皇家の特権であるとして、それ以外の参入を厳禁とするもの。もし、資格あってそれを望むならば、天皇の勅許を得よ、さもなくば、罪科に処するとする。

第二、生類愛護、あるいは、政策上、宗教上の理由で殺生を忌避することを目的とするもの。放生《ほうじょう》・放生会《え》の関係する場合もある。

第一については、以下にも触れるように、「禁野《きんや》（標野《しめの》）」の問題とも関わる。禁野とは、天皇の狩り場と定め、私人の狩猟を禁じた所をいう。この制は、中国古代の、例えば、『文選』、巻八、楊雄（字子雲）の「羽獵賦」に見える「禁苑」「禁籞」(17)に倣って設けられたものであろう。

禁野には監理官、即ち、「検校」「別当」などが置かれていた。今なら、全同ではないが、環境省の地方環境事務所、林野庁（農林水産省）の森林管理署など、公的な管理官に相当し、俗に「野守《のもり》」ともいった。『万葉集』には「山守《やまもり》」、『古今集』には「宇治の橋守《はしもり》」などとも見えるが、こうした「野守」「山守」「橋守」、また、「道守《ちもり》」「川守《かはもり》」「時守《ときもり》」といった言葉は、通俗の称であろう(18)。

「野守」は、『万葉集』の額田王の贈答にも見えている。

天皇遊㆓猟蒲生野㆒時、額田王作歌
茜草指《あかねさす》　武良前野逝《むらさきのゆき》　標野行《しめのゆき》　野守者不㆑見哉《のもりはみずや》　君之袖布流《きみがそでふる》
皇太子答御歌　明日香宮御宇天皇 諡曰天武天皇
紫草能《むらさきの》　尓保敝類妹乎《にほへるいもを》　尓苦久有者《にくくあらば》　人嬬故尓《ひとづまゆゑに》　吾恋目八方《あれこひめやも》
紀曰、天皇七年丁卯夏五月五日、縦㆓猟於蒲生野㆒。于㆑時、大皇弟諸王内臣及群臣、皆悉従焉。
（『万葉集』、巻一、雑歌、二〇、二一番(19)）

この天智天皇七年五月五日の蒲生野の遊獦については、『日本書紀』、巻二七、天智天皇七年の条が参照される。

〇五月五日。天皇縦《カリシ》二獦《タマフ》於蒲生野《ニ》一。于レ時大皇弟《ヒツキノミコ》。諸王《オホキムタチ》。内《ノ》臣。及群臣皆悉従《ニオホムトモナリ》焉。(20)

同『書紀』にはこのようにある。「大皇弟《ヒツキノミコ》」は、大海人皇子（後の天武天皇）、「内《ノ》臣」は、藤原鎌足をいう。右は、『新訂増補国史大系』によったが、『類聚国史』、巻三二の「天皇遊獵」の条に、ほぼ同文が見え、これは先の「鷹狩」の条の表中に引いた（既出）。その禁野「蒲生野」における監理官「野守」が、額田王の歌に見えている。答歌の「皇太子」も大海人皇子をいう。「蒲生野《かまふの》」は、滋賀県蒲生郡の野をいう。『日本書紀』には、同じく八年五月朔、山科野の縦獦の記載もあり、やはり、「大皇弟。藤原内大臣。及群臣皆悉従焉。」とある。

「野守」については、また、歌学書や鷹書類などに「野守の鏡」という故事が伝えられている。顕昭著『袖中抄』（文治年間〈一一八五〜一一九〇〉著）、また、『鷹経辨疑論』から次を引いておく。

〇ノモリノカヾミ
ハシタカノ野モリノカヾミエテシガナオモヒオモハズヨソナガラミム
顕昭云　ハシタカノヽモリノカヾミトハ　フルクヨリ申ツタヘタルハ　昔雄略天皇トマウスミカド殊ニ狩ヲコノミタマヒケリ　野ニイデヽ狩シタマヒケルニ御鷹《ミカタ》ソリテミエズ　野守ヲメシテトハレケルニ　オムタカノアリドコロヲマウス　イカニシテコヽニヰナガラタナゴヽロヲサスガゴトクニハサダカニマフスゾト、ハセ御ケレバ　此野ニハベル水ニカゲノウツリテハベレバマウスヨシヲ奏シケルヨリ　野ニアル水ヲハシタカノヽモリノカヾミトハ云トマウシツタヘタリ　サテヨソナガラミムトハヨメルナリ
無名抄ニハ此事ヲイフニ天智天皇ト書リ　イヅレトサダメガタケレド古ヨリ多ハ雄略トカケリ　又彼天皇カリヲコノミ給ヨシ国史等ニミエタリ　又野守鏡トハ徐君《ジョクン》ガ鏡也（後略）　（『袖中抄』、一八）(21)

雄略天皇の鷹狩についても先にも言及した。同天皇が逸《そ》らした愛鷹の所在を、「野守《のもり》」は即答したという。この「野守」こそ、「禁野」の監理官（「検校」「別当」等）であった。猟場の案内役として、野行幸の度に奉仕もしたであろう。付訓に「御鷹《ミカタ》」とあるのは誤植であろうか。この後には『綺語抄』『俊頼髄脳』『奥義抄』なども引用されている。

『鷹経辨疑論』(22)の上には、次のようにある。

又云。野守ノ鏡ト云コトハ。昔雄略天皇ノ御時。春日野ニテ御狩シ給トキ。御鷹ミヘザリケルニ。或翁タマリ水ヲミテ。御タカ是ニアリト申スニ。ヲボツカナク思給ケレバ。上ノ木ニ御タカアリテ。其形水ニウツリテ見タリ。

「春日野」は、奈良市の春日山の西方一帯の野をいう。古来、歌枕の一つとされてきたが、同天皇が春日野に鷹狩をしたという記録、また、同野がそのための禁野とされていたという史料は管見に入れない。案ずるに、これは、『古今和歌集』、巻一所収の一首、「春日野の飛火《とぶひ》の野守《もり》いでて見よ今幾日《いくか》ありてわかなつみてん」（春部、一九番）の影響を受けたものらしい。尤も、こちらの「飛火《とぶひ》の野守《もり》」は「烽火台の要員」(23)とされている。

蔵人所の「御鷹飼」と「禁野」との関係は、前章の「第四節　鷹狩」（「嵯峨天皇」の条）参照。

『嵯峨野物語』（既出、第一章第二節参照）には「禁野」につき、次のように見える。

一鷹は毎年坂東以下（中略）御鷹飼六人。宇多かた野を管領して。権門無双なり。毎月廿四日の鳥をたてまつる。六斎日をのぞきてまいらする也。もし鳥のなき時は。御鷹飼大鷹を居て。いづくの庄よりものぼれ。行あひたるを捉て供ずる。さだまれる法也。又すけ鷹飼とて。禁野交野にその所をあづかりて。鷹をよくつかふものあり。鷹をこのむ人は。これをかたらひてつかひしなり。

一代々の御鷹場は数十ケ所なり。その所おほし。殊に宇多交野ノ御野と申すは。天皇の御鷹場のゆへなり。禁野と申は。人をかよはせて。鳥をおほくふせをきて。雑人を禁ぜられし程に。禁野と申也。野の行幸あるべき野べは。三年人を入られずなど伝承侍り。

（『群書類従』、第一九輯）(24)

「禁野」の制は、王朝時代のものであったが、「野守の鏡」は、その後、能（「野守」）にも取上げられている。

次に、禁制の第二の性格につき、『類聚国史』、巻一八二、「仏道九」に、「放生」（天武〜陽成天皇）、「禁殺生」（聖武、孝謙、廃帝、広《(光)》仁、桓武、嵯峨、仁明、清和、陽成、光孝天皇）、「禁寺辺」（嵯峨、仁明、清和天皇）として列記されたところがある。これらは必要に応じて取上げるが、多くは省略する。

祥瑞により「白雉」と改元され、これに伴って「放鷹」の禁じられた例もある。

○二月庚午朔戊寅《九》。穴戸《アナト》国司草壁連醜経《シコフ》白雉を献ず。○甲申《十五》。朝廷の隊仗、元会の儀の如し。三国公麻呂、猪名公高見、三輪君甕穂、紀臣乎麻呂岐太四人をして代はりて雉輿を執り、殿の前に進め使《し》め、詔《みことのり》して曰《のたま》はく、云々。天下に大赦し、白雉と改元す。仍りて穴戸の堺《さかひ》に放鷹を禁ず。公卿・大夫以下、令史に至るまで給《ものたま》ふこと、各《おのおの》差《しな》有り。是《ここ》に於いて、国司草壁連醜経を褒美し、大山《だいせん》を授け、幷《あは》せて大いに禄を給ひ、穴戸に三年の調役を復《ゆる》す。

（『日本紀略』、前篇）(25)

孝徳天皇の大化六年（六五〇）二月一五日、「白雉」と改元された。「穴戸」は、後の長門国。「隊仗」は、祝賀のため、内裏に整列した衛士の陣や兵衛・内舎人の陣。「元会《がんえ》」は、唐にならい、孝徳天皇大化二年正月から創められた賀正礼《みかどおがみ》の儀式。公卿・諸大夫が参集し、地方の国府からの貢納などがあった。(26)「雉輿」は輿車《こしぐるま》の一種。(27)「執」は、四人で輿の左右の長柄の前後を持つ意。「殿」は、内裏の正殿、紫宸殿。「堺」は、境界の内の意。「褒《ほう》」字は、あつめる、多いことをいう（『類聚国史』、巻一六五、「祥瑞上　雉」の条にも「褒美」とある）。(28)あるいは、「褒美」（『書紀』）の謂いか。「大山」は、大化五年当時行われていた十九階《の》冠位の内の第一一、一二番目、大宝元年の制の正・従六位の上・下に相当する位階である。(29)「調役」は、みつぎとえだち（労役）。

この祥瑞については、原典である『日本書紀』、巻二五、孝徳天皇同年月日の条に詳しい。ここでは漢籍などにおける白雉祥瑞の故事も列挙されている。(30)『紀略』は、抜書きした形で、多くが省かれているが、今、敢えてこれに拠った。但し、『書紀』にも、「所以大二赦天下一、改二元白雉一。仍禁レ放二鷹於穴戸堺一、賜三公卿大夫以下至二于令史一、各有レ差。於レ是褒二美国司草壁連醜経一、授二大山一、幷大給レ禄、復二穴戸三年調役一。」とある。

さて、以上の第一、二につき、それぞれに分けて言及することもできるが、その場合、全体的な経緯が不明瞭となりかねない。よって、以下にはなべて時代順に取上げる。

元正天皇

養老五年（七二一）七月二五日の禁制については、第一章冒頭部に引いた。放鷹司の鷹・狗、大膳職の鸕鷀、諸国の鶏・猪を放ちなさい、関係者等は役職停止、所役の品部は公戸に移すという勅令である。放鷹は禁制となる。この類が、右の第二の類（生類の一切を愛護する場合）である。

聖武天皇

聖武天皇は、神亀元年（七二四）二月四日受禅した。文武天皇第一皇子で、母は藤原宮子（不比等女）である。

○八月甲子朔甲午。詔《みことのり》して曰《のたま》はく、「朕、思ふ所《ところ》有りて、比日《このごろ》の間、鷹を養《か》ふことを欲《ほ》りせず。天下《あめのした》の人も、亦《また》、宜しく養ふこと勿《な》かるべし。其れ、後の　勅《みことのり》を待ち、乃ちこれを養ふべし。如《もし》違ふこと有ら者《ば》、違《ゐ》　勅《ちよく》の罪に科《おほ》せむ。天下に布告し、咸《ことごと》く聞かせ知ら令《し》めよ」とのりたまふ。（『続日本紀』、巻一〇）(31)

聖武天皇の神亀五年（七二八）八月甲午の記事である。干支につき、不審があるが（『日本紀略』でも不審）、関係史料から推して、この辺り、当初から原典自体に誤脱があったようである。「科二違　勅之罪一」の「科《おほす》」は「に」格をとる。右には、聖武天皇も「天下人」も鷹狩を行っていたが、この時も一時的に禁制とされたと知られる。この理由は定かでないが、この条は、『類聚国史』、巻一八二、「仏道九」（「放生」「禁殺生」「禁寺辺」）の条に見えないから、(32)必ずしも信仰上の理由ではなかったようである。

『日本霊異記』、上巻、三二縁には、「神亀四年歳次二丁卯一九月中　聖武天皇与二群臣一獵二於添上郡山村之山一　有レ鹿　走二入納見里百姓之家中一」云々と、(33)同天皇の鹿狩のことが見えている。『類聚国史』、巻三二、「天皇遊獵」の条によれば、聖武天皇は、天平一二年（七四〇）一〇月九日伊勢国に行幸し、翌月三日、車駕を停めて関宮（壱志郡河口頓宮）に御し、四日和遅野（現在の津市白山町二本木）で遊獦した。また、翌一三年五月河南に幸して狩獦を観《みそなわ》したと記録される。(34)

だが、神亀五年八月二一日の勅に「皇太子寝病。経レ日不レ愈。自レ非二三宝威力一。何能解二脱患苦一。因レ玆。敬造二観世音菩薩像一百七十七軀幷経一百七十七巻一。（後略）」（『続日本紀』、巻一〇）(35)とある。「皇太子」とは、昨四年閏九月二九日に誕生した基王（母藤原光明子）である。生来の病弱であったようで、これが翌九月一三日薨じた。「天皇甚悼惜焉。為レ之廃朝三日。」とある。「朕、思ふところ有りて」とは、こういうことであったろうか。これに加えて、政情も不安定であった。翌六年（天平元年）二月一二日聖武天皇は長屋王《ながやおう》（天武天皇孫、高市皇子の第一皇子）を妻吉備内親王・王子共々自尽させている（長屋王の変）。同王は、聖武天皇の即位（神亀元年二月四日）と同時に正二位、左大臣となった人物で、この時期、藤原氏一族（武智麻呂・房前・宇合・麻呂）との確執が深まっていた。天皇に対しても、その生母（藤原宮子）の尊称につき、厳しく迫ることがあった（右『続日本紀』、神亀元年二月六日の条、同三月二二日の条)。また、重病の流行もあり、神亀三年六月一四日、左右京・四畿六道諸国に医薬を遣わし、穀を賜り、これを救療せよとの詔を下すほどであった(36)。

天平九年四月頃からは疫病が流行し、光明子の異母兄四人、その他の重臣らが薨卒し、旱《ひでり》も激しかった(37)。聖武天皇は、篤く仏教に帰依するようになり、同一三年には国分寺建立の詔、同一五年には東大寺盧舎那仏像の建立の詔が出されている。

なお、光明皇后の皇后宮跡からは鷹狩に関する木簡が出土している。当時における鷹狩やその餌飼の様子など、飼養関係の一端が窺えよう(38)。

聖武天皇の天平一七年(七四五)九月一五日の条に次のように見える。「完」は、「宍《しし》」の謂で、動物の肉の意。

○己巳《十五》。三年の内、天下、一切の完《（ママ）》を禁断す。　(『続日本紀』、巻一六(39))

天皇は、天平一三年二月諸国に国分寺・国分尼寺建立の詔を、次いで同一五年盧舎那仏金銅像(大仏)の造立発願の詔を下した。一七年八月その寺地を金鐘寺(後の東大寺)と確定し、一九年九月二九日大仏鋳造を始めた。天平勝宝四年(七五二)四月九日東大寺盧舎那大仏の開眼供養が行われ、孝謙天皇、聖武太上天皇・光明皇太后の行幸・臨席があった。禁断は、こうした情況下にあったがためと考えられる。先の一三年二月には、牛馬の屠殺禁止令が出されている。この度の禁制は、天平二〇年九月半ばまでの三ヶ年ということらしい。

ところで、この時分、万葉歌人とされる大伴家持は、越中(能登国)国守として赴任していた。その赴任地において詠んだ鷹狩の歌が『万葉集』に収められている。これらの歌には、天平一九年九月二六日、天平勝宝二年三月八日といった詠歌の時日が記載されている。この鷹狩は、右の禁制に抵触するのではなかろうか。現に、先学には、「一切の宍を食すことの禁止の最中にあたることから、家持の養鷹は違法であった(40)。」とされ、而るに、鷹狩を行ったのは、任国経営上の事情があったからであろうとされている。

それにしても、家持の歌には、禁を犯しているという後ろめたさ、躊躇いなどは感じられない。彼は、「大君の遠の朝廷そ　み雪降る　越と名に負へる　天離る　鄙にしあれば、山高み　川とほしろし　野を広み　（略）」（巻一七・四〇一一番）と詠うのである。むしろ、逆に、都に帰ったら、これらの歌を知人友人らに披露したいといった大らかさ、明るさが看て取れるようである。思うに、家持は、任国において鷹狩をしてよいという勅許を得ていたであろう。家持に限らず、国司として派遣される官人クラスは、同様であったと見られる。「狩の使」の条に述べたように、天皇は、天が下の全てを統治する存在である。これは、政策以前の国家基盤であり、天皇制に関わる問題である。国司は、その代行者であり、その全権が委ねられていると考えてよかろう。

孝謙天皇

＊孝謙天皇天平勝宝四年閏三月八日、「応重禁断月六斎日幷寺辺二里内煞生事」という禁制（太政官符）が下された。趣旨は、後掲の貞観四年（八六二）一二月一一日の禁制（太政官符）により、窺い得る。

淳仁天皇

『続日本紀』の、淳仁天皇天平宝字八年（七六四）一〇月一一日に次のようにある。

○甲戌《十一》。勅《みことのり》して曰《のたま》はく、「天下の諸国、鷹・狗《いぬ》、及び、鵜《う》を養《か》ひて、以って畋獦《かり》することを得ざれ。又、諸国、御贄《みにへ》に雑《くさぐさ》の完（ママ）・魚《いを》等の類を進《たてまつ》ること、悉く停《とど》めよ。又、中男《ちうなむ》の作物、魚・完・蒜等の類、悉くに停めて、他の物を以って替《か》へ宛《あ》てよ。但し、神戸《かんべ》は此の限りに在《あ》らず」とのりたまふ。（『続日本紀』、巻二五）[41]

諸国が鷹や鵜で狩をすること、また、諸国の御贄に宍・魚類の貢納を禁じ（代替物を奉る）、中男作物についても魚・宍・蒜等を止めて代替物とせよとある。「中男作物」は、中男（一七〜二〇歳の男子の課口）の調の代わりに課された現物納租税。「神戸」は、神社の封戸《ふこ》（民戸）。各神社には神戸が与えられ、この納付（租・庸・調・雑役）をもってそれぞれの経営（造営・修理・神饌・祭具等）が行われた。封戸を与えられていない神社は、祢宜・祝等が修造に当る（『日本後紀』、巻二二、弘仁三年五月三日の条）(42)。

光仁天皇

＊宝亀二年（七七一）八月一三日、「応重禁断月六斎日幷寺辺二里内煞生事」という禁制（太政官符）が下された。この趣旨は、後掲の貞観四年一二月一一日の禁制（太政官符）により、窺い得る。

＊宝亀四年正月一六日弾正台・左右京職・五畿七道諸国に下された「太政官符」。この官符は、後掲の大同三年（八〇八）九月二三日の「太政官符」（『類聚三代格』、巻一九、「禁制事」）の引用文によって窺い知ることができる。

淳仁朝、称徳朝などに禁制となった狩猟・魚漁などは桓武朝に復活している。即ち、桓武天皇延暦七年（七八八）七月二五日の条に、「従五位下多治比真人屋嗣、為㆓主鷹正㆒」（『続日本紀』、巻三九）(43)、また、延暦一五年一〇月一四日の条に、「始置㆓主鷹司史生二人㆒。」（『日本後紀』、巻五）(44)と見える。「始（初）」とは、この朝《みかど》における最初の意であろう。狩猟は、――魚漁なども同様であるが――、食そのものの問題である。私的な世界では、桓武朝以前、かなり早くから国禁をくぐって行われていたのではなかろうか。

桓武天皇

○三月《戊辰朔》辛未《四》。勅すらく、「重ねて私に鷹を養ふを禁ず」とのりたまふ。

（『日本紀略』、前篇一二(45)）

『日本紀略』の、桓武天皇延暦一四年（七九五）三月辛未の記事である。

○己巳《廿六》。尾張国海部《あま》郡主政外従八位上刑部粳虫《ぬかむし》の言《まう》すらく、「権掾阿保朝臣広成は、朝制を憚らず、擅《ほしきまま》に鷹・鷂を養ひ、遂に当郡の少領尾張宿禰宮守をして、六斎《ろくさい》の日、寺林に於いて獵《かり》せしむ。因って、鷹を奪ひて奏進す」てへり。勅《みことのり》すらく、「須《すべから》く違犯有らば、先ず其の状《さま》を言《まう》すべし。而るに国吏を凌慢し、輙《たやす》く其の鷹を奪ふ。宜しく特に決杖し、其の任を解却《げきゃく》すべし」とのりたまふ。

（『日本後紀』、巻八(46)）

『日本後紀』の、桓武天皇延暦一八年五月二六日の記事である。尾張国海部《あま》郡主政刑部粳虫が、「尾張国権の掾（国司の三等官）阿保広成は、朝制に違犯して私に鷹鷂を飼い、遂には海部郡少領（郡司の次官《すけ》）尾張宮守を使って、あろうことか、殊に持戒して慎むべき六斎日《ろくさいにち》に寺域の林で獵をした、よって証拠（鷹）を送致する」と言上した。だが、勅下って「（粳虫は）国吏を侮り、安易にその鷹を奪い取った。（手続きに背いたので）杖刑を与え、その職務を解け」とある（後掲、大同三年九月二三日の太政官符を参照）。寺域において、あるいは、六斎日に狩獵を禁じた太政官符は、既に、発せられている。それに従ったはずであるが、これは、その手続き上、不備があったようである。右の件については、秋吉正博氏の検討、整理されたところが参照される(47)。

○甲子《廿三》。勅すらく、「私に鷹・鷂を養《か》ふこと、禁制已に久し。聞くならく、臣民多く蓄《か》ひ、遊獵度《のり》なし。故《ことさら》に綸言に違ひ、深く罪責に合《かな》ふ。宜しく厳しく禁断し、重犯せ令《し》むること勿《なか》るべし。但し、三王臣《わうしん》は、養ふを聴すこと差《しな》有り。仍って印書を賜ひ、以って明験と為《な》せ。自余の輙《たやす》く養へば、将《まさ》に重科に寘《お》かむとす。その印書の外《ほか》に数《かず》を過ごさば、鷹を臂《ただむき》にする人《もの》を捉へて進上せよ。自余の王臣五位已上は、名を録《しる》して言上せよ。六位已下、及

び、鷹を臂にする人は、並びに依るに法を勅《みことの》りて、禁固し、違罪に科《おほ》す。使をして捜検せしめ、如《もし》違犯あらば、
国郡の官司も、亦、与同罪なり」とのりたまふ。

（『日本後紀』、巻一二）(48)

『日本後紀』に見える、桓武天皇延暦二三年（八〇四）一〇月二三日の勅《みことのり》である。ここには、養鷹の「禁制已に久し」とある。ところが、臣民が、鷹鷂を養い、むやみに遊猟している、禁制を守れとある。但し、三王臣は養ってよい、差あり、「印書」を賜り、これを「明験」とせよ、三王臣以外の王臣（四、五代の王）、また、五位以上の者は、名を記載して言上せよ、…、禁制を背かば罪科に処するとある。「数を過ごさば」という「数」とは、狩の回数ではなく、飼養している「鷹（鷂、隼）」の個体数である。鷹でも馬でも、所有できる聯数・疋数は身分によって規定されていた。(49)「鷹を臂にする人」とは、鷹で狩をする人の意だが、容疑の現場において鷹を手にしていた人物をいう（この背後のことは、次の問題となる）。「人」字の訓は「ひと」でなく、「もの」と読むべきである。

なお、「臂鷹」という言葉は、『後漢書』巻一四、「梁冀伝」に、「冀字伯卓、為レ人鳶肩豺目（中略）又好臂レ鷹走レ狗騁レ馬鬪レ雞」(50)と見え、国立歴史民俗博物館蔵宋慶元四年建安黄善夫刊本に「又好臂《タヽムキニシ》レ鷹《ヲ》走《シム》レ狗《ヲ》」と墨訓がある。(51)また、『唐書』巻一六四、「崔弘礼伝」に、「崔弘礼字従周、（中略）玄佐臂レ鷹、與二弘礼一馳逐、急緩在レ手、一軍驚曰、安得二此奇客一」(52)、元稹の『元氏長慶集』巻二四、楽府の「陰山道」に、「従騎愛奴絲布衫、臂鷹小児雲錦韜」(53)などと見え、後代の『元史』にも、「適有二蒼鷹一搏二野獣一而食、勃端察爾以レ緡設レ機取レ之、鷹即馴狎、乃臂レ鷹獵二兎禽一、以為レ饍」（巻一「本紀第一　太祖」）(54)以下、この語が頻出する。

「並びに依るに法を勅りて」の条につき、原文は「並依勅レ法」とあり、読み方ははっきりしない。「臣民」とは、統治者（天皇、及び、皇太子）に対する、その被治者のすべてをいう。「度なし」は、節度のないこと。「三王臣」とは、『大宝令』の制規の、親王（一世―皇兄弟・皇子）、諸王（二世―皇孫・三世―皇曾孫・皇玄孫（四世））の三世代を

いうのであろう。(55)　時の王臣家《おうしんけ》としては、神王《みわおう》、壱志濃王《いちしのおう》などが知られる。前者は、榎夏井王の子、天平九年（七三七）誕生、延暦二五年四月二四日薨。従二位、右大臣、贈正二位に昇る。後者は、湯原王の子、天平五年誕生、延暦二四年一一月一二日薨。正三位、大納言、贈従二位に昇る。二人とも志貴皇子の孫に当たり、従って、桓武天皇の従兄弟となる。これら三人で畋猟に出掛けることもあったかも知れない。

右によれば、「天皇」外の問題として、「臣民」の養鷹は全面的に禁止されていたこと、但し、一部の「王臣」には勅許が与えられていたこと、また、この勅の背景として、「臣民」でありながら、鷹を蓄《か》い、遊猟する者が数知れなく存在したことなどが判明する。奈良時代末、大伴家持の赴任した越中国でも、その徴候は窺われたが、奈良・平安時代の交という、この延暦年間、一般的な問題として、既に、国郡などでも放鷹が行われていたようである。

右に、「印書」を賜り、これを「明験」とせよとある。後には「公験《くげん》」「官験」との言葉も見える。その詳細は未詳だが、『延喜式』、巻一八（「式部上」）によれば、「公験」とは、およそ、次のような書式らしい。

凡諸司番上把笏者。不レ與二公験一。其舎人使部伴部之類。皆與二公験一。其式如レ左。

式部省。

位姓名年若干。某国某郡人。

右人元某色。今補二某司某色一任為二公験一。

年月日　　録位姓名

輔位姓名

右印署訖告二知本司一。令レ附二考帳一。仍即給與。随身為レ験。

（『延喜式』、巻一八）(56)

文中の「某色」とは、身分、また、官職などを意味するとされる。

平城天皇

○乙未《十六》。勅すらく、「権《かり》に入れたる食封《じきふ》、限りを令条に立てたり。比年《としごろ》行なふ所《ところ》、甚だ先典に違ふ。其れ招提寺の封五十戸、荒陵寺の五十戸、妙見寺の一百戸、神通寺の廿戸、宜しく且つは穀倉院に納むべし」てへり。」「私に鷹を養ふを禁ず。其れ特に養ふを聴す者には公験《くげむ》を賜ふ［焉］」とのりたまふ。（『日本後紀』、巻一七）(57)

『日本後紀』巻一七、平城天皇の大同三年（八〇八）九月一六日の条に右のようにある。前半部は別件だが、後半部も、同様、勅を受けた太政官符として発せられたものであろう。私の鷹を禁止する、特に養ふを聴す者には公験を与えるという。但し、七日後の日付で次のような「太政官符」が発せられている。これら二者は、時も内容も、実質、同じものであろう。推測すれば、文書決裁はこの九月一六日に行われ、この後、弁官の手によって、逐次、筆写・押印され、それぞれの関係官庁に発送されていったのではなかろうか。

太政官符

鷹鶻を飼ふことを禁断す応《べ》きこと

右、案内を撿するに、太政官去る宝亀四年（七七三）正月十六日弾正台・左右京職・五畿内七道諸国に下せる騰　勅符に偁《い》はく、「鷹を養《か》ふこと者《は》、先に既に禁断せり。頃年以来《このかた》、事無《な》く日を棄つ。時に蹔く遊覧し、特に一二の陪侍の者に聴して養《か》ふことを得しめ、無事の余景を送らんと欲りす。実に凡庶の通務にあらず。聞くならく、京畿諸国の郡司百姓、及び、王臣の子弟、或いは詐って特聴と称し、或いは勢を侍臣に仮る。争って鷹鶻を養《か》ひ、競って郊野に馳す。允《まこと》に禁制を違ふ。理《ただ》して須く懲粛すべし。所司、承知せよ。厳しく禁断を加へ、更然たら令《し》むること莫《な》かれ。若し猶改めざれば、六位已下は蔭贖を論ぜず、違勅の罪に科す。五位已上は名を録《しる》して言上せよ」

者《てへれば》、右大臣《藤内丸》の宣を被《かうぶ》るに偁《い》はく、「勅を奉《うけたまは》るに、私に鷹鶻を飼ふこと已に禁断を経たり。今一切制せんと欲す。事已むこと獲《え》ずば、宜しく親王、及び、観察使已上、幷せて六衛府次官已上を聴し、特に飼ふこと得令《し》むべし。但し、田畝を馳逐し、民の産《なりはひ》を損傷せる類は、所司をして名を録し言上せ令《し》めよ。その聴す所の人等、太政官は随身の験《しるし》を給し、所由（司カ）は撿挍を加へ、然して後、飼ふことを聴す。若《もし》官験なく輙《たやす》く鷹を飼へば、六位已下は身を禁じ、鷹を副へて進上せよ。五位已上は名を録して言上せよ。阿容《あよう》して言はざるは同じく違勅の罪に科す」てへり。

大同三年九月廿三日　　（『類聚三代格』、巻一九、「禁制事」）[58]

『類聚三代格』所収、平城天皇の大同三年（八〇八）九月二三日の太政官符である。『政事要略』巻七〇の「糾弾雑事」の条にも収められているが（字句に小異あり）、冒頭部には次のような事書がある。

鷹鶻事付餌取事　摺衣事在男女衣服部

弘刑格云。太政官符。応レ禁二断飼鷹鶻一事

右撿二案内一。太政官去宝亀四年正月十六日下二弾正台左右京職五畿内七道諸国一騰勅符偁。養レ鷹者（後略）

「騰　勅符」とは、「勅旨式の勅旨だけでなく、広い意味での勅命（詔、上卿《しょうけい》が奉《うけたまわ》った勅、裁可された論奏（太政官奏）など）をつたえ施行する太政官符をいい」と説明される[59]。主旨は、去る宝亀四年（七七三）正月一六日弾正台・左右京職・五畿七道諸国において鷹・鶻を飼うことについての禁制を下したにも拘わらず、聞くところでは京畿諸国郡司百姓や王臣子弟の鷹狩が横行しているので、今、一切の私鷹を禁断する、已む得ない場合、親王・観察使以上・六衛府次官以上には特に聴《ゆる》す、この場合は携帯するべき「験《しるし》（公験）」を発給する、――とある。私鷹の「禁制」である。下された先は、やはり、弾正台・左右京職・五畿内七道諸国であろう。親王、及び、観察使以上、幷せて六衛

府次官以上には、特に許可することがあり、この場合には「験」を発給するのでこれを随身せよ、公の験を持たないものは無勅許（私鷹）として、鷹を添え、拘禁せよ（六位以下）、もしくは、事件書類（時・場所、被疑者等）を申告せよ（五位以上）という。被疑者が六位以下なら捜査書類・証拠物・身柄を送致する（身柄送検）。身分ある五位以上となると、弾正台以下において対処できないので、上級官庁に捜査書類を送付する（書類送検）。「験《しるし》（公験）」は、勅許の旨を記した身分証明書である。「事無《な》く（日を棄つ）」「無事の（余景を）」とは、無為無事にして民を化すことをいう。『万葉集』に「手拱而　事無御代等（巻一九・四二五四番）[60]、『老子』の「淳風第五十七章」に、「故聖人云、我無レ為而民自化、我好レ静民自正、我無レ事而民自富、我無レ欲而民自朴」、『礼記』の「王制第五」に、「天子無レ事与二諸侯一相見曰レ朝。」、「天子諸侯無レ事、則歳三田。」など、また、唐の竇鞏の「新羅進白鷹」と題する七言絶句に、「御馬新騎禁苑秋。白鷹来レ自二海東頭一。漢皇無レ事須二游獵一。雪乱争飛錦臂韝」[61]などと見える。「日を棄つ」は、聴政にゆとりがあってなすこともなく（空しく）日時を過ごすこと。『文選』、巻八、「上林賦」に「朕以二覧聴余間、無レ事棄レ日」と見える。[62]「阿容」は、阿諛《あゆ》（おもねりへつらうこと）に同じで、[63]「阿容して言はざるは」とは、被疑者におもねって告発しない国司がおれば、の意。

この官符を承け、次の大同三年一一月二日の「太政官符」では、殊に、春宮坊の場合には「坊の験」を発給する、――とある。「藤内丸」は、大同三年時に右大臣、正三位、左近大将であった藤原内麿（時に五三歳、弘仁三年薨）。

太政官符

　春宮坊の鷹は坊の験《しるし》を随へしむる事

右、太政官去る九月二三日台《（弾正台）》、幷せて両職《（左右京職）》に下せる符に偁《い》はく、「親王、及び、観察使已上六衛府次官已上、特に鷹を養《か》ふことを聴す。仍ち、太政官は随身の験《しるし》を給し、所司は撿挍を加へ、然して後、之を聴す」者《てへれば》、今、右大臣《同人》宣す、「勅を奉《うけたまは》るに、件の鷹は宜しく便《すなは》ち坊の験を随へ令《し》むべし。但し、その験ありと雖も、民において妨げを致さば、事に随ひ、勘当す。一に先の符に依れ」てへり。

大同三年十一月二日

（『類聚三代格』、巻一九）[64]

大同三年一一月二日の太政官符である。「妨」は、民百姓の煩い、「勘当」は、法にあてて厳しく取調べること。

嵯峨天皇

○癸卯《廿八》。詔して曰《のたま》はく、「太上天皇、聖躬不豫《ふよ》なり。頻りに晦朔《かいさく》を移すと云々。（中略）」てへり。」是の日、天下の諸国をして七个日煞生《せつしやう》を禁断せしむ。其れ水に浜《ほとり》する百姓・漁を以って業と為す者には量《はか》りて粮《かて》を給ふ［焉］。

（『日本紀略』、前篇一四）[65]

嵯峨天皇大同四年四月二四日の条である。一時的であるが、漁業・狩猟の全てを禁じる。「太上天皇」は、病床の平城《へいぜい》上皇をいう。この四月弟嵯峨天皇（四月一日受禅）に譲位した。後、平城旧都に遷り、重祚を試みたが（薬子の変）、天長元年（八二四）七月七日崩御（五一歳）。「晦朔を移す」は、病床に月日を重ねること。

○甲子《廿六》。天下の諸国をして七个日間煞生を禁断せしむ。其れ白水郎の漁を以って業と為す者には粮《かて》を給ふ。

（『日本紀略』、前篇一四）[66]

嵯峨天皇弘仁元年七月二六日の条である「白水郎」は、海士《あま》の異称（「白水」は中国の地名）。

○乙亥《廿》。勅《みことのり》すらく、「天平勝宝の格《きやく》に依るに、「東大寺四面一里の内、煞生を聴《ゆる》さず。今、年序稍《やうや》く遠く、禁防弥《いよいよ》薄し。宜しく便《すみ》やかに国司を経て新たに標牓を立て令《し》むべし。如国師《もしこくし》の撿せざる有らば、即ち、違勅を以って論《あげつら》へ」者《てへり》。而《しか》るに、今、无識の徒《ともがら》は朝憲を畏れず、国司・講師も禁制亦緩く、遂には奈苑の辺《ほとり》を、還《かへ》りて漁獵の地と作《な》し、梵宇《ぼんう》の下を屠宰《とさい》の場に異なら不《ざ》ら使《し》む。宜しく更に禁止し、犯《をか》すこと有らば罪に科《おほ》すべし」とのりたまふ。

（『日本後紀』、巻二二）[67]

弘仁三年九月二〇日の条である。「天平勝宝の格」は、後掲の仁明天皇承和八年（八四一）二月一四日の太政官符、また、貞観四年一二月一一日の太政官符にも引かれている。「国師」は、奈良時代、諸国に置かれた僧官で、その国の僧尼を監督し、仏典を講じた。後、講師と改称された。「奈苑」は、那爛陀寺《ナーランダー》（五世紀初にインドの摩掲陀国王舎城の北に創建された学問寺）のこと、転じて、ここは仏寺をいうか。「梵宇」は、梵天王の宮殿、転じて、仏寺。「屠宰」は、殺して料理する。「宰」は、膳部を掌る。また、料理人。

弘仁八年九月廿三日。中納言藤原朝臣冬嗣宣す、「勅《みことのり》を奉《うけたまは》るに、私に鷹を飼ふは、頃年禁断すること已に久し。而るに、今、諸人公験《くげむ》を有すること无く、制を乖《そむ》き、恣《ほしいまま》に養へり。宜しく看督・に仰せ、禁察せ令《し》むべし。其れ五位已上は名を録して奏聞せよ。六位已下は身を禁じ、申し送れ。所持の鷹は、皆、内裏に進《たてまつ》れ」者《てへ》り。検非違使式に云はく、「鷹の官符を請《う》くる家々、餌取《えとり》を行ふ者《もの》、三位以上は各二人、四位以下は各一人」てへり。

（『政事要略』、巻七〇）[68]

『政事要略』にこのようにある。この本文の前後に事書きや年月日の文言はない。この条は、先の大同三年九月廿三日の禁制に続いて掲出されているもので、その事書のうちに「鷹鷂事付餌取事摺衣事在男女衣服部」と見える、「付餌取事」の文言が、ここの「検非違使式に云……」に相当する。冒頭に「弘仁八年（八一七）九月廿三日。中納言藤原朝臣冬嗣宣。」と見える。この日付で下された太政官符を引いたものであろう。「・」部については、頭注に「督、法曹至要抄此下有長字」とある。「餌取」とは、認可を受けて飼鷹のための餌を取る役目の者である。これを制限すれば、飼養できる鷹・鷂の数も制約されよう。尤も、これに先立ち、鷹の聯数《れんすう》は決められていた。

なお、『政事要略』の巻七〇、「鷹鸇事」の条は、右で終り、次に「馬牛及び雑畜事名例下。故蔽匿条云。鷹犬之属同畜産(69)」の条が続く。なお、この割書の中に「名例下。故蔽匿条云。鷹犬之属同二畜産一」とあるが、未だ検出できない。

仁明天皇

○戊寅《廿三》。山城国の民は、藻を巻きて漁を為《な》す。勅《みことのり》すらく、「豺・獺、已に祭りて虞人は澤に入る。鷹・隼、初めて撃ちて獵者は山に因る。是《かる》が故に、殺は礼を以ってせずは、天物を暴《あら》すと曰ふ。取は義を以ってせずは、時候に逆らふと為す。聞く如《なら》く、「藻巻の体為《ていた》る［也］、恵は潜鱗《せんりん》に薄く、害は昆虫に及びて、微物所を失ふ」てへり。既に徳政の美に非ず。下民命を夭《まつたう》せず。殆んど是れ濫殺の報いなり。厳しく禁断を加へよ。更然たら令《し》むること莫《な》かれ」てへり。（『続日本後紀』、巻二(70)）

仁明天皇の天長一〇年（八三三）六月二三日、山城国の藻巻の漁法につき、これを禁じた太政官符であろう。直に「鷹・隼」の獵を禁じたものではないが、その獵期（八月）が引き合いに出されている。「藻を巻きて漁を為《な》す」は、原文に「巻レ藻為レ漁」とある。「藻」は、いそくさ（磯草、海藻）。『詩経』の「小雅」に「魚在 在レ藻」とある（「魚藻之什、魚藻」(71)）。その魚が住処《すみか》とする藻類を巻き払って漁をする意。右の大意は、――獺《かわうそ》が魚を獲る時節（一〇月）になれば、虞人は沢に入って魚網を仕掛け、鷹・隼が狩を始めたら（八月）、獵師は山に入って狩獵をする。それ故、漁業・狩獵は礼をもって行わなければ、天からの賜り物を破り壊すことになるといい、漁業・狩獵は義をもって行わなければ、時候を背き、収獲をなくすことになるといわれてきた。聞けば、山城国の藻巻の漁法は、魚類のためにならず、昆虫類にも害を与え、些細な生き物も棲息する場をなくしてしまう。これでは、麗しい徳ある政治《まつりごと》ということにはならず、下々の者も命を全うできない。正しく、これは濫殺の報いである、――となろう。漁・獵は、時に順い、方法・程度を弁えて、即ち、節度、礼節をもって行いなさいとある。天からの賜り物に感謝し、その魚や昆虫をいたわり、「下民」に心を配る。

「豺・獺」は、やまいぬ・かわうそ。「祭る」は、その時節の収獲を得る意（本来はそれを神前に供える意）。「虞人《ぐじん》」は、山林・沼沢を管理する役人。『礼記』の「王制第五」に、左記のように見え、また、同「月令」にも「水虞」「野虞」とも見える。『文選』に、「虞人掌レ焉」（張衡「西京賦」）、「水衡虞人」（班固「西都賦」）、『日本書紀』に「幸二于《ス》河上小野《ノ》一。命《ミコトノリ》二虞人《山司》《カリヒトニ》一駈《カラシメ給》レ獸《シ、ヲ》。」（巻一四、雄略天皇四年八月庚戌）と見える。「撃ちて」は、鷹・隼が狩をする意。「山に因る」の条は、原文に「獵《ヲ》者因山」とあり、頭注に『続日本後紀纂詁』（村岡良弼著）により、「因、纂詁改作罔」とある。「天物を暴《あら》すと曰ふ」の句は、。また、『書経』の「武成」（篇名）に「今商王受無道、暴二殄天物一、害二虐烝民一、」(72)と見える「暴殄《ぼうてん》」は、天の物を損ない絶やすこと。「殺は礼を以ってせずは」の「殺」は、次の『礼記』の、「田不レ以レ礼…」字に相当する。「田」は、狩りをする意。「殺」も「取」も、漁（すなどる）・獵（かる）、狩るの意。「天物」は、天がもたらした自然の鳥獣・草木。次の『礼記』参照。「潜鱗」は、水棲の魚類。

『礼記』（『新釈漢文大系』）、「王制第五」から、右に関連する一節を引く(73)。

○天子諸侯無レ事、則歳三田。一為二乾豆一、二為二賓客一、三為レ充二君之庖一。無レ事而不レ田曰二不敬一。田不レ以レ礼曰レ暴二天物一。○天子不二合囲一、諸侯不レ掩レ群。天子殺則下二大綏一、諸侯殺則下二小綏一、大夫殺則止二佐車一。佐車止則百姓田獵。○獺祭レ魚、然後虞人入二澤梁一、豺祭レ獸、然後田獵、鳩化為レ鷹、然後設二罻羅一、草木零落、然後入二山林一。昆虫未レ蟄、不二以火田一、不レ麛、不レ卵、不レ殺レ胎、不レ殀レ夭、不レ覆レ巣。

通釈には、「○天子と諸侯とは、国に大事が起きなければ、年に三たび狩猟を催す。（中略）もし大事が起きないのに狩《かり》をしないならば、それを不敬（怠慢）と言い、また狩に礼を守らないならば、それを「天物を大切にしない」と言う。○天子は狩において鳥獣を包囲して攻めず、諸侯は鳥獣の群を囲んで取り尽くさない。（中略）○（十月に）かわうそが魚を岸に並べるころになったら、虞人（山や沢の見廻り）が沼や池に梁《やな》を設けて魚を取る。（九月に）さいが獣を祭るころになったら、人びとは狩獵を始める。（中略）昆虫が穴に籠《こも》らないうちは焼き狩をせず、獣の子を取らず、孕《はら》んだ獣を殺さず、若い獣を取らず、鳥獣の巣を壊《こわ》さない。」とある。

傍線部「獺祭レ魚…」の条につき、『礼記注疏』には「鳩化為鷹、然後設罻羅者、謂八月時、但鳩化有漸、故月令季夏云鷹乃学習、孟秋云鷹乃祭鳥、其鳩化為鷹、則八月時也、以月令二月時鷹化為鳩、則八月鳩化為鷹也、故周礼司裘云（前後略）」と見える。(74)先の波線部の「鷹・隼初めて撃ちて獵は山に因る」は、この「鳩化為レ鷹」の季節、即ち、八月をいう。「罻羅」の「罻《い》」は、こあみ。小さい鳥網。隋煬帝の「詠鷹」（五言古詩）に「忽投罻羅裏」と見える。「火田」は、田畑の草を焼いて行う猟をいう。

『礼記』の「月令」に、次のように見えるが、(75)この内、「鷹乃学習」の同『注疏』に「事案鄭志焦氏問云、仲秋乃鳩化為鷹、仲春鷹化為鳩、此六月何言曰鷹学習乎、張逸答曰鷹雖為鳩、亦自有真鷹可習、…」ともある。

東風解凍、蟄虫始振、魚上氷、獺祭魚、鴻鴈来、　（「孟春之月」の条）
始雨水、桃始華、倉庚鳴、鷹化為鳩、　（「仲春之月」の条）
温風始至、蟋蟀居壁、鷹乃学習、腐草為蛍　（「季夏之月」の条）、　鷹隼蚤鷙　（同）
涼風至、白露降、寒蟬鳴、鷹乃祭鳥、用始行戮　（「孟秋之月」の条）
鴻鴈来賓、爵入大水為蛤、鞠有黄華、豺乃祭獣戮禽　（「季秋之月」の条）
是月也、乃命水虞漁師、収水泉池沢之賦　（「孟冬之月」の条）
（『礼記注疏』、巻一四、「月令」）

『続日本後紀』、巻一〇、仁明天皇の承和八年（八四一）九月九日の条に、「○丙子《九》。天皇御二紫宸殿一。宴二公卿已

下文人已上一。同令レ賦二鳩化為レ鷹之題一。宴訖賜レ禄。(76)」と見える。重陽の宴である。

『江談抄』第四に、「鷹鳩《ようきゅう》変らず三春《さんしゅん》の眼《まなこ》　鹿馬《ろくば》迷ふべし二世の情《こころ》　以言《もちとき》」云々と見える。(77)

○乙卯《十四》。勅《みことのり》すらく、「天平勝宝四年の騰勅符に云はく、「先に寺辺の殺生を禁断し畢んぬ。今、聞く如《なら》く、時序稍《ようやく》遠く、禁断遂に薄し。若《も》し違犯せば、即ち違勅を以って論《あげつら》へ」者《てへれば》、春蒐秋獮《しゅんしゅうしゅうせん》、釣して［而］、網《あみ》せ不《ず》。事已《やむ》を得ざれば、殺《ころ》すことを止《とど》むることを期す。況《いわ》ん乎《や》神祠の辺《ほと》り、精舎の前をや。従来《もとより》解脱の界、是れ漁獵の地に非《あら》ず。聞く如《なら》く、勢家・豪民は憲章を憚ること無く、国宰・講師は撿挍を存せず。遂には寺内に馬を馳せ、仏前に禽を屠《ほふ》らしむ。此くの如き淫濫、勝《あ》げて言ふ可からず。夫れ妖孽《えうげつ》の臻《いた》る、未だ必ずしも天よりにあらず、民自ら取る［焉］。太息たる可《べ》し。宜しく重ねて五畿内七道の諸国司に下知し、厳しく寺辺二里の殺生を禁断せ令《し》むべし。如《も》し犯す者有らば、六位已下は違勅の罪に科す。五位已上は名を録し言上せよ。阿容を得ざれ」とのりたまふ。

（『続日本後紀』、巻一〇）(78)

仁明天皇承和八年（八四一）二月一四日の条である。「時序」は、時の次第、経過。「稍」は、既にそうなってしまった事態を表わす。以前と異なり、もはや、の意。「遂に薄し」は、すでに法としての力が弱くなったこと。「春蒐秋獮」は、春秋の狩獵。『爾雅』に「春獵為レ蒐、夏獵為レ苗、秋獵為レ獮、冬獵為レ狩」（釈天）(79)とある。「釣して［而］、網《あみ》せ不《ず》」は、魚を取るのに釣りはしても、網打って全て取ることはしないとの意。『論語』「述而第七」に「子釣而不レ網。弋不レ射レ宿」とある条を踏まえる。但し、『論語』には、「網」字を「綱」とするテキストもある。(80)「綱」とは、あみ（網）、また、延縄《はえなわ》をいう（延縄は、長い幹縄に沢山の釣り針を付けて釣る漁法）。「弋《よく》」は、いぐるむ、また、いぐるみの矢（矢柄の末部に糸が付いていて鳥に当るとそれが鳥にからみつく）。ことに前漢時代には弋射で水禽を捕った。繒繳《そうしゅう》。『文選』の司馬相如の「子虚賦」にも「弋二白鵠一」と見える。後半部は、（孔子は）いぐるみの矢で鳥をとっても、ねぐらに宿っている鳥を射ることはしなかった、との意。『鷹経辨疑論』下にも、「仲尼謂事アリ。釣スレドモ綱セズ。ヨクスレドモ宿鳥ヲ射ズ。(81)」と見える。「殺すことを止む」は、(この上は)、すっかり殺生をやめること。「期す」は、求める、願うこと。「撿挍」は、寺社の総務を監督すること。「勝げて言ふ可からず」は、数え切れないこと。「妖孽」は、災いの兆し。災い。「臻《いた》る」は、やってくること。「自ら取る」は、災いの因が自らにあること。この条、原文に「夫妖孽臻。未必自天。民自取焉」とある。『詩経』の「小雅」に、「下民之孽、匪レ降自レ天、噂沓背憎、職競由レ人」(「節南山之什、十月之交」)(82)と見える。「太息」は、嘆いてため息をつく意。「阿容を得ざれ」は、哀願を受け入れて目こぼしすることを禁ずることか。

冒頭部の「天平勝宝四年の騰　勅符」のこと、また、当該官符そのものも、後掲の貞観四年(八六二)一二月一一日「応重禁断月六斎日幷寺辺二里内煞生事」(事書)という太政官符に言及されている。

次は、「鹿・彘《いのしし》」の狩を禁制した例である。鷹に関わる禁制ではないが、この頃の「王臣家」の威勢を物語るものとも見られるので、挙げておく。

○壬子《四》。鴨の上下の大神宮祢宜《ねぎ》外従五位下賀茂県主広友等、欵《かん》に云はく、「所謂《いはゆる》鴨川は、二神社を経て南を指して流れ出づ。而して、王臣家人、及び、百姓等、鹿・彘《いのしし》を北山に於いて取り、便ち水上《みなかみ》に洗ふ。其の末は流れ来たりて神社に触る。玆に因り、汚穢の祟《たた》り、屢《しばしば》御卜に出づ。禁制を加ふと雖も、嘗《かつ》て順ひ慎しむこと無し」者《てへれば》、勅《みことのり》ありて、「宜しく当国に仰せて、河の源に迄《いた》りて厳しく禁断を加ふべし。若《もし》違犯せば、其の身を禁じ申し送れ。国郡司、幷せて、祢宜・祝《はふり》等、之を許容せば、必ず重科に処す」てへり。
（『続日本後紀』、巻一四）(83)

これは、仁明天皇承和一一年一一月四日、賀茂二社が王臣家等の横暴を訴え出たものである。「欵」は、欵状（かじょう、かんじょう）、訴状・嘆願書の類。「二神社」は、賀茂別雷《わけいかずち》神社と賀茂御祖《みおや》神社。「当国」は、山城国の国司。

文徳天皇

○戊《十》午。私に鷹・鶬を養《か》ふを禁ず。

（『日本文徳天皇実録』、巻七）[84]

文徳天皇の斉衡二年（八五五）四月一〇日の禁制である。

清和天皇

清和天皇（諱惟仁《これひと》）は、文徳天皇の第四皇子であったが（嘉祥三年生れ、母は藤原良房女明子）、第一皇子惟喬《これたか》親王（母は紀名虎女）を差置いて立太子し（生後八ヶ月）、天安二年（八五八）八月文徳天皇崩御の後を承けて即位した（九歳）。ここに、良房が摂行し、人臣摂政の例を開くことになった。貞観一八年一一月皇太子貞明親王（陽成天皇）に譲位し、元慶三年（八七九）五月八日落飾入道、翌年一二月四日崩御した。春秋三一歳。

太政官符

鷹鶬を養ふことを禁制す応《べ》きこと

右、右大臣《良相》宣す、「勅《みことのり》を奉《うけたまは》るに、例貢《れいこう》の御鷹の停止、既に訖んぬ。宜しくまた巣鷹、幷せて網捕鷹等を下し飼ふことを禁制すべし。又、无心の輩、事を貢御に寄せ、妄りに喩牒を放ち、公乗を費やす。若《も》かかる類あらば、身を禁じて言上せよ」てへり。

貞観元年八月十三日

（『類聚三代格』、巻一九、前田本による補入）[85]

清和天皇の貞観元年（八五九）八月一三日の太政官符であり、『日本三代実録』、巻三に、（同年月の）「〇十三日丙申。（中略）」畿内・畿外の諸国司の、鷹・鶬を養《か》ふを禁ず。[86]」と見える。条文には、例貢の御鷹は、既に停止されている、巣鷹・網捕鷹等は飼養してはならない、――とある。「例貢」とは、諸国から奉る常例の貢進。例進をいう。この「例貢の御鷹停止」は、『日本三代実録』、巻三、貞観元年八月八日の条に見える。既出（第一章、「第二節　鷹・犬の貢上」参照）。

また、後の貞観五年三月の「太政官符」は、この官符を承け、国司・諸人等が鷹鷂を養《か》い、「禁野」にて狩をしてはならない、――とある。「藤良相《よしみ》」とは、貞観元年時に右大臣、正二位、左大将であった藤原良相（四三歳、貞観一〇年薨）をいう。先に「藤良相」の薨伝を挙げた。

太政官符

諸国の禁野《きむや》を狩することを禁制す応《べ》き事

右、件の野、禁制すべき状、代々の　先帝綸言を降し、重畳の下知已《すで》に訖んぬ。右大臣《藤良相》宣す、「　勅を奉《うけたまは》るに、聞く如《なら》く、[者]（当衍）鷹鷂《ゐようえう》野に満ち、佃獵《でんれふ》度《のり》なし。州吏寛容にして禁制遏絶せり。吏としての道、何ぞ其れ此《かく》の如くあらんや。宜しく捉搦を加へ、重然たること得ざるべし。尚、乖越あらば、違勅の罪に科す。若この制を憚らず、輙《たやす》く以って闌入すること有ら者《ば》、五位已上は名を取りて奏聞せよ。六位已下は、例に依り、禁固す。但し、無頼の輩、事を野を守るに寄せ、百姓の鎌斧を奪取し、以って樵蘇《せうそ》を妨ぐる類、国司意を量《はか》り、任を以って決罰せよ。宜しく路頭に牓示し、明らかに暁告せしめ、掾已上一人を差《つかは》して、其の事を撿勾せしむべし」てへり。

貞観二年十月廿一日

（『類聚三代格』、巻一九）(87)

貞観二年一〇月二一日の太政官符である。この官符では、代々の先帝綸言をもって諸国の禁野を狩することを禁制してきた、聞くところでは鷹狩が横行している、国司の怠慢である、厳しく取り締まれ、とある。

「綸言」は、みことのり。「佃獵」の「佃」も「獵」も狩をすること。「百姓」は、農民、一般人民。「樵蘇」は、木を切り草を刈ること。また、木こりや草刈り。「暁告」は、さとしめすこと。

太政官符

重ねて月の六斎日《ろくさいにち》、并せて、寺辺二里が内の煞生《せつしやう》を禁断す応《べ》き事

右、案内を撿するに、太政官の去る宝亀二年八月十三日、天平勝宝四年閏三月八日、承和八年二月十四日、数度の騰　勅符あり。煞生の制、前後慇懃にして、違犯の辜《つみ》、科《おほ》する処、已に重し。右大臣《藤良相》宣す、「　勅《みことのり》を奉《うけたまは》るに、法王、戒を制して煞生を厥初《けつしよ》とし、明主、仁を施して好生を本と為す。唯、身後《しんご》の深報なるのみに非ず、又、眼前にて災を速《まね》くに足れり。但し、事、已《や》むこと獲《え》ず、法を易きに施し、故に、或いは之を避くるに月中の六斎を以ってし、或いは之を限るに　寺辺二里を以ってす。今、聞く如く、槃《たの》しび遊ぶに度《のり》なき徒《ともがら》、曾《かつ》て憲法を畏れ憚らず。其の尤も甚しきは、馬を走らせ寺内に入り、禽を逐《お》ひて之を佛前に煞《ころ》す。苟《いやしく》も漁捕の便を貪り、又、露《ろ》地《ぢ》を知りて避けず。即ち、愚人の因果に暗しと雖も、豈有司《あにうし》の糺察を怠るに非ざらんや。夫れ、法有りて行はざるは法無きに如かず。宜しく更に下知し、厳しく禁遏せしむべし。「者《(衍字)》」若猶《もしなほ》違越有らば、一に前格に依れ。六位已下は違勅の罪に科し、五位已上は名を録して言上せよ。国司・講師、知りて糺さずは、亦、与同罪。深きを言へば則ち冥官有り、近きを論ずれば寧《なん》ぞ朝制無からん。必ず信じ、必ず行へ。後悔を招くこと莫かれ」てへり。

貞観四年十二月十一日

（『類聚三代格』、巻一九）(88)

貞観四年一二月一一日の禁制（太政官符）で、国司や国分寺・国分尼寺に発せられた官符である。「六斎日」は、仏教で毎月の斎戒すべき日（八日・一四日・一五日・二三日・二九日・晦日《みそか》の六日）をいう。『養老令』の「雑令」に「凡《そ》月六斎日。公私皆絶㆓殺生㆒。」とあり、以下、中世にかけて、ことに殺生禁断の日とされた。「騰　勅符」は、勅命を伝え、施行する太政官符（既出）。「慇懃」は、丁寧であること。「法王」は、出家した太上天皇、太上法皇。「明主」

は、優れた君主、天皇。「厥初」は、そのはじめ、最初、即ち、殺生戒（五戒・八戒・十戒の一つ）をいう。「辜」は、つみ（罪）。「身後」は、死後。「速」は、招くこと。「槃遊」は、たのしみ遊ぶこと。「露地」は、煩悩を離れた境地。「有司」は、担当の官庁・官吏、また、官憲。『文選』（巻八、「上林賦」）や『日本書紀』『養老令』（儀制令）などにも見えている。「前格」は、未詳。「講師」は、大同の初、畿内の国分寺にあっては講説を担当したが、弘仁三年三月二〇日以後は寺の雑事をも検校（監督）した（『日本後紀』、巻二二、同月日の条）。「深言……、近論……」は、究極は免れ得ない神仏の罰、この世における違勅の罪の罰。「冥官」は、冥府の役人。

「承和八年二月十四日」の太政官符は、既出。「宝亀二年八月十三日」の太政官符や「天平勝宝四年閏三月八日」の太政官符の実情は、現在、未詳であるが、後者は「承和八年二月十四日」の官符にも言及されている。

○十五日丁丑。霜降る。（中略）」是の日、諸国の牧宰に私に鷹・鷂を養《か》ふことを禁ず。是に先だち、貞観元年八月、　詔命を頒ち下して、御鷹を貢せず。亦、国司の鷹を養《か》ひ、鳥を逐《お》ふことを制す。或いは聞く如《なら》く、「多く鷹・鷂を養《か》ひ、尚、殺生を好む。故《ことさら》に以って、獵徒《れふと》、部内《ぶない》を縦横す」てへり。故に重ねて制す［焉］。

（『日本三代実録』、巻七）(89)

清和天皇貞観五年三月一五日の条である。「牧宰」は、国司の唐名。「部内」は、地方行政区画のうち。国内。この条に相応する、具体的な太政官符が左記である。

太政官符

国司、幷せて諸人の鷹・鷂を養《か》ひ、及び、禁野を狩することを禁制すること

右、右大臣《藤良相》の宣を被《かうぶ》るに偁《い》はく、「勅《みことのり》を奉《うけたまは》るに、鷹鷂を貢御すること、停止に従ふこと、及び、操網捕等の鷹を下《おろし》飼《か》ふに懸《かかは》ら不《ざ》ることの状、（貞観）元年八月十三日下知既に畢《をは》んぬ。誠に生を好む徳を欲《ほ》りし、煞を悪《にく》む心を発《お》

こす。上下に慈仁、中外に禔福《よきさいはひ》。今聞く、或いは、国司等、多く鷹・鷂を養《か》ひ、尚殺生を好む。放《ほしいまま》に獵徒を以って、部内を縦横す。民の馬を強取し、乗騎し駈馳す。疲極すれば則ち弃《す》ててその主に帰せず。黎庶《れいしょ》、それに由り悲吟し、農耕之れが為に闕怠す。苟《いやし》くも朝寄といふ、豈《あに》当に斯《かく》の如くあるべけんや。今より以後、此の事、聞こえ有らば、則ち責むるに違勅を以ってし、見任を解却す。又、殺生の遊びを罷《や》め、故《ことさら》に禁野の制を施す。而るに、今、或いは聞く、軽狡《けいかう》無頼の輩、私自に入狩し、以って場《には》を擅《ほしいまま》にす。鳥の窮まり民の苦しみ、更《こもごも》昔日に倍《ま》せり。国司の聞見、糺察に心無《な》く、並びに国家の宿懐に非ず。何ぞ其れ、未だ思はざること甚しきや［矣］。宜しく厳しく禁制を加へ、重然たら令《し》むること莫かるべし。聴従せざる有らば、五位以上は、名を録《しる》して言上せよ。六位以下は、登時《すなはち》決罰せよ。但し、百姓の樵蘇《せうそ》は意に任せて禁ずること莫れ。若し乖違を致すこと有らば、罪を国司に帰す」てへり。

貞観五年三月十五日

（『類聚三代格』、巻一九）(90)

貞観五年三月一五日、国司の貢御と諸人の鷹鷂飼養を禁じた太政官符である。「（貞観）元年八月十三日下知既に畢《をはんぬ》」とは、先に見た通りである。「黎庶」は、人民。「朝寄」は、朝廷からの委任。「禁野の制」は、先の貞観二年一〇月二一日の太政官符を参照。「軽狡」は、軽薄で悪賢いこと。「私自に」は、ひそかに、私に、の意。「宿懐」は、以前からの願望。「登時」は、即刻、直ちにの意。「樵蘇」は、既出（一〇四頁、一二八頁参照）。慎重に対処せよとある。

○廿日辛卯。（中略）」是の日、五畿七道の諸国司・庶人《しょじん》、縦《ほしいまま》に鷹・鷂を養《か》ふことを禁ず。

（『日本三代実録』、巻七）(91)

清和天皇の貞観八年一〇月二〇日の条である。「庶人」とは、多く、もろもろの民をいうが、ここは臣も含むか。

清和天皇は、前述のように、貞観一八年一一月譲位、元慶三年（八七九）五月落飾入道、翌年一二月四日崩御した

（三一歳）。その崩伝に次のようにある。原文の一部を引く。

○「陽成天皇元慶四年」十二月四日癸未。申二剋。太上天皇崩二於円覚寺一。時春秋卅一。天皇風儀甚美。端儼若レ神。性寛明仁恕。穏和慈順。非レ因二顧問一。不二輙発一レ言。挙動之際。必遵二礼度一。好読二書伝一。潜二思釈教一。鷹犬漁獵之娯。未二嘗留一レ意。亹々焉有二人君之量一矣。外祖太政大臣忠仁公〔良房〕。当レ朝摂レ政。枢機整密。国家寧静。天皇恭レ己仰レ成。嘿握二憲綱一而已。忠仁公薨殂。天皇躬親二政事一。率二由恭倹一。後太政大臣昭宣公〔基経〕。自二大納言一遷二右大臣一。助二理万機一。務在二済益一。吏称二其職一。人頼二其慶一。朝廷無事。内外粛然。故（後略）

（『類聚国史』、巻二五、「帝王五　太上天皇」）(92)

冒頭の「　」部につき、頭注に「陽成以下八字、拠例恐衍」とある。八ヶ字は、もと傍注でもあったものが、本文に混入したのではなかろうか。「天皇風儀…」についても、「天皇、東北本為別行、下同」とある。

天皇は、礼法を遵守し、好んで『書経』を読み、釈迦の教えを慕った。「鷹犬・漁獵の娯《たのし》み」など、未だ一度も心にとめたことがなく、亹々《びび》と一心に勉めて休むこともなかった。真雅僧正（左記参照）に導かれ、入唐求法して真言を受得した宗叡僧正にも学んだ。命あるものを慈しむ人であったのであろう。早世であった。

但し、崩伝に、わざわざ「鷹犬漁獵之娯。未二嘗留一レ意。」と記すところからすれば、こうした娯みは、当時、天皇方の一般的な嗜みの一つであったとみてよいであろう。

陽成天皇

○三日癸巳。僧正法印大和尚位真雅卒す。真雅は、俗姓佐伯宿祢、右京の人にして贈大僧正空海の弟なり。（中略）。和尚清和太上天皇初誕の時より未だ嘗て左右を離れず、日夜侍奉す。天皇、甚だ親重せらる。奏請《そうせい》すらく、

「山野の禁を停め、遊獵の好を断ち、又、摂津国の蟹胥《かいしょ》、陸奥国の鹿尾《ろくび》、以って贄《にへ》と為て御膳に充て奉ること莫かれ」てへり。　詔ありて、並びに之に従ふ。（『日本三代実録』、巻三五）(93)

陽成天皇の御代ではあるが、元慶三年（八七九）正月三日真雅の卒伝である。真雅は、先の清和太上天皇の初誕の時より、日夜陪従した。遷化の時、七九歳であった。「奏請」とは、真雅が天子（清和天皇）に請願したことをいう。奏請通りに詔があった。「山野の禁を停め」とは、「遊獵の好」を断ち、禁野を百姓に開放したこと。「摂津国の蟹胥、陸奥国の鹿尾」とは、珍味として聞えた佳肴、屈指の名産珍味を意味しよう。「蟹胥」は、蟹のししびしお、肉醬・醢をいい、「鹿尾」もそうした珍味をいうようである。だが、ここでは、現物はともあれ、世に名高い珍味を贄として貢上させては食膳に供する、そんな美食を誡めるべく、帝を諭したものらしい。

「鹿尾」につき、諸橋轍次著『大漢和辞典』、巻一二には、『唐書』、『西陽雑俎』からの用例が引かれている（九〇七頁）。次に、詳しく引用する。先ず、『新唐書』、巻三七、地理志、「会州会寧郡」の条を引こう。(94)

会州会寧郡上本西会州、武徳二年(六一九)以平涼郡之会寧鎮置、貞観八年(六三四)以足食故更名粟州、是年又更名、土貢駝毛、褐野馬革、覆鞍氈、鹿舌、鹿尾、戸四千五百九十四口、二万六千六百六十県二（割注など、以下略）

「会州会寧郡」は、今の甘粛省白銀市靖遠県の東北の地で、後魏に会寧県を置き、西魏には会州を置いた。隋の開皇一六年（五九一）復た会寧県を置いて原州に属けた。「足食」は、粟、即ち、食物のたりること。「土貢」は、土産《どさん》の貢ぎ物。国租。鹿の多い土地で、その内に「鹿舌」「鹿尾」などがあったという。

また、『西陽雑俎』、巻七、「酒食」には、左記のように、「鹿-尾乃有《ハス》二奇-味一」と見える。

梁劉孝-儀食二鯖鮓一曰、五-侯九-伯、令レ尽征レ之、魏-使崔-劼李-騫在レ坐、劼曰、中-丞之任未レ応三已得二分-陝一、騫曰、若-然中-丞四-履、当レ至二穆-陵一、孝-儀曰、鄴中鹿-尾、乃酒-肴之最、劼曰、生-魚熊掌、孟

－子ノ所ロレ称スル、雞－跖猩脣ハ、呂－氏ノ所レ尚トフ、鹿－尾ハス乃有二奇－味一、竟ニ不レ載セ二書－籍一ニ、毎ニ－用テ為スレ怪ト、孝－儀カ－曰、実ニ－自如ラシレ此ノ、或ハ－是レ古ノ－今好－尚カ不レ同カラ、梁ノ賀－季カ－曰ク、青－州ノ蟹－黄ハ、乃為ス二鄭－氏カ所一レ記ス、此－物不レ書サ、未スレ解セ二所－以ヲ一、鷟－曰、鄭－モ亦称ス益－州ノ鹿ハ*、但未タ二是レ珍－味ナラ一ト（巻七、二丁オ）(95)

『和刻本漢籍随筆集』所収の元禄一〇年版本（影印）による。読点私意。『景印文淵閣四庫全書』では、末部の「…鹿*但…」の二字の間（*印部）に「㱢《い》」字がある。(96)この字には、病む、枯れる、いたむ、なえるなどの意がある。文脈上、これを是とし、元禄一〇年版本は脱字と見たい。(97)「益州」は、四川・漢中一帯の盆地にあった州名。三国時代に劉備が蜀（蜀漢）を建国した地。

「鹿㱢《ろくい》」につき、『礼記注疏』（漢鄭玄注・唐陸徳明音義・孔穎達疏）、巻二八、「内則《だいそく》」に次のようにある。

或曰、麋鹿魚為レ菹、麕為二辟雞一、野豕為レ軒、兔為二宛脾一、切二葱若韭一、実二諸醯一、以柔レ之、

鹿・魚以下の調理方を教えたもので、これに「注」して、「此、軒・辟雞・宛脾、皆菹類也、醸レ菜而柔レ之、以レ醯殺二腥肉及其気一、今益州有二鹿㱢者一*、近由レ此為レ之矣」とある。次いで、「音義」の中に、「益州人取レ鹿、殺而埋二之地中一、令レ臭、乃出食レ之、名二鹿㱢一、是也」(98)とある。

諸橋轍次著『大漢和辞典』の引用文では、*部に「〔疏〕将二鹿肉一畜レ之㱢爛、謂二之鹿㱢一。」という語句が位置している。伝本による差異のようであるが、これを含めて通読すれば、当面するところは、「今、益州に鹿㱢というものがある」（鄭玄注）、「鹿肉をもってこれを蓄《たくわ》え、いたませたものを鹿㱢という」（疏）、「益州の人は、鹿を取り、殺して地中に埋め、臭《くさ》くさせ、これを出して食する、鹿㱢というのがこれだ」（音義）、――となる。「菹《しょ》」とは、酢や塩のつけもの。ししびしお。「鹿㱢」とは、日本のクサヤ、肉醬《ししびしお》のような発酵食品であろう。

『酉陽雑俎』の用例は、梁の大同七年（東魏興和三年〈五四一〉）、その御史中丞であった劉孝儀《りゅうこうぎ》（名は潜、梁大宝元

年〈五五〇〉病歿。行年六七歳）と、友好国東魏の使者崔劼《さいきつ》・李騫《りけん》との間に交わされた古今東西の珍味（酒肴）の話である。「鄴中《ぎょうちゅう》の鹿尾」「生魚・熊掌」「雞跖《けいせき》・猩脣《しょうしん》」「青州の蟹黄《かいこう》」「益州の鹿𦙶」が挙げられている。就中、「鹿尾」は、「酒肴の最」、「奇味有り」という。酒には最高の珍味であるというわけだが、どういう訳か、いまだその筋の「書籍」に紹介されたこともない、とある。「鄴」は、斉の邑（今の河北省臨漳県の西）、東魏もここに都を置いた。「青州」は、概ね山東省にあった古代の九州の一つ。渤海を抱えるから海産物は豊富であろう。「青州の蟹黄」は、左の「青州之蟹胥」に同一物であろう。

『欽定周官義疏』（『周礼』）の「天官　庖人」の条に、「共祭祀之好羞、共喪紀之庶羞」という本文があり、「正義鄭氏康成曰、好羞、若㆓荊州之鮺魚、青州之蟹胥陸徳明曰、蟹胥蟹醬㆒、雖㆓非常物㆒進㆑之孝也」云々と見える（訓点私意）。[99]「鄭氏康成」とは、後漢の鄭玄《じょうげん》、字康成をいう。「好羞《こうしゅう》」は、ごちそう、美食をいうが、鄭玄は、「好羞とは、荊州の鮺魚、青州の蟹胥の若《ごと》し」という。「鮺《さ》」字の字義は漬《つ》け魚《うお》。「蟹胥」につき、陸徳明は「蟹胥は蟹醬なり」と注釈する。「蟹醬」は、カニのひしおである。「ひしお（醬）」は、魚・鳥などの肉の塩漬けのことで、ししびしお（肉醬・醢）ともいう。美食の極みとして、荊州の「鮺魚」や青州の「蟹胥」が例示されているのである。「益州の鹿𦙶」も「鄴中の鹿尾」も、肉醬《ししびしお》・クサヤ・塩辛といった類の酒肴品であり、四海に聞えた珍味とされていたのであろう。

「摂津国の蟹胥」「陸奥国の鹿尾」につき、関係する史料が見当らない。『延喜式』の「民部下」「宮内省」「大膳下」「内膳司」などの条にも「蟹胥」「鹿尾」といった産品は見えず、いわんや、二国がそれぞれを貢上したという記録は見当らないようである。[100]按ずるに、「摂津国」は良港を有し、西、南海道の海産物を集めた地である。その評判の上に「蟹」字を冠する「蟹胥」を重ねたのであろう。「陸奥国《みちのくに》」は、八、九世紀の実情や版図等は必ずしも明瞭でないが（『延喜式』では三五郡、後に五二郡）、むしろ、それ故に、その茫漠とした遠国の名の上に「鹿」字を冠する「鹿尾」

を重ねたのであろう。

関連して、『類聚国史』（『新訂増補国史大系』）の巻三三、「御膳」の条に、次のようにある。

淳和天皇天長八年（八三一）四月己丑《廿二》。停二止大宰府例進鹿尾脯等御贄一。（『類聚国史』、巻三三）(101)

『新訂増補国史大系』の頭注に「尾、或当作兔」とある。また、森田悌著『日本後紀　下』では、「鹿尾脯」は、「鹿の乾肉（尾は衍字《えんじ》か）」とされている。(102) また、『続日本後紀』の仁明天皇承和一二年（八四五）正月二五日の条に、「而るに、鹿尾・熊膏・昆布、并せて沙金・薬草等を貢する使、…」とある（第一章、「第二節　鷹・犬の貢上」の条参照）。後者には「昆布」も見え、それならば、「鹿尾」とは「鹿尾菜《ろくびさい》」（ヒジキ）(103)のことかとも疑われるが、如何に大宰府とはいえ、ヒジキを御贄（例進）に指定するとは考えにくい。原文の表記「鹿尾」を尊重し、やはり、右の「摂津国の蟹胥」、陸奥国の鹿尾」のような肉醤《ししびしお》やクサヤの類と見るのがよかろう。大宰府の徴税に関しては、平野邦雄氏に論考がある。(104)

次は、陽成天皇の元慶六年一二月二一日諸国に下した禁制（太政官符）である。細部にわたる禁制で、凡そ、六群に分かたれるようだから、今、私に①〜⑥の印を入れ、②部以下、それぞれに改行した。

○廿一日己未。勅《みことのり》すらく、「①山城国葛野《かどの》郡嵯峨野、充元制せず。今新たに禁を加ふ。樵夫・牧竪（ママ）の外、鷹を放ち、兎を追ふを聴すこと莫かれ。

②同郡北野、愛宕郡栗栖野《くるすの》、紀伊郡芹川野、木幡野、乙訓《おとくに》郡大原野、長岡村、久世郡栗前野《くりくまの》、美豆野《みづの》、奈良野、宇治郡下田野、綴熹郡田原野は、天長年中、既に禽を従《お》ふを禁ぜり。今、重ねて制断す。山川の利、藪澤の生、民と之を共にす。農業を妨ぐること莫かれ。但し、北野に至りては此の限りに在《ざ》ら不るなり。

③大和国山辺郡都介《つげ》野は、天長・承和、累代に制を立てり。今、宜しく禁を加へ、縦《ほしいまま》に獵をせ令《し》むること莫か

るべし。禽鳥を払ふを制し、草木を採ることを許す。
④美濃国不破・安八の両郡の野は、本より禁制なり。永く蔵人所の猟野と為せり。
⑤播磨国賀古郡の野、印南郡今出原、印南野、神埼郡北河添野、前河原、賀茂郡宮来河原、尓可支河原は、先に既に制有り。今、重ねて禁断す。嘉祥三年符を下せり。採樵・牧馬を禁ずること勿かれ。
⑥備前国児嶋郡の野は、永く蔵人所の猟野と為せり。承和の制、今、行はざるに縁《よ》り、何ぞ芻蕘《しゅぜう》を禁ぜんや。農畝を害《そこな》ふこと莫かれ。惣じて法禁を施し、諸国に下す」とのりたまふ。（『日本三代実録』、巻四二）(105)

狩猟地により、条件が異なる。①部の「充元」につき、頭注に「充元、恐有誤」とある。「牧竪」は、「竪」字であるべきか。「牧竪《ぼくじゅ》」は、牛馬を飼う牧夫。先行する制には「兎」が洩れていたらしい。だが、樵夫や牧夫には、これを捕ってよいという。⑥部の「承和の制」とは、蔵人所の猟野に関するものらしい。先に、承和四年一二月一一日の禁制（太政官符）を見たが、関わりは未詳である。末部の「惣じて」とは、個々の禁制を一つに統《す》べ合わせて、の意。「芻蕘」は、草刈《くさかり》や木樵《きこり》。「農畝」は、農業に同じ。「法禁」は、法度、禁制に同じ。

当時、関白太政大臣に藤原基経（四七歳）、左大臣に源融（六一歳）、右大臣・左大将に同多（五二歳）等がいた。陽成天皇は、清和天皇第一皇子、母は藤原長良女高子。貞観一一年（八六九）清和天皇の皇太子となり、同一八年践祚した（九歳）。基経（長良息、高子の兄、良房の養子となる）が摂政した。元慶六年正月元服（一五歳）、同八年二月譲位し、時康親王（仁明天皇皇子）が践祚、光孝天皇となった。その退位後は陽成院と称し、天暦三年（九四九）九月病により出家、崩御した。八二歳。乱行多かったといわれる。

次の三例は、陽成天皇の、(イ)元慶七年二月二一日、(ロ)同年三月一七日、(ハ)光孝天皇の仁和元年正月一三日の禁制である。それぞれ、禁猟区を設けたものである。

(イ)、是の日制して、「山城国□野、故治部卿賀陽親王石原家より以南、赤江埼に至る、承和元年以降、百姓漁獵することを能はず。重ねて禁を加ふ」てへり。（『日本三代実録』、巻四三）[106]

(ロ)、○十三日己卯。禁制して、「大和国宇陀野に於いて、入獵を聴すこと勿かれ」てへり。（『日本三代実録』、巻四三）[107]

(ハ)、○十三日己巳。勅《みことのり》すらく、「摂津国為奈野を以って、太政大臣狩鳥野と為す。樵蘇放牧は、旧に依り、制することを勿かれ」とのりたまふ。（『日本三代実録』、巻四七）[108]

(ハ)の「太政大臣」とは、摂政、関白、従一位に昇った藤原基経（承和三年〈八三六〉～寛平三年〈八九一〉）。

光孝天皇

次は、光孝天皇の仁和三年五月二八日の禁制である。

○廿八日辛丑。勅《みことのり》すらく、「山城国乙訓郡大原野を以って、太上天皇遊獵の地と為す」とのりたまふ。（『日本三代実録』、巻五〇）[109]

右の「太上天皇」とは、陽成院をいう。これらは天皇家のための禁制、即ち、「禁野」の指定ではない。権力者が私に獵区を設け、他者の入獵を禁じたものではなかろうか。

宇多天皇

『三代御記逸文集成』によれば、宇多天皇御記逸文の寛平元年（八八九）一二月二日の条に次が見える。[110]

二日。甘南扶持還り来て云はく、「去る廿九日、申時、始めて島下郡に到り、事の由を審問す。郷人語りて云く、

「太上天皇（陽成上皇）此の郷に御せり。備後守藤原氏助の宅を御在所とせり。若干の従卒を率ゐて此の宅に乱入せり。家人・士女、或いは山沢に逋亡し、或いは道路に逃迷す。氏助の宅、一人として有ること無し。此れ安倍山（摂津）の猪・鹿を狩り取らんが為なり。而して、夜は松炬火を以て、時には暮に臨んで此の宅に還御あり。但《ただ》、童子十二人・厩舎二人を率いる。悉く武装を着し、弓矢を帯し、前後を相分ち、騎馬行列す」と云々。今月、件の山を以って院の禁野と為し、宇治継雄を専当と為せり。路頭に牓示あり。行路の人、往還に艱難す。動《やや》もすれば、陵轢を加ふ。愁吟の甚しきこと、胸憶何をか口に言はんや」と云々。

「院（陽成院）」は安倍山を「禁野」となし、宇治継雄をその専当（管理者）に任じた。路頭に牓示も立て、行路人は難儀しているという。「島《しま》（嶋）下《しも》郡」は、摂津国の一郡（現在の吹田市・茨木市・摂津市等に相当する）。

これに関連し、一二月二四日の条に、左大臣源融が奏して曰うには、「私の別業が宇治郷にある、（ところが）、陽成帝が幸《みゆき》あられ、悉く柴垣を破られた、朝に山野を渉猟し、夕に郷閭を掠陵した、これは一度、二度のことではない、左大臣の別業はその郷にある、また、厩馬を奪取し、原野を駆馳した」、と。その乱行の一つである。

以上に関連し、左記の資料に触れておきたい。

『延喜式』（全五〇巻）は、律令の施行細則の一つで、醍醐天皇の命により、延喜五年（九〇五）藤原時平、紀長谷雄、三善清行らが編輯に着手し、時平歿して後は忠平が業を継いで延長五年（九二七）に撰進された。但し、施行は四〇年を経た康保四年（九六七）であった。この巻四一、「弾正台」にも、次の一条が見える。

凡私養二鷹《オホタカ》鶂《ハシタカ》一。台加二禁弾一。　（『延喜式』、巻四一）(111)

傍訓の下方に「(塙)」とある。別の塙本（和学講談所旧蔵本）に見える訓との意である。「鶂」は、はやぶさを意味することが多い。

『朝野群載』には次のように見える。

鷹飼の外の、私の鷹の狩猟を禁ずる事

太政官符　五畿内諸国司

　御鷹飼の外、私に鷹鶻を飼ひ、幷せて京辺の狩猟を禁断する事

右、右大臣〔師房〕宣す、「勅《みことのり》を奉《うけたまは》るに、鷹を飼ふ事、禁制屢《しばしば》下せり。而るに、近年の間、恣《ほしいまま》に制令を忘れ、私に鷹・鶻を飼ひ、競って郊野に馳す。況ん乎《や》京辺に於いてをや。狩猟を好む者、列卒を招集し、猪・鹿を殺屠す。此の如き輩、永く禁遏すべし。宜しく五畿内の諸国に仰せ、御鷹飼の外、厳しく停止せ令《し》むべし」者《てへれば》、諸国承知し、宣に依りて之れを行へ。符到らば奉《うけたまは》り行《おこな》へ。

修理左宮城使正四位上行左中辨源朝臣　　修理左宮城判官正五位下行左大史小槻宿祢

　延久四年十一月九日

（『朝野群載』、巻八、「別奏」の条[112]）

後三条天皇の延久四年（一〇七二）一一月九日の太政官符である（翌月八日に白河天皇即位）。五畿内の諸国（大和・山城・河内・和泉・摂津）における御鷹飼以外の私鷹を禁ずる太政官符である。傍記の「師房」は、具平親王（村上天皇）の子源師房である。生歿は、寛弘五年（一〇〇八）～承暦元年（一〇七七）。後に藤原頼通の猶子となる。従一位、右大臣（延久元年）に昇る。

『百錬抄』の崇徳天皇大治元年（一一二六）六月二一日の条に、次のようにある。

○六月廿一日、紀伊国進《たてまつ》る所《ところ》の魚網を、院の御門前に於いて焼き棄て被《ら》る。此の外、諸国の進る所《ところ》の羅網五千余帖、之れを棄て被《ら》る。又、神領の御供を除く外、永く所々の網を停む。宇治・桂の鵜、皆、放棄せ被《ら》る。鷹・犬の類、皆以って此の如し。此の両三年、殊に煞生を禁ぜ被《ら》るる所なり。

（『百錬抄』、第八[113]）

「院」とは、太上法皇、即ち、白河法皇（生歿、天喜元年〈一〇五三〉～大治四年七月七日、行年七七歳）である。後三条天皇の第一皇子で、延久四年四月立坊、同四年一二月即位、応徳三年（一〇八六）一一月二六日善仁親王（堀河天皇）に譲位し、以後、堀河、鳥羽、崇徳三代に院政を敷く。「御門前」とは、同法皇の三条烏丸新造御所のそれか。この一〇月二一日に「太上法皇、洛中の籠の鳥を召し集め、之を放棄す。」と見え、また、次のようにも見える。

〇十二月八日、祭主公長、伊勢国内神戸庄園の鷹・犬を取り進る。太上皇叡覧し之れを切り放つ。

（『百錬抄』、第六）

大治元年一二月八日の条であり、同様、殺生を忌むところからの禁である。「祭主公長」とは、伊勢神宮の祭主職を世襲した、神祇道大中臣家のそれである。神道家では、狩は、神供《じんぐ》（神前への供物）を得るための重要な手段であるが、法皇の意を承けたものであろう。「太上皇」とは、白河法皇である

次は、崇徳天皇の大治五年（一一三〇）一〇月七日の太政官符である。

太政官符　弾正台左右京職撿非違使

私に鷹鸇を飼ひ、幷せて狩獵を致《むね》とするを禁遏《きんあつ》すべき事

右、左大臣宣す、「勅《みことのり》を奉《うけたまは》るに、狩獵の誡め、厳制重畳なり。而るに、近日、恣《ほしいまま》に制令を忘れ、私に鷹鸇を飼ひ、競って郊野に馳せ、猪鹿を屠るを致《むね》とす。之れを憲章に諮るに、理《ことわり》然るべからず。宜しく彼の台職等に仰せ、慎みて禁遏せ令《し》むべし」者《てへれば》、台職等、宜しく承知し、宣に依りて之れを行ふべし。符到らば奉《うけたまは》り行《おこな》へ。

左少弁正五位下兼淡路守平朝臣　　正五位下行左大史兼算博士能登介小槻宿祢

大治五年十月七日

同六年正月廿五日　　左衛門少志惟宗成国奉

（『朝野群載』、巻一一、「廷尉」の条）[114]

白河院の後を承け、前年より鳥羽院政が始まる。内容は、先の延久四年の太政官符を踏襲したかのような内容である。「弾正台」（律令制）に宛てた官符だが、実務は平安初期から新設の「検非違使（庁）」（令外の官）に移った。細字部の「左右京職、検非違使（所）」が、その実務担当の部署であろう。

以上、平安時代初期から後期にかけての養鷹・鷹狩の禁制に関するものである。この後には、建久二年（一一九一）後鳥羽上皇による寺辺二里が内の殺生を禁ずる制、寛喜三年（一二三一）後堀河天皇による同じく寺辺二里が内の殺生を禁ずる制、また、鎌倉幕府源頼朝の建久六年・建暦二年（一二一二）源実朝の鷹狩停止・禁止の制、弘長元年（一二六一）宗尊親王・同三年亀山天皇の六斎日の殺生禁制、文永三年（一二六六）惟康親王の鷹狩禁遏の制などもある。ここでは省略する。

注

（1）秋吉正博著『日本古代養鷹の研究』、二〇〇四年二月、思文閣出版。二一七〜二二〇頁。

（2）黒板勝美、他編輯『新訂増補国史大系3　日本後紀・続日本後紀・日本文徳天皇実録』、一九六六年八月、吉川弘文館。六九頁。

（3）この月日と干支「乙巳」につき、『類聚国史』、巻一〇七には「正月乙巳《廿一》」（『新訂増補国史大系6　類聚国史　後篇』、二〇〇〇年新装版、八二頁）、『日本後紀』、巻二七（佚文）には「五月乙巳《二三日》」と見える（黒板伸夫・森田悌編『日本後紀』〈『訳注日本史料』〉、二〇〇三年一一月、集英社。七五九頁）。内田正男編著『日本暦日原典』（一九七五年七月、雄山閣出版）、『国史大辞典6』（一九八五年一一月、吉川弘文館。一二〇頁）など参照のこと。

（4）黒板勝美、他編輯『新訂増補国史大系4　日本三代実録』、一九六六年四月、吉川弘文館。三七〇頁。

（5）既出、注（4）文献、『新訂増補国史大系4　日本三代実録』、五七頁。

（6）既出、注（4）文献、『新訂増補国史大系4　日本三代実録』、五九頁。

（7）既出、注（4）文献、『新訂増補国史大系4　日本三代実録』、六九頁。
（8）既出、注（4）文献、『新訂増補国史大系4　日本三代実録』、七四頁。
（9）後の『貞丈雑記』に、「一【鳥の数の事】鳥の数をひと羽・ふた羽と云う事、鵜の羽に限りたる事なり、外の鳥にいうべからず、と云う説あり〈外の鳥は、いちわ・にわというなり〉。」（島田勇雄校注『貞丈雑記4』〈『東洋文庫』453〉、一九八六年二月、平凡社。一七三頁）。
（10）土田直鎮・所功校注、『神道大系　朝儀祭祀編二　西宮記』、一九九三年六月。六四五頁。
（11）既出、注（4）文献、『新訂増補国史大系4　日本三代実録』、二〇三頁。
（12）既出、注（4）文献、『新訂増補国史大系4　日本三代実録』、二〇三頁。
（13）既出、注（4）文献、『新訂増補国史大系4　日本三代実録』、二〇九頁。
（14）島田とよ子「班子女王（上）」（『園田国文』、第一九号、一九九八年）、その他参照。
（15）既出、注（4）文献、『新訂増補国史大系4　日本三代実録』、三二八頁。
（16）既出、注（4）文献、『新訂増補国史大系4　日本三代実録』、二七頁。
（17）『六臣註文選　一』、四部叢刊初編集部、上海商務印書館縮印宋刊本、一九六七年九月。一六五頁。
（18）「山守」は、『万葉集　一』（『日本古典文学大系4』、一九七七年一〇月、岩波書店）、巻三・四〇一番、同・四〇二番、『同　二』（同『大系5』、一九七八年一月）、巻七・一二六一番などに、「はしもり」は、『古今和歌集』（『日本古典文学大系8』、一九七七年七月、岩波書店）、巻一七・九〇四番。
（19）佐竹昭広、他校注『万葉集　一』（『新日本古典文学大系1』）、一九九九年五月、岩波書店。二八頁。
（20）黒板勝美、他編輯『新訂増補国史大系1下　日本書紀　後篇』、一九六七年二月、吉川弘文館。二九三頁。
（21）橋本不美男・後藤祥子著『袖中抄の校本と研究』、一九八五年二月、笠間書院。四〇二頁。声点略。
（22）『鷹経辨疑論』、上、『続群書類従』、第一九輯中（一九八五年二月、続群書類従完成会）所収、二〇六頁。
（23）小島憲之、他校注『古今和歌集』（『新日本古典文学大系5』）、一九八九年五月、岩波書店。二四頁。
（24）『群書類従』、第一九輯、一九三三年一二月、一九五九年訂正三版、続群書類従完成会。四七六頁。
（25）黒板勝美、他編輯『新訂増補国史大系10　日本紀略　前篇』、二〇〇〇年四月、吉川弘文館。一三三頁。

(26) 渡辺信一郎執筆「元会儀礼　げんかいぎれい」、黒田日出男、他編『歴史学事典12　王と国家』、二〇〇五年三月、弘文堂。二三一頁。
(27) 京楽《きょうらく》真帆子「『輿車図考』の諸写本について」、『立命館文学』、第六二四号、二〇一二年一月。七三七頁。
(28) 黒板勝美、他編輯『新訂増補国史大系6　類聚国史　後篇』、一九六五年七月、吉川弘文館。一三七頁。
(29) 黛弘道執筆「かんい　冠位」、斯編集委員会編集『国史大辞典3』、一九八三年二月、吉川弘文館。七六〇頁。
(30) 小島憲之、他校注『日本書紀③』(『新編日本古典文学全集4』)、一九九八年六月、小学館。一八〇〜一八七頁。
(31) 黒板勝美、他編輯『新訂増補国史大系2　続日本紀』、一九六六年九月、吉川弘文館。一一三頁。
(32) 既出、注(28)文献、『新訂増補国史大系6　類聚国史　後篇』、二八二頁、その他。
(33) 遠藤嘉基、他校注『日本霊異記』(『日本古典文学大系70』)、一九六八年九月、岩波書店。一四八頁。
(34) 黒板勝美、他編輯『新訂増補国史大系5　類聚国史　前篇』、一九六五年三月、一九九九年一二月新装版、吉川弘文館。一九二頁。
(35) 既出、注(31)文献、『新訂増補国史大系2　続日本紀』、一一四頁。
(36) 既出、注(28)文献、『新訂増補国史大系6　類聚国史　後篇』、一九〇頁。
(37) 既出、注(31)文献、『新訂増補国史大系2　続日本紀』、一四五頁、その他。
(38) 小著『木簡と正倉院文書における助数詞の研究』(二〇〇四年一月、風間書房)、第三章、三〇八、三二一頁など参照。
(39) 既出、注(31)文献、『新訂増補国史大系2　続日本紀』、一八四頁。
(40) 既出、注(1)文献、秋吉正博著『日本古代養鷹の研究』、「終章」、二三五頁。
(41) 既出、注(31)文献、『新訂増補国史大系2　続日本紀』、三一〇頁。
(42) 既出、注(2)文献、『新訂増補国史大系3　日本後紀・続日本後紀・日本文徳天皇実録』、一一三頁。
(43) 既出、注(31)文献、『新訂増補国史大系2　続日本紀』、五三〇頁。
(44) 既出、注(2)文献、『新訂増補国史大系3　日本後紀・続日本後紀・日本文徳天皇実録』、五頁。
(45) 既出、注(25)文献、『新訂増補国史大系10　日本紀略　前篇』、二六八頁。
(46) 既出、注(2)文献、『新訂増補国史大系3　日本後紀・続日本後紀・日本文徳天皇実録』、二一一頁。
(47) 既出、注(1)文献、秋吉正博著『日本古代養鷹の研究』、一九二頁以下。

(48) 既出、注（2）文献、『増補新訂国史大系3　日本後紀・続日本後紀・日本文徳天皇実録』、三七頁。

(49) 馬については、『続日本紀』、巻八、元正天皇の養老五年三月九日乙卯に、「有司条奏。依二官品之次一定二畜レ馬之限一。親王及大臣不レ得レ過二廿疋一。諸王諸臣三位已上二駟（印本作十二疋）。四位六疋。五位四疋。六位已下至二于庶人一三疋。一定以後。随レ闕充補。若不レ能二騎用一者。録レ状申二所司一即校二馬帳一然後除補。如有レ犯者。以二違　勅一論。其過二品限一皆没入レ官。」（既出、注（31）文献、『増補新訂国史大系2』、八五頁）、また、『延喜式』、巻四一、「弾正台」に、「凡王臣馬数。依レ格有レ限。過レ此以外。不レ聴二貯蓄一。」とある（黒板勝美、他編輯『増補新訂国史大系26　延暦交替式・貞観交替式・延喜交替式・弘仁式・延喜式』、一九六五年三月、吉川弘文館、九一六頁）とある。

(50) 長沢規矩也解題『和刻本正史　後漢書　二』、一九七三年一一月、汲古書院。七五八頁。

(51) 『古典研究会叢書　漢籍之部30　後漢書　二』、一九九九年九月、汲古書院。一八七頁。

(52) 『景印文淵閣四庫全書　史部二三　正史類』（一九八六年三月、台湾商務印書館）所収、『唐書』、第二七五冊、二七五―二九八頁。

(53) 『四部叢刊初編集部　元氏長慶集・白氏長慶集・樊川文集』、上海商務印書館縮印江南図書館蔵明嘉靖刊本、一九六九年九月。九一頁。

(54) 既出、注（52）文献、『景印文淵閣四庫全書　史部五〇　正史類』所収、『元史（一）』（明宋濂等奉敕撰・清王祖庚等撰）、二九二―四頁。

(55) 武部敏夫執筆「おう　王」（斯編集委員会編集『国史大辞典2』、一九八〇年七月、吉川弘文館。四四二頁）、なお、「王臣家」につき、これは「奈良時代中・末期から平安時代初期の史料に特有の表現で、国家に対して、一定の私財を所有せる皇親五世以下の王および臣下の諸家を、総称してこう呼ぶ。後院・諸宮などを含めて、院宮王臣家と称することもある。（後略）」（義江彰夫執筆「おうしんけ　王臣家」、斯編集委員会編集『国史大辞典2』、四五八頁）、また、「しかし、平安中期になると「王臣家」という言葉にかわって「諸家」とか「権勢家」というような言葉が多く使用されるようになっている。実質的に同じ意味なのだが、（後略）」（森田悌「「王臣家」考」、『金沢大学教育学部紀要　社会科学人文科学編』、第二七号、一九七九年三月）と述べられる。

(56) 既出、注（49）文献、『増補新訂国史大系26　延暦交替式・貞観交替式・延喜交替式・弘仁式・延喜式』、四七八頁。

(57) 既出、注（2）文献、『増補新訂国史大系3　日本後紀・続日本後紀・日本文徳天皇実録』、七七頁。

(58) 黒板勝美、他編輯『増補新訂国史大系25　類聚三代格・弘仁格抄』、一九六五年八月、吉川弘文館。五九六頁。

(59) 早川庄八執筆「とうちょくふ　騰勅符」、斯編集委員会編集『国史大辞典10』、一九八九年九月、吉川弘文館。一七六頁。

(60) 『万葉集　四』（『日本古典文学大系7』）、一九六二年五月、岩波書店。三七二頁。

(61) 『四部叢刊初編子部　老子道徳経』巻下、上海商務印書館縮印常熟瞿氏蔵宋本、一九六九年九月。一七頁。また、蜂屋邦夫訳注『老子』（岩波文庫）、二〇〇八年一二月、岩波書店。二六一頁。「忘知第四十八章」にも「取㆓天下㆒常以㆑無㆑事、及㆓其有㆑事、不㆑足㆔以取㆓天下㆒」と見える。

『景印文淵閣四庫全書　経部一〇九　礼類』（一九八六年三月、台湾商務印書館）所収、『礼記注疏巻十二』（漢鄭氏注・唐陸徳明音義・孔穎達疏）、一一五―二六一頁・二六三頁。

『全唐詩』、第四冊（全一二冊）、一九六〇年四月、中華書局。三〇五一頁。

(62) 既出、注（17）文献、『六臣註文選　一』、六三頁。

(63) 類例に、延暦元年一一月三日の「太政官符／応㆑禁㆓断上下諸使尅外乗㆑馬事」に、「如有㆓専当国司阿容不㆑糺被㆓比国申㆒者。即解㆓所由官見任㆒」（『類聚三代格』巻一八、「駅伝事」、『新訂増補国史大系25』、五八一頁）、『日本後紀』の逸文（巻一五、大同二年二月一日の勅）に、「若有㆓違犯㆒。録㆑名奏申。或国吏阿容不㆑申。共科㆓違勅罪㆒。」（『類聚国史』巻七九、「禁制」〈既出、注（34）文献、『新訂増補国史大系5　類聚国史　前篇』、四二五頁〉など）とある。

(64) 既出、注（58）文献、『新訂増補国史大系25　類聚三代格・弘仁格抄』、五九七頁。

(65) 既出、注（25）文献、『新訂増補国史大系10　日本紀略　前篇』、二八九頁。

(66) 既出、注（25）文献、『新訂増補国史大系10　日本紀略　前篇』、二九二頁。

(67) 既出、注（2）文献、『新訂増補国史大系3　日本後紀・続日本後紀・日本文徳天皇実録』、一一八頁。

(68) 黒板勝美、他編輯『新訂増補国史大系28　政事要略』、一九六四年九月、吉川弘文館。六一三頁。

(69) 黒板勝美、他編輯『新訂増補国史大系22　律・令義解』（一九六六年七月、吉川弘文館）に収める「律逸文　名例律下」に、「凡略和誘人。（中略）故蔽匿者。復罪如初。（後略）」とあるが、「鷹犬之属同畜産」といった文言は見えない（九七頁）。

(70) 既出、注（2）文献、『新訂増補国史大系3　日本後紀・続日本後紀・日本文徳天皇実録』、一四頁。

(71) 白川静訳注『詩経雅頌1』（『東洋文庫635』）、一九九八年六月、平凡社。二九七頁。

(72) 小野沢精一著『新釈漢文大系26　書経下』、一九八五年四月、明治書院。四七四頁。

(73) 竹内照夫著『新釈漢文大系27　礼記上』、一九七一年四月、明治書院。一九六頁。

(74) 既出、注(61)文献、『景印文淵閣四庫全書　経部一〇九　礼類』所収の『礼記注疏巻十二』(漢鄭氏注・唐陸徳明音義・孔穎達疏)、一一五―二六三・二六四頁。

(75) 既出、注(61)文献、『景印文淵閣四庫全書　経部一〇九　礼類』所収の『礼記注疏巻十七』(漢鄭氏注・唐陸徳明音義・孔穎達疏)、一一五―三一二～三七一頁。なお、『太平御覧』、巻九二六、「羽族部十三」に、「春秋運斗枢曰瑤光星散為鷹○礼記月令曰鷹摯之日鷹化為鳩○又曰七月鳩化為鷹然後設罻羅」(李昉等撰『太平御覧』、一九八〇年正月、国泰文化事業有限公司。四一一三頁)とある。

(76) 既出、注(2)文献、『新訂増補国史大系3　日本後紀・続日本後紀・日本文徳天皇実録』、一二三頁。

(77) 後藤昭雄、他校注『江談抄　中外抄　富家語』(『新日本古典文学大系32』)、一九九七年六月、岩波書店。七九頁。

(78) 既出、注(2)文献、『新訂増補国史大系3　日本後紀・続日本後紀・日本文徳天皇実録』、一一六頁。

(79) 清・阮元校勘『十三経注疏』、嘉慶二〇年重刊宋本、一九七七年一〇月景印初版、大化書局。五六七二頁、割書細字省略。

(80) 吉田賢抗著『新釈漢文大系1　論語』、一九八四年八月改訂一七版、明治書院。一七一頁。

(81) 既出、注(22)文献、『鷹経辨疑論』、上、『続群書類従』、第一九輯所収、一八九頁。

(82) 既出、注(71)文献、白川静訳注『詩経雅頌1』(『東洋文庫635』)、一七三頁。

(83) 既出、注(2)文献、『新訂増補国史大系3　日本後紀・続日本後紀・日本文徳天皇実録』、一七一頁。

(84) 既出、注(2)文献、『新訂増補国史大系3　日本後紀・続日本後紀・日本文徳天皇実録』、七二頁。

(85) 既出、注(58)文献、『新訂増補国史大系25　類聚三代格・弘仁格抄』、五九八頁。

(86) 既出、注(4)文献、『新訂増補国史大系4　日本三代実録』、三六頁。

(87) 既出、注(58)文献、『新訂増補国史大系25　類聚三代格・弘仁格抄』、五九七頁。

(88) 既出、注(58)文献、『新訂増補国史大系25　類聚三代格・弘仁格抄』、五九五～五九六頁。

(89) 既出、注(4)文献、『新訂増補国史大系4　日本三代実録』、一〇九頁。

(90) 既出、注(58)文献、『新訂増補国史大系25　類聚三代格・弘仁格抄』、五九八頁。

(91) 既出、注(4)文献、『新訂増補国史大系4　日本三代実録』、二〇一頁。

(92) 既出、注（34）文献、『新訂増補国史大系5　類聚国史　前篇』、一五一頁。
(93) 既出、注（4）文献、『新訂増補国史大系4　日本三代実録』、四四三頁。
(94) 既出、注（52）文献、『景印文淵閣四庫全書　史部三　正史類』、『新唐書』、巻三七、地理志。二七二―五五八頁。
(95) 長沢規矩也解題『和刻本漢籍随筆集　第六集　酉陽雑俎』、一九七三年二月、汲古書院。九四頁。
(96) 『景印文淵閣四庫全書　子部三五三　小説家類』（一九八六年三月、台湾印書商務館）所収、『酉陽雑俎』（唐段成式撰）、一〇四七―六八二頁。
(97) この条につき、今村与志雄訳注『酉陽雑俎2』（『東洋文庫389』、一九八〇年一一月、平凡社）でも「鹿矮《ろくい》」を採られ、「鄭も、益州の鹿矮《ろくい》をいっていますが、ただ珍味ではありません」と訳されている（三二頁）。
(98) 既出、注（61）文献、『景印文淵閣四庫全書　経部一〇九　礼部』、『礼記注疏』、一一五―五七一頁。
(99) 既出、注（61）文献、『景印文淵閣四庫全書　経部九二　礼類』所収の『欽定周官義疏』（清乾隆一三年允禄等奉敕撰）、九八―一三九頁。なお、『重栞宋本周礼注疏附挍勘記』（『十三経注疏』、中華民国念一年夏月印。「周礼　四天官冢宰」、四丁オ）、『十三経注疏附校勘記』（全八冊）の『周礼』（清阮元用文選楼蔵本校勘、清嘉慶二〇年重刊宋本、大化書局、一四二二頁）などを参照した。二本とも扉に「嘉慶二十年江西南昌府学開雕」とあるが、版は異なる。
(100) 既出、注（49）文献、『新訂増補国史大系26　延暦交替式・貞観交替式・延喜交替式・弘仁式・延喜式』に収める『延喜式』による。また、坂本信太郎「「延喜式」から見た諸国の産物表」（『早稲田商学』、第二八一号、一九七九年一一月）参照。
(101) 既出、注（34）文献、『新訂増補国史大系5　類聚国史　前篇』、巻三三、「帝王十三　御膳」、二一二頁。
(102) 森田悌著『日本後紀　下』、二〇〇七年二月、講談社。三四七頁。
(103) 『倭名類聚抄』道円本に「鹿尾菜　辨色立成云六味菜比須木毛楊氏漢語抄云鹿尾菜」（巻一七、菜蔬部、海菜類、一九丁オ）と見える。
(104) 平野邦雄「大宰府の徴税機構」（竹内理三博士還暦記念会編『律令国家と貴族社会』、一九六九年六月、一九七八年二版、吉川弘文館、所収）。
(105) 既出、注（4）文献、『新訂増補国史大系4　日本三代実録』、五二九頁。
(106) 既出、注（4）文献、『新訂増補国史大系4　日本三代実録』、五三三頁。
(107) 既出、注（4）文献、『新訂増補国史大系4　日本三代実録』、五三四頁。

(108) 既出、注（4）文献、『新訂増補国史大系4　日本三代実録』、五七九頁。
(109) 既出、注（4）文献、『新訂増補国史大系4　日本三代実録』、六三三頁。
(110) 所功編著『三代御記逸文集成』（『古代史料叢書』、第三輯）、一九八二年一〇月、国書刊行会。一四頁。
(111) 既出、注（49）文献、『新訂増補国史大系26　延暦交替式・貞観交替式・延喜交替式・弘仁式・延喜式』、九一二頁。
(112) 黒板勝美、他編輯『新訂増補国史大系29上　朝野群載』、一九六四年一一月、吉川弘文館。二三五頁。
(113) 黒板勝美、他編輯『新訂増補国史大系11　百錬抄』、一九六五年八月、吉川弘文館。以下、三例、五六頁。
(114) 既出、注（112）文献、『新訂増補国史大系29上　朝野群載』、二六二頁。

第三章　おわりに

この第一部では、記録史料に見える「鷹狩（放鷹）」につき、往時の「鷹狩」とは、どのようなものであったのか、奈良時代末期から平安時代後期にかけてその基礎的な調査、検討を行った。公的な記録によるところが多く、その背景や実情については、なお、斟酌してみなければならない。

鷹狩は、天皇の首長権の象徴とされた。しかし、私鷹を禁ずる勅令は、既に奈良時代末期から発せられている。こうした情況からすれば、鷹狩は、中下級官人層や五畿七道、地方の国郡などでも、かなり広く、また、早くから行われていた節がある。やがて、「狩の使」も停止となり、「禁野」も、幾度か禁制は発布されたものの、結局、監理維持できなくなった。鷹狩の勅許制は、実質的には九世紀末には崩壊していたのではなかろうか。

窺うところ、我が国の鷹狩（放鷹）の歴史は、凡そ、次のような三期に分かたれよう。

第Ⅰ期　古代　奈良～平安時代――天皇・公家政権下における放鷹
第Ⅱ期　中世　鎌倉～戦国時代――武家の進出・展開、地方勢力を基盤とする放鷹
第Ⅲ期　近世　江戸時代　　　――封建君主制下における放鷹

第Ⅰ期は、公地公民制に基づく中央集権的国家体制下にあり、天皇が天の下の全てを統治した。大地は勿論、その産物も人民も、然りである。鷹狩もその一つであり、従って、親王以下が鷹を臂にするには勅許を必要とした。この期には、賜姓源氏の鷹狩も目立っている。九世紀半ばには、国家体制も形式化し、摂関政治といわれる時代に入る。

前代の官僚機構の上に荘園をその経済基盤としたといわれる。

　この摂関家の権勢を示すものの一つに、摂関大臣家大饗があった。山中裕氏は、「延喜年間ごろからはじまったらしい。すなわち摂関家の勢力が隆盛になってくるにつれて、この儀もさかんになった。(1)」とされ、多く正月二日に催されたが、四日（左大臣家）、五日（右大臣家）に、あるいは、もっと後に行われることもあった。親王（尊者）以下の貴顕を招待し、朝廷からは使者をもって「蘇・甘栗等」を賜った。その次第は、大江匡房編『江家次第』（天永二年〈一一一一〉成）巻二に詳しく(2)、また、古記録にも実例が拾われる。

　注意されるのは、この大饗において「鷹飼渡」が行われたことである。この儀につき、「この間、鷹飼が犬飼とともに渡り、坐客を饗するための雉羹を提供する。」（右山中氏）と解説される。一種の模擬実演であるが、いわば、「鷹」の象徴するところをもって臣下が威勢を張る構図とも解されよう。「雉羹」とは、一番の美味とされる雉の羹《あつもの》（熱もの）、キジ肉の吸物である。『長秋記』天永四年（一一一三）正月一六日の条には、太政大臣藤原忠実家の大饗とその「御鷹飼渡」（左近府生下毛野敦利ほか）の実際が細かく記録されている(3)。

　また、大饗には、引出物に鷹一聯・犬一牙・馬一疋などが用いられた。『九暦』(4)から一端を引用する。

（前略）以右馬頭（源）浣朝臣為請客使、未時尊者参入、拝礼如例、尊者御禄白大褂、加物和綾桜色細長、引出物馬一疋・鷹一聯・犬一牙、（後略）

（『九暦』、承平四年〈九三四〉正月四日、藤原忠平大饗）

早朝参殿、大饗如常、献鷹一聯・馬一疋、為充引出物也、（後略）

（同、承平六年正月四日、藤原忠平大饗）

次引出物、上臈親王四人各馬一疋、次親王二人各鷹一聯、但章明親王未及給禄退出也、戌時各分散、（後略）

（同、天慶八年〈九四五〉正月五日、藤原実頼大饗）

十一日、午終請客使侍従延光朝臣来、即参向、（源）延光時時前駈、拝礼如常、初献、式明親王勧尊者、主人勧納言、次第理可然而已、相違太閤《忠平》命、給禄如例、被物桜色唐綾張合細長、引出物鷹一聯・犬一牙・馬一疋、依御悩止楽、事了参門外、（後略）

（同、天暦三年〈九四九〉正月一一日、藤原実頼大饗）

この翌日には、師輔家の大饗があり、「尊者被物・引出物如昨」と見える。

但尊者加物桜色綾細長、引出物鷹一聯・馬一疋、光例《先イ》或時者尊者被物之後取馬綱、（後略）

（同、天暦七年正月四日、藤原実頼大饗）

特権とされていた鷹飼の技術（飼養・医薬等）の、下層社会、また、地方への拡散は、中・下級官人、地下官人、ことに衛府関係者、また、国守以下の地方官などによるところが大きかったと推測される。これらは、他ならぬ天皇制を支え、あるいは、摂関公家社会に奉仕した、いわば、体制側の存在であった。

後鳥羽上皇は、狩猟においても延喜の「聖代」を意識していたとされる。『新古今和歌集』に留められる数首の鷹歌は、この期の残照でもあろう。

なお、第Ⅰ期前、即ち、奈良時代前には、それなりの鷹狩が、何の制約もなく行われていた時代があったかも知れない。考古学上の遺物も出土している。朝鮮半島の影響についても再検討する必要がある。

第Ⅱ期は、前代半ばから大小の権力を奪取し、力を貯えてきた地方勢力が活躍した時代である。鷹狩は、地方に分散し、それぞれ自由に、独自の展開をした。風土や地勢などに応じて養鷹、飼養の技が工夫され、伝承され、流派が興った。放鷹関係書も編まれた。室町時代は、公家文化が文字化され、かつ、各方面に分散していった時代でもあり、公家文化・地方文化の交流も行われた。西園寺公経・持明院基春、美濃土岐氏、越前朝倉氏、若狭武田氏、近衛龍山、その他、放鷹文化の伝承に与って功ある人物は少なくない。

第Ⅲ期は、織田信長、豊臣秀吉らの前代的な鷹狩に始まるが、やがて、秩序だった封建君主制において、鷹狩が儀礼的性格を強めていった時代である。将軍家・大名家における鷹狩の実践、それに伴い、種々の故事や有職の発掘・記録等が行われた。過去を確認、検証する過程は、同時に日本放鷹文化史記述の素地ともなるものである。

この第一部は、続く第二部、第三部に先駆け、万葉時代から平安時代の鷹狩を中心に検討してきた。「鷹狩」の、日本における当初の情況につき、その一端なりとも探り得たなら幸いである。ことに、第Ⅰ期の前後は、日本古代の文学・語学とも密接に関わっている。物語・韻文の中には、「鷹狩」を理解することなしに対処できない問題も多い。「鷹狩」から出た表現・語彙も少なくない。今後には、『鎌倉遺文』『戦国遺文』、『大日本古記録』、『史料大成』、『史料纂集』、『大日本古文書』などの調査により、国交文書、あるいは、中・近世文書や地方文書等における「鷹」の位置したところを検討しなければならない。

注

（1）山中裕著『平安朝の年中行事』、一九七二年六月、塙書房。一一五頁以下。

（2）渡辺直彦校注『神道大系　朝儀祭祀編四　江家次第』、一九九一年三月、神道大系編纂会発行。七〇頁以下。

（3）『増補史料大成　長秋記　一』、一九七五年一一月、臨川書店。八七頁。

（4）東京大学史料編纂所編纂『大日本古記録　九暦』、一九五八年七月、岩波書店。三五頁、三六頁、四二頁、四一頁、四三頁。

[補説]「たか（鷹）」・「はやぶさ（隼）」について

「おおたか（大鷹）」につき、日本鳥学会編集『日本鳥類目録』、「改訂第七版」（日本鳥学会創立百周年記念出版、二〇一二年九月、同学会発行）では、分類学上の所属名称は「タカ目・タカ科」とされている（二〇一頁）。従来の所属名称「ワシタカ目・ワシタカ科」は前版「改訂第六版」にて改称された。

＊「鷹」や「隼」の仲間

○「タカ目 Order ACCIPITRIFORMES」の「タカ科 Family ACCIPITRIDAE」

ハチクマ属、カタグロトビ属、トビ属、オジロワシ属（オジロワシ、ハクトウワシ、オオワシ）、クロハゲワシ属、カンムリワシ属（カンムリワシ）、チュウヒ属（ヨーロッパチュウヒ、チュウヒ、ハイイロチュウヒ、ウスハイイロチュウヒ、マダラチュウヒ）、ハイタカ属（アカハラダカ、ツミ、ハイタカ、オオタカ）、サシバ属（サシバ）、ノスリ属（ノスリ、オオノスリ、ケアシノスリ）、イヌワシ属（カラフトワシ、カタシロワシ、イヌワシ）、クマタカ属（クマタカ）

○「ハヤブサ目 Order FALCONIFORMES」の「ハヤブサ科 Family FARCONIDAE」

ハヤブサ属（ヒメチョウゲンボウ、チョウゲンボウ、アカアシチョウゲンボウ、コチョウゲンボウ、チゴハヤブサ、ワキスジハヤブサ、シロハヤブサ、ハヤブサ）

右、日本鳥学会編集『日本鳥類目録』の「改訂第七版」による。

和名「ハイタカ」の学名は、*Accipiter nisus*（Linnaeus, 1758）、英名は、Eurasian Sparrowhawk である。

和名「オオタカ」の学名は、*Accipiter gentilis*（Linnaeus, 1758）、英名は、Northern Goshawk である。

和名「ハヤブサ」の学名は、*Falco peregrinus*（Tunstall, 1771）、英名は、Peregrine Falcon である。


右は、「ハイタカ」「オオタカ」「ハヤブサ」の和名、学名、英名である（森岡照明、他著『図鑑 日本のワシタカ類』〈一九九五年八月、文一総合出版発行〉による）。

余論　鷹を数える助数詞

第一節　はじめに

平安時代における「鷹（鷂、隼）」の助数詞について述べる。

日本語において、数量表現に与る語詞には、数詞、序数詞《じょすうし》、助数詞《じょすうし》、単位（狭義）などがある。数詞は、「一、二、三…」と、ものごとの数量をはかり、数える語である。序数詞は、「一番、二番…」、「第一、第二…」と、ものごとの順序・順番を表わす語であり、単位は、それなりの条件のもとに設定される客観的基準である。助数詞は、数詞に付き、その数量表現の対象となるものごとの形状・様態、性質・機能、容器・単複などに関する具体的情報を付与することによって、より正確な理解を助ける働きを担っている。

日本語の助数詞は、その出自からすれば大きく漢語系と和語系に、ことばの性格・形態からすれば文字言語（文章語）系と音声言語（音声語）系、あるいは、共通語系と地方語（方言）系などに分けられる。相互に関わり合うところもあるが、これらに伴い、助数詞にも様々な種類、性格、用法等があり、使用場面があることになる。

第二節　日本語助数詞の源流

日本語助数詞の源流は、多く中国古代語の類別表現法にあろう。中国語は、複雑な音声言語の体系を有する。その音声言語に加えて緻密な文字言語体系が構築されている。ここでは、数量表現、及び、これに随伴する類別表現法も、至って豊富であり、その後者を担当する語詞は、文法研究上、量詞《りょうし》、または、陪伴詞《ばいはんし》、称量詞、単位詞などと称されている。これに対し、古く、日本にどのような助数詞があったのか定かでない。何といっても検討に値する残存資料が乏しいのであるが、あるいは、日本語には数量に併せて対象を類別するという表現方法がなかったのかも知れない。

日本語に助数詞が導入されたのは、その律令国家樹立期である。七世紀半ば、律令体制の整備が行われ、戸籍・租税の制度も整えられた。大宝元年（七〇一）『大宝律令』（今日に伝存しない）が制定、施行され、次いで、天平宝字元年（七五七）『養老律令』（養老二年制定）が施行された。前者は、唐高宗の『永徽律令』（永徽二年〈六五一〉）を範とする。

『養老律令』(1)によれば、施行される全ての公文書は、「真書」（楷書）、「大字」（壹、貳、參…）に作れ（公式令66）、官物供給には「匹、丈、斛、斤、兩数」等をもって作成せよ（同67）、本文・物件の数量・年月日・位署・駅鈴や伝符の剋数などを記入し、その一々に印を捺せとある（同41）。都に送る調庸《じょうよう》などの税物につき、品目・数量を帳簿に記載せよ（民部省に提出）、諸官司に進納するものについては納品書を添え、受領書を受取れとある（倉庫令10）。納税等の地名についても、和銅六年好字二字による確定が計られている。(2)公文書は、極めて厳正に作成され、品目と単位（広義）を添えた数量とは、特に正確に記載することになっていた。

行政手段として、それまでの上申・決済は、殆ど「口頭」によるものであった。(3)これに対し、「文書」は、時間・空間を超え、かつ、正確に伝達できる。保存に堪え、記録的性格を有しながら立証力も具えている。このような文書行政は、既に七世紀半ばの出土木簡に認められるから、恐らく、大化改新（大化元年〈六四五〉）頃には文書主義が行政の根幹となりつつあったのであろう。当面の助数詞を伴う数量表現も規則的に行われている。但し、八世紀前の助数詞と八世紀（『大宝律令』『養老律令』）以後のそれとは、全同ではない。唐代文化の受容以前、朝鮮半島経由の文書様式もあったようである。(4)

第三節　鷹を数える助数詞

1　「聯」という助数詞

日本では、鳥類は、「一羽《いちわ》、二羽《にわ》…」と数える。「わ」とは、羽《はね》（羽根）の意の「羽《は》」の音の変化したものであり、もとは、「一羽《ひとは》、二羽《ふたは》…」、「一羽《ひとはね》、二羽《ふたはね》…」と数えていたものである。鷲、鶴、鶏、雀、烏、その他、「これは、羽毛をもったトリだ」と認めたなら、即、「羽（は、はね）」という助数詞を用いるのが普通であり、これに例外はないかのようである（時に「翼」「隻」などを用いる）。ところが、鷹狩の鷹（鷂、隼）を数える場合、多くは「聯（れん、もと）」「連（れん、もと）」が用いられ、また、「居（もと、すゑ）」「すゑ」、「本（もと）」、「元（もと）」「軄（もと）」「双（もと）」「足（もと）」、及び、「羽（は、はね）」が用いられている。これは、どういうわけであろうか。

この助数詞「聯《れん》」は、中国唐代のそれが伝わったものらしい。「聯《れん》」につき、中国には、次のように見える。

斉王高洋天保三年、獲㆓白兎鷹一聯㆒、不㆑知㆓所㆑得之処㆒、合身毛羽如㆑雪、目色紫、爪之本白、向㆑末為㆓浅烏之色㆒、一日目赤色觜、爪之本色白　蝋脛並黄、当時号為㆓金脚㆒、又高帝一曰高斉武平初、領軍将軍趙野叉献二白兎鷹一聯一、頭及項遙看悉白、近辺熟視乃有二紫跡一、在二毛心一、其背上以レ白地、紫跡点二其毛心一、紫外有二白赤一、周二繞白色之外一、以レ黒為レ縁、翅毛亦以レ白為レ地、（後略）

（『酉陽雑俎』、巻二〇、肉攫部）(5)

『酉陽雑俎《ゆうようざつそ》』は、唐代の段成式の著になる随筆である（咸通元年〈八六〇〉頃成）。二例の内、前者には、北斉を建てた文宣帝の天保三年（五五二）、後者には、その五代皇帝後主（高緯）の武平（初年＝五七〇）の年号が見える。狩に遣われていた鷹鶻類の種類は未詳であるが、「白兎鷹」、また、次の「白鷹」と見えるのは、シロハヤブサ（*Falco rusticolus* Kinnaeus, 1758）といった隼の一種かも知れない。北方に生息する大きな隼で、全体に白く、体・翼・脇・脛などに黒色斑があり、これが連なって何本もの横縞で覆われているかのように見える。

粛州防戍都　　状上。

右当都両軍軍将及百姓、（中略）随従将廿人、称於廻鶻王辺充使、将赤驃父馬一疋、白鷹一聯、上与廻鶻王。

（後略）

（「粛州防戍都状〈斯三八九号〉」）(6)

「敦煌文書」の一点で、年代は九世紀末頃である。粛州防戍《しゆくしゆうぼうじゆ》は、隋代に置かれた粛州の防衛軍駐屯地。粛州は、漢以前は月支国の地で匈奴がいたが、漢武帝の大初元年酒泉郡が置かれ、隋初に郡を廃して粛州とした。煬帝の初に張掖郡に属せしめ、唐代にまた粛州とし、天宝初にまた酒泉郡と改めた。防戍は、辺境防衛軍の駐屯地。

長興四年、回鶻来、献二白鶻一聯一、明宗命解レ緤放レ之、

（『五代史』、巻七四、四夷附録三）(7)

五代後唐長興四年（九三三）、第二代皇帝明宗の名が見える。緤《せつ》を解いたのは、事態が切迫していたものか。

以上の諸例は、中国北朝系の諸王朝に関連している点、注意される。「廻鶻」「回鶻」といったウィグル族の族名も見える。これは、唐・宋・元代の頃、蒙古《モンゴル》・甘粛・新疆方面に活躍したトルコ系の民族である。鷹狩は、こうした地

域、民族の得意とするところでもあったらしい。モンゴル帝国第五代の世祖フビライの建てた元王朝の鷹狩は『元朝秘史』に見えている。

『萊州府志』（明趙燿等纂修、万暦三二年〈一六〇四〉序）に、次のような話が見える。

萊州府志、唐永徽中、萊州人劉聿《りゅういつ》、性好ㇾ鷹、遂之二界山一懸崖自縋以取二鷹雛一、欲ㇾ至ㇾ巣而縄絶落二於樹岐間一、上下皆壁立進退無ㇾ據、（中略）経二五六十日一、雛能飛、乃裂ㇾ裳以繋二鷹足一、一臂上繋二三聯一透ㇾ身而下、鷹飛掣二其両臂一、比ㇾ至二澗底一、一無ㇾ所ㇾ傷、仍縶ㇾ鷹而帰、

（『古今図書集成』）(8)

唐の高宗永徽中（六五〇～六五五年）の話である。劉聿は、巣鷹を捕ろうとして絶壁に縋り付いたが、縄が切れ、途中の樹の岐に落ちた。親鷹が雛に放《ほう》る肉を食べ、五、六〇日過ごした後、両臂それぞれを若鷹三聯に引かせながら下に降りた。この折、自らの着物を裂いて鷹の足を繋いだ。これでも、その鷹を「聯」と数えている。

鷹狩は、中国では、既に、楚文王・東周景王の時代から行われており（「孔子(氏)志怪」・「左伝杜預注」）、前・後漢の時代には上流人の間に盛んとなっていた（「西京雑記」・「東観漢記」）とされ、朝鮮には、「故に、朝鮮の鷹狩は北方の粛慎民族より高句麗に伝はりしか、或は、楽浪時代漢より種々の文化と共に伝りしものなりと云べし。」と解説される。(9)日本では、『日本書紀』、巻一一、仁徳天皇四三年九月の条をもって、百済王族酒君によってその技術が伝えられたとされる。「百済俗号二此鳥一曰二倶知一」とも見えるが、「倶知」とは、百済語とは限らず、北方系の言葉かも知れない。関連して「鶻」字も気になるが、鷹術の伝来時期も、より古くに遡るようである。『書紀』の記述には不自然な点があり、百済王族・酒君らの名も、殊更、強調されているようである。編纂時の事情が問われよう。

「聯」という文字につき、段玉裁著『説文解字注』には、次のように見える（《　》内は段注、双行割書）。

聯　連也《連者負車也、負車者以人輓車、人／與車相属、因以為凡相連属之偁、／周人用聯字、漢人用連字、古

今字也、周礼官聯、以会官／治、鄭注聯読為連、古書連作聯、此以今字釈古字之例》从／耳、从絲《四字今補、会意、／力延切十四部》从耳、耳連於頰《故从／耳》、从絲、絲連不／絶也《故又／从絲》

（一二篇上、一六丁ウ）(10)

『説文解字』（許慎）は、耳は頰に連なるの意とする。段注は、「連」は負車の義、人が車を輓《ひ》く意、「聯」「連」二字は、古（周人）・今（漢人）の関係にあるとする。だが、『周礼』から「三日官聯、以会官治」（「大宰」）(11)、また、「鄭（玄）注」などを引くが、言うところは未詳。「聯」は、馘耳《かくじ》（割耳を縄で貫く）に関与するとの説もある。(12)

字音は、『広韻』（切韻系韻書）に、「聯」字は、下平声・二仙韻の「連」字（「○連〈合也、続也、還也、又姓、左伝（略）／（略）又有赫連氏、力延切、十三〉」）の下に「聯〈聯綿不絶／説文作聯〉(13)」とある。

『篆隷万象名義』は、『玉篇』にならって空海の撰述したものとされる。その高山寺本には次のように見える。

聯（篆文）聯〈力然反、聚ゝ、連ゝ、及ゝ／續ゝ、難(?)ゝ〉　（第二帖、五丁ウ）(14)

昌住著『新撰字鏡』（昌泰年間〈八九八〜九〇〇年〉完成）に同様の反切が見られ、次のような語釈がある（〈 〉内は双行割書）。

聯〈今作連、力然二反、連也、續也、緜不絶／也、太知豆良奴久、又太加乃阿志乎〉

（天治本、巻二、一九丁ウ、耳部）(15)

この音義注（割書細字部）には反切に脱字があり、後の享和本（刊本）には「力宣力然二反」とあり、和訓の末尾は「又太加乃足乎」とある。字義は、つらぬ（連）、つづく（続）、また、（綿《わた》を紡いで作った）糸の長く続いていること、［和訓として］（絹を織るとき、絹糸を杼《ひ》に貫くところから）「たちつらぬく」、「鷹《たか》の足緒《あしを》」、――とある。「緜」字は、「綿」に同じ。万葉仮名の部分は、いずれかの写本の文字に付されていた和訓かも知れない。『日本書紀私記』には

「八《ヤ》十《ソ》聯《ツヽキ》綿《糸ノ》レ為」（甲本、雄略）[16]とも見える。

「足緒」は、宮内省式部職編纂『放鷹』の「鷹犬詞語彙」（福井久蔵執筆）に次のように解説される。[17]

　アシ・ヲ　足緒。鷹の足につけて大緒にも経緒にも招緒にもつなぐ料の具。

『日本書紀』の鷹伝来を伝える仁徳天皇四三年秋九月の条には「酒君則以二韋緡一著二其足一」[18]と見える。早くから鞣革《なめしがわ》製であったようで、これを「足革《あしかわ》」ともいう。源順の撰述した『和名類聚抄』道円本には、「攣　唐韻云攣（音聯今案一字両訓在鷹阿之乎在犬岐豆奈）所以綴鷹狗」（巻一五、「鷹犬具、第百九十二」、五丁ウ）[19]とも見える。この割注部分は、「音は聯、今案ずるに一字に両訓、鷹に在るを阿之乎《あしを》、犬に在るを岐豆奈《きづな》」と読むのであろう。

鵜飼の鵜にも「聯」という助数詞を用いた例が一例あるが（後述）、規定された用法か暫定的な用法か分らない。鵜は、鳥籠に飼い、籠に入れて運ぶ。鵜匠は、手縄《たなわ》（手縄木・つもそ・首結・腹掛等）をもって鵜を捌く。

2　日本古代の用例

右により、「聯」とは、鷹（の足）を繋ぐこと、また、そのための足緒（足革）のことであり、これをもって鷹狩の鷹の助数詞としたものと知られる。足緒は、物理的にも精神的にも、鷹飼（鷹を遣う人）と鷹とを繋ぐ唯一、最要の具である。この用具をもってその助数詞としたのは、鷹は、単なる愛翫・食用などの鳥ではない、狩猟用という格別有用な鳥であるが故のことであろう。日本では、やがて、これに「もと」という和語を当てた。「もと」とは、本末、根本の意の本《もと》である。

古代の鷹狩は、天皇やその勅許を賜った親王以下の特権階級で行われていた。[20]古くは未詳だが、助数詞「聯」は、九世紀以下の古記録に次のように見える。原文（変体漢文体）を試読してあげる。

承和元年春正月壬子朔《ついたち》。天皇大極殿に御し、朝賀を受く。畢《をは》りて侍従已上、紫宸殿に於いて宴《うたげ》し、御被《かづき》を賜ふ。○癸丑《二》。天皇、後の太上天皇〔淳和〕に淳和院に於いて朝覲す。太上天皇逢迎す。各《おのおの》中庭に於いて拝舞す。乃ち共に殿に昇り、群臣に酒を賜ふ。兼ねて音楽を奏し、左右近衛府更に舞を奏す。既にして太上天皇、鷹・鷂各二聯、嗅鳥犬四牙を以って、天皇に献《たてまつ》る。天皇、還宮せんと欲して殿より降る。太上天皇、相送りて南屏の下に到るなり。　（『続日本後紀』、巻三）(21)

仁明天皇承和元年（八三四）正月一日、二日の条である。「後の太上天皇」とは、先の淳和天皇（桓武天皇第三皇子）、次の「太上天皇」とは、その前の嵯峨天皇（同じく第二皇子）、仁明天皇は嵯峨天皇皇子。「鷹」は、大鷹、「鷂」は、はしたかをいう。「嗅鳥犬」は、鷹狩の際のたかいぬをいい、この助数詞は「牙《が》」である。

○丙辰《廿六》。斎院司《さいゐんし》に私に鷂二聯を養《か》ふことを聴《ゆる》す。　（『続日本後紀』、巻六）(22)

仁明天皇承和四年（八三七）一〇月二六日の条である。「斎院司」は、斎院（賀茂神社に仕える未婚の皇女）のことをつかさどる役所。時の斎院は仁明天皇第一二皇女高子（在任、天長一〇年～嘉承三年、母は百済王永慶）。

○癸未《廿九》。先の太上天皇、先ず冷然院に御《おはしま》し、次に神泉苑に御す。隼を放ち、水禽を撃つ。天皇、御馬四疋、鷹・鷂各四聯、嗅鳥犬、及び、御屏風、種々の翫好物を献る。　（『続日本後紀』、巻七）(23)

同天皇承和五年一一月二九日の条である。『類聚国史』、巻三一、「太上天皇行幸」の条にも見える（一八二頁）。

○四日庚戌。二品行兵部卿忠良親王に詔《みことのり》して、私の鷹二聯を以って五畿内の国の禁野の辺に狩することを聴す。　（『日本三代実録』、巻四）(24)

清和天皇貞観二年（八六〇）閏一〇月四日の条である。「禁野《きんや》」は、天皇専用の猟庭である。ここでは、無論、聴《ゆる》されないが、この辺《ほと》りにおいて「私の鷹を以って狩を聴す」という勅許である。「忠良親王」は、嵯峨天皇第四皇子、生歿は弘仁一〇年〜貞観一八年。当時、親王以下、鷹を所有し、鷹狩を行うには勅許を要し、狩場では、公験（鷹飼証明書）を携帯しなければならなかった。

○廿五日己巳。（中略）」大納言正三位兼行右近衛大将源朝臣定《さだむ》に詔《みことのり》し、私の鷹・鷁各二聯を以って、山城、河内、和泉、摂津等の国の禁野の外に遊猟することを聴す。（『日本三代実録』、巻五）(25)

同じく貞観三年二月二五日の条である。「源朝臣定」は、弘仁六年嵯峨天皇の皇子に生まれ（母は尚侍百済王慶命）、淳和天皇の猶子となる。貞観五年正月三日大納言、正三位、右近衛大将で薨ず。四九歳。贈従二位。

○廿三日丁酉。河内・摂津両国に詔《みことのり》すらく、「二品行式部卿兼上総太守仲野親王に、私の鷹・鷁各二聯を以って禁野の外に遊猟することを聴す」とのりたまふ。（『日本三代実録』、巻五）(26)

同じく貞観三年三月二三日の条である。「仲野親王」は、桓武天皇の第一二皇子、母は藤原大継《おおつぐ》女河子である。延暦一一年（七九二）誕生、貞観九年正月一七日薨去（七六歳）。「鷁《げき》」は、中国の想像上の水鳥というが、ここは、鵜飼の鵜《う》の美称として見える。鵜の助数詞にも「聯」とある。

○十八日己未。勅《みことのり》すらく、「二品式部卿忠良親王に、鷹二聯・鷁二聯を養《か》ふことを聴《ゆる》す。左大臣正二位源朝臣信に鷹三聯・鷁二聯」とのりたまふ。（『日本三代実録』、巻一三）(27)

○廿九日庚午。（中略）」是の日、勅《みことのり》すらく、「二品仲野親王に鷹三聯・鷁一聯を養《か》ふことを聴《ゆる》す。正三位中納言陸奥出羽按察使源朝臣融に鷹三聯・鷁二聯、従五位下行内膳正連扶王に鷹一聯、従五位上行丹波権守坂上大宿祢貞守に鷹一聯、従五位下行近江権大掾安倍朝臣三寅に鷹三聯」とのりたまふ。（『日本三代実録』、巻一三）(28)

二例の内の前者は、同じく貞観八年一一月一八日、後者は、同年一一月二九日の条である。

○二日戊子。勅《みことのり》すらく、「左衛門佐従五位上藤原朝臣高経、六位六人、近衛一人、鷁七聯、犬九牙を播磨国へ、中務少輔従五位下在原朝臣弘景、六位四人、近衛一人、鷹五聯、犬六牙を美作国へ遣はし、並びに野禽を猟り取らしめよ」とのりたまふ。

（『日本三代実録』、巻四六）[29]

光孝天皇元慶八年（八八四）一二月二日の条である。「狩の使」を美作国へ遣わすとある。この命は、太政官符をもって当該国にも下されたはずである。天の下の土地も産物も、全て天皇の所有するところであった。「狩の使」は、その名代として、随時（五節とは限らない）、国々に遣わされた。経費は、行く先々の国が正税をもって負担した。

記録（日記）類では次のように見える。元服や大饗の際の引出物として「鷹」「馬」が用いられることも多かったようである。「大饗《たいきょう》」とは、本来、天子が先祖を合わせまつる祭祀で、『礼記注疏』巻一七、「月令」に「是月(季秋)也大饗帝」に注して「注言大饗者遍祭五帝也、曲礼曰大饗不問卜謂此也」云々とある。[30]

二日、内裏(朱雀天皇)・春宮(成明親王)各貢鷹二聯、以中将(藤原師尹)・宮権為使、

（『貞信公記抄』、天慶八年一〇月二日）

十七日、行幸朱雀院、観太上皇(朱雀)・大后(藤原穏子)、本院親王以下次侍従等賜禄、有音楽、臨還御被献鷹・馬・犬等、馬四疋、鷹聯(脱アルカ)、犬二牙、

（『貞信公記抄』、天慶九年八月一七日）

三日、河面牧内山下取巣鷹一聯、加出羽守所送若鷹、差伊尹(藤原)朝臣奉入朱雀院(朱雀上皇)、

（『貞信公記抄』、天暦二年〈九四八〉七月三日）

右三例は、『貞信公記』から引いた。[31]本書は、藤原忠平（天暦三年〈九四九〉薨）の日記である。忠平は、基経（摂政太政大臣、従一位、寛平三年〈八九一〉薨）の子、時平（正二位、左大臣、延喜九年〈九〇九〉薨）の弟、摂政関白・太政大臣を務め、貞信公と号した。成明《なりあきら》親王は、醍醐天皇第一四皇子で、天慶九年村上天皇として即位した（康保四年〈九六七〉崩御）。その治世は天暦の治として称揚される。

（前略）未時尊者参入、拝礼如例、尊者御禄白大褂、加物和綾桜色細長、引出物馬一疋・鷹一聯・犬一牙、（後略）

（『九暦』、承平四年〈九三四〉正月四日、藤原忠平大饗）

四日、甲午、天陰、早朝参殿、大饗如常、献鷹一聯・馬一疋、為充引出物也、

（『九暦』、承平六年正月四日、藤原忠平大饗）

（前略）次引出物、上臈親王四人各馬一疋、次親王二人各鷹一聯、但章明親王未及給禄退出也、戌時各分散、今日無雅楽寮音楽、（後略）

（『九暦』、天慶八年〈九四五〉正月五日、藤原実頼大饗）

（前略）拝礼如常、初献、式明親王勧尊者、主人勧納言、次第理可然而已、相違太閤命、給禄如例、被物桜色唐綾張合細長、引出物鷹一聯・犬一牙・馬一疋、（後略）

（『九暦』、天暦三年〈九四九〉正月一一日、藤原実頼大饗）

（前略）但尊者加物桜色綾細長、引出物鷹一聯・馬一疋、光（先イ）例或時者尊者被物之後取馬綱、（後略）

（『九暦』、天暦七年正月四日、藤原実頼大饗）

十一月十六日、大原牧貢鷹一聯・馬四疋、又牧司清原相公貢韝二枚・熊皮五枚、

（『九暦』、天徳元年〈九五七〉一一月一六日）

右六例は、『九暦』から引いた(32)。前五例が大饗の引出物である。本書は、藤原師輔の日記である。彼は、忠平の子、右大臣・正二位に昇り、天徳四年（九六〇）薨じた。贈正一位。

この他、古記録には次のような例がある。鷹一睺〔聯ヵ〕、

廿一日、戊戌、参内、両源中納言（保光・伊陟）・左兵衛督・大蔵卿（中略）、今日冷泉院（冷泉上皇）三宮（為尊親王）御元服、於南院東臺〔對〕有此事、（中略）、戌二點理髪、参議佐理、加冠、左大臣、盃酌数巡之後公卿及殿上人官等被物有差、加冠出引〔引出〕物、馬二疋、右大臣、一疋、理髪、鷹一睺〔聯ヵ〕、不具記、

（『小右記』、永祚元年〈九八九〉一一月二一日、為尊親王元服）(33)

十七日、癸巳、右府二郎加首服之日也（中略）、其後牽出物馬一疋、（中略）、道長卿取綱末一拝出、理髪鷹一聯、
今夜事無定事、如大饗如賭弓、

（『小右記』、長徳元年〈九九五〉二月一七日、道兼二男兼隆元服）

五日、癸酉、教通・能信等元服、（中略）、春宮大夫馬一疋・鷹一聯、

（『御堂関白記』、寛弘三年〈一〇〇六〉一二月五日、教通・能信元服）(34)

「教通・能信」は、藤原道長（摂政、太政大臣、従一位、万寿四年〈一〇二七〉一二月薨去、六二歳。贈正一位）の息。前者は、関白、太政大臣、従一位に昇り、承保二年（一〇七五）九月薨去、八〇歳。贈正一位。後者は、権大納言、正二位に昇り、康平八年（一〇六五）二月薨去、七一歳。贈太政大臣、正一位。

因みに、かの光源氏は、一二歳で元服した。「譬《たと》へん方なく美《うつく》しげなる」童であり、帝も「この君の御童姿《わらはすがた》、〔帝は〕いと、変《か》へま憂《う》く思《おぼ》せど」、やんぬるかな、その儀式を迎えた。場所は、南殿（内裏正殿の紫宸殿）、引入（加冠の役）は左大臣、理髪は大蔵卿、蔵人が仕《つか》うまつった。儀式の後、左大臣は、白き大袿に御衣一領、御盃、御詠を、また、「ひだりの寮《つかさ》の御馬《むま》、蔵《くら》人所の鷹《たか》〔架に〕すゑて賜《たま》はりたまふ。」という（『源氏物語』、「桐壺」巻）(35)。

他ならぬ加冠の役を務めた左大臣には、禄として左馬寮の馬と蔵人所の鷹とを賜った。馬は馬寮、鷹は蔵人所それぞれの所掌であった。「一世源氏」の元服の折には(36)、こうしたことが行われており、紫式部は、この事例を踏まえ、この場面を構成したようである。天皇から親しく賜る「鷹」には、格別の意味があった。

律令制は、公地公民制に基づく中央集権的国家体制であった。九世紀半ばには、これが形式化し、摂関政治といわれる時代に入る。政治権力は、天皇から摂関家に移り、公地公民制も崩れつつあった。こうした時代性の故であろうか、「狩の使」は停止になり、「禁野」も、幾度か「禁制」は発布されたものの、結局、維持監理できなくなった。首長権の象徴とされる鷹狩であったが、各地方に私の鷹狩が横行するようになっていった。

第四節　その後の助数詞

鷹の助数詞「聯」は、和語用法（「もと」）も多くなり、また、中世からは「連」字を用いた例も出てくる。二条良基（生歿、元応二年〈一三二〇〉〜元中五年・嘉慶二年〈一三八八〉）の著『嵯峨野物語』は、鷹狩の故実に詳しく、ここに次の例がある（『群書類従』、第一九輯による）[37]。

（前略）延喜御門は又ことに御興行ありし也。鳥の曹司の鷹も此時数十連つなぎをかる。（四七五頁）
一鷹は毎年坂東以下諸国御つぎ物にそなゆる也。数十連の鷹をまいらすれば。天皇清涼殿に出御ありて。御前にて蔵人所に給ふ。蔵人所より御鷹飼にわかち給ふ也。御鷹飼六人。宇多かた野を管領して（後略）（四七六頁）
一鷹をば一すへ二すへとはいはず。一連二連といふ也。犬をば一疋二疋とはいはず。一牙二牙といふ也。連の字をもとをりとばしよみ侍哉らん。もとをしといふ字は鏇子と書也。（四七七頁）

「延喜御門」は醍醐天皇、「鳥の曹司」は蔵人所鷹飼の詰所をいう。
『続善隣国宝記』には、朝鮮国より日本国宛の「別幅」の中に、方物（特産品）として「鷹」が見える[38]。

大鷹子拾五連（万暦一八年〈一五九〇〉三月日、朝鮮国王宣祖李昖《りえん》より豊臣秀吉宛国書、別幅）
蒼鷹　伍拾連（万暦三五年〈一六〇七〉正月日、朝鮮国王宣祖李昖より徳川家康宛国書、別幅）
鷹五拾連（万暦四五年〈一六一七〉五月、朝鮮国王光海君李琿より徳川秀忠宛国書、別幅）

方物として、日本国（足利義材、大内義興、宗義真〈対馬藩主〉）から朝鮮国宛、「鷹」を用いることはない。
更に、「居（もと、すゑ）」「すゑ」「本（もと）」、「元（もと）」「軄（もと）」「双（もと）」「足（もと）」、「つ」「つれ」、その他の語形・用字も生じた。「するゑ」は、鷹を手（臂）に「すう（据）」（下二段動詞）という行為から生れた日本産の助数詞である。「本」「元」「軄」、その他も、「聯」の和語用法「もと」の宛字に出たものらしい。

或問。タカ一聰ト云ハイカホドゾヤ。

答云。数七ツノコトナリ。古ヘ巣一ツニ七ツ生タリ。其ヨリ一聰ト云也。（後略）

（『鷹経辨疑論』(39)）

『鷹経辨疑論』は、中世末期、文亀三年（一五〇三）持明院基春の著とされる問答体の鷹書である。その後の転写過程の問題はあるが、「聯」の本来的用法は不明となり、これを「聰」と解し、「一聰」＝七ツと注釈する。

引出物や禄、また、献上品として「馬・鷹」を用いる例は少なくない。

去々年弟鷹十聯、同去年二居到来、誠御遼遠之懇志、喜悦不斜候、殊更何も忩自愛無他候、依之即令差越使者、御太刀一腰紀新大夫、相送之候、聊見苦敷く（マヽ）、祝儀計候、猶牛田可申候、謹言、

六月一日　　信長朱印

下国殿（秋田愛季）

（『出羽秋田愛季宛朱印状写』、天正五年〈一五七七〉六月一日(40)）

「秋田家文書」の内の一点、下国《しものくに》安東氏（安倍）愛季宛信長朱印状写。「弟鷹《だい》」は、大鷹の雌。これを「聯」「居」と書くが、両方とも「もと」と読むか。信長は、去々年「御鷹師」を差し下し、鷹を求めたようである。

七月十八日、出羽大宝寺より駿馬を揃へ、御馬五つ、幷に御鷹十一聯《もと》、此の内しろの御鷹一足《もと》これあり、進上。

七月廿五日、奥州の遠野《トヲノ》孫次郎と申す人、しろの御鷹進上。御鷹居《おんたかすゑ》石田主計、北国通《どほり》舟路《ふなみち》にてはるぐの風波を凌ぎ罷上り進献。誠に雪しろ容儀《ようぎ》勝《すぐれ》て見事なる御鷹、見物の貴賤も耳目を驚かし、御秘蔵斜めならず。（後略）

（『信長公記』、天正七年七月一八日、二五日の条(41)）

『信長公記』には、鷹狩や鷹進献の記事、また、各種の鷹・鷂（その助数詞も）が見える（右、片仮名は原本のまま、

平仮名は校注者による)。フロイスは、信長が「格別嗜好した」内に鷹狩があると書いている(42)。

小早川隆景・吉川元長が、毛利を代表して上坂し、豊臣秀吉と対面した折、一部始終を記した書付(天正一三年〈一五八五〉一二月)とされる(部分)。

一隆景御進物
御太刀一振金色　刀一腰長光也
御馬一疋むとふかけ　大鷹三連
紅糸百斤　虎皮十枚
銀子五百枚

(「小早川隆景吉川元長上坂記」、天正一三年一二月書付(43))

近衛龍山(生歿、天文五年〈一五三六〉〜慶長一七年〈一六一二〉)は、鷹を遣った最後の公家であろう。彼が太閤秀吉公・内大臣家康公の「御懇望」によって著作した『龍山公鷹百首』(天正一七年)に次のようにある(濁点等私意)。

たとへバ鷹を一もとゝいふ事。是又架に繋たるをいふ也。一居一連いづれをも一もとゝよむべし。一居一すへ共よむ人あれども。ひともとゝ読たるがよきと云り。(中略)又籠鷹もすへたるも一はねといふハ＊一羽と書也。一羽をひと羽と云説もあり。但近来此道不堪の人。いづれをも一もとゝ鷹なれバと(?)き《と》によらずおなじやうに云事如何。(後略)

(『龍山公鷹百首』、肥前嶋原松平文庫蔵、松86/45)

鷹の助数詞が多い。もはや、「聯」は見えない。『続群書類従』(第一九輯中)所収本では、＊部に「事本説也。一はねと」とある(四八三頁)。右を整理すれば次のようになろう。

イ、「一《ひと》もと」は「架《たかほこ》に繋たるをいふ」――「居」「連」と書いて「もと」と読む。「すへ」はよくない。

ロ、籠鷹・すゑ鷹を「ひとはね」(「ひとは」とも)といい、「一羽」と書く。

ハ、「鷹なれば」いつでも「一もと」というのは如何かと思う。「はね（羽、翼）」「は（羽、翼）」は、鳥類一般に広く使われる。だが、鷹の贈答に伴う音信等には用いられていないようである。

龍山以前、中世の武将ら、また、織田信長・豊臣秀吉・徳川家康などはよく鷹を遣った。(44) これに関係する記録・文書はよく残っており、ここには鷹（鷂、隼）の日本的助数詞がよく見えている。(45)

書札礼や有職故実書によれば、鷹の助数詞「聯（れん、もと）」「連（れん、もと）」「居（もと、すゑ）」「本（もと）」「元（もと）」「双（もと）」「足（もと）」などを挙げ、これらの間に意味・用法上の差異があると説くものがある。例えば、静嘉堂文庫蔵『童訓集』（寛文一二年刊）には、鷹は「鷹一居《もと》」といい、「二もと」以上には「聯《もと》」「連《もと》」を使う、「御内書」には「一本《もと》」と書く、とある。宮内庁書陵部蔵『鷹用字』（万延元年写）には、「一元《ヒトモト》　一居《同》　二連《フタモト》二連ヨリ以上如此」とある。

木下義俊編『武用辨略』八巻は、貞享元年（一六八四）の自序をもち、近世でも比較的早い。ここに「サレハ鷹経《イヨウキヤウ》八十一巻幷《ナラビニ》一聯《モト》ノ鷹《タカ》ヲ奉《タテマツ》ル」（巻之八、四丁ウ）とも見えるが、別に、「居《モト》」の標目下に次のようにある。

居《モト》

止《シ》也、坐《ザ》也、安《アン》也、故ニ居《スヘ》ト訓《クン》ズ、或擊《スユル》ニ作《ツクル》、据《スユ》共書《トモカケ》リ、筭《カゾ□》ルニ一居《モト》二居《モト》ト云也、凡此《ヲヨソコノ》字《ジ》古《コ》来《ライ》用《モチユ》ルニ伝《テン》アリトソ、居《ー》ハ一居《モト》ヨリ百《ヒヤク》居《モト》ニ至《イタル》共書《トモカキ》用《モチユ》ヘシ、又聯《モト》字《シ》モ同、三居《モト》／ヨリ内《ウチ》ニ用《モチヒ》ズ、四居《モト》巳上、幾《イク》数《ツ》ニテモ連《モト》ノ字《ジ》ヲ書《カク》ヘシト／云リ、不審《イフカシ》、聯《ー》ハ連《ー》也、今或書ニ基《モト》ト書《カケ》リ、共ニ論《ロン》アリ、畢《ヒツ》竟《キヤウ》其《ソノ》説《セツ》ノ紛然《フンゼン》タルヲ厭《イトウ》テ一箇《カ》ト書リ、一本《モト》トハ雌《シ》雄《イウ》ヲ兼《カヌ》、一雙《サウ》ハ大小也、或書《□》ニ天《テン》子《シ》公《ク》方《バウ》ノ御《□》鷹《タカ》ニハ本《モト》ノ字ヲ用ル、祢《ネ》津《ツ》家《ケ》ノ伝《デン》也ト云云、然《シカレ》共《トモ》本《ホン》家《ケ》ニ／曾《カツテ》其《ソノ》沙《サ》汰《タ》ナキ事《コト》也、今《コン》世《セイ》、座《モト》、架《モト》、翼《モト》ニ作《ツクル》、或枷《モト》共、

隼《ハヤブサ》ヲ二《フタ》基迄《モトマデ》ゾ翕《アハセ》ツルフルカハノヘノ秋《アキ》ノ□金《カリカネ》　（巻之八、二四丁オ・ウ）(46)

確かに紛然とした状況である（読点私意、□印は刻字の未詳部）。

『品物名数抄《ひんぶつめいすうしょう》』、一冊（文化七年〈一八一〇〉刊）は、江戸の書肆松沢老泉《まつざわろうせん》（明和六年〈一七六九〉～文政五年〈一八二二〉三月一三日歿）の著になる。老泉は、泉州出身で通称二代目和泉屋庄次郎といい、三都に書肆を営み、学者としても知られ、屋代弘賢らとも交わった。(47)

本書は、当時における文書語系助数詞の用法を集大成したものとして珍重される。その対象（語）を二四類に分ち、それぞれと対になる助数詞を具体的に例示する。対象語は延べ一三一種類である。分類は、次の順序になっている。

文具類　楽器類　玩器類　佩用類　武具類　射具類　刀飾類　鷹具類　馬具類　帛服類　藉物類　臥具類
僧具類　金玉類　家具類　夜用類　塗用類　乗載類　菜果類　艸木類　飲食類　魚介類　鳥獣類　雑品類

「文具　楽器　玩器」が首位にあるのは、公家・武家・商家共通の価値観であろう。次に、「佩用　武具…」、また、「鷹具　馬具」と位置するのは、武家社会の常である。次いで、「帛服　藉物　臥具」といった衣類・敷物・寝具となり、身辺の家具や食物・魚介類、また、鳥獣の類は終りの方に位置する。

鷹狩関係の助数詞は、「鷹具類」の中に（原本の割書細字部を〈　〉内に入れ、改行部を／印で示す）、

策《ムチ》〈一條〉　鞢《ユガケ》〈一指〉　條《ヲホオ》〈一指／詞ニハ一條〉　（後略）

などと見え、「鳥獣類」の中に、また、次のようにある。

鷹〈一聯　一居《モト》／一連　一本　一窠〉〈一本ハ大鷹　一巣ハ窠鷹　三モトヨリ内ハ連ノ字ヲ／カヽズ　禁将ヨリ外ハ本ノ字ナラズ　大君様ヘ被㆓召上㆒候ハ此方ヨリモコノ本ヲカクナリ　大鷹ハ／大君様ノ御鷹ナリ〉　鷹尾《タカノヲ》〈一尻　一尾／尾羽揃テ一鳥ト云〉　鳥羽〈一枚　一茎〉

鷹之犬〈一牙〉　兎〈一ッハ片耳二ッハ／一耳〉　鹿野猪〈一蹄／一頭〉

鷹狩関係の助数詞は、「鷹具類」と「鳥獣類」との二類に挙がっていて、異常なほどに詳しい。江戸時代の鷹狩は、徳川家康、吉宗などのそれが知られているが、これでは、助数詞としての使命遂行に支障がでるのではなかろうか。先行書を踏まえ、しかし、それぞれの説くところが錯綜気味であったがためのことであろう。

因みに、鷹狩では、その専用の犬を「一牙」、捉えた兎を「一ッハ片耳、二ッハ一耳」とそれぞれ数えている。

一、細川ヨリ霜月神祭色々到、

一、見米二斗（中略）金鳥一羽・菟一耳・蠣螺十五喉・鰯一裹・紙二帖（中略）小鯛十五喉・御畳糸、三百五十以上、

（『教言卿記』、応永一三年一一月三日の条[48]）

応永一三年（一四〇六）霜月播州細川荘よりの神祭の供物である。金鳥（雉の雌）も菟も鷹狩によるものである。

兎《ウサギ》ニモ山《ヤマ》-緒《ヲ》アリ、口《ク》-伝《デン》、或-書ニ云、一《ヒト》-耳《ミヽ》ト云《イフ》ハ二-也、一ツノ時《トキ》ハ片《カタ》-耳《ミヽ》ト云ト云云

（『武用辨略』、巻之八[49]）

「山緒」とは、鷹狩の雉や小鳥などを藤、葛に懸ける作法（鳥柴）である。

一菟ハ一耳二耳と可レ書。一疋二疋とハ悪し。但一耳とハ二の事也。一ツをバ片耳と書也。一ツ二ツとハ可レ書不レ苦。鷹犬をバ一牙加様にかくべし。

（『書簡故実』[50]）

『大諸礼集』、その他、これに同様の記述がある。

このような条文、あるいは、書き方は、まさしく鷹狩の世界を出自とする言葉遣いであった。

第五節　おわりに

鷹狩は、先にも触れたように、天下を統《す》べる天皇（及び、勅許を賜った者）だけのものとされた。摂関時代に降っても、その王侯貴族との関わりは深く、種々の文学的営為の場に登場し、和歌・物語・説話などに多くの素材を提供した。公家政権が弱体化するにつれ、鷹狩は、社会的にも地域的にもより広く行われるようになったが、やはり、鷹は「権威」を象徴する格別の存在であり、中世の武将間においては、これが勢力の如何を意味することもあった。朝鮮との国交の場においては、重要な音信物《いんしんもの》ともされ、朝鮮からはこれを欠くことがなかった。

中世は、また、政治・社会・経済、その他、諸面における変動期でもあった。地方相互、また、外国との間における物的・人的交流も活発となり、価値観も多様化した。自ずから識字層も拡大し、各種各様の文書・書類が行き交った。鷹を数える言葉（助数詞）も、口頭言語ならば、「もと」、及び、「すゑ」の二語くらいで済んだかも知れないが、これを文書や帳簿等に文字化するとなれば、この二、三倍の文字群から選ぶことになる。そのため、多くの解説書や指導書が著わされたが、しかし、憶測や僻説は収まらず、宛字や誤字も横行した。

鷹狩の鷹には様々な助数詞が用いられた。他の動物・鳥類には見られないことである。(51) この特異な情況は、ひとえに、鷹という鳥の、持って生まれた宿命にある。身勝手ながら、ヒトにとって鷹は、「鷹狩」ということ抜きにして対応することはできないのであり、この属性を数えるところに、かくも多くの「数え方」が主じたのである。「聯」、及び、「連」は、鷹を操縦するための足緒に因み、「居」は、鷹を臂に据えるところに始った。これらを和読して「もと」「すゑ」が生まれ、逆に、その「もと」から漢字書きの「本」「元」「基」「軄」など、「すゑ」から「据」も生じた。また、この一方、鷹の「二もと」以上には、あるいは、「四居」以上には「聯」「連」字を使うと言い出し、更には、「本」の字は「天子・公方《(将軍)》ノ御鷹」に、あるいは、「大鷹」に使うのだ、——といった用法も生まれた。
中世から近世にかけては、こうした、いわば、面倒な情況にあったようであるが、こうした形で文書類が取り交わされていたのであれば、ここはこれとして尊重し、それぞれを解きほぐしてはそれぞれが由って来たところを丁寧に記述していかなければならない。放鷹文化上にはもとより、文学・語学上にも意義深い課題であろう。

注

(1)『日本思想大系3 律令』、一九七六年一二月、岩波書店。四〇〇頁、三九二頁、四一〇頁。

(2)黒板勝美、他編輯『新訂増補国史大系2 続日本紀』、一九六六年九月、吉川弘文館。和銅六年五月の条に、「〇五月《癸亥朔二》甲子。制。畿内七道諸国郡郷名着二好字一。其郡内所レ生。銀銅彩色草木禽獣魚虫等物。具録二色目一。及土地沃塉。山川原野名号所由。又古老相伝旧聞異事。載二于史籍一亦宜二言上一。」とある(五二頁)。

(3)渡辺滋著『古代・中世の情報伝達―文字と音声・記憶の機能論―』、二〇一〇年一〇月、八木書店、第一章。

(4)小著『数え方の日本史』、二〇〇六年三月、吉川弘文館。四七頁。

(5)長沢規矩也解題『和刻本漢籍随筆集』、第六集、一九七三年二月。汲古書院。一七五頁。訓点省略。

(6)唐耕耦・陸宏基編『敦煌社会経済文献真蹟釈録(四)』、一九九〇年七月、古佚小説会発行。四八七頁。

(7)『和刻本正史 五代史』、一九七二年、汲古書院。三八二頁。訓点省略。

(8)『中国学術類編 古今図書集成51 禽虫典上』、鼎文書局印行、一九七七年四月。一四四頁。

(9)森為三執筆「朝鮮放鷹史」、宮内省式部職編纂『放鷹』(一九三一年刊、一九八三年複製、吉川弘文館)所収(一二一頁)。「之が明文は、孔子志怪《(ママ)》なる書に」として「楚文王少時…」などと引用されている点は確認できない。中国学術類編『古今図書集成51 禽虫典上』にも、「孔氏志怪楚文王少時雅好田獵天下…」(一九七七年、鼎文書局印行、一四二頁)と見えるが、森氏引用文と差異がある。但し、「楚文王」の鷹から梁冀の鷹などの「記事」は、宋李昉等撰『太平御覧』、及び、唐欧陽詢撰『芸文類聚』などにも見えている。

（10）段玉裁著『説文解字注』、一九七〇年六月、芸文印書館。五九七頁。
（11）『伝世蔵書　経庫　十三経注疏2　周礼注疏・儀礼注疏』、一九九五年春節、誠成企業集団（中国）有限公司政策。一五頁。
（12）白川静著『説文新義』、巻一二、一九七二年六月、白鶴美術館発行。四二頁。
（13）宋陳彭年等撰『大宋重修広韻』、一九八二年一月、中文出版社。一三九頁。なお、『韻鏡』では、「連」は、外転第二三開、平声、仙韻三等、舌歯音・清濁に位置する。
（14）斯全集編輯委員会編『篆隷万象名義』（『弘法大師空海全集』、第七巻）、一九八四年八月、筑摩書房。
（15）京都大学文学部国語学国文学研究室編『天治本　新撰字鏡（増訂版）』、一九九九年一一月再版、臨川書店。一一六頁。享和本（刊本）も本書による
（16）黒板勝美、他編輯『新訂増補国史大系8　日本書紀私記・釈日本紀・日本逸史』、一九六五年四月、吉川弘文館。三六頁。
（17）宮内省式部職編纂『放鷹』、一九三一年一二月、一九八三年七月複製、吉川弘文館。六二八頁。
（18）坂本太郎、他校注『日本書紀　上』（『日本古典文学大系67』）、一九六九年五月、岩波書店。四〇九頁。
（19）京都大学文学部国語学国文学研究室編『諸本集成　倭名類聚抄　本文篇』、一九六八年七月増訂版、臨川書店。
（20）網野善彦「天皇の支配権と供御人・作手」、『中世の非農業民と天皇』、一九八四年二月、岩波書店。大津透「律令国家と畿内」、『律令国家支配構造の研究』、一九九三年一月、岩波書店。鉄野昌弘「歌人家持と官人家持—鵜飼・鷹狩の歌をめぐって—」、高岡市万葉歴史館編『大伴家持研究の最前線』（高岡市万葉歴史館叢書23）、二〇一一年三月。
（21）黒板勝美、他編輯『新訂増補国史大系3　日本後紀・続日本後紀・日本文徳天皇実録』、一九六六年八月、吉川弘文館。二一頁。
（22）既出、注（21）文献、『新訂増補国史大系3　日本後紀・続日本後紀・日本文徳天皇実録』、六九頁。
（23）既出、注（21）文献、『新訂増補国史大系3　日本後紀・続日本後紀・日本文徳天皇実録』、八〇頁。
（24）黒板勝美、他編輯『新訂増補国史大系4　日本三代実録』、一九六六年四月、吉川弘文館。五七頁。
（25）既出、注（24）文献、『新訂増補国史大系4　日本三代実録』、六九頁。
（26）既出、注（24）文献、『新訂増補国史大系4　日本三代実録』、七四頁。
（27）既出、注（24）文献、『新訂増補国史大系4　日本三代実録』、二〇三頁。
（28）既出、注（24）文献、『新訂増補国史大系4　日本三代実録』、二〇三頁。

（29）既出、注（24）文献、『新訂増補国史大系4　日本三代実録』、五七五頁。
（30）『景印文淵閣四庫全書』、経部一〇九、『礼記註疏』、一九八六年三月、台湾商務印書館。一一五—二六二頁。
（31）東京大学史料編纂所編纂『大日本古記録　貞信公記』、一九五六年三月、岩波書店。以下は、一三一頁、二三五頁、二六〇頁による。
（32）東京大学史料編纂所編纂『大日本古記録　九暦』、一九五八年七月、岩波書店。以下は、三五頁、三六頁、四一頁、一二頁、四三頁、二一頁による。
（33）東京大学史料編纂所編纂『大日本古記録　小右記　一』、一九五九年三月、岩波書店。以下は、二一二頁、三〇〇頁による。
（34）東京大学史料編纂所編纂『大日本古記録　御堂関白記　上』、一九五二年三月、岩波書店。一九九頁。
（35）山岸徳平校注『源氏物語　一』（『日本古典文学大系14』）、岩波書店。四七〜四九頁。
（36）土田直鎮・所功校注『神道大系　朝儀祭祀編二　西宮記』、一九九三年六月、神道大系編纂会。七七九頁。
（37）『群書類従』、第一九輯、一九三三年一二月、一九五九年訂正三版、続群書類従完成会。
（38）小著『日本語の助数詞—研究と資料—』、二〇一〇年一月、風間書房。三五二頁。用例は、田中健夫編『善隣国宝記　新訂続善隣国宝記』（一九九五年一月、集英社）による。
（39）『続群書類従』、第一九輯中、一九三三年二月、続群書類従完成会。二三一頁。
（40）奥野高広著『織田信長文書の研究　下巻』、一九七〇年三月、吉川弘文館。二九五頁。
（41）奥野高広・岩沢愿彦《よしひこ》校注『信長公記』、一九九三年二月八版、角川書店。二七九頁。
（42）松田毅一著『近世初期日本関係南蛮史料の研究』、一九八一年二月、風間書房。四一五〜四一七頁。
（43）東京大学史料編纂所編纂『（同編纂所）影印叢書6　久芳文書・佐藤文書』、二〇〇九年一一月、八木書店。二九四頁。
（44）詳細は、既出、注（17）文献、宮内省式部職編纂『放鷹』、「本邦放鷹史」等参照。
（45）既出、注（38）文献、小著『日本語の助数詞—研究と資料—』、第三編、第一章参照。
（46）『〔図解〕武用辨略』、巻之八、延享五年、大坂天神橋筋伏見両替町、書肆糸屋市兵衛求版。
（47）既出、注（38）文献、小著『日本語の助数詞—研究と資料—』、第一編第二章参照。また、森銑三著『森銑三著作集』、第七巻（一九七一年六月、中央公論社）、一四〇頁。

(48)　臼井信義・嗣永芳照校訂『史料纂集　教言卿記　第一』、一九七〇年一月、続群書類従完成会。二六六頁。

(49)　『校訂武用辨略』、八巻、木下義俊編・褧衣斎負暄子校、武江書林日本橋南一丁目須原屋茂兵衛刊。

(50)　『続群書類従』、第二四輯下、一九二五年五月、一九五九年二月訂正三版、続群書類従完成会。四九七頁。

(51)　例外として、『日本三代実録』、巻五に「私鷹・鶚《げき》各二聯」(貞観三年三月二三日)と見える(第二章、「第一節　鷹狩の勅許」(仲野親王)の条参照)。「鶚」は、鵜飼の鵜《う》の美称。

第二部　『万葉集』の鷹狩

序

鷹狩は、飼い馴らした大鷹・鶬・隼などの鷹を放って野禽や小獣を捕らえる狩猟である。より古いところの状況は未詳であるが、早期の文献としては、『日本書紀』が参照される。即ち、その仁徳天皇四三年九月庚子《かのえね》の条に、依網《よさみの》屯倉《みやけ》の阿弭古《あびこ》が異《あや》しき鳥を捕《と》り、天皇に献《たてまつ》った、天皇は酒君《さけのきみ》を召して「これ、何鳥《なにとり》ぞ」と問うたところ、酒君は「この鳥の類《たぐひ》、多く百済《くだら》にあり、馴《な》らし得《え》てば能く人に従ふ、また捷《と》く飛びて諸鳥を掠《と》る、百済の俗《ひと》、この鳥を号《なづ》けて倶知《くち》と曰《い》ふ」と申し上げた、是《これ》、今時《いま》の鷹《たか》なり、すなわち、酒君に授けて養《か》い馴らさせた、幾時《いくばく》もなく馴らすことができた、酒君は、韋《おしかわ》の緡《あしお》をその足に著《つ》け、小鈴をその尾に著け、腕《ただむき》の上に居《す》えて天皇に献った。是の日、百舌鳥野《もずの》に幸《いでま》して遊猟《かり》したまう、時に雌雉《めきぎし》多《さわ》に起《た》つ、そこで鷹を放って捕らえさせた、たちまち数十《あまた》の雉《きぎし》を獲《え》た――とある。また、是の月に、甫《はじ》めて鷹甘部《たかかいべ》を定めた、そこで、時人《ときのひと》、その鷹養《か》う処《ところ》を号《なづ》けて鷹甘邑《たかかいのむら》という、ともある。

仁徳天皇は、同『書紀』などによれば、二九〇～三九九年、第一六代天皇、在位八七年、応神天皇皇子といわれる。(1)この一条は、日本の鷹狩の始原、「鷹甘部」「鷹甘邑」の起源を伝えたものらしい。だが、鷹を調教するには数ヶ月を要する。この時日にしても鷹道具にしても、また、「百舌鳥野」「雌雉」と見えるにしても、この一条には不自然な点が目立つ。先学によれば、この「仁徳紀にある鷹匠伝説は後世本邦人の手になつた仮託談で、当時の史実を伝へたものでないことが知られる。」とされる。(2)「後世本邦人」の仮託にも、それなりの根拠があったとするなら、凡そ、四世紀頃には、天皇家では安定的に放鷹が行われていたこと、鷹甘部が定められて鷹の調教・飼養を担当したこと、鷹甘邑という特別な村落がこれを支えていたことなどが推測されよう。酒君は「百済王の族」という。日本の放鷹は百済（韓土）に学んだようである。「鷹甘邑」の伝承地は摂津国住吉郡の東端の地域で、その北隣には同国百済郡（百済系渡来氏族の集住地域）、南側には磯歯津道を挟んで依網屯倉の故地と向かい合っていたとされる。(3)

鷹は、律令体制下においても、王権の象徴とされ、特権的勅許をもって皇親・貴族等がこれを行った。(4)大宝令制施行期（大宝二年〈七〇二〉施行）には兵部省に「放鷹司」（『続日本紀』）、また、養老令制下には「主鷹司」という役所が設置され（養老五年〈七二一〉廃止、後、復活）、職員として正・令史各一人、使部六人、直丁一人、鷹戸が置かれ、鷹狩の鷂、鷹、犬の調教が行われた。諸国からの鷹・鷹犬の貢納も国家への服属を意味した。(5)

「主鷹司」は、天平宝字八年（七六四）廃されて「放生司」が代置されたが、宝亀年間（七七〇〜七八一）復活した。桓武天皇は、延暦二年（七八三）一〇月一四日、同六年一〇月一七日、同一〇年一〇月一〇日、同一三年一〇月一三日などに河内国交野郡（現在の大阪府枚方市一帯）で鷹狩を挙行し、当郡の田租を免じ、供奉して百済楽を奏した百済王等の位階を進めた。(6)しかし、八世紀半ば以降は「百済伝来の放鷹文化を払拭して、放鷹の唐風化」が推進されたと説かれる。(7)その唐風文化の栄えた平安初期、嵯峨天皇（桓武天皇第二皇子、在位大同四年〜弘仁一四年）は『新修鷹経』三巻を撰して（弘仁九年〈八一八〉五月二二日）主鷹司に下賜し、同一一年主鷹司の鷹飼三〇人の内の一〇人を蔵人所に分置した。貞観二年（八六〇）蔵人所鷹飼は廃止され（主鷹司消滅）、元慶七年（八八三）復活した。蔵人所は、弘仁元年嵯峨天皇によって創設された令外官司の一つで、天皇直属の重職であった。ここに鷹飼を置くことは、その王権との関わりのより深くなったことを意味する。奈良、平安時代以下の鷹狩については先学の研究も多い。(8)

武家時代に入ると、鷹はより具体的な領土権と重なり、領主間におけるその贈答も特別の意味を有した。(9)中世後半期は京都と地方勢力との交流も大きく、これに伴って鷹術は各地に拡がり、「流派」と称する相伝形態も見られるようになる。織田信長・豊臣秀吉、徳川家康・徳川家光、また、徳川吉宗や松平斉斎などの鷹狩はよく知られている。だが、近世は比較的平和の続いた時代であり、鷹狩は、むしろ、儀礼的要素を高め、礼法や有職故実、和学・国学等との関わりも深くした(10)。

こうした鷹狩に関係する書物（典籍類）を、一口に「鷹書《たかのふみ》」という。その内容は、(イ)鷹の飼養、医薬、調練方法、実践、名所《などころ》など、また、(ロ)鷹狩の歴史、文学、儀礼・作法、有職故実、用語など、多岐にわたっている。中でも、(ロ)に関する書物が多いのは日本の特徴であり、ここに日本文化史上における鷹狩の特殊性が窺えよう。

平安時代、及び、その後には多くの勅撰集や私家集が編まれた。この過程において、大鷹狩・小鷹狩など狩場の風趣は詠歌の素材ともされ、鷹狩専用の言葉遣いもそれなりの評価を受けるようになった。これが、いわゆる「鷹詞《たかことば》」である。鷹詞は、芸術表現の場において、古来の狩猟語彙が文芸語彙として昇華したものである。

さて、古代の鷹狩に関する文字資料として、木簡資料や古文書類、「記紀」「風土記」、『万葉集』、古記録等がある。この内、より古い、より多様な和語を求めるということになれば、『万葉集』の右に出るものはない。仮名書きを主用とし、それぞれの語形、意味・用法等を帰納する上では、韻律や文脈も大きな便宜となるのである。

注

（1）高柳光寿・竹内理三編『角川日本史辞典』（一九七四年一二月、第二版、角川書店。七五一頁）による。

（2）白鳥庫吉著『白鳥庫吉全集』第二巻（『日本上代史研究　下』）、一九七〇年二月、岩波書店。七四頁。同『全集』第三巻（『朝鮮史研究』）、同年三月。一九三頁。なお、『和名類聚抄』の「鷙《タカ》」の語釈の中に「日本紀私記云倶知両字急読屈百済俗号鷹曰―――也」（伊勢一〇巻本）と見える「倶知」は、トルコ語系のクシ（kush）に接近した発音を写したものともされる。あるいは、漢語「鶻」（入声韻尾字）との関係についても一考するべきか。

（3）秋吉正博著『日本古代養鷹の研究』、二〇〇四年二月、思文閣出版。二三二頁。

（4）網野善彦「天皇の支配権と供御人・作手」、『中世の非農業民と天皇』、一九八四年二月、岩波書店。大津透「律令国家と畿内」、『律令国家支配構造の研究』、一九九三年一月、岩波書店。鉄野昌弘「歌人家持と官人家持―鵜飼・鷹狩の歌をめぐって―」、高岡市万葉歴史館編『大伴家持研究の最前線』（高岡市万葉歴史館叢書23）、二〇一一年三月。その他に、関連する指摘がある。

（5）既出、注（3）文献、『日本古代養鷹の研究』、第三章。天平一七年四月、聖武天皇東大寺大仏造立を発願し、三年の内、天下一切の宍を殺することを禁断する詔、天平勝宝四年（七五二）正月大仏開眼直前に、正月三日より一二月晦日まで天下殺生を禁断する詔が発せられている。家持の放鷹はこの時期に掛かる。この点につき、秋吉氏によれば、彼の場合、「天平元年（七二九）の国司長官の祭祀権掌握に基づいて越中国府の近傍の二上山祭祀に放鷹を用いたのではないかと思う。」（一三五頁）とされる。後に引く長歌の冒頭も「大君の　遠の朝廷そ　み雪降る」と始まる。

（6）黒板勝美、他編輯『新訂増補国史大系5　類聚国史　前篇』、巻三二、帝王一二、「天皇遊猟」、一九二頁以下。

（7）既出、注（3）文献、『日本古代養鷹の研究』、一五四頁、一八〇頁、その他。

（8）既出、注（3）文献、『日本古代養鷹の研究』。また、弓野正武「平安時代の鷹狩について」、『民衆史研究』、第一六号、一九七八年五月。その他。

（9）盛本昌広著『日本中世の贈与と負担』、一九九七年九月、校倉書房。第三部。

（10）幕末の雲州松平家における鷹書研究もこの流れに位置する。拙著『鷹書の研究　宮内庁書陵部蔵本を中心に』、二〇一六年二月、和泉書院。第一部参照。

第一章　大伴家持の鷹歌

第一節　まえおき

大伴家持《おおとものやかもち》は、奈良時代の公卿で、有能な政治家であり、著名な文学者でもあった大納言、従二位大伴旅人《たびと》（生歿、天智天皇四年〈六六五〉～天平三年〈七三一〉）の子に生れ（生年は養老二年〈七一八〉か）、中納言、従三位に昇り、延暦四年（七八五）に薨じた。折しも、政局は、光明皇后のもとで権勢を振るう藤原仲麻呂（生歿、慶雲三年〈七〇六〉～天平宝字八年〈七六四〉）と橘諸兄（生歿、天武天皇一三年〈六八四〉～天平三年〈七三一〉）とが拮抗していたが、家持は、諸兄に抜擢され、天平一八年（七四六）六月越中国の国守となり（二九歳か）、更に、任明けて、天平勝宝三年（七五一）少納言に選任され、太政官の中枢部に加えられた。しかし、藤原氏に圧され、晩年は不遇であったとされる。(1)

さて、『万葉集』には、鷹狩に材をとった家持の歌が七首収められている。ここには、「**矢形尾**」「**大黒**」「**蒼鷹**」「白塗の鈴」「小鈴」「**手放**」「等我理《（鳥狩）》」「呼久《（呼ぐ）》」「須恵《（据ゑ）》」「安波世《（合はせ）》」「飼《かふ》」「**真白部の鷹**」「**麻之路**《（ましろ）》**の鷹**」「始鷹猲《（初鳥狩）》」、また、題詞や左注にも「蒼鷹」「鷙レ雉」「腐鼠」「羅網」「白大鷹」といった語句が用いられ、中には後世の鷹書に頻出するような言葉も見えている。

家持は、天平一八年から天平勝宝三年、国守として越中国に赴任していた折、館に数聯の鷹を飼い、度々、鷹狩を行い、和歌（長歌・短歌）を詠んだ。もとより、家持の鷹は、ひとり個人に留まるものでなく、その背後には、同様に鷹を遣う人々がいたと推察される。彼らは、大和盆地や摂津・河内一帯で、あるいは、国守として赴任したあちらこちらで鷹狩を行ったのであろう。家持の歌に見えるこれらの言葉の殆どは、当時、既に安定的に用いられていたようで、それが技術と共に後代に伝えられ、種々の鷹書類にも書き留められることになったと推測される。

『万葉集』については、これまでに多くの注釈書が公刊されており、導かれるところが多い。しかし、中には放鷹関係書などを参照することなく先行説に追随された注釈もなくはないようである。そこで、筆者は、そうした内から気になる語句を取り上げ、鷹書類やこれに隣する歌学書・古注の類などを参照しながら若干の検討を行ってみたい。気になる語句とは、右の一群の語彙の内、太字にしたような類である

なお、引用する『新修鷹経』以下の鷹書類については先に詳述したので(2)、多くは繰り返さない。また、鷹書や歌書・古注等の引用部の冒頭にローマ字を付すが、これは資料の通し番号ではなく、目印である。

本稿では左記のような近世〜近・現代の注釈書を参照する。冒頭部は、それぞれの略称である。

『拾穂抄』＝北村季吟著、古典索引刊行会編『「万葉拾穂抄」影印・翻刻（附・CD-ROM）Ⅳ』（二〇〇六年一月、塙書房）。

『代匠記』＝『万葉代匠記』（久松潜一校訂者代表『契沖全集』第三、五、六、七巻〈一九七四年、岩波書店〉所収本による）。

『うたふくろ』＝富士谷御杖著、巻六、冬部（寛政五年版、『新編富士谷御杖全集』、第五巻、一九八一年、思文閣出版）。

『玉かつま』＝本居宣長著、『本居宣長全集』、第一巻（一九六八年五月、筑摩書房）。

『略解』＝橘千蔭著『万葉集略解』、下巻（国民文庫刊行会編輯兼発行、一九一一年発行・一九一三年三版発行）。

『古義』＝鹿持雅澄著『万葉集古義』（一九二八年、名著刊行会）。

『新考』＝井上通泰著『万葉集新考』（一九二八年、国民図書株式会社）。

『全釈』＝鴻巣盛広著『万葉集全釈』（一九三四年、大蔵広文堂）。

『総釈』＝『万葉集総釈』第四冊・窪田通治執筆・巻七、第六冊・久松潜一執筆・巻一二、第九冊・佐佐木信綱執筆、第一〇冊・森本健吉執筆・巻一九（以上は一九三五〜一九三六年、楽浪書院）。

『全註釈』＝武田祐吉著『増訂万葉集全註釈』（一九五七・一九六五年、角川書店）。

『評釈』＝窪田空穂著『万葉集評釈』（一九八五年、東京堂出版）。

『私注』＝土屋文明著『万葉集私注』（一九七七年、筑摩書房）。

『旧大系』＝高木市之助、他校注『日本古典文学大系』（一九六二年、岩波書店）。

『注釈』＝沢瀉久孝著『万葉集注釈』（一九六〇、一九六七、一九六八年、中央公論社）。

『集成』＝青木生子《たかこ》・井手至・伊藤博、他校注『新潮日本古典集成』（一九八四年、新潮社）。

『全集』＝小島憲之・木下正俊・東野治之校注・訳『新編日本古典文学全集』（一九九五〜一九九六年、小学館）。

『釈注』＝伊藤博著『万葉集釈注』（一九九六〜一九九八年、集英社）。

『新大系』＝佐竹昭広、他校注『新日本古典文学大系』（一九九九〜二〇〇三年、岩波書店）。

『全注』＝『万葉集全注』（巻一七、橋本達雄〈一九八五年〉、巻一九、青木生子〈一九九七年〉、有斐閣）。

『講義』＝阿蘇瑞枝著『万葉集全歌講義』（二〇〇八〜二〇一五年、笠間書院）。

『全解』＝多田一臣訳注『万葉集全解』（二〇一〇年、筑摩書房）。

『和歌大系』＝稲岡耕二著『和歌文学大系』（一九九七〜二〇一五年、明治書院）。

なお、西園寺公経『鷹百首』、『慈鎮和尚鷹百首』、『白鷹記』、『鷹経辨疑論』、『龍山公鷹百首』、『禰津松鷗軒記』など、多くは『群書類従』『続群書類従』の所収本による。写本・刊本など、必要に応じて所蔵元等の書誌情報を添える。

第二節　検討対象とする語彙

本章で検討の対象とするのは、次の長歌・短歌四首（用例1～4）に見える、左に傍線を付した言葉である。便宜上、『新大系』の読み下し文を引く（原文の表記を《　》内に記すことがある）。

【用例1】　放逸《はういつ》せし鷹《たか》を思《おも》ひ、夢《ゆめ》に見《み》て感悦《かんえつ》して作りし歌一首短歌を幷《あは》せたり

大君《おほきみ》の　遠《とほ》の朝廷《みかど》そ　み雪降る　越《こし》と名に負《お》へる　天離《あまざか》る　鄙《ひな》にしあれば　山高み　川とほしろし　野を広み
草こそ繁《しげ》き　鮎走《あゆはし》る　（中略）露霜《つゆしも》の　秋に至れば　野もさはに　鳥すだけりと　ますらをの　伴誘《ともいざな》ひて　鷹
はしも　あまたあれども　矢形尾《やかたを》《矢形尾》の　我《あ》が大黒《おほぐろ》《大黒》に「大黒《大黒》」といふは蒼鷹《おほたか》《蒼鷹》の名なり
白塗《しらぬり》の　鈴《鈴》取《と》り付《つ》けて　朝狩《あさがり》《朝獦》に　五百《いほ》つ鳥立て　夕狩《ゆふがり》に　千鳥《ちとり》踏み立て　追ふごとに　許すこと
なく　手放《たばな》れ《手放》も　をち《乎知》もかやすき　これをおきて　またはありがたし　さ馴《な》らへる　鷹はなけ
む　心には　思《おも》ひ誇《ほこ》りて　笑《ゑ》まひつつ　渡る間《あひだ》に　狂《たぶ》れたる　醜《しこ》つ翁《おきな》の　言《こと》だにも　我《われ》には告げず　との曇《ぐも》り
雨の降る日を　鳥狩《とがり》すと　名のみを告《の》りて　三島野《みしまの》《三嶋野》を　そがひに見つつ　二上《ふたがみ》の　山飛び越えて　雲《くも》
隠《がく》り　翔《かけ》り去《い》にきと　帰り来て　しはぶれ告《つ》ぐれ　招《を》く《呼久》よしの　そこになければ　言ふすべの　たどき

を知らに　心には　火さへ燃えつつ　思ひ恋ひ　息づき余り　けだしくも　逢ふことありやと　あしひきの　をてもこのもに　鳥網《となみ》張り　守部《もりへ》をすゑて　ちはやぶる　神の社《やしろ》に　照る鏡　倭文《しつ》に取り添え　乞《こ》ひ禱《の》みて　我《あ》が待つ時に（後略）

（巻一七・四〇一一番）

【用例2】矢形尾《やかたを》《矢形尾》の鷹を手にすゑ《須恵》三島野《みしまの》に狩らぬ日まねく月そ経《へ》にける

（巻一七・四〇一二番）

【用例3】八日、白《しろ》き大鷹《おほたか》《白大鷹》を詠みし歌一首短歌を幷《あは》せたり

あしひきの　山坂越えて　（中略）　白塗《しらぬり》の　小鈴《こすず》《小鈴》もゆらに　あはせ遣《や》り《安波勢也理》（中略）妻屋《つまや》のうちに　とぐら《鳥座》結《ゆ》ひ　すゑ《須恵》てそ我《あ》が飼ふ　真白斑《ましらふ》《真白部》の鷹《たか》

（巻一九・四一五四番）

【用例4】矢形尾《やかたを》《矢形尾》の真白《ましろ》の鷹を《麻之路能鷹乎》やどにすゑ《須恵》掻《か》き撫《な》で　見つつ飼はくし良《よ》しも

（巻一九・四一五五番）

これら四首の内、【用例1】【用例2】は、越中国における長歌一首・反歌四首、都合五首の内の初めの二首である。天平一九年（七四七）九月二六日の詠で、家持の代表的な詠歌とされる。家持は、時に三〇歳くらいである。【用例3】【用例4】は、天平勝宝二年（七五〇）三月八日詠の長歌と短歌である。

【用例1】は、題詞には、「思㆓放逸鷹㆒、夢見感悦作歌一首幷㆓短歌㆒」とある。右には省略したが、五首目（四〇一五番）の左注には、越中国「射水郡《いみづのこほり》古江村《ふるえのむら》取㆓獲蒼鷹㆒」とあり、これは「形容美麗、鷙㆑雉秀㆑群也」であったのに養吏山田史《ふひと》君麻呂が「調試《てうし》失㆑節、野猲《やれふ》乖㆑候」という失態をし、そのため、鷹は風を搏ち、高く翔って雲に隠れてしまった、神祇に奉幣して不虞を恃んだ、夢裏に娘子が現れ、放逸した鷹は幾ばくならず捕らえることができると言った。すぐに夢が醒め、悦び、恨みを忘れる歌を作って感信を表した、守大伴宿祢家持、九月二十六日の作なり、――とある。九月二六日とは、陽暦で一一月三日とされる。

家持の愛鷹「大黒《おおぐろ》」につき、これは越中国射水郡古江村で捕らえた「蒼鷹」であるという。蒼鷹は、大鷹《おおたか》（オオタカの雌）を意味する言葉である。これは、偶々捕獲した鷹一羽ということではなかろう。鷹の営巣は、その捕食条件と密接に関係しており、巣鷹（雛鳥）なり網懸《あがけ》なりが入手できる地は、ほぼ一定している。そのため、権力者側は、その地に特別の保護、あるいは、規制を加え、幼鷹の確保に努めるのが常であった。いわゆる、禁野《きんや》（標野《しめの》）、鷹山（御鷹山）、御巣鷹山などと称されたのがそれである。古江村（今は氷見市の一部）は二上山（高岡市の北、氷見市の西）の西麓辺りに位置したようで、同村近辺に営巣地（産地）があった蓋然性が高い。つまり、家持は、この辺りから、否、この地に限ることなく、周辺各地から折々に鷹を入手し、常時、その鳥屋《とや》（鷹部屋）に複数聯の鷹を飼養していたと推測される。巻一九・四一五四番の「真白部乃《ましらふの》鷹」、次の「麻之路能《ましろの》鷹」などはその傍証となる。

その鷹の飼養・調練を担当していた役人は「養吏山田史君麻呂」であった。しかし、担当者も君麻呂一人ということはなく、鷹医、犬飼、鳥見、給餌係など、それぞれ複数人がいたはずである。長歌の中には「狂《たぶ》れたる 醜《しこ》つ翁《おきな》の…咳《しはぶ》れ告《つ》ぐれ」、また、反歌に「松反《まつがへ》りしひにてあれかもさ山田の翁《をぢ》が…」（四〇一四番）と見える。君麻呂は、年老いた責任者クラスの人物であったのであろう。とすれば、もはや、厳しい冬場の大鷹狩（一二月頃、鶴・鴨・鷺・兎などを捕獲する）などは荷が重かったであろう。が、主人の帰館も間近い（前月であったか）とすれば、大黒の「調試」のため、配下を率いて出張っていたのかも知れない。ところが、「調試」には方法・きまりを誤り（「失レ節」）、「野獦」も時節を背き（「乖レ候」、「との曇《ぐも》り 雨の降る日を鳥狩《とがり》すと」）、その結果、家持の愛鷹を逸《そ》らしてしまった、――という次第である。

この長歌につき、『釈注』には、「税帳使の任を終えて無事越中に帰ってからの第一作。」（三一四頁）、「長歌は全一〇五句。集中四番目に長い歌。第一位は人麻呂の高市皇子挽歌（2一九九）で一四九句、第二位は（中略）。一〇五句にもわたりながら乱れはなく、秀《ほ》つ鷹への執心が生き生きと語られ、力篇。（中略）。三、四か月、都に滞在した期間が、それ以前の越中における作家活動を完全に消化し受肉する糧となったかのような成長ぶりである。都へと持ち帰った越中歌稿が、ことのほか好評を得たというような事情も作用しているのであろうか。なぜか、歌の表記に表意文字がいささか目立つ。この作は、諸注にほとんど一様に好評を得ており、中で、窪田『評釈』には「彼としては代表的な一首」と述べつつ、「家持の長歌は、ともすると強いて長歌としているごとき、あるたどたどしさを感じさせたのであるが、越中の一年は、見事にその境を脱却させた観がある」と、その評を結んでいる。」（三一六・三一七頁）

と評価されている。

また、『新大系』では、「一〇五句に及ぶ、家持第二の長編。（中略）内容は、越中の国土の賛辞、自慢の鷹の紹介とその放逸、探索と夢告の三部から成る。」（脚注）とあり、語句の一部につき、「（前略）ここだけでなく、以下にも言葉の足りない箇所がある。未定稿なのかも知れない。形容詞のミ語法は、（後略）」（脚注）と見える。

一方、秋吉正博氏は、諸事情を分析し、この折の家持の放鷹は「国司の祭祀行為と解釈する」との見解を述べられた[3]。家持は、先に「二上山の賦」（巻一七・三九八五番）を詠じている。この丘陵は、国府の北、至近の地に位置した。秋吉氏は、「家持が越中守として二上山祭祀を行なうために養鷹を必要とした」とされ、その「祭祀用の鷹」の逃亡は、「放鷹による二上山祭祀の失敗を意味し、国司に対する管内住人の求心力の動揺をもたらしたのではあるまいか」、放鷹は「有効な人心掌握の手段であった」とされる。教えられるところが多い。

この長歌は、冒頭に、「大君《おほきみ》の　遠《とほ》の朝廷《みかど》そ……天離《あまざか》る　鄙《ひな》にしあれば　山高み（中略）」とある。一首の趣旨からすれば、やや大仰で不釣合いの感を覚える。しかし、これらの歌も、帰京後、公の場で披露する意図があったとすれば、この違和感は払拭されよう。遠い鄙にあっても、彼は常に「宮廷歌」を意識していたのである。

家持は、大君の意を体して徴税の任に当った。天皇家の特権でもあった鷹を臂にしながら、彼は大いに自負するところあったのであろう。ところが、あろうことか、その権威を象徴する鷹に逃げられてしまった。養吏の所為にしても始まらない。自らの拠り所をなくしてしまった。このままでは大君の威光さえ損じかねない。この至難の事態を乗り切るには天神地神を恃みとする他はない。そこで、「ちはやぶる　神の社《やしろ》に　照る鏡　倭文《しつ》に取り添へ　乞《こ》ひ禱《の》みて」祈念したところ、夢裏に娘子が現れ、大黒は二～七日の内に帰ってくると告げた。本当に鷹が帰ってきたかどうかは不詳だが、大君の権威は修復され、自負するところも回復された、とある。この歌が、一〇五句もの長歌となったのは、こうした不測の重大事に遭遇したことも関係しよう。

なお、この長歌は、次に位置する「鸕を潜《かづ》くる歌」（巻一九・四一五六番）と一対であるとする見方もある。(4) 当時、及び、平安時代前半期辺りにおける鷹狩・鵜飼と王権との関係を窺うとき、十分考え得よう。

注

（1）梅原猛著『さまよえる歌集』（『梅原猛著作集12』）、一九八二年六月、集英社。七二七～七八四頁。同「大伴家持論」、『史窓余話2』（『国史大辞典　付録』）、一九八〇年七月、一頁。

（2）小著『鷹書の研究　宮内庁書陵部蔵本を中心に』、二〇一六年二月、和泉書院。

（3）秋吉正博著『日本古代養鷹の研究』、二〇〇四年二月、思文閣出版。一四〇頁、また、二三五頁。

（4）佐藤隆「鷹歌二首と大伴家持」、『美夫君志』、第四三号、一九九一年。後、「鷹歌二首」と題して同氏著『大伴家持作品論説』（一九九三年一〇月、おうふう）所収。大越喜文「家持長歌制作の一側面」、『上代文学』、第六六号、一九九一年四月。同「鷹の歌」（神野志《こうのし》隆光・坂本信幸編集『万葉の歌人と作品』、第八巻、二〇〇二年五月、和泉書院、所収）。

第二章　「矢形尾」について

はじめに

本章では、第一章の**【用例1・2・4】**に見える「**矢形尾**」という語句を検討する（傍線・破線・波線等私意）。この言葉の意味、読み方などにつき、まず、古注釈を参照したい。

第一節　鷹書・歌学書などの所説

この語句は、平安時代初期（弘仁九年〈八一八〉）嵯峨天皇下賜とされる『新修鷹経』の中に「箭像尾」として見えている。

A　国立公文書館内閣文庫蔵**『新修鷹経』**一冊（154-290）、文化壬申茂呂金朝写の「相二別体一法」（鷹の惣体を一々分けて相する）の条

「凡尾者欲本末倶穠而強直或曰越逸也、承尾柔細而饒密如白綿、尾魁穠而如甲其箭像町像尾者不関吉凶、或曰箭像尾者良揚推而論不必吉也、尾幹屈挙而本穠末細者不耐迅飛、加以毎送年弥拙耳」（五丁ウ、訓点略、読点私意）

本書は、『群書類従』第一九輯にも収める。

B　国立公文書館内閣文庫蔵**『新修鷹経』**一冊（154-295）、浅草文庫旧蔵書の「相㆓別体㆒法」の条

『○』凡尾者《ハ》欲㆓本末倶襛《ニ（あつく）シテ》　而強直《ンコトヲ》㆒、〈或曰㆓越／逸也『逸《(朱)》』〉承《ウケ》《ヲスケ》尾《ハ》柔細《ニシテ》／而饒《ユタカニ》密《ク》《キヒシ》如《シ》㆓白綿《ノ》㆒、尾‐魁《ハ》襛《シテ》而如㆑甲《ノ》、其箭像町像《ヤカタマチカタ》／尾者《ハ》不㆑関㆓吉凶《ニ》㆒、或曰《ハク》箭像尾者《ハ》良《ヤヽ》揚‐推《シテ》、而論／不如《シ》㆓必吉《カラ》㆒也、尾幹《ヒカン》（右傍に『幹』）屈《カヽマリ》挙《ツテ》而本‐襛《ク》、末細者《キ》不㆑耐《タヘ》㆓迅《ク》／飛《ニ》㆒、加《シカノミナラス》以毎《トニ》㆑送㆑年《ヲ》弥拙《キ》耳」

（五丁ウ、訓点の返読符は墨筆、他は朱筆、合字は通常の片仮名に直す）

右A、Bは同じ書で、別本関係にある。この段は、鷹の尾を観相してその善し悪しを判ずる条である。左記のD『鷹経辨疑論』によれば、「箭像町像尾」は、鷹の尾羽《おばね》の斑《ふ》（文様）二様をいう。前者「箭像《やかた》（尾《お》）」は、矢の形をした斑をいう。但し、羽柄（羽軸の元）を下にして羽軸を立てた場合、八の字形となる斑、逆にV字形となる斑のいずれをいうか不詳である。後者「町像《まちかた》尾《お》」は、羽軸の左右に条坊制の町の(1)形が並ぶような斑をいう。

C　国立公文書館内閣文庫蔵**『新修鷹経諺解』**一冊（154-303）

右の当該部に、「尾魁《モト》ハアツクシテ甲ノ如ク、箭像町像ノ尾ハ、ヨシアシニアヅカラズ、或ハ箭像ノ尾ハヤ、アガリクタレバ論ズルニ必スヨシトセズ」とある（読点私意）。

本書は、享保三年林信充・信智の著になる。右『新修鷹経』を和解したものである。

D**『鷹経辨疑論』**上

(イ)「尾ハ本末トモ《(合字)》ニ襛《(あつ)》カルベシ。承尾ハ柔ニシテ細ク白綿ノ如ク。尾魁太カルベシ。尾ハ班文《(ママ)》箭像町像ナルヲバ古人是レヲ吉凶ニ関ス《(ママ)》ト云リ。箭像尾ヲ凶トアレドモ。今按ズレバ吉也。臀ノ穴大ナルヲ良トス。」（一九二頁）。

また、(ロ)「或問。箭像尾ト云ハ如何ヤウナルゾヤ。／　答云。箭カタオト云ハ箭ノ像ニ似タルヲ云ナリ。鷹経ニタシカナリ。菅文トモ云。／［図1］／　又云。屋像尾トモイヘル也。鷹経ニハ差ト云トモ。代々ノ哥人モ屋ノ

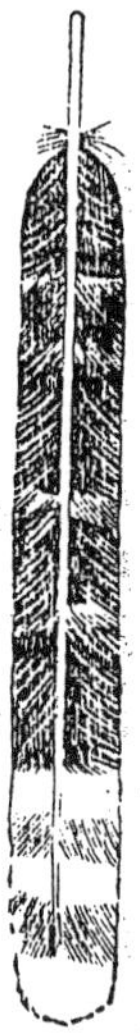

図1

図2

像ニヨミナセル上ハ。何ゾ捨ベキニアラズ。シカレバ二ツナガラ用タリ。新拾遺集云。／ミシマノヤクルレバ結ブ屋像尾ノタカモ眉白ニ雪ハフリツヽト。前大納言為家ノヨミタマヘル也。／又左ノ如クナルヲマネ屋ト云ナリ。／〔図2〕」（二〇六頁）。

右の(イ)の条に「尾ハ班文箭像町像ナルヲバ…」とある。「箭《や》像《かた》・町像《まちかた》」は、尾羽の斑《ふ》（文様）をいうと知られる。また、(ロ)部には、「箭像尾」は「箭ノ像《かたち》ニ似タルヲ云ナリ」と解説し、「鷹経ニタシカナリ」と、その典拠のあることを主張する。次いで、また、これは「屋像尾」ともいい、『鷹経』（「箭像」）にあるところに差《たが》うが、「代々の哥人も屋の像に詠みなしているので捨てるべきではなく、（今も）これら二様を用いている」とある。この「屋像尾」は、建物の屋根の形の斑（八の字形）をいう。語音が通じ、ために、和歌では「矢形尾」「屋形尾」双方を用いてきたようである。〔図1〕は、羽柄を上にした羽の図で、三分の二は黒く、三分の一は白く、かつ、それぞれに羽軸に直交するような斑が入っている。不審。〔図2〕は、同じく羽柄を上にして、白い八の字形三ヶが入った斑である。これら二図につき、国立公文書館内閣文庫蔵の三冊本（154-305）も同様である。

為家詠は、『新拾遺和歌集』巻第六に「前大納言為家／みしまのやくるれば結ぶやかたをの鷹もましろに雪は降りつつ」とある（冬歌・六〇五番、『新編国歌大観』、第一巻、六六二頁。「鷹狩をよめる」とする権大納言忠基の歌が前置されている）。今の『万葉集』巻一七・四〇一一番、及び、四〇一二番を踏まえた歌で、「くる」に「暮る」「（緒を）繰る」、「やかたを」に「箭形尾」「屋形尾」、「むすぶ」に「（草枕〈泊山《とまりやま》の宿〉を）結ぶ」「（忍縄《おきなわ》を）結ぶ」をそれぞれ懸ける。

「三島野は日も暮れたので、仮屋を結び、鷹を招《お》ぎ取った、箭形尾の鷹も眉白《まじろ》鷹になるほど、雪の降り続くことだ」との意。「三島（原文は「三嶋」）野」は、『和名抄』の越中国「射水郡」に「三島」と見える。今の富山県射水市大門の辺り（国府の南方一帯）とされる。反歌、また、巻一八・四〇七九番参照。

E 和洋女子大学蔵、藤原定家『**鷹三百首**』

霜さゆる野分ふくから真葛葉のかへる岡へのやかた尾の鷹／　尾の府をちかへて切たるをやかた尾といふなり

（九〇番）

「真葛（の）葉」と「かへる」は縁語、「かへる」は、葉が反るに帰る意を、また、「やかた（尾）」は、箭像（矢形）尾に「屋形（屋根形）」の意をそれぞれ懸ける。「ちかへて」とは、交差させる意（後のL参照）、「切たるを」とは、地の色に紛れないようなはっきりとした文様（斑文）を作ることをいう。

なお、『万葉集』巻一二に「水茎の岡の真葛を吹きかへし」（作者未詳）云々（三〇六八番）、『古今集』巻二〇、大歌所御歌に「水茎《みづくき》ぶり　／水くきの岡《をか》の屋形《やかた》に妹《いも》と我《あ》れとねての朝《あさ》けの霜《しも》のふりはも」（一〇七二番）[2]、近くは、『新続古今和歌集』の巻四、「秋歌上」に「千五百番歌合のうた　前中納言定家／水ぐきの岡の葛原《くずはら》吹かへし衣手うすき秋の初風」（三四八番）、また、巻六、「冬歌」に「後小松院にて、人々題をさぐりて五十首歌つかうまつりける時、岡鷹狩を　権中納言雅縁／みづぐきの岡辺もしるくやかた尾《お》の鷹ひきすゑて出《い》づる狩人《かり》」（七二五番）[3]。といった類型が見える。

F 立命館大学図書館蔵『**西園寺家鷹秘伝**』一冊（SB 911.148）

「屋形尾と云おあり」云々と見える。

G 内閣文庫蔵『**持明院家鷹秘書**』一〇冊（154-354）。

「一尾ノ名ニカハリタル分　マチカタノ尾　セマチヲ　ヤカタヲ　シノフヲ　シト、ヲ　此外如何様ニモアレ　皆メツラシキ尾ノフテハマネヲト云也　彼本ニ（後略）」（第一冊、八丁オ）。

「一鷹の尾のかす十二しな有　品不同」として「一屋形とも云尾有　是も符のきれやう也」（第四冊、八丁ウ）。

「一尾の名の事　十二枚也　或説也／　す丶つけ　ちからを わきおとも たすけとも　ならしは ならはとも ぬう□とも申　ゐ《なわ》ひき　すけお　いしうち」、「一屋かたおと申もあり　ふの切やう別にしるすなり　まねひ尾なといふも有　是ハその物にあらさるをまねひ尾と申也」（第五冊、一一丁オ・ウ）。

「一十三尾の事　屋かた尾といふ事ハ鈴付のうへに□（本文「へ」字の上にミセケチか）かさなりておひたる八屋かた尾也　屋かた尾の鷹鷹（ママ）をくしの尾ともいふ　さなからん尾くしのおとハいふ事有へからす　あまり尾のき《さ》た（沙汰）十三の尾の身寄にあましたるをハ嶋尾といふへし　手前ニあまるをハ嶋とをといふ　十二のおにふ（斑）のに（似）さるふあらは嶋しおといふへし」（第六冊、四〇丁オ）。

第一、四、五冊は、「ヤカタヲ」「屋形とも云尾」などと見え、これは「尾ノ名」で「符のきれやう」をいうとある。第三冊末尾に、「まちかた尾」以下、鷹の羽の斑五種の図が示されている。ここの「屋かた尾」は、羽柄を上にして八の字三ヶが描かれている（羽柄を下にすれば、斑はV字型）。また、第六冊は、鷹に尾羽一三枚あるものがあり、この中央（真ん中）の、鈴付羽の上に重なる一枚を「屋かた尾」というとある。この冊の「屋かた尾」は、従って、他冊と異なる意味・用法となる。本書Gは、先行書複数を編集して成ったものらしい。

なお、内閣文庫蔵『鷹啓蒙集』七冊（154-310）にも「・十三尾の事・屋形尾ト云／　・中半尾共　・佛尾共／（中略）／・右屋形尾ト云時ハ十三本ノ／真中増たるを云　其外ハ／何の増尾と可言也　但右寄／に増たるハ弟鷹尾に生／たると云　左寄に増たるハ／兄鷹尾に生たると云也」（第三冊、三二丁ウ）とあり、また、『養鷹秘抄』（『続群書類従』、巻五四五、第一九輯中所収）の巻尾に付された一文に、「小笠原鷹書云。ふるきゞすとは雉子の男鳥を云。（中略）屋形尾の鷹とは十三尾の鷹也。」（三四六頁）とある。

H『龍山公鷹百首』

「鷹によりせまち町かたやかた尾にしとゞをまじる鷺毛くゞい毛せまち尾。（後略）」（七六番）。

I『邇津松鷗軒記』（群書類従、第一九輯所収）

「一やかた尾と云は尾の数十三有。尾のふの切様八文字也。三ふきりにだんだんしろく。こますりのごとく星有べし／一まね尾と云はやかた尾のごとくにふを切て尾数十二有。数はたらずして。やかたおのふをまねて切たればいへり。又尾よしともいふ也。（後略）」（五〇七頁）。また、「一又やかたおといふは鈴つけのふ八文字に切。みふ切にだん〳〵白く。しろき所にこますりのごとくほし有ても。惣別鈴つけにかぎりたる事也。右のごとく鈴つけ三枚有を云。八文字ばかりにて。尾数つねのごとく。ふもちかく切候はゞ尾よしとも云。又くしの尾とも云。又まねおともいふなり。」（五〇八頁）、更に、［図3］［図4］のような図も見える（五一七頁）。

もかみ巣と云　やかた尾也
図3

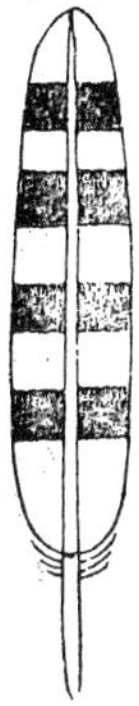
あき巣と云　まちかた尾
図4

「もかみ巣」「あき巣」は、鷹の産地名か。初めの方に、「尾羽の数一三枚とあるのは右Gの第六冊に同じである。「三ふきり」とは、一枚の羽に斑が三つあることか。八文字とは、羽柄を下に置いた言い方か。

首の「一やかた尾と云は尾の数十三有。尾のふの切様八文字也。」の条は、二文ではなくて二句、「有《あり》」は連用中止形と解される。主語は「やかた尾」、述部は「…八文字也」で

ある。(4)

J　島根県立図書館蔵**『荒井六郎左衛門書』**三冊（787/23/1〜3）の下冊の初

「鷹の毛名所の事」と標題して尾羽（一丁オ）、右翼（同ウ）、右足（二丁オ）、頭部（左面、同ウ）を図示し、尾羽は、右一枚目から中央部にかけて、それぞれに朱線を引き、「大いしうち」、「小いしうち」、「ならを」、「ならしを」、「たすけ」、「すゝつけ」＝「ひしやくはなと申」と明示する。加えて、左下段に、「十三のを　まん中に有を／屋かたをと申同十一枚尾を／小屋かたをと申」、「十三を見よりのかたに／ましりたるを　身にあまるとて／嫌也　てさきに有をましを／と申　又十四枚をもましをと申也」（一丁オ）と解説する。

これも右Gの第六冊に同じである。また、尾羽一一枚ある場合、真ん中を「小屋かたを」というとある。

K　河西節郎氏蔵**『鷹之書』**（大）

（前略）。仁徳天皇倶智と申鷹を御つかひ有し。此鷹百十鳥屋ニ成。／　君かいふくるて（ママ）の鷹の毛の数ハ百十かへりのやかた尾の鷹／矢形尾とハ矢の形を符に切ル。又十四枚を大屋形尾十三枚は小屋形と云。（一一-98、中部大学学術叢書、三三六頁）。

諏訪藩に残る鷹書とされる。「矢形尾」は、「矢の形」を斑文としたものという。また、尾羽一四枚の場合は「大屋形尾」、同一三枚の場合は「小屋形（尾）」というとある。「鳥屋」は、鳥屋籠《とやごもり》の度数（鳥屋数）をいう。

L　書陵部蔵**『鷹詞類寄《たかことばるいよせ》』**四冊（163/1292）

鷹詞
「屋かた尾　尾の符をちかへて切たるをいふ」（や部）

M　早稲田大学図書館蔵**『類聚鷹歌抄』**（『鷹口伝書』の内）（翻刻、三保著『鷹書の研究　宮内庁書陵部蔵本を中心に』、下冊）

同（近衛）
屋かた尾　同右　符を切ちかへたる也（一二丁ウ）。

N 宮城県立図書館蔵『吉田流聞書鷹之記故実之部』、第三〇冊

一第六矢形尾の事／ 矢形尾とハ尾の生逆にして輪の廻りたるを云 輪の廻らぬハ逆生と云なり／ あまの川交野にかよふかり人の舟に繋る矢形尾の鷹／あまの川ハ禁野と交野のあいたになかるゝ川也（三丁ウ）

「生」は、「ふ」と読み、羽の文様をいう。斑（符）に同じ。「輪の廻りたる」の意味が分からないが、「矢形尾」とは、矢形の文様が逆向きで「輪の廻《めぐ》りたるを」いい、「輪の廻らぬ」は、その「逆生《さかふ》」というとの意か。

O 東京大学文学部『増補類字鷹詞』（翻刻、三保著『鷹書の研究 宮内庁書陵部蔵本を中心に』、下冊）

一 十に三あまり尾寒ミ引すへて出るハ位高き人かな 十三尾の事也、十三尾の鷹は、たゝ人のすへましきといふ心也、十三尾の鷹、鈴つけにあまりたるをやかた尾と云也、み《（よ）》とりにあまりたるを嶋尾と云也、たなさきにあまりたるをし《も》《ゝ》嶋尾と云也、屋形尾をほむる也、此歌もやかた尾の心を詠る也（と部、八丁ウ）。

先のGの第六冊に同様であるが、「屋形尾」（「十三尾」）の鷹は、邸宅を構える高位の人が居《す》えるともある。

以上は、鷹書類である。次は、歌集、古注の類である。

P『堀川院御時百首和歌』（康和年間〈一〇九九〜一一〇四年〉頃成）、冬部、「鷹狩」の条（一六首の内）

「やかたおのましろの鷹を引すへてうたのとたちを狩暮しつゝ」（藤原仲実詠）

『名題和歌集』には、「千載やかたおのましろの鷹をてにすへて うたのみたちを狩暮しつる 仲実」（中之一、「鷹狩」、二八五三番）と見える[5]。

Q『堀河院百首聞書』

やかたをのましろの鷹を引すゑてうだのとだちを狩くらしつる 顕仲（仲実）

やかたをとは、矢のはのやうに、もとのかたへふのきれたる也。宇多野も御門の鷹がりの在所也。とだちは、

鳥立なり（『日本歌学大系』、別巻五、四三五頁）。

「もとのかた」は、羽柄の方をいう。「矢のはのやうに…ふのきれたる」とは、羽柄に向かって八の字形を描いた斑か（または、逆にV字形の斑か）。

R『千載集』、冬部、「堀河院の御時、百首の歌奉ける時、鷹狩をよめる　藤原仲実」

やがたをのましろの鷹を引すゑてうだのとだちをかりくらしつる　（四二〇番）

季吟の『八代集抄』によるが[6]、第二音節に濁点「やがたを」とある。「矢形尾」の意か。

S 早稲田大学図書館蔵**『堀川百首肝要抄』**（細川幽斎秘説・松永貞徳記）四冊（イ4-3163-106）、「〇第九十四　屋かたおのましろの鷹」

屋かたおのましろの鷹を引すへてうたの鳥立《トタチ》をかり暮しつゝ

一説矢形尾《ヤカタヲノ》鷹の尾の矢筈《ヤハヅ》のやうにふのきれたるをいふ。一説屋形尾屋かたの屋ねのごとくふを切たるをいふ。いづれにてもくるしからず。ましろハまゆ白き鷹なり。真白《マシロ》とかくハしらふの鷹をいふといへり。

宇陀野《ウダノ》ハ大和《ヤマト》なり。とたちハとり立とかくなり　（第二冊、二六丁ウ）

一説に「矢形尾《ヤカタヲノ》」と書き、「鷹の尾の矢筈《ヤハヅ》のやうにふのきれたるをいふ」、一説に「屋形尾」と書き、「屋かたの屋ねのごとくふを切たるをいふ」とある。「矢筈」は矢の尻の弓弦を番《つが》える部位。いずれでもよいというが、前者の斑はV字形、後者は八の字形となる。「ましろ」は、眉白の、「真白」は、白い、しらふ（白斑）の鷹をいう。

T『和歌童蒙抄』（藤原範兼著、久安元年〈一一四五〉頃成立か）一〇巻

やかたをのたかをてにすえみるま《し》のゝ《に》／からぬひななく《まなく同》月ぞへにける《同イ》

万葉十七にあり、やかたをとは、矢形尾と書く、やのかたにゝたるをのあるなり、たかゝりは仁徳天皇御時より

始れることなり、日本紀十一云仁徳天皇四十三《卌五イ》年（後略）

（『国文註釈全書』、第一九巻〈一九〇七年刊、一九六九年再版、すみや書房〉、一三三頁、読点私意）

「矢形尾と書く」とあって「やのかたにゝたるを」とある。「矢形尾」は、矢の形をした尾羽と解する。関連して、宮内庁書陵部蔵『万葉集抄』上下一冊（二〇四九番、函架あ266）では、【用例2】の歌を挙げ、「ヤカタオノタカトハ鷹之名也、尾ノ矢ニ似タルヲ云也」（巻一七の条）[7]と註釈する。

U　大東急記念文庫蔵**『奥義抄』**（藤原清輔〈一一〇四～一一七七年〉著）三冊（33-17-157）

屋かたおのましろの鷹を宿にすへかきなてミつゝかハくしよしも

やかた尾とハ尾のふの矢の羽の様にもとのかたさまに切たる鷹也、集にハ矢形尾とかけり、鷹にハたかへり《る》といふ事あり、我手にかへりゐるをいふ也なと書たる物も侍れと心得す、たかへるとハ我手にてかへりたる鷹にこそ、鳥屋かへりの鷹を申へきにや、五音の字なれハかよハしていふとそきこゆる、又とかへるといふ事もあり、それも此とやかへりをいふ事と思侍に、後撰云、

（一一七一番、雑二）わするとハうらみさらなんはし鷹のとかへる山の椎ハもみちす

此哥にてハ山にてかへりたるをもとかへるといふときこえたり、おほつかなし、はし鷹のとかへる山と云ハふかき心也、深山にすむ也、（中、四五丁ウ、読点私意）[8]

歌に「屋かたお」とあるが、注には先のQに同様、「矢の羽の様にもとのかたさまに…」と説く。「たかへり」は後述。

V　高松宮本**『袖中抄』**（文治頃〈一一八五～一一九〇〉顕昭著）、第九、「〇ヤカタヲノタカ」の条

ヤカタヲノタカヲテニスエミシマノニカケラヌヒマナクトシゾヘニケル

顕昭云、ヤカタヲトハ鷹ノ相経ニハ屋像尾町像尾トテ二ノ様ヲアゲタリ　屋カタトハ屋ノ棟ノヤウニサガリフニキリタルヲイヒ　町カタトハ田ノ町ノヤウニヨコザマニウルハシウキリタルナルベシ　或人ノタカノコトシリタルガ申シ侍シハ　矢ノ尻ノマチトイフモノ、様ニ　尾ノ中ノクキノマダラナルヤウヲ画ニカキテミセ侍シカド　クキ許ニテヤハアルベキ　ウルハシク尾ノフノ文ニテアルベキ也　タヾ人ノトフトキニマウストキコヱハベリキ

万葉集ニハ此歌ヲ矢形尾トカケリ　・・・(さがり)　フノヤウ同心也

綺語抄云　尾ニサカリフト云切ノアルヲ云也　オホヤカタヲ　フノチカフナリ　コヤカタヲ　オホヤカタヲヨリハチヒサクキリタル也　〈「切」は、他本に「物」、三保私注〉

童蒙抄云　ヤノカタニ、タルヲノアルタカ也

奥義抄云　尾ノフノ矢ノ羽ノヤウニサガリフニキリタルタカ也

私云　古哥云　モガミヤマスカケシヒヨリ心シテオホシタテタルヤカタヲノタカ

(橋本不美男・後藤祥子著『袖中抄の校本と研究』、一九八五年、笠間書院、二〇六頁)

「顕昭云」は、「鷹ノ相経」を踏まえながら、「屋カタトハ屋ノ棟ノヤウニサガリフニキリタルヲイヒ」と説く。斑は八の字形となる(羽柄の位置は不詳)。『万葉集』には、この歌を「矢形尾」と書くが、斑の様は「同心」(同じく八の字形)だという。後半部の『綺語抄』『奥義抄』の条は、その例証として引いたものらしい。『童蒙抄』も、ここでは同様に解されているようである。但し、『綺語抄』(藤原仲実著〈一一〇七〜一一一六年頃〉)からの引用につき、これは「現行本綺語抄に見えない。」[9]とされている。引き合いに出された「矢ノ尻ノマチ」(矢のまち)とは、箆《の》(矢竹)の、矢尻(鏃《やじり》)の中子(箆代《のしろ》)を差し込む部分(箆被《のかずき》)、あるいは、その差し込み口(箆口《のぐち》)か。箆被・箆口には糸

を巻いて補強することもある。これを「沓巻《くつまき》」という。

「鷹ノ相経」につき、左のWには「袖中抄ニモ鷹の相書ニ曰」云々と見える。誤写か、あるいは、同義語とでも見るべきであろうか。やや長くなるので、これについては［補説］で述べよう。

W 金沢市立玉川図書館藤本文庫蔵『**鷹詞**』一冊（096.7/23）

○やかた尾　袖中抄ニモ鷹の相書ニ曰箭像尾《ヤカタオ》町像尾《マチカタオ》トテ二ツノ様有　屋かた尾トハ屋ノ棟《ムネ》ノヤウニ○-*如此さがり班《フ》ニきりたる班ヲ云也　綺語抄ニ曰尾ニさがり班《フ》といふ物有（後略）（四丁オ）

＊印の「○-」（羽柄は下）の図の中には「≪≪」（羽軸に《印二ヶを交差させた形）を画く。斑は八の字形。

X 仁和寺蔵『**万葉集註釈**（**仙覚抄**）』、仙覚著（文永六年〈一二六九〉）

（朱）矢形尾乃安我大黒尓／　ヤカタヲトハ尾ノフノ矢ノ羽ノヤウニモトノカタサマニキリタル鷹也(10)

Y『**色葉和難集**』、巻六

右『袖中抄』を引く。中ほどの「タヾ人ノトフトキニ…ハベリキ」の後に、「件人は出羽守春頼がなれば（ママ）、心にくけれどなほおぼつかなし。」とある（『日本歌学大系』別巻三、五〇五頁）。

Z 伝伏見院筆本『**八雲御抄**』、巻第三

鷹　はしたか　ましろのたか。ましらへの*　しらふの／あかふくろふもあり　わか　やかたを尾のまたらなる也　かたかへり　もろ／かへり　のきはうつは羽をうつ也　とかへり　とやかへ／り　やまかへり　右羽をみよりと云　くちとふ鷹の惣名也／こひといふは木にかゝれる也（＊部は、『日本歌学大系』別巻三、三二五頁に「ふ」(11)）

第二節　近世、近・現代の所説

次に、近世の『拾穂抄』以下の所説、また、近・現代の註釈などを参照する。

『拾穂抄』、元禄三年（一六九〇）版（林鳳岡序）

本文に「やかた《矢形》お《尾》の」、頭注に「矢形尾の　童蒙抄云／矢の形に似たる尾の／ある也　矢形尾と書」とある（巻一七・四〇一一番、二〇八頁）。

また、本文に「やかた《矢形》お《尾》のたか《多加》を手にすへ」、頭注に「やかたおのたかを／（中略）仙曰矢／形尾とハ尾のふの矢の羽のやうに切たる也」とある（巻一七・四〇一二番、二一二頁）。

さらに、本文に「やかた《矢形》お《尾》のましろの鷹を」、頭注に「やかた尾のましろの／　八雲抄云やかたおは／尾のまたらなる也／仙曰矢形尾十七巻ニ注ス／ましろのたかハ目《メ》の上／の白き鷹也童蒙同／かハくしよしもとは／飼ひてよしと也」と見える（巻一九・四一五五番、二九四頁）。尾羽の矢の羽のような斑と解する。

『代匠記』

「矢形尾ハ、袖中抄ニ、鷹ノ相経ヲ引テ、屋像尾《ヤカタヲ》町像《マチカタ》尾ノ事ヲカ、レタレト、此集ニ今モ反哥ニモ第十九ニモ三所一様ニ矢形尾ト書タレハ、相経ノ説用ヘカラス。奥義抄云。尾ノフノ矢ノ羽ノヤウニサカリフニ切タル鷹ナリ。綺語抄童蒙抄ノ説、大カタ此ニ同シ。」（全集、第六巻、五〇二頁）。

尾羽の矢の羽のような下がり斑とする。但し、「屋像尾」と書いたのは『袖中抄』であり、「相経」ではない。

『うたふくろ』

「○尾やかたを。万十七。矢形尾《ヤカタヲ》乃《ノ》安我《アカ》大黒《オホクロ》尓《ニ》。又同十九。矢形尾《ヤカタヲ》乃麻之路《マシロ》能《ノ》鷹《タカ》乎《ヲ》なとあり。尾の矢のかたちしたるを云共。又一説。屋の形の府（ママ）あるをいふ共いへり。されと。万。皆矢形と書たれは。上の説にしたかふへくや。七。仲実やかたをのましろのたかを引すゐて云々。又舘《ヤカタ》によせて。十九。為家卿。みしまのやくるれはむすふやかたをの共あり。又如覚法師野もりもみえすくちの屋かたをともあり。くちとは。前にいふ仁徳紀に。百済《クタラ》の俗。鷹をくちといふよしみゆれは。それを用ゐてくちとはいふ也。たゝ鷹といふに同し」（四五〇頁）。

『万葉集』では「皆矢形と書たれは」、「上の説（尾の矢のかたちしたるを云共）」に従うのがよいかという。

『略解』、下巻

「矢形尾、矢は借字にて屋形なるべし。屋の棟の如く、いろはかなのへの字の形せる斑文有をいふならんと翁はいはれき。」（五九七頁）。

千蔭は、「矢は借字」で「屋」がよい、斑は「への字」形、即ち、八の字形だという。「翁」とは、本書起稿（寛政三年〈一七九一〉）の二一年前に歿した師賀茂真淵（明和六年〈一七六九〉歿、七三歳）。なお、『万葉集名物考』（著者未詳）に、「矢形尾は屋形にて屋の棟の如くいろはかなのへの字の形せる斑文あるをいふならんと翁はいへり。(12)」と見える。これは、『略解』の引用らしい。

『古義』、鹿持雅澄著（文政一一年頃成立・天保一一年頃完成）、七巻

「○矢形尾《ヤカタヲ》は、袖中抄に、やかたをとは、鷹の相経には、屋像尾《ヤカタヲ》、町方尾《マチカタヲ》、とて、二の様をあげたり、やかたとは、屋の棟のやうにさがりふにきりたるを云、町かたとは、田の町のやうに、よこざまに、うるはしうきりたるなるべし、古歌云、もがみ山すかけし日より心して生したてたる屋像尾の鷹、と見えたり、禰津松鷗軒記に、屋《ヤ》

形尾《カタヲ》と云は、尾の数十三有《リ》、尾のふの切様《リ》八文字なり、三ふきりに、だむだむしろく、ごますりのごとく、星有べし、といへり、忠峯集に、山ふかみすかけせしより心ありてまもりかへけるやかたをの鷹、詞花集、最厳法師、みかりの丶しばしの恋はさもあらばあれそり果ぬるかやかたをの鷹、今按《フ》に、此に矢形と書るは、借字《リ》にて、屋《ヤ》像《カタ》の義なり、〔(頭注) 白鷹記、尾はやかたふにきれて、だんだんしろし、云々、〕」（一〇七頁）。

また、九巻の「品物解」に、「〔やかたを〕（矢形尾）前に出《シ》つ、根（ママ）津松鷗軒記に、屋形尾《ヤカタヲ》と云は、尾の数十三有、（中略、右『禰津松鷗軒記』を引く、但し、この後に「やかた尾なり」としてこの羽一枚〈さがり斑〉を図示する）、以上松鷗軒記に見ゆ、袖中抄に、やかたをとは、鷹の相経には、屋像尾《ヤカタヲ》町方尾《マチカタヲ》とて、二の様をあげたり、やかたとは、尾の棟のやうに、さがりふにきりたるをいひ、町かたとは、田の町のやうに、よこさまにうるはしうきりたるなるべし、古歌云、もがみ山すかけし日より心して生《オホ》したてたる屋像尾の鷹。（以上袖中抄）忠峯集に、山ふかみ（中略、以下、「果ぬるかやかたをの鷹」まで右に同じ）、などと見えたり、今按《フ》に、矢形と書たるは借字《リ》にて、袖中抄の説の如く、屋像尾にて、屋の棟の形の如く、への字なりに、切たるを云なるべし」（同右、一九三頁）とある。「矢形」は借字で、屋の棟のように下がり斑（八の字形）と解している。

『新考』

「〇矢形尾を略解に／ 矢は借字にて（中略）／といへれど借字には専字音を用ふるが此巻の書式なれば矢形と書けるは借字にはあらじ。」（第六、三六二七頁）。「矢形」は、借字でないとする。

『全釈』

「矢形尾の鷹とはどんな鷹であるかわからない。これについて古来種々の説がある。一は矢形尾の文字通りに見る説で、奥儀抄に「やかた尾とは尾のふの矢の羽のやうにさがりふにきりたる鷹なり。集には矢形尾と書けり」

とあるものである。二は屋形尾と解するもので、袖中抄に「顕昭云、やかたをとは、鷹の相経には、屋像尾《ヤカタヲ》・町《マチ》像尾《カタヲ》との二の様をあげたり。やかたとは屋の棟のやうにさがりふに切りたるをいひ、町かたとは田の町のやうによこさまにうるはしうきりたるなるべし。云々」とあるものである。なほ、これを八形尾、即ち八の字のやうに文《フ》の切れたものとする説もあるが、要するに以上の三は帰するところ同じで、尾の文《フ》が［図］のやうになつてゐるものと見るのである。この他持明院家鷹十巻書には、鷹の尾の鈴付の上に一枚重なりたるものをいふとあるさうだが、どんなものかよくわからない。予は巻十九にも矢形尾乃麻之路能鷹乎《ヤカタヲノマシロノタカヲ》（四一五五）とあるから、矢の形をした尾の鷹とするのがよいと思つてゐる。」（第五冊、二七八頁）。

［図］の箇所には、の図がある。だが、「矢の形をした尾の鷹とするのがよい」とあれば、この尾羽は矢の形をした羽ということになる。あるいは、〈矢の形をした斑の尾の鷹〉と補ってもみるが、殊更、末尾に一筆、「予は」と添えられたところからすれば、〝矢の形をした尾羽〟と解することになろう。先の『うたふくろ』でも同様に見えた。

『総釈』

「〇矢形尾《やかたを》の　これについては古来種々の説がある。奥儀抄には（後略）」として、『奥儀抄』『袖中抄』の所説を紹介する（四〇一一番の語釈、第九冊、一八五頁）。また、「〇矢形尾の　矢は借字で、屋形の尾の意であらうとする説（略解・古義等）と、文字通り矢形の尾の意であらうとする説（仙覚抄・代匠記等）とがある。姑く後説によつて、斑の形が矢のやうに見える尾の意に解して置く。巻十七にも「矢形尾乃《ヤカタヲノ》　安我大黒爾《アガオホクロニ》」とあつて、ここと同じ文字遣であるが、集中矢字を屋の意に用ゐた例はなく、殊に巻十七以下の諸巻は仮名としては多く字音仮名を用ゐて、字訓仮名を用ゐる事は稀である点も考慮すべきである。」（四一五五番の語釈、第一〇冊、三七頁）。右に同様のようである。

『全註釈』

「ヤカタヲは、鷹の尾の説明であるが、どのようなものか、よくわからない。奥義抄には「やかた尾とは（中略）矢形尾と書けり」といい、袖中抄には「顕昭云、やかたをとは、鷹の相経には、屋像尾《やかたを》、町像尾《まちがたを》との二の様をあげたり。（中略）うるはしうきりたるなるべし」と言っている。真白の鷹にもいうによれば、矢羽根の形であって、斑の入っているのではなかろう。（後略）」とある（第一一冊、五〇一頁）。

「真白の鷹」ともいうのだから、この「鷹の尾」には斑は入っていない、この「ヤカタヲ」とは「矢羽根の形」をいうのだとある。先の『うたふくろ』『全釈』に同様である。

『私注』

「○ヤカタヲノ　所謂矢形の斑が尾羽根にあるのであらう。後世に鷹の書にはさまざまの説明があるが、附会もあるらしい。」（八・四二四頁）。

『旧大系』

「○矢形尾―鷹の尾の模様の名。奥儀抄に「矢の羽のやうにさがりふにきりたる鷹なり」とある。↓補注。」（頭注）。補注に「四〇二一　矢形尾　尾の斑（ふ）の形が、軸の方から見て八文字の形∧になっているものをいうようである。屋形に似るからヤカタヲという。」とし、上記のような羽の図を示す（五〇〇頁、斑文は＼／＼／と交互に向きがずれている）。尾羽に、羽柄に向かって八の字形の斑があるとする。

『注釈』

「矢形尾の―奥儀抄（中釈）に「やかたをとは尾のふの矢の羽のやうにさがりふにきりたるたかなり。集には矢形尾とかけり」（古歌万葉集二十八「やかたをのましろのたかを」の条）とあり、袖中抄（九）には「顕昭云やかたをとは鷹の相経には屋像尾町像尾《ヤカタヲマチカタヲ》とて二の様をあげたり。やかたとは屋の棟のやうにさがりふにきりたるをいひ、町かたとは（中略、三保）」とある。全釈に「（中略、三保）」と述べ「予は巻十九にも矢形尾乃《ヤカタヲノ》　麻之路能鷹乎《マシロノタカヲ》」（四一五五）とあるから、矢の形をした尾の鷹とするのがよいと思つてゐる」といふやうに、「矢形尾」の文字により、新考にも「借字には専字音を用ふるが此巻の書式なれば矢形と書けるは借字にはあらじ」とあるに従ひ、矢の羽根の形をした尾の鷹と見るべきであらう。」（一七・二〇四頁）。

「矢形尾の―矢の羽根の形をした尾の鷹（十七・四〇一一）」（一九・三二頁）。

「矢形尾」は「矢の羽根の形をした尾」のことだとする。先の『うたふくろ』『全釈』『全註釈』に同様である。

『釈注』

「◇矢形尾　内実未詳。矢羽《やは》のような八の字の斑《ふ》のある尾（『奥儀抄』）、矢羽の形をした尾（『全釈』）と見る説などがある。」（三二〇頁）。

『全集』

「〇矢形尾―矢羽の形をした鷹の尾羽。」（四・二一三頁、頭注）。これも『うたふくろ』、その他に同様である。

『新大系』

「「矢形尾」は尾の羽根が矢の形をしているので言うのだろう。」（脚注）。

『全註釈』『注釈』『全集』に同じである。なお、『詞花和歌集』巻第八、恋下、最厳法師の歌に、「御狩野《みかりの》のしばしのこひはさもあらばあれ背《そ》りはてぬるか矢形《やかた》お《(を)》の鷹《たか》」と見え（旧高松宮本〈国立歴史民俗博物館蔵〉）、『新日本古典文学大系』では「矢の形の尾の鷹だという。」と注釈する（工藤重矩校注、二九七頁）。

『全注』

「○矢形尾　諸説あって明らかでない。尾の羽が矢の羽根の形をしている鷹、尾の斑文の形が矢の羽根のように軸から八の字形になっている鷹、などの説がある。前者が素直であろうか。」（二七六頁〈橋本氏〉）。また、巻一九・四一五五番の注に「○矢形尾　尾が矢の羽根のような形をしていることか、尾に矢羽のような八の字の斑《ふ》のあることか、分明でない。17・四〇一一。」（四二頁〈青木氏〉）。

『講義』

「（前略）諸説があって定まらない。」（第九巻、二四九頁）。但し、巻一九・四一五五番の「矢形尾」につき、「大系補注は、「尾の斑（ふ）の形が（中略、三保）という」とし、絵で示す。矢羽の形をした尾羽、斑が八の字形の尾羽など、諸説がある（全集四〇一一番歌条）。東光治『続万葉動物考』の「鷹考」条には、「鷹の尾羽は通常十二枚あって、左右六枚宛に夫々名称があり、（中略）所が稀に十一枚または十三枚、十四枚の尾羽を持ったものがある。その内十四枚のものを増尾の鷹、十三枚のものを屋形尾の鷹、十一枚のものを小屋形尾の鷹又はくしの鷹といふ」、「奇数の羽の尾は中央に一枚の羽即ち屋形尾があつて、その両側に六枚宛屋根の棟のように段々に低く左右に拡がつてゐるから名付けられたのであつて、尾羽の斑の形ではない」とある」（『講義』、第一〇巻、六三頁）と述べる。先行する諸説の紹介にとどまる。

『全解』

「○矢形尾—矢羽根のような斑紋のある尾か。」（第六冊、三二四頁）。

『和歌大系』

「○矢形尾—尾の羽根が矢の形をしているのかと言う。」（第四冊、二四一頁、脚注）。訳には「尾に矢形尾の模様のある、私の大黒に」云々（第四冊、二四〇頁）。訳のいうところは不詳。

cf. 福井久蔵執筆「鷹犬詞語彙」（『放鷹』〈宮内省式部職〉所収）

「ヤカタ・ヲ　箭像尾。（辨疑）矢の形に似たる鷹の尾羽　一説、屋形尾、一名菅文ともいふ。」、「ヤカタ・フ　矢形符。切りちがへになつてゐる符。」、「ヤカタヲ・ノ・タカ　矢形尾の鷹。松符ともいふ。屋形尾数十三、斑は八文字にきるなり。（木）」（六九六頁）。

福井氏の説かれる「矢の形に似たる鷹の尾羽」とは、尾羽の形が「矢の形に似たる」ということらしい。

以上に関連して、東光治《ひがしみつはる》氏は、次のように述べられている。(13) 即ち、「矢形尾に就いては古来種々の説がある。奥義抄には「やかた尾とは尾のふの矢の羽のやうにさがりふにきりたる鷹なり。（後略、三保）」」として、右『奥義抄』、『袖中抄』、『大言海』、また、「最近では森本健吉氏なども」の説を引用し、「其他の学者も矢形或は屋形を以て、尾羽の斑の形に解する人が多い。」と先行説をまとめられる。次いで、改行して、「然し之を尾羽の斑の形と解するならば、巻一九（四一五五）の歌の「矢形尾の真白の鷹」を如何に解するか、真白の鷹で尾羽だけに、たとへそれが矢形であらうが或は屋根形であらうが、黒い斑があるとは考へられない。これは尾形尾の借字であつて、放鷹術の方で用ひる専門語である。／（改行）鷹の尾羽は通常十二枚あつて、左右六枚宛に夫々名称があり、両端のものを大石打尾、端から二枚目のものを小石打尾、三枚目の羽を鳴尾、四枚目を鳴芝尾《ならしを》、五枚目を助尾《たすけを》、六枚目即ち、中央の二枚を上尾又は鈴付尾と云ふ。所が稀に十一枚又は十三枚、十四枚の尾羽を持つたものがある。その内十四枚のものを増尾の鷹、十三枚のものを屋形尾の鷹、十一枚のものを小屋形尾の鷹又はくしの尾の鷹と云ふ。／（改行）奇数の羽の尾は中央に一枚の羽即ち屋形尾があつて、その両側に六枚宛屋根の棟のやうに段々に低く左右に拡がつてゐるから名付けられたのであって、尾羽の斑の形ではない。だから「屋形尾の真白の鷹」と云ってもちっとも可笑しい事はない訳だ。」と説かれる。

右に、私に△印を付した「尾」字は「屋」字の誤植らしい。文意は、「矢形尾」の「矢」字は「屋」字の「借字」であり、正しくは「屋」字である、だが、「屋形尾」とは「尾羽の斑の形ではない」、尾羽一三枚の鷹を「屋形尾の鷹」といい、この「奇数の羽の尾は中央に一枚の羽」、即ち、「屋形尾」があって、その両側に…、云々となろう。文中に見える森本健吉氏は、『万葉集総釈』第一〇冊で『万葉集』巻一九を担当されている（既出『総釈』参照）。

以上、「矢形尾」につき、鷹書、歌書・古注、その他の所説を見てきた。細かなところに微妙な差異があるが、大体のところをもって語形ごとに整理すれば、次のようになる。下部の（　）内に示すのは、資料番号、あるいは、資料の「略称」である。F、H、L、P、R、Y、Z、釈注、講義などはこれといった所説がないので省く。

(i)「**箭像《（語形）》尾**」＝尾羽《おばね》の斑——①矢の像《かた》の斑（A、B、C、D(イ)）、②屋根の像によみたる（D(ロ)）

(ii)「**矢形尾**」＝①尾羽の斑—矢の羽のような斑（K、N、X、拾穂抄、全集、全解）、矢形の斑（私注）、斑の形が矢のように見える（総釈）、矢の斑が八の字形（旧大系）、矢筈のように斑のきれたる（S）、矢の羽のような下がり斑（代匠記）

②尾羽の形—や《（矢）》のかたにゝたるを（T）、尾ノ矢ニ似タル（『万葉集抄』）、矢の形した尾（うたふくろ、全釈、全註釈、注釈、新大系、全注、福井久蔵氏）

③矢形尾の模様—尾に矢形尾の模様のある（和歌大系）

(iii)「**屋形尾**」＝①尾羽の斑—符のきれやう（G・第四・五冊）、屋根のごとくふを切りたる（S）、屋の棟のよう

に下がりふにきりたる（V、W）、屋の棟の如くへの字の形（略解、古義）

②尾羽一三枚の内の中央の羽の名（G・第六冊、また、J、O）、尾羽（一三枚、一一枚）の中央の一枚・その両側に屋根の棟のように段々に低く左右に拡がっているから名付けられた（東光治氏）

(iv)「やかた尾《を》」＝尾羽の斑―斑をちがえて切りたる（E〈矢の形と屋の懸詞〉）、尾羽一三枚・ふの切様八の字（I）、符を切りちがえたる（M）、矢の羽のようにもとのかたへふのきれたる（Q、U）

第三節　むすび

こうして見れば、当面の語は、本来、「箭像尾」、もしくは「矢形尾」と書く言葉であったことがはっきりする。「箭」「矢」は類義字であるが、前者「箭像尾」は、嵯峨天皇下賜とされる平安初期の漢文体の鷹書に初出する語形であり、後者は、より早く、奈良時代の和歌集『万葉集』（家持詠）に見える語形である。共に、鷹の尾羽の、矢の形をした斑を意味する。これに対し、「屋形尾」という語形、また、屋の棟のような下がり斑といった語意は、平安時代後半期以降、詠歌の世界で生まれ、意図的に行われてきたものらしい。先のD『鷹経辨疑論』には、「代々ノ哥人モ屋ノ像ニヨミナセル上ハ。何ゾ捨ベキニアラズ。シカレバ二ツナガラ用タリ」と見える。S早稲田大学図書館蔵『堀川百首肝要抄』でも、「一説矢形尾鷹《ヤカタヲノ》の尾の矢筈《ヤハヅ》のやうにふのきれたるをいふ。一説屋形尾屋かたの屋ねのごとくふを切たるをいふ。いづれにてもくるしからず。」と見えた。

「屋形」自体は、『万葉集』に「奥国《おきつくに》領《うしはく》君《きみ》之《が》塗屋形《ぬりやかた》黄塗《にぬり》乃《の》屋形《やかた》神《かみ》之《の》門《と》渡《わたる》」（巻一六・三八八八番）と見える。これは屋形船を意味するが、時代と共に屋形造りが増えていき、また、牛車や輿車などの屋形の入口も「屋形口」と称されるようになった。こうした建築・造船・造作史上の経緯を併せみれば、やがて、「屋形尾」の方が幅を利かせるようになり、「箭（矢）形尾」の方が劣勢となっていったのであろう。

東光治氏の説（ⅲの②）につき、後にはそのように理解されるようなこともあったかも知れないが、基本的には誤解といってよい。その理由として、第一に、「箭像（矢形）尾」「屋形尾」それぞれの語には、右のような年代的性格が認められるという点である。二番目に、『新修鷹経』において、「箭像（矢形）尾」が「町像尾」と併置されている点である。「屋形尾」は、「箭像尾」・「矢形尾」の後出形と覚しいが、東氏は、この後出形を特別視され、「町像尾」に言及されていない。あるいは、『新修鷹経』という鷹書の存在を御存知なかったのであろうか。もし、「屋形尾」が尾羽全体の構成（尾部の造り）を意味するということであれば、「町像尾」（及び、「すずつけ」「ならを」、その他も）の出番はなくなる。三番目に、古注には、「箭像（矢形）尾」と「町像尾」の二者につき、「尾羽の斑の形（斑文）」と説くものがある。前者は矢の羽のような斑文といい、後者は、「町カタトハ、田ノ町ノヤウニ、ヨコザマニウルハシウキリタルナルベシ」（Ⅴ『袖中抄』）と見える。「箭（矢）形尾」とは矢の形をした斑文とする古注に従うべきである。『新修鷹経』は、他ならぬ鷹書の世界においても、「箭カタオト云ハ箭ノ像ニ似タルヲ云ナリ。鷹経ニタシカナリ」（『鷹経辨疑論』）というように、権威ある専門書として位置付けられていたのである。

「矢形（箭像）尾」につき、これを図示する文献もある。差異があるが、多くは、Ⅰ『禰津松鷗軒記』やＷ金沢市立玉川図書館蔵『鷹詞』にあるように、羽柄を下にして羽を立てた場合、その羽軸を中央にしてこれを数ケの八の字が跨ぐ形であり、「さがり斑」という表現でも見えている。羽は、羽軸の左右に羽枝がＶ字型に成長していくが、この斑はこれに逆行する形となる。この逆に、「矢筈」という言い方も見える。矢羽が矢の筈部でＶ字形に見えるところからきた表現で、羽を立てた場合、斑も羽枝に従う形となる。後代には「矢筈」という紋章・家紋等も用いられた。「矢形（箭像）尾」の斑は、印象が良く、古来、珍重されたようである。他ならぬ家持もその一人であった。その鷹は早く、敏捷で爪も鋭く、鳥を獲るのが上手であろう、その羽を矢に矧げば、如何にも矢走りがよく、的中率は高い、と期待されたのであろう。キリシタン人の手になる『日葡辞書』に、「†Yacatauo. ヤカタヲ（箭形尾）鷹の尾にある或る種の斑紋、あるいは、ぶち。例、Yacatauono taca.（箭像尾の鷹）この斑紋のある鷹。(14)」とある。†印は、この語が「補遺」の部に位置することを意味する。編者は、それなりの資料を参看し、当語を「補遺」の部に加えたらしい。その資料でも、この鷹の斑紋については、それなり上の評価をしていたらしい。

「矢形尾」とは、矢（箭）の形体をしている尾羽と解する説も見えた。鷹にも個体差はあり、程度にもよることであろうが、山野に生きる鷹に、殊更、〝尾は矢の形をしている〟といわれるような個体がいるのであろうか。皆、食を得て子孫を残すべく、神から必要にして十分の身体・能力を与えられているはずである。羽のつくり（形体・斑文）は、保身・保温・摂食等において重要なものであるが、格別の形体は不要であろう。『新修鷹経』に見える「箭形尾」も「町像尾」も決して特異なものでなく、いってみれば鷹の尾羽の一般的な保護色でしかないのである。「尾に矢形尾の模様のある、私の大黒に…」と説く向きもあるが、その「矢形尾」が問われるのである。

なお、J『荒井六郎左衛門書』やO『増補類字鷹詞』、及び、東光治氏の『続万葉動物考』などに、「十三尾の鷹」に「屋形尾」ありと見えた。これは右に派生した「屋形尾」が、更に変化した後代的（中世末期の頃か）な説と見られる。「屋形尾」「小屋形尾」の名称についても、「綺語抄云　尾ニサカリフト云切ノアルヲ云也　オホヤカタヲ　フノチカフナリ　コヤカタヲ　オホヤカタヲヨリハチヒサクキリタル也」（『袖中抄』に引用）と見えるから、もとは斑文の大小を意味する言葉であったかと見受けられる。また、「十三尾」は箸鷹にもあり、『後京極殿鷹三百首』に「十に三つあまるをほめよ箸鷹の尾上にかすむ夕くれの山」（春部、一八番）と見える。
東氏は、この「十三尾の鷹」の「屋形尾」を、更に積極的に解釈されたのであるが、こうした誤解の生じた原因の一つは、【用例4】の「矢形尾の真白の鷹を」（巻一九・四一五五番）にもあった。即ち、「矢形尾」という斑があることと「真白」ということとの二点は矛盾するのではないか、東氏はこれを「如何に解するか」と悩まれたのである。しかしながら、【用例4】の傍点部につき、原文は「麻之路能鷹乎」とある。先のSの条に述べたように、この「麻《ま》之路《しろ》」は、真白という意味ではない、眉白という意味である。原文に「真白《ましろ》」とでもあれば、これは「しらふ（白斑）の鷹をいふ」ことになるが、右の「真白」との表記は後代人の手による翻字であり、これまた、誤った解釈に過ぎない。本節における検討対象は「矢形尾」（【用例1・2・4】）である。同じ家持の詠歌ではあるが、「麻之路能鷹乎」は、別の和歌に見える語句である。これは【用例4】として、後述する。

注

（1）「町」は、碁盤の目のように区画した条坊制の一区画をいう。唐の長安の都城制に倣う。一町は約一二〇メートル四方、約一万五千平方メートル。平安時代は、一坊=四保、一保=四町。なお、『源氏物語』「少女」巻に「六条京極のわたりに、中宮の御古《ふる》き宮のほとりを、四町《よまち》をこめて造《つく》らせ給《（たまふ）》。」、「戌亥《いぬゐ》の町《まち》は、明石《あかし》の御方《かた》とおぼしおきてさせ給へり。」などと見える（柳井滋、他校注『源氏物語　二』〈『新日本古典文学大系20』〉、三二一～三二三頁）。

（2）小島憲之、他校注『古今和歌集』（『新日本古典文学大系5』）、一九八九年二月、岩波書店。三二五頁。

（3）村尾誠一著『新続古今和歌集』（『和歌文学大系』）、二〇〇一年一二月、明治書院。七五頁、一三九頁。なお、飛鳥井雅縁《まさより》（正長元年〈一四二八〉歿、七一歳）は、足利義満の和歌指導者となり、幕府歌会の題者を務めたとされる。入木道宋雅流の祖でもある。

（4）中山泰昌編輯『古今和歌六帖』、第二（『校註国歌大系』、第九巻、一九三四年四月、誠文堂）に、「やかた尾の真白の鷹を引き据ゑて君が行幸に合はせつるかな」の頭注に「○やかた尾　鷹の尾の数十三あるもの。」（三二五頁）と見える。これは、そうした主述関係を誤ったものであろう。後に引く東光治氏の説も同様らしい。

（5）荒木尚・今井源衛、他編『纂題和歌集　本文と索引』、一九八七年九月、明治書院。八六頁。また、「やかたおのしらふの鷹を引すへてとたちのはらを狩暮しつる」（藤原顕仲詠）（『群書類従』、第一一輯、一六七頁）。
（6）山岸徳平編『八代集全註』、一九五五年、有精堂。三六七頁。
（7）『秘府本万葉集抄』、佐佐木信綱解説『万葉集叢書』第九輯、一九二六年七月、古今書院。一九七二年一一月、臨川書店にて復刊。
（8）『大東急記念文庫善本叢刊　中古中世篇　第四巻和歌Ⅰ』、二〇〇三年四月、汲古書院。一九一頁。
（9）川村晃生《てるお》校注『歌論歌学集成』、第四巻、二〇〇〇年三月、三弥井書店。二三六頁の頭注。
（10）京都大学文学部国語学国文学研究室編『仁和寺蔵万葉集註釈』、一九八一年五月、臨川書店。四五八頁。
（11）片桐洋一監修・八雲御抄研究会編『八雲御抄　伝伏見院筆本』、二〇〇五年、和泉書院。八五頁。
（12）吉沢義則編『未刊国文古註釈大系』、第二冊（一九三四年六月、帝国教育会出版部）所収。三〇一頁。
（13）東光治著『続万葉動物考』、一九四四年一二月、同朋舎印行、人文書院発行。二一八頁。
（14）土井忠生、他編訳『邦訳日葡辞書』、一九八〇年五月、岩波書店。八〇五頁右。

[補説]「相鷹経」、「鷹ノ相経」について

『白鷹記』に、「爰に信濃国禰津の神平奉る所の白鷹。その相鷹経にかなへるのみならず。その毛雪じろと云べし。まことに楚王（国イ）の鵬をおとせる良鷹にことならず。(1)」云々、『鷹経辨疑論』にも、「又ニ云。先雪白ト申ハ。永和ノ頃二条関白良基公ノ白鷹ノ記ニ委ク見タリ。其語ニ云。爰ニ甲斐国武田伊豆守信春奉ル所ノ白鷹。其相鷹経ニ叶ヘルノミナラズ。其毛雪白ト云ツベシ。誠楚王鵬ヲオトセル良鷹ニコトナラズ。(2)」と見える。これらは「其相、鷹経…」と読点を置いて詠むべきであろう。また、その「鷹経」とは、『新修鷹経』のことであろう。同書には「凡目者ハ。（中略）故幽明録ニ曰。楚王ノ之鷹。方ニ軒ケレ頸ヲ澄シレ目ヲ。遠ク瞻ニ雲際ヲ一。欲レ下ニ鵬雛ヲ一也。(3)」と見える。

ところで、先に、V高松宮本『袖中抄』に「顕昭云、ヤカタヲトハ鷹ノ相経ニハ箭像尾、町像尾トイヘリ。」云々と見えた。同じく顕昭の手になる『詞華集注』（寿永二年〈一一八三〉著）にも、「寂巌法師／ミカリノ、シバシノコヒハサモアラバアレソリハテヌルカヤカタヲノタカ」を挙げ、「ミカリノニハ柴ト云事ヲヨムナリ。（中略）ヤカタヲノタカトハ、万葉ニハ矢形尾ト書リ。尾ニサガリフトイフ文ノ有也。鷹相経ニハ箭像尾、町像尾トイヘリ。ソレヲヤカタト云詞ニソヘタリ。(4)」と見える。これらによれば、鷹に関する『相経《そうきょう》』という書物があったかのようである。中国古代には、『相経』(5)、また、それぞれテーマ毎に著述された「相雨書」「相貝経」「相笏経」「八公相鶴経」「相牛経」「相馬経」「禽経」などの書物（各一巻）が著述されている。外観・外貌を評価して内実を推し量る方法を述べたものである。しかし、「鷹」に関する「相経」といった書物は、目下、見当らない。従って、この波線部は、「鷹ノ相の経」

と理解すべきであろう。「経」とは、鷹飼養に関する典範の意。とすれば、これも『新修鷹経』のこと、具体的にはその「相二別体一法」の一条を指していよう（既出、A『新修鷹経』、B『(同)』参照）。

前田尊経閣文庫蔵『持明院家鷹口伝』一冊（一六函、五二架）に、「一　相経《サウキヤウ》ハめのまへのなかきをもつてせんとす　相経ノ字不審」（一二丁オ）、内閣文庫蔵『持明院家鷹秘書』一〇冊（154-354）にも、「一　相経ハめのまへのなかきをもつてせんとす」（第九冊、一二丁オ。『鷹秘抄』〈『続群書類従』、第一九輯中、三一〇頁〉も同じ）とある。これも「相二別体一法」の一条「凡目者。欲《ハ》二離レ背《ヲ》稍《々》近レ後《ニ》。浅深小大與レ體相称《コトヲ》一。眼光清利如二明星一。（後略）」（『群書類従』、第一九輯、四四九頁）の意を取ったものであろう。(6)

前田尊経閣文庫蔵『桑華書志』所載の『古蹟歌書目録』（仁和寺守覚法親王喜多院御室御所で編録かとされる）の中に、「鷹相経一巻　以左近衛府生上道守恒口状注之」と見える。(7) 前田松雲公の歌書目録に見えるとすれば、本書は、鷹歌に関する古注の一種で、あるいは、『新修鷹経』の抜き書きを含むものでもあろうか。

なお、関連して、『顕秘抄』の「十五、はしたか／　とやかへるわがてならしのはしたかのくるときこゆるすゞむしのこゑ」の条に、「顕昭云、はしたかとはとや鷹を云也。そのゆゑは（中略）。仍箸鷹とはいふなり。但はしたかのとかへる山のしひしばとよめるぞ不審あれども、鷹がひはかくなんならひつたへて侍。これは左近衛府生上道守恒口状記にみえたり。承保三年三月廿一日守恒をば号二備前上府生一云々。今案に、とやにてよとりそむるを、はしたかといひならはしつれば、たゞおほ鷹をおしなべてさやうによみならはすなるべし。（後略）」(8)とも見える。旧高松宮本（国立歴史民俗博物館蔵）『袖中抄』第九、「〇はしたか」の条にも同一文が見える。(9)

「守恒」とは、備前国の三国造の一つ、上道《かみつみち》臣の裔である。「府生」とは、左右の兵衛府・近衛府・衛門府、及び、検非違使の下級幹部（将監と番長の間）である。『徒然草』第六六段に見える「御鷹飼下野武勝」もそうであるが、彼ら地下官人は、職業柄、鷹や馬の知識も技量もあり、自分なりに発言したり、備忘録・聞き書などを遺したりすることもあったであろう。

注

（1）『群書類従』、第一九輯、四八一頁。
（2）『続群書類従』、第一九輯中、二〇八頁。
（3）『群書類従』、第一九輯、四四九頁。
（4）『日本歌学大系』、別巻四、一九八〇年、風間書房。四七六頁。
（5）清王仁俊輯『玉函山房輯佚書補遺』第六冊に「相経一巻」（刊行年次未詳、中文出版社）と見える。
（6）内閣文庫蔵『増新鷹鶻方』一冊（306-313）の尾部、「聞見常談」として鷹の相を説く条に「○目向ㇾ前而深者《ノ》良《ク》。若向ㇾ脳而凸《テナル》者《ノ》性悍《イタケシ》」とあるところにも通ずる。
（7）『太田晶二郎著作集』、第二冊、一九九一年八月、吉川弘文館。八一頁。川村晃生《てるお》校注『歌論歌学集成』、第四巻、二〇〇〇年三月、三弥井書店。二三四頁。
（8）『日本歌学大系』、別巻五、一九八三年、風間書房。四三頁。
（9）橋本不美男・後藤祥子著『袖中抄の校本と研究』（一九八五年、笠間書院。二〇五頁）に、太田晶二郎氏の論考を踏まえ、前田尊経閣文庫蔵『桑華書志』所載『古蹟歌書目録』、第一六、雑に見える「鷹相経一巻、以左近衛府生上道守恒口状注之」について触れられている。

第三章　「蒼鷹」について

はじめに

本章では、第一章の**【用例1】**に見える「**蒼鷹**」という語句について検討する。長歌の中、「安我大黒尓」の句末に補って細字で「大黒者蒼鷹之名也」との自注がある。この一連の歌群において、補足説明はここだけである。彼は、ここにどんな意図を込めたのであろうか、考えてみたい。

なお、文字「兔」「兎」の字形につき、以下には、原則として依拠した文献にあるがままの字形に随う。

第一節　中国古代の「蒼鷹」

「蒼鷹」とは、鷹《たか》の一種、大鷹《おおたか》をいう（[補説1]）。右の自注につき、契沖は次のように述べる。

注ノ蒼鷹ハ、和名云(ママ)。広雅云。一歳名二之ヲ黄鷹一ト。俗云和加太加。二歳名二之ヲ撫鷹一ト。加太加閉利。三歳名二之ヲ青鷹白鷹一ト。隋ノ魏彦深カ鷹ノ賦ニ云。三歳ニシテ成スレ蒼ヲ。〈戦(朱)国策云。要離カ之刺二慶忌ヲ一也、倉鷹撃二於殿上一ニ。補云倉即蒼。〉今按、青鷹ト蒼鷹ト同シ。

（『万葉代匠記』(1)）

右は精撰本による。引用書につき、初稿本では「隋魏彦深鷹カ賦曰」「戦国策云」「文選云」「和名集」の順にあった。

右は、これを改め、「文選」は外されている。

文中の「魏彦深鷹賦」は、『鷹鶻方』(2)（「古本」「新増」）に引かれている。今、国立公文書館内閣文庫蔵『新増鷹鶻方』一冊・寛永二〇年版本〔覆古活〕（306‐313）によれば、これは次の条に相当しよう。

毛衣履改《ム》。厥《ノ》色無レ常。寅《ニ》生《シテ》酉《ニ》就《ナル》。捴《テ》号《シテ》為《ス》レ黄《ト》。二一《シ》周《ヲ》作《シ》レ鴘《ベント》。千日《ヲ》成《ス》レ蒼《ト》。雖《トモ》レ曰《フト》二（後略）（二丁オ、仮名合字を通常の仮名に直した）

『新増鷹鶻方』は、李朝中宗から明宗の時代の医学者李熠が、仁宗（一五四四年即位し翌年八月薨去）の時、慶興流配中に著わした書である（三木栄氏説）。別に「或《ハ》聞《ク》三於蒼《ヲ》成《スト》二千日《ニ》一。或《ハ》重《ンス》三其《ノ》指《ヒ》如《ナルヲ》二十字《ノ》一。（後略）」（二丁ウ）とも見える。難解な箇所があり、「捴《テ》」以下につき、同内閣文庫蔵『鷹鶻方和字鈔』三冊（154‐411）を参照すれば、次のようにある。

總《テ》号《ス》為レ黄《ト》　〈右ノ・酉ニ就トテ・成就シタルトキノ鷹ヲ・總テ／号シテ・黄ト云フトナリ〉／
二一周《ヲ》作《シ》レ鴘《ト》・。千日《ヲ》成《ス》レ蒼《ト》　〈今・大タカ一歳ノトキハ・黄色／ナリ・二一歳ニシテ毛カワス・サレトモ残ラズハカハサズ・三歳ノ時・／生レタルトキノ毛・不レ残カワリテ・背ノ色・青黒クウツクシク／成ルナリ・是ニ拠テ考レバ・總《テ》号《シテ》為レ黄トイヘルハ・一歳ノ鷹／ナリ・二一周《ヲ》作レ鴘《ト》トハ・二一周ハ二一メグリナレバ・歳二一周ト見ヘテ・／二一歳ノ鷹ヲハ・鴘トストナリ・千日ヲ成《ス》レ蒼《ト》トハ・千日ハ／三歳／ナリ・成レ蒼トハ・上ニ云フ・三歳ノ鷹・毛不レ残カワリ・青黒ク・／トクト・成就シタルヲ云フカ〉

（上冊、九丁ウ、〈　〉内は小書一行書、中点は朱筆。／は改行、仮名合字は通常の仮名に直した）

本書は、幕府医官林良意の撰で、寛保二年（一七四二）六月橘尚白・望月三英の補訂になる。「千日」、即ち、三歳になると毛もすっかり生え替わる。「成《ス》レ蒼《ヲ》」とは、長じて「背ノ色・青黒クウツクシク成ル」ことをいう。尤も、

「青黒ク」とは、良意の言である。「成《ス》レ蒼《ヲ》」とは、長じた鷹の体が独特の「蒼」色を帯びることである。

「蒼鷹」という言葉につき、中国の古典には次のように見える。『万葉代匠記』は前二例を引き、『新増鷹鶻方』は、次の漢詩文に見えるところも引用している（「戦国策要離将刺慶忌蒼鷹繋殿上」、「斉広寧王存珩（ママ）〈画蒼鷹於壁見者皆以為真〉」、「逐黄犬於東門〈李斯臨刑謂子曰牽黄臂蒼瞪目上蔡東門不可得矣〉」、その他。二丁ウ～四丁オ）。

唐且曰。此庸夫之怒也。非二士之怒一也。夫専諸之刺二王僚一也。彗星襲レ月。聶政之刺二韓傀一也。白虹貫レ日。要離之刺二慶忌一也。倉鷹撃二於殿上一。此三子者。皆布衣之士也。懐レ怒未レ発。休祲降二於天一與レ臣而将レ四矣。若士必怒。伏レ屍二人。流レ血五歩。天下縞素。今日是也。挺レ剣而起。

（横田惟孝著『戦国策正解魏下』、巻七下、三四丁オ）(3)

横田惟孝著『戦国策正解魏下』による（細字割書略）。『四部叢刊』(4)には『戦国策校注』（宋鮑彪校註・元呉師道重校、至正二五年刊本）の景印を収め、ここにも「倉鷹」とある。意義符（草冠）はなくても通じる。

蒼鷹鷙而受緤。鸚鵡恵而入籠。〈李陵詩曰。有鳥西南飛。熠燿似蒼鷹。王逸楚詞注曰。緤繫也。鸚鵡賦曰。性辯恵而能言。又曰。閉以雕籠。〉

（『文選』、巻一三、張華「鷦鷯賦」、〈 〉内は割書）(5)

『文選』（李善注）の一部である（前後略）。「鷙《し》」は、猛鳥、たか・わしの類。「緤《せつ》」は、足緒《あしお》で繋ぐこと。「熠燿《ゆうよう》」は、光の鮮明なさま。九条本『文選』には、「蒼鷹 鷙《トラハレて》而受 緤《クツナカレを》」、「鸚鵡慧《に》而入《てル》籠《に》」の訓点があり、「鷙」、「緤」の左傍にそれぞれ「猛也」、「紲五」「係也繫也」とある。(6) また、足利学校遺蹟図書館蔵『文選』（明州刊本六臣注本、鎌倉末期加点）には、「蒼-鷹鷙《はト》而受《てク》レ紲《ツナカレを》 音薛善本作緤字(7) 鸚-鵡恵《はにシ》而入《てル》レ籠《コに》、済曰鷙猛也紲係也（後略）」とあり、「紲」「恵」にそれぞれ入声、去声の声点（圏点）が付されている。

画鷹　／素練風一作如霜起。蒼鷹画作殊。㩳荀勇切。竦也。身思狡兔。倶目似愁胡。條鏇光堪摘。軒楹勢可呼。

何当撃凡鳥。毛血灑平蕪。　　　　（『全唐詩』(8)）

これは、盛唐の詩人杜甫（生歿、先天元年〈七一二〉～大暦五年〈七七〇〉）の「画鷹」と題する五言律詩である。

坤霊繁毓。萬象周流。綜群物之衆夥。懿羽族之斉侔。倶含識與哺啄。終愧容於爽鳩。散以瑤光之彩。来自鍾巌之邱。周官以司寇比徳。漢氏以将軍作儔。鉤成利觜。電転奇眸。蒼姿疊色。元距聯韝。（中略）。撃於殿上。要離之讐慶忌。（中略）。李斯上蔡之門。情何更溺。覧二君之喪道。毎観事其如惕。幸免射於高墉。願摶風而上撃。

（『全唐文』(9)）

右は、盛唐の高適《こうせき》（生歿、八世紀初頭～永泰元年〈七六五〉）の「蒼鷹賦」と題する一文である。『全唐文』は、清嘉慶帝の勅を奉じ、董誥《とうこう》等が唐・五代の散文を総集したもの。嘉慶一九年（一八一四）成。千巻。文中、「蒼姿」とも見える。

史記曰、李斯臨刑、思牽黄犬、臂蒼鷹、出上蔡東門不可得矣、　（『太平御覧』、巻九二六・羽族部一三）(10)

又曰斉広寧王孫孝珩、好綴文有技芸、嘗於庁事壁自画一蒼鷹、見者皆以為真　（『太平御覧』、同右）(11)

右の一例目は、李斯（紀元前二一〇年刑死）の悲劇的な最期を記した条に見えるものである。但し、『史記』の国立歴史民俗博物館蔵本には、「二世二年七月、具斯五刑、論腰斬咸陽市、斯出獄、与其中子倶執、顧謂其中子曰、吾欲与若復牽黄犬、倶出上蔡東門、逐狡兎、豈可得乎、遂父子相哭、而夷三族」(12)とある（訓点略、読点私意）。ここには「牽黄犬」「逐狡兎」などとは見えるが、「臂蒼鷹」の語句はない。因みに、惟高妙安《いこうみようあん》（生歿、文明一二年〈一四八〇〉～永禄一〇年〈一五六七〉）の著『中興禅林風月集抄』京都府立総合資料館蔵本には、次のように見える。惟高は『太平御覧』を踏まえたのであろう。

猟ヲスル時ニハ・狗カ干要ソ・鷹野ニ・狗カナウテワソ・牽《キ》レ黄《ヲ》臂《ニス》レ蒼《ヲ》ト云ハ・黄ハ・キナ犬ソ・犬ハ・黄ナカ

逸物ソ・蒼ハ・鷹也・鷹ノ色ハ・アヲイガ本也・是ハ鷹ヲスエテ・猟スル事ソ・秦ノ李-斯カ・宰相ニ成テ・威勢ヲシタソ・鷹野ニ・スイタソ・牽レ黄犬臂レ蒼鷹ト云タソ・鷹ヲ臂ニスル事ハ・拳デツカウモノソ（前後略）

（『中興禅林風月集抄』、［補説2］参照）

この条に先行して、韓信の弁（范蠡《はんれい》の、文種宛書簡中の言）が引かれており、ここに「高-鳥尽良-弓蔵(虫)・狡-兎死走-狗烹ト」とも見える。韓信も李斯に同様の運命をたどった。「牽黄」の「黄」は、逸物の鷹犬《たかいぬ》（獢）をいう。

第二節『和名類聚抄』の「鷹」

「鷹」につき、源順編纂『和名類聚抄』神宮文庫蔵室町時代初期写本（巻三〜八）三冊には、次のようにある。

鷹《タカ》 広雅云一歳名之黄｜〈音膺和賀多加（仮名に朱筆声点、［平］［平］［平］［平］）〉二歳名之撫(ママ)〈加太加閇利（仮名に朱筆声点、［平］［平］［平］［平］［平］）〉三歳名之青｜白｜〈漢語抄云大鷹於保太加（仮名に朱筆声点、［平］［平］［平］［平］）兎①｜勢字今案俗説雄｜謂之兎②鷹雌｜謂之火③｜也〉

（巻七、二丁オ）(13)

今、『和名類聚抄』伊勢一〇巻本によった（割書細字を〈〉内に示し、右肩の①②③印は私に付した）。「広雅云」に導かれる本文大の文字が引用になり、割書細字部は、源順の付したものとなろう。試読すれば、「鷹《タカ》」は、広雅に云はく、一歳これを黄《わかたか》｜〈音は膺、和賀多加《わかたか》〉と名づく、二歳これを撫《かたがへり》(ママ)〈加太加閇利《かたかへり》〉と名づく、三歳これを青｜・白｜と名づく。〈漢語抄に云はく、大鷹は於保太加《おほたか》、兎①｜は勢宇《せう》、今案ずるに、俗に雄｜これを兎②鷹と謂ひ、雌｜これを火③｜と謂ふと説くなり」となる（声点省略）。「｜」部は「鷹」字が相当するはずだが、今、このままとした（後述）。①②「兎」字は筆画不詳。「兎」字（行書体）の末画（「、」）のないような筆写体だが、「免」「光」「兄」などではないようである。一先ず、「兎」字の誤写と見ておく。この文字は、『広志』『芸文類聚』『太平御覧』などに「有雉鷹、有菟鷹」（『芸文類聚』、後述）と見える。③「火」字は「大」字の誤写であろう。伊勢一〇巻本に同系統の前田尊経閣文庫蔵本（明治時代写、三冊）では、①②は「光」字、③は「大」字とある。狩谷棭斎《かりやえきさい》著『箋注倭名類聚抄』の本文では、①は「兄」字、「俗説」の後は「雄鷹謂之兄鷹、雌鷹謂之大鷹也」とある。(14)「三歳」の「青鷹・白鷹」の和訓は、雌雄によって異なる。但し、「白鷹」の二字は、『広雅』『広志』、その他、何を典拠とするものかはっきりしない（後述）。

「漢語抄云大鷹於保太加…」とあるが、「大鷹」という語は、漢語（中国古代語）でも字音読語でもない。諸橋轍次著『大漢和辞典』にもそのような掲出語はなく、対する国語辞書類に「おおたか【大鷹】」と見えている。つまり、「おおたか」も「大鷹」と書くのも和語である。案ずるに、一方に小型の「小鷹《こたか》」類（えっさい・はいたか・長元坊など）がおり、これに対する蒼鷹の方を「大鷹《おおたか》」（広義）といったのではないかと思われるが、この雌雄の内でも体の大きい雌の方が有用であり、ために、「大鷹《おおたか》」といえば、多くその雌を指す（狭義）ことになったらしい。『酉陽雑俎続集』巻八に「凡鷙鳥雄小雌大、庶鳥皆雄大雌小」(15)と見える。右に、「勢宇《せう》」と見えるのが、その雄の称である。

その「黄ー《わかたか》（鷹）」とは、野に育ち、春を迎えて換羽期に鳥屋（塒）入りさせるまでの若い鷹を、また、「撫《かたがへり》（ママ）（撫鷹）」とは、第一回の換羽期（鳥屋入り）を経たもの（二歳）をいう（片鳥屋、鴘鷹）。第二回換羽の後（三歳）を諸《もろ》鳥屋《とや》（諸返《もろがえ》り、鴘鷹）、第三回のそれ（四歳）を諸片返り（三鳥屋）ともいう。なお、大鷹（蒼鷹）の産卵は五、六月頃で、三五日余りで孵化する。約四五日余りすると幼鳥は巣を飛び出して独りで食を覓める。巣立ち直前の雛を下ろして飼立てることもあり（巣鷹）、七月から冬至の間に網掛けて捕らえた若鷹（網懸《あがけ》）、三月の内に捕らえた若鷹（野《の》晒《ざれ》（曝））を仕立てることもある。

『和名類聚抄』二〇巻本系の道円本には、次のように見える（読点私意）。

鷹　広雅云、一歳名之黄鷹〈俗云和賀太加〉、二歳名之撫鷹〈俗云加太加閉利〉、三歳名之青鷹白鷹〈今案青白随色名之、俗説鷹白者不論雌雄皆名之良太賀、不論青白、大者皆名於保太加、小者皆名勢字、漢語抄用兄鷹二字為名、所出未詳、俗説雄鷹謂之兄鷹、雌鷹謂之大鷹也〉　（巻一八、三丁ウ）(16)

先の一〇巻本と比較すると、大小の差異がある。こちらの方には後代的な要素が認められる。例えば、一行目の場合、一〇巻本の本文には「…一歳名之黄ー」、「二歳名之撫ー」「三歳名之青ー白ー」とあり、こちらには、それぞれ「黄鷹」「撫鷹」「青鷹白鷹」とある。これは、単純な表記上の問題ではなさそうである（後述）。音注「膺」も省かれている。一行目末の割書部は、「今案ずるに、青（鷹）・白（鷹）は色に随ひてこれを名づく、俗に、鷹の白きは雌雄を論ぜず、皆シラタカと名づく、青（鷹）・白（鷹）を論ぜず、大なるは皆オホタカ、小なるは皆セウと名づくと説く、漢語抄は兄鷹二字を用ゐて名とす、根拠は未詳、俗に雄鷹これを兄鷹といひ、雌鷹これを大鷹といふと説くなり」と解される。和風の丁寧な注解となっている。「随」字は、まにまに、色のあるがままにの意。

一〇巻本には「漢語抄云」以下に、「大鷹＝おほたか」「兄鷹＝せう」、俗説として「雄鷹＝兄鷹」「雌鷹＝大鷹」とある。二〇巻本では、「俗説」までは同様だが、以下は、「鷹の白（不論雌雄）＝しらたか」、「大（不論青白）＝おほたか」、「小＝せう」・（これは『漢語抄』に）「兄鷹」、俗説として「雄鷹＝兄鷹」「雌鷹＝大鷹」とある。ことに、二〇巻本には「鷹の白（不論雌雄）＝しらたか」と見える。この「白」は、白色そのものをいうのでなく、灰黒色系のより白っぽい色相をいうのであろう。そうした大鷹を、また、「しらたか」ともいうのである。但し、この語は典拠のない「俗説」、即ち、日本における俗称であった。後の『色葉字類抄』「し」部の次はこの引用らしい。

大鷹ヲホタカ　白應《角鷹》オホタカ　青鷹同　鴻鴈オホカリ　鸛《クワン》オホカリ云舘　（黒川本、巻中、し部、動物、六二ウ）(17)

二語目は「白鷹」の誤写である。だが、「シラタカ」訓は見えず、「オホタカ」とある。右傍に「角鷹」と添えられているが（補入か）、別に、「く」部に「角鷹《キヨウ》クマタカ又オホタカ　鵰《テウ》同鶚別名也」（同、く部、動物、七二ウ）とも見える。

神宮文庫蔵本（一〇巻本）に「兎鷹」と見える文字は、二〇巻本で「兄鷹」となっている。『漢語抄』には「兎鷹」とあり、これは、本来、漢語であったが（後述）、筆写体の類似もあって「兎」を「兄」と解し（誤読・誤写）、ここに「兄鷹」という言葉が生まれたようである。契沖は、「せう」を「兄鷹」と書くのは、和語「せ（兄）」と漢語「よう（鷹）」の一部との合成になるというが(18)、従えない。その雄を「せう」（一〇巻本・二〇巻本）というのは、体型上、この雌雄にも大小があり（性的二形）、よって、小ぶりの雄を「小《せう》」とも称したからであるが、この字音は「せうと（兄人）」「いもせ（妹背）」なる語の音に近く、これがまた誤読・誤写の誘因ともなったのであろう。また、後には、雌鷹を「弟《ダイ》鷹妻」（『伊京集』(19)など）と書くこともある。大小の内の「大《だい》」に「弟鷹」を宛てたものであり、これは「兄鷹」という語を介して生まれた言葉であろう。二〇巻本は、『類聚名義抄』観智院本（僧中、一三〇）の語釈にも用いられている（万葉仮名は片仮名）。

こうして、三歳の鷹を「青鷹」とも「白鷹」とも称する、この青・白の表現（用字）は、個体それぞれの実際の体色（羽色）の度合（色相）によるものであり、また、青・白に関わりなく、体の大きい雌鷹はオオタカ（大鷹）、小さい雄鷹（兎鷹）はセウという、後者は、やがて、「兄鷹《せう》」と書いた、と理解される。今川了俊（生歿、嘉暦元年〈一三二六〉～応永二一年〈一四一四〉頃）の歌学書『言塵集』六には、端的に、「又、小鷹のつみは、はい鷹の雄鷹《をだか》也。はい鷹は女鷹云々。小《せう》は大鷹[a]の雄鷹也大鷹[b]は女鷹也(20)。」云々と見えている。前者「大鷹[a]」の方は広義の「おほたか」、後者「大鷹[b]」の方は狭義の「おほたか」である。鷹狩には、雄より大きく、気も強い雌の方が有利であるが、狩には雄（兄鷹）も用いた(21)。二条道平（生歿、正応元年〈一二八八〉～建武二年〈一三三五〉）著という『白鷹記』に、「抑上古の名鷹は。天智天皇の磐手野守。延喜聖主の白兄鷹。一条院の鳩屋赤目みさごはら。小一条院の藤花韓巻藤沢山娥（蛾イ）等也。」（『群書類従』、四八一頁）、また、『大鏡』、第六巻に「さて山ぐちいらせ給しほどに、しらせうといひし御鷹の、とりをとりながら、御輿の鳳の上にとびまいりてゐて候し、」云々と見える。(22)「（白）兄鷹」にも名鷹がいて不思議はないが、ここには異文があり、『顕昭陳状』に「しらふと申す御鷹」との形で見える（後述、第六章第一節参照）。

なお、『和名類聚抄』に「三歳」とある。だが、同書は三歳までを解説したわけではない。この点、『和名類聚抄』の〝読み取り方〟の問題となる。「三歳」とは、大鷹が大人に成長した、即ち、成鳥となった時点を意味する。従って、右は、三歳以上の、四鳥屋《よとや》（満四歳）、五鳥屋（満五歳）、やがては一〇鳥屋過ぎの鷹にも適用される。つまり、源順は、その成鳥に至るまでとその後とを解説しているのである。先学の中には、その文字面をもって、直ちに「大黒」は「幼鳥をいう」、あるいは、限定的に「三歳の…」などと注釈されるものがあるが、適切な解説ではない。黄鷹《わかたか》でも撫鷹《かたがえり》でも狩はできるが、狩に用いるのは多く満三歳以上の鷹、つまり、成鳥である。

第三節　『和名類聚抄』の典拠

『和名類聚抄』の引用書「広雅（云）」については問題がある。即ち、「広雅（云）」といえば、これは三国時代の字書、魏《ぎ》の張揖《ちょうゆう》撰『広雅』一〇巻をいうのであろう。蔵中進氏によれば、『広雅』は、『和名類聚抄』の一〇巻本・二〇巻本とも二一条引かれており、(23)ここはその内の一条となる。ところが、この書に相当すると見られる『広雅』、及び、『広雅疏証』（張揖撰・清王念孫疏証・清王引之述）の「巻之十下　釈鳥」の条には「鷹」の項目がない。各項目の釈文中に「鷲」「鶻」「鸇」「鷂」「鷙」「鷹」などの語は散見するが、右のような「一歳名之黄鷹」云々の語句は見えない（［補説3］）。

伝本や異文等の問題、誤脱、その他の問題も介在しているのかも知れないが、この点につき、『箋注倭名類聚抄』には、「○所㆑引文原書無㆑載、按芸文類聚引㆓広志㆒曰、有㆓鳺鷹㆒、有㆓菟鷹㆒、一歳為㆓黄鷹㆒、二歳撫鷹、三歳青鷹、胡鷹獲㆑麞、初学記太平御覧所㆑引略同、則広雅当㆑作㆓広志㆒、蓋伝写之誤」、白鷹字諸書並無、恐衍文、或胡鷹獲麞之脱誤」説文、（後略）」との指摘がある。「広雅」は「広志」の誤写・誤伝であろうというのである（右が『広雅』でなく、『広志』であるとすれば、蔵中氏の御編書（『所引書名索引』）の数字は変わってくる）。

『広志』二巻は、南北朝時代の郭義恭の撰になる。(24)『広志』は、『和名類聚抄』一〇巻本には四条、二〇巻本には二条引用されている（右蔵中氏編書）。だが、当時、この伝本はなかったようである。

東京都立中央図書館市村文庫蔵『玉函山房輯佚書』六〇〇巻（清馬国翰編、清同治刊〈光緒九年修〉、娜嬛館補校）所収の『広志』（一〇〇冊・一〇帙〈123-IW-4〉の「雑家類」中の第七四冊）は、諸書に残存する佚文を集めたものである。ここには次のように見える(25)（読点私意、／印は改行、〈 〉内割書細字）。

鷹有雉鷹有免鷹、一歳為黄鷹二歳為撫鷹三歳為／青鷹、胡鷹獲麞出廬江〈太平御覧巻九百二十六　／芸文類聚巻九十一引無出／廬江句　／初学記巻三十引鷹　（以下、空白）／一歳為黄三句下並無鷹字〉（以下、空白）／

鴿子大如胡鷰色似鴿食雀籠脱撃鳩鵲〈太平御覧／巻九百二／十／六〉　（巻上、一三丁オ、娜嬛館補校）

これは、東京都立中央図書館諸橋文庫蔵『玉函山房輯佚書』（楚南書局、光緒一〇年〈一八八四〉刊）所収の『広志』（九九冊・一〇帙〈123-M-4〉の第七〇冊）とも同一である（但し、字形などに小異はある）。

『太平御覧』は、宋の太祖太平興国八年（九八三）李昉らが勅を奉じて編んだ類書、『芸文類聚』は、唐の高宗武徳七年（六二四）欧陽詢らが勅を奉じて撰した類書、『初学記』は、唐の玄宗開元一五年（七二七）徐堅らが勅を奉じて撰した類書である。これらから、改めて「広志」（佚文）を引けば、次のようにある。

『太平御覧』―「広志曰、有雉鷹、有菟鷹、一歳為黄、二歳為撫、三歳為青、胡鷹獲麞出盧江」（巻九二六）[26]

『芸文類聚』―「広志曰、有雉鷹、有菟鷹、一歳為黄鷹、二歳撫鷹、三歳青鷹、胡鷹獲麞、春秋緯曰、（後略）」（第九一）[27]

『初学記』―「広志曰、鷹一歳為黄、二歳為撫、三歳為青」（第三冊）[28]

これら三者の間には、『玉函山房輯佚書』にいうように、「胡鷹獲麞出盧江」「出盧江句」の語句の出入りがあり、また、『初学記』では「一歳為レ黄、三句下、並無二鷹字一」という本文形態となっている。『初学記』本文には、「有雉鷹、有菟鷹」の語句もない。ここで、顧みれば、『和名類聚抄』伊勢一〇巻本の本文部は、「広雅云一歳名之黄ー〈割書〉二歳名之撫〈割書〉三歳名之青ー白ー〈割書〉」と見えた。これは、『初学記』に依拠したものではなかろうか。同一〇巻本は、これをもとに、「ー」という符合を付加し、かつ、「白ー」と追記した可能性がある。但し、同一〇巻本の割書部には「漢語抄云大鷹…今案俗説雄ー謂之兎鷹雌ー謂之火ー也」ともある。『太平御覧』『芸文類聚』などによれば、『広志』には、間違いなく「有雉鷹、有菟鷹」とあったであろう。右の『初学記』に、これが見えないのは、むしろ、不審である。『漢語抄』の方に、それがあったのであろうか。あるいは、「今案」の折、『芸文類聚』、その他、別の資料を参看した可能性もあろうか。

ところで、『広志』にいう「鷹有二雉鷹一、有二兎鷹一」とは、何を意味するのであろうか。「鷹」の雌雄をいうのか、あるいは、種類か別名・異名か、はっきりしない。この点につき、唐段成式撰『酉陽雑俎』二〇巻の「肉攫部」（元禄一〇年印本、底本は明毛晉校津逮秘書本）に、次のような一節が見える。[29]

鷹《ノ》之雌-雄唯《タヽ》以《テ》二大-小《ヲ》一為《ス》レ異《ト》　其-餘《ノ》形-像《ハ》本《ト》無《シ》二分-別一　雉-鷹《ハ》雖《トモ》レ小《ナリト》而是《レ》雄鷹《ナリ》　羽-毛雑-色従《ヨリ》レ初《メ》及《マテ》レ変《ニ》既《ニ》同《シ》

兎-鷹《ハ》更《ニ》無《シ》二別《ニ》-述《ルコト》一 雉-鷹《ノ》一-歳《ナル》 臆-前従-理潤-者世《ニ》名《テ》為《ス》二鴘-班《ト》一 至《テ》二後-変《スルニ》一 為《ス》レ鵤《ト》 鶻《ノ》-之-時其-臆従-理変《シテ》 作《ル》二横-理《ト》一 然《トモ》 猶《ヲ》潤-大《ナリ》 若《キハ》二臆-前従-理《ノ》一本《ト》細-者《ノ》後《ニ》-変 為《シテル》レ鵤《ト》 鶻《ノ》-之時《ハ》臆-前横-理亦《モ》-細《シ》

（巻二〇、肉攫部、五丁ウ、一字空は私意、仮名合字は通常の仮名に直した）

『景印文淵閣四庫全書』（子部三五三、小説家類）所収の『酉陽雑俎』は右に同一だが[30]、『中国学術類編 古今図書集成』（禽虫典上）の「博物彙編禽虫典第十二巻鷹部彙考」に引く『酉陽雑俎』は、右の「潤」字は「闊」、「班」字は「斑」とある[31]。「臆前」は胸の前、「従理」は縦文様、「横理」は横文様、「潤」は幅広いことをいう。「鴘」は、「鶻」に同じ。

冒頭部（「鷹之雌…」）は、他より一字分高く書き出されている。この一節の主件は「鷹之《ノ》雌-雄」、及び、羽毛の文様となろうか[32]。ここに、「雉-鷹雖《ハトモ》レ小《ナリト》 而是雄鷹《レナリ》」とあれば、読者は「雉鷹=小=雄鷹」、「兎鷹=大=雌鷹」と理解することになる。だが、「兎ー」「雉ー」といった称呼が雌雄をいうとは、どんな訳であろうか。また、「兎-鷹更無《ハニシ》二別-述《ニルコト》一」とは、何故なのか、どういうことか、不審である。

先には、『和名類聚抄』伊勢一〇巻本の割書中に、「兎ー《鷹》=勢宇、即ち、雄鷹」と解し得る文脈が見え、これは同時に「雉鷹=大鷹、即ち、雌鷹」ということかと推測された。今の『酉陽雑俎』によれば、それは間違いであり、雌雄が逆であったということになる。むしろ、道円本（二〇巻本）に「兄鷹=勢宇、即ち、雄鷹」とある方が正しかったということになる。が、これはまた、短絡的な見方であろう。誤読や誤写を経てきたようであるが、伊勢一〇巻本の「兎ー《鷹》」字は、『広志』にあった「雉鷹、兎（兎）鷹」という語句の名残を留めるものであり（「雉鷹」の方は脱落）、これはまた、『和名類聚抄』原撰本の一端を暗示するものでもある。

明李時珍撰述『本草綱目』（万暦二三年〈一五九五〉上梓）、巻四九にも次のようにある[33]（返り点私意、〈　〉内は細字割書）。

鷹〈本経中品〉

釈名角鷹〈綱目〉鷞鳩〈時珍曰、鷹以レ膺撃、故謂二之鷹一、其頂有二毛角一、故曰二角鷹一、其性爽猛故曰二鷞鳩一、昔少皥氏以レ鳥官名、有二祝鳩・鳲鳩・鶻鳩・雎鳩・鷞鳩五氏一、蓋鷹與レ鳩同レ気禅化、故得称レ鳩也、禽経云、小而鷙者皆曰レ隼、大而鷙者皆曰レ鳩是矣、爾雅翼云、在レ北為レ鷹、在レ南為レ鷂、一云大為レ鷹、小為レ鷂、梵書謂二之嘶那夜一〉

集解〈時珍曰、鷹出二遼海一者上、北地及東北胡者次レ之、北人多取レ雛養レ之、南人八九月以レ媒取レ之、乃鳥之疎暴者、有二雉鷹兎鷹一、其類以二季夏之月一習レ撃、孟秋之月祭レ鳥、隋魏彦深鷹賦頗詳、其畧云、資二金方之猛気一、擅二火徳之炎精一、指重二十字一、尾貴二合盧一、觜同二鈎利一、脚（後略）

「膺」は、むね（胸）。空中における体当りをいう。「疎暴」は、荒々しく乱暴であること。性質が荒いこと。頭註『国訳本草綱目』によれば、「遼海」は「ノ今（マヽ）渤海ヲイフ。」、また、「東北胡」は「満洲以北ノ異種族地ヲ指ス。」と頭注し、「乃鳥之疎暴者、有二雉鷹兎鷹一、…」の条は、「この鳥は鳥の中での疎暴なもので、雉鷹、兎鷹といふもある。その類の鳥は夏の末期に撃つことを習ひ、秋の中期に鳥を祭する。」云々と訳注されている。(34)

標出語として「鷹」とはあるが、釈名に「角鷹」とある。これは今、日本ではクマタカをいう（『放鷹』、四八〇頁）。「隼」「鷂」「鷹」なども意味するところが異なるが、(35)鷹狩は、アジア大陸北部、西部でも古くから行われており、時代や地方・民族などによってそれぞれ独自の狩猟法があり、その呼称（語彙体系）もあったであろう。その全てを漢語によって一元的に把握するには限界もあったはずである。ここには、この「鷹」は疎暴な鳥で、「雉鷹、兎鷹」というものもあり、とある。この言い方からすれば、「雉鷹、兎鷹」は、鷹の種類をいうもののようである。この点につき、「兎鶻」なる鷹鶻類が関与してくる（［補説4］、また、第六章「真白部」の条参照）。

なお、『広志』にいう「胡鷹獲麞出盧江」（『芸文類聚』には「胡鷹獲麞」）の条は未詳である。胡（中国北方）では鷹狩が盛行し、鷹で麞《のろじか》（麞鹿ヵ）・野猪・獐《のろ》・兎なども捕えた。そうした故事を踏まえたものらしい。麞は、『遊仙窟』『三教指帰』等では譬喩に用いられてもいる（因みに、大淵常範纂『麞麝考』二冊〈国立国会図書館蔵、安政七年版〉という博物書がある。一見するに、右に関係するような記事は見えない）。

また、『初学記』に、「広志曰、＊鷹一歳為黄、二歳為撫、三歳為青」云々とあること、先に引いたが、＊部には「有雉鷹、有菟鷹」の文言がなかった（『和名類聚抄』伊勢一〇巻本も同様）。あるいは、「雉鷹・菟鷹」の語義が不詳となり、そのために省かれたとも考えられる。また、その「広志曰」の条の直前には「広雅曰、白鷢、鷹也」との一句（七字）が位置している。『和名類聚抄』が『初学記』に拠ったとすれば、この書名に引かれて「広志」の二字を見落としたのかも知れない。また、その一句には、「白鷢」と見える。「鷢」（ケツ、グワチ）字については「鳥の名。たかの一種。尾に白点がある。(36)」と解説される。この二字を介して「白鷹」という語が添えられた可能性もある。

以上に関連して、宋陸佃《りくでん》撰『埤雅《ひが》』二〇巻には、次のように見える（読点私意）。参考のために挙げておく。

鷹

陶弘景曰、虎聞声而深伏、鷹見形而高飛、鷹鷙鳥也、一／名鷞鳩、左伝曰鷞鳩氏司寇、蓋鷹鷙、故為司寇、一歳曰／黄鷹、二歳曰鴘鷹、三歳曰鶬鷹、鴘次赤也、埤倉（ママ）音披免／切、鷹鶬二年之色也、頂有毛角微起、今通謂之角鷹、詩／曰、維師尚父、時維鷹揚、言其武之奮揚如此、楽記所謂／発揚蹈厲太公之志也、旧説凡鷙鳥雛生而有慧、出殼之後、即巣外放条（後略）

（『埤雅』、巻六、一六丁オ）(37)

国立公文書館内閣文庫蔵『埤雅』明成化一五年（一四七九）刊本・四冊（278-28）、巻第六の「釈鳥」の条、同内閣文庫蔵『埤雅』朝鮮古活字本・五冊（278-29）、早稲田大学図書館蔵『埤雅』、重刊本（刊年未詳）・四冊（ホ 4-1837）、

巻六、一三丁オ、内閣文庫蔵『増修埤雅広要』明万暦三八年（一六一〇）刊本・六冊（278-48）、また、『字典彙編』（于玉安・孫豫仁主編）(38)なども同様で、異文はない。

「陶弘景《とうこうけい》」は、博学（本草医学・道教茅山派、文芸・書法など）をもって南斉高帝・梁の武帝に仕えた（大同二年〈五三六〉歿）。「左伝」は、『春秋左氏伝』（昭公一七年）、「埤倉《（ママ）》」一巻は、『広雅』に同じく魏の張揖の撰になり、先の東京都立中央図書館市村文庫蔵『玉函山房輯佚書』（清馬国翰編）所収の『埤蒼』（「小学類」中の第六一冊、娜嬛館補校）に、「鴘　鷹鶬二年色又人姓〈広韻上声二十／八獮鴘字注披免切〈陸／佃／埤雅／釈鳥〉」（六丁ウ）と見える。また、「詩」は、『詩経』（大雅、大明）をいう。

「左伝」の引用語句は、「鶆鳩氏司寇」で、「蓋…、一歳…、鴘次赤也」などは陸佃の加筆らしい。この一節は、『鷹経辨疑論』上の「或問。タカノ歳ニヨリテ文字替ルコトアリヤ。」との設問下に引用され、「陸佃云。一歳ヲ黄鷹ト云。二歳ヲ鴘鷹ト云。三歳ヲ鶬鷹ト云。今通シテ是ヲ角鷹ト云也。其故ハ頂ニ角ノ如ナル毛アリ。シカレバ角鷹ト号ス也。タヾシ近クマタカニ用ナリ。」(39)と見え、また、『康熙字典』にも引かれ、「陸佃云。一歳《ヒトヽヤヲ》曰《フ》二黄鷹《ワカタカト》一。二歳《フタトヤヲ》曰《フ》二鴘鷹《カタカヘリト》一。鴘《ハ》次《ニ》赤《キ》也。三歳《ミトヤヲ》曰《フ》二鶬鷹《オホタカト》一。今通《シテ》謂《フ》二之角鷹《ヲクマタカト》一。頂《ニ》有《テ》二毛角《ノ》一微《シク》起《ル》。一《ニ》曰《ク》題肩《タカ》。一《ニ》曰《ク》征鳥。一《ニ》曰《ク》爽鳩。」とある。(40)ここに見える「鶬鷹」の「鶬」字は、「まなづる」（「鶴に似て、体軀は青蒼色、又は灰色」）、「九頭九尾の鳥」、「水鳥の名」、「鳥の名」などと注解される文字だが、(41)「鶬鴰《そうかつ》」「鶬雞」など、背部が青蒼色・灰色の鳥に用いられている。「鶬鷹」の二字で蒼鷹を意味するのであろう。

第四節　むすび

『和名類聚抄』伊勢一〇巻本には、「〈漢語抄云大鷹於保太加（仮名に朱筆声点、［平］［平］［平］［平］）兎ー勢字今案俗説雄ー謂之兎鷹雌ー謂之火ー也〉」と見えた。この「兎ー」以下には、――その「兎」字自体もそうであるが――、誤写か誤脱かがありそうである。殊に、「雉鷹、兔（兎）鷹」の語句につき、『和名類聚抄』（原撰本）の方か、または、この撰述時の典拠（『広志』）の方か、いずれかの本文・語句の内に乱れがあり、『和名類聚抄』伊勢一〇巻本書写時においては意味不詳となっていた可能性がある。右は、そうした情況をそのまま伝えているのではないかと推測される。

また、『和名類聚抄』二〇巻本には、「俗説、鷹の白（不論雌雄）＝しらたか」とも見える。大鷹の成鳥は、一般的には、「背面は灰黒色、腹は白地に細かな横斑がある」（『広辞苑 第四版』、三三八頁）と説明される。年を経るにつれ、背部の羽は白みが勝って蒼白色を帯び、この体色の度合により、「青鷹」とも「白鷹」とも称されたらしい。この点については、例の「青馬-白馬」、「青瓜-白瓜」といった表記法も思い合わされるが、中国の古典には「蒼鷹」という用例も多く、『中興禅林風月集抄』には、「蒼ハ・鷹也・鷹ノ色ハ・アヲイガ本也」（前掲）と説く。

家持の飼養する「蒼鷹」の名は「大黒《おほぐろ》」という。鷹狩（大鷹狩）には、大鷹（広義）の三歳（両片返り）以上の成鳥が用いられた。反撃を受け、鷹の方が負傷することもある。狩には体の大きな雌、即ち、大鷹《おおたか》（狭義）の方が有利であり、家持の「大黒」も、雌の大鷹であったかも知れない。それが、何故、「大黒」と命名されたか。この個体の特徴は、尾羽は「矢形尾」で、その受飼《うけがい》（下嘴の下側）から胸部・腹部を経て尾の裏側（尾すげ）に至るまで、「大黒《おおくろ》符《ふ》」と称される斑紋、即ち、下嘴の下部から尾すげまで、磨り出した針を並べ立てたような黒符がびっしりと付いていたようである（第四章「大黒」参照）。右にいう横斑もあったはずであるが、これに交差して、いや、むしろ、横斑が霞んでしまうほどに鮮やかな多くの細目の黒斑があった。これからすれば、あるいは、大黒は、まだ若い鷹であったかも知れない。この斑紋は、関係者の間では「各（格）別」と評価されており、巻一七・四〇一五番の左注に「形容美麗」とあるのも、多くはここに関係するのであろう。そこには、また、「鷙レ雉秀レ群也」ともあった。「雉」は、鷹狩の獲物としては一等級とされ、「真鳥《まとり》」とも称されている。このようにして、家持は、この大黒は二つとはない希有の鷹であるとして、「心には思《おも》ひ誇《ほこ》りて、笑《ゑ》まひつつ」あったのである。

　しかし、これほどの個体はめったに得られないこともあり、これを「大黒」と書いただけでは、これが大鷹（広義）の名であると読者には分からないかも知れない。この懸念のもとに、家持は、殊更、「大黒者蒼鷹之名也」と補足説明を行ったのであろう。中国に範はあるにしても、和歌の中における異質な文言である。

　この「蒼鷹」二字の読み方につき、先学（後述の注釈書）には、三様の対応が見られるようである。その(i)は、「蒼鷹」は「羽毛の蒼白な鷹で」と説きながら一定の読み方を示さないもの（『注釈』）、(ii)は、「蒼鷹」は大鷹であると説いて一定の読み方を示さないもの（『全釈』『総釈』『全註釈』『全注』『全解』など）、(iii)は、直に「蒼鷹《おほたか》」と付訓するもの（『集成』『新大系』『和歌大系』〈但し、左注では「さうよう」〉）の三様である。(i)と(ii)の場合、「蒼鷹」二字は字音語として見えているようで、その語義は、(i)の場合は「蒼白な鷹」、(ii)の場合は大鷹（広義）であるとする。(iii)の場合は、「蒼鷹」を意訳して「おほたか」と付訓する。

「蒼鷹」は大鷹（広義）のことであるから、これを「おほたか」（広義）と読んで[42]も難はないかも知れない。集中には「蒼天」（巻一〇・二〇〇一番）を「おほそら」と読ませる例があり（『注釈』、他）、後代には「白鷹」を「白應《角鷹》オホタカ（鷹カ）」

(『色葉字類抄』黒川本、し部、既出)、「白《おほ》たか」(『言塵集』、七)(43)と訓んだ例もある。しかし、この長歌自体は大鷹を主題としており、ここで、殊更、「おほたか」という語を、しかも、「蒼鷹」二字を用いて持ち出す要はない。どうしても「おほたか」と書きたいなら、「大鷹」と書いたであろう。家持の詠んだ巻一九・四一五四番の題詞には「詠㆓白大鷹㆒歌一首」との表記が見える。これなら読者は間違いなく「おほたか」と読むであろう。「蒼鷹」は、鷹の雌雄に関与する言葉ではないから、大黒が雌であれば、「大鷹」(狭義)の方が相応しくもある。しかし、これでは単なる補注であり、生彩を欠く。「大黒」の文字が重なるのも芸がない。そのため、彼は、「大黒」に対照的な「蒼鷹」という言葉を選択したのであろう。では、「蒼鷹」二字につき、「おほたか」訓以外の対応方法はないのであろうか。

　この補足説明は、彼がこの五首一連を纏めた時、即ち、長歌の前に題詞を置き、末尾(四〇一五番)に左注を付した時の筆になろう。左注には、『文選』『遊仙窟』『荘子』『南斉書』『玉台新詠』『戦国策』『芸文類聚』など、種々の漢詩文を踏まえた語句(漢籍語)が目立ち、その一つに「蒼鷹」も見えている(本章第一節)。家持は、この漢籍語を補足説明に取り込み、大黒こそは、こうした唐国の詩文に見える「蒼鷹」そのものなのですよ、とわざわざ筆を加えたのである。とすれば、字音語のままに「蒼鷹《さうよう》」と読むのがよい。左注も同様である。

　「蒼鷹」は、「しらたか」(また、「あをたか」)と読みたくもなる。後代には「蒼鷹《シロ》」(書陵部蔵『鷹鶻名所集解　其他鷹書』一冊〈163-1176〉の「鷹類字」、一七丁オ)との付訓例もある。「蒼鷹《しらたか》」なら「大黒《おほぐろ》」との対照は、より鮮明となろう。しかし、『和名類聚抄』にいう「しらたか」という「俗説」が、訓読の場で行われたか否か、問題である。「兄鷹《せう》」は、「免(兎)鷹」の誤読から生じた語である。だが、その後、実際に通行していた語であり、この点、厳かな事実として尊重しなければならない。また、これを介して「弟鷹《だい》」が出てきたようである。

　末尾に、「蒼鷹」につき、先学の注釈書に見えるところを列記しておく。

『全釈』

「（前略）蒼鷹はオホタカで普通種である。」（二七八頁）。

『総釈』

「下に註せられてある如く、鷹につけた名である。蒼鷹はおほたか。」（第九冊、一八五頁）。

『全註釈』

「（前略）羽毛に大きく黒い部分があるのだろう。蒼鷹は大鷹で、雌の鷹である。倭名類聚鈔。「鷹、広雅云《ニフ》、一歳名《ヲ》二之《ヅケ》黄鷹《ト》一、二歳名《ヲ》二之《ヅケ》撫鷹《ト》一（後略）」（第一一冊、五〇一頁）。

『私注』

「〇アガオホグロノ　オホグロはこの鷹の名と自注にある。尾の矢形だけを除いて、全体が黒い鷹であらう。注の「蒼鷹」は普通のタカのことである。」（四二四頁）。

『注釈』

「「大黒は蒼鷹の名なり」と自注してゐるやうに、蒼鷹は羽毛の蒼白な鷹で、それを大黒と名づけたのである。」（一七・二〇四頁）。

『集成』

「◇蒼鷹《おほたか》　三歳の雌の鷹ともいうが、鷹の種類の名か。」（一〇五頁、頭注）。

『全集』

「〇「蒼鷹」―三歳の雌鷹の称。『和名抄』に、一歳を「黄鷹《わかたか》」、二歳を「撫鷹《かたかへり》」（後略）」（頭注）。

『釈注』

「蒼鷹　ここは幼鳥をいうのであろう。鷹は幼鳥でないと人に馴れない。」（三二三頁）。

『全注』

「（『倭名抄』を引き）これによれば蒼（青）鷹とは大鷹のことで、三歳の雌鷹の称となる。」（二七六頁）。

『講義』

「大黒　蒼鷹の名。蒼鷹は、三歳の牝《（ママ）》鷹の称。一歳を（後略）」（二四九頁）。

『新大系』

本文に「蒼鷹《おほたか》」と付訓し、脚注に「『蒼鷹』は、倭名抄に広雅の「三歳を青鷹白鷹と名づく」、漢語抄の「大鷹於保太加（おほたか）、兄鷹　勢宇（せう）」を引き、編者源順は「俗説に雄鷹を兄鷹と謂ひ、雌鷹を大鷹と謂ふ」と解釈している。」とある（一六五頁）。

『全解』

「○蒼鷹―「蒼（青）鷹」は大鷹をいい、三歳の雌鷹の称。一歳を「黄鷹《わかたか》」、二歳を（後略）」（三二四頁）。

『和歌大系』

本文に「蒼鷹《おほたか》」と付訓する（二四〇頁）。四〇一五番の左注に「右は…蒼鷹《さうよう》を」と付訓する。

本章の課題としたところに関しては、いまだ種々の時間的・空間的問題を抱えている。「鷹鶻類を利用した狩獵（狩獵方法）」は、遠い過去に、文字を持たない遠い北方・西方の国々で行われていたようである。やがて、その幾許かの情報は、朝鮮半島に、また一方、漢字文化圏に伝えられ、時を経ながら波状的に他の国々・異民族に伝えられた。ところが、そうした情報を、当初に、あるいは、その後・その都度、文字化した人々は、必ずしも正確に記録したとは限らない可能性がある。それらを承け、読解しようとした人々も、必ずしも正確に読解し、継承してきたとは限らないようである。過去の文字情報は、得てして、その時、その地で、持てる能力の内で「読む」ことに留まり勝ちである。こうしたことが繰り返され、結局、その時代に・その土地で使われていた「鷹鶻類」とは、どんな種類であったのか、ユーラシア大陸〜朝鮮半島、また、日本には、どのような「鷹鶻類」が生息し、その内のどういう種類が、どういう狩猟にどういう形態で用いられたか、不透明になってしまったようである。文字（漢字）情報には、どうしても限界がある。この点、動物学（鳥類学）、考古学、民族文化科学などの方面からの発言を得たい。

注

（1）久松潜一校訂者代表『契沖全集』、第六巻、一九七五年四月、岩波書店。五〇二頁。

（2）『鷹鶻方』（「古本」「新増」）関係については、小著『鷹書の研究　宮内庁書陵部蔵本を中心に』（二〇一六年二月、和泉書院）、第八章、参照。

（3）光藤益子蔵『戦国策正解　魏下』、巻七下、文政九年序、同一二年刻成、河内屋茂兵衛以下六書林。国文学研究資料館写真版。早稲田大学蔵本（文庫17/W0201.三都書林群玉堂・温故堂・青山堂梓）は後刷本か。

（4）『四部叢刊初編史部』、上海商務印書館縮印、江南図書館蔵元至正刊本の景印一九六七年九月、台湾商務印書館。二〇七頁。

（5）梁昭明太子（蕭統）編、唐李善注『文選』、巻一三、一九七七年一一月、中華書局出版。二〇二頁。

（6）中村宗彦著『九条本 文選古訓集』、一九八三年二月、風間書房。三九五頁。ヲコト点部を平仮名とした。

（7）長沢規矩也解題『文選』、第二巻、足利市教育委員会・足利学校遺蹟図書館後援会発行、一九七四年一一月、汲古書院。八五二頁。

（8）『全唐詩』、巻二二四、杜甫九。一九六〇年四月、中華書局。第七冊、二三九四頁。

（9）『全唐文』、巻三五七、高適、一九八二年八月、中華書局影印。第四冊、三六二二頁。

（10）李昉等撰『太平御覧』、巻九二六・羽族部一三、一九八〇年、国泰文化事業有限公司。第四冊、四一一四頁。

（11）既出、注（10）文献、李昉等撰『太平御覧』、一一一三頁。

（12）国立歴史民俗博物館蔵本『史記(九)』、古典研究会叢書　漢籍之部、第二五巻、一九九七年九月、汲古書院。三二八頁。

（13）馬淵和夫著『和名類聚抄古写本声点本本文および索引』、一九七三年、風間書房。一五四頁。

（14）京都帝国大学文学部国語学国文学研究室編『狩谷棭斎箋注倭名類聚抄』、一九四三年、全国書房。三二五頁。なお、この「鷹」の前に「鷙《タカ》（朱筆声点、［去］）」の条があり、この後半部に「唐韻云鵏〈方免反又府蹇反俗云賀閇流波美（仮名に朱筆声点、［平］［平］［平］○○）〉鷹鷂二季色也」（神宮文庫蔵室町時代初期写本、巻七、二丁オ）と見える。

（15）『景印文淵閣四庫全書』、「子部三五三　小説家類」、『酉陽雑俎続集』、巻八、「支動」、一九八六年三月、台湾商務印書館。一〇四七―八二六頁。

（16）正宗敦夫編纂『倭名類聚鈔』、一九六七年八月、風間書房。

（17）中田祝夫、他編『色葉字類抄研究並びに索引　本文・索引編』、一九六四年六月、風間書房。

（18）契沖は、「（前略）雄鷹ヲ勢宇ト云ハ、大ニ対スレハ小ナルヘシ。然ルヲ兄鷹トカケルハ、男女ヲ妹兄《イモセ》ト云如ク、兄ノ和訓ト鷹ノ音ヲ上略シテ和漢ヲ交ヘテ作レル俗字ニテ、出処アル程ノ事ニハ侍ラシ」と説く（『契沖全集』〈注（1）文献〉、第七巻、一九七四九年八月、一三六頁）。

（19）中田祝夫編『古本節用集六種研究並びに総合索引』（一九七九年一月、勉誠社）所収の『伊京集』、多部、畜類。
なお、島根大学蔵『詩経名物辨解』（享保一六年辛亥四月京師書林唐本屋宇兵衛鏤刻）に、「鷹　時維鷹揚大雅大明章朱‐伝無レ註○和名タカ本‐邦ニ／雄ヲ兄《セウ》‐鷹ト名（ママ）雌ヲ弟《タイ》‐鷹ト名ク一‐説ニ大ヲ大《タイ》鷹／小ナルヲ小《セウ》鷹ト名クト云フ種‐類甚‐多シ」（下、巻四、二〇丁オ）と見える。

（20）荒木尚編著『言塵集―本文と研究―』（底本肥前嶋原松平文庫蔵本）、二〇〇八年六月、汲古書院。一五〇頁。

（21）大鷹と兄鷹とでは鷹道具にも差異があり、『責鷹似鳩拙抄』によれば、足緒・大緒の長さが異なり、また、山緒の結び方も、「又兄鷹の免をば。鳥の如くむすびめをかけて。大鷹のをはくびぎはを縄ゆひむすびにして。頭と足の間にむすびめあるべし。」などとその相異が見える（『続群書類従』、第一九輯中、三四八頁、三六〇頁）。

（22）松村博司校注『大鏡』（『日本古典文学大系21』）、一九六七年二月第八刷、岩波書店。二五五頁。

（23）蔵中進、他共編『倭名類聚抄　十巻本・廿巻本　所引書名索引』、一九九九年、勉誠出版。九五頁。
諸本間における情況は、宮沢俊雅著『倭名類聚抄諸本の研究』（二〇一〇年、勉誠出版）に詳しい。また、棭斎が『箋注倭名類聚抄』を著わす際に王念孫著『広雅疏証』を駆使していることにつき、蔵中進氏に「『箋注和名類聚抄』と清朝学術　その一　―

『康熙字典』『佩文韻府』『駢字類編』をめぐって―」（大東文化大学東洋研究所編『東洋研究』、第一五三号、二〇〇四年一一月）、「『箋注倭名類聚抄』と清朝学術　その二　―王念孫『広雅疏証』をめぐって―」（同誌、第一五七号、二〇〇五年一一月）の研究がある。

(24) 杉本直治郎「郭義恭の『広志』―南北朝時代の驟国史料として―」（京都大学『東洋史研究』、第二三巻第三号、一九六四年一二月）では、『広志』は、晋代の撰著ではない、南朝なら宋・斉・梁の間、北朝では後魏の時代、四二〇年代〜五二〇年前後の間に撰述されたとされる。

(25) 『説郛《せつぷ》』巻第六に、「広志」とする条があるが、ここには、当該の文言は見えない。

(26) 既出、注（10）文献、李昉等撰『太平御覧』、四一一四頁。

(27) 欧陽詢撰『芸文類聚』、下、一九七三年、中華書局香港分局。一五八八頁。

(28) 徐堅等著『初学記』、第三冊、一九六二年、中華書局。「鷹第四、［叙事］」、七三〇頁。

(29) 『和刻本漢籍随筆集』第六集、一九七三年二月、汲古書院。一七六頁。

(30) 既出、注（15）文献、『景印文淵閣四庫全書』、「子部三五三　小説家類」、『酉陽雑俎』、巻二〇、「肉攫部」、一〇四七―七六七頁。

(31) 『中国学術類編　古今図書集成15　禽虫典上』の「博物彙編禽虫典第十二巻鷹部彙考」、一九七七年四月、鼎文書局。一二三頁。

(32) この条につき、今村与志雄《よしお》訳注『酉陽雑俎4』（『東洋文庫401』）、一九八一年九月、平凡社）では、「八五九　鷹の雌雄は、大きさがちがうだけで、そのほかの形や姿は、本来、区別がない。雉《ち》鷹は、小さくとも雄鷹なのである。羽毛は、いろいろ色がまじり、はじめから、変化するときまで、同じなのである。兎鷹は、もちろん、とりたてて述べるまでもない。雉鷹は、一歳のとき、臆《むね》の前の（後略）」と逐語訳される（一二一頁）。

(33) 既出、注（15）文献、『景印文淵閣四庫全書』、「子部八〇　医家類」、『本草綱目』、巻四九、七七四―三九九頁。

(34) 白井光太郎監修・鈴木真海翻訳『頭註国訳本草綱目』第一一冊、一九三一年一月、春陽堂。三七六頁。

(35) この点につき、小野蘭山著『本草綱目啓蒙4』（『東洋文庫552』）、一九九二年七月、平凡社）でも、「本草綱目ニ鷹ヲ説コト甚ダ疎略ニシテ混淆モ多シ。角鷹ヲ鷹ノ一名トスルハ是ニ非ズ。クマタカナリ。鷹ヨリ大ニシテ毛角アリ。又爾雅翼ヲ引テ、在レ北為レ鷹、在レ南為レ鷂ト、南北ヲ以テ鷂鷹ヲ分別スルハ非ナリ。二物自カラ別ナルコト通雅ニ見エタリ。又一云ヲ引テ、大為レ鷹、小為レ鷂ト云ハ是ナリ。鷂ハ、ハシタカ一名ハイタカ、即、コノリノ雌ニシテ、鳧鷺ヲ捉。（後略）」として記されている（四三頁）。

(36)　諸橋轍次著『大漢和辞典』、第一二巻、一九六八年縮写版、大修館書店。八七三頁。
(37)　既出、注(15)文献、『景印文淵閣四庫全書』「経部二一六　小学類」、『埤雅』、巻六、二二二―一一一頁。
(38)　于玉安・孫豫仁主編、字典彙編編委会編輯『字典彙編』、一九九三年一二月、国際文化出版公司。
(39)　『続群書類従』第一九輯中、一九二五年発行・一九八五年訂正三版。二〇四頁。
(40)　『標註訂正康熙字典』、訂正者渡部温。一九七七年一一月復刻版。講談社、三四〇八頁。音訓の合符を省いた。
(41)　既出、注(36)文献、諸橋轍次著『大漢和辞典』、第一二巻、八五五頁。
段成式撰、今村与志雄訳注『酉陽雑俎３』(『東洋文庫397』)、一九八一年五月、平凡社。一四五頁。
(42)　沢瀉久孝著『万葉集注釈』、巻一〇、一九六二年一月、中央公論社。二一八頁。小島憲之著『上代日本文学と中国文学　中―出典論を中心とする比較文学的考察―』、一九六四年三月、塙書房。八〇九頁。久松潜一校訂者代表『契沖全集』、第四巻、一九七五年七月、岩波書店。四六二頁。
(43)　既出、注(20)文献、荒木尚編著『言塵集―本文と研究―』、七、一五一頁。

［補説1］「おおたか（大鷹）」について

「おおたか（大鷹）」につき、日本鳥学会編集『日本鳥類目録』、「改訂第七版」（日本鳥学会創立百周年記念出版、二〇一二年九月、同学会発行）では、分類学上の所属名称は「タカ目・タカ科」とされている（二〇一頁）。従来の所属名称「ワシタカ目・ワシタカ科」は、前版「改訂第六版」にて改称された。

和名「オオタカ」の学名、英名等は左記である。

学名　*Accipiter gentilis* (Linnaeus, 1758)　英名　Northern Goshawk

独名　Habicht　仏名　Autour des palombes　漢字表記　蒼鷹　大鷹

「独名」以下は、森岡照明、他著『図鑑 日本のワシタカ類』（一九九五年、文一総合出版）による（八四頁）。

なお、「おおたか（大鷹）」につき、宮内庁式部職編纂兼発行『放鷹』（昭和六年、吉川弘文館）の「日本の鷹類に関する科学的考察」（宮内省主猟課主猟官黒田長礼《ながみち》氏執筆）に、次のようにある。

オホタカ　Accipiter gentilis schvedowi (Menzbier).

英名—Siberian Goshawk.

記載—額縁、眼先き及び眉斑は白色にして黒色の縦線あり。頭頂、顔側、頸及上頸は灰黒色にして上頸羽は基部白色にして此色は外部より見ることを得。体の上面は一様なる純灰鼠色。翼羽は帯褐色にして裏面は白味勝ちにて内瓣白色を混じ暗褐色の横斑あり内側次列風切に至るに従ひ不判明となる。尾は暗灰褐色にして中央羽はその中央に暗色帯を有し外側羽は白色を混じ内瓣に暗褐色の横斑を有す。体の下面は白色の地に幅狭き褐色の横斑あり。腮、喉及胸には暗色の軸斑を見る。雌は雄より大なり。
幼鳥―成鳥と大に異り上面は淡褐色にして各羽縁帯白色、頭頂、頸及顔側の各羽縁は白色或は淡軟皮色なり。尾羽は淡色にして褐色を混じ四乃至五の幅広き暗褐色の横帯あり尾羽の縁は帯白色なり。翼の風切羽は成鳥よりも一層横斑に富みこれらの斑は外瓣に迄達す。体の下面は淡軟皮色或は淡褐赤色にして暗褐色の粗大なる縦斑あり。
柔軟部の色彩―虹彩淡黄色乃至黄金色、嘴は暗鉛石板色にして基部淡色時として口角は黄色なり。幼鳥は嘴の基部と口角は黄色。蠟膜は黄色にして上面帯緑色、脚趾は黄色、趾爪は黒色なり。
測定―雄　翼二八〇―三〇〇、尾二一〇―二一八、跗蹠六八、嘴峰蠟膜を除く二〇粍。
　　雌　翼三〇二―三三九、尾二二〇―二四八、跗蹠七三・五―七九、嘴峰蠟膜を除く二一―二三粍。
以上は凡て日本内地産オホタカの測定にしてこれを亜細亜大陸産の測定に比較すれば
　　雄　翼二九〇―三二三粍。
　　雌　翼三四〇―三六二粍。
となり平均二〇乃至三〇粍は大陸産の方長翼となる傾向を示す故にスワン及ハータート両氏は大陸産を A. gentilis schvedowi とし内地産を A. gentilis fujiyamae なる小形の亜種として記載せり。其後日本鳥学会協議会に於て（後略）　（四五三頁）

右につき、「腮《あご》」は、あご、「嘴《し》」は、くちばしのこと。「蠟膜」は、上嘴基部を覆う肉質の膜で、鼻孔がある。「脚趾」は、足の指、「跗蹠《ふしょ》」は、はぎをいう。「粍」は、単位のミリメートル。

［補説2］『中興禅林風月集抄』について

京都府立総合資料館蔵『中興禅林風月集抄』に次のように見える。

（前略）其外ドノ国ノ主ニナレハ・ソコノ国ノ侯ト云也、マダ平サブライ《デ》・侯ニモ・ナサレヌ時ノ事ヲハ・打忘テ・今ハ馬ノ恩ヲハ・一向ニ・ヲモイダサヌソ・人間万事此分ソ・高‐鳥尽《テ》良‐弓蔵《レ》（虫）・狡‐兎死《シテ》走‐狗烹《ラル》ト・韓‐信殺ル時ニ・云タト同ソ・高イ・ソラヲ・飛鳥ノアル時ハ・ヨイ射手カ・威勢ヲスルソ・鳥モ飛テ・ドチエソイクカ・又ハ・イトラルレハ・重宝セラレタ・弓モ・トリヲイテ・影ニヲクソ・（中略）狡兎ハ・ウサキノ大ニスクレテ・走ルヲ云也・猟ノ時・鳥モ・兎モ・アル時ハ・逸物ノ犬ヲ奔走セラル丶ソ・鳥兎カ・ナウナレハ・功ヲナイタ・犬ヲ殺シテ・煮テ食ソ・韓‐信モ・漢ノ九年ノ間ノ弓矢ニ・イクサノ大将ヲシテ・イカホトノ功ヲナイタソ・アゲクニ・器用ナ者ハ・後ニムホンヲ起ストテ・カラメテ・切ラレタソ・其吃ニ云タ語ソ・猟ヲスル時ニハ・狗カ干要ソ・鷹野ニ・狗カナウテワソ・牽《キ》レ黄《ヲ》臂《ニス》レ蒼《ヲ》ト云ハ・黄ハ・キナ犬ソ・犬ハ・黄ナカ逸物ソ・蒼ハ・鷹也・鷹ノ色ハ・アヲイガ本也・是ハ鷹ヲスエテ・猟スル事ソ・秦ノ李‐斯カ・宰相ニ成テ・威勢ヲシタソ・鷹野ニ・スイタソ・牽《キ》レ黄犬《ヲ》臂《ニス》レ蒼鷹《ヲ》ト云タソ・鷹ヲ臂ニスル事ハ・拳デツカウモノソ・拳ハ・臂カ干要ソ・コブシデ・ヤリタイ方ヘヤルソ・臂カラスルソ・臂ガ・ハタラカイデハ・拳バカリデハ・ナラヌニヨリテ・臂ト云ソ・右手ニ・モタイテハ・カナワヌ物ヲモツソ・左ニ持テハ・ナラヌソ・ヨノコトニ・カワルソ・鷹ハ・日本ヘハ・比丘尼カ・呉ノ国カラ・スエテキタソ・綿帽子シテ・キタソ・サルホトニ・鷹ヲ・ツカウ人ハ・綿帽子ヲ・

カブル人モアルソ・此心也・コチクト云比丘尼カ・日本へキテ・政《セイ》頼《ライ》ト云者ニ・鷹ヲヲスエタソ・ワカイ鷹ヲ・巣カラ・ヲロシテ・シ入ル、事ソ・鷹経ト云・マキ物カ・二巻アルソ・俗人ハ事ノ外秘スルソ・鷹ニハ・色々ノ口伝ノ事ガ・アルゲナソ・是ハ・ツイテニ・鷹ノコトヲ云也・此詩ハ・老馬ノ詩也・馬ニヨセテ・世間ヲ・ワルウ云タ心ソ・此時分・武士カ・我カ・凡夫ノナリデ・（後略）

〈大塚光信編『新抄物資料集成』、第一巻、二〇〇〇年一〇月、清文堂出版。二二丁ウ。底本は京都府立総合資料館蔵。合字「シテ」「コト」は二字に直した。読点・右傍線・中線〈朱引〉等は朱筆、左傍線は墨筆〉

〔補説3〕『広雅』について

『広雅』につき、念のために左記を参看した。

・『広雅』一〇巻・三冊、魏張揖纂集・隋曹憲音釈、明葉自本重訂・郎奎金糾譌、宝暦七年（一七五七）九月、東都書舗吉文字屋次郎兵衛・大黒屋弥兵衛発行。〔関西大学図書館蔵本・内閣文庫蔵本（278-37）〕
・『広雅』一〇巻・一冊、張揖撰・隋曹憲音解、明畢效欽校刊。〔内閣文庫蔵本（278-14）〕
・『広雅疏証』一〇巻・二冊、四部備要・経部、一九六六年、台北・台湾中華書局。〔島根大学図書館蔵〕
　また、一九八二年の同版（台北・台湾中華書局）。〔神戸市立外国語大学蔵〕
・『広雅疏証』一〇巻・一冊、張揖撰・王念孫疏証、一九七一年、台北・広文書局印行。〔島根大学図書館蔵〕
・『広雅疏証』一〇巻・一冊、王念孫撰、高郵王氏四種之一・中国訓詁学研究会主編・陸国斌責任編輯、一九八四年、江蘇古籍出版社。〔島根大学図書館蔵〕
・『広雅疏証』一〇巻・八冊、張揖撰・王念孫疏証、叢書集成初編、一九八五年、中華書局。〔関西大学図書館蔵〕
・『広雅疏証』一〇巻・一冊、嘉慶元年（一七九六）序。〔関西大学蔵〕
・『広雅疏証』一〇巻・三冊、谷風主編・辞書集成所収、一九九三年、団結出版社。〔神戸市立外国語大図書館学蔵〕
・『広雅疏証』一〇巻・八冊、叢書集成初編、一九三九年、商務印書館。〔神戸市立外国語大学図書館蔵〕
・『広雅疏証』一〇巻・一冊、四部集要・経部、二〇〇二年、新興書局。〔神戸市立中央図書館蔵〕

なお、高知県立図書館山内文庫蔵『書礼袖珍宝』一冊（ヤ327-110-1）は、正徳四年（一七一四）の写本で、鷹の言葉（文字）遣いを説く条に、次のように見える。読点私意（読み方は「片回《かたがへり》」「諸回《もろかへり》」「諸片回《もろかたがへり》」）。

広雅云

一　一歳ヲ若鷹、巣鷹、二歳ヲ片回ト云、三歳ヲ諸回、四歳ヲ／諸片回ト云、四年巳後ヲ鳥屋ト云、

一　一歳名黄鷹、若鷹也、二歳名撫鷹、片回也、三歳名青鷹、／諸回也、

書状に鳥屋の鷹書時、二年なれは如右撫鷹、三年な／れは青鷹と云、但大鷹の時の事也、四年は異名無之、／四年の時は諸片回と書也、四年めの餘より鳥屋／と云、五年までを一鳥屋と云、さて六年を二鳥屋と／は不云、六鳥屋と云、又七年なれは、七鳥屋の御鷹と／書也、幾鳥屋の御鷹とは不書也、四年迄は右のことく／異名也、但小鷹之時は各別也、小鷹ニも鳥屋なれは鳥／屋鷂と鷹の名を可加也、

また、末尾に、「異本／一鷹之鳥をとる時の文字の事」として、「捉《ソク》トル通是用　ニギル　トラユル　トラフ」以下、五字を掲げた後、「右政頼流鷹之文字等、雖無際限先大方一通幷広雅／之内、略様之趣也、口伝」と締め括る。

本書の奥書は左記である。

右、袖珍宝三冊者、雖二秘-伝一懇望依レ難二黙止一令二伝-授一畢、他流／之重-宝、尤非二家之書一ニ、加二了-簡一可レ用レ之者也　（下三六丁オ）

右、袖珍宝都合上中下三冊者、有職秘伝書也、雖／然我等懇望之至、借用之、正徳四年甲午四月二／十三日写終之者也、実人家日用之重宝、雖項（ママ）刻／不可離之者也矣／　谷神助大神自直　（下三六丁ウ）

更に、国立公文書館内閣文庫蔵『書礼袖珍宝』三冊（153-379）にも次のように見える。

広雅曰

一若鷹巣鷹　　一年ヲ云
一片回ト　　二年ヲ云
一諸回　　三年ヲ云
一諸片回　　四年ヲ云
一黄鷹ワカタカ也　一歳ヲ云
一撫鷹片かへり　二歳ヲ云
一青鷹諸かへり　三歳ヲ云
四年以後を鳥屋ト云也、四年の秋より五年まて／鳥屋ト云、扨六年を二鳥屋トハ不言、六鳥屋／ト云、七年を七鳥屋ト云、四年まてハ右の／ことく、小鷹ハ各別也、小鷹にても鳥屋と／四年の時ハ諸片回と書、

異本曰／　鷹鳥トル字事／（以下略）　　（第三冊、九丁オ・ウ）

以下、「捉」以下の用字などを説き、「右政頼流鷹文字等雖無際限先大形／一通幷広雅之内略様之趣也」とある。

また、宮内庁書陵部蔵『鷹書』一冊（163-1385）には、次のように見える（「祝《セウ》」の右傍訓は原本のママ）。

広雅言《クワウガ》

祝鳩《セウキウ》ハヤブサ ー惣名　　黄鷹《ワカタカ》　　撫鷹《カタカヘリ》

山海集注言

白鷹《ヤマカエリ》　撫鷹《カタカエリ》　白撫鷹《モロカヘリ》　桃花《アカ》／（以下略）

本書は、外題に「敬和堂資康鷹書」とあり、奥に「右一冊者雖為秘事御執心／深依進之畢努々不可有外見也／敬和堂資康／敬勝堂許勝／好寛」とある。「敬和堂資康」とは、礼法家根岸東左右衛門資康のことで、以下の二名は

その一門であろう。

以上の内、山内文庫蔵『書札袖珍宝』の場合は、先行する書札礼に拠ったものらしい。後二者の類は、そうした書札礼・鷹書類を参照した、更に後代的な形態であろう。『広雅』という書名は、こうした形で見えることがあるが、いずれも孫引に相当するものであろう。

[補説4]「兎鶻」について

朝鮮、李朝の仁宗元年（一五四五）の著とされる内閣文庫蔵『新増鷹鶻方』一冊（306-313）には、「鷹鶻揔論」（李燗編）の条に次の三類を挙げ、それぞれの朝鮮語名（細字割書の音訳字、〈〉内、／は改行）を添える。(1)

(イ)「鶻属」(Falcon)―「海青〈松／鶻〉」「大小鵰鶻〈羅／親〉」「籠奪〈都農／太〉」「大小兎鶻〈益攄／貴〉」

「燕鶻〈飛也／下〉」「鸇〈求其／乃〉」

(ロ)「鷹属」(Hawks)―「鷹〈曷之／箇〉」「白鷹〈斗伊／昆〉」「角鷹〈照／骨〉」「鷂〈結／外〉」

(ハ)「鷲属」(Eagle)―「鷲〈愁／雷〉」「低強〈無別／名〉」「晨風〈乞布／亦其〉」「鳶〈小奴／其〉」

特徴として、「鶻属・鷲属、足青、目黒、間《まま》有黄足者」、「鷹属、目足皆黄、唯角鷹目黒、鷹亦有烏眼、青趾者」とあり、また、「鵰鶻」には鴈・鴨・烏・鵲を、「兎鶻」には雉・兎を、「籠奪」には鶉・鶬鶊を、「鸇」には鶉・雀を、「角鷹」には雉・兎・鴨を、「鷂」には鶉・鵲を捕ることを教えるなどとある（五丁ウ、付訓省略）。

朝鮮語名といっても、白鳥庫吉氏は、これらの名称は「古い時から語り続けた純粋の土語では無からう。」として、それぞれの音価を分析され、その国交圏や放鷹史を辿りながら、この李朝朝鮮語名は放鷹術と共に「蒙古から伝習したものと思はれる。」と論じられた。(2)

右に見てきた『和名類聚抄』伊勢一〇巻本の「鷹《タカ》」（巻七、二丁オ）、及び、同抄の「角鷹《クマタカ》」（同、二丁オ）、「鷙《タカ》」（同、二丁オ）、「鷂《ハシタカ》」（同、二丁ウ）などは、この内の(ロ)の類となる。他方、同抄の「鶻《ハヤブサ》」（同、二丁ウ）は(イ)の類に、また、「鵰鷲《ワシ》」（同、二丁オ）などは(ハ)の類に入ろう。これらの間には細かな問題があって単純にはいかないが、(イ)の内の「海青」はシロハヤブサ、「鵶鶻」はハヤブサ、「籠奪」はコチョウゲンボウ、「兎鶻」はワキスジハヤブサであろうとされている。(3)

日本鳥学会編『日本鳥類目録』（改訂第七版）(4)によれば、タカ目にミサゴ科とタカ科があり、別に、ハヤブサ目、ハヤブサ科、ハヤブサ属FALCO Linnaeusの中に、ヒメチョウゲンボウ、チョウゲンボウ、アカアシチョウゲンボウ、コチョウゲンボウ、チゴハヤブサ、ワキスジハヤブサ、シロハヤブサ、ハヤブサが分類される。森岡照明氏、他著『図鑑 日本のワシタカ類』(5)によれば、シロハヤブサFalco rusticolus Linnaeus, 1758は、ハヤブサ類中最大とされ（全長、雄約五〇〜五四㌢、雌約五七〜六一㌢）、その学名Falcoはラテン語で「ハヤブサ類、鷹狩り用のタカ、とくにその雌タカ」の意味とされる。ユーラシア大陸の極北部、北アメリカ大陸の極北部、北極海諸島、アイスランドなどで繁殖し、一部、冬季にシベリア西・東部、カムチャツカ、及び、北海道などに飛来する由である。ワキスジハヤブサ *Falco cherrug* Gray, 1834は、ヨーロッパ東部、トルコからシベリア南部、中央アジア、中国北部、モンゴル、中国東北地方などで繁殖し、全長約四六〜五八㌢とされる。

『新増鷹鶻方』の「鷹鶻揔論」における鷹鶻類三類は、古来の実践経験的分類案と見られ、広く鷹鶻類を網羅、分類、系統付けた普遍的・科学的な分類案ではない。だが、『本草綱目』にいう「雉鷹、兔鷹」の内の後者は、右にいう(イ)「鶻属」の「大小兎鶻〈益攄貴〉」に関係するのではなかろうか。「大小」は、体型の異なる雌雄をいう。「兎鶻」につき、内閣文庫蔵『鷹鶻方和字鈔』三冊（154-411）によれば、「曰二大小兎-鶻一益攄貴〈兎-鶻・ハヤブサハ・兎ハ不レ執モノ也・／是ハ好テ兎ヲ食ナルベシ・大小ハ前ニ記ス〉」（上冊、三三丁オ）と注釈され（「前ニ」とは、前に「雌雄ヲ云カ」とある）、また、遡れば、高麗時代の書とされる、内閣文庫蔵『古本鷹鶻方』一冊（306-312）の

「教《ヲシユル》二鷹鶻《ヲ》一名」の条に、「黄鷹〈加《テ》二之《コレニ》乙《イツ》‐介《カイヲ》一／教《ヲシフ》二之《ニ》雉《チ》鴨《アウ》《キヂカモ》一〉白‐鷹（後略）」以下、一二種（あるいは、一一種か）が挙げられ、その一つに「兎鶻《ト》〈蓋加《カイカ》‐耳教《ジフ》二之《ニ》雉《チ》《キジ》／兎《トヲ》《ウサギ》（「一」脱）〉」（三丁オ）と見える。

元代には、皇帝の傍らに「昔宝赤（Sibayuči）」（「昔博赤」「失宝赤」とも書く）と称する鷹坊（鷹匠）が置かれ、白鶻、海東青鶻（海青）、鴉鶻、黄鷹、黒鷹（不魯《ブル》骨《グ》愓《ト》）、角鷹、双雉、兎鶻、鴿（隼）等、様々な鷹鶻類が飼育され、放鷹に用いられたとされる。(6)

陳元靚撰『新編群書類要事林広記』、庚集巻一〇所収の「至元訳語」は、中世蒙古語を記録した漢字資料であり、(7)その「飛禽門」の内の鷹鶻類に次のように見える。

鶻不魯昆　鷹喝里柴合　海東青扎罕東忽児　鴿棄真古
兎鶻移剔（左は「曷」か）里鬼　鴨鶻納真　豹子撒里　籠奪独林及　／孔雀（後略）　（五五丁ウ、訓点略）

先学により、ローマ字転写、及び、書写蒙古文語形対照表も公表されている。(8)

村上正二《まさつぐ》訳注『モンゴル秘史』(9)は、原典を日本語に釈注したものである。村上氏の訳文中に「大鷹《カルチガイ》」（巻一、三四頁、三五頁、三七頁）、「隼《はやぶさ》《シンコル》」（巻二、一一二頁）、「海青《かいせい》《シンコル》」（巻八、三一七頁）と訳された語は、四部叢刊本「漢語訳」(10)に、それぞれ「黄鷹」（巻一、一五丁ウ～一七丁ウ、他）、「海青」（巻二、一一丁ウ）、「海青」（巻八、六丁オ）と見える。

また、村上氏は、「バイ・シンコル・ドクシン」なる人名の、「バイ」とは「富める」意、「シンコル」とは「海東の青鶻《せいこつ》」、即ち、「沿海州方面の青い隼」、「ドクシン」とは「たけだけしい」の意とされる（巻一、五五頁）。村上氏が「大鷹《カルチガイ》」と訳された語（「黄鷹」）は、小沢重男氏（『元朝秘史』、右の注参照）は「雌鷹」と訳され、これが『和名類聚抄』の「おほたか（大鷹）」（狭義）に相当しよう。

その後の用例として、次のように見えるものがある。

［兎鶻］tùhú〔名〕(白)（狩猟用の）タカ．〈在鉄网山教～捎一翅膀〉鉄網山でタカに翼でたたかれた；（《紅楼夢・26》）．（下巻、三一二二頁）

大東文化大学中国語大辞典編纂室編『中国語大辞典』(11)の「兎」の条に見える語釈である。「(白)」とは、凡例に「旧白話語彙」とある。『紅楼夢』は、清乾隆年間（一七三六～一七九五）の作品であり、この頃、「兎鶻」は鷹狩に用いられたと知られる。別に、「－(兎)虎」(方)狩りに使うタカ；北京・」という語も見える（下巻、三一二二頁）。「北京」とは、北京語をいう。

羅竹風主編『漢語大詞典』(12)にも、「兎」の条に次の一語が見える。

[20]【兎鶻】①契丹、女真人称束帯為兎鶻。（中略）。②一種局部羽毛帯(ママ)赭色的白鷹。《紅楼夢》第二六回：“這臉上是前日打圍、在鉄網山叫(ママ)兎鶻梢(ママ)了一翅膀。”清陳維崧《望江南・商丘雑詠》之一：“蜀葉緑鞲鞶兎鶻、鬧花錦袋貯鵪鶉。”（縮印本、上冊、八五五頁）

『紅楼夢』の用例は、原文に、「這臉上是前日打圍，在鉄網山，教兎鶻〔四〕捎了一翅膀。(13)」と見え、「〔四〕兎鶻――一種局部羽毛微帯赭色的白鷹。」と注記されている。この条につき、幸田露伴・平岡龍城共訳では、「這個《こんど》の臉上《かほ》は鐵《てつ》網山《まうさん》に打圍《れふし》在て、兎鶻《とこつ》の一翅《はね》の膀《さき》で捎《はた》かれましたのです。(14)」と訳されている。陳維崧（生歿、一六二五～一六八二年）は、字は其年、号は迦陵、江蘇宜興（現在の江蘇省宜興市）出身、清代初期の詩人である。

この他、『漢語大字典』(15)、諸橋轍次著『大漢和辞典』（修訂版、大修館書店）、また、檀国大学校東洋学研究所編『韓国漢字語辞典』(16)などには、「雉鷹」、「兎（兎・菟・莵）鷹」、「兎鶻」などの語を掲出して解説をすることはないようである。別に、現代の『中国大百科全書』(17)に説くところがある。

注

（1）森為三執筆「朝鮮放鷹史」の中の「第二篇　朝鮮の文献にあらはれたる鷹の名称」（宮内省式部職編纂『放鷹』にも言及されている（一九三一年、三二一頁）。なお、「兎鶻」につき、「形態を記せし文献を見出すを得ず。」とされる。

（2）白鳥庫吉「本邦の鷹匠起原伝説に就いて」、『白鳥庫吉全集』第二巻（『日本上代史研究　下』所収）、一九七〇年二月、岩波書店。七一頁、他。『李朝実録』『類合』『鷹鶻方』『訳語類解』『同文類解』『蒙語類解』などに散見する鷹鶻の種々とその朝鮮語名を蒐集され、「之を他国語と比較研究して見た処が、其が殆ど全部トルコ、蒙古、満洲の三国語に密接な類似のあるのを認めた。」とされ、就中、その朝鮮語は「最も多く蒙古語に語形の酷似するのは大に注意すべきことである。」（既出、第二部、「序」、参照）と述べられている。

（3）既出、注（2）文献、白鳥庫吉「本邦の鷹匠起原伝説に就いて」。

（4）日本鳥学会編『日本鳥類目録』（改訂第七版）、二〇一二年九月、同学会発行。二三三―二三九頁。

（5）森岡照明・叶内拓哉・川田隆・山形則男著『図鑑　日本のワシタカ類』、一九九五年八月、文一総合出版。三二六頁以下、五八一頁以下。

（6）片山共夫《ともお》「元朝の昔宝赤について―怯薛の二重構造を中心として―」、『九州大学東洋史論集』、第一〇号、一九八二年三月。六〇頁。『元典章』、巻三八・兵部五、「打捕鷹鶻擾民事」、同じく巻一六・戸部二、「応副鷹鶻分例」などを踏まえる。『元典章』に「鶻」字を「鵑」の字形とするものがある（『大元聖政国朝典章』、一九六四年四月、文海出版社）。

（7）長沢規矩也編『和刻本類書集成』、第一輯、一九七六年、汲古書院。三六五頁以下。

（8）長田夏樹「元代の中・蒙対訳語彙「至元訳語」」、『神戸外大論叢』、第四巻第二・三号、一九五三年一〇月。一一〇頁。栗林均、他編『「元朝秘史」モンゴル語全単語・語尾索引』（東北アジア研究センター叢書）、第四号、二〇〇一年二月。栗林均編『「元朝秘史」モンゴル語漢字音訳・傍訓漢語対照語彙』（東北アジア研究センター叢書）、第三三号、東北大学東北アジア研究センター発行、二〇〇九年二月。栗林均編『「元朝秘史」傍訳漢語索引』東北アジア研究センター叢書）、第四七号、二〇一二年一月。その他、栗林氏の一連の研究報告書。

（9）村上正二訳注『モンゴル秘史　1』、同『2』（『東洋文庫163・209』）、一九七〇年五月・一九七二年四月、平凡社。

（10）四部叢刊本『元朝秘史巻一―巻十』『元朝秘史続集巻一―巻二』は、本文にモンゴル語文を置き（漢字音写）、その各語句の右に漢語訳を傍記し、かつ、段落ごとに訳文（漢文）が添えられている。注（8）の栗林均、他編『元朝秘史』モンゴル語全単語・語尾索引』に影印本を収める。また、小沢重男訳『元朝秘史』（上下二冊、一九九七年七、八月、岩波文庫。所用の底本は、四部叢刊本『元朝秘史巻一―巻十』『元朝秘史続集巻一―巻二』）にも、影印を収める（上下二冊の巻尾に分収）。

（11）大東文化大学斯大辞典編纂室編『中国語大辞典』、一九九四年三月、角川書店。

（12）斯編集委員会、他編纂・羅竹風主編『漢語大詞典』、一九九七年四月、漢語大詞典出版社。

（13）曹雪芹著『紅楼夢』、一九五三年一二月、出版社は作家出版、新華書店発行。上冊、二六八頁。
なお、原文につき、『紅楼夢』の汪原放・胡鑑初対校本（一九二二年五月再版、亜東図書館刊）では、「這臉上」が「這個臉上」とある。語注はない。

（14）国民文庫刊行会編輯兼発行、幸田露伴・平岡龍城共訳『国訳漢文大成』、文学部第一四巻、一九二〇年一二月発行、一九二四年四版、国民文庫刊行会。五一九頁。脚注に「打圍」は、「かこみたて猟する」、「兎鶻」は、「鷹の種類」、「一翅の膀で」の「翅」は、「羽根」、「膀」は、「かた、わき、はえて居る羽根で」、「捎かれ」は、「物のさきで、ひつかける」と、それぞれ語釈される。

（15）斯編輯委員会編纂『漢語大字典』、一九八六年一〇月、四川辞書出版社・湖北辞書出版社。

（16）檀国大学校東洋学研究所編『韓国漢字語辞典』、一九九六年一一月、同大学校出版部発行。

（17）中国大百科全書出版社編輯『中国大百科全書』の『生物学Ⅰ』（一九九一年一二月、中国大百科全書出版社）によれば、「蒼鷹《cangying》（*Accipiter gentilis*; goshawk）隼形目／鷹科鷹属的種（見図）。又名鶏鷹、兔鷹、黄鷹、鴿鷹、牙鷹。広泛分布于北美洲、欧亜大陸和非洲北部。有10个亜種、其中4个見于中国。体型中等、体長470～590毫米、（中略）。（蔡其侃）」とある（一〇二頁）。なお、「牙鷹」につき、「〔牙鷹〕yáying〔名〕（鳥）オオタカ；南」とある（注（11）文献、下巻、三五四一頁）。南は、「南方語」の意。

第四章　「大黒」について

はじめに

本章では、第一章の**【用例１】**に見える「**大黒**」という語句を検討する。

「大黒」とは、固有名詞で、家持の臂にした蒼鷹の名である。この命名には、「大黒符《おおくろふ》」といわれる鷹の符《ふ》が関与しているようである。「符」字は、「斑《ふ》」「生《ふ》」などとも書く。偶々、鳥類を対象としており、文脈によっては混乱しやすいが、この符（斑）という言葉自体に二様の用法がある。その一つは、体を覆っている羽毛全体に関する文様をい、もう一つは、一枚の羽根における文様をいう。前者は、大鷹の「腹は白地に細かな横斑がある。」（『広辞苑　第四版』）というような場合、後者は、「ヤカタ・フ　矢形符。切りちがへになつてゐる符。」（『放鷹』、「鷹犬詞語彙」）というような場合である。「大黒符」とは、この前者に類する言葉である。

一般的に、蒼鷹は、より白っぽい方が好まれたようで、貢献や進上にも「白ー」という文字が目立つ。中国大陸や朝鮮半島、また、日本でも同様であり、家持自身も、一方で、「白大鷹」（巻一九・四一五四番）・「真白部乃多可」（巻一九・四一五五番）といった鷹を好んでいる。こうした情況において、当面の鷹を「安我大黒尓」と謳うのである。この鷹は、余程、黒く、彼は、それ故にこれを愛したようである。「大黒者蒼鷹之名也」との自注は、「蒼鷹なんだけれども、白くないよ、黒いんだよ」という釈明を意図したものでもあろう。

第一節　鷹書・歌学書などの所説

「大黒符」につき、鷹書や歌学書などには、次のような注釈が見える。

A 『龍山公鷹百首』

「おぼえ行犬のかしらに木居づたひつかれの鳥をおしむあか鷹／　赤鷹はの符（ママ）のあかき鷹也。大鷹にある也。あかけの時に云也。赤符とはいふまじきと也。惣別大鷹に赤符黒符の事当流に不用之。他流には申ならはすとみえたり。*口伝。付。大黒符は各別也。ウケガイノ下に針ヲスリナラベタルヤウニテ。尾スケサキマデ。符ヲキリツメタルヲ大黒符ト云也。」（七五番）

『群書解題』に、『続群書類従』所収本につき、「完成会本は宮内庁書陵部所蔵の続類従写本によっている。本書の転写本は非常に多い。」（第一五巻、六七頁。岩橋小弥太氏）とある。内閣文庫蔵『鷹詞百首』一冊（154-399）では、本文は「口伝」までで、上欄外に「異本ニ付大黒符ハ各別也うけかたい（?）の下に針をすりならへたるやうにて尾すけさき迄符を詰たるを大黒符と云也」とある。また、*部以下につき、内閣文庫蔵『鷹詞百首和歌』一冊（154-309）には「*口伝共候歟、付、大黒符は各別と云々、大黒符と云は、うけかひのしたに、はりをすりならへたる様に符をたつに、こまかにきる、さて尾すけへ符をきりつむるなり、大黒符は心ふかくなつきかね候により。餌かひも逆也。順の餌飼にてハちかふ物なり」とあり（読点私意）、これは、同文庫蔵『鷹詞百首』一冊（154-404）寛政二年源峰雄写本でも同様である（文字表記に差異はある）。

「ウケガイ（ヒ）」とは、宮内庁書陵部蔵『鷹鶻名所集解　其他鷹書』一冊（163-1176）の「頭之部」に、「受飼《ウケカイ》／　下觜

の下也 人のおとかひのことし」（四丁オ）[1] とある。普通、ここの羽毛は白い。

「尾スケ」とは、右『龍山公鷹百首』に、「力餌や心をそへてかひもせん鷹の尾すけのかはる見ところ／（中略）尾すけとは尾のうらに白き毛のあるを云也。尾すけのおほきをよき鷹の相に云り。つかふ鷹の見所。尾すけにも有と也。又尾すけ斗にも限るべからず。多き事なればしるしがたし。」（三六番）、また、右『鷹鶻名所集解　其他鷹書』の「胸腹之部」に、「尾末毛《ヲスケ》／　尾の下白く生する毛也／鷹歌曰　はし鷹の狭衣《サコロモ》の毛を重ても／猶風さむみ霰ふるなり　注云狭衣の毛とハ／尾下に生す尾末毛《ヲスケ》乱糸《ランシ》狭衣《サコロモ》と云三ツの内也／（後略）」（五丁オ）、書陵部蔵『鷹詞類寄』四冊（163-1292）に、「鷹詞 尾すけ／　尾の下に有毛の針の様なるをほむる物となり　乱糸とて／是も褒たり 艹（草）衣共云〇（後略）」（第二冊、を部）、「草衣の毛／　尾すけとて尾の下にあり」（第二冊、く部）、「百廿二 針をたて糸をミせたる鷹の毛の落草衣鳥もぬひつゝ 定家／　尾すけとて尾の下に有毛の針の様なるをほむるなり　糸を／見せたるハ乱糸とて是もほめたる也　さ衣共云下の句　鳥の／はうてありくを草をぬふといへは　くさ衣と立入てよめるにや」（第三冊、く部）などとある。尾すげは、凡そ尾羽（一二、三枚）の下側の、白い羽毛をいう。

「針ヲスリナラベタルヤウニテ」とは、推測すれば、「鑢で鋭く磨り出した針を並べ立てたような」との意であろう。「キリツメタルヲ」の「キリ」とは、そうした斑紋をくっきりと作ること、「ツメ」とは、きっちりと、もしくは、びっしりと詰めることであろう。とすれば、右は、――「大黒符」とは、「各（格）別」な符であり、受飼（白地）に細い針を磨り並べたように多くの小黒符があり、このような黒符がそのまま尾すげの先まで付いている、これを「大黒符と云也」となろう。受飼と尾すげの間、つまり、胸部・腹部には白地に細かな横斑があるはずだが、黒符群は、この符に直交する形で、また、受飼等におけるよりは多少大き目の形で、列なり合っているのであろう。これは「ほむる」表現だともいう。

B『禰津松鷗軒記』

「ふかはり見るやうの事。」の条に、「一 黒白と中は前ふ、大黒ふにて。うしろも黒して。ふくりんをかけたり。是も又かはり所有べし。口伝。」（五一〇頁）。

C 早稲田大学図書館蔵**『類聚鷹歌抄』**（『鷹口伝書』の内）

「大《近（近衛）》黒符七十二 おほえゆく うけかひの下に針を磨ならへたることく符をこまかに切、尾すけへ符を竪に切つむるなり」（一一丁オ）。

D『東塔東谷歌合』

題「鷹」、一〇番左「さかりふのたがへるたかをあはすとてかたののみのに日もくれにけり」に対し、「右勝」として、「みかりするかたののみのに雪ふればくろふのたかもしらふとぞみる／ 左歌に、たがへるたかとよめることおもふべし、ふるきうたに、たがへるたかのこゐにかもせんとよめるは、なかごろの人のさたしけることとなんききつたへてはべる、また、さかりふのたがへるとよめるつづき、よしともおぼえず ／右歌に、しらふとぞみゆるなどぞ、いはまほしけれども、げにいかがはいはむずる、されば、なほこれはかつべきなめり（2）」。

永長二年（一〇九七）叡山東塔の僧坊で催された歌合で、判詞は詳しい。

E『正治初度百首』

「詠百首和歌 前中納言隆房」の冬部に、「ふぶきするかたのの原をかり行けばくろふの鷹の雪にまがはぬ（3）」。

左の宮内庁書陵部蔵『言塵集』には、第五句が「黒ふの鷹そ、」として見えている。

F 宮内庁書陵部蔵**『言塵集』**二冊（501-811）

「くろふの鷹に大黒ふと云は尾すけの毛までふを切たるを云也」。

今川了俊（嘉暦元年〈一三二六〉～応永二一年〈一四一四〉頃歿）述の歌学書で、元和七年江州兼涼の写本による（図書寮旧蔵書）。「大黒ふ」は、「くろふ（黒符）」の中でも「尾すけの毛まてふ」のあるものと知られる。

G『袖中抄』

後に引く「○マシラヘノタカ」の条に、「クロフ」「クロフハクロミ……」と見える（第六章第一節）。

第二節　近世、近・現代の所説

『代匠記』

初稿本に、「大黒苻といふは、尾すけの毛まて苻をきりたるをいふとなり。今案たゝ大鷹の黒苻なるを、名つけてわが大黒といへるなるへし。第十六に嗤二咲黒色一歌（哥（三手本））に／ぬは玉のひたの大黒見ることにこせの小《ヲ》黒かおもほゆるかも／とよめるたくひなるへし。注蒼鷹、隋魏彦深《カ》鷹賦曰。三歳成レ蒼。戦国策ニ云。要離之刺二慶忌一也、（後略）」（第六巻、五〇四頁）。精撰本に、「アカ大黒ハ、第十六嗤哥ニモ、ヌハ玉ノヒタノ大黒トヨメリ。」（同、五〇二頁）。

契沖は、「尾すけの…」云々との説を斥け、「たゝ大鷹の黒苻なるを」大黒と命名したという。しかし、家持の鳥屋（鷹部屋）には大鷹だけでも複数聯飼われていたはずで、その中には黒苻も二、三聯いたかと推測される。就中、「大黒」は「各（格）別」であったのではなかろうか。引かれている歌は、巻一六に「嗤二咲黒色一歌一首」として、背高の「斐太乃大黒《ひだのおほぐろ》」を見るごとに背の低い「巨勢乃小黒《こせのをぐろ》」のことが思い出されるよ、と嘲笑したもの（三八四四番）[4]。左注に、大黒も小黒も顔色が黒かったとある。「大黒」「小黒」はあだ名の類であろうか。

『うたふくろ』

「〇大ぐろとは。万葉自註蒼鷹之名也といへり。万十七。多《タ》加《カ》波《ハ》之《シ》母《モ》安《ア》麻《マ》多《タ》安《ア》礼《レ》等《ト》母《モ》矢形《ヤカタ》尾《ヲ》乃《ノ》安《ア》我《カ》大黒《オホクロ》尓《ニ》とあり。かく。鷹の中にもとよめれは。大くろはいと逸物なるへし」（四四八頁）。

文脈上、誇るに足る優秀な鷹であると知られるが、その名の由来が問われよう。

『私注』

「〇アガオホグロノ　オホグロはこの鷹の名と自注にある。尾の矢形だけを除いて、全体が黒い鷹であらう。注の「蒼鷹」普通のタカのことである。」（八・四二四頁）。

『全註釈』

「（前略）羽毛に大きく黒い部分があるのだろう。蒼鷹は大鷹で、雌の鷹である。倭名類聚鈔。（後略）」（第一一冊、五〇一頁）。

第三節　むすび

当面の長歌においては、この語の周《まわ》りにも「大黒《おほぐろ》」—「之良奴里《しらぬり》」（鈴）、「朝獦《あさがり》」—「暮獦《ゆふがり》」、「伊保都登里多氏《いほつとりたて》（五百っ鳥立て）」—「知登理布美多氏《ちとりふみたて》（千鳥踏み立て）」などの文飾が施されている。その「大黒《おほぐろ》」は、越中国射水郡古江村の産である。巻一九・四一五四番から推しても、家持は複数の鷹（大鷹）を鳥屋に飼養しており、当然、それぞれを言い分けたはずである。この鷹は、大黒符《おおぐろふ》という体色上の特徴によって命名されたものらしい。

即ち、「大黒符」は、下嘴の下部から尾すげまで、磨り出した針を並べ立てたような黒符がびっしりと付いた斑紋をいうようである。鷹書類には、「黒符」も「大黒符」も見えているが、後者の方は「各（格）別」と評価され、「ほむる」対象ともなっている。同時に大黒の背部・翼は灰黒色で、尾羽には「矢形尾」の符があった。この「矢形尾」も、別に述べるように、かつては珍重された斑紋の一つであった。

なお、鷹の命名法としては、体色上、大差が無いので、普通、産地や塒地をもって行う。『大和物語』に、「陸奥《みち》の国《くに》、磐手《いはて》の郡《こほり》より奉《たてまつ》れる御鷹《たか》、（中略）名をば磐手となむつけたまへりける。(5)」とある。徳川家治の安永七年一一月二五日大納言初度御成に黒鶴を捉えた鷹は「鐺山」・「岩手」という（書陵部蔵『玄鶴の記』〈163-1334〉）。この前者は未勘だが、後者は南部の「岩手」の産であったようである。雲州松平斉斎の愛鷹は、松前の鶴の池の出として初名「鶴之池」といった。後、塒地をもって「大沼」と改名し、更に、その成績優秀なるをもって「加屋堀」と改名したという（早稲田大学図書館蔵『鍾岱愛鷹之記』、一軸〈ヲ/10/1271〉の賛(6)）。

注

（1）宮内省式部職編纂兼発行『放鷹』（一九三一年一二月）の「鷹犬詞語彙」（福井久蔵執筆）には、「ウケ・ガヒ　受飼。鷹の下嘴の下をいふ。（名解）」（六三二頁）とある。「名解」とは『鷹鶻名所集解』の略称とされる。

（2）斯編集委員会編『新編国歌大観』、第五巻、歌合編、歌学書・物語・日記等収録歌編　歌集、一九八七年四月初版、一九九三年再版、角川書店。一三二頁。

（3）斯編集委員会編『新編国歌大観』、第四巻、私家集編Ⅱ、定数歌編　歌集、八七一番、三〇七頁。

（4）佐竹昭広、他校注『万葉集　四』（『新日本古典文学大系4』）、二〇〇三年一〇月、岩波書店。四六頁。

（5）阿部俊子・今井源衛校注『竹取物語　伊勢物語　大和物語』（『日本古典文学大系9』）、一九五七年一〇月、岩波書店。三二三頁。

（6）小著『鷹書の研究　宮内庁書陵部蔵本を中心に』、二〇一六年二月、和泉書院。一六五三・一六五四頁。

第五章　「手放れ」「手かへる」、「乎知」について

はじめに

本章では、第一章の**【用例1】**に見える「**手放《たばな》れ**、**乎知《をち》**」という語句を検討する。また、関連して、「**手《た》かへる**」について検討する。

「手放《たばな》れ」は、原文には「手放毛　乎知母可夜須伎」と訓字表記となっている。この表記につき、近世の注釈書以下、今日の『新大系』までも「手放《たばな》れ（も）」と読んできた。だが、「手放《たばな》し」と読むのが正しかろう。

第一節　鷹書・歌学書などの所説

「**手放《たばな》し**」「**手放す**」という読み方、否、言葉は、鷹狩をテーマとする鷹歌や鷹書類などに見える鷹詞である。

A **『後京極殿鷹三百首』**、春部

「たはなしの鷹の心を春かけてまけかちおほえよくやつかはん」（一二一番）。

B **『慈鎮和尚鷹百首』**

「うつらなく鳥籠の嵐はけしさに手はなちもせて帰る鷹人」（八三番）。

右は『群書類従』所収本によるが、「手はなち」（他動詞、連用形・名詞形）とある。内閣文庫蔵『鷹百首』一冊（154-327）は、文化九年茂呂金朝の写本で（『鷹百首』〈西園寺公経「たか山に」〉・『小鷹部』〈「五十首」〉と合写）、文字面はこのようにある（五丁オ、八三番）。東北大学附属図書館蔵『慈鎮鷹百首』一冊（狩野、第5門、17439）も、「うつら鳴とり籠のあらしはけしさに手はなちもせて帰る鷹人」（八三番）と、ほぼ同様にある。「手はなち」という語形は、左のG宮内庁書陵部蔵『鷹詞類寄』四冊（163/1292）にも一例見えている。

なお、左掲のH早稲田大学図書館蔵『類聚鷹歌抄』（『鷹口伝書』の内）によれば、もう一首、「慈鎮六十七　はし鷹を」という歌があるという。これにつき、『群書類従』所収本には、「箸鷹を手ならすけふの御狩場はかたむね鳥を家つとにせん」（三二番、五〇〇頁、上段）とあり、別の内閣文庫蔵本（三二番）や東北大学附属図書館蔵本（三二番）でも同様だが（但し、「御狩場は」の四字は「御かり場ハ」とある）、左掲のG宮内庁書陵部蔵『鷹詞類寄』（163/1292）に、

「六十七はし鷹を手放すけふの御狩場の（中略）家つとにせん　慈鎮」とある。

C　西園寺入道前太政大臣公経『**鷹百首**』

「一よりに手はなしぬれは追さまに鶉むれ立小田のかりつめ」（七一番）。

D　西園寺公経『**鷹百首詞**』（小林祥次郎氏翻字、「西園寺家鷹百首（付注本）」、『小山工業高等専門学校研究紀要』、第一二号、一九八〇年三月）

「一よりとは。（中略）荒鷹を合事也。大鷹はへ緒などもさゝざる間たばなすを大事とよくなつくる也。合始をいへり。つねにも手よりはなすをいへども、たばなしと云ははじめて合すると心得べし。（後略）」との注釈がある。「へ緒《お》」は、小鷹を鳥（鶉、雲雀など）に合わす時、その足に付ける紐（経緒《へお》）のことで、大鷹には用いない。「荒鷹」は、新鷹《あらたか》に同じ。「たばなす」は「つねにも」いうが、大鷹を初めて手《た》ばなす（合する）ことだという。

E『龍山公鷹百首』

「雪かとも霞のうちに手放せる継尾の鷹のほの見ゆるなり」（四番、注略）、「岡のべの水にうつろふ手放しの鷹や野守の鏡なるらむ」（一八番、注略）、「かり衣たてる鶉に手放せる跡をさし羽の野べの遠方／　手放はうづらにさし羽をあはする体也。鶉はさしはの物也」（二一番）、「さだまれるとつきの山に待かけて手放かへるたかの鈴声」（二六番、注略）、「見鳥するとを山鷹の手放につけなきをして雉子たつ也／　見とりとは。人は見つけね共鷹見る物也。とをく見てはやるを手放してやるに。鷹打いれとらんとする時に。つけなきをして立事也。（後略）」（三〇番）、「しとゞなき鷲なき餌なきひしめかば心をそへよ手放の鷹／　しとゞなきとは。鷹ちり〱としとゞのなく様に云也。（中略）　其品々を能習ひ見はからひて手はなせと云事也。」（三九番）、「のりまはし馬のうへより手放せば乱とりをする鷹の鳥〱／　鳥によりあはする時は。鳥をまはす様にするにより。馬上にするゐたる鷹を手放せば。あれこれの鳥へかゝり取事也。其をらんとりといへり。」（六二番）。

この資料では「手放―」という語が七首につき、延べ一一例見える。付訓がなく、送り仮名のない場合も、内部徴証により、「手放《たばな》す」（他動詞、四段）、「手放《たばな》し」（同連用形・名詞形）と読むことになる。鷹を（目標の鳥に）合わす、あるいは、差羽《さしば》を鶉に合わすことを意味しており、少なくとも「手放《たばな》れ」「手放《たばな》ち」と読んだ例はない。

F　国立公文書館内閣文庫蔵『持明院家鷹秘書』（154-354）

「一手ハナシヲスルト云事　鷹タテ、初テ鳥ニアワセタルソ《ヲ》手ハナシヲスルト云也　アワセタル度コトノヲ手ハナシトハイハス」（第六冊、三五丁オ）。

「手ハナシヲスル」とは、新鷹を馴らし、初めて鳥に合わせることだといい、「アワセタル度コトノヲ」、即ち、単に合わせるだけの場合には言わないとある。この付言を逆手にとれば、まま後者も行われていたのであろう。

G　宮内庁書陵部蔵『**鷹詞類寄**』四冊（163/1292）

「た」部に、「たはなし《同(鷹詞)》／　手より放事をたにもいへとも、大鷹をあハするを手放と申なり、仍大鷹のたはなしとハ、初てつかふ事なり、荒鷹を合する事なり、大鷹ハへ緒なとも、さゝさる間、手放を大事とするなり」（第二冊、た部）とある。

また、「て」部に、「手はなす／　抄ハつき尾の雪かともの歌の下に在／　一《七十》よりに手放ぬれハ追さまに鶉むれたつ小田のかりつめ　西園寺／たはなしハ放つ也、一よりハ（中略）、又始て大鷹を合をたはなしとハ申也、仍て大鷹の手放とは始てつかふ事也、かりつめとハ（中略）／　は《六十七》し鷹を手放すけふの御狩場のかたむね鳥を家つとにせん　慈鎮／　鶉《八十六》なく床の山風烈しさに手放もせてかへるたか人　同／　手《廿二》はなちの鷹の心を春かけてまちかけ覚えよくやつかハん　摂政家／　手放の時をくれたるハ、いつまても甲斐なきなり、手放の時より鷹をよく存せよとなり」（第三冊、て部）とある。（読点私意）

漢字、仮名両様で見えるが、た部の場合、全て「たはなし」と解され、て部でも「たはなし」「たばなす」の語形らしい。後者には「手はなち」との例が一例見える。先のA『後京極殿鷹三百首』に「たはなしの」と見えた用例である。

H　早稲田大学図書館蔵『**類聚鷹歌抄**』（『鷹口伝書』の内）（数字は歌番号、伝本間で歌順に相異あり）

手《近》はなす　五　雪かとも

西園七十一　ひとよりに　始て大鷹を合るを云、仍て大鷹の手放しとハ始てつかふ事也、

慈鎮六十七　はし鷹を　同八十六　鶉なく

摂政二十二　手放の　たはなしの時をくれたるはいつまで甲斐（ママ）なきなり、　（四七丁ウ）

「近」は『龍山公鷹百首』、「西園」は西園寺公経の『鷹百首』、「慈鎮」は慈鎮和尚の『鷹百首』、「摂政」は藤原良経の『後京極殿鷹三百首』をいう。

I　東京大学文学部**『増補類字鷹詞』**

「鷹のたはなちとハ、或はあら鷹を始て鳥に合するを手放と云也、鳥屋出しにも云事也」（た部、一八丁ウ）。この上欄部にも「手放ハ、ウツラニサシハヲ合スル躰也、鶉サシハノミナリ」。

「一たはなし　一よりに手放しぬれハ追さまに鶉むれたり小田のかりつめ　たはなしとハ、手放也、一よりハ一合也、一より二より十よりなと申也、又初て大鷹をなつけて合するを手放と申也、仍大鷹の手放と申ハ、始て仕事也、かりつめとハ（後略）」（た部、一九丁ウ）。

「たはなち」「たはなし」の二様が見える。出典によるのであろう。いずれも成長した大鷹（新鷹《あらたか》）を手懐けて、初めて遣う（合わす）ことだという。D、F、Gなども同様に見えた。

J　宮内庁書陵部蔵**『言塵集』**二冊（501-811）

「たかのたはなちとハ、或はあら鷹を始て鳥に合るを手放とハ云也、鳥屋出しにも云詞也」（前後略、読点私意）

K　元亀二年（一五七二）京大本**『運歩色葉集』**

「手折《タヲル》　手放《ハナシ(朱引)》鷹」（二4オ、タ部）。

この辞書の天正一七年本にも「ー放《(手)ハナシ》」（タ部）、静嘉堂文庫本にも「手放《タバナシ》鷹」（タ部）とある。

第二節　近世、近・現代の所説

近世以降の『万葉集』注釈書類では、原則的に「手放《たばな》れ」と読んでいる。

東北大学図書館狩野文庫蔵**『万葉見安』**、一冊（4-10483-1）（伝尭以撰、延徳三年以前成立、万治四年中野氏是誰刊）

「一　手放毛《タハナレモ》　テヲハナツコト也」（下三九オ）。

『拾穂抄』、元禄三年版（第二章第二節参照）

本文「たはなれも　をちも／かやすき」、頭注に「たはなれも　見安云　／手を放つ事也」（二〇八頁）。

『代匠記』

付訓「手放毛《タハナレモ》」。初稿本に、「手はなれは、鳥にあはする時、手をはなれて行ことのやすきなり。第十四に／さきもりにたちしあさけのかなとてにたはなれをしみなきしこらはも／手はなれすることもおちて鳥とることもやすきこれをおきてとつゝけて心得へし。」（全集、第六巻、五〇五頁）。

賀茂真淵著**『万葉考』**一七（四〇一一番）

題詞に「〇思《シヌビ》二放逸鷹《ハナレタルタカヲ》一」、本文に「手放毛《タハナレモ》」と付訓する。(1)

『うたふくろ』

「〇《手》て。はなれ。万十七。手放毛乎知母可夜須伎《テバナレモヲチモカヤスキ》とあり。手をはなるゝさまも。又落来ることも。いとやあくとすると也。きはめてよき鷹のさま也。かやすきのかはたゝそへたる也」（四五三頁）、また、「〇《手》たばなすとは。手の上より。鷹をはなちやるを云。即あはすに同し。西園寺ひとよりにたばなしぬれは云々」（四五七頁）。

見出し語に二様あり、一つは「〇《手》て。はなれ。」、付訓「手放毛《テバナレモ》」、一つは「〇《手》たばなす」とある。前者は、先行する注釈書か国学者の訓法をひいたのであろう。後者は、鷹書（西園寺公経の『鷹百首』）を引いたものであろう。

『古義』、七巻（第二章第二節参照）

「○手放毛《テバナレモ》云々は、鳥にあはする時、手許《テモト》をはなれて行こと易きを云、十四に、佐伎母理爾《サキモリニ》　多知之安佐気乃《タチシアサケノ》　可奈刀低爾《カナトデニ》　手婆奈礼乎思美《タバナレヲシミ》　奈吉思児良波母《ナキシコラハモ》、これ物はかはれども、同言なり、又後京極殿鷹三百首に、たばなしの鷹の心を春かけてまけかちおほみよくやつかはむ、これに依ば、こゝもタバナシモと訓べきか、（頭註、歌袋、西園寺、ひとよりにたばなしぬれば云々、）」」（一〇八頁）。

集中の歌（巻一四・三五六九番）は、自分が防人に発った朝の門出に、手離れ（別れ）を悲しんで泣いていた、その妻を偲んで詠んだ歌である。もとより意に反することではあるが、術はない、義務として状況に随い、二人は自《みずか》ら手《た》離《ばな》れる、即ち、別れる他はなかったのである。『古義』は、「これ物はかはれども、同言なり」として「手放毛《テバナレモ》」と読み、「手許《テモト》をはなれて行こと易きを云」と解釈する。但し、鷹歌によれば、「タバナシモ」と訓むべきかと、迷う。

『新考』

本文は「手放《タバナレ》も　をちも可《ソ》やすき」と読み、「○タバナレは拳を離るる事にてヲチは拳にかへる事なり。古義にタバナシモとよむべきかと云へるは非なり。さて契沖以下ヲチモ可ヤスキの可をヤスキに添える辞としたるは誤れり。カヤスキと心得て（後略）」（第六、三六二四・三六二八頁）。

『古義』は、実際の鷹歌（「後京極殿鷹三百首」）を見て迷ったが、ここではそれを、敢えて否定する。しかし、その理由、根拠といったものは示されていない。

『全釈』

「○手放毛《テバナレモ》―鷹が手もとを飛び放れて鳥に向ふこと。」（第五冊、二七八頁）。

『総釈』

「○手放《たばな》れも―鷹が鳥にむかつて手もとを飛び放れること。」（第九冊、一八五頁）。

『全註釈』

「(前略) タバナレは、鷹が鳥をめがけて手もとを離れること。ヲチは、もとに還る意の語で、鷹が手もとに帰ること。(後略)」(第一一冊、五〇一頁)。

『私注』

「〇タバナレモ　人の手から放れとびたつこと。」(八、四二四頁)。

佐佐木信綱・武田祐吉編『定本万葉集』五

訓釈に「手放《たばな》れも還流《をち》もか易き(2)」(三五頁)。

『注釈』

「「手放《たばな》れ」は鷹匠の手から放れて鳥を追ふこと。」(一七・二〇五頁)。

佐竹昭広、他共著『万葉集 訳文篇』(3)

「手放《たばな》れも　をちもかやすき」(四五〇頁)。

『釈注』

自動詞の名詞形で「手放れ」と読み、「手から放れるのも手に舞い戻るのも思いのまま」(三一四頁)。

『集成』

本文「手放《たばな》れも」、頭注に「◇手放れ　据えた鷹が手を放れて獲物《えもの》を追うこと。」(一〇五頁) とある。

『全集』

訓読に「手放《たばな》ちも」、頭注に「〇手放ち—目的物に紐を外した鷹を合わせること。原文に「手放」とあり、タバナレとも読まれるが、『運歩色葉集』に「手放、タバナシ、鷹」とあるによってタバナチ(ママ)と読む。」(四・二一四頁)

とある。『運歩色葉集』によったといいながら、「手放《たばな》ちも」と付訓する。訓釈は混乱している。

『全注』

「○手放れもをちもかやすき　手から放れて飛ぶのも、戻ってくるのも容易であることは。「手放れ」は　据えている手から離れること。名詞形。「をち」はもとへ帰る意の動詞「をつ」の名詞形。「かやすき」の（後略）」（二七六頁）。

『旧大系』

「○手放れ—手もとを放れること」（頭注）

『新大系』

「手放れも帰って来るのも早い」（脚注）

『講義』

「手放れもをちもかやすき　手から離れて飛ぶのも、もとへ帰って来るのもたやすい。「をち」は、名詞で、もとへ戻ること。」（二四九頁）。

『全解』

「○手放れも　をちもかやすき—「手放れ」は、手から飛び立つ意。「をち」は、再びもとに帰る意。」（第六冊、三二五頁）。

『和歌大系』

原文に「手放毛《たばなれも》」と付訓し、脚注に「○手放れもをちもかやすき—「手放れ」「をち」は鷹が手から放れること、手に戻ることを意味する動詞。」（第四冊、二四一頁、脚注）とある。

第三節　「手放《たばなす》」について――小結――

以上を整理すれば、鷹書類においては、「手放」の二字は「手《た》ばなす」（他動詞）、「手《た》ばなし」（同名詞形）と訓釈されている。歌書類でも同様であり、これは鷹詞《たかことば》（歌語）として解説される。ところが、『万葉見安』『代匠記』以下、近世、また、近・現代の注釈では、これを非とし、「手《た》ばなれ」（自動詞連用形・名詞形）と訓釈されている。この根拠は示されていない。ただ、『古義』は、集中の防人歌に倣い、「これ物はかはれども、同言なり」と説く。事情は、しかし、異なるのではなかろうか。防人歌では、意に添わずとも、義務により、二人は自主的に離れる（別れる）のである。これに対し、放鷹の場合、勝手に、あるいは、安易に鷹が離（放）れていくようなことがあってはならない。寸時たりとも「鷹が鳥にむかって手もとを飛び放れること」（『総釈』）、「鷹が鳥をめがけて手もとを離れること」（『全註釈』）といったことは許されない。鷹主（鷹遣い）は、いつでも万全の用意と細かな配慮のもとで鷹を遣うのである。従って、当面の行為は、(i)鷹使いが対象に向けて鷹や差羽を拳から放す（即ち、「合わす」）ことを意味し、鷹詞でもこれを「手放《たばな》す」（他動詞）、「手放《たばな》し」（名詞形）と表現している（D西園寺公経『鷹百首詞』、E『龍山公鷹百首』など）。但し、(ii)手懐けた新鷹（大鷹）を（経緒《へお》を差さないで）初めて遣う場合に限定して「手放《たばな》す」ともいう（F『持明院家鷹秘書』、I東京大学文学部『増補類字鷹詞』、J『言塵集』など）。慈しみ育てた愛児を、初めて我が手元から放す父母と同じ気持ちであろう。

『万葉見安』以下、一様に「手《た》ばなれ」と読むが、こう訓読する背後には、如何にもよく調教され、もはや手も要らず、何の憂いもない、全て期待通りに行動してくれる、そうした大黒を称美しようとの心理が働いているのではなかろうか。いわゆる〝思い入れ〟が先行しているのである。しかし、鷹書類・鷹歌類では、鷹は、あくまで調教の対象に留まり、それをどこまで、どのように馴らすかという点が問題となる。

　また、B『慈鎮和尚鷹百首』には「手はなちもせて帰る鷹人」、G書陵部蔵『鷹詞類寄』に「手はなちの鷹の心を」、また、I東京大学文学部『増補類字鷹詞』やJ『言塵集』に「鷹のたはなち」とも見えた。「手《た》はなつ」も他動詞ではあるが、G『鷹詞類寄』の例は別の資料（A『後京極殿鷹三百首』）に「たはなしの」と見える。鷹書類でも、時には、語形のゆれることもあったのであろうか。あるいは、新鷹を初めて合わす場合をいうのであろうか。時代、地方、流派などによっては語形、意味・用法などに差異があったのかも知れない。

　右に関連して、「はなつ（放）」という語形が、『今昔物語集』に、「鷹ヲ放チ打合セツ」、「鷹ヲ放《はなち》テ合セテ」と見える。[4]「鷹飼」が臂から鷹を放す意味であるが、「手ばなつ」とは異なる、複合語的表現となっている。鷹飼の鷹詞とは無縁の説話文におけるためであろう。また、『蜻蛉日記』にも、「やをら立《た》ちはしりて、し据《す》ゑたる鷹《たか》をにぎり放ちつ。[5]」と見える。藤原道綱は兼家の息で、元服前ながら、邸に鷹を飼っていたらしい。だが、この時、母の気弱な言葉を受け、「自分も鷹を使うことなどやめる」と、鷹の足緒を切って解き放った。この「放つ」は、一般的な行為を表わしたもので、必ずしも羽合わせを意味するものではない。但し、この後、道綱母の詠じた歌に「あらそへば思ひにわぶるあまぐもにまづそるたかぞかなしかりける」とある。この「そる」は、鷹を逸らす意（鷹が逃げること）の鷹詞《たかことば》であり、これに出家（剃髪）の意が懸けられている。道綱母がこれを詠み込んだところからすれば、彼女たちは、こうした言葉（鷹詞）をも日常的に遣っていたと推測される。鷹詞は、鷹狩に便宜ある、それ専用の言葉だが、周辺の人物に使用されても不都合はない。

　なお、「合《あ》はす」（他動詞、下二段）は、「手《た》ばなす」の類義語で、右の(i)同様の意味で用いられ、しかし、(ii)のような限定的な用法はないようである。集中にも「小鈴《こすず》もゆらに　あはせ遣《や》り《安波勢也理》」（巻一九・四一五四番）などと見える。勿論、(i)の意味で「合ふ」（四段）と読むことはない。「手放《たばな》す」も「合はす」も鷹狩の常套語で、和歌にも用いられ、鷹詞とされている（書陵部蔵『鷹詞類寄』など）。

第四節　「手《た》かへる」について

右「手放《たばな》す」の対義語に「**手《た》かへる**」という鷹詞がある。これは、鷹が主の手に戻ることを意味する言葉である。

A　金沢市立玉川図書館藤本文庫蔵**『鷹詞』**一冊（096.7/23）

○手《手（重書）》かへる鷹／　肝要抄ニ曰是ハ手ニ帰る鷹ヲ云也

堀川　御狩する野中の木居のしけゝれハ手かへる《空とる（墨消）》　鷹の手かへりもせす　匡房

是ハ鷹人の手へ帰りもせずトよめる也

御狩する末野にたてる一松手かへる鷹の木居にかもせん　長能

数多鳥屋ふませてつかふはし鷹の手帰る迄も馴しかひあれ

鳥やふむトハ夏鳥屋ニ入事也

（一丁ウ）

B　元亀二年京大本**『運歩色葉集』**

「手皈鷹《テカヘル（朱引）》」（二一4オ、タ部）

付訓は後の手によるか。天正一七年本に「・ｌ皈鷹《（朱）（手）カヘル》」（タ部）、静嘉堂文庫本に「手帰鷹《（タ）カヘル》」（タ部）とある。

C　早稲田大学図書館蔵**『類聚鷹歌抄』**（『鷹口伝書』の内）

同(近衛)
手かへる三　春寒ミ　鳥を取はつしてそらより手にかへるをいふ、なつきたる鷹の体なり、
西園廿二　あまたとや　鳥にあはすれはのひてとるましけれは、鷹をよふに手に帰るをいふ、なつきたる
鷹也、　慈鎮十二　ひとよりに　（五丁ウ）

見出し語は、『龍山公鷹百首』の三番「春寒み袖にも雪の残るかと白尾の鷹ぞ手かへりにける」であり、この注釈本には、ほぼ同様に、「手帰るは鳥を取はづして。空より（中略）なづきたる鷹の体也。」と見える。

D 京都府立総合資料館蔵『**鷹之詞類聚**』（翻刻、三保著『鷹書の研究　宮内庁書陵部蔵本を中心に』、下冊）

「手かへる鷹とハ、鳥にあはするに、とりはつせは手にかへるを云也、なつきたる鷹也」（六丁オ）。

E 東京大学文学部『**増補類字鷹詞**』

前節**I**の「たはなし」の条（一九丁ウ）の頭書欄「タカヘルハ、鳥ヲトリハスシテ空ヨリスクニ手ニ帰ヲ云」。

F 京都女子大学図書館蔵『**能因歌枕**』

「鷹《タカ》をは　はしたか　したかへるとはてにかへるをいふ　鷹ほことはたかのゐる木《キ》をいふ(6)」。

佐佐木信綱編『日本歌学大系』の第一巻でも(7)、「略本」に「鷹をば、はしたか、したがへるとはてにかへるをいふ。」（六九頁）、「広本」に「鷹をば、はしたか、したがへるとは手にかへるをいふ。鷹ほことは、たかのゐる木をいふ。」（七三頁）とある。しかし、その（原）本文に「鷹《タカ》をははしたかしたがへるとは手に…」とあった（破線部）とは、不審である。少なくとも「したかへる」の「し」字は衍字か誤写か、誤植であろう。鷹狩の「鷹《たか》」には、「おほたか（大鷹）」の他、「はしたか」（「はいたか」とも）も遣う。鷹よりかなり小さく、その雌を「鷂」と書き、雄は「児鷂《このり》」ともいう。大鷹は冬場に遣い（大鷹狩）、鷂《はしたか》は、秋八、九月に遣う（小鷹狩）。能因（永承五年〈一〇五〇〉、あるいは、康平元年〈一〇五八〉歿）は、藤原長能《ふじわらのながとう》（寛弘六年〈一〇〇九〉頃歿）に歌を学んだ。ここは左の**H**の内容とも関連

するか。

G　大東急記念文庫蔵『奥義抄』

「鷹にハたかへり《る》といふ事あり、我手にかへりゐるをいふ也なと書たる物も侍れと心得す、たかへるとハ我手にてかへりたる鷹にこそ、鳥屋《とや》かへりの鷹を申へきにや、五音の字なれハかよハしていふときこゆる、又とかへるといふ事もあり、それも（省略）[8]」と見える（読点私意）。

第二章、「矢形尾」の条、U参照。

H『綺語抄』、下

「たかへる　てにかへるをいふ。長能歌云、／　みかりするすゐのにたてるひとつまつたかへるたかのこゐにかもせむ／　盛房がいひけるは、かゝる歌なし。これは長能がよみあつかひける歌となむいひける。盛房は、たかへるとは田にてかへるといふ也。宇治殿もさぞおほせられける。故若狭守通宗は、てにてかへるをいふ也と云々。（後略）[9]」。

「盛房」とは、藤原盛房《ふじわらのもりふさ》（生歿年未詳）のことか。「故（藤原）若狭守通宗」は、応徳元年（一〇八四）歿。

I　高松宮本『袖中抄』第九

「〇トガヘルタカ／　ワレガミハトガヘルタカトナリニケリトシヲフレドモコヒヲワスレズ／　顕昭云　（中略）タカヘルトイフコトゾフタヤウニマウスメル　ヒトツニハアハセヤリタルカノタカヾヒノ手ヘカヘルヲイフトイヘリ／　長能哥云　ミカリスルスヱノニタテルヒトツマツタカヘルタカノコヒニカモセン　／此哥ハ手ニカヘリヰルトコ、ロエラル、ヲ　イカニモタカノカヘルトイフハケノカハルヲイヘバ　ワガテニテケノカハルヲイフベキ也　（後略）[10]」。

J『堀川院御時百首和歌』、冬部

「鷹狩」の条、大江匡房詠：「御狩する野中のこゐのしけゝれは空とる鷹のたかへりもせす」（『群書類従』(11)）。

K 早稲田大学図書館蔵**『堀川百首肝要抄』**四冊（イ4-3163-106）、「〇第廿九　手かへり」の条

御かりする野中のこゐのしけゝれはそらとる鷹の手かへりもせす／　こゐハ木居なり。とまり所おほければ人の手へハ帰らぬとなり空とるハ中にて鳥をとるをいふ也　（第一冊、一〇丁ウ）

鷹書類や歌書などには、鷹が主の手に帰ることを右のようにいうとある。

第五節「乎知《をち》」について

「**乎知《をち》**」（第一章**【用例1】**）は、原文に「乎知母可夜須伎」とある。この語につき、次のように注釈される。

『万葉集問目』、一一

「四十五丁ウラ（巻十七の四〇一一）乎知母可夜須伎、コハ、イカナル詞ニカ、／　手放て、遠にやれる遠方《も》にて安き也、可ハ発語、(12)」

本居宣長が問い、賀茂真淵が答えたものである。ミセケチ部分は「遠にやれるも安き也、可ハ発語、」とある。真淵は、「乎知《をち》」とは、「をちこち」「をちかた」のそれで、遠方、彼方を意味すると説く。

これに対し、多くの注釈書は、以下のように、鷹が再び本《もと》の鷹主の手に戻って来ることであると説く。

『玉かつま』、八の巻

「万葉集に乎知《ヲチ》といふ言　郭公にをちかへりとよむ言（四三八）／万葉集五の巻に、「わがさかりいたくくだちぬ雲にとぶ薬はむともまた遠知《ヲチ》めやも、「雲にとぶくすりはむよは京《ミヤコ》見ばいやしき我身また越知《ヲチ》ぬべし、此二つ

の遠知《ヲチ》といふ言、落《オチ》にしては、仮字もたがひ、歌の意も聞えず、昔より解《トキ》えたる人なきを、おのれ考得《へ》たり、まづ此二うたは、久しく筑紫に在て、京を恋しく思ひてよめるにて、はじめの歌の意は、わがよはひさかり過て、いたくおとろへたり、今はかのもろこしに有し、淮南王の仙薬を服《ハム》とも、又わかき昔にかへることはえあらじと也、次なるは、淮南王の薬をはまんよりは、我は、京を見たらば、又昔にかへりて、わかくなるべしと也、遠知《ヲチ》は、何事にても、又もとへかへる意にて、此歌どもなるは、身の又わかゝりしむかしにかへるをいへる也、十七の巻、家持主の鷹の長歌に、「手《タ》ばなれも乎知《ヲチ》もかやすき云々こは鷹をほめたるにて、この乎知は、本の手へかへりくる事をいへる也、廿の巻に、「わが屋戸に咲るなでしこまひはせむゆめ花ちるないや乎知にさけ、是も又はじめへかへりかへりして、いよ〳〵久しく咲《サ》けといへる也、又つねに郭公の歌に、をちかへり鳴とよむも、本のところへ又かへり来てなくをいふ也、此詞の意、右の歌共を引合せて、たがひにあひてらしてしるべし、」（第一巻、二四五頁）。

「ほとゝぎす〜をちかへり」云々は、『拾遺和歌集』、巻二、夏部に、「定文《さだふん》が家の歌合に　躬恒《みつね》／郭公《（ほととぎす）》をちかへり鳴《な》けうなひ《（ゐ）》子《こ》がうちたれ髪《がみ》の五月雨《さみだれ》の空《そら》(13)」、『源氏物語』「花散里」に、「お《（を）》ち返《かへ》りえぞ忍《しの》ばれぬ郭公《ほとゝぎす》ほの語《かた》らひし宿《やど》の垣根《かきね》に(14)」などとも見える。

『略解』、下巻

本文「乎知母可夜須伎」を「をちもかやすき」と読み、「をちは何にまれ初めへ返る事にいふ古語也。ほとゝぎすのをち返るといふも同じ。巻五また乎知めやもといへるに委しくいへり。」（五九七頁）。

『万葉集名物考』（著者未詳）に、「乎知は初へ返る事をいへり(15)」と見える。これはこの『略解』を引くか。

『古義』、七巻（既出、第二章第二節参照）

「○乎知母可夜須伎《ヲチモカヤスキ》とは、乎知《ヲチ》は乎知還《ヲチカヘ》り鳴《ク》など、多くよめる乎知《ヲチ》にて、何にても、本の処へかへり来るを云言なり、」(一〇八頁)。

『新考』

本文は「手放《タバナレ》も　をちも可《ソ》やすき」と読む(第二節参照)。

『全釈』

「○乎知母可夜須伎《ヲチモカヤスキ》—ヲチはをち還りのヲチで、戻って来ること。即ち鳥が再び鷹飼の手に飛び帰るをいふ。カヤスキは、(後略)」(第五冊、二七八頁)。

『総釈』

「○還来《をち》もか易き　をちは、動詞「をつ」の名詞法。もとにかへること。「か易き」のかは接頭語。手もとへ飛びかへることも速かであるといふ意。「か易き」と、形容詞の(後略)」(第九冊、一八六頁)。

『私注』

「○ヲチモカヤスキ　ヲチは帰ること、カヤスキはたやすい。次のコレにつづく連体形であると言はれる。但し、カは感動助辞と見て、ヤスキはその結びとも考へられる。歌調から見れば、さう考へて、ここで一休止をつける方が緊密になるが、(中略)調子の上から許りも決しかねる。」(八・四二四頁)。

『旧大系』

「○還来—手もとに戻ること。ヲチは若返る意。また、もとに還る意。」(頭注)。

『注釈』

「「をち」はかへる意(三・三三一)で、鷹匠の手許へ帰つて来ること。「か易き」の「か」は接頭語。容易なこと。ここでは敏捷なことをいふ。」（一七・二〇五頁）。

『釈注』

「◇をちもかやすき　「をち」は元に戻る意の上二段動詞「をつ」（3三三一）の連用形が名詞化したもの。鷹が鷹主の手に戻って来ること。「手放《（たばな）》れ」とともに鷹詞《たかことば》。「かやすき」はたやすい。（後略）」（三二〇頁）。

「ともに鷹詞《たかことば》」とあるが、これら二語につき、こうした訓・義で「鷹詞」と称された証は見当たらない。

『新大系』

「「をちもかやすき」の「をち」は動詞「をつ」の派生名詞。若返る意の動詞は既出（三三一・八四七・三二四五など）。ここは、戻って来るの意。「かやすき」は連体形で体言に準ずる用法。（後略）」（同、脚注）。

これらの他、『集成』に、「◇をち　鷹が手に戻って来ること。「手放れ」とともに鷹詞《たかことば》」（一〇五頁）、『全集』に、「〇をち—鷹が手元に戻って来ること」（頭注）、『和歌大系』に「手に戻ること」などと解説され、また、『全註釈』『定本万葉集』『全注』『講義』『全解』などにも言及があるが（前項参照）、割愛する。

以上に見える「をち」は、戻ってくる意の「をつ」（自動詞、上二段）の名詞形で、次がその例証であるとされる。

「吾盛《わがさかり》　復将変八方《またをちめやも》」（巻三・三三一番）　「麻多遠知米也母《またをちめやも》」（巻五・八四七番）

「麻多越知奴倍之《またをちぬべし》」（巻五・八四八番）　「変水求《をちみづもとめ》」（巻四・六二七番）

「変水者《をちみづは》」（巻四・六二八番）　「老人之《おいひとの》　変若云水曾《をつといふみづぞ》」（巻六・一〇三四番）

「持有越水《もてるをちみづ》」「越得之早物《をちえてしかも》」（巻一三・三二四五番）　「変若益尓家利《をちましにけり》」（巻四・六五〇番）

「又変若反《またをちかへり》」（巻六・一〇四六番）　「又若反《またをちかへり》」（巻一一・二六八九番）

「伊也乎知尓左家《いやをちにさけ》」（巻二〇・四四四六番）

右に共通するのは、時間を遡る「変若」「変」「復」といった意味であろう。由緒ありそうな、それだけに個性の強い言葉のようである。しかし、今の大黒の場合、これに倣ってよいかどうか、躊躇される。また、手放《たばな》した鷹が行儀良く戻ってきたからといって悦に入っても仕方がない。確かに、家持の大黒は逃げてしまった。こうしたこともなくはなかろうが、そもそも、普段には戻るべく馴らし、もう大丈夫だと確信を得た、その後に放すのである。殊更、「をちもかやすき これをおきて またはありがたし…」と「心には 思ひ誇」るのも妙な話である。

この一方、諸注の中には、右の「をち」は「落《お》ち来る」意と解する説も見られる。

『拾穂抄』、元禄三年版（第二章第二節参照）

本文「たはなれも　をちもかやすき」、頭注に「をちもかやすき　手ニ／落てすゆるも　安き也」（二一〇頁）。

『代匠記』

精撰本に、「ヲチモカヤスキハ、上ヨリ落来テ鳥ヲ捕ヲ云歟。但オフコトニユルス事ナクト云ヒツレハ、鳥ヲ捕ヲハリテ後手ニカヘリテスワリテ落居ルヲ云歟。手放ニ対スレハ後ノ義ナルヘシ。於知トカ、スシテ乎知トカケルハ、第五ニ雲ニ飛薬ハムトモ又落メヤモト云ニ、遠知米也母《ヲチメヤモ》、次ニ賤キ我身又落ヌヘシト云ニ、麻多越知奴《マタヲチヌ》倍之《ヘシ》トカケルニ同シ。折々通シテカケル事アリ。」（全集、第六巻、五〇二頁）。

『代匠記』は、「上ヨリ落来テ鳥ヲ捕ヲ云歟」といい、また、後に、前句の「手放ニ対スレハ」として「手ニカヘリテスワリテ落居ルヲ云歟」という。「於知」でなく「乎知」と書いているのは、巻五の旅人の歌両首、「わが盛りいたく降《くた》ち雲に飛ぶ薬はむともまた変若《を》ちめやも《麻多遠知米也母》」（八四七番）、「雲に飛ぶ薬はむよは都見ばいやしき吾《あ》が身また変若《を》ちぬべし《麻多越知奴倍之》」（八四八番）で、「落」の意に「遠知」「越知」と書くのと同じだ、「折々通シテカケル事アリ」という。ここに引いたのは、『日本古典文学大系5』の読み下し文であるが、契沖は、両歌の「遠知」「越知」を、「雲に飛ぶ」に対置される「落《おつ》」の意と解し、「（ヲ・オ）通して書ける事あり」とする。「遠知」「越知」という言葉を「変若」の意と解していないようである。

『うたふくろ』

「〇て《手》。はなれ。万十七。手放毛乎知母可夜須伎とあり。手をはなるゝさまも。又落来ることも。いとやあ〳〵とすると也。きはめてよき鷹のさま也。かやすきのかはたゝそへたる也」（四五三頁）。

これも、鷹が主の手にきちんと落ち戻る意とする。殊更めいた「変若」「変」「復」の説より、親しみやすい。しかし、右においては、ア行・ワ行の音韻上の問題が横たわっている。契沖の説くところは通るであろうか。

ところで、鷹書類には「鳥の落草《おちくさ》（落《おち》）」「落草の鳥」「落《おち》」といった鷹詞が見える。

A　内閣文庫蔵**『定家卿鷹三百首』**（寛永一三年版本）一冊（154-313）

「箸鷹のしのふのおこゑ聞ゆるハおちにゆかても木ゐやとるらん／　しのふのおこゑとは、鷹のそれて尋るこゑを云也、鷹をよふこゑ也、但しのふの字不審と云々、猶可尋、鵅小鷹をハほう〳〵と呼な［　］（汚カ）、大鷹をハおう〳〵と呼也」（六九番）

B**『龍山公鷹百首』**

(イ)「鷹にさし犬にかけたる鈴の音ふりすてがたき鳥の落草／　鷹には鈴をさすと云。犬には鈴をかくると云也。ふり捨がたきは。鈴をふると云を縁にして。落草の鳥捨がたく思ふ事也。自然鳥たゝねば落をうち置事をば落を捨ると云也。落をばいかにもよく犬をもやりまはして鳥をたてゝ。鷹にとらする様にする物也。」（二五番）

(ロ)「落草やとをみはづれの鳥ならむおぼえばかりの野べの犬かひ／　落草たしかに見すへぬをおぼえといへり。とをみはづれは勿論とを見のなき所へ引まはしおつる鳥也。鳥つかれたる故。とをくは引まじきとこそ推量して

犬をやる事也。其をおぼえと云也。」（二八番）
(ハ)「狩人のつゐうちぬればかみ捨て山おちしたる犬はあやなし／（中略）付。犬に杖をさすと云事有。鳥の落を杖にてゆびさしするごとく犬におしゆる事也。逸物の犬はやがて得て走り行。鳥を追たつる也。但犬による也。まれなる事なり。むかひの山に鳥の落あるを。犬をよびつけて杖にておしゆるを。則おしへ杖といふ也。」（八二番）

右がそれである。Bの(イ)の「鳥の落草」とは、鷹に追われて地上の草むらに逃げ込んだ鳥。これを「落《おち》」、「落草の鳥」ともいい、また、「つかれ」「つかれの鳥」ともいう。打ち捨てがたく、鷹も傍らの立木に止まって状況を窺う、これを「木居《こゐ》をとる」とも「つかれの鳥のをちを守る」ともいう。こうした場合、犬の出番となる。即ち、犬飼は、巧みに犬を使って鳥を飛び立たせ、鷹に捕らせるのである。D書陵部蔵『鷹詞類寄』参照。

(ロ)の「とをみ」は、鷹場の状況を窺い、鷹使いに報ずる係のこと。「とをみはづれ（の鳥）」は、その係も配置しなかったような鷹場の外れまで引き回し、追い落とした鳥（落草《おちくさ》）。「おぼえ」は、そうした場所のそのポイントを明確に見据え、心覚えすること。とはいっても、野原に格別の目印があるわけでもない。犬飼は犬を遣り回し、「(あの鷹は）そんなに遠くまで引き落としたようでもなかったが…?、はて、どこか…?」と、落草の鳥を捜索するのである。「犬かひ《(飼)》」は、鷹犬を調練し、鷹主と鷹に協力する担当の者。犬牽《いぬひき》ともいう。(ハ)は、鳥（落草）に鼻付けて追わないので犬飼に杖打たれた粗然な犬が、腹立てて、しかもシャラシャラと鈴を響かせながら家に戻っていった、その情けなさを詠んだ歌らしい。「かむ」とは、鷹犬が鳥の匂いを嗅ぎ出すこと。「山おち《(落)》」「山おちす」とは、鷹犬が鷹山を脱けること。右の「落《おち》」「落草」とは別の鷹詞である。

C　東京大学文学部国文学研究室蔵『増補類字鷹詞』

「一　おちハ、鶉雉子諸鳥同し事也、岡のへに鶉のおちの有やらんたてる薄の人をまねくは」（一三丁ゥ）。

D　書陵部蔵『鷹詞類寄』四冊（163/1292）

「落《おち》」「落草」に関し、次のように見える。主なところを引く。

「同（鷹詞）をしゐ草／　鳥はそこ〳〵へ落たると云事也」、「同落をからむ／　十四 鷹鳥を追落して鳥をはしらさぬ様に木居より打出、おちのまハり〳〵からむ羽を云」、「落艸の鳥／　鷹にさし犬にかけたる鈴の音ふりすてかたき鳥の落艸　近衛／　鷹には鈴をさすといへり、犬にハ鈴をかくると云なり、ふり捨かたきハ鈴をふるといふを縁にして、おち草の鳥すかたく（ママ）思ふ心也、自然鳥たゝねは、おちをうち置事をハ落を捨るといふなり、落をハいかにもよく犬をもやりまはして鳥をたてゝ鷹にとらするやうにする物也」、「落／　抄ハ、つかれの鳥のよめ鳥の歌の下に在」（後掲）、「落ふし／　五十三 鷹ハ木居鳥ハしけミに落伏をはなつけかぬる犬のふるまひ　西園寺／　をちふしとハ、鳥飛のかれて艸に落るなり、はしらすして其まゝふすなり、はしらされハ犬鳥のしるへを知すして噛つきかぬる也、鼻付るとハ咬はしむるなり」（以上、第二冊、を部・鳥）

「二百九 よめ鳥の犬を（をイ）ふ鷹のとりかひてもとのつかれに帰る狩人　定家／　もとのつかれとハ、先始に取たる所へ帰るとの心なり、鷹にをわれて行をはつかれの鳥といふ、只鳥はかり行をは落といふとなり、よめ鳥聟鳥と同し、或説に雄のつかれより雌立をいふとなり」（第二冊、つ部・鳥）

『うたふくろ』

「〇おち草。十三。寂真みかりはのつかれの鳥のおち草に云々。又定家卿あまたゝひつかれの鳥の落草になとあり。これは。鳥のをはれてつかれたるか。草に落てかくるゝをいふにて。鳥にかきれる詞也。鷹の落くさとはよむましき也」（四五五頁）。

寂真は、藤原高光（正暦五年〈九九四〉歿）の道号。『拾遺和歌集』以下に二三首入集。右は『新後拾遺和歌集』に「題しらず　／みかりばのつかれの鳥のおち草はなかなか雪のつもるにぞしる／　寂真法師」（巻六、冬歌、五三〇番）として収められる。

A以下、「落《おち》（鳥の落草《おちくさ》、落草の鳥）」の例を挙げた。用例は降るが、『夫木抄』『言塵集』、その他にも言及がある。鷹に追われて逃げ落ちた鳥を「落《おち》」といい、この場合、鷹は傍らの木に留って様子を窺う（「木居《こゐ》をとる」）。中には「落をからむ」（D書陵部蔵『鷹詞類寄』）ような鷹もいるが、さもなくば、何とか犬を遣り回して追い立ててもらうしかない。「大鷹はいくより《幾合》も空にてのみ取《とる》」のが「よき鷹のわざ也」（『言塵集』、六）と評価されたのである。勿論、状況によっては落《おち》を打捨てざるを得ないような事態も出来する（「落を捨《すつ》る」）。鷹主にとって、これ以上の不本意で口惜しいことはない。家持も幾度かこの苦渋を味わったはずである。そうした厄介な落草の鳥も容易《たやす》く捉えるなら、これは二つとない有り難い鷹である。

かかる次第であれば、「朝狩《あさがり》に五百《いほ》つ鳥立て夕狩《ゆふがり》に千鳥《ちとり》踏み立て　追ふごとに　許すことなく　手放れ《たばな(し)》も　をちもかやすき　これをおきて　またはありがたし　さ馴《な》らへる　鷹はなけむ」と、「心には　思《おも》ひ誇《ほこ》りて　笑《ゑ》まひつつ」（『新大系』の訓読文）と謳い挙げたくもなるはずである。

第六節　むすび

鷹書類は、鷹の飼養・技術、作法・鷹詞などを説き、歌学書は、和歌の在り方・解釈、作法・歌語などを説く。性格上、両者に通ずるところは多い。その解説には附会の類もあろうが、学ぶところも多い。

当面の「をち」につき、従来、「変若」（「変」「復」）説（『玉かつま』、その他）が行われてきた。しかし、殊更めいた、ややいびつな解釈のように見受けられ、違和感は払拭できない。一方、鷹詞の一つとして、後代の資料ながら、鳥の「落《おち》（落草《おちくさ》）」という言葉が見える。右はこれとの関わりが問われる。「手放《たばな》す」の対義語ならば、「手《た》がへる」との鷹詞もあった。

しかし、右においては、契沖の所論に同様、ア行・ワ行の音韻上の問題が横たわっている。しかも、語頭である。「乎知」は「落《おち》（落草《おちくさ》）」のこととは、簡単に言えないであろう。集中、掛詞も多く行われているが、(16)これらは、やはり、同音異義を利用した修辞法であり、ここには適用しにくい。

語頭におけるオとヲとの混用例として、早期には、仏書訓点資料の『正倉院聖語蔵菩薩善戒経』弘仁頃点（八一〇年頃）の「駈《ヲヒ》」、『東大寺蔵地蔵十輪経』元慶点（八八三年）の「暗《オクラ》キ所ニ」、『金光明経文句』白点（九〇〇年頃）の「憿《ヲコル》」(17)、「自《ヲノツカラ》」、その他、『石山寺本法華経玄賛』古点（九五〇年頃）の「殞ヲ□レトモ」といった例が指摘されている。『万葉集』の年代明らかな最終歌は、家持の天平宝字三年（七五九）正月元旦の巻二〇・四五一六番であり、その薨年は、桓武天皇延暦四年（七八五）八月二八日である（六八歳か）。最終歌から『正倉院聖語蔵菩薩善戒経』古点まで五〇年ほど、『東大寺蔵地蔵十輪経』元慶点まで一二五年ほど経つ。歌人達の言語習得期・学習期を勘合すれば、この数字はもっと大きくなる。しかし、逆に、仏書講究の場では、教授者の下で漢語・和語を照合しながら本文を吟味し、解釈・訓読していく。字書・参考書も利用する。ここでは、規範的な語彙や発音・仮名遣いが主用されたのではなかろうか。その結果が、右の次第であるとするなら、一方の日常的な口頭語の場では、ハ行転呼やオとヲとの混用などは、もっと早く、もっと広く行われていた可能性がある。この間、遷都も行われた（延暦一三年）。新京では、万物一新、画期的な都造りが行われていた。

周知のように、『万葉集』の人麻呂歌集所拠の旋頭歌（作者不詳）に、「潤和川辺」（巻一一・二四七八番）、「閏八河辺」（同、二七五四番）と見える。共に家持の手筆を経て伝えられた歌ではあろうが、後者はハ行転呼音の古い例となりそうである。ただ、この違例表記につき、山口佳紀《よしのり》氏は、「閏」字は、「一般には、閏月を意味するものとして使われており、その場合、「閏三月」「閏五月」というように、直後に数字の来ることが多い。そのような背景があって、「閏」字の直後に「八」字が選ばれてしまったのではなかろうか。[18]」とも推考される。単純な音の問題でなく、語彙的な情況が先行し、それがこのような表記法を行わせたということらしい。

これに倣うというわけではないが、案ずるに、家持は、やはり、鳥の「おち（落草）」を意図し、こう書こうとした、だが、これは、彼を含め、鷹狩関係者にとって、ありきたりの言葉である、そうした彼の脳裡に、文学的にも奥ゆかしい「をち（変若）」という類義語——語義の一部が通ずるという意味で——が去来した、そこで、これを表に立て、イメージを重ねて「乎知」と書いた、——のではないか。音韻上の混同ではなく、意図的な詠歌上の趣向であり、類義語を利用した修辞上の技巧である。

『万葉集』の表記は、「一見雑多であるが」として、「その表記は、単に国語を写すという意識だけによって成立しているものではないらしい。万葉集の表記には、やはり、歌を書くのだという一種の文学意識、あるいは美意識が底流している。というのは、（中略）このようなことが分ってくると、万葉集の表記にも一種の規範意識があり、仮名の使い方が、簡単に音韻の直写であるとは見られないこととなろう。つまり万葉仮名の書き分けが、そのまま当時の音韻の状態を素朴に反映していると簡単には考えられなくなる。（後略）」と述べられる。[19]右は、一つの試案として提出しておきたい。

注

（1）久松潜一監修・井上豊編『賀茂真淵全集』、第五巻、一九八五年九月、続群書類従完成会。一三三・一三四頁。底本狛《こまの》諸成《もろなり》増訂本。

（2）佐佐木信綱・武田祐吉編『定本万葉集』五、一九四八年六月、岩波書店。

（3）佐竹昭広・木下正俊・小島憲之共著『万葉集　訳文篇』、一九六三年六月、塙書房。

（4）池上洵一校注『今昔物語集　四』（『新日本古典文学大系36』）、巻一九、「西京仕鷹者見夢出家語第八」、一九九四年一一月、岩波書店。一三五頁。

（5）今西祐一郎、他校注『土佐日記　蜻蛉日記　紫式部日記　更級日記』（『新日本古典文学大系24』）、一九八九年一一月、岩波書店。一一八頁。

（6）川村晃生《てるお》・能因歌枕研究会編「校本「能因歌枕」」、『三田国文』、第五号、一九八六年三月。

（7）佐佐木信綱編『日本歌学大系』、第一巻、一九五八年一一月初版・一九八三年六版、風間書房。

（8）責任編集井上宗雄『大東急記念文庫善本叢刊　中古中世篇　第四巻　和歌Ⅰ』、二〇〇三年四月、汲古書院。一九一頁。

（9）久曽神昇編『日本歌学大系』、別巻一、一九六六年、風間書房。一一〇頁。

（10）橋本不美男・後藤祥子著『袖中抄の校本と研究』、一九八五年、笠間書院。二〇三頁。

（11）『群書類従　和歌部』、第一一輯、一九八七年二月訂正三版、続群書類従完成会。一六七頁。

（12）久松潜一監修・河野頼人他編集『賀茂真淵全集』、第六巻、一九八〇年五月、続群書類従完成会。二五七頁。

（13）小町谷照彦校注『拾遺和歌集』（『新日本古典文学大系』7）、一九九〇年一月、岩波書店。夏部、一一六番。凡河内躬恒の歌。なお、平貞文の生歿は、貞観一四年（八七二）～延長元年（九二三）九月二七日。

（14）柳井滋、他校注『源氏物語　一』（『新日本古典文学大系19』）、一九九三年一月、岩波書店。脚注に「「をち返る」は、昔に戻る意。」とある（三九六頁）。

（15）吉沢義則編『未刊国文古註釈大系』、第二冊（一九三四年六月、帝国教育会出版部）所収。三〇一頁。

（16）井手至「掛け詞」（『月刊文法』、一九六九年二月号）、白井伊津子「『万葉集』歌における枕詞・序詞と掛詞—『古今和歌集』へ」（『文芸言語研究　文芸篇』、四七巻、二〇〇五年三月）、萩野了子「『万葉集』の掛詞について」（『国文学解釈と鑑賞』、第七六巻五

号、二〇一一年五月）など参照される、

（17）築島裕著『平安時代語新論』、一九六九年六月、東京大学出版会。三五五頁。大坪併治著『改訂訓点語の研究上』、一九九二年一一月（旧版は一九六一年三月）、風間書房。五一頁。中田祝夫著『古点本の国語学的研究　総論篇』、一九五四年五月、大日本雄弁会講談社。六七八頁。その他。

（18）山口佳紀著『古代日本語文法の成立の研究』、一九八五年一月、有精堂。一四〇頁。

（19）高木市之助・五味智英・大野晋校注『万葉集　一』（『日本古典文学大系４』）、一九五七年五月第一刷、一九七七年第二四刷、岩波書店。「解説」、三〇頁。

第六章　「真白部」について

はじめに

本章では、第一章の**【用例3】**に見える「**真白部**」という語句について検討する。

題詞に「八日、詠二白大鷹一歌一首并二短歌一」、歌に「真白部乃多可」と見える。題詞に「白《き》大鷹」とはあるが、真っ白（純白）ではないこと、折々に述べてきた。「真白部」は白い斑、「真―」は美称の類であろう。

第一節　鷹書・歌学書などの所説

鷹書、歌学書、また、近世以降の注釈書に次のようにある。

A『西園寺家鷹百首』某氏蔵

雪ふかきかた野の原の御狩場にましろの鷹の面かはりぬる

鷹の眉の白をいへり。目の上にしろくあり。まゆ白の鷹雪にしらみて猶白く見えて面かはりすると云也。

ましらふはひたと白也。ましろは眉白也。（三六番[1]）

「ましろの鷹」は、眉が白い鷹、それが雪で面変わりし、白い鷹になったという。別に、「ましらふ」の鷹は、「ひたと白也」とある。「ひた」とは、まったく、すべての意味である。勿論、強調表現であり、本体は黒灰色の斑があったはずである。宮内庁書陵部蔵『堀河院百首和歌鈔　四季』一冊（155-196）に、顕季詠「しらぬりの《すィ》すゝもゆらゝにいはせ野にあはせてそミるましらふの鷹」の歌の注文中にも「（朱引）公経公鷹ノ抄マシラフハヒタト白キ也、マシロハ眉白《マユシロキ》也云々」（朱引・傍点は朱筆）と引かれ、次の仲実詠「やかたおのましろの鷹をひきすへてうた野とたちを狩くらしつる」の注文中には「（朱引）童蒙抄云マシロトハ目ノウヘノシロキヲイフ云々」と見える。

B　立命館大学図書館蔵『**西園寺家鷹秘伝**』（第二章「矢形尾」の条参照）

「一ましらふと云ハ白鷹の事也（証歌略）」（一四丁ウ）。

C　金沢市立玉川図書館藤本文庫蔵『**鷹詞**』一冊（096.7/23）

（朱）眉白《マシロ》也
◎真白の鷹　眉ノ毛の白き鷹ヲ云也
◎（朱）真白班《ラフ》の鷹トハひたト白キ鷹也ト云々　袖中抄ニハ白キ班《フ》ト云々／赤子ト云モ赤キニハ非／黄バミタルヲ云也ト云々
西　雪深き交野の原の御狩場にましろの鷹の面替りぬる
　眉白の鷹雪にしらミて猶白ク見えておもがはり／すと云へり　（七丁ウ）

一行目に「真白の鷹」とある。「真白」とあれば、「まっしろ」「ましろ」と読み、普通、「マシロハ他ノ色ヲマシヘサル心也（前後略）」（『名語記』（2））と理解されようが、傍書に「眉白《マシロ》也」とあるので、この表記は「眉白」の意に「真白」と宛てたものらしい。

D　河西節郎氏蔵『**鷹之書（大）**』（既出、「矢形尾」の条参照）

「一　符の事ハ白符と言ハ皆白の事也。真白生、雪白、青白。藤符、鶉符、鴨符、千鳥符、黒符、赤符、赤鷹、紫鷹、しをて。（後略）」（一〇-76、二七八頁）。

E 早稲田大学図書館蔵『堀川百首肝要抄』四冊（イ4-3163-106）の「〇第六十八　しらぬりの鈴」

しらぬり《すりイ》の鈴《ス、》もゆらしきいわせ野に合てそみるましらふの鷹

しらぬりの鈴ハしろくぬりたる鈴歟。ゆらしハ鈴瓏《レイロウ》《ユラメク》と書也。ゆら〱となる音なり。いわせ野山城也。ましらふハまことのしらふの鷹《タカ》なり。又ましろのたかといふハましらふにあらず。眉《マユ》ばかり白き鷹をいふといへり。一本にしらすりとあり。しろくみかきたる鈴歟　（第二冊、一九オ）

「ましらふ」は「まことのしらふの鷹《タカ》」、「ましろのたか」は「ましらふ」ではなく、「眉《マユ》ばかり白き鷹」であるとある。

F『顕昭陳状』、冬上

野行幸　　　左　顕昭

大原や野へのみゆきに所えて空取るけふのましらふの鷹

右申云。所えて歌に聞なれす。

判云。左歌こと〱しけには侍れと。有レ疑事こそ侍めれ。大原やとをきつれと。をしほの山と云てこそ。大原野とは聞ゆれ。をしほとつゝけすしては。大原やおほろの清水とも。せか井の水とも云て（中略）

顕昭陳申云。平城より平安にうつされ給て後。（中略）炭やく北の大原かと申疑は不レ可レ侍歟。延喜六年十二月五日御鷹狩逍遙のために。大原野にこそ。野行幸は侍しか。件度中山の山口入せ給ふ程に。しらふと申御鷹。いつしか鳥をそら取て御輿の鳳の上に参居て侍けるに。暮日は漸山端に近つきて。峯の紅葉所々錦をさらせり。鷹の色白妙にて。雉の上毛は紺青をのへたり。其時しも雪打散て。折ふし取集たる御狩の興也と記したる事。心にしめて。所えて空取ましらふの鷹とも詠侍也。（後略）

（『群書類従』、第一三輯、五六六頁）

本書は、「六百番歌合」（建久四年〈一一九三〉秋〜翌年）における俊成の判に対する顕昭の陳状で「六百番陳状」ともいう。「延喜六年」は延長六年か（『吏部王記』『扶桑略記』）。以下に『大鏡』第六巻（昔物語）に酷似する条がある。「空取る」は「鳥を中にてとることなり」（山口県文書館蔵『たかの言葉』）の意の鷹詞。「中」は空中。今日は雪の降り敷く大原野の野行幸《ののみゆき》、帝の美しい白妙の、その名も「しらふ」（『大鏡』では「しらせう」、第三章第二節参照）という名の御手鷹が、空中で雉を捕え、御輿の鳳の上に参じ据えた、誠に所を得た「ましらふの鷹」であることよ、と詠う。

G 高松宮本**『袖中抄』**、第九「○マシラヘノタカ」の条

マクラヅクツマヤノウチニトグラユヒスエテゾワガ、フ真白部《マシラヘ》ノタカ

顕昭云　マシラヘノタカトハマシラフノタカトイフニヤ　ヘトフトハ同五音ナルユヘナリ　シラフノタカトハタカニハアカフ　クロフ　シラフトテミツノ毛ノアルナカニ　シラフハシロミ　クロフハクロミ　アカフハキバミタルナリ　ソノシラフノナカニヨクシロミタルヲマシラフト云歟　又云　マシロノタカトイフアリ

綺語抄云目ノ白也　メノケノシロキ也

童蒙抄云　マシロトハメノウヱノシロキヲイフ

コノマシロノタカニ詞ヲカヘテマシロヘノタカト云歟

今云　マシロヘノタカハシラフトイフハイマスコシタヨリアリ　サレバマシラフノタカトカケル本モアリ　又真白トカキタルモカナヘリ

又万葉ノ題ニモ詠白大鷹ミ（哥カ）フトアリ・・・（ましろ）ノタカトハ麻之路トカキテ其文字モミエズ

ヤカタヲノ麻之路《マシロ》ノタカヲヤドニスエカキナデミツ、飼《カハ》クシヨシモ

コレモ詠白大鷹哥云々　サレバマシロトマシラヘノタカト同事歟トモイヒツベシ　（既出、二〇七・二〇八頁）

顕昭は、「真白部」を「マシラヘ」と読み、「マシラフ」に同じかといい、「シラフノタカ」とは、「シロミ」ている鷹のこと、その中でも「ヨクシロミタルヲ、マシラフト云歟」という。「白《しろ》む」は、白色を帯びること、白くなること、他方から白い方へ移りつつある状態、また、その結果をいう（「-む」は動詞を作る接尾辞）。「マシロヘノタカ」は、「マシロノタカ」の言い替えかという。『綺語抄』・『童蒙抄』は、【用例4】（次章参照）の「麻之路能鷹乎」につき、「メノケノシロキ也」「メノウヱノシロキヲイフ」と注釈したものであり、顕昭は、その原文は仮名書であって訓字表記は不詳であるが、【用例4】も【用例3】に同様、題詞に「詠白大鷹哥」とあるから、「サレバ、マシロトマシラヘノタカト同事歟トモ、イヒツベシ」と述べる。優先すべきは個々の和歌、個々の歌語の検討であり、頭から題詞を過信するのは危険であろう。

なお、顕昭の『後拾遺抄注』（寿永二年〈一一八三〉著）に、「トヤカヘルシラフノ　タカノコヰゾナミユキゲノソラニアハセツルカナ」を挙げ、「シラフトハ文ノシロキ也。　クロフ、アカフトモイフナリ。フルレバ、フハコトニシロクナルトイヘリ。フトハ文也。　キリフ、サガリフナド云也。」と見える（前後略）。[3]「シラフ」は文（斑文）の白いこと、年を経るにつれて斑はことに白くなるとある。

H『金葉集』、冬部、「深山霰をよめる　大蔵卿匡房」

はしたかのしらふに色やまがふらんとかへるやまにあられふるなり　（二九五番）

季吟の『八代集抄』による。[4]『金葉集』初奏本、二奏本に見えるが、三奏本には見えないようである。これは「しらふ」とある。霰が降って白斑に見えたのである。

『金槐和歌集』に、「雪をよめる／　はしたかも　今日《けふ》や白斑に　かはるらむ　とかへる山に　雪の降れば」（三三七番）と見えるのも同趣である。(5)

第二節　近世、近・現代の所説

『拾穂抄』、元禄三年版（既出、第二章第二節参照）

本文「ましらふのたか《真白部多加》」（二九二頁）。

『代匠記』

精撰本に、「真白部乃多可ヲ、袖中抄ニ、マシラヘノタカト読テ、注云。顕昭云。マシラヘノタカトハ（中略、右に大同）此も詠二白大鷹《ヲ》一哥云々。サレハマシロトマシラヘノタカト同事歟トモ云ヒツヘシ。今桉、顕昭ホトノ先達ノコレホトノ事ヲコトヲ切テ（朱）（異筆カ）〈イハ〉（消）（申サレ）サルモオホツカナキ事ナリ。先真白部ハ、タトヒ古点ニ、マシラヘトシタリトモ、シラフト云事ノアルニハ、物部《モノヽフ》ノ例ニナトカマシラフト（朱）（異筆カ）〈イハ〉（消）（申サレ）サルヤ。真ト云ハ真木真玉ナト云如ク、（後略）」（全集、第七巻、一三七頁）。

『うたふくろ』

「○しらふのたか。万十九。須恵氏曾我飼真白部乃多可《スヱテソワカカフマシラフノタカ》。又。麻之路能鷹乎《マシロノタカヲ》ともあり。これは鳥屋を多くへたる也。年をふるまゝに次第に白くなる也。ましらふましろ。只同し。真はほめてそへたる也。輔親集あまた年とやふむたかはましろにてとあるをもてしるへし。又順《カ》抄にも。広雅云《ニ》。三歳名二之青鷹白鷹《ト》一ともあるは。たゝ上に同しく白の字は年へたるまゝに名つくる也。但三歳より後なりともしらふとはいふへきこと也。青鷹といふも猶白鷹也。その故は。定家卿青たかを雪とみつゝやとあるにてしるへし。青白をかよはしてよむことは。白馬をあを馬といふたくひ也」（四四八頁）。

「ましらふ」も「ましろ」も同じだ、「鳥屋を多くへ」て「年をふるまゝに次第に白くなる」、また、「青鷹といふも猶白鷹也（中略）青白をかよはしてよむことは。白馬をあを馬といふたくひ也」と説く。

『略解』、下巻

本文「真白部乃多可」を「ましらぶのたか」と読み、「しらふのふは節《フシ》の意。今切生《キリフ》などいへり。」（六七一頁）。

『万葉集名物考』（著者未詳）

本文中に「□真白部《ブ》之多可」とあり、注釈の末に「白部《シラフ》のふは節の意にて、今切生《キリフ》なといへり」（四一五四番）、次の反歌の注釈後半に「ましらふの鷹ましろの鷹といへるは青鷹《オホタカ》の全くしろきを云、即広雅に云、白鷹にして世にまれなるものなりとそ、或人云一通りのしらたかは嘴灰色にして足の色黄なり、又嘴足ともに白く爪までもしろきあり、それを雪しろの鷹とて殊に貴しといへり」（四一五五番）(6)。

本書には文政六年の自序がある。四一五四番の注釈は、『略解』の引用らしい。四一五五番の注釈は、「ましらふの鷹」「ましろの鷹」は「青鷹《オホタカ》の全くしろきを云」とある。『広雅』については、第三章［補説3］参照。また、□印の語句につき、頭註に「梯ニ／真白部之多可ハ白毛《シラケ》のましりたる鷹也」とある由である。この「梯」については未勘（楫取魚彦著『古言梯』一冊〈文化九年壬申加賀屋善蔵梓〉ではないらしい。『万葉集梯』なる書に二種ある）。

『古義』、七巻（既出、第二章第二節参照）

題詞に「詠《ヨメル》二白大鷹《マシラフノタカヲ》一歌《ウタ》」と付訓があり、「白大鷹は、左の歌詞によりて、マシラフノタカとよめり、猶下にいふべし、和名抄に、広雅《ニ》云、云云、三歳名二之青鷹白鷹《ト》一（中略、三保）雌鷹謂二之大鷹一也」とある。註釈に、

「○真白部乃多可《マシラフノタカ》は、真《マ》は美称にて、白節《シラフ》の鷹なり、なほ品物解に委《ク》云り、（金葉集に、はしたかのしらふに色やまがふらむとかへる山に霰降なり、禰津松鷗軒記に、しろふのたかとは、白き所なくして、尾白なるをいふなり、袖中抄に、顕昭云、しらふの鷹とは、鷹にはあかふ、くろふ、しらふとて、三《ツ》の毛のある、そのしらふの中に、よくしろみたるを、ましらふ　といふ歟、）」（二四〇頁）とある。

また、九巻「品物解」に「真白部乃多可《マシラフノタカ》は、真白節之鷹《マシラフノタカ》にて、節《フ》のしろきをいふ。禰津松鷗軒記と云ものに、（中略。松鷗軒常安の略説）、しろふの鷹とは、白きところなくして、尾しろなるをいふなりといへり、袖中抄に、しらふの鷹とは、鷹には、あかふ、黒ふ、白ふとて、三《ツ》の毛のあるなかに、しらふはしろみ、（中略）、そのしらふの中に、よくしろみたるを、真白《マシラ》ふといふか、と云り、麻之路能鷹《マシロノタカ》は、長歌に、真白部乃多可《マシラフノタカ》とありて、その反歌にかくあれば、即《チ》真白節《マシラフ》をいふべし、（根《ママ》津松鷗軒記と云ものに、しろの鷹見るやうの事、九品ありとて、くはしくしるし、さて九品そろはざれば、真白といふべからず、としるせり、但しそれは、後《ノ》世に鷹を主とする家の説に、かくこまかに品を別たるにこそあれ、此《ノ》集などには、たゞおほよそにいへるのみなり、）」（一九三頁）とある（『禰津松鷗軒記』を引くが、『群書類従』所収本では「九品」二字は「九所」とある(7)）。

『新考』

「○マシラフノタカは題辞に白大鷹とあり又反歌にマシロノタカとあるを見れば白斑がちなる鷹ならむ」（第七、三八三四頁）。

『全釈』

「○真白部乃多可《マシラフノタカ》―真白斑の鷹。白斑の多い鷹。題詞に白大鷹とあるやうに、一見白く見えるが、斑のある鷹であらう。袖中抄に「顕昭云、しらふの鷹とは、鷹にはあかふ、（中略）そのしらふの中に、よくしろみたるを、ましらふといふ歟」とある。」（第五冊、四五七頁）。

『総釈』

訓読文に「真白節《ましらふ》の鷹《たか》」、語釈に「〇真白節の鷹　まし、ら、ふ、のま、は美称、し、ら、ふ、のふ、は節の意であるから、純白ではなく白斑の鷹であらう。」（第一〇冊、三六頁）。

『全註釈』

佐佐木信綱・武田祐吉編『定本万葉集』五でも「真白節《ましらふ》の鷹」（七九頁）と付訓されている。

『私注』

「真白部乃多可　マシラフノタカ。フは生の義。生は、生えているところ。」（第一二冊、一八五頁）。訳には「真白の鷹だ。」とある。

『旧大系』

「フは生の義。生は、生えて…」とは、羽の生えているところの意か。「ふ」は斑、即ち、斑文のことであろう。

『注釈』

訓読文に「真白斑の鷹」、注釈に「〇マシラフノタカ　白い斑のあるタカ。」（九・一三一頁）。

「〇真白斑の―白いまだらのある。」（頭注）。

「ま白斑の鷹―袖中抄（九）に「顕昭云」として、「たかにはあかふくろふしらふとてみつの毛のある中にしらふはしろみくろふはくろみあかふはきはみたるなり　そのしらふの中によくしらみたるをましらふといふ歟」とある。白斑のある鷹を尊重したものと見える。」（一九・三一頁）。訳「真白斑の鷹」（二八頁）。

『万葉集　訳文篇』、（既出、第五章第二節）

「真白斑《ましらふ》の鷹《たか》」（四七六頁）。

『釈注』

「◇真白斑の鷹　尾羽に斑《まだら》の入ったまっ白な鷹か。「斑《ふ》」は縞《しま》。地色を横切って他の色が平行に入り交じっているさま。題詞に「白き大鷹」とあり、反歌に「矢形尾の真白の鷹」とある。「ふ」の原文「部」は「物乃部能」（3二六四）など。」（七五頁）。

『集成』

訓読文は「真白斑《ましらふ》の鷹《たか》」、頭注「◇真白斑の鷹　尾羽がまっ白な鷹か。」（一七六頁）。

『全集』

「真っ白な鷹《たか》を」（訳）、「○真白斑の鷹―純白色の鷹。『鷹詞寄』に「すべて白き鷹」とある。ただし次の四一五五に「矢形尾」とあり、実際には多少の斑ふがあったと思われる。」（四・三〇一頁、頭注）。この「斑ふ」は地色をいう。

『全注』

「○真白斑の鷹　題詞に「白き大鷹」とあるように、白く見えるが、純白の斑《まだら》の多い鷹か。袖中抄に「顕昭云、しらふの鷹とは、鷹にはあかふ、くろふ、しらふとて、三つの毛のある、そのしらふの中に、よくしろみたるを、ましらふといふ歟」とある。」（四〇頁）

『新大系』

「白い大鷹を詠んだ歌」（脚注）、「「真白斑の鷹」は純白の斑点のある鷹か。「たかにはあかふ、くろふ、しらふとて三の毛の有中に、しらふは白み、くろふはくろみ、あかふはきばみたる也。そのしらふの中によくしろみたるをましらふと云歟」（袖中抄九）。」（脚注）とある。

『講義』

「真白な斑点のある鷹のこととも、単に純白な意でフは延ばしたに過ぎないとみる説とある。反歌で、「真白の鷹」といっていることよりすれば、後者がよいようである。」（六三頁）。

『全解』

「○真白斑の鷹―羽毛に純白の斑紋のある鷹。」（第七冊、一一四頁）。

『和歌大系』

訓読文に「真白斑《ましらふ》の鷹《たか》」、語注はない（第四冊、三五一頁）。

第三節　むすび

以上、「真白部乃多可」について見てきた。近世以降の主立ったところを整理すれば、次のようになろう。

㈰ 全くしろき鷹、真白（純白）の鷹 ＝『万葉集名物考』『全註釈』『講義』
純白色の鷹、実際には多少の斑ふ ＝『全集』
白斑がちの鷹・純白の斑《まだら》の多い鷹 ＝『新考』『全釈』『全注』
純白の斑点（斑紋）のある鷹 ＝『注釈』『新大系』『全解』『和歌大系』

㈪ 白斑の鷹・白い斑のある鷹 ＝『総釈』『私注』『旧大系』
白部《じらふ》のふは節《ふし》・節《ふ》の意（今、切生《きりふ》など）＝『略解』『万葉集名物考』『古義』

㈹　尾羽に斑《まだら》（縞《しま》）の入ったまっ白な鷹＝『釈注』

㈺　尾羽がまっ白な鷹　　＝『集成』

㈻　鳥屋を経て次第に白くなった鷹　＝『うたふくろ』（「ましらふ」「ましろ」同じ）

㈲の、その体色が真白（純白）というのは安易な解説で、現実的にはあり得ないことである。㈺の、尾羽だけが真っ白というのも納得しがたい。㈹も同様である。尾羽以外はどうだというのであろうか。㈻は、成長するにつれて白くなるという訳であるが、これは大鷹（蒼鷹）全般に共通する問題であり、これをそのまま「真白斑」の説明とするのは不十分である。残るのは㈶グループである。程度の問題であるが、「真白部《ましらふ》（真白斑）乃多可」とは、全体的に灰黒色（蒼白い）ではあろうが、殊に白い斑（斑紋）が目立つ鷹と解される。これを特徴とする鷹は、能力はともかく、見た目の印象がよい。美称「ま」を冠して語形・語音を整え、韻文に用いられることも多かろう。鷹の献上にも、先ず、この白色系の鷹が用いられたらしい。個体差もあり、成長に伴う推移もあろうから同列に扱えないが、「しらふ・ましらふ」とは、〝殊更、その白斑の目立つ蒼鷹の美称〟と理解されよう。

ところで、古代には、「祥瑞」あらば、朝廷に報告することになっていた。[8]『類聚国史』、巻一六五・一六六に、その記録がまとめられており、各地から「白雉」「白鹿」「白鵰」「白鸜鵒」「赤烏」、その他が都に送られている。「貢」「献」「上」等といった文字（動詞）を伴っているところからすれば、多くは生け捕った現物を添えて届け出たようである。その内の「鷹」の標目[9]下に、『日本書紀』、巻二九、天武天皇四年正月壬戌、「亦是日。大倭国貢㆓瑞鶏㆒。東国貢㆓白鷹㆒。近江国貢㆓白鵄㆒。[10]」とある条からの引用がなされている。だが、この場合、いわゆる白子《しろこ》（アルビノ）であったろうか。あるいは、〝鷹は蒼白い色をしている〟という蒼鷹の、その常識的な範囲を越える白斑であったのであろうか。

後代の資料ながら、『白鷹記』に、「爰に信濃国禰津の神平奉る所の白鷹。その相鷹経にかなへるのみならず。その毛雪じろと云べし。(11)」、『責鷹似鳩拙抄』にも「一雪しろの鷹と申事あり。尾をも羽をも雪にすぐれて候を申也。(12)」、また、国語辞書では一点、『節用集』の一種『伊京集』に、「白鷹《ユキジロ》」(由部、畜類)(13)と見える。

『責鷹似鳩拙抄』は、持明院基春の著になる「持明院十巻書」の一つで、更に、次のようにある。(14)

一鷹のしろの見ところの事

らんひのねしろし。四毛にふくりんふかし。羽すぢしろし。ひしやくはなふかし。あしのがんぎこまかに。いろうづらのあしのごとし。目の色うすし。羽うら白し。

一白に色々あり。ゆきしろ。あをしろ。あか鷹。しろみ同。す鷹にしろあるべからず。白ははくさい国の鷹なり。かうらい鷹なる故なり。

前者は、体の各部に生ずる白毛の具合を評価したものらしい。後者は、「しろ」といっても、「雪白《ゆきじろ》」「蒼白《あおじろ》」「赤鷹」(撫鷹か)などがあるという。「す鷹」は、幼鷹を指すか。大鷹の一歳は黄色という。波線部は、敢て推測すれば、白い鷹は百済種であり、高麗鷹の血を引くといった意味であろうか。朝鮮の「白鷹」については[補説]参照。

『信長公記』(近衛家陽明文庫蔵本)には、まま、「しろの御鷹」「上鷹」「鷂」などが見えており、「出羽大宝寺より駿馬を揃へ、御馬五つ、幷に御鷹十一聯《もと》、此の内しろの御鷹一足《もと》これあり、進上。」(巻一二、天正七年七月一八日)、「奥州の遠野孫次郎と申す人、しろの御鷹進上。」(同年月二五日)、「十一月六日、しろの御鷹居《すゑ》させられ、北野うちの辺鶉鷹つかはされ、十一月八日、東山より一乗寺迄しろの御鷹つかはされ、(後略)」(同年一一月六、八日)などと見えている。(15) 出羽・陸奥の産になる「しろの御鷹」である。筆記者は信長の書記掛りであろうか、これらも全身純白というわけではなく、やはり、〝より蒼白系の鷹〟と見ておく方がよかろう。

注

（1）小林祥次郎「西園寺家鷹百首（付注本）」、『小山工業高等専門学校研究紀要』、第一二号、一九八〇年三月。

（2）『名語記』、巻第二、43ォ。一九八三年一月、勉誠社。

（3）『日本歌学大系』、別巻四、一九八〇年、風間書房。四五〇頁。

（4）山岸徳平編『八代集全註』、一九五五年、有精堂。四四頁、一三七頁、一六〇頁。

（5）樋口芳麻呂校注『金槐和歌集』（新潮日本古典集成）、一九八一年六月、新潮社。一〇二頁。

（6）吉沢義則編『未刊国文古註釈大系』、第二冊、一九三四年六月、帝国教育会出版部。三〇二頁。

（7）『禰津松鷗軒記』、『群書類従』、第一九輯、一九五九年一〇月、続群書類従完成会。五〇六頁。

（8）黒板勝美、他編輯『新訂増補国史大系24　令集解　後篇』、二〇〇〇年新装第一刷、吉川弘文館。七一〇頁。

（9）黒板勝美、他編輯『新訂増補国史大系6　類聚国史　後篇』、一九六五年七月、吉川弘文館。一四一頁。

（10）黒板勝美、他編輯『新訂増補国史大系1下　日本書紀　後篇』、一九七一年四月、吉川弘文館。三三六頁。

（11）既出、注（7）文献、『群書類従』、第一九輯、四八一頁。本書奥に「嘉禎二丁卯三月　前関白」とある。

（12）『続群書類従』、第一九輯中、一九八五年二月訂正三版、続群書類従完成会。三五四頁。

（13）中田祝夫著『改訂新版　古本節用集六種研究並びに総合索引　影印篇』、一九七九年一月、勉誠社。五五頁。

（14）既出、注（12）文献、『続群書類従』、第一九輯中。三五一頁。

（15）奥野高広・岩沢愿彦《よしひこ》校注『信長公記』、一九九三年二月、角川書店。二七九頁、二八八頁。

[補説]「白鷹」について

盛唐の詩人李白に、次のような「観放白鷹二首」と題する詩二首がある。(1)

八月辺風高。胡鷹白錦毛。孤飛一片雪。百里見㆓秋毫㆒。

寒冬十二月蒼鷹八九毛。寄ㇾ言燕雀莫㆓相啅㆒。自有㆓雲霄萬里高㆒。

前者は五言絶句、詠じた時は八月、「辺風」「胡鷹白錦毛」とあるので、中国の西方、北方の地の鷹を詠んだもの。その「胡鷹」とは、左の「白兎鷹」の類であろう。李白は、西域のことに詳しかったらしい。後者は古近体詩、寒冬一二月の鷹狩、遠く挙颺できないように、先ず蒼鷹の勁い翼を剪定する（「八九毛」）。燕雀に嘲笑するなと伝えよとある。但し、この一首は、李白でなく、高適《こうせき》の作（題「見薛大臂鷹作」、または「見人臂蒼鷹」）とされる。(2)

中唐の竇鞏《とうきよう》（元和〈八〇六〜八二〇〉の進士）には、次のような「新羅進㆓白鷹㆒」と題する七言絶句がある。(3)

御馬新騎禁苑秋。白鷹来ㇾ自㆓海東頭㆒。漢皇無ㇾ事須㆓游獵㆒。雪乱争飛錦臂韝。

新羅の憲徳王（在位、八〇九〜八二六）が、唐の憲宗（在位、八〇六〜八二〇）に鶻を献上した折の詠である。(4)「海東」は、黒竜江下流の海東（沿海州）から中国東北部にかけての地域をいう。白鳥庫吉氏は、「此の文句の中に見える海東頭が新羅を指し白鷹が白海東青を意味したのは争はれないから、此の鳥の渡つて来る海は言ふまでもなくまた渤海である。(5)」とされ、「海東青の青が鶻を形容する詞」、「海東青」には「白海東青」「青海東青」などがあったとされている。「鶻」字は、日本では隼（ハヤブサ）と解されることが多い。

『放鷹』では、「朝鮮の文献に現はれたる鷹の名称」につき、「かくの如く、李朝世宗頃迄は雅鶻・松鶻・兎鶻の三鶻の区別あり、李朝中期以後には「其の識別出来なくなりしもの丶如く」」と帰結され、しかし、下って世祖頃、李朝中期以後には「其の識別出来なくなりしもの丶如く」と述べられている。(6)「雅鶻」とは現今のハヤブサをいい、「松鶻」「兎鶻」は次のようにある。

(二) 海青一名松鶻は、雅鶻に比し尾稍長く黄鷹即ちオホタカの如しとあり、且つ羽毛の白味の多きこと、及び斑文等より見れば、シロハヤブサ Hierfalco rusticolus candicans (Gmelin) に相当するものならんか。この鳥は、現今朝鮮に於て採集の記録なきも、高麗時代及び李朝初期時代に於ては、稀に捕獲されしこと前に述べたるが如し。現今朝鮮の地方にては、ハヤブサを称し朝鮮語にて、Haitongmai、海東鷹又は Haitongchong 海東青とも云ひ、白味を帯びたるものを Paiksongkurimai 白松鶻鷹と云ひ、昔時とは異なりたる種類を称するが如し。又、平安北道にてはハヤブサのことを Nachuni と云ふ。これ李朝初期に称せし Nachini の音の転化せしものならんか。

(三) 兎鶻は、これが形体を記せし文献を見出すを得ず。鷹鶻総論に於て、雉兎を以て教ふとあるを以て、山地に棲みしが如し。白鳥庫吉博士は、本種をワキスヂハヤブサ Hierfalco cherrug milvipes (Jerdon) にあて居らるれども、其のあてはめし理を記載せられず。世宗実録十年正月の条に、進鷹使韓承舜が明への進献の海青を携へ遼東を通過せし時、遼東の太守及び明より派遣の両内官之を見て、これ海青に非ず真兎鶻なりと云へるを見れば、この両者は極めて類似し、誤り易きものと思はる。この記事を以て見れば、シロハヤブサとワキスヂハヤブサとは同属に属し、形態似たるを以て、兎鶻は白鳥博士の云はる丶が如くワキスヂハヤブサならんか。この兎鶻の名称は、諸書により次の如く記さる。

兎鶻訓益櫨貴《イクロクイ》（鷹総）、

兎鶻訓益多鬼《イクタクイ》（五長）、

兎鶻諺文にて Ikteikui（訳解）、

かくの如く、李朝世宗頃迄は、雅鶻・松鶻・兎鶻の三鶻の区別あり、鷹の種類も異なりたる様なるも、下りて世祖頃になれば、其の識別出来なくなりしもの丶如く、世祖実録中に「大抵鶻之類顕名者三、第一松鶻、第二兎鶻、第三鵰鶻、此三鶻中雑交而生者、名曰庶鶻、名雖各異、而実則一類、故（中略）」と、記さるゝを見るも明かなり。又、五洲衍文長箋散稿の四声通解に（中略）。故に、李朝中期以後は、この三鶻の区別なくなり、同一種のものを称せしが如し。

とある。なお、文中、「鷹総」は、『新増鷹鶻方』の「鷹鶻総論」、「五長」は、『五洲衍文長箋散稿』、「訳解」は、『訳語類解』をいう。

「白鷹」という語詞は、朝鮮史料『三国史記』[7]にも見える（引用の用例は前後を略すことがある）。

『新羅本紀』

・［訥祇麻立干］十八年（四三四）春二月。百済王送良馬二匹。秋九月。又送白鷹。（二九頁／三一頁）

・［文武王］十七年（六七七）春三月。観射於講武殿南門。始置左司禄館。所夫里州献白鷹。（六八頁／八五頁）

・［聖徳王］八年（七〇九）春三月。菁州献白鷹。（七四頁／九四頁）

『高句麗本紀』

・［太祖大王］六十九年（一二一）春。漢幽州刺司馮煥、玄菟太守姚光、遼東太守（中略）冬十月。王幸扶余。祀太后廟。存問百姓窮困者。賜物有差。粛慎使来献紫狐裘及白鷹、白馬。王宴労以遣之。（一二五頁／一六一頁）

『百済本紀』

・〔毘有王〕八年（四三四）春二月。遣使新羅。送良馬二匹。秋九月。又送白鷹。（一九三頁／二五二頁）

これらも、右のシロハヤブサ、ワキスチハヤブサの類をいうようである。

また、中国古代資料に、「白兎鷹」「白鷹」「白鶻」などと見えるものがある。これらもハヤブサの類であろう。

斉王高洋天保三年、獲白兎鷹一聯、不知所得之処、合身毛羽如雪、目色紫、爪之本白、向末為浅烏之色、（一曰目赤色黄、爪之本色白）蠟脛並黄、当時号為金脚、

又高帝（一曰高斉）武平初、領軍将軍趙野叉献白兎鷹一聯、頭及頂遥看悉白、近辺熟視乃有紫跡、在毛心、其背上以白為地、紫跡点其毛心、紫外有白赤、周繞白色之外、以黒為縁、翅毛亦以白為地、紫色節之、臆前以白為地、微微有纁、赤従理、眼黄如真金、（後略）

（『酉陽雑俎《ゆうようざつそ》』、巻二〇、肉攫部）[8]

将赤驃父馬一疋、白鷹一聯、上与廻鶻王。

（「粛州防戍都状〈斯三八九号〉」）[9]

長興四年、回鶻来、献白鶻一聯、明宗命解緤放之、

（『五代史』、巻七四、四夷附録三）[10]

四例を挙げた。この内、一例目には、北斉を建てた文宣帝の天保三年（五五二）、二例目には、その五代皇帝後主（高緯）の武平（初年＝五七〇）の年号が見える。三例目は、「敦煌文書」の一点で、年代は九世紀末頃である。四例目は、五代の一つ、後唐長興四年（九三三）の年号と第二代皇帝明宗の名が見える。緤《せつ》を解いて放ったのは、国交関係の都合であろう。これらは漢文で書かれた史書・古文書である。意図した訳ではないが、いずれも北朝系諸王朝に関与している点、注意される。「廻鶻」「回鶻」といったウィグル族の族名も見える。これは蒙古《モンゴル》・トルキスタン方面に活躍したトルコ系部族で、鷹狩も得意であったようである。

「白―」という形容表現が目立つようにも見える。献上品にはこうした色調が好まれたのであろうか。あるいは、蒙古や朝鮮半島など、極寒の冬を迎える地域には白い個体が多かったのであろうか。しかし、その二例目には、「頭

及頂遙看悉白、近辺熟視乃有二紫跡一、在二毛心一、其背上以レ白地、紫跡点二其毛心一、紫外有二白赤一、…」ともある。即ち、この「白兎鷹」は、頭部は、遠目には「悉白」であるが、近くでよく見れば、毛の芯に紫色の「跡」（薄い筋目をいうか）がある、背は白地で、芯に紫斑があり、その周りは白赤色で、黒色の縁取りがある、翅毛《はね》（翼部）も白地に紫の節目があり、胸部は白地で微かに薄赤く、赤い縦縞がある、云々とある。「白兎鷹」とはいいながら、決して純白をいうものではないと知られる。

これらの「白兎鷹」「白鷹」「白鶻」も、先の『放鷹』に説かれる鶻《はやぶさ》の類であろう。

なお、日本の史料、文献にも「白鷹」の文字が見える。これらの中には、古代の中国や古代半島諸国の影響、また、これを介して中国西部・北部諸国の影響などを受けたものがあるかも知れない。鷹狩問題に限ったことではなかろうが、留意しておきたい。なお、以上における「兔」「兎」二字の字形につき、依拠した文献にあるがままに随った。

注

（1）『分類補註李太白詩　㈢』（『古典研究会叢書　漢籍部』、第三五巻）、二〇〇六年七月、汲古書院。三〇〇頁。

（2）瞿蛻園・朱金城校注『李白集校注　下』、一九八〇年七月、上海古籍出版。「評箋」一四二三頁。『中国学術類編　古今図書集成51　禽虫典上』の「博物彙編禽虫典第十二巻鷹部芸文」、一九七七年四月、鼎文書局。一三八頁。

（3）『全唐詩』、第四冊（全一二冊）、一九六〇年四月、中華書局。三〇五一頁。

（4）森為三執筆「朝鮮放鷹史」、宮内省式部職編纂『放鷹』、一九三一年一二月、吉川弘文館。一二五頁。

（5）白鳥庫吉「本邦の鷹匠起源伝説に就て」、『民族』、第一巻第三号、一九二六年。復刻版あり（一九八五年九月、岩崎美術社）。白鳥著『白鳥庫吉全集』、第二巻（一九七〇年二月、岩波書店）所収（七六頁以下）。

（6）既出、注（4）文献、森為三執筆「朝鮮放鷹史」、宮内省式部職編纂『放鷹』、三二〇・三二一頁。

（7）『三国史記』、中宗七年（一五一二）慶州重刊本の景印、一九六四年四月、学東叢書第1、学習院東洋文化研究所刊、三秀舎印刷。また、朝鮮史学会編、末松保和校訂『三国史記（全）』、一九四一年一月・一九七一年六月景印、国書刊行会。用例末尾の（二九頁

／三二頁）の類は、「慶州重刊本の頁（二九頁）／朝鮮史学会活字本の頁（三二頁）」の意。

（8）『和刻本漢籍随筆集』、第六集、一九七三年二月。汲古書院。一七五頁。訓点省略。

（9）『敦煌社会経済文献真蹟釈録(四)』、一九九〇年七月。四八七頁。

（10）『和刻本正史　五代史』、一九七二年、汲古書院。三八二頁。訓点省略。

第七章 「麻之路能鷹乎」について

はじめに

本章では、第一章の【用例4】に見える「**麻之路能鷹乎**」という語句を検討する（傍線・破線・波線等私意）。原文に「麻之路能鷹」とある。これを、近世から今日まで、概ね、これを「真白の鷹」と注釈している。しかし、中世以前は、多く「目の上の白きを云」、「マユノ白キ也」などと《眉―白い》という形で注釈する。

第一節 鷹書・歌学書などの所説

A 立命館大学図書館蔵『**西園寺家鷹秘伝**』

「一ましろの鷹とハ目の上の白きを云也（証歌略）」（一四丁ウ）。

B 内閣文庫蔵『**持明院家鷹秘書**』（154-354）

「一鷹ノフカハリノコト 白フノタカト云ハ白也 又マ白ノ鷹ト云ハマユノ白キ也 コトナルコトナシ」（第一冊、九丁ウ）。

「白フノタカ」とは白い（斑の）鷹だ、「マ白ノ鷹」とは眉が白い鷹だ、いずれも「フカハリ（斑替わり）」のことで、異質の問題ではない、とある。二様は、共に鷹の斑（符）替わりに過ぎないということであろう。

C『**鷹経辨疑論**』上（『続群書類従』、第一九輯中）

「軒羽ウツマシロノタカノ餌ブクロニヲキヱモサ、デカヘシツルカナ」の注釈に「眉白ノ鷹ト云ハ。惣ジテウツクシキコトニ云付タリ。忠兼ヲ鷹ニナヅラヘタル哥ナリ。」云々とある（一九〇頁）。

D 宮城県立図書館蔵『吉田流聞書**鷹之記**』の第三〇冊「故実之部」

「一《第七》　ましろの鷹の事／　ましろの鷹ハ眉の毛白きを云也　真白生とハひた白き也／是ハ別也　西園寺百首に／　雪ふかきかた野のはらの御かり場にましろの鷹の面かハりぬる」（四丁オ）と見える。

「ましろの鷹」とは眉の毛の白いこと、「真白生《ましろふ》」とはひた白きことをいう、「是ハ別也」とある。証歌に引く「西園寺百首」の場合、本来は「ましろの鷹」だが、今は雪まみれになって面変わりしてしまった状態をいう。

E『**龍山公鷹百首**』

「飛出る羽風も袖にあら鷹のましろの雪は拂ともなし／　ましろは眉白也。常の鷹より眉ふとく白を云也。あらき羽風にも。眉白の雪は拂とも見へず白きと云心也。付真白と書てしろの鷹をいふと他流に云也。真白符は当流也。ましらふと云白鷹歟。ましろ眉白也。まぎれたる事也。」（二〇番）

「付」以下の解釈は、――この「ましろ」という言葉につき、これを「真白」と書いて白の鷹をいうと、他流では言う、（そうした場合）「真白符」というのが当流である、「ましらふ」とは「白鷹」のことか、「ましろ」は眉白である、紛らわしいことだ、――となろう。「当流」は近衛龍山流。

F 金沢市立玉川図書館藤本文庫蔵『**鷹詞**』

「真白《マシロ》《眉白也》の鷹」（既出、第六章第一節参照）

G 早稲田大学図書館蔵**『類聚鷹歌抄』**（『鷹口伝書』の内）

同（近衛）ましろ十九 飛出る 眉白也、常の鷹より眉ふとく白きをいふ、ましろと白の鷹をいふハ他流也、ましらふと云、

ましろハ眉白也、勝たる事也、能々分別すへし、

西園 ましろの鷹三十六 雪深き 眉のいたりて白き也、

摂政百十二 秋の霜 常の人の知たるなり、 （九丁ウ・一〇丁オ）

前半部については、右のEに掲げたところに同じだが、語句に若干の出入がある。

H **『日葡辞書』**（補遺）

「Majirodaca. マジロダカ（目白鷹）白い眉毛をもっている鷹.」

I **『堀川院御時百首和歌』**（前掲、第二章第一節、「矢形尾」の条）

「やかたおのましろの鷹を引すへてうたのとたちを狩暮しつゝ」（藤原仲実詠）

J 高松宮本**『袖中抄』**（前掲、第六章第一節、「真白部」の条）、第九

「〇マシラヘノタカ」（『日本歌学大系』所収本には註釈がない）

K **『綺語抄』**（右『袖中抄』の条参照）

「マシロノタカ」は「綺語抄云目ノ白也 メノケノシロキ也」。

L **『和歌童蒙抄』**、第八

「やかたをのましろのたかをとやにすゑかきなでみつゝかはまくもよし ／同十九にあり。ましろとは目の上の白きを云。とやとは（後略）」（既出、『日本歌学大系』、別巻一、二八三頁）

M 仁和寺蔵**『万葉集註釈（仙覚抄）』**（第二章第一節参照）

「（朱）矢形尾乃麻之路能鷹乎屋戸尓須恵　可伎奈泥見／都追飼久之余志毛／　矢形尾第十七巻ニイヘルカコトシマシロノタカトハ目ノ上ノ／シロキタカナリトイヘリ」（四七八頁）。

第二節　近世、近・現代の所説

『拾穂抄』、元禄三年版（既出、第二章第二節参照）

本文「やかたお《矢形尾》のましろの鷹を」の頭注に、「（前略）ましろのたかハ目《メ》の上／の白き鷹也童蒙同」とある」（巻一九・四一五五番、二九四頁）。

『代匠記』

初稿本に、「ましろの鷹　長哥によめるましらふの鷹なり。真白鷹なり。赤人のふしの哥も（後略）」、精撰本に、「マシロ（ノ《(消)》□《(鷹カ)》）ハ真白ナリ。第三ニ赤人ノ富士ヲ（中略）今題ニ〈詠《(朱)》〉白大鷹ト云ニヨク心ヲ著ハ、綺語抄ノ推量ノ僻案、沙汰ニ及フヘカラス。」（共に、全集、第七巻、一三九頁）。『綺語抄』説は誤りだという。

『略解』、下巻

本文「麻之路能鷹乎」を「ましろのたかを」と読む（六七一頁）。

『万葉集名物考』（著者未詳）

「ましらふの鷹ましろの鷹といへるは青鷹《オホタカ》の全くしろきを云」（第六章第二節参照）。

『古義』、（既出）、七巻

「〇麻之路能鷹《マシロノタカ》は、長歌によめる真白部乃鷹《マシラフノタカ》に同じく、真白《マシロノ》鷹なり、真白《マシロ》と云詞は、三巻《ノ》に、多児之浦従打出而《タコノウラヨウチデテ》

見《ミ》者《レバ》真白《マシロク》 衣《ソ》不尽能高嶺《フジノタカネ》爾《ニ》雪波《ユキハ》零家留《フリケル》、と見ゆ、」（一四一頁）。また、第六章第二節参照。

原文「麻之路能鷹」につき、直ちに「長歌によめる真白部乃鷹《マシラフノタカ》に同じく、真白《マシロノ》 鷹なり」と言い切る。

『新考』

「○マシロノタカとあれど長歌にマシラフノタカとあれば純白にはあらで白斑ありしならむ。」（第七、三八三四頁）。

『全釈』

「尾ニ矢形ノ斑ノアル、真白ノ鷹ヲ私ノ家ニ（後略）」（第五冊、四五七頁）。

『総釈』

「○真白の鷹を　ましろのたかとあるが、長歌の結句にましらふのたかとあるから、白斑のある鷹であらう。」

（第一〇冊、三七頁）。

『全註釈』

訳には「矢形尾のま白の鷹を、屋戸に置いて、（後略）」とある（第一二冊、一八五頁）。

佐佐木信綱・武田祐吉編『定本万葉集』五でも「矢形尾《やかたを》の　真白《ましろ》の鷹を」（七九頁）と訓釈されている。

『私注』

訓読文に「矢形尾の真白の鷹を宿に据ゑ（後略）」、大意に「矢形尾の真白の鷹を家の中に留まらせて、（後略）」、作意に「（前略）矢形の斑の入つた尾羽根である。」（九・一三一頁）。

『旧大系』

大意に「矢形尾の真白の鷹を、家の（後略）」（頭注）、語注はない。

『注釈』

【口訳】矢形尾の真白の鷹を家に置いて、愛撫して見ながら飼ふのは楽しいよ。」（一九・三三一頁）。

『万葉集 訳文篇』（既出、第五章第二節参照）

「矢形尾《やかたを》の　真白《ましろ》の鷹《たか》を」（四七七頁）。

『釈注』

訳に「矢形尾のまっ白な鷹」（七二頁）、語注はない。

『集成』

訓読文は「矢形尾《やかたを》の　真白《ましろ》の鷹《たか》を」、訳は「矢形尾のまっ白な鷹を（後略）」（五・一七六頁）。

『全集』

「○真白の鷹—蒼鷹《おおたか》は一般に、頭部は灰黒色、背は鼠色、翼は帯褐色、胸部は白色地に褐色の横斑がある。ただ、その亜種に全身ほとんど白化したものがあるが、現在はカムチャツカ方面にのみすみ、本邦には飛来しないという。」（四・三〇一頁、頭注）。

『全注』

訳に「矢形尾のまっ白な鷹を」（四一頁）とある。語注はない。

『新大系』

「矢形尾の真白な鷹を家に置いて、撫でて世話をしながら飼うのはいいものだ。」（脚注）。

『全解』

訳「矢形尾をもつまっ白な鷹を家の中に据え、（後略）」（第七冊、一一五頁）。

『和歌大系』

翻字・付訓に「真白《ましろ》の鷹」、脚注に「矢形尾の真っ白な鷹を家に置いて、なでさすり世話をしつつ飼うのは（後略）」（第四冊、三五一頁）。

第三節　むすび

「麻之路能鷹」につき、『代匠記』の影響であろうか、『略解』『古義』、また、『全釈』以下、一様に「（矢形ノ斑ノアル）矢形尾」の「真白の鷹」と説き、その「真白の鷹」は、「長哥によめるましらふの鷹」（『代匠記』）に同じ意味であるとする。しかし、同時に矢形の文様（灰黒色の斑）があるとは「考へられない」（東氏）とする説もあり、また、それ故であろうか、「ヤカタヲ」を解説して、これは「真白の鷹にもいうによれば、矢羽根のかたちであつて、斑の入つているのではなかろう」（『全註釈』）と説く向きもある。更には、「ましらふの鷹ましろの鷹といへるは青鷹《オホタカ》の全くしろきを云」（『万葉集名物考』）と説く注釈も見られた。

結論として、鷹書や歌書・古注によれば、この「麻之路（の鷹）」とは、「ましらふ」を特徴とする「ましらふの鷹」ではなく、「眉のいたりて白き」（『類聚鷹歌抄』）という特徴をもつ鷹をいうものと知られる。眉の部分（箇所）の羽毛が殊に白く、長く、あるいは、太く見える鷹であろう。これを特徴とするならば、他の部分、即ち、背や翼などに何らかの文様があっても問題はなかろう。これらは一種の綽号《しやくごう》（渾名《あだな》）であり、その最も特徴的なところをもって称呼としたものである。渾名であれば、原則として併用や併称はないであろうが、鷹の場合、体部（背や翼）、尾部それぞれに特徴があれば、二本立ての称呼の用いられることもあろう。

この【用例4】の鷹は「矢形尾」とあり、「ましろ」とある。先の【用例3】には「真白部」（真白斑）とあるのみであった。案ずるに、【用例4】と【用例3】と、それぞれにおける鷹は異なる個体ではなかろうか。その特徴とするところが、異なるのである。仮名・訓字等の用字法も異なっている。

【用例4】は、位置としては、右【用例3】の長歌（題詞「八日　詠二白鷹一歌一首幷二短歌一」）の反歌となっている。しかし、この歌の右肩に「反歌」という表示はない。この点につき、『注釈』に次のようにある。

【考】細と版本とにこの作の前に「反謌」とある。元、文、西、紀、陽、矢、京に無い。但、元行間に赭「反哥」、西も同様別筆「反謌」あり、矢、京同様「反歌ィ」とあり、京「反歌」を赭で消してゐる。もと無かつたものと思はれる（四一五七考）。（巻第一九、三二一頁）

この「反謌（歌）」二字の有無については、『釈注』（一〇、七三頁）、『全注』（青木生子氏、四二頁）などにも同様の言及がある。また、右に関連し、次の「潜レ鸕歌一首幷二短歌一／荒玉之　年往更」（巻一九・四一五六番）と「紅乃　衣尓保波之」（同、四一五七番）との二首の間に位置する「反歌」二字につき、次のようにある。

【考】この歌の前にも細と版本とは「反歌」とある。元、文、西、陽、矢、京に無い。元行間に赭「反哥」とあり、京も同様赭「反歌」とある。もと無かつたものと思はれる。（同、三三五頁）

巻一九の、【用例3】【用例4】の二首と四一五六番・四一五七番の二首とについては、実は、これらは製作上、深い関係があるとし、前二首は後二首と「一対となるべく、越中時代を振り返りつつ、具体的には天平十九年の放逸鷹歌をまとめ直す形で製作した」と説かれる先学もある(1)。

以上からして、【用例3】と【用例4】とは別の鷹をもって別途に詠まれたものであろう、「反歌」二字の有無は重要な問題である。家持は、後に、連想により、短歌を長歌に取り併せたと考えられる。

注

（1）大越喜文「家持長歌制作の一側面」（『上代文学』、第六六号、一九九一年四月、二一八頁）、同「鷹の歌」（神野志《こうのし》隆光・坂本信幸編集『万葉の歌人と作品』、第八巻、二〇〇二年五月、和泉書院）など参照のこと。

余論 関連する語彙

はじめに

万葉時代における鷹歌関連語彙として、「**真鳥**」と「**鳥狩す**」（「鳥猟」「鷹猟」「鷹田」）について検討する。引用する注釈書の多くは、第二部の「第一章」に挙げたところに同じであるが、必要に応じて注記する。

第一節 「真鳥」について

『万葉集』に「**真鳥**」という言葉が見える。この意味するところは、古来、鶴といい、鷲といい、また、鵜とも雉とも鶚《みさご》ともいい、はっきりしない。古代にはどのような意味・用法にあったのであろうか。

次に、「資料」として、『新日本古典文学大系』の読み下し文を引く（適宜、《 》内に原文の表記を添える）。

【資料1】 真鳥《まとり》住む《真鳥住》雲梯《うなて》の社《もり》の《卯名手之神社之》菅《すが》の根を衣《きぬ》にかき付け《衣尓書付》着せむ児《こ》もがも
《令レ服児欲得》（巻七・一三四四番）

「真鳥《まとり》」（『新大系』）と付訓されている。この意味するところにつき、鷹書・歌学書などの説くところを引く。

A 『袖中抄』

「まとりすむ（二一）／　真鳥《まとり》すむ卯名手《ウナテ》のもりの菅の根をきねにかつけてきせむ児もがも／　顕昭云、まとりとは鵜をいふなり。さてまとりすむうと、やがてその名をつゞくるなり。随て或人の申されしは、件杜に鵜おほく住むなり。きねはきぬなり。ぬとねと同音なり。

又ゐなかの者は、鵜をまとりと申すと云々。／但敦隆《(シ)》が類聚万葉には、鵜歌と真鳥歌と別《(ニ)》挙《(グ)》レ之《(ヲ)》、別鳥と存《(ぞんずる)》歟。／或人云《(ク)》、まとりは鴩をいふ。／　或人云《(ク)》、みさごをいふ。／或人云《(ク)》、別鳥《(ノ)》名也。ま文字はよろづのものに付けたり。まはぎ、ますげ、まの、まこも、まはに、まぐし、まを、まき、まゆみ、まがね、ましほ、またま、まそで、まさか、まほ、まさち、ま野、此中《(ノ)(ニ)》或は真の心なるもあり。或は別《(ノ)》物名もあり。然者まとりといふものある歟。

　又万葉歌《(ニ)》云《(ク)》、／　思はぬを思ふといはゞ真鳥すむうなでの杜の神ぞ知るらむ

　万葉如《(ク)》レ此《(ノ)》、うなでの杜によめり。あるまゝの事を詠《(よめる)》歟。　（第九）(1)

B『万葉集註釈』（仙覚撰）、「真鳥住《マトリスム》卯名手《ウナテ》之《ノ》神社《モリ》之《ノ》　菅《スケ》根《ノネ》乎《ヲ》衣《キヌ》尓《ニ》書付《カキツケ》令服《キセン》児《コ》欲得《モカナ》」

真鳥ハ、鷲也。エヒスハ、ワシノハヲハ、マトリノハト云也。ウナテノモリハ、美作国名所也。ウナテノ森ヲイヒ出ンタメノ諷詞ナレハ、マトリスムト云リ。ソノ故ハ、ウナテ、コトハニ、ウミノハタト云心ヲコメタレハ、ワシハウミチカキ森ニスム鳥ナレハ、ヨソヘヨメル也。ウナテトハ、ウナハ、海也。テハ、ハタノ義也。辺也。サレハ、此巻ノ羈旅ノ歌ノ中ニ、シホミタハイカニセントカワタツミノカミカテワタルアマノヲトメラト、イヘルハ此心也。サテ此歌ノ心ハ、ウナテノ森トハ、海辺ノ義ナレハ、ナミヒマナクシテ、常ニシホル、ニタトフ。スカノ根ヲトハ、ネモコロニナカク、トホクカヨハント思フニタトフ。キヌニ書付キセンコモカナトハ、心ヲウツシテ、ワカツマトナレカシト、ネカフニタトフルナリ。

押紙云、私云、真鳥トハ、鵜ノ一ノ名也。真鳥《大也》ハ、海鵜ヲ云。河鳥トハ、河《小也》ノ鵜也。故ニ、真鳥スムウトツ、ケタル、真鳥ヲ鵜トモツ、ケタリ。又真鳥ハ、海ニスム鵜ナレハ、真鳥スムウミト云心ニモカヨヘル歟。鷲ヲ、真鳥トイヘトモ、コ、ハ鵜ノ真鳥ハ、今スコシカナヒ侍ニヤ。」（巻五）[2]

C『万葉代匠記』

精撰本に、『袖中抄』を引いた後、朱筆で「今按、鵜ヲ真鳥ト云事、何ニ見エタル事ソヤ。和名ニモ見エス。若ウトツ、クト意得ラレタルヨリ、カクハ申サレタ□（ルカカ）（虫損）武烈天皇ノ（中略）真木真玉ナト云□（ニナカ）（虫損）ラヘハ、真鳥トハ只鳥□（トカ）（虫損）云ヒテ、茂キ森ニハ万ノ鳥ノ来テスメハ、カクハツ、ケタルニヤ已上」云々とある（全集、第三巻、五〇五頁）。

D『冠辞考』、「まとりすむ　うなてのもり」

万葉巻七に、真鳥住《マトリスム》　卯名手之神社之《ウナテノモリノ》、云云、（巻十二にもよめり）、こはとかくかうかへ侍れど、さたかなる意は得がたし、或人真鳥は鵜にて、それが住海とつゝけしならんといへりしを、又の人はいか様にも鵜の事とは聞ゆれど、鵜をしも真鳥といはんともおぼえねば、この真《マ》は魚《ナ》の誤りにて、魚《ナ》鳥すむ海とつゝけしにやといへり、げに魚くふ鳥は多かれど鵜はことにさもいふべく、集中に真・莫を相誤れる所も有めれば、魚もはた誤るまじからぬ字也、されど鵜の住磯といふごとく、磯島などにはいふべく、海とては少しばとしたる心ちもする也、よりて今思ふに、木の真木は檜也、獣の真がみは狼也、鳥の真鳥は鷲《ワシ》をいふにあらずや、かの真鳥の大臣《オホオミ》の名もあるからは、真鳥てふものは有ぬべき也、さて巻九に鷲住《ワシノスムツク》　筑波乃山《バノヤマ》とよみ、又集中に筑波嶺《ネ》に賀我《ガヾ》鳴わしともいへるをむかへ見るに、この雲梯の神社は、いと〳〵神代より伝りてあらたなる事と聞え、世に殊に木深くて鷲の住が故に、何となくよめるにやあらん、さては冠辞ともあらねど、他の説によりて挙つ、／　卯名手のもりは（後略）[3]

『旧大系』

「真鳥―鷲をいうと。〇卯名手の神社―奈良県橿原市雲梯（うなて）にある神社。畝火山の西北方。〇衣にかきつけ―衣に書き付けて。〔大意〕鷲の住む卯名手神社の菅の根の形を着物に書きつけて、それを着せる子がほしいものだ。」（頭注）

『注釈』

「【口訳】鷲の住む卯名手の神の森の菅の根をとって、衣に摺りつけて私に着せてくれる女の子もあってほしいものよ。」、「【訓釈】真鳥住む―袖中抄（二）に「顕昭云まとりとは鵜を云也さてまとりすむうとやがてその名をつゞくる也」とあるが、仙覚抄には「鷲也。エビスハ、ワシノハヲバ、マトリノハト云也」とある。和訓栞に「箭ノ羽に真鳥羽といふ是也とぞ　西土にも漢代より箭をはぐに鵰ノ羽をもて最とすと見へたり」とある。かやの類をみ草（一・七）とも草（一・四七）とも、檜の類をま木（一・四五）と云つたやうに鷲の類をま鳥と云つたと思はれる。そのま鳥の住む卯名手の森とつゞける。／　卯名手のもり―卯名手は（中略）／　着せむ子もがも―（中略）いづれも着物を着せるのは女である。従つてここも自分に着せてくれるやうな女もあつてくれないか、ととるべきである。」（七・三二一頁）。

『全集』

「真鳥―鷲の異名。〇菅の根を衣にかき付け―菅ノ根は菅に同じ。カキは接頭語か。菅の根や菅そのものが染料になるとは考えられないため、黄色染料に用いた、いね科のかりやす（刈安）をいうかとか、菅の根の模様の絵を描き付けたか、など諸説がある。」（頭注）

『釈注』

「◇真鳥　真の鳥、立派な鳥の意で、鷲の古名。（後略）」（巻七。四・三三七頁）

『新大系』

「「真鳥」の「ま」は、接頭語。鷲をいう。「雲梯」は、大和国高市郡雲梯郷。畝傍山の西北。第四句の原文「衣尓書付」は、「掻き付け」の意か。文字通り、「衣に書きつけて」とする解もある（古典文学大系）。「ここの菅は、「卯名手の神社」のもので、当然神に属している神聖なもので、それを採ることは禁じられているものである。すなわち採れば神罰を蒙る菅である」と、窪田『評釈』に言う。「もがも」は願望。」（脚注）

『講義』

「真鳥　鳥をほめていう語。鷲の異名。鷹・雉・鶏などにもいう。万葉集に鷲は、三首四例（9・一七五九、14・三三九〇、16・三八八二）。真鳥は、二例。本歌の他に、一例（12・三一〇〇）。ここは、鷲のこと。」（三三九頁）。

『和歌大系』

「鷲の住む雲梯の神社の森に生える菅の根を取り衣に書き付けて着せかけてくれるような、かわいい子がいたらいいのに。○卯名手の神社―橿原市雲梯町の河俣神社の森。（後略）」（第二冊、二五四頁、脚注）

以上の他、高井宣風著『万葉集残考』に、「真鳥住《マトリスム》、卯名手之神社之《ウナデノモリノ》、（中略）○〈註に、真鳥は、鷲也といひしは、しひごとにや只鳥の住なるべし、真は、そへいふのみ也〉○〈鷲とはよめれど、真鳥とよみしこと、集中に見えざれば也〉○〈一説に、菅の根は（後略）〉」と見える。また、伊藤多羅著『万葉名物考』には、「真鳥　余爾説」として、「真鳥は鷲也と云れたり、鷲は人里ちかき森林なとにすむ鳥にあらす、筑波ねにかゝ鳴とよみて今もかの山にすむ事聞ゆ、かの山のみならす、高峯おく山の人気とほき所にすむなり、按するに真鳥は鶴を云へし、やまと姫の世記に、廿七歳秋九月に鳥声高《ノ》聞《ク》天」云々として、『大和姫命世記』愛知県図書館蔵近世写、一冊（wラ/A 201/ャ 2）に「彼鶴真鳥《マ(ト)リ》乎号 称《ナツケ》大歳《ノ》神《ト》」（二四丁ウ）の例を挙げる。左に引く『時代別国語大辞典　上代編』にも見える用例である。

因みに、『夫木和歌抄』、巻二二、雑部四に、次のように見える。

うなてのもり　美馬作　題不知　万七　　　読人不知

9997 まとりすむうなてのもりのすかのねを　きぬにかきつけきせんこもかも　（一〇〇四三番）

文治二年五社百首　　　皇太后宮大夫俊成卿

9998 まとりすむもりの神にもとひてきけ　思へはこそは思ふとはいへ　（一〇〇四四番）

正治二年百首　　　前大納言隆房卿

9999 神のますうなての森をあさゆけは　声をたむけて千鳥鳴也　（一〇〇四五番）

家集　　　正三位知家卿

10000 夏そひくうなての森の村雨に　下葉のこらぬ草の夕露　（一〇〇四六番）

また、鷹書や伝記、矢羽根などに関する資料に次のように見える。

A『龍山公鷹百首』

「（前略）雉を鷹詞にもきじとはいわず。但鳥と云べし。おし出して鳥と云は雉の事也。雉をまとりとは。時により山にても云也。山鳥のたつ時。今のは山鳥。いまは真鳥たちたるなど云也。」（81注）

B『信長公記』巻九

「又、節《ふし》もなき矢篦《ヤノ》、真鳥の羽を付け、佐々木左京大夫家に代々所持候を、今度布施《ふせ》三川 守《みかはのかみ》求め進上候。」（奥野高広・岩沢愿彦校注『信長公記』、平成九年、角川書店、二一八頁）

C 国立国会図書館蔵**『矢羽文考』**（『安斎叢書　一』所収）写一冊（わ081/6/1）

「真羽／一真羽と云は大わしの羽なり、真鳥の羽といふ事を略して真羽と云也（後略、矢羽図〈彩色〉・解説あり）」

（第一部、内題の次）

本書の奥に、安永五年九月伊勢貞丈録、同八年九月源左檀子謹写とある。有職故実書である。

さて、「真鳥」につき、『時代別国語大辞典　上代編』に、次のように見える。(4)

まとり［真鳥］（名）鳥をほめていう。マは形状言。「彼鶴真鳥《まとり》乎号称二大歳神一」（倭姫世記）【考】かやの類をミ草ともマ草ともいい、檜の類をマ木というように、鷲の類をマトリという場合があった。＝すむ　／まとりすむ　枕詞。卯名手《ウナテ》ノ社《モリ》にかかる。「真鳥住《まとりすむ》卯名手のもりの」（万一二三四四）「思はぬを思ふと言はば真鳥住《まとりすむ》卯名手の社《モリ》の神ししらさむ」（万三一〇〇）

また、『時代別国語大辞典　室町時代編五』に、次のように見える。(5)

まとり［真鳥］「鵰」「鳥」「雉」などの異名。歌語。「ま鳥　うの事也。しかれば哥にも、まとりすむうなてのと、やがて其名をつづけられたり。うなての森には鵰多くすむと也。真鳥と云と云り。私云、まことにも雉を云事一定也。但せわに云間いかが。ことにそれもまとりはいはず、きじのまとりと云也。是は雉のうちにからすとりと云があるにつきて云儀也」（藻塩草鵰）「真鳥《マトリ》トハ、何ノ鳥ゾ。是数ノ説アリ。常ニハ鵰ヲ云ト云云」（壒嚢鈔五）「まとりとは雉の事也」（龍山公鷹百首）「短夜をうなての杜の木のまにも月くらからじまとり住ずは」（草根集十一）

同じく『室町時代編五』には、「まとりば［真鳥羽］↓まば」（同、一九一頁）ともある。

【資料2】思はぬを思ふと言はば真鳥《まとり》《真鳥》住む雲梯《うなて》の社《もり》の神し知らさむ　（巻一二・三一〇〇番）

『全集』

「○真鳥住む―真鳥は鷲《わし》の異名。」（第八冊、三五二頁）、「○神し知らさむ―この知ラスは処罰する意。」（同）。

『新大系』

「鷲が住む雲梯の社の神がお見通しでしょう。」（脚注）

『和歌大系』

「思ってもいないのに、思っているなどと言ったら、恐ろしい鷲の住んでいる雲梯の社の神もその偽りを御存知でしょう。○真鳥住む―マトリは鷲。真の鳥、立派な鳥の意。○雲梯の社の神―奈良県橿原市雲梯町にある神社の神。（後略）」（第三冊、三三三頁、脚注）

この歌につき、未だ、古注を管見に入れない。

第二節　「鳥狩す」（「鳥獦」「始鷹獦」「鷹田」）について

右には「**鳥狩《とがり》す**」としたが、原文には、音仮名で「登我里須」、訓字で「鳥獦為《とがりす》」、また、意訳して「鷹獦《とかり》」「鷹田《とがり》為《す》」と書いた例がある。「とがりす」とは、猛禽類を利用して鳥類を狩ることをいう和語（日本語）である。古くには網や罠、弓矢などを用いたであろうが、少なくとも五、六世紀には鷹や隼などを馴らして鳥類、及び、兎などの小動物をも捕ったようである。小川広巳氏蔵『新訳華厳経音義私記』（奈良時代末期写）に、「捕取魚也 獵力渉反 訓等何利須」（下巻、「経第六十巻入法界品第卅九之一」）と見え、この細字割書の中に、「獵」字の音訓は「力渉反」「訓等何利須《とがりす》」とある（「訓」字の「言」偏は後筆による）。その「獵」字は、観智院本『類聚名義抄』に次のようにある。

獵〈力葉メ(反) カリス［平上〇］ アナクル カル／カサヌ 音レウ〉 （佛下本一三〇）(6)

更に、続けて、「獦俗 [犭+鳥]カル 丨師カリヒト［平上上濁平］ 丨者同 遊丨カリ［平上］」ともある。「獦」は「獵」の「俗」字だといい、「獵師《かりびと》」「獵者(同)」「遊獵《かり》」という熟語が示されている（〈 〉内は細字割書、／は改行）。

因みに、後代資料ながら、「かり」とは鹿狩りをいい、そうでない場合は次のようにいうとある。

一かりと計いふは鹿の事也。当世人の鹿かりなとゝいふはいふましき事也。残りは鶉かり。鳥狩。たぬきかり。狐狩なとゝ。その名を付て云也。狩と計云は鹿の事也。 （『弓張記』(7)）

以下に用例を挙げる。用例（本文訓読）、及び、頭注は、断りのない限りは『新日本古典文学大系』（岩波書店）による。但し、適宜、《 》内に原文の表記を添える。

(1)「登我里」

○都武賀野《つむがの》に鈴が音《おと》《須受我於等》聞こゆ《伎許由》可牟思太《かむしだ》の《可牟思太能》殿の仲郎《なかち》し鳥狩《とがり》すらしも《登我里須良思母》

或《あ》る本《ほん》の歌に曰《いは》く、「美都我野に《美都我野尓》」といふ。また曰はく、「若子し」といふ。

（巻一四・三四三八番）

右は、巻一四の「雑歌」の内の一首である。「鳥狩」については、次の一二八九番参照。『旧大系』は、「都武賀野《つむがの》に鈴が音《おと》聞こゆ上志太《かむしだ》の殿《との》の仲子《なかち》し鷹狩《とがり》すらしも」と訓読し、頭注は、第一句に「都武賀野―未詳。」、第三句に「○上志太の―シダは駿河・常陸・陸前にある。」、第四句に「○仲子―長男・末男以外の男の子。」などとある（第三冊、四二八頁）。鷹の鈴が聞こえるから、いつものように公達らが鷹狩に夢中になっているらしいと詠む。わざわざ「仲郎《なかち》」（仲子・仲《なかち》）と言っている点（強調）が気になる。彼ら二、三男坊は、惣領のような責務もない、自由で潑剌とした青少年ということであろうか。「鈴が音《おと》」は、鷹の尾羽中央二枚（鈴付《すずつけ》という）に付けた鈴の鳴る音。この「小鈴」は、『日本書紀』仁徳天皇四三年九月庚子の条にも見えるものである。こうした「鳥狩」の世界にも使用されていたとは驚きである。その製造技術も利用法も確立され、仲郎らも使っていたわけである。

(2)「鳥猟」

○垣《かき》越しに犬呼び越《こ》して《犬召越》鳥狩《とがり》する君《鳥猟為公》青山の繁き山辺《やまへ》に《青山葉茂山辺》馬休め君《馬安公》

（巻七・一二八九番）

「右廿三首、柿本朝臣人麿之謌集出」とある旋頭歌の内の一首である。先学は、「貴族の子弟」が、「垣根の向こうから犬を呼びよせて、その犬を連れて鷹狩にでかける。犬は鳥狩のために飼っているので、犬飼部の女性が作者ということになる。」云々と解説される。[8] 作者が犬飼部の女性かどうか分からないが、上の句は男性的活動的な情景、下の句は優しい女性的な内面世界。『旧大系』の頭注には、「越は起の誤か。越コスのコは甲類ko. 起オコスのコは乙類kö. 呼びこすのコスは、よこす意のオコスのオの脱落と見られるので、乙類が妥当。」とあり、『新大系』の脚注には、第二句「犬召越」の「越」は、四段活用動詞「こす」の他動詞的用法（有坂秀世説）、第五句原文の「葉茂」は、「葉」を不読としておく、などとある（「繁き」は本文にあるまま）。

(3)「始鷹猟」

○石瀬野《いはせの》に秋萩しのぎ馬並《な》めて初鳥狩《はつとがり》《始鷹猟》だにせずや別れむ

右は、八月四日に贈《おく》りしものなり。

（巻一九・四二四九番）

天平勝宝三年（七五一）八月四日「朝集使掾久米朝臣広縄《くめのあそみひろなわ》の館《むろつみ》に贈り貽しし二首」の内の一首である（「朝集使」とあるのは誤り）。家持は、七月一七日少納言に任じられ、都に向かうことになった。越中国国守として、足かけ六年の在任であった。その八月四日、留守中の広縄（二月に正税帳使として上京）に書き残した「悲別之歌」である。

『新大系』では、「石瀬野に秋萩を押しなびかせて馬を並べて初鷹狩をする、それさえなしにお別れすることになるのだろうか。」と通釈し、第四句につき、脚注に「「初鳥狩」は、秋から冬にかけて行われた鷹狩の最初の猟を言う。」（第四冊、三三五頁）とある。『旧大系』では、「初鷹猟《はつとがり》だに」と訓読し、頭注に「○初鷹猟―最初の鳥狩。」とある（第四冊、三六九頁）。一般的な国語辞書類、例えば、新村出編『広辞苑　第四版』でも「秋に初めて行う鷹狩。小鷹狩。」[9]とある。その他の注釈書や辞典類でも同様である。

『鷹経辨疑論』によれば、鷹は、（陰暦の）四月下旬〜五月上旬、羽が落ち始めるので、忘飼《わすれがい》をした後、五月五日に鳥屋に籠め、九月九日に出す、この鳥屋出は、南へ飛立つ鳥に向って取り飼（捉飼、取飼）せよという。この時を「初鳥狩」という。但し、個体により、前後があり、これについて次のようにある。[10]

鳥屋出ノタカヲ捉飼ニハ。南へ起飼ニ放テ取飼也。是ヲ初鳥狩ト云ナリ。十月ニ鳥屋ヲ出スコトモアリ。巣鷹ノ毛モロキハ四月ヨリ入テ七月ニ出シテヨシ。羅鷹山回ノ毛カタキハ五月五日ニ入テヨシ。六月ニ入テ十月ニ出ストキハ。秋風ニアタリテ毛羽ヨク落ルコトアリ。然バ白氏文集ニ十月ニ鷹籠ヲ出ヅト見タルモ此意ナルベシ。

「羅鷹」は、あがけ。網で捕えた幼鳥をいう。「羅」は、あみ。「山回」は、年を越えて山にて毛を替えた鷹。

『責鷹似鳩拙抄』には、「一はつか《（ママ）》りと申事は。九月九日に鳥屋をいだして。南へたつおん鳥に取かふ事なり。」[11]、『龍山公鷹百首』には、「若鷹の鳥屋出の胸の遠山毛はつとり狩にあはせてやらん／　遠山毛とは。毛をかへたる中に。若鷹の毛所々に残したるを云也。見事なる物也。はつ鳥狩はとやを出し。はじめて山へあげて取飼也。」（四一番）[12]、早稲田大学図書館蔵『類聚鷹歌抄』には、「近（衛）初鳥狩　四十　若鷹の　若鷹鳥屋を出し、始て山へ上ヶ取飼事也」（五〇丁ウ）、東京大学文学部国文学研究室蔵『増補類字鷹詞』には、「一初鳥《ト》狩　秋也　鳥屋出　はつ狩衣ナトモスル也、／

いはせ野に秋萩しのき駒なへてはっと狩《ママ》せてやミなむ」（四丁ウ）などとある。秋になって、生長した若鷹を、南へ向かって飛び立つ鳥に向けて、初めて羽合わせることを「はっとがり」（「はっとり狩」とも）というのだとある。中には、「一初と狩トハ、年の初メ、鷹遣初メルヲ云也、又ハ其年の初メテ遣モ云也、」（国立公文書館内閣文庫蔵『鷹詞集』、六丁オ）といった説も見える。(13) 鷹狩の時代や環境、鷹書の性格、筆者の立場などによる差異もあるであろう。

在任中、家持は広縄たちと部内を遊覧し、幾たびか宴し、和歌を詠じた。国庁の鳥屋には、いつも数聯の鷹が飼養されており、秋、冬には連れ立って鷹狩にも出掛けた。右の若鷹は、家持と広縄二人して、幼鳥から手塩に掛けて育てきた若い鷹かも知れない。この秋には一緒に初鳥狩《はつとがり》《始鷹獦》を迎えようと約束していたが、偶々それが叶わぬ仕儀となってしまった。そこで、「せめてものこと、二人で初鳥狩に行きたかった、それができないのが返す返すも遺憾である」——と詠んだ。助詞「だに」は切望する一点を受ける。前置の一首、「あらたまの年の緒長く相見てしその心引《こころびき》き忘らえめやも」（四二四八番）は、抽象的な心情を陳べたものであり、それに確固とした具体性を付与しようとするのがこの一首である。広縄は、集中に九首を留める。

なお、家持は、天平勝宝二年三月「八日、白き大鷹を詠みし歌一首」として、次のようにも詠んでいる。

秋づけば萩咲きにほふ　石瀬野に馬だき行きて　をちこちに鳥踏み立て　（中略）　妻屋《つまや》のうちに鳥座《とぐら》結ひすゑてそ我《あ》が飼ふ　真白部《ましらふ》の鷹　（巻一九・四一五四番）

(4)「鷹田」

○梓弓《あづさゆみ》末の原野《はらの》に《末之腹野尓》鳥狩《とがり》する《鷹田為》君が弓弦《ゆづる》の《弓食之》絶えむと思《おも》へや《将レ絶跡念甕屋》　（巻一一・二六三八番）

問題の多い歌である。(14) 第四句は、原文に「君之弓食之」とある。『新大系』の脚注には、「「弓弦」の原文「弓食」

の「食」をツルと訓む理由は不明。「弦」の字を「弓」と「玄」と二字で表記した所から、「玄」を「食」に誤ったか。」（第三冊、七二頁）とある。また、『旧大系』では、「梓弓《あづさゆみ》末の原野《はらの》に鷹狩《とがり》する《鷹田為》君が弓弦《ゆづる》《弓食》の絶えむと思へや」と訓読し、第三句の頭注に、「○鷹狩―原文、鷹田。田は田猟、狩。名義抄、田カリ。」とある。「弓食」は、誤写とする（第三冊、二一三頁）。

「鷹田」の「田」字は、狩の総名といい、「獦」「狩」に同義とされる。天治本『新撰字鏡』、観智院本『類聚名義抄』に次のように見える。

田〈弥傳反　土也　〓（字形未詳、宀冠の下に「具」）／也　陳也　獦也〉（『新撰字鏡』、巻六、田部第六五、九丁オ）[15]

田〈亠塡(音)［去］和-名タ［平］トコロ［上上〇］ミツ　ノフ／カリ［平上］禾テム［平上］〉（『類聚名義抄』、佛中一〇六）

「狩〈亠獣　カリ［平上］冬田／亦獣字　禾守〉」（同『名義抄』、佛下本一二九）ともある。この「狩」字は「冬田」は、冬の狩をいう。『春秋穀梁伝』の巻二一、「桓公第二」の条に次のように見える（読点私意）。

四年春正月、公狩《ス》二于郎《ニ》一、
四時之《ノ》田《カリハ》皆為《メナリ》二宗-廟之《ノ》事《ノ》一也、春《ノヲ》曰《フ》レ田《ト》、夏《ノヲ》曰《フ》レ苗《ト》、秋《ノヲ》曰《フ》レ蒐《ト》、冬《ノヲ》曰《フ》レ狩《ト》、四-時之《ノ》田用《ユ》レ三焉《ヲ》、唯其所《ノロ》二先《ツ》-得《ヲ》一、一為《ス》二乾-豆《ト》一、二為《ス》二賓-客《ト》一、三為《ス》レ充《ツルト》二君之《ノ》庖《ニ》一、（巻二一、五丁ウ）[16]

「田」は、仮借して「畋」につくるという。九条本『文選』[17]には、その巻第七の末に司馬相如作「子虚賦」、巻第八の首に同じく「上林賦」が収められている。前者には、「田」字が六例見える。皆、狩の意味であり、この内の四例に動詞訓カリス・カリシテ、一例に名詞訓カリが付され、残り一例は無訓（名詞か）となっている。後者には「越海《ヲ》而田《テカリス》」という一例が見えるだけである。これにつき、足利学校旧蔵『文選』（明州刊本六臣注文選）(18)と対照してみると、「子虚賦」の「田」字六例の内、四例が「畋」字（動詞訓、名詞訓各二例も）、残り二例が「田」字で見える。「上林賦」の一例は、やはり、「田《カリス》」とある。

また、九条本『文選』には、「田、畋、蒐」を「カリ」、「田、畋、狩」を「カリス」、「列卒」を「カリコ」、「獠者・獵者」を「カリヒト」、「獵徒」を「カリント」と付訓した例がある。

それにしても「腹（野）」「（弓）食」「甕（甕屋）」、「梓弓」「弓食」「絶」という文字群が気になる。「末之腹野尓」の字の訓は「すゑ」でなく、「うら」かも知れない。弓の上端を末弭《うらはず》、下端を本弭《もとはず》、両端共に弓弭《ゆはず》という。

第三節　むすび

以上に、「真鳥」と「鳥狩す」について見てきた。前者については、「真鳥住む―卯名手の神社―菅の根―衣《きぬ》にかき付け」という条件下（語彙連鎖）に見えるものである。信仰（神社）、鵜飼、鷹狩などとの関わりが指摘され、その実体として、鷲、鵜、雉、梟、鶴などがそれだとされているが、いずれも根拠は明瞭でない。

「真鳥＝鷲」説は、B『万葉集註釈』以下、近・現代の注釈に見える。仙覚は、鎌倉中期の学僧で、万葉学の大家でもあるが、右に説くところはすっきりしない。また、この「鷲」説がどこまで遡るのか、問題であろう。鷲（ワシ）は、タカ目タカ科の鳥の、タカ（鷹）より大き目の猛禽類の総称であり、高山帯を好むイヌワシ、海岸部を好むオジロワシなどが含まれる。いずれも比較的広いテリトリー（狩猟域）を要し、鳥獣や魚類を捕え、時には家畜類を襲うという。『万葉集』では、まま、常陸国筑波郡の「筑波嶺《つくはね》」の鷲（巻九・一七五九番〈高橋虫麻呂〉、巻一四・三三九〇番など東歌）が引合いに出される。この嶺は、西の富士に並び称された大山系である。山里の卯名手の神社、あるいは、畝傍山、橿原宮といった神社の森あたりでも棲息していたのであろうか。大きな河もあればよい。鷲の羽は、弓矢の矢羽としても珍重された。『御堂関白記』の長和元年（一〇一二）閏一〇月二一日の条に、「廿一日、乙酉、将軍（藤原）兼光朝臣献二馬一疋・鶻羽等一、参二大内并皇大〔太〕后宮一」[19]と見えるのもそれであり、先に引いたB『信長公記』やC『矢羽文考』もそれである。だが、鳥の王者の羽ということで過大評価されたようで、実際には、鷹の羽の方が空気抵抗（摩擦係数）が小さく、矢の走りもよい。

これに対し、A『袖中抄』では、「真鳥＝鵜」という。著者顕昭（承元三年〈一二〇九〉頃寂）は、平安末期〜鎌倉初期の歌人・歌学者であり、六条家歌学の大成者とされ、博引傍証、実証的な注釈態度で評価される。彼は、「件杜に鵜おほく住むなり。」という。「卯名手の神社」は、「奈良県橿原市雲梯（うなて）にある神社。畝傍山の西北方。」（『日本古典文学大系5』、二五三頁）とされ、近くに曾我川が流れている。かつて、これが鵜の棲息できるような河川であったかどうか分らないが、この地域（橿原市・明日香村）は、七世紀末〜八世紀初に藤原京の営まれたところである。とすれば、ここで天皇を始とする王侯貴族の鵜飼が催された可能性がある。

鵜飼は、大伴家持の歌にも、「鸕養等母奈倍」（巻一九・四一五六番）、「鸕八頭可頭気氐」（同・四一五八番）と見える。「鸕」は、鵜に同じである。これらは越中国における詠歌であるが、この前に鷹歌が位置している。鷹狩や鵜飼は、天皇の首長権を象徴するもの、家持は、その意向を承って執行する立場にある。

『日本三代実録』の清和天皇貞観三年（八六一）三月二三日の条に、次のように見える。

○廿三日丁酉。河内・摂津両国に詔《みことのり》すらく、「二品行式部卿兼上総太守仲野親王に、私の鷹・鶻各二聯を以って禁野の外に遊猟することを聴す」とのりたまふ。（『日本三代実録』、巻五）[20]

これは、禁野の外において、私の鵜をもって鵜飼をしてよいという勅許である。「鷁《げき》」とは、鵜の美称である。鷹狩も鵜飼も、たとい禁野の外であっても、勅許がなければできなかった。桓武天皇の第一二皇子仲野親王にして、然りである。鵜飼の獲物は、天皇、また、神に捧げる贄としての性格を有していたのである。

『源氏物語』の「藤裏葉」の巻に、神無月の廿日あまりのほど、源氏の六条院に冷泉帝の行幸があり、朱雀院も御同行あった。源氏は、院の東の池に舟ども浮かべて「御厨子所《みづし》の鵜飼《うかひ》の長《をさ》、院の鵜飼《うかひ》をめしならべて、鵜《う》をおろさせ給へり。」云々と描写されている。[21]「御厨子所《みづし》」は、内裏の内膳司のそれである。その長が、わざわざ六条院に出張って指揮を執ったのである。また、『増鏡』では、「老のなみ」の巻に、九月の供花法会に後深草院と亀山院とが伏見の御所に参会あって、鷹狩や鵜舟を御覧あり、風雅の宴が催された。[22]鵜によって天皇への捧げ物を調えるのであった。

『時代別国語大辞典　室町時代編五』は、「真鳥」とは、「鵜」「鳥」「雉」などの異名。歌語。」云々とあって、鷲との関わりを説かない。「鳥」は、何故のことか分らないが、「雉」は、鷹狩に関する場であればのこと、そうでない場合は、敢て候補に加える必要はないであろう。かくすれば、ここには「鵜」が残ってくる。「真鳥＝鵜」説は、無視できないであろう。

「鳥狩す」については、巻一四の「登我里」は別として、「鳥猟」「始鷹猟」「鷹田」の三語共、難しい表現、あるいは、難しい用字となっている。漢籍の素養ある筆によるものであろう。難訓歌も見えるが、「弓食」など、誤写と見るのは早過ぎよう。

注

（1）川村晃生校注『歌論歌学集成』、第四巻、二〇〇〇年三月、三弥井書店。六一頁。頭注を略す。

（2）佐佐木信綱編『仙覚全集』（『万葉集叢書』8）、一九七二年一一月、臨川書店。一八九頁。

（3） 久松潜一監修・井上豊編『賀茂真淵全集』、第八巻、一九七八年六月、続群書類従完成会。二二五頁。底本は明和四年版本。

（4） 斯編集委員会編『時代別国語大辞典 上代編』、一九六七年、三省堂。六八五頁。

（5） 斯編集委員会編『時代別国語大辞典 室町時代編五』、二〇〇五年、三省堂。一九一頁。

（6） 正宗敦夫校訂『類聚名義抄』、一九六八年六月、風間書房。

（7） 『続群書類従』、第二三輯下、一九二四年一〇月刊・一九五九年五月訂正三版、続群書類従完成会。四九四頁。『就狩詞少々覚悟之事今称狩詞記』にも、「一かりと云は鹿がりの事なり。其外は或は鷹狩などと。それ〴〵の名をあらはするなり。」と見える（『群書類従』、第二三輯、一九三〇年刊・一九八七年九月訂正三版、続群書類従完成会。二五七頁）。

（8） 中西進著『大伴家持』、第三巻、『越中国司』、一九九四年一二月、角川書店。二六七頁。

（9） 新村出編『広辞苑 第四版』、一九九一年一一月、岩波書店。二〇七八頁。

（10） 『続群書類従』、第一九輯中、一九八五年二月訂正三版、続群書類従完成会。二〇四頁。

（11） 既出、注（10）文献、『続群書類従』、第一九輯中、三五三頁。

（12） 既出、注（10）文献、『続群書類従』、第一九輯中、四七一頁。

（13） 小著『鷹書の研究 宮内庁書陵部蔵本を中心に』、二〇一六年二月、和泉書院。二一〇七頁、その他。

（14） 神道宗紀《しんとうむねのり》「万葉集「末之腹野尓鷹田為」考―巻十一・二六三八番歌の解釈をめぐって―」、『帝塚山学院大学研究論集〔文学部〕』、第四一集、二〇〇六年一二月。

（15） 京都大学文学部国語国文学研究室編『天治本 新撰字鏡〔増訂版〕』、一九九九年一一月再版、臨川書店。

（16） 大和文華館蔵『春秋穀梁伝』、四冊（5/4618～4621）、寛文八年植村勝右衛門・長谷川新兵衛の版行。なお、『春秋穀梁伝』四部叢刊初編縮本（一九六五年八、九月版、上海商務印書館）などには細字割注がある（一一頁）。

（17） 中村宗彦著『九条本文選古訓集』、一九八三年二月、風間書房。

（18） 長沢規矩也解題『文選』（『足利学校秘籍叢刊第三』）、一九七四年一〇月、足利市教育委員会・足利学校遺蹟図書館後援会発行、汲古書院。

（19） 東京大学史料編纂所・陽明文庫編纂『大日本古記録 御堂関白記 中』、一九五三年三月、岩波書店。一七六頁。

（20） 黒板勝美、他編輯『新訂増補国史大系4 日本三代実録』、巻五、一九六六年四月、吉川弘文館。七四頁。

(21) 山岸徳平校注『源氏物語　三』(『日本古典文学大系16』)、一九六一年一月、岩波書店。二〇四頁。
(22) 岩佐正、他校注『神皇正統記　増鏡』(『日本古典文学大系87』)、一九六五年二月、岩波書店。三六三頁。

第三部　王朝物語の鷹狩

第一章　『宇津保物語』の鷹狩

序

『宇津保物語』は、平安時代中期に成立した作品である。作者は、源順《みなもとのしたごう》、あるいは、そうした身分にあり、教養を有する人物かとされる。順（生歿、延喜一一年〈九一一〉～永観元年〈九八三〉）は、和歌、漢学に優れ、天暦五年（九五一）村上天皇によって置かれた梨壺の五人の一人である。著に『倭名類聚抄』、『源順集』等がある。

作品内容は、人物の描き方、年中行事、その他からして、概ね、『竹取物語』と『源氏物語』との中間的な位置にあるといわれる。これまでに多くの研究が重ねられてきたが、その成立の問題、巻次の問題、本文の内容・構成上の問題、また、写本間における異文等々において、いまだ多くの難問を抱えているようである。

本作品には、鷹狩関係の語句が、まま、見られる。放鷹文化史上にも語彙研究上にも貴重な用例である。ただ、窺うところ、現行の語釈・注釈、校注等に不審を覚えるところもなくはない。以下に若干の検討を行いたい。

第一節　鷹狩関係語句

先ず、当該語句の見える条を用例文として挙げておこう。次の［A］～［V］がそれである。「鷹狩」は、当作品において重要な素材とされており、これはまた、当時の公家社会を映すものとして注目されよう。

本文の引用は、『新編日本古典文学全集14（〜16）』（略称『全集』）(1)による。但し、私意により、引用文中に【 】印を付して『日本古典文学大系10（〜12）』（略称『大系』）(2)における当該語句を掲出する（〈 〉印は同書における誤脱の補訂である）。—線（「鷹」「御鷹」）、＝線（「小鷹」）、波線等は私意による。

［A］いとうつくしげに艶《つや》やかになめらかなるくけ針《ばり》に、縹《はなだ》の糸をぞ左糸、右糸によりて、一尋《ひろ》片脇ばかりすげたるを、鶬《はしたか》ぞ【鶬《はしたか》ぞ】、君の御前《おまへ》に落としつる。（中略）。その針落としつる鷹【鶬《たか》】は、この針を求むるやうにて、そのわたりを翔《かけ》りて見るに、君持《も》たまへりと見て、御袖の上にゐて、（後略）

（「俊蔭」、①六九頁）

［B］ここは、たてまどころ。（中略）。鷹飼《たかかひ》【鷹飼《たかがひ》】鷹するゐて【鷹据《す》ヱて】、鵜飼【〈鵜飼《うカヒ》〉】どもあり。御とりのなやむとみす。とこさいども多かり【御とりのなやむとみすとこさいどもおほかり】。（後略）

（「藤原の君」、①一九五頁）

［C］馬場《むまば》殿。大きなる池、（中略）。埒《らち》結ひたり。傍らに、西東の御厩《みまや》、別当、預りことごとしう、御馬十づつ鷹屋【鷹屋《たかや》】に鷹十づつ据ゐたり【鷹十宛据《づゝす》ヱたり】。

（「吹上上」、①三九八頁）

［D］引出物は、侍従にさまざまの駮馬《ふちむま》の、（中略）。鷹四つ据ゐたり【鷹《たか》四据《す》ヱたり】。白き組の大緒《おほを》、青き白《しら》橡《つるばみ》の結び立ての総《ふさ》、鈴つけなどあり。鵜《う》四つ、籠《こ》、朸《あふご》、いとめづらかなり。少将に、黒鹿毛《かげ》の馬、丈七寸《なき》ばかりなる若き馬四つ、いかめしき黄牛《あめうし》四つ、鷹【鷹《たか》】、鵜同じ数なり。これはあるじの君の御心ざし。

（「吹上上」、①四一四頁）

［E］たてま所。鵜飼、鷹飼【〈鷹飼《タカヾヒ》〉】、網結《あみすき》など、日次《ひつぎ》の贄《にへ》奉れり。

（「吹上上」、①四一五頁）

［F］御厩《みまや》。よき馬二十づつ、西東《にしひんがし》に立てたり。預かりども居て秣《まぐさ》飼はす。傍らに鷹【鷹《たか》】十ばかり据ゐたり。

（「吹上上」、①四一五頁）

［G］かくて、吹上の宮には、御鷹ども【御鷹《おほんたか》ども】試みたまうて人々に奉りたまはむと思して、忍びて野に出でたまふ。君《きん》たち四ところは、赤き白橡《しらつるばみ》の地摺りの、摺り草の色に糸を染めて、形木《かたき》の文《もん》を織りつけたる狩の御衣《おんぞ》、折鶴の文の指貫、綾掻練《あやかいねり》の袿、袷の袴、豹の皮の尻鞘《しざや》ある御佩刀《みはかし》奉りて、丈四寸《よき》ほどもばかりある赤き馬に、赤き鞦《しりがい》かけて乗りたまふ。鷂《はいたか》【鷂《はいたか》】据ゑて、御供の人は青き白橡、葦毛の馬に乗りて、御鷹【御鷹《たか》】据ゑたり。御設けはあるじの君、檜破子《ひわりご》ども清げに持たせたまへり。

かくて、御前の野に、ないとり合はせなど【〈鷂《ハイタカ》〉あはせなど】するほどに、その野、花の木こきまぜに、雑《ざふ》の鳥ども立ち騒ぎて、君だちえうち過ぎたまはで、あるじの君、

涼入りぬればかりの心も忘られて花のみ惜しく見ゆる春かな

少将

仲頼春の野の花に心は移りつつ駒《こま》の歩みに身をぞ任する　／（後略）

（「吹上上」、①四一九頁）

［H］こゝは吹上の宮、衣替へして並み居たまへり。馬ども引き出で、駒遊びして出で来たり。鷹ども【鷹《たか》ども】据ゑて、鳥の舞して出で来たり。

（「吹上上」、①四二七頁）

［I］かの君の、国のとぼそに賜へる物御覧ぜさせむとて来《く》」とて、御馬二つ、鷹二つ【鷹《たか》二】、白銀の馬、旅籠負ほせながら。中に人入れて歩ませて御覧ぜさす。

（「吹上上」、①四三四頁）

［J］行政、左大弁の君よりはじめたてまつりて、馬、牛、小鷹一つづつ【馬《むま》、牛《うし》〈二〉、鷹《たか》一つ】奉りたり。

（「吹上上」、①四三五頁）

［K］大将のおとどは、この人々の奉りたる物どもを、婿の君だちに、馬、鷹一つづつ【鷹《たか》一宛《つゝ》】奉りたまふ。

（「吹上上」、①四三七頁）

[L] おとど、正頼「いとほしきことかな、（中略）思ひはべる」などて、仲頼に、女の装ひ一具、馬引き、鷹【鷹《たか》】据ゑたる人に、白張袴《しらはりばかま》賜ひ、仲忠、行政が使にも禄賜ふ。

（「吹上上」、①四三八頁）

[M] 暁に、上達部、親王たちには女の装ひ、召人らには白張袴、右大将ぬしによき馬、鷹など【鷹《たか》など】奉りたまふ。

（「祭の使」、①四七四頁）

[N]（前略）しかあれど、当時の博士、あはれ浅く、貪欲《どんよく》深くして、料《れう》賜はりて今年二十余《よ》年になりぬるに、一つの職《しき》当てず。兵《つはもの》を業《げふ》として、悪を旨《むね》として、角鷹狩《くまたかかり》【熊《くま》、鷹狩《たかがり》】、漁《すなどり》に進める者の、昨日今日入学して、黒し赤しの悟りなきが、贖労《ぞくらう》奉るを、序《ついで》を越して、季英多くの序を過ぐしつ」と、そこばくの博士の前にて、紅の涙を流して申す。（後略）

（「祭の使」、①四九六頁）

[O] かくて、八月中の十日のほどに、帝《みかど》、花の宴したまふ。（中略）興あるをかしからむ野辺に、小鷹《こたか》【小鷹《こたか》】入れて見ばや」とのたまはす。仲頼、「しか侍る年になむ。木の葉まだきに色づきて、同じ露、時雨もげに心ばへ殊なる。府《つかさ》の大将、族《ぞう》引き連れて、大原野にまかりて侍りしに、その野、いといみじきほどになりにて侍りき」。上、「いとをかしきことかな。いかめしき逍遥《せうえう》などする、ゆゑあるわざなりしかし。さて何ごとかありし」。仲頼、「殊なること侍らざりき。あまたが中に、こともなき小鷹一つなむ【小鷹一《こたかひとつ》なん】侍りし」。上、「かの鷹【鷹《たか》】を試みばや。入り所のをかしからむ、思ひ出でよや」。仲頼「仲頼が見たまふるは、先に奏しはべりし紀伊国《きのくに》なむ侍る。十六の大国にも、さばかりの所やは侍らむ」。（後略）

（「吹上下」、①五一四頁）

[P] 中島なる五葉《ごえふ》に雎鳩《みさご》池より立ちて三寸ばかりの鮒《ふな》を食ひて居《を》りけるを、あるじのおとど、正頼「かれ射たまへらむ人には、この西の馬槽《むまぶね》の馬十匹ながら賭けむや」とのたまふ。あるじのおとどは西の御厩《みまや》にかしこくいた

はり飼はせたまふ五尺の鹿毛《かげ》、九寸の黒といひて名高き御馬二つ賭けたまひて、右大将殿は鷹屋《たかや》【鷹屋《たかや》】に据ゑていと名高き御鷹二つ【御鷹《たか》二つ】賭けたまひて、まづあるじのおとど遊ばす。

（「内侍のかみ」、②一八六頁）

［Q］夜一夜「その駒《こま》」を遊び明かして、暁方に女の装束一領《くだり》、白張《しらはり》一襲《かさね》、袷《あはせ》の袴一具《ぐ》づつ賜ふ。被《かづ》きて帰り参るに、この殿の御鷹二つ【御鷹《たか》〈二〉】、殿の鷹飼【鷹飼《たかがひ》】に据ゑさせて、帰る御厩《むまや》の人に添えて奉れたまふ。左大将殿は、正頼「この御鷹【御鷹《たか》】は、今一度《たび》渡りたまひて、今一つの雎鳩《みさご》落としてなむ賜はるべき」とて返したまふ。右大将、兼雅「兼雅は雎鳩を仕うまつり、そなたには中島のほどよりに遊ばししに、この御鷹【御鷹《たか》】は」とてなむ奉れたまふ。大将殿は、正頼「情けなきやうなり。しひて奉れば」とて、殿の鷹飼【鷹飼《たかがひ》】、高麗《こま》の楽して、鷹ども【鷹《たか》ども】遊び取りて、帰る鷹飼【鷹飼《たかがひ》】に、中将の君かはらけ取りて限りなく饗《あるじ》したまひて、細長添へたる女の装束一装《よそひ》賜ひて帰したまひつ。

（「内侍のかみ」、②一八七・一八八頁）

［R］仲忠承りぬ。久しう参らで、思ひたまへつるになむ。昨日聞こしめしきとは、誰かはさりし。大鳥の上にや侍りけむ。まめやかには、この御小鷹狩《こたかがり》に【御カたアタりに】召さずなりにけるこそうとしけれ。

（「蔵開上」、②三八〇頁）

［S］かくて渡りたまひぬる後、あるじのおとど、いみじう名高き上馬二つ、鷹二つ【鷹《たか》二】、大将殿に奉れたまふ。

（「蔵開上」、②三九〇頁）

［T］かくて、その日の夕方帰りたまひぬ。男宮たちは、あるじのおとどの御馬、鷹《たか》など【御馬鷹《むまたか》など】奉りたまふ。

（「国譲中」、③二一四頁）

［U］君たち御迎へに、さまざま人多く参れり。大将、中納言の御迎へに、人小鷹《こたか》手《て》に据ゑつつ【…御迎《むかへ》へノ人

〈小鷹《コたか》〉手《て》に据《す》ヱつゝ】参れり。帰りたまふままに、野辺《のべ》ごとにあさらせたまひて、御餌袋《ゑぶくろ》【御餌袋《ヱぶくろ》】に入れさせたまへり。（中略）小鳥ども、生きたるはいぬ宮に奉りたまへば、弄《もてあそ》びたまふ。御餌袋《ゑぶくろ》【御餌袋《ヱぶくろ》】なるは、調じて宮に参りたまふとて、聞こえたまふ。

仲忠 君がため小鷹《こたか》【小鷹《こたか》】手《て》に据ゐ野辺に出《い》でてまつむしり食ふ鳥を取りつつ

宮、

女一宮 鷹《たか》【鷹《たか》】据ゐて野辺にといふはわがためにかりの心を知らするはせは

とのたまへば、仲忠「思ひ隈《ぐま》な」とて、按察《あぜち》の君に、山のありつるやうなど御物語したまふ。

（「国譲下」、③三一三・三一四頁）

［V］皇子《みこ》たちには、白銀《しろかね》の小鷹《こだか》【小鷹《こたか》】を作りて、黄金《こがね》の透き餌袋《ゑぶくろ》【透餌袋《すきゑぶくろ》】に入れて、みなながら鈴つけて奉りたまふ。

（「楼の上下」、③六一九頁）

文脈により、複数の条をまとめて挙げたところもある。用例中に、「鷹《たか》」「鷂《はいたか》」「小鷹《こたか》」「鷹狩《たかがり》」「角鷹狩《くまたかかり》」「御小鷹《こたか》狩《がり》」「鷹飼《たかかひ》」「鷹屋《たかや》」「餌袋《えぶくろ》」などの語句が見える。本書には、本文の錯簡・衍入が多いとされ、ここにもこのままでは理解できないところがあるが、異文については、『大系』の「校注」欄に依拠することが多い（河野多麻氏の御苦労には謝意を表したい）。本文については、情況に応じて前田尊経閣蔵本(3)を引用する。

第二節「はしたか（鷂）」について

鷹鶻の仲間には幾種類かがあり、ユーラシア大陸から朝鮮半島、日本、その他、地域によっても様々である。その種により、棲息・営巣地、食性、体形、渡りの有無、四季の行動パターンなど、様々である。多様であることにより、お互い競合することを避け、種の保存に努めてきたのであろう。人類は、自らの食を得る手段として、これら鷹鶻類の食性を利用してきた。狩の時節や対象により、その鷹を選んでは使い分け、狩を行ってきたのであるが、狩の前に、人手・施設・経費をもってこれらを飼って訓練しなければならないこと、いうまでもない。

「はしたか（鷂）」は、「たか（鷹）」と総称される鳥類の範疇にあり、動物分類学上、その下位分類の一つとして定位されている。「おおたか（大鷹）」や「くまたか（角鷹・鵰）」、「はやぶさ（隼）」なども同様である。

ところが、『宇津保物語』では、「はしたか（鷂）」といえば、「たか（鷹）」のこと、「たか（鷹）」といえば、「はしたか（鷂）」のことといった情況下にあるようである。「おおたか（大鷹）」や「くまたか（鵰）」などは、念頭になかったのであろうか。ということは、鷹狩としては、概ね、「はしたか（鷂）」を用い、「おおたか（大鷹）」以下は使わなかったのであろうか。この作品で注意されることの第一点は、この問題である。作中の登場人物は、何の頓着もなく、両者を互用しているかのように見受けられる。

「はしたか」は、「はいたか」（音便形）ということも多い。漢字表記では「鷂」「箸鷹」などと書く。手近の辞典（『新潮国語辞典』[4]）には、「はしたか」、また、「はいたか」につき、次のように見える。

はいたか【（鷂）】（「はしたか」の音便）㈠鷲鷹（ワシタカ）目ワシタカ科の小形の「たか」。「おおたか」の半分ぐらいの大きさ。日本・朝鮮にすむ。体は灰茶色で腹面に黄黒または赤白の斑点（ハンテン）がある。「はいたか」は雌の呼称で、雄はずっと小さく「このり」という。鷹狩りに用いる。〔梁塵秘抄〕㈡なんの能もない者が有能な人を悪くいうこと。また、その人。ばふんつかみ。〔新永代蔵五〕　（一五二八頁）

はしたか【（鷂）】「はいたか」に同じ。〔和名抄〕―の（枕）㈠羽や尾から「端山」や「尾上」に、また羽に鈴をつけるから「珠洲（スズ）」に、鳥屋（トヤ）に飼うことから「外山」にかかる。「―珠洲の篠原かりくれて〔続古今・冬〕」㈡（雄略天皇の鷹（タカ）狩りの故事から）「野守（ノモリ）の鏡」にかかる。「―野守の鏡えてしがな〔新古今・恋五〕」↓野守の鏡　（一五四六頁）

ハシタカは、オオタカの「半分ぐらいの大きさ」とあり、隼などと同様、小鷹狩に用いられた鷹である（後述）。

ハシタカ（ハイタカ）、また、クマタカ、オオタカ、ハヤブサの体形（全長・翼開張）につき、森岡照明氏、他著『図鑑 日本のワシタカ類』（文一総合出版刊行）(5) によれば、左表のようである。同書における掲載順により、それぞれの雌雄の寸法（数字）を私に一覧表にしたものである。

	全長	翼開張
クマタカ	♂約70～74・5cm　♀約77～83cm	♂140～♀165cm
オオタカ	♂約47～52・5cm　♀約53・5～59cm	♂約106～♀約131cm
ハイタカ	♂約30～32・5cm　♀37約～40cm	♂約60・5～64cm　♀約71・5～79cm
ハヤブサ	♂約38～44・5cm　♀約46～51cm	♂84～104cm　♀111～120cm

「はしたか（鷂）」につき、古辞書類には、次のようにある（「たか」「おおたか」については、「第二部『万葉集』の鷹狩」の条参照）。なお、引用文中、〈 〉印は細字割書、／印は改行を示す。

鷂　兼名苑云鷣一名鸇〈鷣音淫鸇／諸延反〉鷂／也野王案鷂〈音遥又去声漢語抄／云波之太賀兄鷂古／能／里〉似鷹而小者也

（『倭名類聚抄』道円本、羽族部、巻一八、三丁ウ）(6)

鷂《エウ》〔平〕ハシタカ 執鳥也　鶽 同　鷄 同　鸇《セン》 同　（『色葉字類抄』前田本、ハ部、「動物」、上、二三丁オ）[7]

鷂〈丄遙〔平〕コタカ／ハシタカ〔平上平平〕　ス、《（ママ）》タカ〉　兄鷂〈コノリ〔上上上〕〉　雀ー〈ス、ミタカ〔平上濁上平濁平〕／或云ツミ〉（『類聚名義抄』観智院本、僧中一一九）[8]

鸇〈今正丄旃《セン》〔平〕鷂属／タカヘ　ハシタカ〉（『類聚名義抄』観智院本、僧中一一六）

鶽〈谷正ー鵙雀丄淫《イム》〔平〕一名／鸇　ハシタカ　ススミタカ〉（『類聚名義抄』観智院本、僧中一二〇）

「はしたか（鷂）」は、オオタカより小形のタカで、『類聚名義抄』では、これに「コタカ」「ハシタカ」「ススミタカ」の三訓が見える。「兄鷂」は「コノリ」といい、その雄をいう。雌よりやや小ぶりである。ツミ（雀鷂）は、小形のタカの一種で、この雌をスズメダカ、雄をエッサイ、また、ツミという。

第三節　平安時代の鷹狩

「はしたか（鷂）」を狩に用いることにつき、平安時代の有職故実書には次のような例がある。当時における実際の事例を記録して、後世の範としたものである（「第一部」参照）。

『西宮記』は、醍醐天皇皇子西宮左大臣源高明（天元五年〈九八二〉薨、六九歳）の原撰になる。その「臨時　人々装束」（「一、野行幸」）の条に、醍醐天皇（宇多天皇第一皇子）の延喜・延長期における遊獵五件が見えている（外、一件、「仁和　年、芹川行幸時」云々とある）。遊獵地は、大原野（京都市西京区西部）、北野（同上京区西北部）などで、この内、延喜一八年（九一八）一〇月一九日（北野）、延長四年（九二六）一一月五《（四カ）》日の二件は、比較的長文である。その前者が、左記である（細字割書の部分は〈　〉内に記す）。

延木十八年十月十九日、幸二北野一。〈大将不レ参。依二承和例一無二大将一也。〉云々。鷂鷹々飼、兼茂朝臣・伊衡・言行、〈已上、青麹塵、雲鴈画二褐衣一、紅接腰等。但、並如二去年装束一。但、浅紫布袴、以レ花摺二唐草鳥形一。〉雄鷂々飼、源茲・同教。小鷹々飼、源供・良峰義方。〈以上四人、檜皮色布褐衣、嶋黄画二鳥柳花形一。紫村濃布袴、青接腰、帯紫脛巾。〉各臂二鷹鷂一。八人一列、〈小鷹東西。〉立二版位西一。鷹々飼、御春望春・播万(磨)武仲・春道秋成・文室春則、各臂レ鷹一列、立二版位西南一。〈已上四人。紫色褐帽子、腹纏行騰並如二去年一。徘徊鱗魚絵二褐衣一。去年用二黄色衣一。其色非レ宜。仍改二用之一。但、鷹飼行時在二輿前一、雄鷂次在二其前一。小鷹次レ之。鷹在二近衛陣前一。〉犬養八人候二安福殿前一。（割注略）云々。畢乗輿到二知足院南一。隼人・左右衛門・左右兵衛等陣及侍従等、以レ次倚留。鈴印及威儀御馬等留在二輿後一。親王・公卿等候二輿後辺一。左右近陣左右開レ帳並行。即鷹飼等皆解二大緒一、就レ猟云々。到二船岡一下レ輿就二軽幄座一、仰二親王・納言一、令レ就レ猟。（後略）

（『西宮記』）(9)

醍醐天皇延喜一八年一〇月北野の野行幸があった。天皇の鷹狩の観覧である。親王達や左衛門督・左兵衛督なども供奉した。その出立時の状況を記載したのが右である。この日の花形を務める鷹飼として、近衛次将以下、官人の名が列ねられている。「鷂鷹《はしたか》の々飼《たかがい》」三人（一名分脱記カ）、「雄鷂《このり》の々飼」二人、「小鷹《こたか》の々飼」二人の八人は、鷹鷂を臂にして版位の西に立つ。「鷹《たか》の々飼」四人は版位の西南に立つ。「犬養」八人は安福殿の前に候じた。それぞれの衣裳（仕立て・文様・色彩等）は有職故実・法式によって決まる。整列する場所も同様である。「鷂鷹《はしたか》」はハシタカの雌、「雄鷂《このり》」は、その雄、「小鷹《こたか》」は、ツミ（雀鷂）か、ハヤブサ（隼）か。控えのように見える「鷹」は、オオタカ（大鷹）であろうか。狩場の状況や狩の対象により、鷂、雄鷂、隼、及び、大鷹などを使い分けるのであろう。対象とは小禽獣の類であるが、小禽獣の方も春夏秋冬によって生息状況・行動様式が相異する。従って、これは鷂《はしたか》・雄鷂《このり》を主用する「小鷹狩」の催しであり、併せて遊宴を目的としたものであったらしい。

また、『政事要略』には次のように見える。私に①〜⑧の符号を挿入し、区分した（〈　〉内は細字割書）。

弾①正式云、摺染成レ文衣袴者。並不レ得二着用一。但縁二公事一所レ着。幷婦女衣裾不レ在二禁限一。

或②云。鷹飼着二摺衣袴一。御馬乗近衛又号二調袴一着二用摺袴一。禁制之外。古来之例也者。今③此鷹飼馬乗之類。未レ見下着二用摺衣一之由上。天④長二年二月四日宣旨云。一聴三鷹飼官人着二摺衣一事。右左大臣〔冬嗣〕宣。奉　レ勅。諸衛府鷹飼官人。行幸之時。執レ鷹供奉。聴レ着二摺衣一。又⑤類聚部（日カ）仁和二年九月十七日宣旨云。鷹所鷹飼四烈。右近衛将曹坂上安生云々。已上四人許二摺衣緋鞦一。左兵衛権佐藤原朝臣恒興云々。已上三人許二摺衣一。左近衛日下部安人已上一人。許レ不レ帯二弓箭一。鷂所鷂飼四烈。右兵衛権少志布勢春岡云々。已上四人許二摺衣幷緋鞦一。蔭子菅原冬縁云云。已上七人許二摺衣一。左近衛下毛野松風云々。已上四人許レ不レ帯二弓箭一。中納言従三位藤原朝臣山蔭宣。奉　レ勅。件等人応レ免二摺衣緋鞦幷兵仗不レ具之責一。又⑥延長四年十一月四日宣旨云。右馬頭源朝臣云々。已上四人鷂飼。聴レ着二摺衣袴一。近江権大掾御春朝臣望晴云々。已上四人鷹飼。聴レ着二摺衣袴一。左大臣宣。奉レ勅。明日可レ有二北野行幸一。件等人摺衣宜レ聴二禁止一。但毎二野行幸一。立為二永例一者。〈自余之例。／具見二類聚一。〉依二野行幸一。有二別宣旨一。御鷹飼等聴二摺衣一例御鷂飼皆在二此中一。依レ斯案レ之。尋常難レ着。又⑦撿レ式。御馬乗近衛不レ聴レ着二摺袴一。衛府之輩牢籠自着歟。為レ披二昏蒙一。聊以記註。或⑧人云。邑上天皇御代。藤原季平為二蔵人式部丞一。新嘗会着二青摺一立レ列不レ可レ然。式部答云。為二蔵人一輩。被レ聴二雑袍一。不レ存二其旨一。所二教正一不レ可レ然。時人聞云。省台所レ謂遞以有レ興焉。始レ自二此時一。蔵人式部丞。着二小忌装束一立二本列一云々。誠雖二口伝之説一。可レ知二濫觴之時一。

私案。台式云。縁二公事一所レ着。不レ在二禁限一者。式部所レ陳自叶二章条一。（後略）

（『政事要略』、巻六七）(10)

長くなるので、詳しくは第一部第一章第四節、醍醐天皇の条に譲る。⑤に御所の「鷹所の鷹飼」、同「鷂所の鷂飼」、また、⑥に「御鷹飼等」「御鶬飼」と見える。後世には便宜的に「鷹飼」と一括されることが多い。当時は、規模や要員等は未詳ながら、「鷹」と「鶬」は、それぞれ別途に担当部署・担当者が置かれていたと知られる。「鷹」は、「おおたか」、「鶬」は、「はし（い）たか」を意味しよう。

『宇津保物語』の場合は、作中に「たか」と「はしたか」との二語が見える。ここでは、前者は、いわゆる汎称、後者は、個別名称であって、結局は「はしたか（鶬）」という鷹鶻類一種しか見えていないようである。

用例［A］に、「いとうつくしげに艶《つや》やかになめらかなるくけ針《ばり》に、縹《はなだ》の糸をぞ左糸、右糸によりて、一尋《ひろ》片脇ばかりすげたるを、鶬《はしたか》ぞ【鶬《はしたか》ぞ】、君の御前《おまえ》に落としつる。（中略）。その針落としつる鷹【鶬《たか》】は、この針を求むるやうにて」（「俊蔭」）と見える。前田本には、「（上略）すげたるを、はしたかぞ君のおまへにおとしつる。（中略）そのはりおとしつるたかは、このはりをもとむるやうにて」（五七頁）とある。この場合、既に「はしたか」と提示されているので、後には「たか」との汎称が用いられたのであろう。

ところが、用例［B］以下、「おほんたか（御鷹）」「御たか」「たか（鷹）」…と見える場合も、具体的には「はしたか（鶬）」を意味しており、「はしたか（鶬）」と「たか（鷹）」と二つの語の距離は、極めて近い。結局、作中には「おおたか（大鷹）」も「くまたか（角鷹）」（後述）も、また、「はやぶさ（隼）」も用いられない。どうも、平素、用いられたのは「はしたか（鶬）」であったということになりそうである。

物語中、鷹狩は、よく行われている。時代のせいであろうか、あるいは、威儀を正した世界と日常卑近な世界との違いであろうか、『万葉集』の長歌に見た場合などと、様相は異なるようである。

なお、右用例［A］の本文「…おとしつるたかは…」につき、『大系』が「鶬」字を宛てるのは行き過ぎであろう。不要な混乱を招きやすい。訓字「鷹」でよかろう。

第四節　「ないとり合はせ」について

用例［G］に、「かくて、吹上の宮には、御鷹ども【御鷹《おほんたか》ども】試みたまうて人々に奉りたまはむと思して、忍びて野に出でたまふ。君《きん》たち四ところは、赤き白橡《しらつるばみ》の地摺りの、摺り草の色に糸を染めて、（中略）袷の袴、豹の皮の尻鞘《しざや》ある御佩刀《みはかし》奉りて、丈②四寸《よき》ほどどもばかりある赤き馬に、赤き鞦《しりがい》かけて乗りたまふ。鶍《はいたか》【鶍《はいたか》】据ゑて、①御供の人は青き白橡、葦毛の馬に乗りて、御鷹【御鷹《たか》】据ゑたり。」と見えた。前田本には、「かくて、ふきあげの宮には、「おほんたかども心みたまうて、（中略）あかきしりがいかけてのりたまふ。はいたかすゑて、*おほんともの人は、あをきしらつるばみ、あしげむまにのりて、御たかすへたり。」（五一一頁）とある。

「吹上の宮」は、源涼の住む紀伊国牟婁郡吹上の浜の辺りの大殿、「君たち」とは、客人近衛少将仲頼、侍従藤原仲忠、兵衛佐良岑行正、あるじの涼をいう。客人は、三月初から滞在し、翌四月一日出立した。その最後に企画したのが、この「御鷹ども…人々に奉りたまはむと思して」であった。それぞれの従者も数十人ずついる。

①印を付した仮名「て」は、連用修飾句をなして下に続くかのようだが、文脈上、ここで切れる。しかし、「たり」の誤写か、あるいは、不整表現かと見ても落ち着かない。恐らく、書写時に、この一句を誤って脱落した、それと気付いた筆で行間に補った、これが、後人の筆で次行本文の中に這入り込んだのではなかろうか。位置すべきもとの場所は、②印を付した個所「丈…」の直前であろう。主語は「君《きん》たち四ところ」である。

客人達とお供達と、衣裳の色は全く相違し、対照的である。そして、前者は「鶍《はいたか》」を、後者は「御鷹」を臂にしている。この後者の「御鷹」とは何か。鶍を含む鷹類一般か、それとも、鶍以外の鷹か、例えば、大鷹か、雀鷹、隼、その他か、はっきりしない。
以上において知られるのは、「鷹狩」に「鶻《はいたか》」を遣っていること、しかも、客人に鶻を遣わせていることである。ということは、鷹類の内でも、鶻は上格で、賓客に対するおもてなし用でもあったらしい。
ところで、この条には、続いて次のようにも見えた。

かくて、御前の野に、ないとり合はせなど【〈鶻《ハイタカ》〉あはせなど】するほどに、その野、花の木こきまぜに、雑《ざふ》の鳥ども立ち騒ぎて、君だちえうち過ぎたまはで、あるじの君、
涼 入りぬればかりの心も忘られて花のみ惜しく見ゆる春かな
少将
仲頼 春の野の花に心は移りつつ駒《こま》の歩みに身をぞ任する　／（後略）
（「吹上上」）

前田本には、「かくて、御まへののにないと《（ママ）》りあはせなどするほどに」（五一一頁）とある。校訂者が「（ママ）」と付したのは、原本にはこうあるが、このままでは意味不詳と見たためであろう。『全集』の「頭注」には、「一七 鳥の鳴声などを合せる意か。「鶻合はせ」の誤りとする説もある。」（四一九頁）とあり、室城氏校注『うつほ物語』の「頭注」でも、「三「ないとり合はせ」、未詳。「鶻（はいたか）合はせ」の誤りと見る説もある。(11)」とある。『大系』では、本文を「〈鶻《ハイタカ》〉あはせなどする程《ほど》に」と校訂し、「頭注」に次のようにある。(12)

四「鶻あはせ」は、四人の君達の持つ鶻を一度に放って鳥狩をするのであろう。「流」の「ない鳥」は「おひ鳥」と訂しても、鷹狩とは方法が違うから、「九」の本文を採る。

「校注」には、「おひ鳥（イ（長宮））はい鷹（九ィ松琴）ない鳥（流）」と示される。「長宮」とは、流布本系の内の大橋長憙本と新宮城書蔵本の二本、「九ィ松琴」とは、九大本系の九大本書入・玉松（版本、東京大学図書館蔵写本）・

玉琴の三本をいう。流布本系の「ない鳥」は誤写と見てこれを採らず、九大本系を是とされる。

私見では、流布本を是とする。原本文は、「ないとりあはせなと」とあったはずである。その証は左記である。

心なくま柴をならすやまかぜにまた鳴鳥ハきゝもさだめず

なき鳥ない鳥とてあり。同事也。雉のなくを野山によく聞すまして、鈴に子と云物をさしてすゞのならざるやうにして鷹をすへてちかく狩立て合也。聞すへ鳥とも云也。ね鳥狩とは早朝に臥たる鳥を狩也。ない鳥狩は時をいはざる也。

（『西園寺家鷹百首』、九四番）(13)

西園寺公経詠『鷹百首』の一首とその注釈である。西園寺公朝（生歿、一五一五―一五九〇）筆の巻子本による。「ないとり」は、鳴《な》く鳥《とり》、鳴《な》い鳥《とり》（音便形）の意で、この鳴く鳥に合わせる猟法を「ないとりあはせ」という。春季の狩猟法の一つで、鷹詞《たかことば》を類聚した『鷹詞類寄』にも載録されている。次である。

九十二　心なく真柴をならす山風にまた鳴鳥ハきゝもさためす　西園寺

なき鳥ともない鳥ともいふ、雉の鳴をよく聞すまして、鈴の子といふ物を鈴にさして、ならさるやうにして、鷹をすへよりて、かり立てあはする也、聞すへ鳥とも申也、ね鳥狩とハふしたる鳥を早朝に狩なり、ない鳥狩、時をいはす、

（宮内庁書陵部蔵『鷹詞類寄』、第二冊、な部）(14)

注意深く雉の鳴声、即ち、その在処《ありか》を聞き澄まし、鷹を据えて忍び寄り、狩り立てる。「あはす」は、鷹を放して飛び立つ雉を狙わせること。鷹の尾には鈴が付けられている。忍狩のときは、この音が妨げとなるので、鈴の目に鈴の子（樺桜の皮・ツツジの小枝など）を差し込んで鳴らないようにし、目標に忍び寄るのである。

この語句は、『今昔物語集』、本朝部、巻一九にも見えている。『日本古典文学全集36』から引用する。

今昔《いまはむかし》、西京《にしのきやう》ニ鷹《たか》ヲ仕《つかふ》ヲ以《もつ》テ役《やく》トセル者有《ものあり》ケリ。（中略）冬《ふゆ》ニ成《なり》ヌレバ、日《ひ》ヲ経《へ》テ野《の》ニ出《いで》テ雉《きじ》ヲ捕《と》ル。春《はる》ハ鳴《なき》

鳥《とり》ヲ合《あは》スト云《いひ》テ、暁《あかつき》ニ野《の》ニ出《いで》テ、雉《きじ》ノ鳴《な》ク音《こゑ》ヲ聞《きき》テ此《こ》レヲ捕《と》ル。如此《かくのごと》ク為《す》ル間《あひだ》、此《こ》ノ人年《ひととし》漸《やうや》ク老《おい》ニ臨《のぞみ》ヌ。
（巻一九、「西京仕鷹者夢出家語第八」[15]）

語釈に、「二〇 笛または肉声で雉の鳴き声をまねて野生の雉を誘い出し、鳴き合せるのである。（中略）誘い出して狩るために鳴き合せをやるのである。」（「頭注」）とある（訳文は略す）。この『全集』に先行する『新日本古典文学大系36』には、「二九 雉の鳴き声をまねて誘いだすことか。後出のごとく、鷹や犬につけた鈴の音で雉を脅すことをさすか。」[16]と見える。遡って、『日本古典文学大系25』（山田孝雄他）の場合、「七 巻九二〇三七の同語とは異なり、茲では、ヲトリ（媒鳥・囮）の意。」（「頭注」）[17]とされる。「ヲトリ（媒鳥・囮）の意」とは、『和名類聚抄』（「媒鳥」につき、『文選』「射雉賦注」の師説を引く）を踏まえたものだが、当らない。

実は、幸いなことに、「鳴鳥《なきとり》ヲ合《あは》ス…」の語義は、この直後に「…ト云《いひ》テ、暁《あかつき》ニ野《の》ニ出《いで》テ、雉《きじ》ノ鳴《な》ク音《こゑ》ヲ聞《きき》テ此《こ》レヲ捕《と》ル。」と説明されているのであった。それなのに、その鳴き声を真似て誘い出し云々、オトリ云々という。要らざる注解であった。

ただ、若干の補足が要るとすれば、『今昔物語集』には「暁《あかつき》ニ野《の》ニ出《いで》テ」とある。当面の用例［G］は、三月晦《つごもり》の春惜しむ頃とあるものの、時間のことには触れてない。むしろ、春の花のこきまぜに種々の鳥が立ち騒ぐ、公達らはそれに心奪われ、「かりの心も忘られて…」とあるところからすれば、暁方ではなく、それより数刻後、花も匂い立ち、鳥も活気溢れる時間帯かと推測される。『鷹百首』の注釈では、時をいわない、時間帯を選ばないという。こうした猟法を「聞すへ鳥」「鳴鳥狩《ないとりがり》」ともいい、単に「早朝に臥たる鳥を狩也」のは「ね鳥狩」といい、「聞すへ鳥」「鳴鳥狩」とは異なるとある。しかし、「聞すへ鳥」「鳴鳥狩」は、同じく右の『鷹詞類寄』に見えるように、また、次にも見えるように、やはり、「朝《あさ》と狩《がり》の心也」、つまり、前の晩、雉の所在を聞き置いて、翌朝早く出向くのが、効率的であったようである。

四　ない鳥狩

狩人のない鳥かりの朝戸出にしらてや雉のほろゝ打らん　　後京極

鳴鳥狩、春也、狩人の来るを鳥のしらすして、ほろゝうつらんとよめり、朝と狩の心也、

五　暮そむる尾上に鳥を聞すゑて嶺かけめくる鷹の狩人　　同

聞すへ鳥、春也、暮に鳥の鳴をよく聞すゐて、明る朝峯を分めくりて狩をするなり、

（宮内庁書陵部蔵『鷹詞類寄』、第二冊、な部）[18]

「後京極」とは、藤原良経と関わりなく、ここでは『西園寺鷹百首』（別本「やまひめに」）をいう。

当該本文には、「かくて、御前の野に、ないとり合はせなどするほどに、その野、…」云々と見えた。この言葉は、前夜からの狩の準備を意味する。が、それだけのことではない、このフレーズは、和気藹々、前夜から狩の下見をするほどに、四人は親しく楽しい時を過ごしたという情況を強調したものである。

第五節　異文「こたか」

用例の［J］に、「行政、左大弁の君よりはじめたてまつりて、馬、牛、小鷹一つづつ【馬《むま》、牛《うし》〈二〉、鷹《たか》一つ】奉りたり。」（吹上上）と見える。前田本には、「左大弁の君よりはじめたてまつりて、むま・うしこ・たか一づゝたてまつりたり。」（五二九頁）とある。

『大系』は、本文を「（前略）馬《むま》、牛《うし》〈二〉、鷹《たか》一つ奉《たてまつ》りたり。」（三五七頁）とし、頭注に「一六 馬牛二鷹一を左大弁

以下の男君にさしあげた。「づゝ」を加えると左大弁以下の数人に馬牛鷹をそれぞれ上げた事になって、行正が吹上で貰った数では足りなくなる。」（三五七頁）とある。「〈二〉」の〈 〉印は「誤脱の補訂」を意味するとされ、その「〈二〉」の横に「校注」が付され、次のようにある。

42こたか一つゝ（流〔板〕九琴）こたか一つ（板）二たか一つゝ（古一ィ長傍書）

『大系』は、異文の内の「二たか一つゝ」を採り、しかし、「…つゝ」の一字を削られた。だが、やはり、「こたか（小鷹）…」の誤写と解される。伝本の「板」とは、当『大系』の底本とされた流布本系の延宝五年板本をいう。用例［O］に、「小鷹《こたか》入れて見ばや」「小鷹一つなむ」、用例［R］に、「この御小鷹狩《こたかがり》に」、用例［U］に、「小鷹手《こたかて》に据ゑつつ」「小鷹手《こたかて》に据ゑ」、用例［V］に、「白銀《しろかね》の小鷹《こたか》を」と見える。小鷹は、はしたか、はやぶさなどをいう。また、秋の日和をみて野遊び・スポーツなどを兼ねて行う狩（小鷹狩）をいう。本来、一方に「大鷹、大鷹狩」を置いての表現であろう。尤も、ここは銀泥《ぎんでい》による細工物をいう。この類は、当時、よく行われたようで、『紫式部日記』にも、「少将の君は、秋の草むら・蝶《てふ》・鳥《とり》などを、白銀《しろかね》してつくりかゝやかしたり[19]。」と見える（第二章第二節「松風」の巻参照）。

用例［U］では、仲忠・女一宮の二人に「小鷹《こたか》―鷹《たか》」という贈答歌が見えるから、本書の「小鷹」も「はしたか（鷂）」を意味しよう。あるいは、本書では、これを「はしたか（鷂）」の通称としていた可能性がある。

第六節　異文「くまたかかり」

用例［N］は、勧学院西曹の学生藤原藤英《とうえい》（季英《すえふさ》）の悲憤慷慨の弁の一部である。季英は、七歳で入学した。爾来、刻苦して学問に励み、今年三一年にもなる。しかし、未だ機会を与えられず、任官登用されることもなかった。一方、権門の子弟は、昨日今日入学したような輩でも、贖労《ぞくろう》によって官に就き、昇進していくのであった。ところが、勧学院別当源正頼《まさより》（「あるじのおとど」）邸における七夕の宴に際し、季英の朗詠する声が正頼の耳に届いた。「何まろといふ学生ぞ」と問われた彼は、貧相ながらも遠い末席から這い出し、氏素性を申し上げることとなった。

用例［N］には、「兵《つはもの》を業《げふ》として、悪を旨《むね》として、角鷹狩《くまたかかり》【熊《くま》、鷹狩《たかがり》】、漁《すなどり》に進める者の」とあった。前田本には、

「（前略）あくをむねとして、くまたかかりすなどりにすゝめるものゝ」（四四二頁）とある。

『全集』の校訂者は、これを「角鷹《くまたか》（による）狩《かり》」の意と理解し、そのように漢字を宛て、読者の便宜を図ったようである（校訂付記なし）。「頭注」には次のようにあり、訳文に「鷹狩や漁《いさり》が上手な者が、」云々とある。

一　鷹の一種。大型で、鷹狩に用いられるほか、尾羽も矢羽として重要。『和名抄』巻十八・羽族名「角鷹　弁色立成云角鷹久万太加…」。（「頭注」、四九六頁）

室城氏の校注では、本文を「悪を旨《むね》として、角鷹狩《くまたかがり》・漁《すなどり》に進める者の」云々とされ、また、「頭注」には、次のようにある。(20)

三　鷹の一種。大型で、鷹狩に用いる。『和名抄』羽族部鳥名「角鷹　久万太加」。

先には「くまたか」につき、体形上の比較表を掲げた。古辞書類では、『倭名類聚抄』道円本に、「角鷹　辨色立成云角鷹久萬太加今案所出未詳但角者毛角之義歟」（羽族部、巻一八、三丁オ・ウ）、また、『色葉字類抄』黒川本に、「角鷹《ヰヨウ》クマタカ又オホタカ　鵰《テウ》同鶚別名也」（ク部、「動物」、中、七二丁ウ）、『類聚名義抄』観智院本に、「鵰音凋クマタカ　ワシ　オホワシ［平平平平］」（僧中、一二〇）、「角―（鷹）クマタカ［平平平濁平濁］」（同、一三〇）、「雕鵰並正丁幺反クマタカ［平平平平］　ヱル［上平］　禾テウ［上］　キサム［上上濁平］」（同、一三三）、その他が見えている。

「くまたか」は、その名の通り、鷲・大鷲のように強大で、性質も烈しく、森林地帯に生息して小獣類（野兎・タ

ヌキ・リス・鼠など）・は虫類（蛇・トカゲ）・中形鳥類（山鳥・雉・カケスなど）を捕食する。杜甫の七言歌行「王兵馬使二角鷹」に「角鷹翻倒壮士臂。将軍玉帳軒勇気。二鷹猛脳絛徐墜。」(21)云々と見えるなど、「角鷹」という猛禽を狩に用いた例はある。『古今著聞集』には、摂津国岐志庄に飼われていた「熊鷹」が一丈余（三メートル余）の「大蛇」を退治した話が見える。(22)しかし、「くまたか」を飼って馴らすのは容易でなかろう。飼うとは、常に食物を与えることであり、馴らすとは、それを大空から呼び戻すこと、また、それが捕えた獲物を取り上げることである。現今、京都府内でも、絶滅が危惧されながらも生息する。だが、その森林性の故に、調査・保護も思うに任せないとされる。『全集』以下は、刊行の年次からして、次の、『大系』の所説を否定された上での所論であろうが、「くまたか」でなければならないのであろうか。手近に飼養できる鷹はいないのであろうか。

右に対し、『大系』の本文の方には、次のようにある。

兵《つはもの》を業《げフ》として、悪《あく》を旨《むね》として、熊《くま》、鷹狩《たかがり》、漁《すなどり》にすゝめるものの《ゝ》、昨日今日《（きのふけふ）》入学《（にフがく）》して、黒《くろ》し赤《あか》しの悟《さとり》なきがそくヲ奉《たいまつ》るを、序《ついで》を越《こ》して、…。季英多《すゑふさおほ》くのついでを過《すぐ》しつ」、許多《そこばく》の博士《はかせ》の前《まへ》にて、紅《くれなゐ》の涙《なみだ》を流《なが》して申ス。聞召《きこしめ》す人涙を流《なが》し給はぬハなし。

（『宇津保物語一』、「祭の使」）(23)

「……」部は、「脱落と認められるが、諸本にその本文を見出し難い箇所」とされる。傍線部につき、「校注」欄には、流布本系諸本に「くまたかかり」、南葵文庫書入諸本の内の田中道麻呂校本と九大本系の玉琴とに「はくうちかり」とある、と記され、「頭注」には次のようにある。

二五 武芸を専門にしたり、悪事を本職にしたりして、熊狩・鷹狩・魚取の上手な者が最近入学して。「つはものを業とし云々」は文化衰退の具象的な例として注意される。文化の中心大学勧学院の学生に於て既にこの傾向を見る。「熊鷹狩」の異文「博打狩」（琴）を「有」「全」は採る。

「有（有朋堂文庫本）」・「全（日本古典全書本）」では、異文の内の「はくうちかり」（玉琴）を採用し、「博打狩」と理解しているともある。校訂者は、原本文として、「くまたかかりすなとり…」を是とされ、これを「熊《くま》、鷹狩《たかがり》」の意と理解されたのである。だが、いかな乱暴者でも素性の良い、前途有望な大学寮の学生である。それが熊狩だの熊鷹狩だのと、強調表現の内であるとしても、やや突飛な譬えではなかろうか。

　案ずるに、問題の「くまたかかり」部には誤写があり、もとは、(イ)「こたかゝり」（小鷹狩《こたかがり》）、または、(ロ)「はしたかゝり」（鷂狩《はしたかがり》）とあったのではなかろうか。前田本の「くまたかかり」という文字遣いからすれば、この推測は可能であろう。先ず、(イ)案の場合、想定される「こたかゝり」の「こ」（字母「己」）・「た」（同「多」か）・「か」（同「加」か、「賀」か）の三字を「くまた」（同「久」か、「万」または「真」か、「多」か、）に、踊り字「-ゝり」の前後を「かかり」に読んでしまったと推測する。「くまたかかり」という綴りであれば、その二字目は踊り字「ゝ」とあってもよさそうであるが、そうなっていないのは、行間に位置した補足・補訂の文字の竄入といったことも考えられる。鷹狩にも疎く、親本（祖本）の筆写体も不明瞭であったためであろう。

　(ロ)案は、異文の一つに「はくうちかり」と見えるのが参考になる。想定される「はしたかゝり」の語頭の「は」（字母は「者」か「八」か）の筆が「し」（同「之」か）に続く時、この「し」を「く」（同「久」か）と誤読しやすい。三字目の「た」（同「多」か）は、「ゝ」を二つ重ねたような形であったろうか、この末画の筆は四字目の「か」に連なるとき、これが「う」の形に見えたのでろう。その「か」（同「加」か）の仮名は「ち」（同「知」か「地」か）と誤写されたのではないか。ここに、この異文が生じたのであろう

　もと、どういう仮名がどのように綴られていたか、それが、その後、どのように転写されて来たか——、といった問題は、論証も難しく、賛同も得にくいが、一応、右のように考える。(ロ)案の場合、その異文がそれなりに役立ちそ

うである。だが、「はしたかゝり」（鷂狩《はしたかがり》）という熟語が、どの程度に用いられていたかという点に問題がある（「くまたかがり」の場合は、尚更である）。そうした場合、既に「小鷹狩」という用語があったはずであるから、これを使ってもよかったのではなかろうか。(イ)案の「こたかゝり」（小鷹狩《こたかがり》）ならば、若干の問題はあるものの、本書にも一応の使用例がある。「小鷹狩」とは、主に「鷂《はしたか》」を用いる鷹狩である。

右からすれば、用例［N］の当該部は、「角鷹狩《くまたかかり》」でも「熊《くま》、鷹狩《たかがり》」でもない、「こたかゝり」（小鷹狩《こたかがり》）か、「はしたかゝり」（鷂狩《はしたかがり》）か、これを一つに絞るとならば、恐らく前者を是とするのではないかと考えられる。

本文には、「兵《つはもの》を業《げふ》として、悪を旨《むね》として、角鷹狩《くまたかかり》、漁《すなどり》に進める者の…」（『全集』）とある。先学は、「悪」とは、「悪事を専門にしたりして」（『全集』）、あるいは、「悪事を本職にしたりして」（『大系』）と訳される。だが、そうではなく、これは「たけだけしく強いことを表す。」（『広辞苑 第四版』）のであろう。つまり、これらは、武勇の練磨や体力増強を旨とし、鷹狩や鵜飼に心奪われる権門の子弟たちを意味する。その傲慢・贅沢の日常性を象徴する言葉であろう。彼らは、「鷹飼鷹するゐて、鵜飼どもあり」（右用例［B］、その他）といった優雅・安逸の日々に埋没し、努力・研鑽することもなかった。それなのに出自や賄賂をもって任官、昇任していく。これに対し、季英は、日夜苦学を重ねても踏み付けにされ、唯々不遇に喘ぐのみであった。彼は、この不条理を指弾し、「紅の涙を流して」愁訴したのであった。末尾には、「聞こし召す人、涙を流し給はぬはなし」と書かれている。

この件《くだり》が、こうした趣旨で綴られているのであれば、問題の語句は、「熊狩《くまがり》」（『大系』）でも「角鷹狩《くまたかかり》」（『全集』）・室城氏）でもない、やはり、当該語句は「小鷹狩」（または、「鷂狩《はしたかがり》」）であろうと考えられる。

なお、季英は、学問を修めて認められ、立身出世して正頼（一世源氏）の婿となり、文章博士・東宮学士となり、三位に昇った。

第七節　おわりに

『西宮記』も『政事要略』も、事実を記録し、これをもって後日の規範としたものである。それらにより、種々の情況を知ることができたが、一方、この『宇津保物語』は、「物語」という形を通して、平安時代中期の貴族社会における鷹狩の実態、しかも、それは「はしたか（鷂）」によるものであったということを教えてくれた。

鷹狩といえば、得てして、「おおたか（大鷹）」による「大鷹狩」と思い込む傾向がある。『伊勢物語』の第一一四段には、「むかし、仁和のみかど、芹《せり》河に行幸《ぎやうがう》したまひける時、今《いま》はさること似《に》げなく思（ひ）けれど、もとつきにける事なれば、大鷹《おほたか》の鷹飼《たかゞひ》にてさぶらはせたまひける。摺狩衣《すりかりぎぬ》のたもとに書《か》きつけける。」云々などと見える。そのため、作品中のあちこちに見える鷹狩も、ついつい、「大鷹狩」かと思い遣ることになる。日本の放鷹文化史上、「大鷹」という言葉が目立つのである。だが、光孝天皇の芹川野の行幸（仁和二年〈八八六〉一二月一四日）でも、「鷹・鷂を放ち、野禽を払ひ撃つ」とあった。「鷹狩」とは、決して「大鷹」の独擅場ではなかった（第一部第一章参照）。否、むしろ、状況は、逆であったかも知れない。

昌泰元年（八九八）一〇月二〇日宇多上皇は、近郊に遊猟し、次いで大和・河内・摂津等を巡幸して閏一〇月一日還御した。紀長谷雄は、初日だけであったが、陪従して「競狩記」を執筆した（宮内庁書陵部蔵『紀家集』、巻一四断簡、一巻、大江朝綱筆写、函号、伏・六四二）[24]。この「競狩記」の前半には、左右に編成された「鷂飼九人・間諜九人」の官職・姓名が各人一行ずつを費やして列記され、左右の衣裳も美々しく細かく記されている。これに対し、「鷹飼」の方は、その後の追込み本文中に「鷹飼四人、著二帽子、腹纏行縢一、左右相次」と、僅々一五字で見えるのみである。

固有名詞はなく、加えて、これに続くのは「典薬頭阿保常世、著二故弊青白橡衣一、随二御薬韓櫃一、陪従（文字判読不能）」云々という。「故弊」とは、古びて破れている衣である。これをもって推せば、「鷹飼四人」の待遇は、決してよくはなかったのであろう。この競狩の結果は、左方は小鳥九六翼、右方は一二二翼で、後者を勝とした。成果は、概ね、「はしたか（鷂）」によるもので、この狩は、いわゆる「小鷹狩」であったと知られる。

『宇津保物語』によれば、こうした「鷂（雌雄）」による「小鷹狩」こそが、至って身近に行われていた、当時の「鷹狩」とは、こういうものであったらしい。用例の中には、

［U］君たち御迎へに、さまざま人多く参れり。大将、中納言の御迎へに、人小鷹《こたか》手《て》に据ゑつつ【…御迎《むかへ》ヘノ人〳〵小鷹《コたか》〉手《て》に据《す》ヱつゝ】参れり。帰りたまふままに、野辺《のべ》ごとにあさらせたまひて、御餌袋《ゑぶくろ》【御餌袋《エぶくろ》】に入れさせたまへり。

と見えた。人々は、帰路のまにまに野辺毎に小鷹を放つ、という。この感覚は、「試みる」「小鷹入れてみる」といったところでもあろうか。

［G］かくて、吹上の宮には、御鷹ども【御鷹《おほんたか》ども】試みたまうて人々に奉りたまはむと思して、

［O］興あるをかしからむ野辺に、小鷹《こたか》【小鷹《こたか》】入れて見ばや」とのたまはす。（中略）上、「かの鷹【鷹《たか》】を試みばや。入り所のをかしからむ、思ひ出でよや」

また、時には、中島の五葉の松で池の鮒を啄んでいる雎鳩《みさご》を射落としたらと、「名高き御馬二つ」と、

［P］いと名高き御鷹二つ【御鷹《たか》二つ】賭けたまひて、

というのである。狩場では、時として風雨や寒冷に襲われ、また、思わぬ傷病に苦しめられることもある。しかし、ここにはそうした気配は全くない。

在原行平、業平兄弟らは、天皇・親王等の鷹狩に供奉することが多かったようであるが、自らの傍らにしていたのは鷂《はしたか》・雄鷂《このり》だったのではなかろうか。藤原兼家（摂政・関白、従一位）の息子道綱が、世をはかなむ母のもとで「し据《す》ゑたる鷹《たか》をにぎり放ちつ。」という、「し据《す》ゑ」ていた鷹も、大鷹でなく、鷂であった可能性が大きい。そういえば、『蜻蛉日記』には、別に「小鷹《こたか》の人もあれば、鷹《たか》どん外《（も）と》にたちいでてあそぶ。」とも見える。[25] 当時の貴族達の世界では、こうした「小鷹狩」が、かなり一般的に行われていたと見てよさそうである。

注

（1）中野幸一校注・訳『うつほ物語①』（『新編日本古典文学全集14』）、一九九九年六月、小学館。同『うつほ物語②』（同『全集15』）、二〇〇一年五月。同『うつほ物語③』（同『全集16』）、二〇〇二年八月。この底本は尊経閣文庫蔵前田家各筆本（二〇冊）で、これとやや系統を異にする静嘉堂文庫蔵浜田本（二〇冊）、九曜文庫蔵本（二〇冊）、延宝五年版本（三〇冊）を参考にし校訂を加えたとされる。

（2）河野多麻校注『宇津保物語　一』（『日本古典文学大系10』）、一九七七年七月、岩波書店。同『宇津保物語　二』（同『大系11』）、一九七八年二月、同『宇津保物語　三』（同『大系12』）、一九七八年四月。底本は、延宝五年木板本。

（3）宇津保物語研究会編・代表笹淵友一『宇津保物語本文と索引　本文編』、一九七四年三月。「序」に、この「本文」は、旧版『古典文庫』の「決定版といってよい」とある。

（4）久松潜一監修『改訂新潮国語辞典—現代語・古語—』、一九七四年三月、新潮社。

（5）森岡照明・叶内拓也・川田隆・山形則男著『図鑑　日本のワシタカ類』、一九九五年八月、文一総合出版。第一部、一八四頁、八四頁、一二〇頁、三三八頁による。

（6）正宗敦夫編纂『倭名類聚抄』、一九六七年八月、風間書房。

（7）中田祝夫、他編『色葉字類抄研究並びに索引　本文・索引編』、一九六四年六月、風間書房。

（8）正宗敦夫校訂『類聚名義抄』、一九六八年六月、風間書房。以下の三例。

（9）土田直鎮・所功校注『神道大系　朝儀祭祀編二　西宮記』、一九九三年六月、神道大系編纂会発行。五七五頁。

(10) 黒板勝美、他編輯『新訂増補国史大系28 政事要略』、一九六四年九月、吉川弘文館。五四四〜五四六頁。

(11) 室城秀之校注『うつほ物語』、一九九五年一〇月、おうふう。二六七頁。

(12) 既出、注(2)文献、河野多麻校注『宇津保物語 一』、三四四頁。

(13) 小林祥次郎「西園寺家鷹百首(付注本)」、『小山工業高等専門学校研究紀要』、第一二号、一九八〇年三月。
西園寺公経『鷹百首』は、『群書類従』(第一九輯、一九五九年一〇月訂正三版)にも収めるが、注釈部分がない(和歌は、五〇三頁。下段)。

(14) 小著『鷹書の研究 宮内庁書陵部蔵本を中心に』、二〇一六年二月、和泉書院。一九六五頁、その他。なお、早稲田大学図書館蔵『類聚鷹歌抄』(『鷹口伝』の内)(ヲ 多 10/552)の翻刻本文における当該部は、小著の二〇一六頁に位置する。

(15) 馬淵和夫、他校注・訳『今昔物語集②』(『新編日本古典文学全集36』)、二〇〇〇年五月、小学館。四七二頁。

(16) 小峯和明校注『今昔物語集 四』(『新日本古典文学大系36』)、一九九四年一一月、岩波書店。一三三頁。

(17) 山田孝雄、他校注『今昔物語集 四』(『日本古典文学大系25』)、一九六二年三月、岩波書店。七七・七八頁。「巻九[二〇]三七の同語とは…」とあるが、巻九に見える「鳴鳥」の用例は、鷹狩の言葉ではない(所在は、同『大系23』、二一五頁)。

(18) 既出、注(14)文献、小著『鷹書の研究 宮内庁書陵部蔵本を中心に』に同じ。

(19) 伊藤博校注『紫式部日記』(『日本古典文学大系10』)、一九八九年一一月、岩波書店。二六四頁。

(20) 既出、注(11)文献、室城秀之校注『うつほ物語』、二三一頁。

(21) 宋祝穆編『古今事文類聚』(神戸女子大学蔵寛文六年八尾勘兵衛友久版)、「後集巻之四十三」、「羽虫部」の「鷹」、六丁ウ。訓点は略す。『全唐詩』(第二冊、「杜甫七」、一六丁オ)、一九七七年、復興書局。一二八二頁)、その他にも収めるが、異文がある。また、中国北方・西方の「角鷹」の実体につき、これが日本のそれと同一物か否か確かめる要がある。

(22) 永積安明・島田勇雄校注『古今著聞集』(『日本古典文学大系84』)、一九六六年三月、岩波書店)に、「七六八 摂津国岐志庄の熊鷹大蛇を喰ひ殺す事/ 摂津《の》国岐志《の》庄に、一丈あまりばかりなる蛇の耳を《(お)》ひたる、時々出現して人をなやましけり。(中略)同《おなじ》住人左近《の》将監なにがしとかやいふなるをのこ、熊鷹《(くまたか)》をかい《(ひ)》けり。(中略)そのときくまたか、蛇のくびをくひきりにければ」云々と見える(五三六頁)。

(23) 既出、注(2)文献、河野多麻校注『宇津保物語 一』(『日本古典文学大系10』)、四三七頁。

（24）　宮内庁書陵部編『図書寮叢刊　平安鎌倉未刊詩集』、一九七二年三月、同書陵部刊。三八～四三頁。東京大学史料編纂所編纂『大日本史料』、「第一編之二」、一九二三年刊・一九六八年八月覆刻、東京大学出版会。六〇九～六一八頁。黒板勝美、他編輯『新訂増補国史大系12　扶桑略記・帝王編年記』、一九六五年一二月、吉川弘文館。一六七頁。

（25）　今西祐一郎校注『蜻蛉日記』（『新日本古典文学大系24』）、一九八九年一一月、岩波書店。一一八頁、二〇六頁。

第二章　『源氏物語』の鷹狩

序

『源氏物語』においては、「桐壺」「松風」「行幸」「藤裏葉」「柏木」「夕霧」「手習」の諸巻において「鷹狩」関係の記事（行事、あるいは、鷹狩関係語）が見えている。作品構成上、素材として「鷹狩」「鷹」が用いられているのである。これらについては、既に、先学の詳細な研究がなされており、もはや、何の不足もないようであるが、「鷹狩」という視点をもってすると、若干、等閑にされてきたところもあるやに見受けられる。そこで、以下には、次を課題とし、若干の検討を行う。

(イ)素材として用いられている「鷹狩」関係事象についての検証・確認、
(ロ)先行する古記録類、文学作品などの検討、
(ハ)「鷹狩」を素材とした本文部の読み取り、

『源氏物語』研究上、また、日本放鷹文化史上、それぞれに得るところがあれば幸いである。

第一節　「桐壺」の巻

1　はじめに

光源氏は、既に姓を賜り、臣下となっていた。輝く美しさ、愛らしさは譬えようもなく、人々は彼を「光る君」と呼んだ。一方、新しく入内された藤壺も、たいそう若く、美しく、帝の寵愛を一身に集めたので「輝く日の宮」と並び称された。源氏は一二歳となり、元服の儀を迎えた。『日本古典文学大系14』によれば、本文には次のようにある。

〔帝が〕「世《よ》に類《たぐひ》なし」と見たてまつり給ひ、名だかうおはする〔藤〕宮の御かたちにも、なほ、〔源の〕にほはしさは、譬《たと》へん方なく美《うつく》しげなるを、世の人「光《ひか》る君」ときこゆ。藤壺《ふぢつぼ》〔源に〕ならび（給ひ）て、〔帝の〕御おぼえも、とり〴〵なれば、「かゞやく日《ひ》の宮」ときこゆ。

〔源〕この君の御童姿《わらはすがた》、〔帝は〕いと、変《か》へま憂《う》く思《おぼ》せど、〔源は〕十二にて御元服したまふ。〔帝は〕居立《ゐた》ちおぼしいとなみて、限《かぎ》りあることに、事を添《そ》へさせ給ふ。一《ひと》とせの、春宮の御元服、南殿《（なでん）》にてありし儀式《ぎしき》の、よそほしかりし御ひゞきに、おとさせ給はず、〔式後の〕所〳〵の饗など、

帝「内蔵寮《くらづかさ》・穀倉院《（こくさうゐん）》など、公事《おほやけごと》に仕《つか》うまつれる、おろそかなる事もぞ」

と、とりわき仰《おほ》せ事《ごと》ありて、〔儀式係は〕清《きよ》らを尽《つ》くして仕《つか》うまつれり。〔帝の〕在《おは》します〔清涼〕殿《（でん）》の東《ひむがし》の廂《ひさし》、東むきに倚子《いし》立《た》てゝ、冠者《くわんざ》の御座、引入《ひきいれ》の大臣の御座、御前《（おまへ）》にあり。申《さる》の時にて、〔式場に〕源氏まゐり給《たま》ふ。みづらゆひ給へる面《つら》つき、顔《かほ》のにほひ、〔童形の〕さまかへ給《たま》はんこと、をしげなり。大蔵卿、蔵人《くら（うど）》仕《つか》うまつる。〔源の〕いと清《きよ》らなる御髪《ぐし》を〔大蔵卿が〕そぐ程、心ぐるしげなる〔美しさ〕を、

上《うへ》は、「御息所《みやす》の見ましかば」と思《おぼ》し出《い》づるに、〔感慨に〕堪《た》へがたきを、心づよく念《ねん》じかへさせ給ふ。かうぶりし給ひて、〔源が〕御やすみ所にまかで給ひて、御衣《ぞ》たてまつりかへて、〔東庭に〕(下《お》りて）拝《はい》したてまつり給ふさまに、みな人、涙《なみだ》おとしたまふ。（中略）

御前《おまへ》より、内侍、宣旨うけたまはり伝《つた》へて、大臣《おとゞ》まゐり給ふべき召《め》しあれば、〔左大は〕まゐり給ふ。御禄《ろく》の物、うへの命婦取《と》りて〔左大に〕給ふ。白《しろ》き大袿《おほうちき》に、御衣《ぞ》一領《ひとくだり》、例《れい》のことなり。〔祝の〕御盃《さかづき》のついでに、

帝　いときなき初《はつ》もとゆひに長《なが》き世《よ》をちぎる心は結《むす》びこめつや

御心ばへありて、〔左大を〕おどろかさせ給《たま》ふ。

左大　むすびつる心も深《ふか》きもとゆひに濃《こ》きむらさきの色しあせずば

と奏《そう》して、長橋《ながはし》より〔東庭に〕おりて、舞踏《ぶたふ》したまふ。〔左大に〕ひだりの寮《つかさ》の御馬《むま》、蔵《くら》人所の鷹《たか》、〔架に〕すゑて賜《たま》はりたまふ。御階《みはし》のもとに、親王《みこ》たち・上達部《かむだちめ》つらねて、禄《ろく》ども、しなぐ〵に賜《たま》はり給ふ。その日の御前《おまへ》の折櫃《をりびつ》物、籠《こ》物など、右大辨なむ、うけたまはりて仕《つか》うまつらせける。屯食《とむじき》、禄《ろく》の唐櫃《からびつ》どもなど、所狭《せ》きまで、春宮の御元服の折《をり》にも、数まされり。〔春宮元服より〕中〳〵、限《かぎ》りもなく厳《いかめ》しうなむ。〔ありける〕

（「桐壺」の巻[1]）

元服の儀式は、清涼殿（帝の常の居所）の東廂において行われた。先の春宮の元服は、南殿（紫宸殿）で行われ、美々しく厳かであったと評判であった。帝は、それに劣らないように、また、式後の饗についても、内蔵寮・穀倉院などに任せておいたのでは粗略なこともあろうと懸念され、格別に仰せ事なされたとある。冠者（源氏）の「引入」（元服時、髻を冠の中に引き入れる、加冠の役）を務めるのは左大臣（柏木の祖父）、「添臥」はその息女、後の葵の上であった。葵の上は、桐壺帝の妹宮と左大臣との間の女である。

儀式の後、左大臣は宣旨をもって召され、御禄の物（白大袿に御衣一領）、御盃、御意向をたまわった。左大臣は、

長橋より東庭に下りて拝舞した。また、左大臣は、引出物として左馬寮からの「馬」、蔵人所からの「鷹」をたまわった。「鷹」は、架《たかほこ》に居えて下賜された。親王、上達部なども等位の差に応じて禄を賜った。この日の天皇への献上物（折櫃物・籠物など）は、（後ろ見に代わって）右大弁が調整するよう勅があった。屯食・禄の唐櫃どもも、ところ狭きまで沢山用意された。こうした唐櫃は、本来、春宮の御元服の折《をり》に用いられ、一世源氏には無いものであったが、この折は、むしろ、それ以上であったという。源氏は、このまま左大臣邸に婿入りしたのであった。

2　古注釈

古注釈の内、先ず、(1)『紫明抄』、(2)『河海抄』には、次のようにある。

　ひたりのつかさの御馬　蔵人所のたかすゐて給はり給
　左馬寮御馬也　　御鷹は蔵人所の所役なれはなり
ひたりのつかさの御むま　くら人ところのたかすへてたまはり給
　　　　　　　　　　　　　　　　　　　　（『紫明抄』(2)）

左馬寮御馬　蔵人所ハ校書殿北面也　御鷹飼御随身ハ蔵人所の被官也　常儀には親王元服ニ馬を引ニ不及　若有遊宴之興者可引之由新儀式ニ見えたり　鷹事有御幸巻　凡上古如此の禄ニ馬鷹定事也　臨時客尊者以下可然引出物ニ必送之者也　或説云親王元服時　賜鷹邂逅例也　有西宮記云々
上卿要抄云御鷹飼事蔵人奉　勅　仰検非違使馬寮等　以所下文仰禁野云々
　　　　　　　　　　　　　　　　　　　　（『河海抄』(3)）

「ひたりのつかさの御馬」は、左馬寮の御馬とある。『令集解』に次のようにある（〈　〉内は細字割書）。

左馬寮〈穴云。馬乃司。〉右馬寮准レ此。〈大同四年三月十四日官符云。応二新置幷加置一諸司史生員事。左馬寮四員。〈元二員。今加二二員一。〉右馬寮四員。〈元二員。今加二二員一。〉以前。被二右大臣宣一。偁。奉レ勅。夫官職之員。

事資二閑繁一。寮司之務。孰無二繕写一。而（後略）〉　（巻五、職員令(4)）

馬は、軍国の用、非常の備として掌司の司は必須とされる。馬寮《めりょう》がこれを掌った。令制では、左右に分かたれ、それぞれ頭・助・大少の允・大少の属、それぞれ一人を置き、また、馬医二人、馬部六〇人、使部二〇人、直丁二人、飼丁の職員を置いた。日常的な公務や臨時の行事等で使用される官馬の養飼・調練、管理を担当した。今の場合、鷹狩のための「馬」を意味する。左馬寮から一匹引き出された。「蔵人所」は、薬子の変を機に弘仁元年（八一〇）嵯峨天皇が創設した天皇直属の機関であり、役所は校書殿の北に位置した。「御鷹飼」の御随身は、蔵人所の被官で、一〇名が置かれた（元慶七年）。その蔵人所から一聯下賜されたのである。

ところで、『河海抄』によれば、常の儀には親王の元服に馬を引かないが、遊宴の興あらば引くべき由、『新儀式』に見えるという。この書は、天暦期（村上天皇）の宮廷儀式の作法書で、今、「第四臨時上」「第五臨時下」を遺すのみであるが、その後者「第五臨時下」に「親王加二元服一事」の条がある。しかし、『群書類従』所収本では、ここに「常儀には親王元服ニ馬を引ニ不及…」といった文言は見当たらない(5)（後述）。

また、「鷹のこと」は、本書の「御幸巻」（「行幸」の巻）にあるという。その「大原野の行幸」の条をいうのであろう（「第三節「御幸」の巻」参照）。「行幸《みゆき》《ぎやうかう》」とは、天子の外出の意で、「御幸《みゆき》」とは、その和語表記となろう。

次いで、「凡上古如此の禄ニ馬鷹定事也(6)」とある。「如此の禄」の意味するところがあいまいだが、これは摂関家の臨時客《りんじきやく》・大臣大饗の尊者《そんざ》以下などの場合をいったものであろう。そうとすれば、これは一般的に過ぎて、有効な注釈とはいえない。ここは光源氏元服の条であり、引入の左大臣への引出物のあり方が問われる。

「或説云」とは何物か、具体的なところは分からない。やはり、「親王の元服の時に（引入が）鷹を賜るとはまれな例だ」という(7)。「有西宮記云々」とは、『西宮記』には、その記事があるというのか。これも分明でない。『西宮記』

の「一　臣家大饗」の条には、「尊者禄」「親王禄」それぞれの内に「馬鷹」「馬若鷹」と見える。(8) しかし、『西宮記』の「一　親王元服」の本文（細字部）の条には「馬、鷹」の文字は見えない。次の「一　一世源氏元服」の本文でも同様である。この本文（細字部）の一条に「承平四年十二月廿七日吏部記云、允明源氏於㆓中務卿親王家㆒加冠。于㆑時十六歳。」と見え、この末尾に「引入纓㆓頭女装束㆒、贈㆓馬・鷹㆒。又理髪（賜）女装云々。(9)」（後述）とあるが、これは禁中でなく、「中務卿親王家」における例である。

なお、「上卿要抄」については、未勘であるが、(10)『侍中群要』の早稲田大学図書館蔵本（ワ3/701/5）に、次のようにある。ほぼ、同文といってよいようであり、こうした類の有職書であったろう。

御鷹飼事

蔵人奉㆑勅、仰㆓撿非違使・馬寮等㆒、又以㆓所下文㆒仰㆓禁野㆒、

（『侍中群要』、第五冊、二六丁ウ）

以上において問題となる点は、「親王元服」や「一世源氏元服」の折に、引入への引出物として馬・鷹が用いられるのか、用いられないのか、後者であれば、それは何故かと問われよう。

(3)『花鳥余情』(11)は、右を踏まえながら次のようにある。私に条文の頭部に番号①②…と読点とを付した。

56ひたりのつかさの御馬蔵人所の鷹すへて給はり給ふ（二六4・49）　①左のつかさの御馬とは左馬寮の御馬也、蔵人所の鷹といふは、鷹飼は蔵人所の所掌也、近衛随身さならぬ人も御鷹飼に補せらる、むかし出羽陸奥国より鷹を貢せしも蔵人所より奏する也、但親王源氏の元服にむま鷹を引出物にする事はわたくしの家にては其例あり、禁中の儀にてはたしかならされとも、いさゝかも面《おも》かけある事は（をは）あひよりもあをくかきなせるは此物語の作様なり、

②国史云、陽成天皇元慶（八八三）七年七月五日己巳勅、弘仁（八二〇）十一年以来主鷹ノ司ノ鷹飼卅人犬卅牙ノ食料毎月充（宛歟）㆓彼司ニ㆒、其中割テ㆓

鷹飼十人犬十牙料《ヲ》一充二蔵人所《ニ》一、貞観二年以後無レ置二官人一、料事停止、今鷹飼十人犬十牙料《ノ》○《永》以レ食充二蔵人所《ニ》一

③村上天皇御記天徳五年(九六一)正月十七日召二陸奥所進鷹犬一於二侍所一覧之助信申之、朝忠朝臣令申之(云)、故御答奏欤(春)ノ武仲遭レ喪之間、(中略)

④同御記云康保二年(九六五)七月廿一日仰蔵人頭延光朝臣云、以左馬助満仲・右近府生多公高兄右近将監公用譲・右近番長播磨貞理又右馬属陳平譲等置並歟(並)為御鷹飼

⑤小右記云天元々年(九七八)四月廿五日昨日従二出羽国一鷹八聯犬八牙、令レ籠二物忌一今日御覧、侍臣等不整《トヽノヘ》二束帯一臂《ニテ》レ鷹《ヲ》出レ自二侍所一候二御簾下一、御覧了、出之所衆出納等牽レ犬入レ自二仙花門一跪二御前一令レ覧了、各牽出、其後召二犬飼等一覧之、各牽レ犬、蔵人頭蒙レ勅令レ班二給鷹《ヒ》鷹犬《ヲ》一、第一御鷹犬等被レ奉二青宮《ニ》一、次賜《ハ》二進《ミ》江《近》供御所《ニ》一、次御鷹飼次第相取之、出二西陣《ノ》下一行二此事一、須《ク》奉レ宮之後給二御鷹飼等一、然後給二供御所御鷹飼一者也、不レ知二先例一歟、随二御鷹次第《ニ》一給犬也、

⑥　右鷹飼為蔵人所之所掌証也、出羽よりたてまつる鷹を御覧せ給ふ時は、殿上の侍臣臂にすへて覧之、犬をは所衆出納等これを引て東庭にひさまつきて覧する也、源満仲も村上御門の御時の鷹飼の一なり

⑦李部王記承平四年十二月廿七日允明醍醐子源氏於中務卿親王家加冠云々、引入纏《ノ》頭女装束、贈二馬鷹一理《ヒ》理髪女装

⑧同記承平七年二月十六日与二中務卿君一詣二東八条院《ハノ》一、因三行明醍ノ子親王今日加二元服一先日被レ招之故也、右近少将良峯朝臣義方理二親王髪《ノ》一、左大臣加冠云々、其左大臣女装、加二紅細《ノ》長一、賜二鷹馬《ニハ》一一、義方女装、加二童《ノ》装束一

⑨同記天慶五年十一月廿二日盛明醍醐子源氏加二元服一、右大将実頼卿加冠纏頭、大将には加二馬鷹各一一、

⑩　右元服引入の禄に馬鷹を給ふ例也、但此等例は禁中之儀にあらす、私家の例也、

⑪同記承平五年十二月二日左衛門督男元服云々、纏二頭王公及理髪者一、二親王ニハ各馬一疋、理髪ニハ加レ鷹、

⑫小右記天元二年二月廿日八宮御元服、仍参小一条院、理髪頭中将正清、引入左大臣雅信、引入禄幷馬一疋、理髪鷹一聯在之、

⑬　右理髪人の禄に鷹を給ふ例也、

⑭李部王記天暦慶四年八月廿四日晩景詣二為明醍醐子源氏五条宅一、其寝ノ南廂東頭西向引入座土敷二枚加茵一、即催二左衛門督一就《ツカシム》二引入座一、觴行《メクルコト》〻六七巡纏ヒ纏(ナシ)頭引入女装一襲、加二小褂一重一、引出物馬一疋、理髪纏頭了余退帰、追テ賜二馬一疋鷹一聯一、

⑮　右元服の時、見訪王卿の引出物鷹ニを給ふ例也、

⑯今案、野行幸也之時は、四位以下の鷹飼は狩衣に帽子をきる、正月大饗の日は随身鷹飼の装束を着す、錦(錦の)帽子括染(括染の)狩襖、鷹を臂にすへ、枝に付たる雉を持て野よりすくにまいれるよしを表するなり、いまの物語のことくは加冠の禄の鷹、たれ人これをすへ、又いかやうの装束を着すへきそや、此事たしかなる所見なし、但鷹飼のために(ナシ)あらされは野装束を着すへきにあらす、蔵人所の御鷹飼随身なとの(ナシ)常の装束にて鷹を臂にして引入の大臣の随身にわたすへきにや、しからはゆかけをさして鞭を持へきにや、　（一九〜二〇頁）

右につき、①は、「左のつかさの御馬とは左馬寮の御馬也、蔵人所の鷹といふは、鷹飼は蔵人所の所掌也」という主件の提示、また、「但親王源氏の元服にむま鷹を引出物にする事はわたくしの家にては其例あり、禁中の儀にてはたしかならされとも、いさゝかも面《おも》かけある事(をは)はあひよりもあをくかきなせるは此物語の作様なり」という結論である。以下、本朝、平安初、中期における蔵人所の鷹飼（①〜⑥）、一世源氏元服時の引入への引出物「馬・鷹」の事例（⑦〜⑨）、しかし、これらは「禁中の儀にあらず、わたくしの家の例」であること（⑩）、次いで、⑪〜⑬は私家

における元服時の理髪への引出物「鷹」の事例、一世源氏元服時の引出物「鷹」(14)(15)、また、「加冠の禄の鷹」は、誰人がこれを据え、また、どんな装束を着するべきかと、具体的に問うている(16)。

就中、親王・源氏の元服に馬・鷹を引出物にすることにつき、禁中にては定かでない、即ち、先例はみつからないが、私の家では行っていると指摘する点、また、それでも尚、引入への引出物に馬・鷹を賜わったのは、「いさゝかも面《おも》かげある事は藍よりも青く書き為す」のが、この物語の「作様《つくりやう》」であると説く点に注意される。

物語の「作様《つくりやう》」に関しては、この前段の、禄物（白大袿、御衣一領）を賜る条から「舞踏《ぶたふ》したまふ」辺りなども丁寧に描かれている。同様の筆遣いであろう。そういえば、光源氏の元服の儀式は、清涼殿において行われた。『西宮記』の「臨時七　皇太子元服」の条、また、『公卿補任』によれば、寛平九年（八九七）七月三日宇多天皇（即日御譲位）の皇太子敦仁親王が、ここ清涼殿で元服し、同一三日醍醐天皇として即位している（一三歳）。元服時の加冠は、春宮大夫藤原時平・春宮権大夫菅原道真両大納言であった（禄は御装・褂各一領）(12)。紫式部は、これをモデルとしたらしい。皇太子と光源氏と、立場は全く異なるが、ついに、光源氏を皇太子にすることを諦めざるを得なかった帝の、最後の意志表示であったと見受けられる。

②の「国史云」につき、『日本三代実録』、巻四四、元慶(八八三)七年秋七月に、「○五日己巳。勅。弘仁十一年以来。主鷹司鷹飼卅人。犬卅牙食料。毎月充二彼司一。其中割二鷹飼十人犬十牙料一。充二送蔵人所一。貞観二年以後。無レ置二官人一。雑事停廃。今鷹飼十人。犬十牙料。永以二熟食一充二蔵人所一。(13)」と見える。小異がある。

③④の「村上天皇御記」の条は、今日、この『花鳥余情』の逸文によるしかない(14)。『日本紀略』でも『扶桑略記』でも、③に相当する条文（語句）は欠けている。④の「康保二年七月廿一日」の条も同様である。④は、「鷹飼」の補任状況の一端が知られ、注目される。『李部王記』から五条（⑦以下）が、内容分類のもとに引用されている。⑦

⑧⑨⑭の「李部王記」については、後述する。

⑫『小右記』（藤原実資の日記）の天元元年の記事も貴重な逸文である。「小右記云天元々年」の条の「所衆《ところのしゅう》」は、蔵人所の職員（二〇人）、六位の侍の中から選抜して補す。「出納《すいのう》」も同じ（三人）、納殿の出納を始め、蔵人所の一切のことを掌る。(15)『侍中群要』巻一〇に、「『●』御覧御鷹事／『家』此時侍臣臂之参㆓御前㆒、御覧之後、召㆓御鷹飼等㆒、各令㆓分給㆒(16)」と見える。

『小右記』(17)、及び、『御堂関白記』(18)には、次のような例もある。

廿一日、戊戌、参内、両源中納言（保光・伊陟）・左兵衛督・大蔵卿（中略）、今日冷泉院（冷泉上皇）三宮（為尊親王）御元服、於南院東臺（対）有此事、（中略）、戌二点理髪、参議佐理、加冠、左大臣、盃酌数巡之後公卿及殿上人官等被物有差、加冠出（引出）引物、馬一疋、右大臣、一疋、理髪、鷹一眹〔聯カ〕、不具記、

（『小右記』、永祚元年〈九八九〉一一月二一日、為尊親王元服）

十七日、癸巳、右府二郎加首服之日也（中略）、其後牽出物馬一疋、（中略）、道長卿取綱末一拝出、理髪鷹一聯、今夜事無定事、如大饗如賭弓、

（同右、長徳元年〈九九五〉二月一七日、道兼二男兼隆元服）

五日、癸酉、教通・能信等元服、（中略）、春宮大夫馬一疋・鷹一聯、

（『御堂関白記』、寛弘三年〈一〇〇六〉一二月五日、教通・能信元服）

これらは、いずれも「禁中の儀」にあらざる「馬・鷹」の事例である。

『花鳥余情』は、一条兼良の著である（文明四年〈一四七二〉成）。『河海抄』等を踏まえ、詳しくなっているが、分類・整理され、文脈に即した丁寧な解説となっている。注釈書・有職故実書としても整った観がある。(19)

以下、参考までに、**(4)『一葉抄』**、**(5)『源氏物語別記』**の説くところを引いておく。前者は、明応三年（一四九四）、藤原正存の著。後者は、賀茂真淵（生歿、元禄一〇年〈一六九七〉～明和六年〈一七六九〉）の著になる。

(4)198左のつかさの御馬蔵《（ママ）》人所の鷹すへて（二六4・49）

左のつかさの御馬とは左馬寮御馬なり、蔵人所の鷹といふは鷹飼は蔵人所の所レ掌《ツカサトル》也、近衛随身さならぬ人も御鷹飼に補せらる、昔は出羽陸奥国より鷹を貢《コウ》せしも蔵人所より奏する也、但親王源氏の元服に馬鷹を引出物にすることは、わたくしの家にては其例あり、禁中の儀にてはたしかならされとも、いさゝかも面影ある事はあゐよりもあをく書なせるは此物語の作様也〈鷹飼為蔵人所ニ所《（ママ）》掌證、引入大臣ニ馬鷹ヲ禄ニ給例等略之〉、今案野行幸の時は四位以下の鷹飼は狩衣ニ帽子をきる、正月大饗の日は随身鷹飼の装束を着す、錦ノ帽子括染狩領《（ママ）》、鷹を臂にすへ、枝に付たる雉をもちて野よりすくにまいれる由を表する也、今の物語のことくは加冠の禄の鷹、たれ人是をすへ又いかやうなる装束を着すへきそや、此事たしかなる所へ見なし、但鷹飼のためにあらされは、野装束を着すへきにあらす、蔵人所の御鷹飼随身なと常の装束にて鷹を臂にして引入大臣の随身にわたすへきにや、しからはゆかけをさして鞭を持へきにや、蔵人所は禁裏仙洞執柄大臣家にも有、殿上の次の間に布障子をへたてゝ蔵人所といふ也、地下の者の候所也

（『一葉抄』(20)）

(5)蔵人所の鷹云々

或説に引入の大臣の禄には馬鷹なとはなきと也といへれと、今考るに西宮抄に親王元服皇帝にて有に鷹の事見ゆ、吉部秘訓抄にも此例有よし侍り、さて鷹の司の事、令の時主鷹正ありしを天平宝字八年に廃て放生司をおかる、其後又主鷹司をおかれ又蔵人所にあはせられし也、よりて今は蔵人所の鷹と書り

（『源氏物語別記』(21)）

「或説に引入の大臣の禄には馬鷹なとはなきと」云々とは、右『河海抄』（既出）の引用か。『吉部秘訓抄《きちぶひくんしょう》』は、編者・成立年代等不詳だが、早稲田大学図書館蔵本一冊（請求番号、ワ3/6287）は、第二、三冊を欠く三冊を一冊に綴

じたもので、その「吉部秘訓抄第五」の第三条に次のように見える。右は、この条を指すか。未詳。

一親王御元服御袍色幷禄法事

建久二（一一九一）二八同記云、（中略）寛治元年（一〇八七）輔仁親王於陽明門院首／服加冠、給女装束之由見家記、然而以伝説記之云々、不可為／指南欤、或記束帯之由載之、此例旁不可用欤、仍掛馬之由所／存也、以住（往カ）之例、或副鷹（朱）本ノマヽ不叶時儀欤、於理髪以下禄者一可被／守保延之例欤、

（第五冊相当、九丁オ）

3　故実書類

『西宮記』は、西宮左大臣源高明の撰になる。高明は、醍醐天皇皇子、母は周子（源唱女）、生歿は延喜一四年（九一四）～天元五年（九八二）。「一、親王元服」の条に次ぎ、左のようにある[22]（〈　〉内割書、／印は改行）。

一、一世源氏元服　〈御装束同二親王儀一。但、源氏座在二孫庇一、西面／北上。前置二円座一、其下置二理髪具一入二柳筥一。〉引入着レ座、召。源氏着レ座、召。蔵人置二理髪具一。理髪被レ召着二円座一。〈畢入レ巾／候二便所一。〉引入着レ座。〈引入／還。〉冠者下、〈於二下侍一改／レ衣。黄衣。〉拝舞。〈入レ自二仙／華門一。〉引入禄、拝舞。天皇御二侍倚子一。〈王卿已下候。有二御遊一盃酒。源氏候二四位上一。／王卿給レ禄。本家分二屯食廿具諸陣一也。〉

承平（九三四）四年十二月廿七日吏部記云、允明源氏於二中務卿親王家一加冠。〈于レ時十／六歳。〉其儀、寝殿南廂東向設二引入座一。〈用二土敷／二枚茵一。〉其東対鋪レ畳、修二冠者幷垣下座一。（中略）飲酣、主客囲碁。是間、引入纏二頭女装束一、贈二馬・鷹一。又理髪（賜）女装云々。

天慶四年八月廿四日、為明源氏加冠。引入座、〈土敷二枚加レ茵。〉冠者座、〈土敷一枚、／茵。〉云々。畢（置）

巾櫛具、源氏出。〈服二麹塵袍一／結レ髪。〉（後略）

「承平四年十二月廿七日…」以下の辺りは、先の『河海抄』に見えた。中務卿親王家の事例である。

『李部王記』は、醍醐天皇第四皇子式部卿重明親王（生歿は延喜六年～天暦八年）の日記である。日記の中に、公卿の元服関係の記事が見える。『史料纂集 吏部王記』(23)によれば、次のようにある。条文の頭部に私に番号を付した。これは先の(3)『花鳥余情』に引かれた条数（その掲出順序）である（「七三・七四頁」などは『史料纂集』の頁数）。

⑦廿七日、允明源氏於中務卿(代明)親王家加冠、年十六、外戚无相労者、无便成礼、仍余前事申卿君、甚憐之、仍冠者服幷童装、引入・理髪等禄、一事以上皆悉具備成今日事、（中略）初親王憚大臣、欲請納言為引入、通消息大(藤原)納言恒佐卿、而右大臣(藤原仲平)有可相労消息、故請之、其儀、（中略）飲酣、主客囲碁。是間余退後、引入纏頭女装束、贈馬・鷹、各理髪賜女装由、〔云々イ〕〔束ヌ〕○伏見宮本元服記並立親王記

（七三・七四頁。また、『西宮記』、巻一一、裏書、巻二〇、一世源氏元服）

承平四年一二月二七日 源允明《みなもとのすけあきら》（生歿は延喜一九年〈九一九〉～天慶五年〈九四二〉七月五日）が元服した（一六歳）。允明は、醍醐天皇の第一三皇子、母は源敏相女であった。延喜二〇年一二月二八日臣籍に降下（賜姓源氏）。この元服に際し、外戚に労《いたわ》るものがなかったので、引入は右大臣藤原仲平が務めた。「労」とは、懇ろにつとめる、ほねおることである。理髪は左近中将源英明が務め、左京大夫藤原中正がこれを佐けた。冠者の服・童装、引入・理髪等の禄などは、中務卿代明《よしあきら》親王（生歿は延喜四年～承平七年三月二九日）が具備した。同親王は、醍醐天皇第三皇子である。終って引入の大臣に「女装束」「馬・鷹」を賜り、理髪に女装束を賜った。

⑪二日、至左衛門督(藤原実頼)家、依一男二女元服也云々、主人召冠者敦敏(藤原)、（中略）朝忠(藤原)理髪、余加冠、了設饗、冠者改服拝云々、（中略）纏頭等事、又親王馬、理髪鷹云々、

（七八頁。また、『西宮記』、巻一一、裏書）（『花鳥余情』、巻一、桐壺）

承平五年一二月二日左衛門督藤原実頼の一男二女が元服した。冠者藤原敦敏、加冠重明親王、理髪藤原朝忠。親王に「馬」、理髪に「鷹」を賜った。

右につき、『花鳥余情』には、「纏頭王公及理髪者、二親王ニハ各馬一疋、理髪ニハ加鷹、」とある。また、「李部王記、尊経閣本」には「纏頭王公及理髪頭中将正清（源）、引入左大臣（源）雅信、引入禄幷馬一疋、理髪鷹一聯在之、」とあるが、これには異文が多く、別の記録かとも解されている（一八三頁）。

⑧十六日、與中務卿君（代明）詣東八条院、因行明親王今日加元服、先日被招之故也、右近少将良峯朝臣義方理親王髪（ママ）、左大臣（藤原仲平）加冠云々、其左大臣女装（束ヌ）加紅細長、賜鷹・馬一、義方女装（束ヌ）加童装束、

（八六頁。また、『花鳥余情』、巻一、桐壺）

承平七年二月一六日行明《ゆきあきら》親王元服、加冠左大臣藤原仲平、理髪は右近少将良峯義方。左大臣に女装束（紅細長を加える）、「鷹・馬一」（「一」は、「各一」の意か）を、義方に女装束（童装を加える）を賜る。行明親王は、宇多天皇の皇子だが、醍醐天皇の猶子となった。天暦二年五月二七日薨（二三歳）。

⑭廿四日、晩景詣為明源氏五条宅、其寝〔殿ヌ〕南廂東頭西向引入座、〈土敷二枚、／加茵、〉即催左衛門督（藤原師輔）就引入座、觴行六・七巡、纏頭、引入女装〔束ヌ〕一襲、加小褂一重、引出物馬一疋、理髪纏頭了余退帰、追賜馬一疋・鷹一聯、

（一一〇頁。また、『西宮記』前田家本、巻一一甲、臨時戊、一世源氏元服）

天慶四年八月二四日源為明《ためあきら》（生歿は、未詳〜応和元年六月二一日）元服。引入（加冠）は左衛門督藤原師輔。纏頭、引入に女装束一襲、小褂一重を加える。引出物馬一疋。理髪纏頭、余、退き帰る。追って馬一疋・鷹一聯を賜る。為明は、醍醐天皇第一七皇子、母藤原伊衡女。賜姓源朝臣（臣籍降下）。

⑼廿二日、盛明源氏加元服、右大将（藤原）実頼卿加冠、纏頭、大将加馬・鷹各一、
（一一五頁。また、『花鳥余情』、巻一、桐壺）

天慶五年一一月二二日源盛明《もりあきら》元服、加冠右大将藤原実頼、纏頭、大将に「馬・鷹各一」を加えた。盛明親王は、醍醐天皇第一五皇子で、一度臣籍に降下したが（源盛明）、康保四年（九六七）親王宣下をうける。生歿は、延長六年～寛和二年（九八六）五月八日。

以上、『李部王記』を引いた。引入の大臣に「馬・鷹」を賜わった例であるが、禁中におけるものではない。

4　おわりに

親王や源氏の元服の折、引入の引出物に「馬・鷹」を賜わることにつき、私の家では行っているが、禁中にては定かでないとあった（『花鳥余情』、その他）。この引出物が禁中において用いられなかった理由は定かでないが、本来、この「引出物」としては「女装束」などの類だけであったのかも知れない。というのは、その引入を担当する高位高官にとっては、「引出物」として「馬・鷹」を賜わる意味がなかったと考えられるからである。平安時代の初期には、親王・三王臣家、及び、高位高官などは、申請すれば私鷹の「公験《くげん》」（第一部第二章第一節・第二節参照）を入手できたであろう。「私鷹」は容易であったとみられるからである。然るに、『源氏物語』の場合、引入の左大臣は、桐壺帝から引出物として「馬・鷹」を賜わった。これは何を意味しようか。この点につき、次のように考えられる。平安時代中期になると、天皇家の「鷹」が、摂関家に移り始め、摂関家、及び、その周辺ではこれを権威の象徴として引入の引出物・大饗の引出物に用い出したのであろう。天皇家を蔑ろにした越権行為ではある。その引入の場合は右に見てきた。大饗の場合については、例えば、藤原師輔の『九暦』[24]にも次のように見える（前後略）。

i　承平四年（九三四）正月四日の条、［摂政、左大臣、従一位］藤原忠平大饗
　未時尊者参入、礼拝如例、尊者御禄白大褂、加物和綾桜色細長、引出物馬一疋・鷹一聯・犬一牙、

ii　承平六年正月四日の条、［摂政、従一位］藤原忠平大饗
　早朝参殿、大饗如常、献鷹一聯・馬一疋、為充引出物也、（中略）、次有引出物、尊［　］御禄白大褂二領、（中略）、［　］馬一疋・鷹一聯・犬一牙、

iii　天慶八年（九四五）正月五日の条、［右大臣、正三位］藤原実頼大饗
　次引出物、上臈親王四人各馬一疋、次親王二人各鷹一聯、

iv　天暦三年（九四九）正月一一日の条、［左大臣、従二位］藤原実頼大饗
　拝礼如常、初献、式明親王勧尊者、主人勧納言、次第理可然而已、相違太閤教命、給禄如例、被物桜色唐綾張合細長、引出物鷹一聯・犬一牙・馬一疋、

v　天暦七年（九五三）正月四日の条、［左大臣、従二位］藤原実頼大饗
　但尊者加物桜色綾細長、引出物鷹一聯・馬一疋、

摂関大臣大饗は、原則として正月初旬に催された。iiは、師輔が引出物用に忠平に献じたもの。「尊者《そんざ》」とは、こうした大饗の時、上座に座る親王、及び、公卿をいう。摂関大臣大饗は、摂関家の勢力が隆盛になるにつれて盛んとなったとされる。(25) これに同調し、「引出物」に「鷹一聯・馬一疋」を用いるようになったらしい。『貞信公記』『小右記』などにも、こうした折の「引（牽）出物」の「鷹、馬」が見えているが、藤原道兼二男兼隆の元服時に「牽出物馬一疋」「理髪鷹一聯」（『小右記』、長徳元年〈九九五〉二月一七日）といった例もある。(26)

紫式部は、こうした事例を身辺にし、これをもって左大臣を遇し、特別の謝意を表すこととしたのであろう。引出物の「馬」、「鷹」は、鷹狩の具一セットである。——という限りはモノでしかないが、実は、この一組はモノ

ではない、コトを意味する。つまり、左大臣が真に賜わったのは、より次元の高い、「鷹狩を聴す」という勅許であった。本来、天皇にして初めて与えることのできた格別の〝禄〟であった。その「馬」も左馬寮の御馬、「鷹」も蔵人所の鷹という。御所のそれは、もとを辿れば公の貢物であった。賜わり物としては至上のものであった。

なお、後普光園院摂政二条良基著『嵯峨野物語』に、次のように見える。

一鷹は公家には馬とおなじやうに引出物にはせられしなり。さてこそ光源氏の元服の時も。蔵人所の御鷹を大臣に給たりしか。代々元服元三の臨時客大饗にはみな引出物にせられし也。中比までもかやうにこそ侍しか。

（『群書類従』、第一九輯[27]）

第二節　「松風」の巻

1　はじめに

『源氏物語』の「松風」の巻に次のようにある。池田亀鑑編著『源氏物語大成』、巻一所収の青表紙本（定家本）から引用する[28]（各句末の一字空白、及び、傍線は私意による）。

（前略）いとよそほしくさしあゆみ給ふほと　かしかましうをひはらひて　御車のしりに頭中将兵衛督のせたまふ　いとかる〳〵しきかくれか　みあらはされぬるこそねたうと　いたうからかり給　よへの月に　くちをしう御ともにをくれ侍にけるとおもひ給へられしかは　けさきりをわけてまいり侍つる　山のにしきはまたしう侍りけり　のへの色こそさかりにはへりけれ　なにかしのあそむの　こたかにかゝつらひてたちをくれ侍ぬる　いかゝ

なりぬらむなといふ　けふは猶　かつらとのにとて　そなたさまにおはしましぬ　にはかなる御あるしとさはきて　うかひともめしたるに　あまのさへつりおほしいてらる　のにとまりぬるきむたち　ことりしるしはかりひきつけさせたるおきのえたなとつとにしてまいれり　おほみきあまたゝひすむなかれて　かはのわたりあやうけなれは　ゑひにまきれておはしましくらしつ　をの〱絶句なとつくりわたして　月はなやかにさしいつるほとに　おほみあそひはしまりていといまめかし　ひきもの　ひは　わこむはかり　ふえとも上すのかきりして

（後略）　（「松かぜ」の巻）

源氏は、大堰の明石邸（もと、尼君の祖父中務宮の別荘）を訪れた。上京してきた明石一家との再会は、桂の院（大堰川下流〈桂川西岸〉）や嵯峨野の御堂を口実に、ようやく実現した。源氏が桂の院に渡られると聞いて集まった近在の庄園関係者なども、実は源氏は大堰にいると聞き、皆こちらにやって来た。源氏は、嵯峨野の御堂にも出掛けて仏事を指示し、大堰に戻り、音楽を合奏して再会を喜び合った。翌朝、すぐに京へ発つはずであったが、多くの迎えの者たちや公達が参集しているので、やはり今日は桂の院で皆を接待しなければならなかった。手を差し出し慕いくる若君（明石の姫君）を背に、源氏は、桂の院に向かった。院では、にわかに饗宴の準備が始まり、鵜飼どもが召された。

右に、「なにがしのあそむのこたかにかゝづらひてたちをくれ侍ぬる」という公達、彼らは野宿してまで狩をし、「ことりしるしばかりひきつけさせたるお《（を）》ぎのえだなどつとにしてまい《（ゐ）》れり」とある。以下には、ここに見える「鳥柴」、即ち、「お《（を）》ぎのえだ」に「ことり」を付ける作法、「鳥柴」に用いる材、また、「しるしばかりひきつけさせたる」という付け方などにつき、古注釈や先行説を参照しながら検討したい。

2　異本について

右本文の「おきのえた」につき、青表紙本系の諸本には「おきのえた」とあり、例外として池田本（桃園文庫蔵本）に「をきのえた」とある。河内本系・別本系の諸本も「おきのえた」とあるが、津守国冬本《つもりのくにふゆ》（桃園文庫蔵本）だけには「きのえた」とある。この点につき、「これは「おきのえた」の「お」を脱したのかも知れない。」（『日本古典文学大系87　増鏡』、「補注　二八五」）とされる。しかし、「小鳥」を「木《き》の枝」に付けるのは一般的な作法でもあった。意図して「き（木）のえた」と書いた可能性もなくはない。この条に関連し、後には『増鏡』を検討することになる（第三章参照）。諸本には「お（を）きのえた」とあること、他の一本に「きのえた」とあることを、ここに確認しておきたい。

なお、「えだ（枝）」は、草木の主幹から分岐した部分をいう。人体では手足（四肢）がこれに相当する。これに「き（木）のえだ」とあれば、木本類《もくほん》の枝ということになりそうだが、以下の実例からすれば、それほど厳密な意味・用法でもないらしく、これは「植物のえだ」というに近いようである。荻、薄、菊など草本類、また、その茎・葉を束結したようなものも含まれている。

3　古注釈

先ず、古注釈を見ておきたい。『**河海抄**』（貞治六年〈一三六七〉頃成立）には次のようにある[29]（読点私意）。

　ことりしるしはかりひきつけたるおきのえたなとつと産苞也にて

　小鳥付枝事

数九を羽のしたをはさみて、山すけもしはほそきかつらにて付也、三つゝにあたりたる所をゆひわけたる也、

是を山〔真本山ナシ〕つけといふなり、荻にかきらす、萩薄菊の枝にも付也、

延喜廿年十月十八日召雅楽寮人於清涼殿前、奏舞、権中納言藤原朝臣《枇杷左大臣仲平》着小鳥於菊枝、立階前奏云、船木氏有進御贄、

宇治宝蔵日記ニ云、永観年中、朱雀院へたてまつる小鳥、荻の枝一すちに雲雀五を馬尾にて鼻をとをしてならへ付たりと云々〔真本見えたり〕

西円法師といふもの、草に枝あるへからすといふ義を執して木の枝とよみけり、親行にあひてさま〳〵に問答しけるよし、水原抄にも載之、親行又草の枝の支証とて、古今の

萩の露玉にぬかんとくれはけぬよしみん人は枝なからみよ、又、六帖哥に

なよ竹に枝さしかはすしのすゝき夜ませに見ゆる君はたのまし　源重之

夏かりのおきのふるえはかれにけりむれゐし鳥は空にやあるらん

此物語（の）中にも夕顔の枝を扇にすへたる事あり、野分巻に、女郎花とこ夏の枝とあり、薫大将、菊を一枝おりてなとおほくありといへりけるを〔真本いひけるを〕、猶承諾せさりけるか、後に枝さしのほるあさかほの花といふ連哥をして、親行におちあはれて（なかく）鎌倉に跡を晦《暗歟》くしけりと云々

案之両人問答猶理不尽にや、惣して草の枝なしといふ義、さらにあるへからさる事也、（後略）

底本は、天理図書館蔵本（二〇冊、文禄五年写）、「真本」とは、真如蔵本（後に引く「不本」とは桃園文庫蔵本）。天理図書館蔵本（文明一三年写本）[30]も同様にあるが、大事な部分に誤脱がありそうである。『河海抄』に先行する**『紫明抄』**巻四（松風）では、被注語句として「ことりしるしはかりひきつけたるおきのえたなとつとにて」云々、「小鳥付荻枝事数九を一つゝ山すけもしはほそきかつらにてつく」を掲げ、「権中納言藤原朝臣」の故事を引く。だが、「宇治宝蔵

日記」は引いていない。(31)『岷江入楚』(32)なども参照されよう。

また、「数九を…三つゝにあたりたる所をゆひわけたる也、是を山〔真本山ナシ〕つけといふなり」の条の傍線部の意味するところは未勘である。底本は「山つけ」、真如蔵本は「つけ」とある。小鳥はその羽の下部を挟んだ形で枝を結ぶが、数九を上部に三羽、中ほどに三羽、下部に三羽と分けて結うのだという。

「松風」の巻の「おぎ《を》のえだ」は、『河海抄』の掲げる内、『宇治宝蔵日記』に最も近いようである。そもそも、「鳥柴」に用いられる植物は少なくないが、紫式部が、その内から「おぎ《を》(荻)のえだ」を選んだのは何故かと問われる。この場合、特定の典拠に倣ったとしか考えられない。目下は未詳であるが、『河海抄』に「宇治宝蔵日記ニ云、永観年中、朱雀院へたてまつる小鳥、荻の枝一すちに雲雀五を馬尾にて鼻をとをしてならへ付たりと云々」と見えるのは有力な手掛かりとなる。永観年中(九八三〜九八五)とは、円融天皇末年〜花山天皇在位の頃である。この折、「小鳥」を奉った「朱雀院」とは、太上天皇(円融上皇)であろう。

円融天皇が花山天皇に譲位したのは永観二年(九八四)八月二七日、翌寛和元年二月一三日「朱雀院太上天皇〔円融〕出レ自二堀河院一。幸二于紫野一。騎二御馬一。為二子日興一也。扈従公卿以下。布袴狩衣各以任レ意。奏二絲竹一。献二和歌一。」(『日本紀略』、同日の条)と見え、また、永観二年九月二〇日、「宣旨。左右近衛府宜レ差二進朱雀院御随身番長各一人。近衛各四人一者。」(『日本紀略』、同日の条)(33)などと見える。円融天皇は退位後、朱雀院に入り、太上天皇と称した。「雲雀五を馬尾にて鼻をとをしてならへ付たりと云々」といった「馬尾(の毛)」の使い方は、馬を身近に置いていた時代には普通のことであり、遠くは、『元朝秘史』などにも見えている。

『宇治宝蔵日記』が逸書とされるのは残念である。あるいは、また、「松風」の巻における今の舞台は大堰〜桂殿であり、当時、この辺りはあちらこちらに荻が繁茂していたと推測される。「ことり」を付ける鳥柴としては、最も素朴な素材ではあった。

『河海抄』は、また、「ことり（小鳥）」を「荻にかきらす、萩薄菊の枝にも付也」といい、延喜二〇年の「権中納言藤原朝臣」の故事などを引用する。この「権中納言藤原朝臣」の故事は、源高明撰『西宮記』（「臨時四」、「一、宴遊」の⑫「臨時楽」の条）によるものらしく、同書に次のように見える（〈　〉内は割書）。

延喜廿・十八(廿一十々八カ)、召二雅楽寮人於清涼殿前一奏レ舞。立二所平文大床子毯代一。王卿候二孫庇二間一。楽人候二北廊一。〈寮官召二馬允千兼・源雅時・甘南雅風一。〉承香殿西砌、立二侍臣（座）一候二南廊一。右大臣参上発二物声一。王卿参上。内蔵備二王卿饌一、供二御菓子干物一。雅楽属船木氏有着二鷹飼装（束一、臂）鷂独舞。〈放鷹楽。〉新羅琴師船良実着二犬飼装束一不レ随レ犬。権中納言藤原朝臣着二小鳥於菊枝一、立二階前一、奏云、船木氏有進二御贄一、召二膳部一。種々奏レ舞。大臣仰二大允小子百雄一任レ助。大属氏有任二少允一。左兵衛志大石岑吉任二権少尉一。共拝舞尽二精妙一。大臣以下奏二絃竹一。給レ禄。〈寮頭衾一条、寮官襖子絹布等、有レ差也。〉(34)

延喜二〇年の「右大臣」は、藤原忠平（四一歳）をいう。時に、従二位、左大将である。「権中納言藤原朝臣」については、右に同様であるが、行頭に「延喜廿・十八(廿一十々八カ)」との傍注が添えられている。この出来事が、延喜二一年一〇月一八日のことであれば、この人物は「権中納言　従三位　藤原保忠三十正月卅日任。即日従三位。」に相当する。保忠は、藤原時平（左大臣、正二位）の一男、母は一品式部卿本康親王女（廉子女王）であり、右の右大臣忠平も中納言仲平も叔父に当たる。延喜一四年、従四位上（二三歳）、承平六年七月一四日大納言、正三位で歿した（四七歳）。八条に住して八条大将、賢人大将などと称され、『大鏡』『古事談』などに逸話を遺している。

実は、この出来事は、『教訓抄』巻四（放鷹楽）や『古今著聞集』巻六（管絃歌舞）にも見えており、前者には「延喜廿年十月十八日」・「藤原卿無二実名一」、後者には「同じき(延喜)二十一年十月十八日、八条の大将保忠中納言の時」と見える。(35) 推測すれば、『神道大系』は『教訓抄』を斟酌したのであろうか。『河海抄』の朱筆（「枇杷左大臣仲平」説）も後人の傍記と見られ、四辻善成の意向とは限らないであろう。本書でも、「権中納言藤原朝臣」とは藤原保忠（三〇歳）のことと理解したい。

「親行」は、〈父光行と共に『源氏物語』の校訂を行い、「河内本」（建長七年〈一二五五〉成か）を成した源親行《ちかゆき》（生歿年未詳）をいう。

なお、『宇治宝蔵日記』につき、『河海抄』巻一、「料簡」の条に、「又式部墓所ハ在二雲林院白毫院の南一（不本のナシ）、小野篁墓ノ西也、宇治宝蔵日記ニモ紫野に雲林院あるよしみえたり、雲林院は淳和離宮也、賢木巻に光源氏雲林院にて六十巻といふ文とかせてき丶給し所なり、式部は（後略）」と引かれている(36)（読点等私意）。また、『和歌現在書目録』（仁安元年成立）の「類聚家」の条に「類聚歌林 憶良 在平等院宝蔵」（国立国会図書館蔵『続群書類従』、巻四七〇、九丁オ）などと見え、冷泉家時雨亭文庫蔵『歌苑連署事書』、一冊（南北朝もしくは室町初期の写）には、「のちに李嘉祐集を宇治宝蔵よりもとめいだされて、基俊が謀計はあらはれて、勅勘をかぶれりければ、ときの人、文狂とぞ申ける。」と見える。(37) 宇治平等院の「宝蔵」群には、多くの秘書珍宝が収蔵されていたようである。(38)

4　鳥柴の作法

被注語句「ことりしるしハかりひきつけたるおきのえたなと」につき、先行書には右のようにある。

平安時代、及び、中世において、ものを捧げ、献上する場合、これを木の枝に付けて奉ることがあった。これは、より古く、神に生け贄を捧げるという宗教的儀礼に始まるものかも知れない。いわゆる供犠《くぎ》(39)の一種かと考えられるのであるが、時代のせいであろうか、この点についての明証は得にくい。献上しようと、(甲)木の枝に付けるもの（品物）、また、(乙)その木の枝の材（種類）などについても不明瞭な点は少なくない。

ここでは、次に、その(甲)について整理しておく。これには、(a)雉、小鳥など、(b)魚・鳥の模造品、(c)その他の物品などがある。(乙)については、やや煩瑣になるので［補説］において述べよう（本節末参照）。

(a)　木の枝に雉、小鳥などを付けて献上した例

先ず、肥前嶋原松平文庫蔵**『師輔集』**に次のように見える。

朱雀院のみかとのかりにミゆきありける、おほむともにさはることありて、えつかふまつりたまはぬに、き①しひとつを《ママ》たにつけてたまはせたりけれハ、そうし給ひける

か丶るせもありける物をとまりゐてミをうち川と思ひける哉②　（七丁オ）

師輔（生歿、延喜八年〈九〇八〉～天徳四年〈九六〇〉）は、藤原北家九条流藤原忠平（摂政、太政大臣、関白、贈正一位）の二男（兄は左大臣実頼）で、醍醐・朱雀・村上天皇に仕え、右大臣、正二位に昇った。よって、本書は、別に『九条右大臣集』ともいう。『丹鶴叢書』所収の『九条右大臣集』(40)によれば、右の①部は「きしひとつを《えカ》たにつけて…」、②部は「か（な脱）」とある（漢字-仮名の差異等、また、頭註の翻字があるが、今省く）。狩り場からの賜り物、即ち、直送の品は、ひときわ、御気持ちの厚いことを意味する。

雉は、美味でもあるが、殊に、雄雉の尾羽は美しく、長い。献上には最適とされたのであろう。

『蜻蛉日記』（天禄三年〈九七二〉～貞元元年〈九七六〉頃成立）に次のように見える。

「このごろの網代《あじろ》御《(こ)》らんずとて、こ丶になんものしたまふ」といふ人あれば、「かうてありとき丶給へらんを、まうでこそすべかりけれ」などさだむるほどに、紅葉《もみぢ》のいとをかしき枝《えだ》に、雉子《きじ》、氷魚《ひを》などをつけて、「かうもの

し給《(たまふ)》ときて、もろとん《(も)》にとおもふも、あやしうものなき日《ひ》にこそあれ」とあり。（上、宇治の院）[41]

木の枝に「紅葉のいとをかしき枝《えだ》」を選び、季節の風趣を添える。

『宇津保物語』は、平安中期の成立とされる。作者は、源順（永観元年〈九八三〉歿、行年七三歳）、藤原為時（生歿年未詳、長和五年〈一〇一六〉出家）などの説があるが、定かでない。ここに、次のように見える。

暫《しば》しあれば、紀伊守《きのかみ》、国《くに》のつかさ達《たち》の、〈郎等《らうトウ》〉引《ひ》き率《ゐ》て物奉る。苞苴一《あらまきひとつ》、鮭十《さけとを》、一《ひとつ》につけたり。鯉《こひ》と〈大角《さサ》豆《げ》に鯛《たヒ》ヲ〉一《ひとつ》につけたり。雉子《きゞし》〔こ〕と〈鯉《コヒ》ト大角豆《さゝげ》三〉を一枝につけたり。鳩《はと》ト〈大角豆《さサげ》〉二《ふたつ》を一捧《ひとさゝげ》にしたり。白かねの〈餌袋《ヱブクロ》〉二《ふたつ》、蜜《みち》と甘葛《あまヅら》と入《い》れたり。東《ひむがし》の渡《わた》殿に持《も》てつらねて、並《な》み立《た》てり。（蔵開下）[42]

『日本古典文学大系11』の翻刻本文によった。異文が多く、また、複雑であり、その詳細をここに引用することは控えざるを得ない。左傍線部の一文に線を付したが、この前後の品物も「一枝」に付けられたかも知れない。

この作品には、また、「紅葉《もみぢ》の造《つく》り枝《えだ》に付《つ》けた」ような例も見えている（後述）。

『源氏物語』の「行幸」の巻は、冷泉帝が大原野に行幸し、鷹狩を御覧になった様子が描かれている。[43]

かうて野《の》におはしまし着《つ》きて、御輿《こし》とゞめ、（中略）狩《かり》の装《よそ》ひなどにあらため給《(たまふ)》ほどに、六条院《(ろくでうのゐん)》より御みき御くだ物などたてまつらせ給へり。今日《けふ》仕《つか》うまつり給《(たまふ)》べく、かねて御けしきありけれど、御物忌《いみ》のよしを奏《そう》せさせ給へりけるなりけり。蔵《くら》人の左衛門の尉《ぜう》を御使《つかひ》にて、雉一枝《きじひとえだ》たてまつらせたまふ。

源氏（時に太政大臣）は、六条院より御酒・御果物等を奉って、自身は物忌のため供奉できなかった由を奏上した。帝は、蔵人の左衛門尉を使者に立て、「雉一枝」を源氏に贈った。大鷹狩の獲物である。これまでは主に醍醐天皇延長六年一二月五日の大原野行幸の盛事を模したとされ（『花鳥余情』）、贈答部分は、右の『師輔集』に「朱雀院のみかとのかりに」云々とある条に倣ったものらしい（「第三節「行幸」の巻」参照）。

院政期の『**長秋記**』一三巻は、鳥羽天皇皇后美福門院のおじに当り、長く皇后宮権大夫を務めた源師時の日記である。その天永四年（一一一三）正月一六日太政大臣藤原忠実家における大饗（摂関大臣大饗）の様子も細かく記載されている（忠実、時に三六歳、四月太政大臣を辞し、一二月摂政を止めて関白となる。応保二年〈一一六二〉薨）。「御鷹飼渡」の次第、左近衛府生下毛野敦利以下の衣裳等も記されている（〈　〉内は細字割書）。

鳥頸《頭イ》劔〈件劔頸季劔也、而上皇賜装束次借召預給云々、銀作鴛頸切螺鈿劔、無目貫、左手入革裹、付餌袋、件餌袋具、斑豕尻鞘、入螺鈿劔、柴一枝指雄雉一羽、鈴付尾無鈴〉一筋鷹飼男居鷹相従〈巻染水干青革袴指貫、付餌袋、立烏帽子、入韝居鷹、付件雄雉也、付鳥柴如例、又鈴付尾無・（〇鈴ク）〉綱大緒結緋大緒多懸頸、右手持雉、

（前後略）　　　　　（『長秋記』）(44)

摂関大臣大饗、また、この折の鷹飼渡については『江家次第』、及び、山中裕氏に言及がある。(45)

『**竹むきが記**』二巻一冊（貞和五年〈正平四年、一三四九〉成）は、日野資名《すけな》女名子（光厳天皇典侍、西園寺公宗《きんむね》室、日野実俊母）の日記である。この「貞和の初の年、十二月十五日に、霊鷲寺に談義侍れば」として次のように見える。

駒《こま》の足《あし》を進《すゝ》むる音《をと》すれば、聴聞《ちやうもん》の人《ひと》にやと聞《き》くに、持明院殿よりの御使《つかひ》に、いゑかげ分《わ》け入ぬるなりけり。女院の御方《かた》の御文《ふみ》にて、この雪《ゆき》をとはせ給へり。談義《だんぎ》果《は》てぬれば急《いそ》ぎ帰《かへ》りつゝ、御帰《(かへり)》聞《きこ》ゆ。松の枝に垂氷《たるひ》の閉《と》ぢて、いと珍《めづら》かなるが見《み》ゆれば、紅葉《もみぢ》の古葉《ふるは》など入《(いれ)》て、おかし《(を)》きさまにしなして、雉《きじ》の鳥付《つ》けたる一枝御使《つかひ》に持《も》たせて、御酒《みき》など奉《たてまつ》る。我《わ》が身に代《かは》りて老人、

待《(まち)》見《み》ばやふりにし世々に立帰《かへ》り昔《むかし》のあとも絶《た》えぬみゆきを

御目《め》一《ひと》つにはあかず思《おぼ》さるれば、さながらあの御所へ奉《たてまつ》られける御返事《こと》とて、竹に付《つ》けさせ給ふ。

呉《くれ》竹の世ゝにふりにし宿《やど》なれば待《ま》つやみゆきのあとも絶《(たえ)》せじ

（下巻）(46)

「持明院殿」とは、光厳院・広義門院御所、「女院の御方」は、広義門院（西園寺公衡女寧子、後伏見上皇女御、光厳・光明天皇母）、「あの御所」とは、光厳院を意味し、贈歌は「代々の嘉例であった北山第への雪見御幸の復活を期待する詠。」、返歌は「御幸を約束する院の返歌。」とされる（『新大系』、脚注）。

『新続古今和歌集』（永享一一年〈一四三九〉成）にも、次のように見えている[47]。

無品親王伏見に侍し比《（ころ）》、雪の朝にと柴に雉を付てたてまつるとて、御狩せし代々のむかしにたちかへれ交野《かた》の鳥《とり》も君を待《ま》つ也、と奏し侍し御返事に　今上御製

御狩《（みかり）》せし代々のためしをしるべにて交野《かた》の鳥の跡を尋《（たづね）》む

「無品親王」は、後崇光院（生歿、応安五年〈一三七二〉～康正二年〈一四五六〉）、「今上（天皇）」は、後花園天皇（在位、正中元年〈一四二八〉～寛正五年〈一四六四〉）。両者は父子の関係にある。

催馬楽は、奈良時代末から流行し、『源氏物語』、その他にも引かれているようだが、**『宴曲抄』**の「鷹徳」にも、次のように見えている[48]（図版では右傍の声調符が不鮮明であるので、ここでは略す。読点私意）。

翅《ツハサ》ハ太虚《タイキヨ》に翔《カケリ》つゝ、塒《ネクラ》を林《ハヤシ》に求《モトム》也、（中略）されば弘仁《コウニン》、天長《テンチヤウ》、承和《ゼウハ》の古《フリ》にし御代《ミヨ》を詢《トフラヘ》ハ、野《ノ》の行幸《キヤウカウ》の陣《チム》の列《レツ》、前後《セムコ》の馬打《ムマウチ》轡《クツハミ》を四方《ヨモ》に分《ワカチ》つゝ、放鷹楽《ハウヨウラク》をもよほすもことはりなる習《ナラヒ》かな、左右近衛《サウコムヱ》の節々《フシ〳〵》、随身《スイシム》の狩装束《カリシヤウソク》殊《コト》に美々《ヒ〳〵シク》敷そや覚《オホユ》る、犬飼鷹飼《イヌカイタカカイ》の其色々《ソノイロ〳〵》に見ゆるハ、緋《アケ》の袂《タモト》摻《フシ》括（?）（中略）流《ナカレ》絶《タヘ》せぬ芹河《セリカハ》、御幸《ミユキ》古《フリ》にし大原野《ヲハラノ》、小塩《ヲシホ》の山小野の渡《ハタリ》、宇多野《ウタノ》淡津《アハツ》野嵯峨野《サカノ》の原《ハラ》、交野《カタ》の御野《ミ》の三栩《クヌキ》、並《ナラヘ》る禁野《キムヤ》の帰様《カヘルサ》に、見るに付《ツケ》て鳥柴《トシハ》の雉《キシ》、餌袋《エフクロ》の鳥《トリ》もさすがに、故々敷《ユヘ〳〵シク》ぞ覚《ヲホユ》る、（中略）尋《タツネ》し野原《ハラ》の小鷹狩《コタカカリ》に、小鳥《コトリ》を付《ツケ》し荻《ヲキ》の枝《エダ》ぞ、わりなくハきこゆる、鷹《タカ》の興《ケウ》あるハ大鷹野《ヲヽタカ》、（中略）鷹山鷹《タカヤマタカ》の子《コ》は、催馬楽《サイハラ》の哥《ウタ》の詞《コトハ》なり、

(b) 木の枝に魚・鳥の模造品を付けて献上した例

『宇津保物語』には、次のように見える。

又春宮に候《さぶら》ひ給フ中納言の妹《いもうと》の〈御〉もとよりも（中略）二尺ばかりの銀《しろかね》の鯉《こひ》二、生《い》きたるやうに造《つく》りなしたル、紅葉《もみぢ》の造《つく》り枝《えだ》に付《つ》けたり。（中略）御《おほん》文は〈唐《から》〉の紫《むらさき》の薄様《うすやう》一襲《かさね》に包《つゝ》みて紫苑《しヲん》の造《つく》り枝《えだ》につけタリ。（蔵開上）(49)

「造り枝」と見える。二尺（約六〇センチメートル）余の鯉二匹を、飛び跳ねているように造りなした銀細工である。当時、よく行われた細工物である。後の方の例は、いわゆる、〝結び文〟の類と、軌を一にするものであろう。

『夫木和歌抄』（延慶三年頃成）は、巻五の春部五、巻一四の秋部五などに鷹狩の歌を収め、その内に次が見える。(50)

寄柴恋　　源仲正

つれもなき人のこころをとりしばにこがねのきぎすつけえてしかな

「金《こがね》のきゞす」を木の枝に付けたもので、「とりしば」「こがねのきぎす」は、掛詞となっている。この歌につき、今川了俊（生歿、嘉暦元年〜応永二一年〈一四一四〉）著『言塵抄』五に、次のようにある。

つれもなき人の心をとり柴《しば》に金《こがね》のきゞす付《つけ》えてし哉《かな》　仲正

恋の哥と云々。御狩《みかり》の鳥をば①とり柴と云《いへり》。柴の枝に付《つく》と云々。とり柴とも　と柴とも　と付柴とも云同事也。②鳥柴は葉のあつくて冬枯までも不落葉《おちざる》也。黄葉也。（五、坤、「一、雉」の条）(51)

①の「とり柴《しば》」（「と柴」「と付柴《つけしば》」）は、鳥を付けた柴の意の普通名詞、②「鳥柴」は、特定の樹種名か。

(c) 木の枝にその他の物品を付けて献上した例

『伊勢物語』に、次のように見える。「そこばくの捧《さゝ》げもの」を仏前（安祥寺）に捧げた例である。

むかし、田邑《たむら》の帝《みかど》と申すみかどおはしましけり。その時の女御、多賀幾子《たかきこ》と申すみまそがりけり。それうせたまひて、安祥寺にてみわざしけり。人〴〵捧《さゝ》げものたてまつりけり。奉《たてまつ》りあつめたる物、千捧《ちさゝげ》許あり。そこばくの捧《さゝ》げものを木の枝《えだ》につけて、堂《だう》の前《まへ》にたてたれば、山もさらに堂《だう》の前《まへ》にうごき出でたるやうになん見えける。

（第七七段[52]）

「田邑の帝」は、文徳天皇、「多賀幾子」は、右大臣、正二位、藤原良相《よしみ》（貞観九年〈八六七〉薨、五五歳）の長女。嘉承三年（八五〇）に入内（女御）した。「みわざ」は、御法要をいう。傍線部には、「沢山の捧げ物を、沢山の木の枝に付けて」とあり、これらを堂の前に立てたので、まるで山が迫《せ》り出してきたように見える、という。

『大和物語』（底本は尊経閣旧蔵伝藤原為家本）には、次のように見える。

故源大納言宰相におはしける時、京極《ごく》の宮すどころ《（御息所）》、亭子の院の御賀つかうまつりたまふとて、「《（京極御息所）》かゝる事なむせんとおもふ。さゝげもの*ひとえだせさせてたまへ」ときこえたまひければ、髭籠《ひげこ》をあまたせさせたまふ《（う）》て、としこにいろ〳〵にそめさせ給（ひ）けり。しきもののおり物ども、いろ〳〵に染《そ》め、縒《よ》り、組《く》み、なにかとみなあづけて《（としこに）》せさせたまひけり。そのものどもを九月つごもりにみないそぎはててけり。さてその十月ついたちの日、この物いそぎ給（ひ）ける人のもとにを《（お）》こせたりける。

（第三段[53]）

「故源大納言」は、源清蔭（陽成天皇皇子、天暦四年薨）、「京極《ごく》の宮すどころ《（御息所）》」は、尚侍藤原褒子（左大臣時平女）、宇多上皇女御、雅明・載明・行明三親王の母、「亭子の院」は、宇多上皇の院号、また、邸宅、「御賀」は、その六〇歳（延長四年〈九二六〉九月二八日）の賀。「としこ」は、清蔭に仕え、藤原千兼（忠房男）と結婚した。気の利いた、魅力的な情熱家だったらしい。千兼の姉妹が清蔭の妻となっている。「髭籠」は、多く竹籤《たけひご》を編んで作る贈答・鑑賞用の飾り籠である。右は、京極御息所が、御賀のための「さゝげものひとえだ」をこしらえてほしいと、とし子に頼んだ話である。それはいろんな色で糸を染め、これを縒ったり組み紐にしたり、そこの辺りは皆とし子のセンスに預けて作った織物を底に敷いた髭籠を、あまた結い付けた一ト枝だという。小さなかわいい髭籠をたくさん付けた一ト枝、カラフルな趣向を凝らした工芸品を意図したものらしい。但し、＊印の箇所につき、宮内庁書陵部蔵本（白茶色表紙本）に「一えた二えた」、勝命本に「一えた二枝」などとあり、『日本古典全書』（底本は伝冷泉為氏筆本〈古文学秘籍複製会複製本〉）では「一枝《えだ》二枝《えだ》」(54)と翻字されている。

『源氏物語』の「浮舟」の巻には、次のように見える。(55)

睦《む》月の朔日《ついたち》過《す》ぎたるころ、〔中君方に〕わたり給ひて、〔匂は〕若《わか》君の年《とし》まさり給へるを、もてあそび、うつくしみ給ふ昼《ひる》つ方《かた》、〔女の〕ちひさき童《わらは》、緑《みどり》の《の》薄様《うすやう》なる包《つゝ》み文《ぶみ》の、大《おほ》きやかなるに、小《ち》さき髭籠《ひげこ》を、小松《こまつ》につけたる、〔と〕また、すく〴〵しき立《たて》文《ぶみ》、とり添《そ》へて、奥《あう》なく走《はし》り参《まゐ》りて、〔中君〕女君にたてまつれば、〔匂〕宮、

匂「それは、いづくよりぞ」〔来れる〕

と、〔童に〕の給ふ。（後略）

右には、一枝に小さな髭籠をたくさん結い付けたが、これは模造の小松に付けた金《かね》（銅）製の髭籠一個である。

『実躬卿記』正応四年（一二九一）二月一五日の条に、「件御布施、近習人々両三種面々献之、予分壇〔檀〕紙・文箱・手鞠一枝所献也」(56)とある。『親長卿記』文明一四年（一四八二）六月一七日の条には、「付枝鞠事、伝授中納言入道了、可注奥、」とあり、条末には「付枝鞠事、口伝云、／松多分也、桜柳も勿論也、先ず二束三束是又例式也、（後略）」(57)と説明がある。「中納言入道」とは、飛鳥井中納言入道宋世（俗名雅康）である。

捧げものを木の枝に付けて献上する作法は、供犠に始まったものかも知れない。鷹の儀礼も、その流れにある

とすれば理解しやすい。だが、(b)、(c)のグループからすると、既に、平安時代には、多分に社交的、文化的趣向として行われていたように推測される。

5 「荻の枝に小鳥を付くる」

さて、荻、薄に小鳥を付ける例として左記がある。肥前嶋原松平文庫蔵**『定家卿鷹三百首』**（松86-38）を引く。

荻すゝきに《(ママ)》小鳥をつくる馬鞭草　はいたる文を書やをかまし
馬鞭草《ツヽラ》とはへくそかつらと云草にて　荻薄にに《(小)》鳥／を付る事と也　はいたる文可尋知云々　（50丁オ）

故郷の柿のもとつ葉若たかの荻にそへてや鴫を付らん《けィ》
荻斗ハよはき程に柿の枝をそへて付よと／のをしへなり　（54丁オ）

『群書類従』所収本には、「荻すゝき」の歌はなく、「故郷の」の歌は「小鷹部」に置かれて「古郷の柿の本つはわか鷹の萩をそへてや鴫をつくらん《けましィ》」（注釈文なし）とある。前者の上句は「はふ《(延)》」を導き出す有意の序詞。「はいたる文」は恋文。総じて、この『定家卿鷹三百首』の伝本には、三種ある。[58] この二首は、同一系統の寛永一三年版本（例、内閣文庫蔵『定家卿鷹三百首』一冊〈154-313〉）にも、小さな異文はあるものの、同様「荻」と見えている。

○としばとは。鳥柴の義にて。鷹のとれる鳥をつけて帰るを云。これは冬也。又二条殿下君かためとそとしばとりけるとあるは。日次のにへ鳥をつくる也。柴の枝。五尺に伐《キリ》てつくるといふ。常にも此尺に伐にや。さて春は梅。桜なとにもつけ。又は。つねには松にもつくることもみゆ。又小鳥は。小鳥かりはすへて秋也されは秋は小たかを用ゐてこれを小鷹かりとはいふ也荻。すゝき。馬鞭草《アヲツヾラ》なとにもつけ。又は荻ばかりにつくれは。よは〳〵としたれは。柿の枝を折そへてもつくるよしなと。皆定家卿の哥にみえたり。同卿。暮てゆくとしばの雉と。よせてもよみ給へり　（『うたふくろ』、寛政五年版）[59]

鷹狩で捕らえた雉を「鷹の鳥」とも「真鳥」ともいい、その他の場合は「鷹の鴨」「鷹の鶉」などと言う。右は、富士谷御杖の整理したところのようで、「鳥柴」は、「鷹の鳥」の場合、春は梅、桜などにも付け、また、常には松にも付くるといい、小鷹狩の「小鳥」の場合、「荻。すゝき。馬鞭草《アヲツヾラ》なとにもつけ。又は荻ばかりにつく」るという。肥前嶋原松平文庫蔵『定家卿鷹三百首』の類いを踏まえたものらしい。

『鳥柴古実鷹書』一冊（宮内庁書陵部蔵本、163-1167）は、安永七年に伊勢貞丈が多賀常政の求めに応じて著述した書で、「定家卿鷹三百首」、また、「二条基房卿鷹詞連歌」「つれ〳〵草」「伊勢物語」「つれ〳〵草寿命院抄」「洞風抄」「鷹秘伝書」から同趣の記事を列挙している。

中世の持明院家の鷹書として、内閣文庫蔵**『持明院家鷹秘書』**一〇冊（154-354）がある。

一　荻（ママ）に鶉を付る事　二本ノあはひにはさむ也　すゑのほをハきらすしてそのまゝをく也　もとの鶉よりした一尺五寸切やうたけのことし（後略）　（第五冊、八丁オ）

一　鷹の鳥を木に付る事　春ハ梅椿　冬ハ松柳　秋ハ楓なとに付る也　一枝より切口まで一尺有枝を用　鳥ニ付るにハ春ハ雌上雄下ニ付へし　雌ハかりも雄ハかりも不付也（後略）　（同、五、三〇丁オ）

一　雲雀なとを萩（ママ）なとにてかくる事またみすと被仰　（同、六、五丁オ）

「被《らる》レ仰《せ》」の主語は未詳である。だが、この主体が「まだ見たことがないと仰せられた」なら、「萩（ママ）」を用いるとするこの一条は、本来の作法にはなかったもの、後発的な形にあるものとなろうか。

『鷹経弁疑論』三巻は、下巻の奥に「文亀三年（一五〇三）七月十日、諫議大夫藤基春」とある。持明院基春（天文四年〈一五三五〉七月二六日薨、八三歳〈異説あり〉）が「持明院流の家説を張説したものであろう。（中略）鷹経を本としているとはいうものの、説くことははなはだ委しく、細砕の末技に及び、万葉集・伊勢物語・源氏物語・堀川院後百首・新葉集等の歌書、李部王記・西宮記等の公事書を引用するところは如何にも官家の述作らしいが、漢籍では礼記・周礼・毛詩・白氏文集等を引き、（中略）和文ながらはなはだ漢文調であるのは、中世の書としては余程めずらしい。鷹書ではかえつて西園寺公経（一一七一～一二四四）の鷹百首、二条良基（一三二〇～一三八八）の鷹百韻連歌等を引用するに過ぎない。」とされる。(60) 問答体で書かれ、その「或問」は延べ八四条を数える。その一条「鳥ヲ木枝ニ附ル事」は次である。

鳥ヲ木枝ニ附ル事

或問。鳥①ヲ木ノ枝ニ着ルト云ハ法度アリヤ。

答云。経②ニハミヘズ。然ドモ上古ヨリ定メルヤウアリ。左ニ記ス。春ハ梅桜柳。秋冬ハ鳥柴③。冬至ヨリ後ハ梅ヲ用タリ。木ノ長サ五尺五寸ニ切テ枝ヲ三ツ残シ。同葉ヲモ三ヅ、ヲキテヨキヤウニスカシテ。本ヲ一刀ニソギテ少角ヲトルナリ。本ノ枝ノ下五寸藤カヅラヲ以テ結付ルナリ。第一ノ枝ヲ踏ヤウニ真木ニ着ベシ。鳥ノ両方ノ火打羽ノ三ツメヲ残シ。葛ヲ以テ頸ト共ニ掛テ。シルシ付ニ結付ルナリ④。木ニ付ル所ハ二巻シテ片輪ヲ残スベシ。輪ハ鳥ノ右《左ィ》ノ方ニノコスベシ。

明月記《書入》⑤云。元仁二年二月八日。天晴。人々物語之中。長衡朝臣等説⑥。一日一上⑦亭射小弓。負態方雉一羽酒一瓶可進由示頼次。（中略）源氏河海⑧云。普通ノ柏木ヨリ葉セバクマロクシテ。ヲモテウラニ毛生タルヲ鳥付柴ト云ナリ。

［図絵あり。木の枝一本に雉二羽（上方に雌、下方に雄）を付ける。］

前ニ云ガ如ク春ハ梅桜柳ヲ用ナリ。又鳥柴ハ四季ニ用ベシ。春ハ雌ヲ上ニ着ベキナリ。

［図絵あり。木の枝一本に雉二羽（上方に雄、下方に雌）を付ける。］

秋冬ハ雄ヲ上ニ用ベシ。又楢柏ニモ着ベキナリ。右ニシルス如シ。

［図絵あり。木の枝（柳か）一本に雄雉一羽を付ける。］

一ツ着ルハ犬飼ノツケト云。如右。真木ニ胸ヲ向ヘヨ。又木ハ楢柏又ハ櫪ナリ。木長三尺五寸。（中略）

又云。梅ヲツクリ木ニシテ付タル例モアリ。伊勢物語ニ。昔オホキオホヒマウチキミトキコユルオハシケリ。ツカウマツル男。長月バカリニ梅ノツクリ枝ニ雉ヲ付テ献ルトテ。

我タノム君ガ為ニト折花ハトキシモワカヌ物ニゾアリケルト読テ奉リケレバ。イトカシコクヲカシガリ給テ。

ツカヒニ禄タマハリケルトミヘタリ。時ノ興アルニハ。貴人ノ仰ニヨリテ少モ面影アルコトハ用ベキナリ。

（中略）

或問。兎ヲ木ニ着ルヤ。

答云。尻足ヲ一ツニトリ。藤葛ヲ以テ二巻結テ。其末ヲ頸ニカケ項ヘ引通セ。（中略）

或問。⑨小鳥ヲ着ル事アリヤ。

答云。其様アリ。荻ノ枝ニ付ルナリ。長サ五尺五寸ヨヲワリテ挟ム也。④シルシ付ニ結ベシ。葉ヲバ本末ニ三残スベシ。鶉ノ頸ト両ノ羽ヲヒラニハサムベシ。藤葛ヲ以テ二纏シテ片ツワニ結ナリ。貴人ニミセ申トキハ。右ニ本ヲトリテ左ニ末ヲ持テ鳥ノ前ヲミセヨ。又片鶉ナラバ鳥ノ後ヲミセヨトナリ。爰ニ⑩源氏云。小鳥⑪シルシバカリ引付サセタル荻ノ枝ナリ。⑫一説ニハ引付サセタルヲ木ノ枝ト意得タリ。荻ノ枝ヨシト思ベシ。⑬源氏ノ注ニ。小鳥ノ数九ツ山菅又細キ葛ヲ以付也。枝ハ七ツ五ツ三ツトモニ挟ム也。鴫ヲ一ツ挟ムコトモアリ。

［図絵あり。荻一本に小鳥二羽を上下に付ける。］

又云。⑭権中納言藤原仲平ハ菊ノ枝ニ付テ。延喜七《（廿カ）》年十月十八日清涼殿ノ前ニ於テ奏舞奉ルトミヘタリ。

又云。雀ヲ竹ニ付ルコトアリ。トマリタル如クニ付ベシ。数ハイカホドモクルシカラズ。節ヲワリテハサムベシ。

（『続群書類従』、巻五四一、二二一〜二二五頁）

冒頭に、「鳥ヲ木枝ニ附ル事」は、「法度」であり、「上古ヨリ定メルヤウアリ」という。以下につき、若干の語釈を試みれば次のようになろう。——即ち、①「鳥」とは、雉のことである。②「経ニハミヘズ」とは、嵯峨天皇撰という『新修鷹経』三巻（弘仁九年）には記述がないというのであろう。「鳥ヲ木枝ニ附ル事」といった法度・作法は日本独自のものであろう。③「鳥柴《としば》」については、先に記した。

また、④「シルシ付ニ結付ル」「シルシ付ニ結」とは、合標《あいしるし》（戦陣で味方の目印として笠・兜などに付けた標識）を結び付けるような結び方で、小鳥を荻に引き付けて結ぶことをいう。一メートル半余の荻を割り、小鳥（鶉）の頸と開いた両翼とを挟んで結ぶ、藤《ふじ》か葛《かずら》で二巻きして一つ輪に結ぶという。頭部が起きて翼が開いているから、あたかも小鳥が荻に戯れているように見える（後述）。⑤『明月記』は、藤原定家の日記。元仁二年（一二二五）、改元あって嘉禄元年二月八日の条。⑥「長衡朝臣」とは、西園寺公経の家司三善長衡。⑦「一上亭」とは、徳大寺衡継の邸をいう。小弓（競射）で負けた方は「雉一羽・酒一瓶」をおごる。⑧「源氏河海」とは、四辻善成《よつつじよしなり》（応永九年〈一四〇二〉歿、七七歳）の著した『源氏物語』の注釈書『河海抄《かかいしょう》』全二〇巻（貞治六年〈一三六七〉稿本を足利義詮に撰進）。⑨「小鳥」とは、小鷹狩の獲物（雉以外の小鳥類）で、①の場合とは異なる。⑩「源氏云」とは、紫式部著『源氏物語』の「松風」の巻。⑪「シルシバカリ」とは、右の④と関係するか否か、問われる。⑫「一説ニハ引付サセタルヲ木ノ枝ト意得タリ。荻ノ枝ヨシト思ベシ。」（割書小字）とは、一説には「木ノ枝」と解しているが、「荻ノ枝」がよいと思えとの意。⑬「源氏ノ注」とは、『河海抄』であろう。⑭「権中納言藤原仲平」とは、不審。『公卿補任』[61]によれば、延喜二〇年に権官は見えない。あるいは、中納言藤原仲平（生歿、貞観一七年〜天慶八年）のことか（後述）。仲平は、藤原北家摂政関白基経の二男で、時に中納言、従三位、四六歳、東宮大夫、左兵衛督であった。後、正二位左大臣に昇り、枇杷左大臣と称された。同母兄に時平、異母弟に忠平がいる（後述の保忠〈時平一男〉は甥となる）。

右『鷹経辨疑論』は、鳥柴の法度・作法として、「鷹の鳥」は、「春ハ梅桜柳。秋冬ハ鳥柴。冬至ヨリ後ハ梅」に、また、「兎」は、云々、「小鳥」は、「荻ノ枝」に付ける、云々——と説く。枝の切り様、寸法など精しい。

以上に、「鳥柴」の作法について見てきた。凡そのところを推測すれば、その作法は、本来、特定の「えだ（枝）」によるものではなく、山野のそこここで手にできる柴《しば》、煮炊にも使う雑木を用いたらしい。やがて、「鷹の鳥」は、「春ハ梅桜柳。秋冬ハ鳥柴。冬至ヨリ後ハ梅」などといった、その時節に相応しい草木を用いて情趣を添え、また、「小鳥」は、「荻ノ枝」に付ける、「荻にかきらす、萩薄菊の枝にも付也」といったことも行われるようになった。更に、「鳥柴」の枝の切り様、寸法、結び方などの様式に関する作法も細かくなっていったようである。『鷹経辨疑論』に見えるところは至って複雑である。

兼好の**『徒然草』**第六六段によれば、岡本関白殿（近衛家平、元亨四年〈一三二四〉五月一五日薨。四三歳）が、蔵人所の御鷹飼下野《しもつけの》武勝に「盛りなる紅梅の枝に鳥一双をそへて、この枝につけてまゐらすべきよし」仰せられたところ、彼は、そんな作法など、全く存知しないと答えた。彼には自ら恃むところがあったのである。彼は、花もなき梅の枝に鳥一つをつけて持参し、かつ、御所に脈々と伝えられてきた鳥柴の作法を言上した。蔵人所の御鷹飼といえば、禁野にも出入りする鷹狩専門官である。そこでは、むしろ、存外、簡素な、しかし、厳かで奥ゆかしい作法が踏襲されていたのである。その伝統的な作法に感嘆し、兼好はこの次第を丁寧に書き留めている（［補説］参照）。

「鳥柴」の作法・儀礼にも、継承者や流派などの間に差異があって当然であろう。しかし、「鳥柴」の作法は時代を追って複雑になり、些末となっていったらしい。その過程の一つが『鷹経辨疑論』に見るところである。『明月記』

『源氏物語』、その他の先行書を引くが、殊に「小鳥…荻ノ枝」の一条は『河海抄』を承ける。これを遡れば『源氏物語』という文学作品に至り、この影響をも受けたことになる。本書の「鷹書」としての性格は希薄化していき、有職故実書へと向かうのである。同時に、鷹詞としての「鳥柴」は、意味・用法上、新たな展開を見せることになる。

6 「しるしばかりひきつけさせたる」

『源氏物語』において、「しるしばかり」という語句は、次のように見えている。二例目が当面の用例である。

○人〲そゝのかしわづらひきこゆるけはひを聞《き》き《ゝ》給《(たまひ)》て、「いとあるまじき御事なり。しるしばかり聞《き》こえさせ給へ」と聞《き》こえ給《(たまふ)》もいとはづかしけれど、（「絵合」、『新日本古典文学大系』二、一六九頁）

○小鳥《ことり》しるしばかりひきつけさせたるおき《(を)》の枝《えだ》など（「松風」、同大系二、二〇六頁）

○御髪《ぐし》おろしてむと切《せち》におぼしたれば（中略）御頂《いたゞき》しるし許《(ばかり)》はさみて（「若菜下」、同大系三、三七五頁）

○御寺《てら》のかたはら近《ちか》き林《はやし》に抜《ぬ》き出《い》でたる筍《たかうな》、（中略）春《はる》の野山、霞《かすみ》もたど〱しけれど、心ざし深《ふか》く掘《ほ》り出《い》でさせて侍るしるしばかりになむ。（「横笛」、同大系四、四九頁）

○しるしばかりとて、一《ひと》つ二《ふた》つぞ問《と》ひ聞《き》き《ゝ》たりし。（「宿木」、同大系五、一〇七頁）

いずれも、名詞「しるし（印）」に副助詞「ばかり」の接続した形で、これは、多く、形だけ、少々といった意味で用いられ[62]、右も、一様に、「形ばかり（少し）」、「見本程度に、一、二度」などと注釈されている。当面の問題は二例目であるが、これについても、「狩をしたしるし（串訳）だけに」、「（小鷹狩の獲物の）小鳥を形ばかり付けた。」、「獲物の小鳥をしるし程度に。」、「獲物の小鳥を形ばかり。不猟の趣であろう。」「僅にしるしとなるほど。少しばかり。いささか。」などと注釈されている。その猟果を少し、あるいは、少しの猟果を、と解釈されたものである。

しかし、この「松風」の巻（二例目）の場合、源氏の新造した別荘「桂の院」には、「近き御荘の人〴〵」や「殿上人あまた」が参集したのである。「にはかなる御あるじ」ではあるが、何といっても新築祝いであり、盛り沢山の馳走はしなければならない。饗《あるじ》もうけする源氏の体面にかかわるのである。それ故、酒肴を調えるため、鵜飼どもも大騒ぎする仕儀となり、「なにがしの朝臣」らも「小鷹にかゝづらひて」野宿した。朝鳥（疾）狩も狙ったのであろう。「かかづらふ」とは、悪い意味ではなく、携わること、一生懸命に従事することである。従って、「野にとまりぬる君達」が持ち帰った小鷹狩の獲物は、結構な数量であったのではなかろうか。狩をしたしるし（申訳）だけ、少しばかり…といった程度では、許されず、作者としても、ここに「不猟」を持ち出す理由はなかったであろう。

この条は、「ことりしるしばかりひきつけさせたるおきのえだなどつとにしてまい《（ゐ）》れり」とある。「しるしばかり」とは、獲物の数や量をいうのではなく、その引付け方、即ち、小鳥を荻の枝などに「形ばかり（少し）」結び付ける方法をいうのであろう。前項5の『鷹経辨疑論』④には、これが「シルシ付ニ結付ル」という形で見えている。「シルシ付ニ結付ル」とは、これも鷹狩に関する鳥柴の作法の一つであり、「献上する小鳥の体の一部だけを荻の枝などに結い付け、まるで羽を開いた小鳥が枝にまとわり遊んでいるかのように作りなす」ための、蔓（ふじづる）・緒の結び方をいう。具体的には左記に重ねて述べるが、これは、今の「巻き結び」といわれる類に相当しようか。

紫式部は、この作法も言葉も知っていたようである。しかし、「シルシ付ニ結付ル」でも「シルシ付ニ結」でもなく、「しるしばかりひきつけ…」と綴っている。思うに、作者は、ここを正確に「シルシ付ニ結付ル」と書いても読者の理解が得られないかも知れない、混乱を招きかねないと配慮したのではなかろうか。そこで、「シルシ付ニ結付ル」の意を汲み、この間の細部を要約したような形で「しるしばかりひきつけ…」と替えたのであろう。表現は異なるが、結局のところ大差はないのであり、さほどの問題もないと判断したのことであろう。そもそも、小鳥を野生の植物の枝に「シルシ付」という方法で「結付ル」とは、狩の現場で鷹飼が行う処置である。「つとにして」とは、こうして小鳥を付けた荻の枝など複数本を梱包（藁苞《わらづと》・草苞）して運んだことをいう。

その「シルシ付ニ結付ル」・「シルシ付ニ結」であるが、『**鷹経辨疑論**』には、小鳥を付ける枝の「葉ヲバ本末ニ三残スベシ。鶉ノ頸ト両ノ羽ヲヒラニハサムベシ。藤葛ヲ以テ二纏シテ片ツワニ結ナリ。貴人ニミセ申トキハ。右ニ本ヲトリテ左ニ末ヲ持テ鳥ノ前ヲミセヨ。又片鶉ナラバ鳥ノ後ヲミセヨトナリ」云々とある。

また、『**貞丈雑記**』巻一六の「諸結之部」には、「一　しるしつけにむすぶとはかめぐゝしに結ぶを云也、弓馬故実、幕の打様の条に折釘の上にてしるし付に結びてとあり、是は冑の笠じるし、鎧の袖じるしを結付るむすびやうなれば也」(63)と見える。また、「一　旧記に（中略）又かめくゝしともかもさげ共、わさきともうのくび共、かもつけともかけむすびとも云は、緒を二重通して、緒の両端を、初め廻りたる緒の下を通して引出すを云、鷹の鳥に山緒かくるに、頭と両羽を一ツに取て、右のごとく緒をかくる事、其外にも用る事多き結び様也、又（後略）」とも、「一　かめくゝしと云は瓶の口おほひしてくゝる結なる故、瓶結《カメグヽリ》と云也、此結ひいろ〳〵の名あり、既に前に記す」(64)とも見える。

ここには、「しるしつけにむすぶ」という結び方＝「緒を二重通して、緒の両端を、初め廻りたる緒の下を通して引出す」という緒（紐）の用い方、が示されている。鳥柴の場合にも、幕を折釘に懸ける場合や冑の笠標《じるし》（験《しるし》）・鎧の袖標などの標識（合標《あいじるし》）を付ける場合などに同様の緒の結び方を用いるのであろう。「緒を二重通して、緒の両端を、初め廻りたる緒の下を通して」といった作法は、『**包結図説**』（別名「包結記」）上下・二巻（東京大学総合図書館蔵、天保一一年静幽堂蔵版）にも見え、諸図が示されている。

なお、「笠じるし」に関しては、『太平記』（慶長八年古活字本）巻第八、赤松則祐父子が敗走するくだりに、「四十七騎ハ被《レ》レ討《ウタ》テ、父子《フシ》六騎ニコソ成《ナリ》ニケレ。六騎ノ兵《ツハモノ》皆揆《シルシ》（慶長一四年本「かさしるし」）ヲカナグリ捨《ステ》テ」と見える。(65)標《しるし》として小旗などを兜の後部（前部）、鎧の袖、笠などに結い付けた。同書巻第九に、足利尊氏の元に真っ先に馳せ参った久下《くげ》の者どもは、「其《ソノ》旗ノ文《モン》、笠符《カサジルシ》ニ皆一番《イチバン》ト云《イフ》文字《モジ》ヲ書《カイ》タリケル。」（二八七頁）と見え、このすぐ後に「笠璽《カサジルシ》」ともある。

7　おわりに

鷹狩の獲物を献上する場合、「鳥柴」の作法に従う。和歌にも物語にも見えている。時代・状況、立場などにより、この作法にも差異があったようだが、紫式部の時代のことであれば、公家の多くはこれを日常的に見聞きしていたであろう。彼女とて同様であるが、その手元には、こうした場合の作法書、鳥柴の作法に関する書物も置かれていたであろう。「行幸」の巻、その他にも鷹狩のことが見えるから、「鷹書」類も、それなりに所有していたと見られる。その「鷹書」類には、小鳥を枝に「シルシ付ニ結付ル」とある。「シルシ付ニ結付ル」「シルシ付ニ結」といった結び方そのものは、『貞丈雑記』などから推せば、特殊なものではないと知られよう。かつての日本では、衣食住の生活諸面に糸・紐・革紐・布ぎれ・縄・蔓《つる》などが用いられた。いわば、「結（ゆふ、むすぶ）・束（たばねる）」文化が栄えていたのであり、右もそうした内の一つに過ぎないようである。但し、小鳥を枝に「シルシ付ニ…」するのは鷹飼の仕事である。作者は、その専門職の「シルシ付ニ…」という言葉を念頭に置きながら、これを「しるしばかりひきつけさせたる」と嚙み砕いたのである。結果的に意味するところは大差ない。

「ことりしるしばかりひきつけさせたるお《（を）》ぎのえだなどつとにしてまい《（ゐ）》れり」の「荻の枝」に関しては、『増鏡』も参照される（第三章参照）。また、「つと」は、藁・草などによる梱包とみてよかろうが、「草苞《くさづと》」についても種々の作法があった。「苞」そのものに小鳥を付ける方法も、宮内庁書陵部蔵『鳥柴絵図鈴板之図／其外共鷹書』一冊（163-

924）江戸末期写本の「第十二鶉はさむ事」の条に、四様の図が掲出されている。その四番目は、括って丸く束ねた草苞の周囲に、あたかも小鳥三羽が着き戯れているような絵柄であり、解説に「クサツトフトシ、壱尺二三寸マワリニユフヘシ、水ヒキニテ鳥ヲヨクカケテツトニスヘシ、カケネハワルシ」（一八丁ゥ、読点私意）と示されている。

［補説］鳥柴の材

「鳥柴」は、和語「としば」、あるいは、「とりしば」を表記したもので、国語辞書には「鳥柴《トシバ》着《ニツクル》〈鷹《ノ》取《ル》雉一《モ》／柴《ニ》結付也〉」（静嘉堂文庫蔵本『運歩色葉集』、ト部(66)）と見える。この「鳥柴」の材として、どういう植物が用いられるのであろうか。実は、この材もまことに多様であり、「造《つく》り枝」による場合もある。

一鳥柴　春は梅桜　夏ハ柳　秋は紅葉／冬ハ松也　（宮内庁書陵部蔵『鷹詞古実並鷹歌』163-1164、一三丁ォ）

「鳥柴」には、季節の木、梅、桜、柳、紅葉、松などを用いる、とある。

一としばに鳥つくる事
木はさだまらず。梅。桜。松。しばの木。ならの木。ほうその木。ひの木色々なり。たゞし何時もいちゐの木に付る事本儀なり。（後略）　（『斎藤朝倉両家鷹書』(67)）

「鳥柴《としば》」にはどんな木でもよいとある。「しばの木」は、雑木の柴の意ではないらしい。「ならの木。ほうその木。ひの木色々」ともあるが、これらは、いわゆる、今日、かしわ（柏）の木といわれる樹木に相当するのではなかろうか。但し、本義は「いちゐ」の木であるという。「いちゐ」とは、笏《しゃく》の材とされるイチイ科常緑高木のイチイである。

「かしわ」につき、辞書に、「かしわ【槲・檞・柏】①（「檞」は日本の俗用漢字）ブナ科ナラ属の落葉高木。高さ一五㍍ほどにも達し、樹皮に深い裂け目がある。葉は大きく周辺に深波状の鈍鋸歯がある。枝葉ともに細毛を密生。雌雄同株。四～五月頃、新葉とともに黄褐色の花を開く。樹皮のタンニンは染料、材は薪炭、葉は食物を包む。モチガシワ。炊葉（かいば）。誤って「ははそ」ともいう。②柏（くは）（ヒノキ・サワラ・コノテガシワなどの常緑樹）を古来「かしわ」と訓みならわす。万一一「秋―うるわ川べのしののめの」③（多くカシワの葉を使ったからいう）食物や酒を盛った木の葉。また、食器。くぼて。ひらで。（後略）(68)」と説かれる。

「柏木《かしはぎ》」については、『大和物語』では次のように「柏木《かしはぎ》」を「なら」と言い換える。二者は同じものらしい。

枇杷殿《びはどの》より、としこが家《いゑ》に柏木《かしはぎ》のありけるを折《お》りに（使を）たまへりけり。折《お》らせてかきつけて奉《たてまつ》りける、

（としこ）我やどをいつかは君《きみ》がならのはのならしがほには折《お》りにを（お）こする

御《おほむ》かへし、

（枇杷殿）かしは木に葉守《はもり》の神のましけるを知《し》らでぞ折《お》りし祟《たゝり》なさるな

（第六八段）(69)

「枇杷殿」とは、左大臣藤原仲平《なかひら》（生歿、貞観一七年〈八七五〉～天慶八年〈九四五〉）、基経の三男、宇多天皇の中宮温子の弟。「としこ」は、肥前守藤原千兼の妻という。枇杷殿は、柏の木に宿る「葉守の神」で返した。これを承け、清少納言は、「かしは木、いとお（を）かし。葉守の神のいますらんもかしこし。兵衛の、督《かみ》、佐《すけ》、尉《ぞう》などをいふもお（を）かし。」という(70)。この贈答は、『後撰和歌集』、巻一六、雑二にも収める(71)。

同（鷹詞）としバ

鳥ハ柴に付るが本也　春ハ梅桜にも付るにや

くれて行鳥柴《トシバ》の雉をあら玉の春や桜の枝につけまし

（宮内庁書陵部蔵『鷹詞類寄』、163-1292、第一冊、と部）

「としバ」は、「柴」が本義である、だが、春ハ梅桜にも付るにや」とある。「柴」とは、何であろうか。

引証として添えられている「くれて行…」の歌は、藤原定家作とされる『鷹三百首和歌』中の一首である。この内閣文庫蔵寛永一三年刊本（154-313）には、「暮て行としバの雉をあら玉の春や桜の枝につ《「か」》けまし／ 鳥ハ柴に付るか本なれ共 春ハ梅桜に付よとの教也」（二七一番）とある。右『鷹詞類寄』には「鳥ハ柴に付るが本也」とあり、「春ハ梅桜にも付るにや」とあるが、寛永刊本では「…本なれ共 春ハ梅桜に付よとの教也」とある。趣旨（本義）が異なっている。時代の降るにつれ、意味・用法がずれたらしい。一種の拡張現象であろう。

以上によれば、先ず、「鳥柴」とは、樹種は、大凡定まっているが、限定はされない、そんな木に鳥を付けた木を鳥柴というと解される。一方、「鳥柴」には、本義としての特定の木もあったらしい。その本義とは「いちゐ」といい、「柴」「しばの木」ともいう。「しば」という名は、今日でも特定の樹木を指すことがあるが（地方名、通称）、しかし、全国的には一定していないようである。この点につき、目を転ずれば、更に、以下のような例も拾われる。

(イ)「鳥柴」は、「柏木」の一種、一説に「たもん柴」というとする説

先に、『師輔集』に「朱雀院のみかとのかりに」云々とある条を引いた。『河海抄』は、この贈答に付随して「付鳥枝事／ 此《柴》木高七尺五寸 普通の柏木よりハ葉せハく円くして表裏に毛おいたり 是を鳥付柴といふ也 一説曰たもん柴といふ物也」（巻一一、一四丁オ）(72) と述べる。「柏木（かしはぎ）」とはカシワの木の意であろうが、「普通の柏木よりハ」云々とあれば、その内の特定の一種を指して「鳥付柴」と称し、一説に「たもん柴といふ物也」とある。『徒然草』、第六六段に鳥柴に関する「岡本関白」（藤原家平）と「御鷹飼下野武勝」（右近衛府番長）との応答が書き留められ、武勝が「柴の枝、梅の枝《えだ》、蕾《つぼ》みたると散《ち》りたるに付《つ》く。」云々と言上したとある(73)（第5項、また、第三章「『増鏡』の鷹狩」参照）。この「柴の枝」につき、秦宗巴《はたそうは》著『つれづれ草寿命抄』に「付鳥枝事／ 柴高七尺五寸、普通ノ柏木

ヨリハ葉セハク円クシテ、ウラヲモテニ毛ォヒタリ。是ヲ鳥付ル柴ト云也。一説ニ曰、タモン柴ト云モノ也。年ノ内は（後略）」とあり、これは林羅山著『埜槌《のづち》』、松永貞徳著『なぐさみ草』にも踏襲されている。(74) この注は、『河海抄』の所説そのものである。

『武家調味故実』群書類従所収本は、四条流の料理伝書であり、この書名に「武家…」とある文字は正しくない、後人の誤ったものとされる（岩橋小弥太氏）。奥に、天文四年（一五三五）六月（四条隆重〈一五〇七〜一五三九年〉）判書、同六年菊月四条隆重卿ヨリ伝受と見え、また、「右調味記一巻以藤貞幹蔵本校合畢」との校訂識語がある。鳥柴関係の段があり、この初めは「一鳥付ル様、梅の枝春は不レ及レ申可レ付也、年内も節分過ぬれば付なり」云々と始まるが、この内に次のような一条が見える。(75)

一式の鳥柴《トシバ》と云は。たもむの木なり。是は山にあり。但木は何にてもあれ。鳥付たる木をばとしばとよぶ也。五節といふは。霜月の中の卯の日。其後はくぬぎにも鳥を付也。

「式」とは、「延喜式」を意味するか。これには「たもむの木」を使う。但し、何でも「鳥付たる木」をば「としば（鳥柴）」とよぶという。本書については、国立国会図書館蔵『調味故実』一冊が参照される。当写本は、伝四条隆重著といい、奥に安永七年高橋等庭の書写奥書がある（故榊原芳埜献納本）。

『持明院家鷹秘書』国立公文書館内閣文庫蔵本、一〇冊（154-354）の第二冊「鷹口伝」にも、次のようにある。

一鷹のとしバといふ事　鷹のとりをくゝる柴の事也、人のかたへたかのとりをやる時、此柴のゑだにつけてやるなり、木ハたもの木也、あをつゞらにてゆいつくるなり、

一うつらなとハ萩につけて人の方へハやる也、

一鷹の鳥木ニ付ル事

付木ハ榊也、一ノ枝ヨリ下ヲ二尺五寸下ノ枝ヨリ上[三]ミメノ枝ニ付也、（後略）　（一七丁オ、濁点・読点私意）

この『鷹口伝』一冊は、『続群書類従』にも収められ、右に同一文も見えている（第一九輯中、二九二頁）。「鷹のとしバ」につき、その「木ハたもの木」だとある。これは特定の樹種を指したものであろうか。

こうした「たもん柴」「たもむの木」「たもの木」「かしわ」などにつき、手近の辞典類[76]を繙くと、タムシバ（もくれん科）、タモンノキ・タモン・タモノキ（くすのき科、タブノキの異称）、その他の植物が上がってくる。しかし、ここには別名や異称、地方名などが飛び交っているようで、それ（それぞれ）が植物分類学上のいずれに当たるのか、特定することは容易でない。「かしわ」についても、古来、神事や習俗に関わりが深く、若葉などに細毛が密生するものに落葉中高木のブナ科コナラ属（ナラ属とも）のカシワがある。だが、これとても汎称・俗称、方言名等を含め、関連する植物名は少なくなく、短時日をもって整理することは難しい。

『鷹故実抄』（『古事類苑』所収）は、江戸時代後期の撰になろうか、この「狩の獲物ヲ繫グニ、山緒田緒ノ分アリ」としてそれぞれの作法を説く条に、次のような一節が見える[77]。

サテ鳥ヲ枝ニ附ルニ、鳥柴附トハ、柴ニ雉ヲ附ル也、コレヲ手持木《タモンキ》トモ云、推鳥木トハ小鳥ヲ竹菊萩ナドニ附ルヲ云、田面木《タモキ》トハ水鳥ヲ枝ニ附ルヲ云、附ル枝ハ春ハ桜、夏ハ柳、秋ハ楓、冬ハ松ヲ用フトアリ、時ニ臨テハ何ニテモ有合タル樹枝ニ附ルナルベシ、

右には、①「鳥柴附《（としばづけ）》」・「手持木《タモンキ》」とは、「柴」に「雉」を付けたもの、②「推鳥木」とは、「小鳥」を「竹菊萩ナド」に付けたもの、③「田面木《タモキ》」とは、「水鳥」を枝に付けたもの、の三通りがあるという。付ける「枝」は時節の木を用いてよいとある。枝に付ける鳥の種類・品格・等級により、三通りに言い分けている。

(ロ)「鳥柴」は「クロモジ」をいうとする説

柳田国男著「鳥柴考要領」において、「鳥柴」とはクロモジの別名（地方名）であり、「このクロモジを、東北一帯と越後で、トリキ、トリシバと呼び、小野蘭山の本草啓蒙によれば、同じ方言の分布は更に弘かった。」、「神様に狩の獲物を奉る場合」にこの木を選択したと述べられている。(78)

クロモジは、本州全域に分布するクスノキ科の落葉低木である。『本草綱目啓蒙』には、クロモジの別名として「一名クロモンジヤ豆州クロモンジ和州トリキ越後トリシバ仙台マツフサ南部クロトリキ野州」などと見える。(79)『全国方言集覧』(80)によれば、トリキ、トリシバ等の語形は、青森県（トリキ、トリキシバ、トリコシバ、トリシバなど）、岩手県（トリキ、トリギ、トリキシバ、トリコシバ、トリコノキ、トリシィバ、トリシバ、トリノキなど）、宮城県（トリキ、トリシバ、トリコシバ、その他）、山形県（トリキ、トリノキ、その他）、秋田県（トリキ、トリキシバ、トリコシバ、トリシバなど）、新潟県（トリキ、その他）、福島県（トリキ、その他）などに多用され、また、長野県（一部にトリコシバ）、北海道（同）、京都府（丹後丹波地方にトリキ）、兵庫県（但馬・丹波にトリキなど）、広島県（比婆郡にトリキ）などに若干見えている。

これらの語形は、奥羽地方六県と新潟県に多用され、関東以南はクロモジ、クロモンジャ系、その他が多用されている。これは、古称が奥羽地方等に残存したことを意味しているのであろうか。あるいは、右の「トリキ」とは、類似するところはあるが、当面の鷹狩の「鳥柴《としば》」と意味・用法や由来を異にする文化であろうか。神祭りという宗教文化との関係も気になるところである。しかし、古代における状況が分からない。「鳥柴＝クロモジ」説は、しばらく保留しておきたい。

(ハ)「鳥柴」は「オガタマノキ」をいうとする説

藤原為家の問に定家が答えたという『小倉問答』（『定家問答』）に、次のように見える。(81)

一おか玉の木と申如何。

答云。大日天竺より日本へなげ給ふ木也。今の筑波の男體女體是也。又天のせうぶの時用給ふ故に。鷹もせうぶを専とする故祭事に用るなり。此木なくしては神代よりも鷹はつかはれぬ物也。古今の一木とて秘密の切紙なり。歌に云。

おか玉の木を何木ぞと尋ぬればかた野に立るとしば成けり

「おか玉の木」は、即ち、「としば」という。『古今和歌集』巻一〇、物名に、「をがたまのき　紀友則／み吉野の吉野の滝に浮かびいづるあはをかたまのきゆと見つらむ（四三一番）」とあるのを踏まえる。「かた《交》野」は、禁野のそれである（河内国交野郡）。

なお、『小倉問答』には、「一ふくら柴と申如何。／答云。小鳥を萩すゝきなどに付るを申也。」（二六六頁）とも見える。「ふくら柴」は、モチノキ科の常緑低木ソヨゴの異名とされ、地方によってはフクレシバともいう[82]。

『愚秘抄』は、二条家の秘伝書といい、定家の『毎月抄』などの影響下に正平（一三四六～一三六九年）以前、為氏時代頃に成ったかとされ、これに次のように見える[83]。

古今の三の大事次に書きとゞめ侍るべし。是家の秘蔵也。所謂をがたまの木、めどにけづり花さす、かはな草、是なるべし。

をがたまの木の事、家々にたつる義まち〳〵に侍り。或義には、帝王御即位の時、御笠山の松の枝をとりて、長さ五寸まはりも五寸又は三寸にけづりて、是に御まもりを書きて朱にて書く也。御頸にかけさせまゐらせて、御即位はてゝ後、御生気の方に、五宝等の種々の珍宝をそへて、高き山にうづみ納むといへり。これををがたまの木といふなるべし。当家の相伝には、交野の御狩に鳥をつけて奉る鳥柴と申す木を、をがたまの木といふ也。

めどにけづり花さすといふは、業平朝臣の、美しくつくり花をしたてゝ、ある女御の住みたまふつまどにさしたりけるなるべし、めどは妻戸也。けづり花ハつくり花也。河名草の事、又あまたの義あり。或は菱、或は河みどり、又は河たで、此等を申すにや。当家相伝云、河骨といふ草をいふなるべし。

「お《（を）》がたまの木」は、古今伝授中の三木三鳥の一つという。(84)「御笠山の松の枝」で即位の祭礼時の「をがたまの木」を作るといい、また、当家では、交野の御狩に鳥を付けて奉る「鳥柴」を「をがたまの木」というとある。

茅原定著『茅窻漫録《ぼうそうまんろく》』三冊（天保四年〈一八三三〉刊、江都岡田屋嘉七、その他七書肆）に「オガ玉木」と題する一章がある（中巻、四二丁ゥ〜四七丁オ）。新潟大学附属図書館佐野文庫蔵本からその一部を引く(85)（読点私意）。

古今集物名に出たるをがたまの木ハ、古今伝授にて、往古《ムカシ》より秘説とせり、伝授に御賀玉《オガタマ》ノ木と唱へ来れり、それにハ訣《ワケ》のある事（四二丁ウ）なり（中略）されども此ノをがたまの木は、古今《コキム》伝授といふ事になりて、種々の説あり、一決せず、一説にハ門松の下に立る（四六丁ウ）木ををがたまの木といふもあり、又岡霊《ヲカダマ》の木といふもあり、定家卿の説に鳥柴をいふともあり、貞徳自筆の和歌宝樹にハ、宗祇の切紙を難じて（後略）　（四七丁オ）

この一章は、「ヲガ玉木」と、古代の神事に見える「玉柏《たまがしわ》」「柏葉」「槲葉」「葉盤《ひらで》」、その他との関わりを考証したもので、ここに「定家卿の説に…」とあるのは右の『小倉問答』をいうのであろう。

牧野富太郎原著『新牧野日本植物図鑑』(86)、その他にオガタマ（モクレン）という植物が掲出されている。だが、右にいう「をがたまの木」の実体・用途、いわれなどは一定しないようである。

以上、「鳥柴」につき、これを特定の木であるとする諸説を挙げた。「松風」巻の場合、いずれによるべきか、容易に判断できない。説く側の立場（時代、流派など）にも留意しなければならない。更に、用例、類例を集めたい。

なお、「造《つく》り枝」による「鳥柴」として、『伊勢物語』に「なが月許《ばかり》に、むめのつくり枝《えだ》に雉《きじ》をつけて奉《たてまつ》るとて」

（九八段）(87)と見える。この条は、『徒然草』第六六段にも引用、言及されている。

第三節　「行幸」の巻

1　はじめに

「行幸」の巻には、野の行幸《みゆき》が綴られる。それは、一二月某日、大原野（京都市西京区）において挙行された。冷泉帝が鷹狩を御覧になったのである。内大臣・左右大臣以下の公卿・上達部、文武官人・随身などが供奉した盛事であった。出立は卯の時（朝五時～七時）、六条院の女性達（紫の上、玉鬘以下）も物見車を仕立てて見送った。だが、太政大臣源氏は、物忌により供奉しなかった。本文には次のようにある（『新日本古典文学大系21』による）(88)。

そのしはすに、大原野の行幸とて、世《よ》に残《のこ》る人なく見《み》さは《(わ)》ぐを、六条　院《(ろくでうのゐん)》よりも御方《かた》〴〵引《ひ》き出《い》でつゝ見《み》たまふ。卯《う》の時に出《い》でたまうて、朱雀より五条の大路《おほち》を西《にし》ざまにお《(を)》れたまふ。桂川《かつらがは》のもとまで、物見車《ぐるま》ひまなし。行幸と言《い》へどかならずかうしもあらぬを、今日《けふ》は親王《みこ》たち、上達部《かむだちめ》も、みな心ことに御馬《むま》、鞍《くら》をとゝのへ、随身《ずいじん》、馬副《むまぞひ》の、かたち丈《たけ》だち装束《さうぞく》を飾《かざ》りたまふ《(う)》つゝ、めづらかにお《(を)》かし。（中略）、雪たゞいさゝかづつうち散りて、道《みち》の空《そら》さへ艶《えむ》なり。親王《みこ》たち、上達部《かむだちめ》なども、鷹《たか》にかかづらひたまへるは、めづらしき狩《かり》の御装《よそ》ひどもをまうけ給《(たまふ)》。近衛《このゑ》の鷹飼《たかゞ》い《(ひ)》どもは、まして世《よ》に目馴《めな》れぬ摺《すり》衣を乱《みだ》れ着《き》つゝ、けしきことなり。（中略）

かうて野《の》におはしまし着《つ》きて、御輿《こし》とゞめ、上達部《かむだちめ》の平張《ひらばり》に物まい《(ゐ)》り、御装束《さうぞく》ども、なを《(ほ)》し、狩《かり》の装《よそ》ひなどにあらため給《(たまふ)》ほどに、六条　院《(ろくでうのゐん)》より御みき御くだ物などたてまつらせ給へり。今日仕《けふつか》うまつり給《(たまふ)》べく、かねて御けしきありけれど、御物忌《いみ》のよしを奏《そう》せさせ給へりけるなりけり。蔵《くら》人の左衛門の尉《ぜう》を御使《つかひ》にて、雉一枝《きじひとえだ》たてまつらせたまふ。仰せ言《おほこと》には何《なに》とかや、さやうのおり《（を）》のことまねぶにわづらはしくなむ。

雪深き小塩《をしほ》の山にたつ雉《きじ》の古《ふる》き跡をもけふは尋《（たづね）》よ

太政大臣の、かゝる野の行幸に仕《つか》うまつり給へるためしなどやありけむ、おとゞ、御使《つかひ》をかしこまりもてなさせ給《（たまふ）》。

小塩山みゆきつもれる松原にけふばかりなる跡《あと》やなからむ

と、そのころをひ《（ほ）》聞《き》きしことの、そば〳〵思《（おもひ）》出《い》でらるゝは、ひがことにやあらむ。（「行幸」の巻）

末部の二首につき、『細流抄』には左のようにある[89]（aは『源氏物語大成』〈中央公論社〉、bは『新編日本古典文学全集』〈小学館〉の頁数・行数）。

029　ゆきふかき（八八八[a]・二九三[b]）—
ふるき跡とは延喜野行幸ありし事也

030　太政大臣（八八八・二九三）—先蹤もあれはまいり給へかしと也　此御歌を訓尺せる也

031　をしほ山（八八八・二九三）—
大原野行幸は今日始たるによりて是則万代のはしめたるへしと称美さるゝ也

右の傍線部につき、以下に多少の検討を行いたい。

2　「そのしはすに、大原野の行幸とて」

本文「そのしはすに」以下につき、**『異本紫明抄』**（宮内庁書陵部蔵、内題「源氏物語抄」）に次のようにある[90]。

そのとしのしはすにおほ原のゝきやうかうと云事

光孝天皇仁和二年十二月十四日戊午寅ノ四刻、行幸芹河野、為用鷹鶏(ママ)、式部卿本康親王、常陸太守貞固親王、太政大臣藤原朝臣基経、左大臣源朝臣、右大臣源朝臣、大納言藤原朝臣良世、中納言源朝臣能有、在原朝臣行平藤原朝臣山陰、已下参議皆　奥　扈従、其狩猟之儀、可依承和故事ニ、或考旧記或付故老口語、而行幸イ乗輿出朱雀門、留輿砌上、勅召（中略）

右には、仁和二年（八八六）一二月一四日芹川野《せりかわの》（現、京都市伏見区）に光孝天皇の野の行幸があった。「鷹鷂」（大鷹・鷂《はいたか》）を遣い、雉や鶉などを狩ったという。「戊午」「鷹鶏」「可依承和…」「口語」など、京都大学文学部国文学研究室蔵『紫明抄』には「戊午」「鷹鷂」「一可依承和…」「曰語」とある。「勅召」以下に詳しく古事が記されているが、今、省く（出典は未詳）。「其狩猟之儀、可依承和故事」につき、『類聚国史』（巻三二、「帝王一二、天皇遊猟」）の条によれば、仁明天皇の承和年代に一〇度の遊猟が行われているが、供奉者や装束などの詳細は分からない。「承和故事」とは、承和の頃の「故事」を漠然と総合的に指しているのかも知れない。

仁和二年一二月野行幸につき、『日本三代実録』巻四九、光孝天皇同年月日の条に次のように見える。

○十四日戊午。行㆓幸芹川野㆒。寅二剋。鑾駕出㆓建礼門㆒到㆓門前㆒駐㆑蹕。勅賜㆓皇子源朝臣諱朱雀太上天皇帯釼㆒。是日。勅参議已上。着㆓摺布衫行騰㆒。別　勅㆓皇子源朝臣諱。散位正五位下藤原朝臣時平二人㆒。令㆑着㆓摺衫行騰㆒焉。辰一剋。至㆓野口㆒。放㆓鷹鷂㆒。払㆓撃野禽㆒。山城国司献㆑物幷設㆓酒醴㆒飲㆓猟徒㆒。日暮。乗輿幸㆓左衛門佐従五位上藤原朝臣高経別墅㆒。奉㆑進㆓夕膳㆒。高経献㆑物。賜㆓従㆑行親王公卿侍従及山城国司等禄㆒各有㆑差。夜鑾輿還宮。」是日。自㆑朝至㆑夕。風雪惨烈矣。

（『日本三代実録』、巻四九）(91)

『類聚国史』（巻三二、「帝王一二、天皇遊猟」）では、「行騰」（二例）が「縢」字となっている。(92)

『河海抄』（一三六〇年代、四辻善成著）には、次のように見える。

そのしはすにおほはらのゝ行幸

御輿

仁和二年十二月十四日戊午寅四剋行幸芹河野為用鷹鷂也　李部王記云延長六年十二月五日大原野行幸卯初上

（『河海抄』、巻一一）(93)

天理図書館蔵『河海抄』には、「そのしハすにおほハらの行幸／　仁和二年十二月十四日芹河の行幸例欤」（巻第一一、一二オ）とある。(94)

重明親王著『李部王記』の延長六年（九二八）一二月五日の条に、次のような醍醐天皇の大原野の行幸の記事がある(95)（第一部六九・七〇頁にも掲出したので、返り点を省く）。

五日、大原野行幸、卯初上〔醍醐天皇〕御輿、自朱雀門至五条路西折、到桂河辺、上降輿就幄、群臣下馬、上御輿、群臣乗馬渡〔浮ヲ〕橋、方舟、其上為輿敷板、自桂路入野口。鷹飼到此持鷹、員外鷹飼祗候、武官著青摺衣者四人、摺衣　徒伺〔者従祠ヲ〕　所扈従也、

鷹飼親王・公卿立本列、其装束御赤色袍、親王・公卿及殿上侍臣六位以上著麴塵袍、諸衛官人著褐衣・腹巻・行騰、諸衛服上儀、府宰〔掌ヲ〕以上著腹巻・行騰、悉熊皮、唯腹巻四位・五位用虎皮、六位以下阿多良志及麑皮通用無文〔毛ヲ〕、皮者用色皮、以上武官着〔差ヲ〕小手、馬寮・内舎人等同諸衛、鷹飼親王・公卿著地摺布衣及袴、或〔用柴ヲ〕蘭色〔綺袴ヲ〕木、小襖子餌袋、犬鷹著豹皮腹巻、及到野口、著狼皮行騰、四位以下同大井河行幸、乗輿按行、出日華門、自左近陣〔出ヲ〕於朱雀〔夾钦〕門夫門就路、鷂人院〔浣钦〕朝臣・〔藤原〕伊衡朝臣・〔藤原〕朝頼朝臣在将前、鷹人茂春・秋成・武仲・源教在公卿〔前ヲ〕、鷹人陽成院一〔元良〕親王・按察使〔藤原仲平〕大納言、〔鷂人中務卿・弾〔代明〕正尹・陽成院三〔元長〕親王在公卿前、仁和二年芹河行幸日、公卿皆著摺衣在前、旧記云、正五位下藤原朝臣時平著摺衣立列亘獵野ヲ〕、従獵卒行

〔獵之ヲ〕、至御輿墳、進朝膳、親王・公卿著平張座、於墳頂眺望已下（早歟）、召中少将、右権中将実頼（藤原）朝臣・少将中正（藤原）進持御璽筥・劔、上降墳路、右兵衛佐仲連（良岑）候御前、料理鷹人所獲之雉、殿上六位舁俎具、御厨子所進御膳御台二基、蔵人頭時望（平）朝臣陪膳、侍従以衡賜王卿（公ヲ）饌、侍従手長益送、
六条院（宇多法皇）被貢酒二荷・炭二荷・火爐一具、殿上六位舁之立御前、即解一瓶、至雉調所充供御、充公卿料、近衛将監役之、○菊亭家本李部王記（河海抄〔ヲ〕ヲ以テ校ス）

先行する故実を記したと見られる条に傍線を付した。右における〔 〕印は、底本にない文字で他本に見えるものをいい、その「ヲ」とは宮内庁書陵部蔵『河海抄桂宮本』を言う。一一行目の「眺望已下（早歟）」の右傍の「早」は「畢」字の異体字である。所定の衣裳、装具で大鷹・鷂を遣い、雉を狩る。「鷂人」「鷹人」とある親王以下は、勅許を得て「公験」を有する人物であろう。また、随行の料理人の手で雉を料理し、御膳を進めている。陪膳の平時望は、延長五年二月九日蔵人頭に任じられた（時に従四位下）。

『類聚国史』巻三二、「帝王十二　天皇遊猟」の条(96)によれば、応神天皇から光孝天皇、及び、太上天皇までの主な遊獵地は次のようである。算用数字は延べ度数をいう。

水生野（仁明朝は水生瀬野）	32	交野《かたの》	19
栗前野《くりくまの》（栗隈野）	32	日野	10
北野	31	登勒野《とろの》	8
大原野	30	的野《いくはの》	6
芹川野《せりかわの》	24	瑞野	6

就中、桓武天皇は、延暦二年一〇月から同二三年正月の間、一二八回の狩を行い、最も多い遊獵地は大原野（二三

回）であった。これに次ぐのが、水生野一五回、栗前野・北野共に一四回、交野・日野共に一〇回、…であった。いつでも鷹・鶻を遣うとは限らず、また、それを放っても文字に記録されるとは限らないかも知れない。が、明確に「放鷹」との文字が見えるのは交野の三回である。嵯峨天皇は、栗前野や芹川野（各一五回）、水生野（仁明朝は水生瀬野）や北野（各一二回）、及び、交野（七回）、大原野（六回）などに出掛けている。仁明天皇は、よく鷹・鶻・隼を用いたらしい。

『花鳥余情』によれば、紫式部は延長六年の大原野行幸を模してこの巻を執筆したという。次のようにある。

6その年のしはすに大はら野ゝ行幸とて（八八五6・67）　野行幸は、仁徳天皇の御宇よりはしまりて、仁明天皇承和二年光孝天皇仁和二年芹河醍醐天皇昌泰元年片野延喜四年大井河延長四年北野同六年大原野これらなり、中比白河院承保元年大井河行幸あり、十二月の例は、仁和二年十二月十四日芹河行幸平中納言

さかの山みゆきたえにしせりかはの千代のふるみち跡はありけり

とよめる時なり、いまの行幸は延長六年十二月五日大原野行幸の例を模してかけり、大略李部王記にいへるかことし　（『花鳥余情』(97)）

この指摘の通り、「行幸」の巻は、延長六年十二月五日大原野行幸の例を踏まえて綴られたようである。この間の相互関係については河北騰氏、今井源衛氏、加藤静子氏などにも詳しい検証がある。(98)

3「めづらしき狩《かり》の御装《よそ》ひども」「世《よ》に目馴《めな》れぬ摺《すり》衣」

本文に「親王《みこ》たち、上達部《かむだちめ》なども、鷹《たか》にかかづらひたまへるは、めづらしき狩《かり》の御装《よそ》ひどもをまうけ給《(たまふ)》。近衛《このゑ》の鷹《たか》飼《ゞ》い《(ひ)》どもは、まして世《よ》に目馴《めな》れぬ摺《すり》衣を乱《みだ》れ着《き》つゝ、けしきことなり。」とある。ここにいう「摺衣」については、

『文選』、巻八所収、「上林賦」に倣った衣裳と考えられる（第一部第一章第四節参照）。武帝の「獵者」たちは「鶡蘇《かっそ》を蒙《かうむ》り、白虎《はくこ》を絝《はかま》にし、班文《はんぶん》を被《かうむ》り、壄馬《やば》に跨《また》がる」として登場する。「班（斑）文」とは、虎・豹の皮（李善注）をいう。一般的な「摺衣《すりぎぬ》」は、より古くからあったようだが、日本では虎皮の文様を模し、格別に摺り上げた衣が「めづらしき狩《かり》の御装《よそ》ひども」、「まして世《よ》に目馴《めな》れぬ摺《すり》衣」である。虎・豹は、勇猛で狩の名人である。魏の武帝は「戦良久、乃縦㆓虎騎㆒夾撃」（魏志、武帝紀）とも伝える。そうした「班（斑）文」の文様を型木で摺り出したのが、ここの「摺衣」である。帝（冷泉帝）は、この日の花形である鷹飼に、際だって勇壮な文様の衣を着用させたのである。

4　「蔵《くら》人の左衛門の尉《ぞう》を御使《つかひ》にて、雉一枝《きじひとえだ》」

右本文には、源氏（太政大臣）は、六条院より御酒・御果物等を奉って物忌のため供奉できなかった由を奏上した、帝は、蔵人の左衛門尉を使者に立て、「雉一枝」を源氏に贈ったと見えた。鷹狩の獲物、「一枝」とは、その雌雄一番《つがい》を鳥柴《としば》一枝に付けたものである。これは、当時における最上級の贈り物であり、また、作法であった。

この条につき、先の『異本紫明抄』には次のようにある。(99)

蔵人さへもんのそうを御つかひにてきしえ（ママ）たてまつらせ給事

九条殿集
朱雀院のみかとかりにおはしましける御ともにさはる事ありてつかふまつり給はぬにきし《雉》一枝をすゝきにつけてたまはせたりけるにおとゝはかゝる世も在ける物をとまりゐてみをうち河と思けるかな西円とつけしはと

云木の枝に付也　勘文

右の底本は宮内庁書陵部蔵本であるが、京都大学文学部国文学研究室蔵本『紫明抄』には、次のようにある。(100)

きしひとえたたてまつらせ給雉一枝事

雉　昔は荻枝につく、いまはむめかえてにつく、○心《しかるをこのころ》えぬ物ともとつけしはにつくる也
これは秘事なり、とて、人を丶とすとかや、○凡卑也《この義はなはた》、もちゐるへから《事なかれ》すとそ故人は申丶

「雉」を、「昔は荻枝につく、いまはむめかえてにつく、しかるをこのころ、心えぬ物ともとつけしはにつくる也」、「これは秘事なり、とて、人を丶とすとかや、この義はなはた凡卑也、もちゐる事なかれとそ故人は申丶」とある。

雉一番を、昔は荻の枝、今は梅、楓に付けるが、心得ない者どもは「とつけしば（鳥付柴）」に付けるという。

また、『河海抄』には、次のように見える。

蔵人左衛門そう〔真本蔵人のせう〕を御つかひにて　きし一枝たてまつらせ給
李云延長四年十一月六日有北野行幸　其日全因物忌不参○未剋上還船岡　茂春最後獲（多カ）　伊勢物語に〔真本云〕忠仁公にたてまつる雉（九月はかりと云我たのむの哥　梅の作枝に付たり）
九条右大臣集ニ
朱雀院の御門かりにおはしましたりける御ともにまいる事ありて　つかうまつり給はぬに　きし一つかひを薄につけて給はせけるとあり〔不本一つかひたまはせたる《を薄につけて給はせけるイ》も申たまひけるとあり〕
か丶るせ《不本か丶る世》もありける物をとまりゐて見をうち河とおもひける哉

付鳥枝事

柴高七尺五寸　普通の柏木より（は）葉せはく円くして表裏に毛おひたり　是を鳥付柴といふ也〔真本以下九字ナシ〕梅の片枝につけたり　年内は立枝をへたて丶雄を左にあけて付　雌鳥をさけて付之　年あけては雌を左にあけてつく　春は雌を賞する故也　付様口伝あり　略之　式には柴を用といへとも春は梅　秋は紅葉に付事常也　むねと大臣大饗時に用之　又初雪朝雉を人に遣時作法也　又鷹野より人の許へ遣には三四尺の柴の枝に刀目をつけすして本を折はしらかし《きかくイ》〔不本きてイ〕て付也

一双を付様たしかにしれる人なし秦兼則説

四条大納言隆親卿説柴高六七尺　雌雄一双を付なり　（後略）　（『河海抄』、巻一一）(101)

「鳥付柴《とつけしば》」とは、柏木の類の内の特定の樹木をいうようであり、「式には柴を用といへとも」、「三四尺の柴の枝に」とも見える。加えて、天理図書館蔵本には、「普通の栢木よりハ葉せはく円くして表裏に毛おいたり　是を鳥付柴といふ也　一説に曰たもん柴といふ物也」(102)ともある。

「李云」とは、『李部王記』であるが、今日、この『吏部王記』の原本は散逸し、むしろ、本書を引いた後世の諸書から佚文を収集し、復元が試みられているところである。この「延長四年十一月六日」の条についても既出『史料纂集　吏部王記』には左記のようにある。(103) 右『河海抄』所引の条を逸文として収集したものである。

六日、有北野行幸、其日全（余因歟）同物忌不参、未刻上（醍醐天皇）還舟岡、茂春最後獲（多カ）○河海抄、巻第十一、御幸

「全（余）」とは、記主重明親王（醍醐天皇第四皇子、生歿は延喜六年〈九〇六〉～天暦八年〈九五四〉）、「茂春」は、右の『吏部王記』延長六年十二月五日の条にも「鷹人茂春・秋成」云々と見える。

『花鳥余情』には、当条につき、

15蔵人の左衛門のそう御つかひにて、きし一えたたてまつれさせ給ふ（八八七13・69）　延長四年北野行幸の時、蔵人左衛門尉源俊春（ママ）を御つかひにて、雉一えた中宮へたてまつらせたまへり、其例をもて、又蔵人左衛門のせうをもて六条院へまいらせられたるなり、　（『花鳥余情』、一九九頁）

とある。『林逸抄』(104)には、これとほぼ同じ注釈が見えるが、引用したものであろう。

「蔵人所」は、令外の官の一つとして弘仁元年（八一〇）によって創設された。職員として、別当、頭、五位蔵人、六位蔵人、雑色、所衆、出納、小舎人、滝口、鷹飼などの置かれた名誉ある職であった。その蔵人所の「鷹飼」は、

弘仁一一年「主鷹司」（鷹飼三〇人、犬三〇牙）から「鷹飼十人、犬十牙」が分け置かれたものである。貞観二年以後職員の配置がなくなり、諸事停廃していたが、元慶七年（八八三）蔵人所「鷹飼」が元に復された。即ち、『日本三代実録』巻四四、同年七月五日の条に次のように見える。[105]

○五日己巳。勅。弘仁十一年以来。主鷹司鷹飼卅人。犬卅牙食料。毎月充二彼司一。其中割二鷹飼十人犬十牙料一。充二送蔵人所一。貞観二年以後。無レ置二官人一。雑事停廃。今鷹飼十人犬十牙料。永以二熟食一充二蔵人所一。

蔵人所鷹飼が、元慶七年七月、養鷹専門職として再整備されるに至ったいきさつ、また、任用手続き・任用の実態、職掌、弘仁九年五月下賜された『新修鷹経』三巻などについては、先学に詳細な研究がある。[106]

「蔵人左衛門尉源俊春」につき、「源俊春」とあるのは誤写で、正しくは「源俊《すぐる》」とされる。即ち、市川久編『蔵人補任』[107]によれば、延長四年の蔵人所は次のような構成員となっており、

蔵人頭―従四下平　伊望〈式部権大輔・中宮権大夫〉
五位蔵人―、、、平　希世〈右少将〉・正五下藤原実頼〈右少将〉
六位蔵人―正六上源　昭〈木工助〉・正六上大江維時〈式部大丞〉・正六上源　俊〈左衛門尉〉・正六上藤原尹甫〈近江大掾〉

その「源俊」の条には次のような編者注が付されている。

三月六日見「西宮」二ノ七二「花鳥余情」（「史料」一ノ五ノ八六九）延長四年蔵人左衛門尉源俊春見ユルモ、春ハ衍

源俊につき、『尊卑分脈』によれば、父は嵯峨天皇の孫唱（左衛門権佐、従四位下、右大弁）で、従四（または、五）位上、右衛門佐、近江守に任じられたとある。[108] 醍醐天皇の延喜二一年（九二一）（二月一七日補、正六位上、左衛門少尉

如元）から延長四年まで六位蔵人、また、村上天皇の天慶九年（九四六）（四月二六日補、従五位上、右少弁・左衛門権佐如元、〈三事兼帯〉）から天暦三年（九四九）まで五位蔵人を勤めた。「三事兼帯」とは、蔵人・弁官・検非違使佐を兼ねることをいう。

「伊勢物語に（真本云）忠仁公にたてまつる雉」云々とは、『伊勢物語』の話である。次のように見える。

昔、おほきおほいまうちぎみときこゆるおはしけり。仕《つか》うまつるおと《（を）》こ、なが月許《ばかり》に、む《（う）》めのつくり枝《えだ》に雉《きじ》をつけて奉《たてまつ》るとて、

わがたのむ君がためにとお《（を）》る花は時《とき》しもわかぬ物にぞ有（り）ける

とよみて奉《たてまつ》りたりければ、いとかしこくお《（を）》かしがり給（ひ）て、使に禄《ろく》たまへりけり。（第九八段[109]）

「おほきおほいまうちぎみ」とは、太政大臣藤原良房（生歿、延暦二三年〈八〇四〉～貞観一四年〈八七二〉）、諡号忠仁公をいう。「つくり枝《えだ》」とは、造り枝（「第二節「松風」の巻」参照）。「時《とき》しも」には、雉《きじ》が掛けられている。

源氏の心遣いに対し、御門は「雉一枝《きじひとえだ》たてまつ」たとある。この条は、『河海抄』が指摘しているように、藤原師輔の『九条右大臣集』に倣ったものらしい。肥前嶋原松平文庫蔵**『師輔集』**に次のように見える。

朱雀院のみかとのかりにミゆきありける、おほむともにさはることありて、えつかふまつりたまはぬに、き a
しひとつを《（ママ）》たにつけてたまはせたりけれハ、そうし給ひける

か丶るせもありける物をとまりゐてミをうち川と思ひける哉 b

（七丁オ）

本書は、『九条右大臣集』ともいう。『丹鶴叢書』所収の『九条右大臣集』[110]によれば、右のa部は「きしひとつをた《えカ》につけて…」、b部は「か《（な脱）》」とある（漢字-仮名の差異等、また、頭註の翻字があるが、今省く）。

師輔（生歿、延喜八年〈九〇八〉～天徳四年〈九六〇〉）は、藤原北家九条流藤原忠平（摂政、太政大臣、関白、贈正一

位）の二男（兄は左大臣実頼）で、醍醐・朱雀・村上天皇に仕え、右大臣、正二位に昇った。内親王二人も妻にして家の格上げに成功し、帝から「雉一枝」たまわるほどの名誉の家である。紫式部は、この『師輔集』を念頭に置き、これを活かすべく筆を運んだようである。因みに、藤原道長は師輔の孫に当る。

しかし、『花鳥余情』には「延長四年北野行幸の時、蔵人左衛門尉源俊春（ママ）を御つかひにて、雉一えた中宮へたてまつらせたまへり」云々と見えた。出典が問われる。延長四年の「中宮」とは、醍醐天皇の中宮穏子（延長元年四月二六日皇后となり、同四年六月二日成明親王〈村上天皇〉出産）である。だが、現『李部王記』の延長四年一一月六日の条にはこの文言が見えず（また、この文体は変体漢文体）、『河海抄』にも「雉一枝中宮へたてまつらせ」云々の文言は見えないようである。『大日本史料』第一編之五でも『花鳥余情』を引くのみである。(111)

5　おわりに

本文に、「蔵《くら》人の左衛門の尉《ぜう》を御使《つかひ》にて、雉一枝《きじひとえだ》たてまつらせたまふ。」と見える。この「雉」―「一枝」という贈答は、平安時代における礼儀であり、作法（鳥柴）でもあった。

『古今著聞集』巻一六（興言利口第二五）に、次のように見える。(112)

五一二　中納言家成黒馬を下野武正に与ふる事幷びに所領の沙汰者馬眠の事

藤中納言家成卿、くろき馬をもちたりけるを、下野武正頻《しきり》にこひけるを、「汝がほしう思《おもふ》ほどに、われはお（を）しうおもふぞ」とて、とらせざりければ、武正ちからを（お）よばですぐしけるに、雪のふりたりける朝、中納言のもとに盃酌ありけるに、武正御鷹飼にて侍《はべり》ければ、鳥を枝につけてもてきたりたり（二字衍カ）けり。中納言侍をもて、「武正はなに色の狩衣に、いかていなる馬にかのりたる」と見せければ、「かちかへしの狩衣に、ことにひきつくろひて侍るあしげなる伝馬《てんま》の不可思議なるにこそ、のりて候へ」といひければ、「此《この》うへはちからなし。かなしうせられたり」とて、秘蔵《ひさう》のくろ馬をたまはせてけり。同《おなじ》卿の大和国なる所領よりものを上《のぼせ》ける沙汰の物、（後略）

鳥羽上皇の寵臣中納言家成の邸第におけることである。雪の降り積もった朝《あした》の「盃酌」という。これが、もし、初雪の朝であれば、『徒然草』、第六六段に見える、岡本の関白殿と御鷹飼下野武勝との間の「鳥柴《としば》」の作法問答が参照される。武勝は、「初雪《はつ》の朝《あした》、枝を肩《かた》に掛《か》けて、中門《（ちうもん）》より振舞《（ふるまひ）》てまい《（ゐ）》る。」(113)云々と言上している。これが、御所の御鷹飼の作法であろう。

さて、この早朝、やはり、職務の一つであったのか、御鷹飼の下野武正《しもつけのたけまさ》が、「鳥を枝につけてもてき」た、と（門番が）いう。家成は、俺の一番大事にしている「くろき馬」を、いつも欲しい、欲しいと言っていた身の程知らずのやつだから、どんな風体で来たのか、気になった。そこで、下侍に見に行かせたところ、彼は褐返《かちかへし》の狩衣に、整え装《よそ》えた葦毛の伝馬（逓送用の公用馬）の、しかし、ひどく不格好な馬に乗ってきた、と言う。褐衣《かちえ》とは、深い藍で染めた褐色より深い紺色の、諸衛の舎人（鷹飼を含む）が随身の際の召具装束とした狩衣（褐衣）である。それを聞き、家成は、「…、やられた、やつには負けた。叶わん。」と思った。武正は、雪の早朝、召具にわが身を整え、また、馬にもきちんと手入れをしてやって来た。この限りでは特段のことでもなかろう。が、その乗馬たるや、何ともみすぼらしい駄馬だという。家成は、「よくもマア…、恥ずかし気もなく、…?」と驚愕した。と同時に、「いくら何でも、それでは武正が、かわいそうではないか。やつだって、御所の御鷹飼ではないか…。」と、彼の姿に切なさを覚えた。また、一方では、「そんな馬を使われたのでは、やつを随える俺の面子《めんつ》に関わる」と、慌てもした。

「御鷹飼」は、蔵人所や六衛府の役人の所掌の内であるが、この時期、武正は、その身分をもって、家成の随身（騎馬）を務めていたのであろう。家成は、今をときめく顕官であり、右兵衛府の中枢にもあった。従って、馬にも詳しく、乗馬にも長け、駿馬にも名馬にも事欠くことはなかった。が、この逞しい「くろき馬」だけは、気に入った。惜しかった。しかし、不器用ながらも健気《けなげ》に励む武正に負けた。情にほだされ、これをくれてやる他はなかった。

家成は、鳥羽上皇の信任を得て、参議、従三位・右兵衛督（保延二年）、権中納言（同四年）、春宮権大夫（同五年）の重職にあった。また、家成は、庖丁の業にも長け、いわば四条流庖丁道の前史に位置する人物である。『古今著聞集』には、保延六年（一一四〇）一〇月白河仙洞にて「鯉を調理の事」という逸話も見える。(114)

下野（調子）家は、代々左近衛府の随身（番長、将監）を務め、彼の父は武忠という。武正も、後に番長となり、右近衛府に転じて将曹を務めた。(115) また、『調子家系譜』によれば、その尻付に「散所長／楊《（揚）》馬上手」「御鷹飼／知足院殿番長／同官人／法性寺殿官人／右近将曹年預／楊《（揚）》馬上手／散所雑色知行」との経歴が見える。(116) 随身は、その職務上、諸行事に参加し、衆目を集めることも多い。良い馬を持つことも仕事の内であった。武正は、「容儀などもよかりければ、ゆゝしき名誉のものにてぞ侍《はべり》ける。」と評されていた。「容儀」とは、「礼儀・作法にかなった人のなりふり。(117)」と説明される言葉である。だが、彼は競馬には一度も勝ったことがなく、そのくせ、恥じ入ることもなかったという。また、ある時は、法性寺殿（摂政・関白藤原忠通）の警護役で四天王寺へ参る、その途中の山崎（大阪府三島郡島本町山崎）で、あろうことか、馬から落ちてしまった。またの日、二人がここを通りかかった折、殿下《てんが》は、「こゝか、武正が所は」とおっしゃったので、「そうです」と申し上げた、そして、そのままこの地を領地させて貰うことにした、――という。(118) 殿下の威光を笠に着た横領であるが、質朴な憎めない男であったようである。

なお、「藤裏葉」の巻には、「蔵人所の鷹飼《たかゞ（ひ）》いの、北野《きたの》に狩仕《かりつか》まつれる鳥一《ひと》つがひを、右のすけ捧《さゝ》げて」と見える（「第四節「藤裏葉」の巻」参照）。鎌倉時代に降っても、藤原定家の『明月記』、嘉禄元年（一二二五）二月八日の条に、「人々物語之中〈長衡朝臣等説〉、一日比、一上亭射二小弓一。負態方鵊一羽、酒一瓶可レ進由示二頼次一〈非二近習物一。只

依㆓召継事㆒、自㆓後院㆒駈入歟〉。頼次此事不㆓思得㆒之間、剪㆓紅梅大枝㆒、雄雉・雌雉各十羽〈如㆓小鳥㆒付㆑之〉、大瓶入㆑酒送㆑之。納受饗応云云。(119)」と見える。

『徒然草』第六六段にも、「岡本《おかもと》の関白殿、盛《さか》りなる紅梅の枝に、鳥一双を添《そ》へて、この枝に付《つ》けてまい《(ゐ)》らすべきよし、御鷹飼下野武勝《(しもつけのたけかつ)》に仰《(おほせ)》られたりけるに、「花に鳥付《つ》くる、すべて知《し》りさぶらはず。一枝に二《ふた》つ付《つ》くることも存知し候はず」と申《(まうし)》ければ、(中略)花もなき梅の枝に一《(ひとつ)》を付《つ》けてまい《(ゐ)》らせけり。(120)」などと見える。岡本の関白殿の耳にした「鳥柴」の作法は華美なものであり、武勝には、到底、受け容れられるものではなかったらしい。御所の御鷹飼に伝わるその流儀は、簡素であり、しかし、厳かで奥ゆかしく、優雅なものであった(「第二節「松風」の巻」参照)。

第四節 「藤裏葉」の巻

1 はじめに

「藤裏葉」の巻は、帝の源氏の六条の院行幸の次第を物語る。六条院行幸の意味につき、表向きにはともかく、「帝としては、源氏を父として敬いたいという、朝覲の行幸を果たす心であったと思われる。やっと源氏に上皇の格を与えることのできた、帝である。源氏にも、この行幸を実行しようとする帝の心が解っていたであろう。(121)」と説かれる。本文は、次のようにある。引用は『新日本古典文学大系21』による。(122)

神無月の廿日あまりのほどに、六条院《(ろくでうのゐん)》に行幸あり。紅葉の盛《さか》りにて、けふ《(きょう)》あるべきたびの行幸なるに、朱雀院にも御消息《せうそこ》ありて、院さへ渡《わた》りおはしますべければ、世にめづらしく有難《(ありがた)》きことにて、世《よ》人も心をおどろかす。

あるじの院方も御心を尽《つ》くし、目《め》もあやなる御心まうけをせさせ給ふ。

巳《み》の時に行幸ありて、まづ馬場殿《むまば》に左右の寮《つかさ》の御馬引《ひ》き並《なら》べて、左右近衛立《た》ち添《そ》ひたるさほう《(ふ)》、五月の節《せち》にあやめわかれず通《かよ》ひたり。未下《ひつじくだ》るほどに、南《みなみ》の寝殿《しん》に移《うつ》りおはします。道のほどの反橋《そり》、渡殿《わた》には錦《にしき》を敷《し》き、あらはなるべき所には軟障《ぜんじやう》をひき、いつくしうしなさせ給へり。東《ひんがし》の池《いけ》に船ども浮《う》けて、御厨子所《みづしどころ》の鵜飼《うかひ》のおさ《(を)》、院の鵜飼《うかひ》を召《め》し並《なら》べて、鵜《う》をおろさせ給へり。ちい《(ひ)》さき鮒《ふな》ども食《く》い《(ひ)》たり。わざとの御覧《らん》とはなけれども、過《す》ぎさせ給ふ道《みち》のけふ《(きよう)》ばかりになん。山の紅葉《もみぢ》いづ方《かた》も劣《をと》らねど、西の御前《おまへ》は心ことなるを、中の廓《らう》の壁《かべ》をくづし、中門をひらきて、霧の隔《へだ》てなくて御覧ぜさせ給ふ。御座《ざ》二《ふた》つよそひて、あるじの御座《ざ》は下《くだ》れるを、宣旨《せむじ》ありてなを《(ほ)》させ給ふほど、めでたく見《み》えたれど、みかどは、なを《(ほ)》限《かぎ》りあるいや〱しさを尽《つ》くして、見《み》せたてまつり給はぬことをなんおぼしける。

池の魚《いを》を、左少将取《(とり)》、蔵人所の鷹飼《たかゞ》い《(ひ)》の、北野《きたの》に狩仕《かりつか》まつれる鳥一《ひと》つがひを、右のすけ捧《さゝ》げて、寝殿《しん》の東《ひんがし》より御前《まへ》に出《い》でて、御階《みはし》の左右に膝《ひざ》をつきて奏《そう》す。おほきおとゞ仰《(おほせ)》こと給《(たまひ)》て、調《てう》じて御膳《おもの》にまい《(ゐ)》る。親王《みこ》たち上達部《め》などの御まうけもめづらしきさまに、常《つね》のことどもを変《か》へて仕《つか》うまつらせ給へり。

みな御酔《ゑ》い《(ひ)》になりて、暮《(くれ)》かゝるほどに楽《がく》所《(そ)》の人召《め》す。わざとの大楽《がく》にはあらず、なまめかしきほどに、殿上の童《わらは》べ舞《ま》ひ仕《つか》うまつる。朱雀院の紅葉の賀、例《れい》の古事《ふる》おぼし出《い》でらる。賀皇恩《(かわうおん)》といふものを奏《そう》するほどに、おほきおとゞの御おとごの十《とを》ばかりなる、切《せち》におもしろう舞《ま》ふ。内《うち》のみかど、御衣《ぞ》ぬぎて給ふ。おほきおとゞ下《お》りて舞踏《ぶたう》し給《(たまふ)》。（後略）

（「藤裏葉」の巻）

「五月…」の脚注には、『延喜式』『儀式』を引き、「五月五日の節。「凡五月五日、天皇観二騎射（むまゆみ）并走馬一」（延喜式・太政官）、「左右馬寮、各細馬十疋を択ぶ…近衛各十人をして競騎せしむ」（儀式・五月五日節儀）。ただし五月の節会は冷泉朝以後、廃絶。参考、枕草子・見物は。」（一九六頁）とある。

六条院への行幸は、紅葉の盛り、神無月の二〇日余りのことであった。帝（冷泉帝）のお誘いにより、あろうことか、朱雀院も御幸せられ、世にも珍しく、滅多にない催しとなった。源氏は殊更に心を尽くし、お迎えした。巳の時（午前一〇時）に行幸があり、馬場殿では、派遣された左右馬寮・左右近衛府の官人・随身たちによる歓迎の儀式、また、競馬、左近・諸衛の射などが披露され、その様は五月の節会さながらであった。南の寝殿までの道すがらにも趣向が凝らされ、東の池では御厨子所（内膳司）の長が六条院の鵜飼らを連ねて漁をし、鵜は上手に小鮒どもを取ってみせた。御座は二つ（主賓方・主方《あるじ》）用意され、その内、主方（源氏）の座は引き下げられていたが、帝の御言葉で同列に敷き直させなさった。しかし、帝は、やはりけじめある内でお尽し申し上げることしかできないことを心苦しく思われるのであった。この条、三条西公条自筆稿本『細流抄』では、限りある内にも「朝覲行幸の作法にもありたきと也」との注釈がある[123]。

池で取った魚は左近衛少将が、鳥一つがいは右近衛少将がそれぞれ捧げ持ち、寝殿の東より御前に出でて、御階の左右に膝をついて、この旨奏上した。おほきおとゞ（太政大臣）は、帝の仰せ言を給わって二人に伝え、魚・鳥を調供し、御膳《おもの》に差し上げた。

右の本文につき、先学の注釈も細かく行われており、何の問題もないようであるが、しかし、傍線部を付した辺りには、今少し追加しておくこともありそうである。また、この巻には「むまば殿」「おほきおとゞ仰《おほせ》こと給《たまひ》て」と見える。「馬」は、鷹狩には必須とされる動物であった。これに関連し、「むまば（馬場）」「むまき（馬埒）」「むまばのおとゞ」などについても若干の検討を行っておきたい。

2　神無月、紅葉の盛りにて

冒頭の「神無月の廿日あまりのほどに六条院に行幸あり」につき、『河海抄』には次のようにある。

神無月の廿日あまりのほとに六条院に行幸あり

康保二年十月廿三日御記曰、此日行幸朱雀院、辰四刻出紫宸殿、○自朱雀路到朱雀院、入自永寧坊就馬場殿、○仰左大将源朝臣可令召御馬之状、源朝臣下殿仰、了更参上、召左近少将為光、々々進立東階北辺、源朝臣仰御馬令馳、為光称唯退還本陣、暫左右近将監以下、近衛以上各廿人、起陣趍向御厩、良久馳御馬、向馬駐、左右大将下殿執御馬奏、参上奏之、御馬北上、先十列次当年駒各十疋随次馳了、（『河海抄』[124]）

康保二年（九六五）一〇月二三日村上天皇は、朱雀院に行幸し、競馬の観戦をした。「左大将源朝臣」は高明、「右大将」は師尹。「御記」と見えるのは『村上天皇御記』康保二年一〇月二三日の記文だとされる[125]。

神無月廿日あまりの程に六条院に行幸ありて

康保二年十月廿三日村上天皇の朱雀院に行幸ありし例をうつしてかける也　河海に見えたり　かさねてしるすにおよはす（『花鳥余情』[126]）

『花鳥余情』「十九　藤裏葉」は、はっきりと、この康保二年時の「朱雀院」行幸の「例をうつしてかける也」という。『弄花抄』にも、「康保二十月廿三村上の行幸朱雀院之例花」とある[127]。

この「朱雀院」については、太田静六著『寝殿造の研究』に詳しい[128]。朱雀大路に東面し、三条・四条の大路にわたって八町を占める累代の後院であった。嵯峨天皇が譲位後の御所として造営し、宇多天皇も度々行幸し、修造して栢殿《どの》で詩宴を催した。朱雀天皇も修造、遷御したが、天暦四年（九五〇）焼失した。村上天皇（生歿は延長四年〈九二六〉

~康保四年〈九六七〉、在位は天慶九年〈九四六〉~康保四年）は、これを再建し、離宮として利用した。朱雀院の正門は、皇嘉門大路に面した西門であり、これを入って車宿・随身所・蔵人、宜陽殿、西対・寝殿・北対・東対・東二対等の寝殿群が位置する。寝殿の南方には中島二つを浮かべる南池が拡がり、これと院の南門との間に南山が位置し、西南隅に石神明神・隼社があった。「栢殿」（栢梁殿）は、院の東北域を占める島町にあり、仁寿殿・西対と共に東池や流水で囲まれていた。近くに朱雀大路に面した東門がある。この東埒の中ほどに馬場末門が位置し、この門を入れば、南から伸びてきた馬場と直交し、この向こう側に馬場殿が設けられている。競馬は南（東南）から発進し、ゴール直前の戦況を馬場殿で観戦する。ここでは頻繁に競馬が行われ、時には詩会も催された。この馬場は、『西宮記』に「馬埒」との称で見えている（後にも触れる）。

ところで、本文には、「巳《み》の時に行幸ありて、まづ馬場《むまば》殿に左右の寮《つかさ》の御馬引《ひ》き並《なら》べて」云々とある。その文字通り、帝以下は、「まづ馬場殿《むまばどの》」に至ったようである。範とされた朱雀院の復元図（太田氏）によれば、その「馬場末門」から入り、馬場殿に入ったことになろう。次いで、「未下《ひつじくだ》るほどに、南《みなみ》の寝《しん》殿に移《うつ》りおはします。道のほどの反《そり》橋、渡《わた》殿には錦《にしき》を敷《し》き」とある。なるほどに、その南池・東池の間の橋、――恐らくは反橋を渡れば、直ぐに「南《みなみ》の寝《しん》殿に移《うつ》りおはします」ことになる。池には舟が浮かび、鵜が小鮒をはむ。紅葉の盛りに「目《め》もあやなる御心まうけ」となろう。

これに対し、同じく太田氏の復元された「六条院」の場合であれば[129]、どういうコースで春の町（辰巳町）の寝殿に至るのであろうか。東門は、春の町と夏の町とそれぞれにあるが、前者が正門らしく、春の町の南池・寝殿にも近い。だが、馬場殿はかなり遠い。夏の町の東門から入邸したとすれば、春の町の南池・寝殿が遠くなる。この馬場・馬場殿は、「葵」「少女」「蛍」などの巻にも見えている。

3　「馬場《むまば》殿に左右の寮《つかさ》の御馬引《ひ》き並《なら》べて」

「馬場《むまば》殿」について述べる。但し、関連事項もあるので、本章末に「余論」として掲出する。

4　「御座《ざ》二《ふた》つよそひて、あるじの御座《ざ》は下《くだ》れるを」

通説では、「御座《ざ》二《ふた》つよそひて」とは、《冷泉帝（主上）と朱雀院と》の二人の御座所のこと、「あるじの御座《ざ》」は光源氏（六条院）の座のこと、と注釈される。(130)「二《ふた》つ」とは、具体的な御座所を一つ、二つと数えた表現と解し、これとは別に、「下《くだ》れる」ところに「あるじの御座《ざ》」があったとする。朱雀院（源氏の兄君）は太上天皇であり、「あるじ」の源氏は準太上天皇という立場にあった。ところが、先の『**細流抄**』には次のようにある。

165　御さふたつ（一〇一六12・四五九14）―朱雀院と六条院と也

166　せんしありて（一〇一六12・四六〇1）―あるしの座をひきさけたるを同座にしきなをさせ給也（五一丁ウ）

ここでは、「御座二《ざふた》つ」とは〈朱雀院と六条院（源氏）との座〉とある。これは、賓客の座と主人の座という抽象的な「御座」の種類（ランク）を数えた表現である。主上の座は、賓客の「御座」の内に位置して、結局、朱雀院に同座したということになる。他方、主人の座は「下《くだ》れるを」という種類にあったので、これを、宣旨（主上）によって、「同座にしきなをさせ給」とある。個々人に用意される着席の座は、平敷であったようである。

およそ、空間的問題として、天皇、及び、貴人の御座所《ござしょ》といえば、(イ)その邸宅、あるいは、建物全体、(ロ)その内の一部の建物（母屋、対屋《の》など）、または、(ハ)居室の特定の着座場所（複数人の座る空間）、(ニ)限定的な着座場所（一人単座）といった、四様が考えられる。右『細流抄』では、当初、(ハ)に賓客用と主人用との「ふたつ」、即ち、二様の着座を設け、その上位に朱雀院・主上の二人が、また、下位に主人が座った、あるいは、主人だけは下った(二)のような別空間に座を設けた、――と考えたらしい。

『細流抄』の注釈につき、先学は、どのように対処されたのであろうか。その対処方がはっきりしないが、あるいは、その「朱雀院と六条院と也」と見える語は、誤記と判断されたのであろうか。

三条西公条自筆稿本『細流抄』は、古典学の権威とされる実隆（生歿、康正元年〈一四五五〉～天文六年〈一五三七〉）の講釈の聞書に息公条（生歿、長享元年〈一四八七〉～永禄六年〈一五六三〉）が筆を重ねた注釈書であるとされる（天文二一年〈一五五二〉頃成か）。当時、賓客と主人との座にはどのような差別があったのか、室を卜《ぼく》し、座を設ける。御簾《みす》、軟障《ぜじょう》、敷物、倚子《いし》などのしつらいにつき、今日からすれば想像すらできないところもあったであろう。『細流抄』の所説も、無下にはできない、一考に値するのではなかろうか。

5　「蔵人所の鷹飼《たかゞ》い《(ひ)》の、北野《きたの》に狩仕《かりつか》まつれる鳥一《ひと》つがひを」

「蔵人所の鷹飼《たかゞ》い《(ひ)》の、北野《きたの》に狩仕《かりつか》まつれる鳥一《ひと》つがひを右のすけ捧《さ》げて」とは、蔵人所の職員の鷹飼が、禁野の北野に行って御狩申し上げた雌雄一対で、これらは木の枝に付けられていたはずである。鳥柴の作法である。

本文には「鳥一つがひ」とあり、何という鳥か、書いてはない。この点につき、いずれの注釈書にも何の言及もない。だが、作者としては、書く必要はなかったのである。それは自明のことであったから。つまり、陰暦一〇月二〇日過ぎの鷹狩である。この「鳥」は、他ならぬ雉《きじ》を意味する。雉は、鷹狩の最上の獲物とされる。それ故、鷹狩の場では、「雉を鷹詞にもきじとはいわず。但鳥と云べし。おし出して鳥と云は雉の事也。」（『龍山公鷹百首』[131]）といい、雉以外の雁、鴨、鶉…などは、「鷹の雁」「鷹の鴨」「鷹の鶉」…と、その鳥名を添えることになっていた。そうした言葉遣いが、やがて、関係者周辺にも行われるようになり、それが右にも顔を出したのであろう。後世の『日葡辞書』にも「†Tori. トリ（鳥）〔鳥の中でも〕特に雉の雄か雌かを意味する。」[132]と立項され、語釈されている。この辞書にしては特異な語釈のように見えるが、それは、この辞書がここに鷹狩専門書を引用しているからである。『邦訳日葡辞書』では、†印は、この語が原本では増補部にあることを示す。この増補時には鷹の専門書が利用されたようである。

「鳥一《ひと》つがひ」は、木の枝に付けるのが作法であった。『鷹経辨疑論』に、「或問。鳥ヲ木ノ枝ニ着ルト云ハ法度アリヤ。／答云。経ニハミヘズ。然ドモ上古ヨリ定メルヤウアリ。左ニ記ス。」として、「春ハ雌ヲ上ニ着ベキナリ。秋冬ハ雄ヲ上ニ用ベシ。」云々[133]、また、『責鷹似鳩拙抄』に、「一 鷹の鳥を木に付る事」として、「鳥ニ付るには春は雌上雄下に付べし。雌ばかりも雄ばかりも不付也。」「冬は雄は前なるべし。」云々とある[134]。摂関大臣家の大饗でも雉羹を提供した。その雌は殊に美味で「金鳥」と称され、雄は甚だ美麗の羽に多数の黒斑のある長い尾羽を有する。

「北野」とは、山城国嵯峨野の北部に位置した禁野（標野）で、洛北七野（内野・北野・平野・点野・紫野・蓮台野・上野）の一つとされる。優れた猟場であったようで、桓武天皇は、延暦一五年一一月二日以後、一四回、嵯峨天皇は、弘仁二年二月一一日以後、一二回、ここで遊猟を行っている（『類聚国史』巻三二）[135]。冬、ここで鷹狩を行った記録として、『類聚国史』巻三二に、淳和天皇天長九年（八三二）九月二六日、「乗輿幸㆓北野㆒。試㆓鷹犬㆒。猟㆓双岳及陶野㆒。幸㆓雲林院㆒。賜㆓侍従已上禄㆒有㆑差。」と見える[136]。『源氏物語』の時代設定とされる延喜頃であれば、醍醐天皇は延喜一八年（九一八）一〇月、延長四年（九二六）一一月など、この北野で鷹狩を行っている（『西宮記』、『河海抄』巻一一御幸）[137]。

「北野」のような禁野では、天皇以外、何人もここで狩猟をすることはできない。禁野には、それ故、監理者（「検校」「別当」）も配置されていた[138]。『西宮記』に次のようにある（〈 〉は、割書細字。／印は改行）。

一、御鷹飼事。

蔵人奉レ勅、召二撿非違使幷馬寮官人等一仰下。次禁野給二所下文一。

一、交野撿校事。〈御牒給レ国、即下／文給二禁野一云々。〉

（『西宮記』、第二巻、「諸宣旨例」[139]）

右は、『侍中群要』巻一〇にも同様に見えるが、写本の間に異文がある。[140] 二条の内、前者の「所下文」は、蔵人所の禁野への下文。後者の、「交野」は、河内国の禁野、「撿校」は、百済王家が踏襲したという（左記参照）。「御牒」は、『侍中群要』に「所御牒」とあり、蔵人所から同国への公文書をいう。「即下／文給二禁野一云々」は、『侍中群要』に「幷仰二禁野一」とある。仰せを受けた蔵人所から禁野への下文である。

『西宮記』には、また、次のようにも見える。

禁野。北野〈有二別当／少将。一〉交野〈以二百済王一／為二撿校。一〉宇陀野《ママ》

（「臨時五　諸院[141]」）

中国古代、漢の武帝の上林苑は禁野であった。『文選』の張平子（名は衡）の「西京賦」に、「上林禁苑、跨レ谷彌レ阜」とある（「彌」は、おおう、「阜」は、おかの意）。我が国の禁野もこうした制に倣ったものであろう。

こうした禁野（北野）ではあるが、勿論、この折は、前もって勅許の文書が蔵人所に下され、その「鷹飼」が北野において鷹を遣ったことになる。

天皇・太上天皇に献上するとなれば、正しく御贄である。他ならぬ禁野（北野）において獲った鷹の鳥（雉）でならねばならない。しかも、今捉えたばかりという新鮮な鳥の、中でも最も美麗な雌雄一番を、畏まった儀礼の場に奉るのである。作法に従い、木の枝に付けて献上された。「木」といっても菊、荻なども含む。かくして、木の枝となれば、池の魚のように（左少将が）手に「取」るのではない、（右少将が）手に「捧《さゝ》げて」奉るという体勢となる。

当面の条につき、**『河海抄』**に次のようにある[142]（読点私意）。

いけのいをゝを左の少将とり、くら人所のたかゝひ、きたのにかりつかふまつれるとり一つかい、右のすけさゝけて、しん殿のひんかしよりおまへにいてゝ、みはしの左右にひさをつきてそうす、おとゝおほせこと給て、てうしておものにまいる

康保二年七月廿一日仰蔵人頭延光朝臣、以左馬助満中、右近府生多公高、右近番長播磨貞経等、並為御鷹飼、

同御記天徳四年五月十二日申剋之釣殿召漁者丹波春助下網捕魚、捕得一二喉鯉鮒即放入、々夜還、

応和元年三月卅日之釣殿覧曳網、又令泛舟、

職員令云、主鷹司正一人、掌調（習）鷹犬事、

御鷹飼、蔵人所被管也、仍蔵人右佐奏之歟、供御贄之時、一座人可賜膳部《カシハテ》之由仰之、

捕鳥奏階下事

延喜廿年十月十八日権中納言藤原朝臣、着小鳥於菊枝、立階前奏云、船木氏有進（御贄）、

「同御記」とは、『村上天皇御記』逸文と認められ、『三代御記逸文集成』(143)天徳四年五月十二日の条に「十二日庚戌。今夜白雨。申刻之釣殿召漁者丹波春助下網捕魚。…」と収められている。邸内（寝殿造り）の「釣殿」辺で網を入れた事例であろう。「延喜廿年十月…」の条は、前田尊経閣文庫蔵大永鈔本『西宮記』、巻八（臨時乙、「宴遊臨時楽」）に、「延喜廿（廿一十々八カ）・十八、召二雅楽寮人於清涼殿前一奏レ舞。（中略）雅楽属船木氏有、着二鷹飼装（束一臂レ）鷂独舞。放鷹楽。新羅琴師船良実着二犬飼装束一、不レ随レ犬。権中納言藤原朝臣、着二小鳥於菊枝一、立二階前一、奏云、船木氏有進二御贄一、召二膳部一給。種々奏レ舞。（後略）」と見えている。(144)「権中納言藤原朝臣」は、左大臣藤原時平の一男保忠をいう（生歿、寛平二年〈八九〇〉～承平六年〈九三六〉）。延喜一四年参議、右大弁、同一一年従三位、延長八年正三位、大納言、承平二年右大将、同三年按察使となる。祖父は昭宣公藤原基経。雅楽家でもあり、祖父より笙の秘伝を承け、鳳笙の始祖とも

称される。保忠は、菊の枝に小鳥を付け、放鷹楽の舞に参加している。(145)

「いけのいを」「御鷹飼」については、『一葉抄』にも次のようにある。

109池のうをゝ（一〇一六14・205）　河天徳四年五月十二日釣殿召《ニ》漢《(漁カ)ヲ》者御記

110蔵人所のた《(ママ)》ゝかひ（一〇一六14・205）　鷹飼は蔵人所の所掌也、近衛身《(随脱カ)》等御鷹飼に補せらるゝ云々、見花鳥之巻、

6　「調《てう》じて御膳《おもの》にまい《(ゐ)》る」

「（おほきおとゞ仰《(おほせ)》こと給《(たまひ)》て）調《てう》じて御膳《おもの》にまい《(ゐ)》る。」とは、やはり、御厨子所《みずしどころ》の職員が、主賓の目前で、作法に則りながら捌き、御膳に供したことをいうのであろう。『醍醐天皇御記』に、次のようにある。(146)

廿八日。従神泉苑西掖門入御埒殿。左大臣仰令捕池魚。右衛門督清《(藤原)》経朝臣捧所捕得魚奉覧。則御前料理供膳。余給侍臣。右衛門佐兼茂調御膳、御厨子所一両人階下調給臣下、此時騎射北度《(わたる)》。〇花鳥余情藤裏葉

（延喜八年五月二八日の条）

八日。幸朱《(宇多)》雀院。至馬埒云々。次移柏殿云々。王卿下殿持右京職御贄侍従大夫職官人同持之、立庭中。覧了召膳部下給云々。左衛門督藤原《(定方)》朝臣請捕魚。依請。左右衛門官人率門部令舁網参入。施網前池得鯉鮒十余喉。於御前調供。又於東砌下調給侍臣了。雅楽於池上奏音楽云々。〇西宮記十七臨時五諸社行幸、花鳥余情

（延喜一八年一〇月八日の条）

右は、『西宮記』や『花鳥余情』(147)から収集されたものである。「御厨子所」については、『河海抄』では、この一つ前の条に、「御厨子所、別当一人、預、膳部、滝口廿人、謂鵜飼・江人・網代等之類、職員令云　大膳職雑《クサ〳〵ノ》供《ニヘアリ》「戸」とあり、『源氏物語評釈』に、「内膳司に属する。節会の饗や朝夕の供御を供する。別当一人、四位以上の殿上人を補す。また内蔵頭に兼帯させる。預一人、民部大輔の兼職。その下に、所衆と膳部があり、膳部の下の滝口に、鵜飼《うがい》・江人《えびと》・網代《あじろ》などがあり、御用の魚類などをとる。」と解説される。(148)

『李部王記』の延長六年十二月五日の条（醍醐天皇の大原野行幸）は、本章第三節「「行幸」の巻」に引用した（第2項を参照）。その引用文の末部に次のように見えた。(149)

（前略）上（醍醐天皇）降墳路、右兵衛佐仲（良岑）連候御前、料理鷹人所獲之雉、殿上六位昇俎具、御厨子所進御膳御台二基、蔵人頭時（平）望朝臣陪膳、侍従以衡賜王卿〔公ヲ〕饌、侍従手長益送、（宇多法皇）六条院被貢酒二荷・炭二荷・火爐一具、殿上六位舁之立御前、即解一瓶、至雉調所充供御、充公卿料、近衛将監役之、○菊亭家本李部王記（河海抄〔ヲ〕ヲ以テ校ス）

獵場には、料理人がお供し、御厨子所から調理具（まな板など）を持って行き、「鷹人」が獲った「雉」を「料理」し、御膳に進めるのである。一行目以下の「上」は、天皇（醍醐帝）。陪膳の平時望は、延長五年二月九日蔵人頭に任じられた（時に従四位下）。「六条院（宇多法皇）」の条は、先例として引かれたものである。

『養老令』巻二の「職員令」によれば、「大膳職《だいぜんしき》」は、朝廷での会食の料理を担当する。職員は大夫・亮・大進・少進・大属・少属各一人、主醤・主菓餅各二人、膳部《かしわで》一六〇人、使部三〇人、直丁二人、駈使丁八〇人、雑供戸《ぞうぐこ》を置いた（その後に改変あり）。雑供戸とは、品部《しなべ》の鵜飼・江人《えびと》・網曳《あびき》などをいう。「官員令別記」には、「鵜飼卅七戸・江人八十七戸・網引百五十戸。右三色人等、経レ年毎丁役。為二品部一、免二調・雑徭一。未醤廿戸。一番役二十丁一。為二品部一、免二雑徭一。」とある。関連する「内膳司」は、天皇の食膳の調理を担当する。職員は、奉膳二人、典膳六人、令史一人、膳部《かしわで》四〇人、使部一〇人、直丁一人、駈使丁二〇人を置いた。(150)

大膳職の膳部（伴部《ともべ》）は、朝廷の「庶《もろもろ》の食《じき》造らむ事」を掌り、内膳司の膳部（伴部）は、天皇の「御食《ごじき》造らむ事」を掌る。両者の間には材料や調理法に差異もあろうから、この折、御前で調理を行ったのは、内膳司に属する御厨子所の膳部の者であろう。

こうした天皇家の「膳部《かしわで》」、また、「膳臣《かしわでのおみ》」という職種につき、『日本書紀』巻一四、雄略天皇二年冬一〇月丙子の条が参照される。(151)この条によれば、同天皇は、御馬瀬に幸して大いに鳥獣を獲ったので、「獵場《ニハ》之楽使《ハテ》下膳夫《カシハテヘヲ》割《ツクラシム》上鮮《ナマス》。何《イツ》与《レ》自《ミ》割《ツクラム》。」と言い、獵場の楽しみは、「膳夫《かしわでべ》」にナマス料理を作らせることだ、自分も作ろう、どっちが美味いかと言った。猛々しい天皇であったが、一方では獵場で群臣と野饗《のあえ》を開くのも結構だと考えたのであろう。ところが、群臣に誰も答える者がいなかった（「羣臣忽莫能対《コト》」）。天皇は立腹し、御者《おんうまぞい》大津馬飼《の》を斬殺した。皇太后（忍坂大中津姫《おしさか》）は、陛下が遊獵場《かりにわあそび》に「宍人部《ナマスツクリ》」を置いていなかったのが間違いです、私の「膳臣《かしわでのおみ》長野」は上手に宍膾《なます》を作るので、これを貢《たてまつ》りますと進言した。更に、皇太后の厨人《くりや》菟田御戸部《うたみとべ》・真鋒田高天《まさきたかめ》二人を加えて「宍人部」とし、この後も大倭国造《の》吾子籠宿禰《あこ この》が狭穂子鳥別《さほことりわけ》を貢るなど、その他から人材が集められた、と伝える。ナマスは、古来、最も軽便な調理法で、酢で処理すれば衛生的でもあった。

雄略天皇は、同『書紀』によれば、四一八〜四七九年（五世紀半ば）の天皇とされる。その「膳夫《かしわでべ》」は、魚介類くらいまでなら容易に調理できたであろうが、鹿・猪などとなれば手に余ることもあったかも知れない。そのため、この折にその専門職「宍人部《ししひとべ》」が置かれたらしい。この条は、そのいきさつを述べたものであろう。「宍人部《ナマスツクリ》」は、今、古訓によったが、多く、「宍人部《ししひとべ》」と訓まれている。なお、雄略天皇七年是歳の条にも、「或本《フミ》云。吉備臣《ノ》弟君還自百済。献漢《アヤ》手人部。衣縫部。宍人部。」と見える。

『高橋氏文』には「十一月乃新嘗乃会毛。膳職乃御膳乃事毛。六雁命乃労始成流所奈利。是以六鴈命乃御魂乎波。膳職尓伊波比奉天。春秋乃永世乃神財止仕奉志迷牟。」と見える。これは「膳職《かしはでのつかさ》」と解され、高橋氏による世襲職であったとされる。(152)

降って、『古今著聞集』巻一八（飲食第二八）には、保延六年（一一四〇）一〇月一二日鳥羽上皇が白河仙洞に行幸あった時、右兵衛督藤原家成に鯉を「庖丁すべきよし沙汰」があった。辞し申したものの、主上（崇徳天皇）の「すゝめさせおはしましければ、家成卿つかうまつりけり。群臣興に入《いり》て、目をすましけるとぞ。[153]」と見える。この話のテーマは、行幸でも鯉でもない、主上に促されて披露された家成の庖丁技、即ち、技芸・芸術である。「沙汰」を戴くほどであれば、その聞こえも高かったということになる。後の世に、いわゆる「四条流庖丁道」と称される家がある。正しくこの家成こそ、その家業にあったのである。時に、家成は三四歳、従三位、権中納言、春宮権大夫、右兵衛督の任にあり、鳥羽上皇の寵臣として国政の中枢に位置していた（正二位、中納言、仁平四年〈一一五四〉五月二九日薨、四八歳。号中御門）。左大臣魚名の三男末茂の後裔で、祖父は顕季（号六条）、父は白河院に信任された家保（従三位、参議、保延二年〈一一三六〉薨、五七歳。号三条）であり、子に隆季・成親・実教などがいる。その隆季（元暦二年〈一一八五〉薨、五九歳）は、四条、また、大宮を宿所とし、よって、「於二当家門下一各号二四条一或又号二大宮一、以二彼卿一為レ始云々[154]」と伝える。なお、巻一六には、家成が、秘蔵の黒馬を御鷹飼下野武正に与えた話も見えている（参照、本章第三節「「行幸」の巻」）。

問題を返せば、今の場合、六条院において御厨子所の膳部の庖丁捌きが披露されたのである。やはり、両院・主《あるじ》（源氏）、群臣らが「興に入て、目をすましけるとぞ」という情況が展開されたであろう。いうまでもなく、これも、接待する側の心尽くしである。

7　「いを」は左近衛の少将、「とり」は右近衛の少将

「いを」と「とり」と、二品あれば、いずれを先に、いずれを後にするかという問題が生ずる。二品の間の上下、軽重の関係である。鷹狩は首長権の象徴とされ、臣籍にあれば、勅許なくして鷹を遣うことはできない。鵜飼も同様であるが、鷹の世話は天皇直属の蔵人所の所掌であったから、鷹の鳥（雉）が優先するであろう。

ところが、先ず、「いを」が左近衛の少将によって、「御階《みはし》の左」に膝をついて、次いで、「とり」が、右近衛の少将によって、「(御階の)右」に膝をついて、それぞれ奏上されたのである。

『一葉抄』『弄花抄』などは、やはり、これを異としたようで、次のようにある〈読点私意〉。

111鳥一つかひを右のすけさゝけて(一〇一七・205)　右のすけは〈五四ウ〉右中将也、　問此作法さたまれる義欤、又鵜ハ左とあり、鷹よりあかるへきにや、/禅答これハさたまれる法なし、〈三四オ〉奏者公卿なとにても有事あり、鵜鷹の勝劣も時による也、魚は御所《ママ》の池にてとるによりて此時は鵜を賞せらるゝにや、又前後は遅速にもよるへきにや、　(『一葉抄』[155])

72鳥一つかひ右のすけさゝけてしんてんのひかしよりおまへに出て(一〇一七1・205)　問此作法さたまれる義也《マヽ》、又鵜ハ左とあり、鷹よりあかるへきにや、/答これハさたまれる法なし、〈三四オ〉奏者ハ公卿なとにてもある事アリ、鵜鷹の勝劣も時による也、魚ハ御前の池にてとるによりて此時ハ鵜を賞せらるゝにや、又前後は遅速にもよるへき事にや、　(『弄花抄』[156])

『林逸抄』も同様に見える。鵜と鷹の「勝劣」関係を問題視し、これを問えば、時の情況によるであろうという。また、この度は、「魚ハ御前の池にてとるによりて此時ハ鵜を賞せらるゝにや」という。尤もなことである。

なお、「又前後は遅速にもよるへき事にや」とある条につき、これは捕獲し、持参するための所要時間等をいうのであろう。慥かに、鷹・犬は、鷹飼の思うに任せないことが多いであろう。「松風」の巻には、鷹にかかずらって立ち遅れ、宴の進行掛をやきもきさせた例が見える。[157] 狩猟・漁撈は、季節や天候、時刻、潮流などにより、成否は全く異なる。鷹狩も時を選ぶ。禁野も、それ故に設定されていたのである。また、狩に先立っては鷹に体力を付けさせる、しかし、前日には餌を抑え、身を軽く、かつ、飢餓感を持たせるといった調整が必要である。鷹飼を担当する親王・

上達部、近衛の鷹飼どもにとって、当日は、晴れ舞台ではあるが、同時に、評価・進退を分ける厄介な場でもある。それ故、「めづらしき狩の御装ひどもをまうけ」、「世に目馴れぬ摺衣を乱れ着つゝ、けしきことなり」（「行幸」の巻）と、贅を尽くしもするのであろう(158)（第一部第一章、「第四節　鷹狩」の条参照）。

8　おわりに

『源氏物語』の「六条院」は、方二町という広大な敷地を有し、これが、方一町の独立した四町に分けられていた（「少女」の巻）(159)。この結構については、太田静六氏に考察があり、恐らくは、『宇津保物語』の左大臣源正頼の三条大宮邸に示唆を得たものとされている(160)。二条院から六条院への移徙《わたまし》につき、「少女」の巻には、その造営成った八月、「彼岸《ひがん》のころほひ渡《わた》り給《（たまふ）》。」(161)（同）と見え、その様子が細やかに綴られている。

本節では、「藤裏葉」の巻における帝の六条院への行幸を通して多少の検討を行った。「馬埒」「馬場」、武徳殿や左右衛門府の馬場、また、村上天皇の朱雀院、その他の邸宅における馬場殿などについては後述する（「余論」参照）。

第五節　「柏木」の巻

1　はじめに

女三宮は若君（薫）を出産し、産後のやつれのままに出家した。柏木は、母御（頭中将北の方）の立っての要望で一条の宮邸から実家（頭中将旧邸）に移されたが、病状は進む一方であった。今上帝は、彼を元気付けようと権大納言に昇進させた。しかし、柏木は両親らに後事を託し、夕霧にも妻落葉宮のことを頼み、息を引き取った。両親の悲嘆に暮れるなか、固く再会を約した妻にも会えないままであった。『新日本古典文学大系22』から引用する。(162)

心を《(お)》きてのあまねく、人のこのかみ心にものし給《(たまひ)》ければ、右の大殿の北《とのゝきた》の方《かた》も、この君《きみ》をのみぞむつましきものに思《おも》ひきこえたまひければ、よろづに思ひ嘆《なげ》き給《(たまひ)》て、御祈《いの》りなどとりわきてせさせ給《(たまひ)》けれど、やむ薬《くすり》ならねば、かひなきわざになんありける。女宮にもつゐ《(ひ)》にえ対面《たいめ》しきこえ給はで、あは《(わ)》の消《き》え入《(いる)》やうにて亡《う》せ給《(たまひ)》ぬ。

（「柏木」の巻）

あっけない死である。というよりも、まことに簡素な筆遣いである。作者は、ここにどのような意図を籠めているのか。「父《ちゝ》おとゞ、母北《はゝきた》の方は、涙《なみだ》のいとまなくおぼし沈《しづ》みて、はかなく過《す》ぐる日数《ひかず》をも知《し》り給はず」とある。

一方、落葉宮の、母御息所（朱雀院更衣）と一緒に住む一条の宮（柏木の婿入り先）も、寂れていった。

一条の宮には、ましておぼつかなくて、別《わか》れ給《(たまひ)》にしうらみさへ添《そ》ひて、日ごろ経《ふ》るまゝに、広《ひろ》き宮のうち、人げ少《すく》なう心ぼそげにて、親《した》しく使《つか》ひ馴《な》れ給《(たまひ)》し人はなを《(ほ)》まい《(ゐ)》りとぶらひきこゆ。好《この》み給《(たまひ)》し鷹《たか》、馬《むま》など、その方《かた》の預《あづか》りどもも《ゝ》みな、つく所《ところ》なう思《おも》ひうじて、かすかに出《い》で入《い》るを見《み》給《(たまふ)》も、事《こと》に触《ふ》れてあはれは尽《つ》きぬものになんありける。もてつかひ給《(たまひ)》し御調度《てうど》ど《ゝ》も、常《つね》に弾《ひ》き給《(たまひ)》しびわ《(は)》、和琴《わごん》などの緒《を》も取《と》り放《はな》ちやつされて、音《ね》は立《た》てぬも、いと埋《うも》れいたきわざなりや。

（同）

広大な宮は人の気配もなくなり、心細いまでにもなった。それでも使い慣れなさった人たちは参上しお見舞い申し上げたが、好まれた鷹、馬など、また、その担当者ども皆、寄る辺《べ》なく気力をなくし、力なく出入りしているのを御覧になるにつけても、お二人は事ごとに哀れを誘われていらっしゃる。柏木の手馴らされた御調度（家具・理容具）ども、また、愛用された琵琶、和琴などの絃も取り外されて放置され、まるで泣き濡れているかのように音一つ立てないのも、たいそう痛ましい事態となってしまった。
ところで、「柏木は、鷹を好み、馬を好んだ。運動家である。」とされる。[163] なるほど、柏木はスポーツマンだったらしい。いや、蹴鞠や小弓、また、楽器（和琴・琵琶・笛）、その他、何でも堪能で、その内でも蹴鞠は特に上手であったようである。しかし、この段において、その蹴鞠を挙げつらうことはない。何故であろうか。その一方、彼が鷹・馬を好んでいたとは、ここに初めて見える言葉である。作者は、一体、何を意図しているのであろうか。

2　「好《この》み給《たまひ》し鷹《たか》、馬《むま》など」

柏木は、その名（「柏木」は「衛門」の異称）の通り、右衛門の督であった。彼の父（頭中将）は、葵の上の同母兄でもあり、後に内大臣、太政大臣となる（致仕の大殿）。後嗣柏木は、その跡を襲うはずであった。しかし、周囲の期待とは裏腹に、はかなく死を迎えることになった。本来なら恋に身を滅ぼすような人物でなく、心身共に健康的な青年であった。

「好《この》み給《たまひ》し鷹《たか》、馬《むま》など」とは、並列的に「鷹や馬など」と記した一般的表現ではない、鷹狩（大鷹狩・小鷹狩）に用いる〈鷹《たか》、及び、馬《むま》〉を意味する。左に述べるように、鷹狩を意味する類型的表現である。「…鷹《たか》、馬《むま》など」は、「なにと」から転じた副助詞であるから、ここにも鷹狩の「犬」辺りが意図されているかも知れない。

作者は、彼の生き様を、一言で「好《この》み給《たまひ》し鷹《たか》、馬《むま》など」と要約する。蹴鞠や小弓、音楽以上に、彼は鷹狩を愛好した人物だった、というのである。その「衛門督」という職務も「御鷹飼」の人事等に深く関わり、[164] 彼は御鷹飼らとも親しく接する立場にあった。本文には、「その方《かた》の預《あづか》りどもも」とも見える。一条の宮は、柏木の生活の本拠地であり、書斎や衣裳部屋などの他に鷹部屋も設けられ、複数人の鷹飼が任用されていたであろう。近衛府からも、その鷹飼のための職員が配属されていたに相違ない。「その方《かた》の預《あづか》りども」とは、その要員をいう。

薨・卒伝などにおいて、その人物が鷹狩を愛好していた場合、次のような類型的表現が見られる（第一部第一章第五節参照）。

(A)「好みて鷹・犬を愛す」―延暦二四年（八〇五）二月一〇日、住吉綱主の卒伝（『日本後紀』、巻一二）

「少《わか》くして鷹・犬を好む」―天長七年（八三〇）七月六日薨、良岑安世の履歴（『公卿補任』、弘仁七年尻付）

「最も鷹・犬を好む」―承和一〇年（八四三）正月五日、伴友足の卒伝（『続日本後紀』、巻一三）

「好むは鷹・犬にあり」―斉衡元年（八五四）四月二日、橘百枝の卒伝（『日本文徳天皇実録』、巻六）

(B)「鷹・馬、射獵、尤も意を留むるところなり」―貞観一〇年（八六八）閏一二月二八日、源信《みなもとのまこと》の薨伝（『日本三代実録』、巻一五）

「頗る鷹・馬に習へり」―斉衡二年（八五五）六月二六日、雄風王の卒伝（『日本文徳天皇実録』、巻七）

「鷹・馬の類、愛翫すること殊に甚だし」―天安二年（八五八）七月一〇日、正行王の卒伝（『日本文徳天皇実録』、巻一〇）

右、(A)群の「犬」とは、鷹狩に用いるべく、それなりに訓練された犬のことで、「鷹犬《たかいぬ》」とも「獫《たかいぬ・かりいぬ》」とも書く。だが、右の場合は、意味上、「鷹・犬」と中点「・」を付さなければならない。安世の履歴には、「少好㆓鷹・犬㆒。事㆓騎射《むまゆみ》㆒。」[165]とあり、「鷹狩」と「騎射」とが並記されている。(B)群の内、一例目は、『新訂増補国史大系4』の本文に「鷹馬射獵」とあり、頭注に、「射、原作ず、今従印本」とある。だが、あるがままに「ず」（「等」の略体）を是とし、「鷹・馬等の獵《かり》」と理解するのがよい。文脈上も弓射（弓矢で狩る）関係の語句は必要ない条である。

ここで注意されるのは、「鷹と犬と」、あるいは、「鷹と馬と」は、相異なる動物二種として登場しているわけではない、それぞれ、「鷹狩」という一事を前提とする一組であるということである。

弘仁二年（八一一）五月二三日の坂上田村麻呂の薨伝にも、次のように見える。

○丙辰《廿三》。大納言正三位兼右近衛大将兵部卿坂上大宿禰田村麻呂薨。正四位上犬養之孫。従三位苅田麻呂之子也。其先阿智使主。後漢霊帝之曾孫也。漢祚遷レ魏。避二国帯方一。誉田天皇之代。孿二部落一内附。家世尚レ武。調レ鷹相レ馬。子孫伝レ業。相次不レ絶。田村麻呂。赤面黄鬚。勇力過レ人。有二将帥之量一。帝壮レ之。延暦廿三年拝二征夷大将軍一。以レ功叙二従三位一。（中略）頻将二辺兵一。毎レ出有レ功。寛容待レ士。能得二死力一。薨二于栗田別業一。贈二従二位一。時年五十四。

（『日本後紀』、巻二一）[166]

その家門は武を尚《たっと》んだ、鷹を調養し、よく馬の能力を判別した、子孫この業を伝えて脈々と絶えず、——とある。鷹でも馬でも、その他、何でも、訓練する前にその資質を見極めなければならない。さもないと、時間・労力・経費を、いや、訓練するに足る真の材を失うことになる。「相《そう》す」とは、外見を観て実体を推察、判断することをいう。この薨伝においては、「鷹」「馬」は武の象徴として見えている。

また、薨・卒伝以外においても、例えば次のような例がある。天安元年（八五七）二月二四日の条、源信が左大臣の勅命を受け、しかし、思うところあり、その任に堪えないと上表したものである。

左大臣従二位源朝臣信抗表曰。臣信伏見二詔旨一以レ臣為二左大臣一。天慈潜発。寵命盛彰。鞠躬慚惶。啓処無地。（中略）好二阮公之孤嘯一。常願日夜対二山水一而横レ琴。時々翫二鷹馬一而陶レ意。（中略）冒以陳請。勅答不レ許レ之。

（『日本文徳天皇実録』、巻九）[167]

こうした用例においても、「鷹馬」とは、鷹狩と乗馬という、相異なる二つのものを意味するわけではない、二字（一語）は同体的な関係にあって「鷹狩」という一事を意味するのである。

紫式部は、こうした記録類を座右にしていたに相違ない。そうした内に薨伝・卒伝の類もあり、ここに右のような類型的表現のあるのを知ったのであろう。その(B)群の類型が、ここ柏木の薨去の場に用いられているわけである。

因みに、公家の元服の折、引入の引出物として「馬一疋・鷹一聯」を賜ることがあった。かつて、「馬」は、馬寮の所掌として種々の公的行事に用いられ、私的には狩猟、桜狩、散策、恋人の元に通う場合など、広い用途に用いられた。「牛」も、公家の参内、あるいは、女性の他出等に利用された。こうした馬、牛に対し、「鷹」は、狩猟を行う者以外には縁がなく、利用者は限定されようが、引入の引出物として「馬一疋・鷹一聯」が用いられた。右同様、「鷹狩」を前提とする一組であったが、ここでは、鷹と馬とは、《馬―鷹》という順序となっている。右と逆である。が、紫式部は、やはり、この順序に倣い、「左馬寮《ひだりのつかさ》の御馬、蔵人所《どころ》の鷹据《たかす(ゑ)》へてたまはり給ふ。」(「桐壺」の巻)と綴っている(「第一節「桐壺」の巻」参照)。源氏の元服に際し、引入を務めた左大臣に、引出物としてこれら二つを賜わったのである。記録類(前例)を参照し、前例を踏まえることにより、一層、ゆかしい作風となろう。

なお、当時、鷹狩は、馬なくてはできなかった。『大鏡』(昔物語)によれば、延喜の御門(醍醐帝)に仕えた右少弁源公忠(光孝天皇の孫)は、平素、「ひたぶるのたかゞい」として鷙鷿をかっていた。しかし、御門は、彼は為すべきことはきちんとやっていると、これを擁護した。その公忠は、「日々に政を勤たまひて、むまをいづこにぞやたてたまうて、ことはつるまゝに○《こそ》中山へはいませしか」と伝えられる。(168)「中山」は、黒谷(京都市左京区)辺りの狩場である。

3 古注釈

『河海抄』には、次のようにある。

このみたまひしたかむまなと

大鏡云延喜相撲節のとまらんか口惜にと仰られけれと九月にうせさせ給て九日の節はそれよりとゝまりけるなり其日左衛門陣の前にて御鷹ともはなたれける也
（『河海抄』、巻一四）[169]

『大鏡』を引いて「其日左衛門陣の前にて御鷹ともはなたれける也」とある。これは「放生」の一つで、故人の愛した鷹を解き放って、その冥福を祈るのである。『大鏡』の本文を引けば、次のようにある。

さて、「われいかでふ月・なが月にしにせじ。相撲節・九日節のとまらむがくちをしきに」とおほせられけれど、九月にうせさせ給て、九日の節はそれよりとゞまりたるなり。その日、左衛門陣の前にて、御鷹どもはなたれしは、あはれなりしものかな。とみにこそとびのかざりしか。
（『大鏡』、第六巻、昔物語）[170]

醍醐帝の崩御に際して放生が行われた、それを伝える記事である。放たれた御鷹は、しかし、亡き主人の恩徳を慕い、直ぐには飛立たなかったという。『河海抄』は、これを引いたようだが、破線部に有無、または、出入りがある。放生については、『日本書紀』以下の記録があるが、こうした史料の性格上、天皇に関わるものが殆どである。

＊『続日本紀』、巻八：元正天皇養老五年（七二一）七月二五日の条に、「庚午。詔曰、凡膺二霊図一、君二臨宇内一。仁及二動植一、恩蒙二羽毛一。故周孔之風、尤先二仁愛一、李釈之教、深禁二殺生一。宜下其放鷹司鷹・狗、大膳職鸕鷀、諸国雞・猪、悉放二本処一、令上遂二其性一。従レ今而後、如有レ応レ須、先奏二其状一待レ勅。其放鷹司官人、幷職長上等且停レ之。所レ役品部並同二公戸一。」と見える。[171]

＊『続日本紀』、巻一六：聖武天皇天平一七年（七四五）九月一九日の条に、「（前略）天皇不予。勅二平城・恭仁留守一、固二守宮中一。悉追二孫王等一、詣二難波宮一。遣レ使取二平城宮鈴印一。又（中略）令二諸国所レ有鷹・鵜、並以放去一。度二三千八百人一出家。」と見える。[172]

＊『日本後紀』、巻一二：延暦二四年（八〇五）正月一四日の条は、次のようにある。[173]
廿四年春正月辛未朔。廃朝。聖体不予也。○癸酉《三》。制。定額諸寺。檀越之名。（中略）。○甲申《十四》。平明。上急召二皇太子一。遅之。更遣下二参議右衛士督従四位下藤原朝臣緒嗣一召上レ之。即皇太子参入。昇殿。召二於牀下一。勅語良久。命二右大臣〔神王〕一以二正四位下菅野朝臣真道。従四位下秋篠朝臣安人一。為二参議一。又請二大法師勝虞一。放二却鷹・犬一。侍臣莫レ不レ流レ涙。

＊『続日本後紀』、巻九：承和七年（八四〇）五月八日の条に次のようにある。[174]
○癸未《八》。後太上天皇崩二于淳和院一。春秋五十五。」勅遣下二左近衛少将従五位下佐伯宿祢利世於近江国。（中略）美濃国一。固中守三関上。（中略）」是日。於二建礼門南庭一放二棄鷹・鷂、籠中小鳥等一。（後略）

「後太上天皇」は、淳和天皇、「三関」は、近江国の逢坂関、伊勢国の鈴鹿関、美濃国の不破関をいう。

＊『続日本後紀』、巻一二：承和九年（八四二）七月一五日の条に次のようにある。[175]
○丁未《十五》。太上天皇崩二于嵯峨院一。春秋五十七。遺詔曰。余昔以二不徳一。久忝二帝位一。夙夜兢々。（中略）。皆以二此制一。以レ類従レ事。」是日。放二棄主鷹司鷹・犬。及籠中小鳥一。又准二拠遺詔一。仰二百官及五畿内七道諸国司一。停二挙哀素服之礼一。（後略）

＊『続日本後紀』、巻二〇：嘉祥三年（八五〇）二月五日の条に次のようにある。[176]
○甲寅《五》。御病殊劇。召二皇太子及諸大臣於床下一令レ受二遺制一。遣下二四衛府及内竪等一。或賚二御衣一。或賚二綿布一。分中散四方一。誦中経諸寺上。左右馬寮御馬六疋奉二鴨上下《かものかみしも》・松尾《まつのを》等名神《めうじん》一。放二諸鷹・犬及籠鳥一。唯留二鸚鵡一。又下二知近江国一。禁二諸殺生一。縁三梵釈寺修二延命法一故也。請二僧綱十禅師及験者於御簾外一。令レ奉二加持一。以二絹十二疋一為二続命幡《しょくめいのはた》一。懸二十二大寺刹一。左右馬寮各調二走馬《はしりむま》十疋一。候二於八省東廊下一。」是日。諸衛府警固。

仁明天皇嘉承三年三月五日の条である。同天皇は、先月下旬から不例となり、三月一九日出家、同月二一日清涼殿にて崩御した。享年四一歳。「鴨上下」は、山城国一宮、賀茂神社の上社（京都市上京区上賀茂本山）と下社（同左京区下鴨泉川町）。「松尾」は、松尾大社《まつのおたいしゃ》神社（京都市西京区嵐山宮町）。延暦一三年平安遷都以後、賀茂社・松尾大社は新京鎮護社となる。「名神」は、諸国神社の内、特に霊験著しい高名の神をいい、古記録には、「七道諸国名神《の》」「名社神明」（『日本三代実録』、巻七、貞観五年三月四日の条）[177]、また、貞観一〇年六月二八日の太政官符に、「弘仁十二年正月四日下二大和国一符偁。彼国解偁。部内名神其社有レ数。或（後略）[178]」、『続日本後紀』に、「由レ是走二幣畿内名神一。祈レ止二風雨一。」（巻三、承和元年八月二一日の条、その他）などと見えている。『延喜式』、巻三では、「名神祭二百八十五座」として、「園神社一座　韓神社二座已上坐宮内省」）に次ぎ、「賀茂別雷神社一座」「賀茂御祖神社二座」「松尾神社二座」と首部を占めている（「神祇三　臨時祭」の条）[179]。「走馬」は、天皇の病気平癒を祈って神社に奉納する競《きそ》い馬。

以上には、「鷹」「狗」「犬」という文字の見える例を挙げた。この他には、『類聚国史』巻一八二に、「天武天皇五年（六七六）八月壬子《十七》。即詔二諸国一以放生。」以下、六件が記録されている[180]。

また、**『弄花抄』**、**『林逸抄』**には、次のようにも見える。

86みなつく所なく（一二五五3・42）　鷹飼なと所役なき躰也〈五ウ〉　（『弄花抄』、柏木）[181]

つく所なう（三五五3・42）　鷹飼なと所役なき躰也哢　（『林逸抄』、柏木）[182]

『河海抄』に、こうした『弄花抄』『林逸抄』の注釈が重なると、――柏木死去の折、放生として柏木の鷹が解き放たれた、そのため、「その方《かた》の預《あづか》りどももみな、つく所《ところ》なう」云々との仕儀となった、とも解される[183]。

しかし、柏木の場合、それ（放生）が行われたような徴候は得にくい。一条の宮邸では悲しみばかりが重たく垂れ込めている。誰もが打ち拉《ひし》がれ、鷹を解き放つことなぞ、思い付きようもなかろう。作者も「放生」のことまでは意図していなかったであろう。

4　おわりに

柏木は、衛門督、中納言（「若菜下」）の任にあり、今上帝の温情で「権大納言」を賜わった。醍醐天皇の御代の頃、官位相当はともかく、『公卿補任』（延喜二年、延長八年）によれば、「左衛門督」は参議・従三位（藤原有実）〜中納言・従三位（藤原恒佐）、「右衛門督」は中納言・従三位（源貞恒、藤原兼輔）で任じられた例がある。[184]「権大納言」ならば正・従三位といったところであろうか。存命中は、多くの貴顕の訪問があり、諸衛府等の地下官人・随身なども日常的に出入りしていたであろう。それが、今、ひっそりと静かに消えていった柏木であった。

しかし、さりげなく挿入された「好《この》み給《（たまひ）》し鷹《たか》、馬《むま》など、その方《かた》の預《あづか》りどももみな、つく所《ところ》なう思《おも》ひうじて」云々との言葉は、かつての健やかであった彼の日常生活を偲ばせる。大勢の従者を引き連れ、鷹を臂にしては馬を馳せて行った往時の面影を、彷彿とさせる。これは、作者の、柏木に対する哀悼の言葉でもあろう。

先に、筆者は、光源氏の元服に当って引入役を務めた左大臣（柏木の祖父）が、桐壺帝から、特に「鷹・馬」を聴されたと述べた（「第一節「桐壺」の巻」参照）。柏木は、内親王でなければ結婚しないと、自ら誓うほどの誇り高い青年であった。我が家に与えられた「鷹の勅許」を誇りとし、鷹狩を愛好し、ここでも傑出した才能を育んできたのではなかろうか。紫式部は、そうした誇りに貫かれた柏木像を、この一句に形象してみせたとも言い得よう。

なお、平安時代、少なくともその初期においては、貴族が聴される鷹の飼養数も、そのための餌取の人数、また、馬の疋数なども身分に相応し、規定されていた。

第六節　「夕霧」の巻

1　はじめに

「夕霧」の巻には次のように見える。『新日本古典文学大系22』から引用する。(185)

落葉宮（亡き柏木の妻）は、病んだ母（一条の御息所、朱雀帝更衣）とともに小野の山荘に移った。秋たけなわのある日、夕霧は、御息所の見舞いを口実にこの地を訪れ、御簾の内に滑り込む。逃げる宮を捉えて一晩中口説いたが、宮は頑なに拒んだ。しかし、夕霧朝帰りのニュースは、御息所を困惑させ、失望させた。事態収拾のため、止むを得ず、御息所は二人の仲を認めようと筆を執って、

　女郎花《をみなへし》しほ《(を)》るゝ野辺《のべ》をいづことて一夜《よ》ばかりの宿《やど》を借《か》りけむ

と認めた。ところが、夕霧の訪れはおろか、返信すらなかった。夕霧の誠意のなさを恨みつつ、絶望の中に御息所は急逝した。一人残された宮は悲嘆にくれるばかりであった。

夕霧は、この昼つ方、北の方（雲居の雁）と共に三条殿にいた。

　北の方は、かゝる御ありきのけしきほの聞《き》き《ゝ》て、心やましと聞《き》き《ゝ》ゐ給へるに、知《し》らぬやうにて君達《きむだち》もて遊《あそ》びまぎらはしつゝ、わが昼《ひる》の御座《おまし》に臥《ふ》し給へり。

　よひ過《す》ぐるほどにぞこの御返《(かへり)》もてまい《(ゐ)》れるを、かく例《れい》にもあらぬ鳥《とり》の跡《あと》のやうなれば、とみにも見解《みと》き給はで、御殿油近《となぶらちか》う取《と》り寄《よ》せて見《み》給《(たまふ)》。女君、もの隔《へだ》てたるやうなれど、いと《ゝ》く見《み》つけ給うて、はひ寄《よ》りて、御うしろ

より取《と》りたまうつ。「あさましう、こはいかにし給う《(ふ)》ぞ。あなけしからず。六条の東《ひんがし》の上《うへ》（花散里）の御文《ふみ》なり。（中略）見《み》給へよ。けさうびたる文《ふみ》のさまか。さてもなを《(ほ)》〳〵しの御さまや。年《とし》月に添《そ》へていたうあなづり給《(たまふ)》こそうれたけれ。思《おも》はむ所をむげにはぢ給はぬよ」とうちうめきて、お《(を)》しみ顔《がほ》にもひこしろひ給はねば、さすがにふとも見《み》でもたまへり。「年《とし》月に添《そ》ふるあなづらはしさは御心ならひなべかめり」とばかり、かくうるはしだちたまへるに憚《はゞか》りて、若《わか》やかにお《(を)》かしきさましての給へば、うち笑《わら》ひて、「そはともかくもあらむ。世《よ》の常《つね》の事なり。またあらじかし、よろしうなりぬる男《をのこ》の、かくまがふ方なく一《ひと》つ所《ところ》を守《まも》らへて、ものおぢしたる鳥《とり》のせうやうのもののやうなるは。いかに人笑《わら》ふらん。さるかたくなしきものに守《まも》られ給《(たまふ)》は、御ためにもたけからずや。あまたが中に、猶《(なほ)》際《きは》まさりことなるけぢめ見《み》えたるこそ、よそのおぼえも心にくゝ、（中略）さすがにこの文《ふみ》の、けしきなくをこつりとゞむの心にて、あざむき申《(まうし)》給へば、いとにほひやかにうち笑《わら》ひて、（後略）（「夕霧」の巻）

北の方は、夕霧が落葉宮を訪れていることをほの聞いていた。悩みながらも気付かないふりをし、子供らをあやしながら横になっていた。宵過ぎ、小野の山荘からの文が届いた。夕霧は灯火を近づけ、真剣に見入っている。実は、いつもと違う「鳥の跡（拙い筆跡）」を判読しかねていたのである。女君（北の方）は、几帳か何かの向こう側にいたようであったが、目聡くこれを見付け、夕霧の後ろに這い寄ると、背後からさっと文を奪い取った。実は、この文こそ、山荘に病臥していた落葉宮の母（一条の御息所）から来たものであった。

夕霧は、雲居の雁に奪い取られた文を取り返したいが、そぶりも見せないで妻を欺こうとする。「あさましう、…」と、驚き、呆れて見せ、「六条の東《ひんがし》の上《うへ》（花散里）の御文ですよ。……恋文の体でもないでしょう。何とも品のないご様子です。年月が経つにつれ、私を馬鹿にされるのはつらい。私がどう思うのか、ちっとも気になされないのだね」と嘆息するが、無理に引き争いもせず、無関心を装った。そうまで泰然とした夕霧の態度に気後れした雲居の雁は、若やかな愛らしさを添えて、「それは貴方のひがみクセでは…」、と言い返す。夕霧は、笑顔で、「それはまあ、どうでもいい、世間によくあることだ。しかし、二人といないだろうね、一人前の男が、こうして目移ろいもせず、小心者で一人の妻しか知らず、びく〳〵している鷹の雄鷹《しょう》のようなものはね。何とも他人様が笑いものにしているだろう」といい、更に、「こんな頑《かたく》な男に守られていらっしゃるのは、貴女にとってもお為にならないのでは。大勢の美女と付き合い、その中で貴女一人を愛したなら、貴女は格段の女性ということになって見栄えもし、…」といった。

ともあれ、さりげなく、「何でもないよ」といったふりをして笑顔さえ浮かべる夕霧の態度に、育ちの良い雲居の雁は、まんまとはぐらかされてしまったようである。しかし、彼女は、素直に「ごめんなさい」ともなく、「はやとちりして…、私、恥ずかしいわ」ともなく、肝心の文をば返してくれない。この間も、夕霧は視線を走らせ、懸命に文を捜すのであったが、お嬢様は、その内、育児に心取られ、文のことを忘れてしまった様子。結局、夕霧が文を見付けたのは、翌日の晩であった。返事の遅れは、小野の母娘にも夕霧にも致命的な不幸をもたらすことになった。

次に、右の「女郎花しほるゝ野辺を…」、「鳥《とり》のせうやうのもののやうなるは。」などにつき、若干触れておきたい。

2　「一夜ばかりの宿を」

小野の山荘、宮の部屋で一夜を明かした夕霧の姿は、加持の僧たちに目撃され、一条の御息所の耳に入ってしまう。事の真相を確かめるべく、娘と対面した御息所であったが、折しもその時、夕霧から手紙が届くのである。手紙は、二日目の今夜、夕霧の訪れがないことを示している。誇りを踏みにじられ、落胆した御息所であったが、こと、ここに至っては如何ともし難い、最後の力を振り絞って、二人の仲を認めるとの手紙を認めたのであった。

　女郎花《をみなへし》しほ《(を)》るゝ野辺《のべ》をいづことて一夜《よ》ばかりの宿《やど》を借《か》りけむ

ここは、夫を失った宮（女郎花）が悲嘆に暮れる野辺ですのに。貴方さまは、いったいどういうつもりで、たった一晩だけの宿りに使ったのでしょうか（存念をお聞かせください）。

男を咎めつつも、愛の告白を促し、真剣な気持ちなら許しますよという誘いの手紙である。男に誠意があれば、何を置いても今夜駆けつけるはずであった。だが、夕霧は来なかった。誇りを捨て、右の手紙を出したことを悔やみながら、御息所は息絶えた。

ところで、右の歌には次のような本歌がある。小鷹狩を詠む紀貫之の歌である。

あきのゝにかりぞくれぬるおみなへし　こよひばかりのやどもかさなん

（『古今和謌六帖』永青文庫蔵本、第二、一二〇一番）(186)

これは、「貫之集によると、延喜六年（九〇六）に、醍醐天皇の下命によって詠んだ月次屏風の歌の一首で、題は「小鷹狩り」。」（『古今和歌六帖全注釈』）とされている。小鷹狩に夢中になっていた男は、日が暮れたことにようやく気付き、付近の小家に仮寝の宿を所望する。この折、美しい少女と出会って、一夜を共にする。こうした出会いを「鷹狩のついで」という。その結果、儚い出会いで少女は身ごもり、女児を産む、これが入内し、皇子（醍醐天皇）を授かるという伝承もある（「第七節「手習」の巻」参照）。「こよひばかりのやどもかさなん」とは、ロマン性あふれる詠みぶりで、この世の男女の仲を暖かく包みこんだ歌である。屏風歌らしい温雅な詠風である。

こうした本歌に対し、御息所の歌には、苦しく悲痛な胸の内が、また、それだけに、鋭い刃のような瞋恚《しんい》の情が込められている。事実、夕霧の泊まっていったことは重大事であった。内親王家としての名誉があり、世間の見る目がある。もはや、糊塗できないところにある。娘（落葉宮）は、先に夫（柏木）を亡くし、また、この母も病人である。御息所は、小野の山荘を訪れた夕霧に、「一夜の仮寝は許されない」と釘を刺したのである。

「こよひばかりのやど」も「一夜《よ》ばかりの宿《やど》」も、一次的には同じ意味であり、ほとんどは本歌のように陽性的な用法で用いられる。しかし、御息所の歌における用法は陰性である。この言葉をこうした形で用いるのは、極めて稀であろう。逆にいえば、その陽性的な言葉を敢えて使い、事態の深刻さを強く訴えようとしたのである。「女郎花しほるゝ野辺をいづことて一夜ばかりの宿を借りけむ」とは、取り返しのつかない窮地に陥った我が子を気遣う母心そのものである。

なお、作品の素材となっている「小鷹狩」とは、一般的には次のように理解されている。

こたか【小鷹】①小鷹狩に用いるタカ。エッサイ・ハイタカ・長元坊の類。宇津保吹上下「野辺に―入れて見ばや」②小鷹狩の略。――がり【小鷹狩】小鷹を用いてする秋の鷹狩。ウズラ・スズメなどの小鳥を捕獲する。初鷹狩。初鳥狩（はっとがり）。〈季・秋〉↕大鷹狩　　（新村出編『広辞苑 第四版』）[187]

たまたま、『宇津保物語』から引証されているが、同『物語』の世界を窺えば、公家階層では、「小鷹狩」がよく行われており、そこでは主に鷂《はしたか》（雌ははしたか、雄はこのりという）が用いられたようである（第一章参照）。

3　「せうやうの」

夕霧の言葉の中に「ものおぢしたる鳥《とり》のせうやうのもののやうなるは。」と見える。この「せう」なる語句が鷹の雄をいうものとの注釈は、諸書に見えている。その一端を引いてみよう。

一六 何かとびくびく恐れている鳥のしょう（雄の鷹）みたいなもののようであるのは。「鷹…〈小なる者は皆勢宇（せう）と名づく〉」（和名抄）。　　（柳井滋、他校注『源氏物語　四』）[188]

③鳥のせうやうの物＝難解語だが紫明抄にには「鳥の小様といふは、鷹の小は雄也。大は雌也。雌鳥奢りて、雄

鳥を病ます」と説明する。なお前掲の「秋の野に」は小鷹狩の歌であり、水面下で通じている。

（吉海直人氏執筆。『国文学解釈と鑑賞』[189]）

「年月につれて馬鹿にするというのは、あなたのおくせでしょうよ」とだけ、こう平然としていらっしゃるのに気おくれして、若々しくかわいい態度でおっしゃるので、笑い出して、「それはそうかも知れん。世間にざらの事だ。二人といないだろうな。そこそこの地位になった男で、こう気を散らすこともなく、一所《ひとり》を守りつづけて、びくびくしている雄鷹のような者はね。どんなに人が笑っているだろう。こんな固くるしい者につきまとわれていらっしゃるのは、あなたのお為にもぱっとしないな。たくさんの女の中で、やはり、際立って格別のあつかいに見えるのこそ、他人《はた》の見た目もゆかしく、（中略）それでも、この手紙をさりげなくだまし取ろう思って、すかし申しなさると、とてもはなやかに笑って、（後略）　（玉上琢弥著『源氏物語評釈』[190]）

（三）鳥のせうやうの物　「せう」は小さい鷹の総称という。また兄《せう》鷹の意ともいう（『和名抄』十八）。『河海抄』は、小鷹のことで小鷹は雄鷹をさし、大きい雌が小さい雄をなやますので「女はおごり、男はまけたるにたとへたるなり」という。「小《せう》也、大鷹の雄《ヲンドリ》也」という説（『仙源抄』）もある。鷹のこととするには「鳥の」という語のついていることにやや疑問がある。　（玉上琢弥著『源氏物語評釈』[191]）

右に、玉上氏は、「せう」とは、「小さい鷹の総称」とする説、また、「兄《せう》鷹の意」とする説、更に、小鷹は雄鷹、これをなやますのは大きい雌鷹で、それぞれ負けたる夕霧とおごる雲居の雁を喩えるとする説、「小《せう》」とは「大鷹《おおたか》の雄《おんどり》」のこととする説をあげられる。「鳥の」という語の冠されていることに「やや疑問がある」とされているが、これは、「鷹のことだとするなら、この上に「鳥の…」という条件句を用意する必要はなかろうに…？」といった御気持ちであろうか。とすれば、同氏は、「せう」とは、「鳥」の大小の内、小形のもの程度にお考えであったのであろうか。しかし、当面の条は、二句から、即ち、上に「ものおぢしたる鳥《とり》（の…）」、下に「…のせうやうのもののやうなるは。」という二句から構成され、下の句は、助詞「の」を添え、上句を言い換えたものと解されよう。「ものおぢしたる鳥《とり》」、「せうやうのものの…」といわれても、今日、理解しにくい言葉である。『河海抄』、その他の古注に導かれ、かろうじて、これが鷹狩にかかわる語彙と知られる。往時の鷹狩の技術・文化は、今や、見る影もないのである。ところが、『宇津保物語』『古今著聞集』などを繙くと、そこには公家文化の一端を担う鷹狩、至って日常的な鷹狩が描かれている。鷹狩が、あまりにも身近な存在であったことに、驚かされる。従って、捕食・被食の食物連鎖、あるいは、鷹の雌雄の体形表現などは、日常卑近の世間智の内であり、さほど特別な問題ではなかったと推測される。だが、それでも、夕霧夫妻の話題としては不似合な、やや唐突の感は否めない。読者の当惑する向きもなくはないと予測されたなら、丁寧な重複的表現も必要であったかも知れない。

ところで、「夕霧」の巻の、この条は、契沖の『万葉代匠記』精撰本にも引かれている（朱筆書込）。即ち、『万葉集』巻一九の「八日詠白大鷹歌一首并短歌」（四一五四番）に注釈する条に、道円本であろうか、「和名集云」として『倭名類聚抄』二〇巻本の「鷹」の条を引いた後、次のように見える。[192]

隋《ノ》魏彦深鷹《カ》賦云。雌則《ハ》體大《ナリ》、雄則《ハ》形小《サシ》。（朱）〈源氏物語夕霧ニ、物オチシタル鳥ノセウヤウノモノ、ヤウナルハイカニ人笑フラム云々〉今桉、（消）（勢宇ト云ハ）雌鷹ヲ俗ニ（朱）〈大〉（消）（兌伊《ダイ》）ト云（朱）〈ヘ〉ハ、（消）（大ナレハ）雄鷹ヲ勢宇ト云ハ、大ニ対スレハ小ナルヘシ。然ルヲ兄鷹トカケルハ、男女ヲ妹兄《イモセ》ト云如ク、兄ノ和訓ト鷹ノ音ヲ上略シテ和漢ヲ交ヘテ作レル俗字ニテ、出処アル程ノ事ニハ侍ラシ

この朱筆は、当面の「物オチシタル鳥ノセウヤウノモノ」は「鷹」の雄と関わりあると見てのことであろう。「隋《ノ》魏彦深鷹《カ》賦」は、李爓《りえん》撰『新増鷹鶻方』（早稲田大学図書館蔵、一冊、文庫8/B 58. 宇田川榕菴旧蔵）の冒頭部に配置さ

れ、「雌則體大、雄則體小」（二丁オ）の一句も見えている。

『本草綱目啓蒙』（小野蘭山著、享和三年〈一八〇三〉刊行）は、明の本草学者李時珍著『本草綱目』を蘭山が和解・口授し、門下生等が加筆・補訂したもので、日本本草学はもとより植物学や方言語彙研究上にも有益である。この巻四五、「禽之四、山禽類」の「鷹」の条は長文であるが、この中に次のような解説が見えている。(193)

（前略）凡鷹ヲ使ハ雌ナル者ヲ良トス。形雄ヨリ大ニシテ性貪ル。故ニ能鳥ヲ捉。雌ナル者ヲ和名ニ大《ダイ》ト云、又弟トモ書ス。雄ナル者ハ形雌ナル者ヨリ小サクシテ貪ラズ。故ニ鳥ヲ捉シムルニ良ナラズ。雄ナル者ハ和名兄《ゼウ》ト云、又小トモ書ス。即、集解ニ、雌則体大、雄則形小ト云、是ナリ。鷹ハ品類多シ。（後略）

鷹狩にはその雌を遣うのがよい、体型は大きくて貪欲である、故によく鳥を狩り取る、これに対して、雄は小さくて鷹狩には良くない、とある。「集解」とは、『本草綱目』における記述項目（釈名、集解、修治、気味、主治、発明、附方）の一つである。

彼土の『酉陽雑俎』、「続集八、支動」には、鷹の雌雄とその形体について次のように見える。

凡鷙鳥雄小雌大、庶鳥皆雄大雌小、　（「続集八」、「支動」(194)）

「鷙鳥《しちよう》」とは、鷲、鷹、鷂《はいたか》、隼《はやぶさ》、雀鷹《つみ》などの猛禽類（ワシやタカの類）をいい、「庶鳥」とは、その他のもろもろの鳥をいう。一般的に肉食を専らとする鳥類は、雌が雄より大きく、食物も雄より多く摂取する（性的二形）。何といっても、産卵し、数羽の雛を育て上げなければならない。雄を頼ってもおれない。襲われる小動物も可能の限りは抵抗する。いずれにおいても、自らの才知と堅固な体軀とが必須であろう。造物主の然らしめるところである。

日本のワシ、タカ、ハヤブサなど三〇種につき、形態、測定値、分布、生息・繁殖地、生態・行動等々を詳しく記述し、写真を掲げた参考書として、森岡照明、他著『図鑑 日本のワシタカ類』(195)がある。

4　「もののやうなるは」

「せうやうのもののやうなるは」とは、落ち着かない。「やう」が重なっているためだが、語句の構成は、「「せうやうのもの」のようであるのは…」と二重構造になっているようである。

『紫明抄』『河海抄』『源氏和秘抄』『一葉抄』などには、次のように見える。

（前略）とりのせうやうの物のやうなる
鳥の小様といふは、鷹の小は雄也、大は雌也、雌鳥《シテウヲコリテ》奢　雄鳥病《イウテウヲナヤマス》云々
（『紫明抄』(196)）

物をちしたるとりのせうやうのものゝやうなるは
鷹の事也　小は雄　大は雌也　雌鳥奢て雄鳥病といへり　女はおこり　男はまけたるにたとへたる也
（『河海抄』(197)）

「雌鳥奢《おご》りて雄鳥を病《なや》ますと…」とある。冷泉家時雨亭文庫蔵本の注文も、「鷹の事也　小ハ雄　大ハ雌也　雌鳥おこりて雄鳥をなやますといへり　女ハおこり　男ハまけたるニたとへたる也」とある。(198)

とりのせうやう　せうは①たかのおとり也　たかはめ②とりかをとりをしたかふ③也
（『源氏和秘抄』(199)）

本書の底本は書陵部の桂宮本だが、異文があり、①「せ」を「と云は」（九）、②「めとり」を「雌」（山）、ナシ（九）、③「ふ」を「へる」（山）、「ふる」（九）とする伝本がある。

106 鳥のせうやうの（一三三二・121）　鳥の少様也、鷹の少は雄也、大鷹は〈三三ウ〉雌めにおつる鳥と云々
（『一葉抄』(200)）

要を得ないが、『源氏物語』には、「後見《うしろみ》と頼《たの》ませ給ふべき伯父《をぢ》などやうの、はか〴〵し（き）人もなし。」（「宿木」

の巻、『旧大系』、五、三五頁）、「きみ〔中将〕にも、蓮《はす》の実《み》などやうの物、いだしたれば」（「手習」の巻、同三六二頁）といった類例も見える。また、古注には、右以外にも次のような注釈がある（一部）。

012　なにそやうの　（五四八・三六〇）―賀茂祭なとの事を思へり

本文は「さい宮の御くたりなにそやうのおりのものみ車おほしいてらる」（『大成』、五四八頁・1行）とある。

北おもてなとやうのかくれそかし　（『細流抄』、「関屋」の巻）(201)

北面は女房の居住すへき方なり　きたの方なといふも此故也　内々の方といふ心なり　内家内房なと云也　（『河海抄』、「宿木」の巻）(202)

あやしくやうの物とかしこにてし〔真本にても〕もうせ給にける

同様の物といふ心也　（『河海抄』、「手習」の巻）(203)

あやしくやうの物とかしこにてしもうせ給ける事

やうの物といふ詞上の巻にもあまたあり　あやしくやうの物はたゝあやしきさまの物といふ心也　様の字をはやうともさまともいふ也　（『花鳥余情』、「手習」の巻）(204)

おとゝもなにかはやうのものとさのみうるはしくはとしつめ給へとまたさる御けしきあらむをはもてはなれてもあるましうおもむけて

様の物同様の物といふ心也夕霧大臣兵部卿宮の外舅也そのうへ大姫君参入春宮又此宮を聟にとりたてまつらん事あまりに同様なりと斟酌せらるゝ也（後略）　（『河海抄』、「匂兵部卿宮」の巻）(205)

なにかはやうの物　なにかやうかましくといふ心也　（『源氏和秘抄』、「匂兵部卿」の巻）(206)

これらの内、末尾の「匂兵部卿宮」の巻につき、『日本古典文学大系17』では、左記のように校訂されている。

おとゞ《〔夕霧〕》も、「何《なに》かは、『やうの物《〔同じき〕》』と《〔考へ〕》、さのみうるはしうは《〔嫁がせん〕》」と、しづめ《〔心を〕》給へど、

「頭注」に、「「何故にかまあ、「同じ様な風（物）」と考えて、そう（順序通り次々と）ばかり、きちんとは、兄弟の宮達に嫁がせようか（そうする必要もない）」と、心を落ちつけ（さし控え）なさるけれども。→補注二五五。」とあり、その補注には次のようにある。[207]

二五五「やう（様）の物」の「様」は、木製の器で儀式用のもの。本来の器にまねて、臨時に作った物を様器と言う。それから転じて、「類似」とか「同じような物」の意に用いる。〔夕霧巻〕「三の宮の、おなじごと、身をやつし給へる、…かならずさしも、やうの物と、あらそひ給はんも、うたてあるべし」（一四五頁）、〔総角巻〕「げに、さのみ、やうの者と、すぐし給はんも云々」（三九九頁）、「「やうの者」と、人笑はれなることを添ふる有様にて、なき御影をさへ云々」（四四一頁）などもある。

「様器」は、『河海抄』に「しろがねのやうき」に「銀楊《様イ》器　或薬器親行説」（「宿木」の巻）と注釈する。[208]「やう（様）のもの（物）」とは、これから転じて、「同じような物」の意であるとされる。

5　おわりに

一条朝の頃、鷹狩は、趣味と実益を兼ね、王侯貴族の広く行うところであったらしい。各邸宅には鷹屋を設け、架《ほこ》を据え、折々にこれを臂にし、馬を駆ったようである。

この「夕霧」の巻には、その鷹の習性、あるいは、習癖といったものが素材とされている。「（……鳥《とり》の）せうやうのもの」というのが、それである。やや唐突で、古注釈等を開いて初めて、これが鷹の雄（兄鷹）をいうもの、また、その習性をいうものと知られる。だが、その具体相は、未だよく分らない。従って、これが表わす意味や情況も明瞭

でない。紫式部は、これをヒト社会における人物描写、性向表現の一つとして用いているのである。雌雄の間で、性格や習性はどう異なるのか、雌が驕るとはどうことなのか、雄（兄鷹）とはどのようにだめであったのか、この辺りの情況を知って初めて、当時、社会的に共通の理解とされていたところが摑めよう。この点が、今後の課題となる。

今日、一般的には「鷹狩」との関わりは無に等しい。鷹の習性を用いた譬喩表現も忘れられているのであろう。先の「柏木」の巻の「好《この》み給し鷹《たか》、馬《むま》など」といった表現についても、あるいは、『蜻蛉日記』に道綱母が「まづそるたかぞ(209)」と詠むにつけても、日常生活の隅々には、それなりの「放鷹文化」が同居していたはずである。特殊な狩猟文化ではない、王朝時代の、その社会・生活の中における放鷹文化を解明していく必要がある。

第七節　「手習」の巻

1　はじめに

横川の僧都の母尼（大尼）は、古く願掛けた初瀬寺に礼参の帰途、奈良坂辺りで病気になった。僧都は、山籠りの修行中であったが、存じ寄りの故朱雀院所縁の宇治院に、共々宿った。荒れて、恐ろしげな所であった。如何にも、夜陰、大木の根際に寄り付いて泣く白い女変化が現れた。いや、怪しからぬ物でなく、それは浮舟であった。薫と匂宮との狭間に苦しむ余り、自らを失い、宇治川に入ったようである。しかし、死に切れなかった。

母尼と浮舟は、僧都たちの加持祈禱を受けた。二日ほどして母尼の病は癒えた。僧都は、車で浮舟を同道し、夜更けに小野に戻り着いた。失神状態であった浮舟も、加持や妹尼（僧都の妹）らの世話を受け、快方へ向い始めた。

その妹尼の亡娘の婿は、今、中将となっていた。彼の弟（禅師の君）が、僧都のもとで修行していたので、彼は、それを見舞った。そうした折、彼は、病み上がりの浮舟の後ろ姿を見て、懸想してしまった。浮舟は、憂悶する。この情況を承け、本文は、次のようにある。引用は、『新日本古典文学大系23』による。[210]

文《ふみ》などわざとやらんは、さすがにうひ〳〵しう、ほのかに見《み》しさまは忘《わすれ》ず、物思ふらん筋何《すぢなに》ごとと知《し》らねど、あはれなれば、八月十余日のほどに、小鷹狩《こたかがり》のついでにおはしたり、例の尼呼《あまよ》び出《い》でて、「一目見《ひとめみ》しより、静《しづ》心なくてなむ」との給へり。いらへ給《たまふ》べくもあらねば、尼《あま》君、「待乳《まつち》の山となん見《み》給ふる」と言《い》ひ出《い》だし給《たまふ》。対面《たいめん》し給へるにも、「心ぐるしきさまにて物し給《たまふ》と聞《き》き侍《はべり》し人の御上《うへ》なん、残《のこ》りゆかしく侍《はべり》つる。何《なに》ごとも心にかなはぬ心《ここ》ちのみし侍れば、山住《ず》みもし侍らまほしき心ありながら、ゆるい給《たまふ》まじき人々に、思《おも》ひ障《さは》りてなむ過《す》ぐし侍《はべる》。世《よ》に心《ここ》ちよげなる人の上《うへ》は、かく屈《くん》じたる人の心からにや、ふさはしからずなん。物思給《おもひたまふ》らん人に、思《おもふ》ことを聞《き》こえばや」など、いと心とゞめたるさまに語《かた》らひ給《たまふ》。（後略）　（「手習」の巻）

中将としては、わざわざ手紙などを遣るのも気が引ける。浮舟は、何かお悩みも多いようであり、しかし、それも何ごとかは分からない。ただ、とても気になる。彼は、八月一〇日過ぎの頃、「小鷹狩のついで」という口実で、小野を訪い、いつものように妹君を呼び出し、浮舟に対する想いを告げた。

「小鷹狩《こたかがり》」につき、右の脚注には、次のようにある。

一七　隼など小形の鷹を用いて小鳥をとる狩。小野に立寄る口実。「御狩の行幸し給はむやうにて（かぐや姫を）見てむや」（竹取物語）。

尼達は、「比叡坂本《ひえさかもと》に、小野《をの》といふ所にぞ、住《す》み給《たまひ》ける。」という。「小野」は、山城国愛宕《おたぎ》郡小野郷（京都市左京区修学院北方の地域）をいう。かつて、この地に病を養う一条の御息所と娘落葉宮を見舞う夕霧の恋の舞台であった。

髪を下ろして隠棲した惟喬《これたか》の親王《みこ》を訪ねて「馬頭《むまのかみ》なる翁《おきな》」（在原業平）が雪を踏み分けたのが「小野」である（『伊勢物語』、八三段）。比叡の山麓で雪深く、霧の立ちこめるところというが、「小野の付近から西の栗栖野《くるすの》にかけての北山一帯は、古くから小鷹狩の猟場として知られた所である。小鷹狩のついでというのであれば、格別の用がなくとも、小野にたち寄る理由として十分だ。」とされる。(211) 青年貴公子達にとって、狩は嗜みの一つでもあった。名高い獵場なら、趣味と実益とを兼ね、まま往復することがあったであろう。口実とは、相手に聞かせる〝わけ〟である。説得力がなくてはならない。「小鷹狩のついで」とは、納得の得やすい口実であった。(212) 改めて検討しよう。

2　古注釈

『河海抄』に次のようにある。(213)

八月十よ日のほとにこたかかりのつゐてにおはしたり

いはせのに秋萩しのき駒なめて〔不本真本なへて〕小鷹かりたにせてやわかれん《やみなんィ》〔不本やみなん〕
万十九新点ハ小鷹狩ヲハツトカリトモ云

貫之集云　題こたかゝり

秋のゝにかりそくれぬる女郎花こよひはかりのやとはかさなん

「いはせのに」の歌は、『万葉集』巻一九・四二四九番に「石瀬野《いはせの》に秋萩しのぎ馬並《な》めて初鳥狩《はつとがり》だにせずや別れむ」と見える歌である。大伴家持は、天平勝宝三年七月一七日少納言に転任したので、越中守を離任、上京することになった。その八月四日、折しも上京して不在であった久米広縄に遺し置いた歌である。

「初鳥狩」とは、換羽期に鳥屋に籠め置いた鷹を、九月に出して初めて対象に羽合わすことをいう。『禰津松鷗軒記』には、次のようにも見える。(214)

一初と狩とは 年の始に鷹を つかひはじむるをも云也。又その年のはじめての鷹をつかふをも云也。又巣鷹などを始て野へ出すをも云といへり。

「秋萩」云々とあれば、これは小鷹狩をいうのであろう。小鷹狩は、隼・鷂《はしたか》・雀鷂《つみ》などの小型の鷹（総称）を遣う。左傍の「新点ハ…」とは、仙覚の訓点であるが、後に、「小鷹かり」と異文が生じたらしい。二人は、秋になったら石瀬野に馬を並べて秋萩を駈け散らし、初鳥狩の物数（成績）を競《くら》べようと、固く約束していた。だが、図らずも、それぞれに慌ただしい事態となり、果たせなくなってしまった。まことに口惜しい。家持の鬱屈は至って深いのであった（第二部、「余論　第二節」参照）。

『河海抄』の「貫之集云」とは、紀貫之（貞観一〇年〈八六八〉頃～天慶八年〈九四五〉頃）の「小鷹狩り」と題する次の歌をいう。

小鷹狩り

秋の野にかりぞ暮れぬる女郎花今宵ばかりの宿は貸さなん　（『貫之集』、一五番）(215)

ついつい小鷹狩に興じ、狩り暮れてしまった、何とか今宵一夜、宿を貸してほしいと、野末の奥ゆかしい小家に頼み込む。初めての恋文でもあれば、上手に断られるに決まっているが、――といった歌では、引き歌の意味がないのだが、これは小鷹狩の屏風歌らしい。屏風歌は、和歌と絵とで構成される情趣を享受すべきものであろう。恐らく絵の方は、秋草の咲き乱れる野原、公達らは狩装束で馬を馳せ、小鷹を合わす、犬も走る、片隅にひっそりと暮らす風情の小籬《まがき》、といった構図となろうか。こうした小鷹狩の絵の醸《かも》し出すロマン、それと限定されないストーリーを、『河海抄』は、提示しようとしたのであろう。

右の歌は、『古今集』、「羈旅」に収める業平の歌、「かり暮らしたなばたつめに宿からむ天の川原に我は来にけり」

（四一八番）を踏まえたものらしい。狩に夢中になり、気が付けば夜空いっぱいに天の川が横たう、何としても貴女（美しい織り姫様）に宿を借りなければ、秋の夜寒が越せない、と切々と訴える。『伊勢物語』『業平集』『今昔物語集』（巻二四、語三六）等にも見える歌である。業平も惟喬親王に従い、よく鷹狩に出掛けた。

なお、現実のところ、鷹狩に出て実際に狩り暮れ、野山に宿ることもあった（「泊り山」「宿り山」）。あるいは、また、明くる早朝の、臥した鳥を狩ろうとして野宿することもある（「寝鳥狩《ねとりがり》」）。寒い野山に野宿する場合には、鷹が捉えた小鳥を懐炉《かいろ》代わりにして暖を取ることもある（「ぬくめ鳥」）。そうした小鳥は、感謝を込めて天旭に逃し遣ったという。中国唐代にもこれに類する話がある。

3 『竹取物語』の場合

『竹取物語』一巻は、平安初期にできた最古の作り物語とされる。その『竹取物語』には、次のようにある。(216) 異文が多いようだが、今は『新日本古典文学大系17』の本文に従う。

（前略）「仰《（おほせ）》の事のかしこさに、かの童《わらは》をまい《（ゐ）》らせむとて、仕《つか》うまつれば、「宮仕《づか》へに出《（いだ）》したてば、死《し》ぬべし」と申《（まうす）》。宮つこ麻呂《まろ》が手に産《う》ませたる子にもあらず。むかし、山にて見《み》つけたる。かゝれば、心ばせも、世の人に似ず侍《（はべり）》」と奏《そう》せさす。御門、仰給《（おほせたまふ）》、「造麻呂《みやつこまろ》が家は、山本近《もとちか》かなり。御狩行幸《かりみゆき》し給はんやうにて、見《み》てんや」とのたまはす。宮つこ麻呂《まろ》が、申《（まうす）》やう、「いとよき事也《（なり）》。なにか、心もなくて侍らんに、ふと行幸《みゆき》して御覧《（らん）》ぜむ、御覧ぜられなむ」と奏《（そう）》すれば、御門、にはかに日を定《さだ》めて、御狩《かり》に出《（いで）》給《（う）》ふて、かぐや姫の家に入《（いり）》給《（う）》ふて見給《（たまふ）》に、光《ひかり》みちて、きよらにてゐたる人あり。（後略）

かしこき仰せにも従わない「かの童（かぐや姫）」である。御門は、御狩行幸を口実に翁（造麻呂）の家を訪れ、彼女を拉致しようと企《たくら》んだようである。しかも、造麻呂も合意の上で、のこと。

「山本近《もとちか》かなり」は、翁の家が山の麓に近いこと、助動詞「なり」は情報の伝聞を表す。鷹を遣う狩は、『類聚国史』、巻三二、「天皇遊獵」の条からも知られるように、普通、中山間地域、いわゆる「の（野）」と称されるエリアで行われる。鷹飼に馬・犬、多くの狩子なども加わる。森林部は、むしろ、鷹にとっても危険である。翁の家が「山本」にあると伝聞したことにすれば、「御狩行幸《かりみゆき》し給はんやうにて」、「ふと行幸《みゆき》して」という口実も可能となろう。

それにしても、気になるのは、竹取の翁（造麻呂、讃岐《さぬき》の造）の素性・経歴である。彼は、如何なる人物であったのか。その身分、前身、あるいは、邸第の様などが問われる。

なお、〝御門〟が、遊獵の折、親王・臣下の第宅に御した例として左記がある。[217] 参考までに挙げておく。

○桓武天皇は、延暦一一年二月二七日栗前野《くりくまの》に遊獵し、（或「故」字脱カ）右大臣藤原是公の別業に御《おはしま》した。同一二年二月四日栗前野に遊獵し、伊豫親王荘に御した。同八月二八日葛野《かどの》に遊獵し、右大臣藤原継縄《つぐただ》の別業に御した。同九月二二日栗前野に遊獵し、伊豫親王の江亭に御した。同一七年八月一三日北野に遊獵し、伊豫親王の山荘に御した。同二一年八月八日的野に遊獵し、親王諱嵯峨荘に御した。同二三年八月二七日北野に遊獵し、伊豫親王の大井荘に御した。

○嵯峨天皇は、弘仁五年九月一〇日栗前野に遊獵し、弾正尹明日香親王の宇治別業に御した。

○光孝天皇は、仁和二年一二月一四日芹川野に行幸し、鷹鷂を放ち、左衛門佐従五位上藤原高経の別墅に幸した。

4　『古今著聞集』『風葉和歌集』の場合

『河海抄』に、「桐壺」の巻の注釈中に次のようにある（読点私意）。

おはします殿のひんがしのひさしに

清涼殿東庇也建暦御記ニみえたり

清涼殿五ヶ間也、北第一間母屋、為御路次御腋間師子狛犬帳前南北、第三間床子三脚、第四間奥有御厨子、（中略）二間与上御局之際ニ南ニ昆明池障子、北ニ嵯峨野小鷹狩、南切妻ニ有《戸歟》鳴板、号見参板、向上戸、被立年中行事障子見建暦御記、

（『河海抄』、巻一、「桐壺」の巻）(218)

清涼殿の弘廂《ひろびさし》、弘徽殿の上の御局の前に置かれた衝立障子には、極彩色で南（表）に「昆明池」、北（裏）に「嵯峨野の小鷹狩」が描かれていた。以下には、この「小鷹狩」の絵につき、言及しておきたい。

『建暦御記』は、順徳天皇（仁治三年〈一二四二〉崩御）の撰になる有職故実書で、『禁秘抄』『順徳御抄』とも称される。承久年間（一二一九〜一二二二）の成立。問題の条は、次のようにある。

○南昆明池、北嵯《ハ》峨野小鷹狩

○古今著聞集云、清涼殿の弘庇についたち障子を立て、昆明池を図されたり、其裏に、野をかきて許方《本ノマヽ》に屋形あり、又近衛司の鷹つかひたるをかけり、これは雑芸に侍る、嵯峨野に狩せし少将の心とそ、彼少将といふは、大井川の辺に栖ける季綱の少将の事にや、彼大井の家を出て嵯峨野に侍《(ママ)》しけるをうつしけるにこそ、（前後略）

（『禁秘抄考註』、上巻、読点私意）(219)

『古今著聞集』を引いたとあり、これは「近衛司の鷹つかひたる」絵だという。次に、『古今著聞集』を引く。

又清涼殿の弘庇《ひろびさし》に、ついたち障子をたて丶、昆明池を図せられたり。其裏に野をかきて、片方に屋形あり。又近衛司《このゑづかさ》の鷹つかひたるをかけり。是は雑芸に侍る、嵯峨野に狩せし少将の心とぞ。彼少将《かのせうしやう》といふは、大井河のほとりに栖《すみ》ける季綱の少将事《の》にや。かの大井の家を出《いで》て、嵯峨野に狩しけるをうつしけるにこそ。

（『古今著聞集』、巻一一、「画図第一六」[220]）

後者により、『禁秘抄考註』の末部の「侍」字は「狩」字の誤植と知られる。だが、ここに「嵯峨野に狩せし…」とあるが、そもそも、当該の「小鷹狩」の絵には、何らかの「詞《ことば》」なり和歌なりが添えられていたのか否か。その場合、「嵯峨野ー」という地名は冠せられていたのか否か、また、『古今著聞集』には見えるが、これ以前はどうであったのかといったことが問われる。鷹を遣っている人物が「近衛司」であるというのも、「詞」によるものか、それとも、衣裳や馬・犬などから判断したものか、はっきりしないが、近衛府の者が鷹を遣うことは、よく知られていたであろう。後半部は、〈これは「雑芸」に謡われているところに材を採ったものだ〉、〈嵯峨野で鷹狩をしている少将を描いたものだ〉と説き、〈その少将とは、大井河畔に住んでいた「季綱《すえつな》の少将」ではないか、彼が大井の家から嵯峨野に鷹狩に行ったところを写したに相違ない〉とある。

右『古今著聞集』の「頭注」には、「雑芸」とは、「催馬楽・東遊・朗詠・今様・早歌など院政期以来流行した大衆歌謡。」とする。そうした鷹狩に関する俗謡があったのであろうか。また、「季綱の少将」とは、「あるいは交野の少将季縄のことか。南家真作卿流、左中弁千乗男。「従五上・右近少将。世号片野羽林・名人鷹生」（尊卑）。→補三四。」とし、「補注」に『大和物語』一〇〇段を引き、しかし、これが『新拾遺和歌集』二では「藤原季綱」として見える、と述べる。

「季綱《すえつな》」は、漢詩人として知られた人物で、文章博士実範を父とし、文章生・検非違使・少納言・備前守・越後守などを経て大学頭に至った。『本朝無題詩』『中右記部類紙背漢詩集』『和漢兼作集』『本朝続文粋』『朝野群載』等に作品を残し、『季綱切韻』『季綱往来』『使庁日記』[221]などを撰述した。『中右記』康和四年（一一〇二）九月一一日の条に、「又故季綱所撰之使庁日記十一巻令見給[222]、」とある。記主（中御門藤原宗忠）を介し、白河法皇が帝（堀河天皇）に同書の御覧を勧めたものであるが、季綱は、この直前まで生存していたらしい。年代、また、その生涯を窺えば、右には相応しないであろう。

「季縄《すえただ》」につき、『尊卑分脈』(223)には、確かに、右「頭注」のようにある。生歿不詳。また、その父千乗《ちしげ》（左中弁、木工頭、従四下）の条に「弁官補任云仁和六《（ママ）》年遷官不詳」、二男扶樹（従五下、右少弁）の条に「天暦九（九五五）三卒」、更に、千乗の「女子」二人の内、一人に「右近、穏子／太后女房、後撰集作者／哥人」、もう一人に「哥人、同集作者」とあり、「或本此二人女子季縄女也云々」と記されている。その「或本」につき、これが正しいらしく、右近は、天徳四年（九六〇）三月、応和二年（九六二）五月内裏歌合、康保三年（九六六）閏八月内裏前栽合などに出詠し、『後撰和歌集』に四首、『拾遺和歌集』に三首、『新勅撰和歌集』に一首残している。

同『尊卑分脈』には、「世号㆓片（交）野羽林㆒、／名人鷹生」とある。「羽林」とは、近衛府の唐名である。季縄は、右近衛次将として本務をこなしながら、巧みな鷹狩の技によって「名人鷹生」と評されていたらしい。「片」字は「交」の宛字であろうか。世人が「片（交）野羽林」と称したのは、彼が、よく交野に出掛けて鷹狩をしていたからであろう。交野に仮寓するようなこともあったかも知れない。宇多天皇（太上天皇）も醍醐天皇も鷹狩を好んだ。供奉することも少なくなかったであろう。「鷹生《たかじょう》」とは、専門的に鷹の飼養・訓練に務める鷹飼である。異表記も多いが、後には「鷹匠」という言葉に収斂していく。

『大和物語』の一〇〇段に「大井《おほゐ》に季縄《すゑなは》の少将すみけるころ、帝《みかど》の宣《のたま》ひける。「花《はな》おもしろくなりなば、かならず御らむぜん」とありけるをおぼし忘《わす》れて、おはしまさざりけり。されば、少将、／　ちりぬればくやしきものを大井川《おほゐがは》岸《きし》の山吹《やまぶき》けふさかりなり／とありければ、いたうあはれがりたまうて、いそぎおはしましてなむ御らんじける。(224)」とある。「帝の…」とは、宇多天皇をいう。この歌は、『新拾遺和歌集』巻二では「藤原季綱」の詠となっているが、誤りとされる（『夫木和歌抄』巻六でも「季縄」）。

次の一〇一段には、――季縄は、蔵人公忠《きんただ》に病にあっても参内すると言っていたが、三日ほど後、ついに重体に陥った、公忠は急ぎ、五条に住む彼を見舞ったが、既に遅く、案内を請うても家に入れて貰えず、辛く泣きながら帰った、――と帝に奏した、とある。この話は、『新古今和歌集』、巻八、哀傷歌にも見える（八五四番）。『大和物語』には、「季縄《すゑなは》の少将のむすめ右近、故后《きさい》の宮にさぶらひけるころ」（八一段）との話も留める。

『古今著聞集』には、「嵯峨野に狩せし少将…」ともあった。その衝立障子の「鷹狩」の絵は、「嵯峨野」におけるものだという、何かの徴証があったらしい。絵の中にこう書いた文字があったのか、または、山川の景物によって判断したものか、あるいは、鷹狩の好適地として真っ先に挙げられる地として、この名が出てきたのか。ともあれ、『大和物語』にあるように、彼が大井川に住んでいたとすれば、ここから嵯峨野までは遠い距離ではない（『古今著聞集』）。しかし、季縄が世に「片（交）野羽林」とまで評されていたとすれば、若干の違和感が生ずる。「名人鷹生」なら、嵯峨野や紫野、その他にも繁く通って不思議でない。だが、それなら、尚更、そうした世評は貰っていないであろう。交野は、河内国交野郡（大阪府枚方市）である。

かくすれば、衝立障子の「鷹狩」には、本来、これといったモデルはいなかったのではないか。ここは、『古今著聞集』の穿ち過ぎ、賢しらの類ではないかと考えられる。絵画でも音楽でも、テーマなり由緒なりのある方が味わい深いものとなる。しかし、同じく清涼殿広廂の北の布張衝立障子の「荒海の障子」は、どうであろうか。これは、墨絵で南（表）に手長・足長の絵、北（裏）に「宇治網代」の絵（網代で氷魚を捕る図）が描かれていた。前者は、『山海経』の長臂国・長股国の記事に依拠するという由緒がある。だが、後者の場合、これといった人物名を聞かない。この衝立障子も、『古今著聞集』『河海抄』、共に右と同様の場所に挙がっている。つまり、この「季縄」との語は、

『古今著聞集』において付加された情報であろう。テーマ・由緒等の示されない、いわゆる「無題」であれば、これはこれなりに、制約のない解釈、鑑賞が許される。

ところで、振り返って気になるのは、彼は、何故、「片（交）野羽林」と称され、あるいは、号したのか、また、ここに、例の『交野少将物語』との関わりはないのかということである。

『交野少将物語』は、逸書とされ、詳細は分らない。(225) その片鱗の一部を上げよう（／印は改行）。

さるは、いといたく世をはゞかり、まめだち給ひけるほど、なよびかに、をかしきことはなくて、交野《かたの》の少将には、笑《わら》はれ給ひけんかし。　（『源氏物語』、「帚木」の巻）(226)

かたのゝ少将にはわらはれ給けんかし／（中略）又かたのゝ少将といふふるき物語有　好色の人とみえたり　所詮彼かたのゝ少将は　なよひすき　まことすくなき色このみなるゆへに（後略）　（『河海抄』、「箒木」）(227)

吹《ふ》きみだりたる萱《かや》に、つけ給《たま》へれば、人《ひと》〴〵、／女房「交野《かたの》の少将は」／女房「紙《かみ》のいろにこそ、とゝのへ侍りけれ」／ときこゆ。　（『源氏物語』、「野分」の巻）(228)

かたのゝ少将は　かみのいろにこそとゝのへ侍けれと／（此）交野少将事　箒木巻に事旧了　彼少将無双の色このみなるによりて　艶色本〔真本艶事の本〕にもいへる歟　大方（後略）　（『河海抄』、「野分」）(229)

…弁の少将の君、世の人は交野《かたの》の少将と申すめるを、その殿に…　（『落窪物語』、巻之一）(230)

交野《かたの》の少将もどきたる落窪《おちくぼ》の少将などはをかし。　（『枕草子』、二九二段）(231)

殿《故》中納言た《鷹》よ《か》りのついてに一よとまりて　またともとひ侍らさりけれは　身をなけんとしける所にて　うかひをみつけて　はかまのこしをひきやりて　かゝりの松のすみしてかきて　かの中納言につたへよとてとらせ侍りける　　かたのゝ大領か女

かつきゆるうき身の沫と成りぬとも誰かはとはん跡のしら浪　（『風葉和歌集』、巻一四、恋四）(232)

『風葉和歌集』は、中野荘次氏の「校本」による。底本は丹鶴叢書本の「一本」であるが、冒頭部に異文があり、丹鶴叢書辛亥帙所収本に「故中納言」、京都帝国大学国文研究室蔵本に「鷹かりのついてに」、東北帝国大学蔵狩野亨《かのうこう》吉《きち》氏旧蔵本に「殿中納言たゝりのついてに」とあるとされる。

『交野少将物語』は、「無双の色このみ」（『河海抄』）といわれた「交野の少将」の物語であるらしい。「少将」は、左右近衛府の次官をいう。右『風葉和歌集』の詞書には、「殿《故》中納言」ともある。そうした彼が、「鷹かりのついでに」（京都帝国大学国文研究室蔵本）交野の大領の邸に立ち寄り、娘のもとに一夜泊ったた。だが、再び訪れることはなかった。娘は入水しようと河辺に出たところ、鵜飼がいたので、自らの着物を引き破って篝火の炭で歌をしたため、漁師に託した、それがこの歌であるという。「大領」クラスの娘とかは、えてしてこういう運命にあったのであろうか。「大領」は、令制で、国司の下にある郡司（大領・少領・主政・主帳）の役職の一つ。

しかし、季縄と「交野の少将」との繫がりははっきりしない。あるいは、季縄は、そうした渾名を貰うような素行の人であったのであろうか。当面の「嵯峨野小鷹狩」が季縄と関わりないとすれば、解決を急ぐこともないようであるが、「鷹かりのついでに一よとまりて」（京都帝国大学国文研究室蔵本）という経緯は、浮舟に想いを懸ける中将（妹尼の亡娘の婿）、また、かぐや姫に懸想する帝の魂胆に通じよう。

なお、衝立障子の鷹狩は、大鷹、鷂・隼、いずれによるものか、『古今著聞集』には書いてない。しかし、『禁秘抄』には「嵯峨野の小鷹狩」とある。順徳天皇は、『古今著聞集』の狩の様子を判じて、このように理解したのである。その要員、出立ちや狩衣衣裳、臂の鷹・狩場の情景などは、いかにも「小鷹狩らしい」絵柄であったのであろう。当世風のやわらかい絵柄かと推量される。これに対し、衝立障子の表側の「昆明池《こんめいち》」は、漢の武帝が長安城の西に設けた軍用の施設である。[233] 表裏の絵柄は、硬と軟、または、唐様と和様と、対照的に配置されたもののようである。

5 『勧修寺縁起』の場合

『嵯峨野物語』は、二条良基（生歿、元応二年〈一三二〇〉～元中五年・嘉慶二年〈一三八八〉）の著述で、「鷹狩」の故実に詳しい。本書に、寛平法皇（宇多天皇）の「鷹」につき、次のように見える。

寛平法皇は王侍従と申し比より殊に鷹をつかはせ給。賀茂臨時祭の事。勧修寺のむすめ御契を結ばれし事などみな鷹のゆへなり。（『群書類従』、第一九輯）[234]

宇多法皇は「鷹のゆへ」、即ち、鷹の縁で「勧修寺のむすめ」と契りを結ばれたとある。勧修寺高藤《たかふじ》の女（胤子）は、宇多天皇女御となって醍醐天皇以下の生母となった。が、「鷹のゆへ」とは、高藤と胤子の母との関係においても言い得ることではなかろうか。尤も、高藤は、「わかくおはしける頃。たかをなむ好給ける」（後述）とされ、これをもって時康親王（光孝天皇）、あるいは、宇多天皇の鷹狩に従うようなことがあったかも知れない。

『公卿補任』[235]によれば、高藤は、寛平六年（八九四）正月三日、三階越えて従三位に叙せられた（五七歳）。前年四月二日敦仁親王（醍醐天皇）の立太子に伴うものである（同九年七月即位）。敦仁親王は、元慶九年（八八五）正月一八日源定省の第一子として生まれた（名は維城）。その父は、仁和三年（八八七）宇多天皇として即位した。維城は、寛平元年一二月親王宣下あって名を敦仁と改めた（養母基経女温子）。

元慶七年正月、高藤は左近少将となっている（従五位上）。定省と胤子との出会は、この七、八年頃であろう。

『勧修《かんしゅう》寺縁起《じえんぎ》』一巻は、東密小野派の門跡寺院山科勧修寺の縁起を和文体で綴ったもので、姉小路基綱女済子の作とされる。[236]『群書類従』、釈家部、巻四三〇に収められ、奥書に次のようにある。[237]

右一冊。新内侍基綱卿息女。健筆也。予令レ書二写之一相替者也。

正三位行藤中納言藤原朝臣宣秀

永正三年（一五〇六）正月十四日／

「新内侍（済子）」は、宮内卿内侍、勾当内侍ともいった。系譜は、藤原師尹（摂政、太政大臣）の流れにあり、祖父は姉小路昌家（左中将、参議、従三位）、父基綱は、権中納言、従二位に昇り、永正元年飛州に薨じた。[238] 奥書の「相替」とは、新内侍の筆写本を（礼物と）交換してもらったとの意か。本書は、「宣秀（中御門）」の歿年（生歿は文明元年〈一四六九〉～享禄四年〈一五三一〉）から推して、一五世紀末の成立かとされる。

勧修寺家の祖と位置付けられるのは、内大臣藤原高藤である。即ち、『尊卑分脈』によれば、閑院左大臣藤原冬嗣の六男の内舎人《うどねり》、正六位上藤原良門《よしかど》の二男で、母は、西市正高田沙弥麿女春子であった。内大臣、正二位に昇り、勧修寺本願、小一条内大臣と号し、昌泰三年（九〇〇）三月一二日薨去した（行年六三歳）。贈太政大臣、正一位。「勧修寺一流元祖」、「勧修寺以下多流祖」とされる。[239] 宮内大輔宮道弥益《いやます》の女を妻とし、二人の間に、定国（延喜六年〈九〇六〉薨、行年四〇歳、大納言、従二位、贈正一位）、定方（承平二年〈九三二〉薨、行年五七歳、従二位、右大臣、左大将、贈従一位）、胤子（宇多天皇女御、醍醐天皇母、贈皇太后）、満子（従三位、尚侍）が生まれている。然して、『勧修寺縁起』の冒頭部に次のように見える。

閑院贈太政大臣冬嗣のおとゞと申は。（中略）その冬嗣の御子に内舎人良門と申人おはしけり。昔はやむごとなき人も。うゐつかさには内舎人などにも成給けるなるべし。良門の御子に高藤と申おはしけり。（中略）この高藤の公。わかくおはしける頃。たかをなむ好給ける。父の内舎人もたかがりをばすさめたまはざりければ。そのあとをもまなび給なるべし。弱冠におはしましけるころ。近くつかうまつるをのこどもいざなひて。たかがりにいで給ぬ。みなみ山科のほとりに狩ゆき給に。空のけしきかきくもり。（後略）

風雨に襲われた一行は、雷鳴と稲光のもと、馬の馳せるに任せ散っていった。高藤も、口取《くちとり》一人連れ、とある萱門に駈け込んだ。かくして、この家の娘と一夜の契りを結んだ。長月の頃、栗栖野辺りにおけることであった。時節からすれば、これは小鷹狩を試みたものらしい。

数年の後、二月の中旬、口取の記憶を辿りながらその折の家を尋ね求めた。娘は、「年ごろの物おもひにや。おもやせたるものから。ありしよりもねびまさりて。らうたくぞ見えける。」といい、その娘の傍らには五六ばかりの幼女がいた。これが、「宇多院の位におはしましける時に入内ありて。皇太《〔衍カ〕》后宮胤子と申」人物である。母子二人は、都に迎え取られ、また、打続き男子二所（定国、定方）もできた。南山科のその家のあるじは、この郡の大領宮道の弥益といった。この跡は寺になされた。今の勧修寺がこれだという。

胤子は、醍醐天皇（諱敦仁）、敦実親王（一品式部卿、号仁和寺宮、天暦四年出家、康保四年薨）の生母である。

この話は、『世継物語』[240]や『今昔物語集』、巻二二などにも収められている。その後者には「高藤内大臣語第七」として見え、結尾には、「此レヲ思フニ、墓無カリシ鷹狩ノ雨宿ニ依テ、此ク微妙キ事モ有レバ、此レ皆前生ノ契《（なり）》ケリ、トナム語リ伝ヘタルトヤ。」とある（付訓略）[241]。「狩」は「仮」「仮初め」にも通じる。一々、移り気な狩人の相手をしていたら身が持たないが、そうした仮初めの鷹狩の雨宿りでも、これほど微妙《めでた》いこととなったのは、みな前生の契りであったというのである。

再訪を思い立った時、高藤は口取の男を近くに呼んで、「一トセ鷹狩ノ次ニ雨宿リシタリシ家ハ、汝ヂ思ユヤ否ヤ」と尋ねている。口取は「思エ候フ」と答えた。出立に際し、高藤は、側近にも「鷹仕フ様ニテナム可行キ。其ノ心ヲ得テ可有シ」と心得を与えた（『今昔物語集』）。小鷹狩を試みる、その体を装ったのである。

こうしてみると、フリをするに最も効果的であったのは「小鷹狩」であったようである。当面の「手習」の巻においても同様である。しかし、誰にでも、というわけではなかろう。小鷹狩をするに相応しい人物が、その立場で目論むからこそ、その効果も上がるのである。

6　おわりに

かつて、鷹狩は、天皇の首長権の象徴でもあった。そのため、各所に「禁野」という、何人も入猟できない地域が設けられた。「私の鷹」を禁ずる旨の「禁制」も、度々、下された。だが、一方、醍醐天皇の延喜・延長の頃には、その特権も崩壊し始め、やがて、鷹狩は、比較的ラフな形で行えるようになっていたらしい。

窺うところ、この頃は、退職した官人達が畿内一帯の此処彼処《ここかしこ》に所領をもらい、住み着いてもいたらしい。かつての同僚・知人たちは、まま、これを訪れ、旧交を温め、羽根を伸ばした、行き交う双方の間には新たな縁戚関係も生まれた、――という時代でもあったのであろう。小鷹狩は、野外の開かれた技芸の一つとして広く公家社会に広まっていたらしい。

本文には「八月十余日のほどに」と見える。そのシーズンに入ったということであろう。秋口辺りからの「小鷹狩」は、鷂《はしたか》、あるいは、隼《はやぶさ》などを遣って小規模に、若干名で手軽くできたようである。『宇津保物語』は、平安中期の成立とされる。この作品には、「御鷹《おほんたか》ども心み給うて（中略）忍《しの》ビて野に出《い》で給フ」（「吹上上」）、また、「（院）「今年《ことし》は、怪《あや》しく木の葉《は》の色深《ふか》く、花の姿《すがた》ヲかしかるべき年になむある。興《けう》あるヲかしからん野辺に、小鷹《こたか》入《い》れて見《み》ばや」との給はす。」、四、五行後に、「（前略）数多《あまた》が中に、こともなき小鷹一《こたかひとつ》なん侍りし」うへ（嵯峨院）「かの鷹《たか》を心みばや。（後略）」」（「吹上下」）などと見える。[242] 比較的軽い気持ちで試みるのであるが、やはり、常用されているのは鷂《はしたか》であったらしい。

尼君の、昔の婿の君（亡娘の婿）は、「今は、中将にて物し給ひける」とある。「中将」とは、近衛府の次官である。

立場上、御所の「鷹飼」と接触し、自らも鶴や隼を遣っていたであろう。その彼が、主目的を果すための方便として、この度は「小鷹狩のついで」というのである。これは、かぐや姫に懸想する帝、交野の少将、また、高藤などの場合などに同様である。もはや、「小鷹狩《こたかがり》のついで」とは、いわば社交辞令の一つ、いや、それ以上の社会的な社交文化の一つとしても定位され得るものであり、作者は、これをモチーフとして、この段を構成したと考えられる。但し、この一方、作者は、男性側の〝身勝手〟に迷惑する女性側の立場も書いている（「第六節「夕霧」の巻」参照）。

余論　「馬埒（むまき）」から「馬場（むまば）」「馬場（ばば）」へ

1　はじめに

平安時代、競走馬を飼い、競い合う施設を「むまき（馬埒）」、「むまば（馬場）」といった。前者は、いわば、後者の前身でもある。本論では、この間の変遷、及び、これに伴う語形・語音の推移について述べる。

馬埒《むまき》には、天皇以下、貴顕の観閲のために「むまきとの（馬埒殿）」が併設され、これは、時には文雅や饗宴の催しにも供された。だが、近時、この存在が忘れられたかのようで、「馬埒殿」を「うまらちどの」、あるいは、「ばらちでん」「うまばどの」と読み、「馬埒」は「ばらち」と読むといった解説が行われている。[243]「馬埒殿《うまらちどの》」「馬埒殿《ばらちでん》」とは、何とも落ち着かない。平安時代初期にも「ばらち（馬埒）」といったとは、凡そ考えられないことである。ここでは、先ず、「馬埒《むまき》《うまき》」・「馬埒殿《むまきとの》」について理解を深め、その存在を事実として確認した後、記録史料により、「むまき（馬埒）」「むまきとの（馬埒殿）」から「武徳殿」の「馬場（むまんば、むまば）」へという推移、また、「むまきのには」～「むまには」、「むまには～むまんば～むまば～ばば」という語形・語音の推移、関連して「むまばのおとど（馬場大殿・馬場御殿）」の語形・語義などについて検討する。

なお、以下に、その文脈における大局的な理解を優先する場合、細かな修飾語句（限定条件）を省いて端的に「馬場」「むまば」と表記することがある。細部に拘って生じ易い混乱を避けるためである。

2　『源氏物語』、「藤裏葉」の巻

「むまき（馬埒）」や「むまば（馬場）」といった施設につき、これが何のために、どのように使用されたものか、平安時代の『源氏物語』における場合を例とし、窺っておきたい。

『源氏物語大成』（底本青表紙本）によれば、この作品には「む（う）まき（馬埒）」「む（う）まき（馬埒）殿」という言葉は見えない。先ず、この点につき、当該語の性格の一端（年代性）を窺うことができよう。

右に関連する言葉として、「むまは殿」という言葉が一例だけ見える。また、「むまはのおとゝ」という言葉が六例見えている。(244) 次に挙げよう。

○みの時に行幸ありてまつむまは殿に左右のつかさの御馬ひきならへて　（「ふしうらは」、一〇一六4）

○むまはのおとゝのほとにたてわつらひてかむたちめの車ともおほくてものさはかしけなるわたりかなとやすらひ給によろしき女車の　（「あふひ」、二九一5）

○ひんかしおもてはわけてむまはのおとゝつくりらちゆいてさ月の御あそひところにて水のほとりにさうふうへしけらせて　（「をとめ」、七〇九13）

一例目が「むまは殿」の例で、これは左に引用する。二、三例目は「むまはのおとゝ」と見える。同様の例は、

「ほたる」（八一〇14・八一二8・八一三5）、「野わき」（八六五14）の巻にも見える。これらからすれば、一例目も「むまはのおとゝ」を表記したものかと思われるが、他本に「むまはとのにて」（陽明文庫本）とするものがあり、やはり、語の構成は異なるようである。語構成が異なれば、語意なり用法なりも異なりそうなものである。だが、『源氏物語』の六条院の場合、馬場は朱雀院（嵯峨天皇から朱雀天皇までの後院《ごいん》）や内裏のそれを模したと推測されるから、さほどの相異があるようでもない。執筆・推敲上の、あるいは、転写上の問題でもあったのであろうか。

なお、『日本古典文学大系』（山岸徳平校注）は、右七例とも「むまは」に「馬場」二字を宛て、「馬場殿《むまばどの》」（「藤裏葉」）、「馬場《むまば》の殿《おとゞ》」（「乙女」）、「馬場《むまば》のおとゞ」（「葵」「野分」「蛍」）と表記する。『新日本古典文学大系』（柳井滋、他校注）でも、「馬場《むまば》殿」（「藤裏葉」）以下、大同のようである。

さて、右のようにして見える「むまは殿」「むまはのおとゝ」につき、先には『新日本古典文学大系21』(245)から『源氏物語』「藤裏葉」の巻を引いた（「第四節「藤裏葉」の巻」参照）。ここでは、帝の、源氏の六条の院行幸の次第が物語られている。この六条院行幸の意味につき、表向きにはともかく、「帝としては、源氏を父として敬いたいという、朝覲の行幸を果たす心であったと思われる。やっと源氏に上皇の格を与えることのできた、帝である。源氏にも、この行幸を実行しようとする帝の心が解っていたであろう。」と説かれる。(246)三条西公条自筆稿本『細流抄』では、限りある内にも「朝覲行幸の作法にもありたきと也」との注釈がある。(247)

六条院の「馬場《むまば》殿」につき、青表紙本には「むまは殿」とある。これは、馬場の殿舎をいう。帝、院、源氏はここにおいて観閲し、馬寮の馬や左右近衛武人・随身らはこの前庭に整列したのであろう。『河海抄』(248)は、この折の行幸もこの「馬場殿」も、『村上天皇御記』康保二年一〇月二三日の記文をモデルとして執筆されたという。(249)『花鳥余情』(250)や『弄花抄』(251)などもこれを承ける。「朱雀院」、及び、その馬場殿については、太田静六著『寝殿造の研究』に詳しい。(252)

本文には「五月の節《せち》にあやめわかれず通《かよ》ひたり」ともある。この「五月の節《せち》」とは、五月初旬の「競馬《くらべうま》」の行事をいう。『続日本後紀』などにも、その記録がある。『西宮記』（「恒例第二　五月　菖蒲事」）には、「④五日（菖蒲事）」・「⑤六日、幸二武徳殿一」の条に、その節日の次第（故実）が詳しく記載されている。[253] 当日は、天皇以下、正装した王卿や大勢の文武官人多数が出揃い、皆の注目する中、左馬寮・右馬寮から多くの御馬が牽き出される。それぞれの右脇には左右近衛府の武官が立ち添い、周囲にも関係者が立ち並ぶ。厳めしい髭面もおれば爽やかな青年もいる。皆、緊張の内にも晴れやかな面立ちで整列する。やがて、騎射《むまゆみ》や、種々の馬芸・打毬などが展開される。駿馬は天に嘶《いなな》き、蹄は大地を蹴る。声援・喚声は止まない。何といっても、年に一度の大イベントである。「五月の節《せち》にあやめわかれず…」とは、そうした感動を前提とした美的表現である。

但し、一条朝の頃ともなれば、武人等の緩怠も目立ち、年中行事も何かと弛緩しつつあったようである。五月の節会につき、『枕草子』、二〇五段には次のようにある。[254]

見物《（みもの）》は　臨時《りんじ》の祭《まつり》。行幸。（中略）五月こそ世にしらずなまめかしきものなりけれ。されど、この世に絶《た》えにたる事なめれば、いとくちお《（を）》し。昔語《むかしがたり》に人にのいふをきゝ思ひあはするに、げにいかなりけん。たゞその日は菖蒲《さうぶ》うちふき、よのつねのありさまだにめでたきをも、殿《との》のありさま、所《ところ》〴〵の御桟敷《さじき》どもに菖蒲《さうぶ》ふきわたし、よろづの人ども菖蒲《さうぶ》鬘《かつら》して、あやめの蔵《くら》人、かたちよきかぎり選《え》りて、いだされて、薬玉《くすだま》たまはすれば、拝《はい》して腰《こし》につけなどしけんほど、いかなりけむ。（後略）

「五月こそ」とは、他ならぬ、その五日・六日、馬埒殿（武徳殿）への優雅な行幸のあったことを意味する。しかし、もはや、今は断絶してしまったようなのでとても残念だという。

「むまはのおとゝ」につき、『河海抄』は次のように説く。先の二例目を対象とする注釈である。

むまはのおとゝの程にたてわつらひて
左近馬場宿屋也云々
左近馬場は一条西洞院　右近馬場は一条大宮也

（『河海抄』、巻五、「葵」）[255]

これを承け、『源氏物語大辞典』には、「むまはのおとゝ」（見出し語）に「馬場の御殿」と漢字表記を宛て、「①近衛府の馬場の殿舎。左近の馬場は一条西洞院、右近馬場は一条大宮にあった。（用例略）②六条の院の夏の町の馬場に設けられた殿舎。（後略）[256]」とある。左近の馬場の所在は、平安京の左京一条西洞院、右近の馬場は、右京一条大宮（の北）という。また、先学は、「うこんのばば　右近馬場」につき、次のように説かれる。[257]

（前略）『新儀式』によると延喜二十一年（九二一）当時右近馬場には馬場屋・馬場西屋・埒・馬留屋・饗屋があり、野行幸の饗饌に使用されている。『年中行事絵巻』によると右近馬場では北を馬場本として南北方向に埒を構え、その中ほど西側に乙殿屋（おとどや）と呼ばれた馬場殿がある。この馬場の北方西側の松原の中に北野天満宮が鎮座している。→左近馬場（さこんのばば）

『日本絵巻物集成』（雄山閣）の第三巻に、『年中行事絵巻』（田中本）第一七巻一〜九に、五月の節句の「右近馬場騎射」全景の絵を収める。[258] また『新修日本絵巻物全集』（角川書店）の第二四巻に、田中文庫蔵（田中親美氏）『年中行事絵巻』巻八、「左右近馬場の騎射」（第二段）を収める。[259] 巻次は異なるが、同じ写本である。同馬場については、裏松光世《うらまつみつよ》著『大内裡図考証』、『公事根源』等も参照される。[260]

源氏の「六条院」は、新邸なったばかりである。この邸内は大きく四分され、辰巳（東南）の春の町（源氏・紫上邸）、丑寅（東北）の夏の町（花散里邸）、未申（西南）の秋の町（梅壺女御邸）、戌亥（西北）の冬の町（明石上邸）という四町から成る。[261] その馬場は、右「をとめ」の巻にあるように「ひんかしおもて」（敷地の東側）に設けられ、

「〔紫の〕南《みなみ》の町《まち》も通《とほ》して、〔馬場は〕はる〴〵と〔遮る物なく〕あれば、〔紫方〕あなたにも、〔玉・花散方如き〕かやうのわかき人どもは〔競射を〕見けり。」云々（「蛍」の巻）[262]とある。

尤も、これは、「馬場《むまば》のおとゞ」から展望した言い方で、辰巳に馬場本（馬出）、丑寅に馬場末（馬留）が位置した。馬場殿は、馬場末の埒と花散里邸との間にあった。

3　むまき（馬埒）・むまきとの（馬埒殿）

以上に、粗々ながら、『源氏物語』により、「馬場《むまば》」、「馬場殿《むまばどの》」、また、「馬場《むまば》のおとゞ」といった施設、用途等について見てきた。以下、記録史料により、それらの詳細を窺っていきたい。

先ず、「ムマ（馬）」という語であるが、これは和語――この用語の内実も不明瞭だが――か、外来語か、はっきりしない。少なくとも八世紀半ばには、語頭に鼻音を有し、^{m}ma と発音されていたらしい。この表記につき、『倭名類聚抄』道円本には、「ムマー」形（ムマカヒ・ムマキ・ムマヤ・ヒダリノムマノツカサ・ミギノムマノツカサ・ブチムマ、その他）、「ウマー」形（ウマグハ・ウマセリ・ウマユミ・ウマクラベ、その他）の両形が見える。『万葉集』でも、「牟麻能都米（馬の爪）　筑紫の崎に」（巻二〇・四三七二番）、「宇麻乃都米（馬の爪）　い尽くす極み」（巻一八・四一二二番）、「宇麻夜（馬屋）なる　縄絶つ駒の」（巻二〇・四四二九番）などと両形見える。[^{m}ma（^{n}ma）]の音に「ムマー」「ウマー」の仮名を宛てているわけだが、『日本書紀』撰述者の場合は、「典馬。此云于麻柯毘（うまかひ）。」（巻一四、雄略天皇八年二月）、「宇麼能耶都擬播（うまのやつぎは）。」（同、雄略天皇一三年三月）、「宇摩奈羅麼（うまならば）。辟武伽能古摩」（巻二二、推古天皇二〇年正月）など、多く、「ウマー」と表記している。[263]

次に、「むまば」という語であるが、これを「馬場」と書く表記法は、何時、どのようにして生れたのであろうか。というのは、我が国最初の分類体百科辞典とされる源順撰『和名類聚抄』（承平年間〈九三一〜九三七〉成立）に、これが見えないのである。関連する語として、『和名類聚抄』前田尊経閣文庫蔵一〇巻本には、次のようにある。

馬垺《ラチ》　四声字苑云｜乃輟反与劣同　世間云良智[平平]　戯馬道也　（前田本、巻二、射芸具、四三丁ウ）(264)

『四声字苑』は、逸書とされる。これに「垺　戯馬道也」とあったらしい。「射芸具」の条であるから、「戯レ馬」とは、馬を操作すること。具体的には競馬や騎馬で弓を射る競技（ゲーム）などをいう。「｜道」とは、その競技場、即ち、走路のこと。「｜《（垺）》」字の細字割注「乃《（力）》輟反、与劣同、／世間云良智」は、順の手になろうか、「良智[平平]」の声点は、順でなく、後世の書写者の筆になろう。「馬垺《ラチ》」の付訓は二字に付されているようだが、同様、後人の手であろう。因みに、『倭名類聚抄』道円本（二〇巻本）には次のようにある。

馬垺　四声字苑云垺｜力輟反與劣同　世間云良知　戯／馬道也　（道円本、巻四、射芸具、三丁オ）(265)

「垺」字は、廣韻、平声のとき、「フ」（漢音・呉音）と読んで、くるわ、城郭（「郛《フ》」に同じ）の意をもつ。字音は異なるが、日本では、「埒」の類義字として、これに「ラチ（らち）」を宛てたようである。その「埒《ラチ》」とは、古くにもたらされた漢語と見られるが、この間の経緯は未詳である。「埒」には、低い垣・堺を設けたにわ（場）、みちといった字義があり、その舌内入声音「-ツ」「-t」は母音[i:]を伴って開音節化し、「ラチ」となる。「ラチ（埒・垺）」という言葉は、「世間」では多分に和語化していたようである。

「埒」「垺」の文字につき、字書類には、次のように見える。

埒　卑垣也〈卑繫伝／作庳〉从土寽声〈力輟／切〉
注曰卑者中伏舎也引申之為卑也按広韵引孟／康云等庳垣也似孟氏所拠為長等者斉等也卑／垣延長而斉等若一是之謂埒引申為涯際之偁／如淮南道有形埒是也（後略）
（段玉裁注・徐灝箋『説文解字注箋』、第一三下）(266)

埒〈馬埒亦厓也還也堤也爾雅山／上有水埒又孟康云等庳垣也〉

（『大宋重修広韻』、入声、一七薛韻、「劣〈力輟切〉」）(267)

埒〈廬／拙／切淮南道有形埒説文／云卑垣也亦封道曰埒〉
（『大広益会玉篇』、篇上、土部第九、一四丁ウ）(268)

垺〈撫倶切郭／也正作郛〉
（同右、土部第九、一六丁オ）

埒〈力拙反　等〵(也)　厓〵　堤〵／卑垣〵　封道〵〉
（『篆隷万象名義』高山寺本、巻一之二）(269)

本書は、『玉篇』にならった邦人の手になる最古の漢字字書とされる。「等」は、ひとしい。「厓」は、がけ、みぎわ。「堤」は、つつみ。「卑垣」は、低いかき。「封道」は、盛土整地し、堺を築いた道をいうのであろう。

埒〈土劣(音)・弘云等(也)、厓、堤、卑垣、／封道、・川(順)云谷土良智〔平平〕　ヒトシ〔平平上〕　白〉　垺〈注蒙求云土／劣〉
（『類聚名義抄』図書寮本、法部）(270)

埒〈土劣　谷土ラチ〔平平〕／ヒトシ〔平平上〕　オナシ〉　垺〈正郛　土浮　郭／ヒトシ〔平平上〕　アヤツル〔平平上平〕ラチ〉
（『類聚名義抄』観智院本、法中五八）(271)

平安時代の国語辞書『色葉字類抄』の前田尊経閣文庫蔵二巻本（永禄八年写）には、次のように見える。

・垺《(朱)ラチ》　桴同　壝同
（尊経閣文庫蔵、永禄八年写、巻上下、ラ部、地儀）(272)

また、『色葉字類抄』三巻本（治承年間〈一一七七～一一八一年〉までに成）には次のようにある。

「埒①《ラチ》馬ｌ　壝②同」
（黒川本、巻中、ラ部、地儀、三九丁ウ）(273)

「埒」字には「馬ｌ(埒)」という用法注記があり、右傍の①部に「力綴切音劣」、「壝」字の右傍の②部に「壝于貴切音位土埒也」という補筆がある。共に「後の書き入れ。」とされる。(274)本書には、別に「〳操《アヤツル》七到七刀二反／ｌ琴」の下に「垺《ラツ》」（前田本、巻下、ア部、辞字、三七丁ウ）ともある。この字には「あやつる」意としての用法があるという。

さて、「埒《らち》（垺）」は、馬・牛などを飼うまきば（牧場）、更には、その馬を走らせ騎射の技を競う馬場をも意味したが、先に引いたように、順の時代には、既に、「馬埒（馬埓）」が存在していた。

では、この「馬埒（馬埓）」二字の和名は何と言うのか。わざわざこの一語を掲げながら、その「和名」が示されていないのは不自然である。この「和名」は、実は、次の「武徳殿」の条に見えている。

武徳殿 在宜秋門以西 俗云牟萬岐止乃

（『倭名類聚抄』道円本、巻一〇、居宅類、二丁ウ）(275)

大東急記念文庫蔵天正本（二〇巻本）には、「武徳ー（殿）在宜秋門以西 俗云牟万岐止乃」（巻一〇、三七ウ）(276)とある。「武徳殿《ぶとくでん》」は、弘仁九年（八一八）に設置された（後述）。その所在は「在宜秋門以西」とある。宜秋門《ぎしゅうもん》は、内裏の西門に当り、ここを出たところが宴松原《えんのまつばら》となる。宴松原には野天の馬場（走路）があり、武徳殿そのものは、この左端に位置する。大内裏西面の殷富門《いんぷもん》から入れば、右近衛府と右兵衛府との間の通路を東進したところに武徳殿（の後殿）がある。右にも触れた裏松光世著『大内裡図考証』巻五に、「武徳殿」に関する詳細な考証がある。(277)但し、光世は、『倭名類聚抄』を引用して「○倭名抄曰、武徳殿、在宜秋門以北、俗云、牟萬△止乃」（巻五）と、△部に「岐」字を脱している（吉川半七発行本、故実叢書本とも）。

順は、「武徳殿」を「俗云《にふ》、牟萬岐止乃《むまきとの》」という。「俗云」とは、従来の通称というに等しい。『倭名類聚抄』が弘仁九年前にできたなら、この見出し語（「武徳殿」）は、「馬埒殿《むまきとの》」となっていた可能性がある。その「牟萬岐《むまき》」とは、「馬城《むまき》」とも書き、埒《らち》（柵）を有する馬圉《ばぎよ》（厩）・牛牧（牧場）をいう。「き」とは、もと、防禦のため、垣《かき》や柵《さく》、堀《ほり》などをめぐらした所、防塞を意味する語である。だが、今の場合、武徳殿に併設されている走路、これが「牟萬岐《むまき》」である。「武徳殿」の設置は、実は、創設でも新設でもない、「馬埒殿」を改称したものであった。「馬埒（埓）」の走路は、人・馬の危険を回避するためにも真っ直ぐに整備し、かつ、馬を誘導する意味もあって左右に特別の「埒《らち》」を設けた。この弓手《ゆんで》の側を雄埒《おらち》、馬手《めて》の側を雌埒《めらち》といい、後者は前者より低く造った。また、付随する観閲用の殿舎（馬手の側）や収納庫・厩舎なども必要であった。ここまでくれば、正しく専用の馬場《ばば》であった。ここでは騎射や種々の馬芸・馬術だけでなく、時には相撲、文雅の宴も催されたが、この名称は、やはり、「むまき」であり、その殿舎は、「俗二云《にふ》、牟萬岐止乃《むまきとの》」であった。無論、順の時代においても、のことである。『大内裡図考証』は、故意か偶然か、ここを「俗二云、牟萬止乃」としている。これでは「馬殿」二字が連想されよう。撰者源順の意図したところではない。そうした言葉も存在しない。遺憾ながら、この点に関しては、同『考証』は重大な誤りを犯したことになる。

「むまき」の表記を担ったのは「馬埒」二字である。この用語は、中国に学んだものらしい。『和名類聚抄』にも「馬埒　四声字苑云…」とあった。『晋書』『魏書』、その他に次のような例がある。

済字武子、少有二逸才一、風姿英爽、気蓋二一時一、好二弓馬一、勇力絶レ人、善二易及荘老一、文詞秀茂、伎芸過レ人、（中略）時洛京地甚貴、済買レ地為二馬埒一、編レ銭満レ之、時人謂二為金溝一、

（『晋書』、巻四二、列伝一二、「王済伝」）(278)

正光中出使二相州一、刺史李世哲（中略）多有二非法一、逼買二民宅一、広二興屋宇一、皆置二鴟尾一、又於二馬埒堠上一為二木人一、執レ節、道穆縄糾、悉毀二去之一、幷発二其贓貨一、具以表聞、

（『魏書』、巻七七、列伝六五、「高道穆伝」）(279)

「堠」は、馬埒（走路）付設の物見台。「木人」は、人形。木偶。「縄糾」は、法によってただすことをいう。

「むまき（牟萬岐《むまき》）＝馬埒」という施設、また、その呼称（言葉）は、『万葉集』時代には存在したと推測される。しかし、具体的な情況は分らない。『類聚国史』、巻七三によれば、桓武天皇延暦一二年（七九三）以降に「馬埒《むまき》」「馬埒殿《むまきとの》」という語が見え始める。以下に例を挙げよう。

先ず、弘仁九年（八一八）前におけるところである。

【当行】「延暦」十二年七月癸未《七》。馬埒殿に御《おはしま》して相撲を観《みそなは》す。

（『類聚国史』、巻七三、「相撲」）(280)

右は、桓武天皇の延暦一二年七月七日の条で、長岡京の「馬埒殿」で相撲を観したとある。延暦三年（七八四）一

一月一一日同京に遷都し、未だ建設途上であったが、何かと不祥事があり、同一〇年を過ぎた頃には造営中止となったようである。天皇は、この一二年正月一五日、遷都のため、山背国葛野郡宇太村の地（平安京）を相すべく、大納言藤原小黒麿・左大弁紀古佐美を遣わした。三月以降には自身も「新京巡覧」を重ね、伊勢大神宮・諸国名神には奉幣し、新京宮城の造営を始めている。右は、この最中における行事であったらしい。

これ以前には、聖武天皇神亀元年五月五日重閣中門に御して猟騎を観す、同四年五月五日南野榭に御して餝騎射を観す、天平七年五月五日北松林に御して騎射を覧す、同一九年五月五日南苑に御して騎射走馬を観す、光仁天皇宝亀八年五月七日重閣門に御して騎射を観す、と記録されている。「重閣門」は、平城京朝堂院南門のことかとの説があり、「南野榭」「北松林」「南苑」などの園池では、まま、宴が催され、騎射や賜物が行われたという。しかし、「馬埒殿」という言葉は見えない。とすれば、この施設は、桓武天皇によって創設、命名されたものであろう。翌年、延暦一三年正月一七日には、次のようにも見えている。

乙未《十七》。観二射於東埒殿一。　（『類聚国史』、巻七二、「（十七日）射礼[281]」）

原文のままを引いた。「埒」は、これ一字で「むまき」と読む。これも長岡京におけることらしい。「東埒殿」とは、大内裏の右近衛府・右兵衛府二府の東側をいうのであろう。

平安京への遷都については、同一三年冬十月、「〇辛酉《廿二》。車駕遷二于新京一。」（『類聚国史』、巻七八[282]）と記録されている。ここを「山城国」と改め、新京を「号曰二平安京一。」と見える[283]。

十四年五月辛未《五》。馬埒殿に御《おはしま》して騎射を観《みそなは》す。　（『類聚国史』、巻七三、「歳時四」）

十五年五月乙未《五》。馬埒殿に於いて騎射を観《みそなは》す。　（『類聚国史』、巻七三、「歳時四」）

十五年七月丙申《七》。馬埒殿に御《おはしま》して相撲を観《みそなは》す。　（『類聚国史』、巻七三、「相撲」）

右三例は、延暦一四年五月五日、同一五年五月五日、同一五年七月七日の条である。[284]

「馬埒殿《むまきとの》」の用例は、以下、嵯峨天皇の御世まで見えている。

平城天皇大同二年五月辛卯。[四]是に先だち、帝城の北野（北の野）に新馬埒を開く。以て馬射に備ふ。○壬辰。[五]鑾輿晨駕、馬台に臨御あり。大雨終日。埒地泥濘。四衛の射畢りぬ。雨を冒し還宮す。［乎］後年に及び、便無きに依り、本の処に復す。

（『類聚国史』、巻七三、「歳時四　五月五日」）[285]

大同二年（八〇七）五月辛卯に、新都の北野に「新しい馬埒《むまき》」を開いたとある。場所からして、「右近衛の馬埒」の開設であろう。北野は、今の京都市上京区北西部辺りで、北野神社・平野神社等がある。「右近衛の馬埒」は、北野神社、現北野天満宮（上京区馬喰町）の東側に位置したようである。だが、後に湿地のため、「本の処」（宮中）に戻すともある。何かと紆余曲折はあったであろう。

右のように見える「馬埒殿」は「むまきとの」を表記したもので、平安京大内裏の、宜秋門の西、即ち、右近衛府の東側に位置した「馬埒殿」（また、「馬埒」、「馬埒の庭」とも）に該当する。これは「東の埒殿」とも称された。普通名詞（「馬埒」）程度では記録に残りにくいであろうが、公的施設、あるいは、固有名詞ということになれば、こうした形で記録に残りやすかったのであろう。

なお、ここで振返っておきたいのは、「むまき」という言葉の、本来的な意味・用法である。「牟萬岐止乃《むまきとの》」に見える「馬埒（むまき）」は、馬を走らせ、騎射の技を競う馬場を意味するようになったが、これに対し、馬・牛などを放牧・飼養するその本来的な意味は、「牧」字（表記）がこれを継承し、担当したようである。

『和名類聚抄』真福寺蔵一〇巻本には次のように見える。

牧　尚書云萊夷為牧音目和｜无万岐孔安国曰萊夷地名 可以放牧

（巻一、田園類、一五丁ウ）[286]

道円本（二〇巻本）の語釈には、「尚書云萊夷為牧　音目　孔安国云萊夷地名　可以放牧無萬岐」（巻一、一丁オ）とある。「孔安国」は、前漢武帝時代の人、孔子の後裔一二代目といい、かつては『古文尚書』の注釈者とも伝えられた。『書経』二〇巻・五八編（「今文尚書」三三篇・「古文尚書」二五編）に「萊夷作牧」とするテキストがあり、動詞で「萊夷《らいい》は作《はじめ》て牧《ぼく》す」と解読される。(287)『尚書正義定本』にも「萊夷作牧。萊夷地名。可以放牧。(288)」とある。「萊夷」は、中国古代の東夷という。遊牧民のような馬を使う民族であろうか。盛唐の高適《こうせき》は辺塞詩に優れ、その「塞上聞ニ吹笛一」（七言絶句）に「雪浄胡天牧レ馬還、月明羌笛戍楼間」（起句）と見える。(289)

「牧」の音は「目《ぼく》」、和訓「无万岐《むまき》」とある。『色葉字類抄』の前田尊経閣文庫蔵二巻本（永禄八年写）に「（朱）・牧ムマキ」（巻上下、ム部、地儀）、(290)同じく三巻本（黒川本）に「牧《ホク》ムマキ」（巻中、ム部、地儀、四二丁オ）、『類聚名義抄』観智院本にも「牧」字に「ムマキ」（佛下末三〈差声は［上（誤差カ）平平］〉）・「ムマキ」（僧中六一〈差声は［平平平］〉）の訓がある。辞書類は先行書を踏まえることが多く、そのため、古形を掲載することがある。「ムマキ（牧）」の場合、平安時代の仮名文学作品には「まき」「み-まき」と見える。

人々、あまたありける限《かぎ》り重《かさ》なりて、衣《きぬ》の裾《すそ》をを(お)の〱踏《ふ》まえつゝ、すき〱に倒《たう》れ伏《ふ》したるは、牧《まき》の馬《むま》の心地《ち》ぞしたりける。　（『狭衣物語』、巻三）(291)

領《りやう》じ給ふ御庄《みしやう》・御牧《みまき》よりはじめて、さるべき所々の券など、皆《みな》たてまつりおき給ふ。　（『源氏物語』、「須磨」巻）(292)

御封《みふ》の物共、国《くに》〱の、御庄《みさう》・御牧《みまき》などよりたてまつる物ども(の)、はか〲しきさまのは、（後略）　（『源氏物語』、「鈴虫」巻）(293)

一例目は、一応、平安時代中期成立とされるが、以後の転写過程を検討しなければならない。二例目、三例目は

『源氏物語大成』（青表紙本）に「…みさうみまきより」、「…みさうみまきなとより」とある。(294) 接頭語「み」によって発音環境が変わり、鼻音が弱化し、後続音に同化・吸収されたようである。

古代の公的牧については、『日本書紀』巻二七、天智天皇七年（六六八）秋七月の条、『続日本紀』巻一、文武天皇四年（七〇〇）三月一七日の条、また、『令義解』巻八、「厩牧令」の二八箇条など(295)が参照される。平安時代の牧制度として、勅旨牧（馬寮所管）は、甲斐・武蔵・信濃・上野の四ヶ国に三二牧置かれ、年間二四〇疋の馬を貢上し、諸国牧（兵部省所管）は、一八ヶ国に三九牧置かれ、年間馬一〇五疋・牛二二頭を貢上した、近都牧（馬寮所管）は、畿内近国の四ヶ国に六牧置かれ、勅旨牧・諸国牧から貢上された馬牛を飼育し、平時・有事に対応したとされる。(296) 駒牽（四月、八月）などには諸国からの貢馬を天皇が紫宸殿（南殿）、仁寿殿、武徳殿等で閲覧し、親王・大臣、左右の馬寮などに分ち与えた。(297) 馬は、五月の端午の節句・騎射などの年中行事や儀礼、騎射、駅伝などに使用される。そのための本格的な調教は、「馬埒《むまき》殿」（後に「武徳殿」）・宴松原、また、大内裏の北にあった左近衛・右近衛の馬場などで行われた。

さて、「馬埒」＝「牟萬岐」、「馬埒殿」＝「牟萬岐止乃」という語句につき、桓武天皇（奈良末期）から『和名類聚抄』撰述前、及び、その後における用例は左記である。

○五月戊戌 甲午朔 五。馬埒殿に御《おはしま》して馬射を観《みそなは》す。　（『日本後紀』、巻二一）(298)

○壬戌 五。馬埒殿に御《おはしま》して馬射を観《みそなは》す。　（『日本後紀』、巻二二）(299)

嵯峨天皇の弘仁二年（八一一）、三年の、共に五月五日の記事である。

○二月癸丑朔乙丑 十三。天皇、先づ神泉苑に幸す。次に北野に遊覧す。皇太子駕に従ふ。山城国、御贄を献る。便ち、右近衛の馬埒に駐蹕し、先駆を近衛等に命じ、御馬の遅疾を馳試す。日暮に還宮す。

（『続日本後紀』、巻八）(300)

仁明天皇承和六年（八三九）二月一三日の記事である。「皇太子」は、恒貞親王（淳和天皇皇子）。承和の変（同九年七月）で皇太子を廃され、道康親王（文徳天皇、仁明天皇第一皇子）立太子。「右近衛の馬埒」は、右のそれである。「駐蹕《ちゅうひつ》」は、蹕《ひつ》（さきばらい）を駐《とど》めること、即ち、天子の行幸をいう。「先駆」は、馬場で騎り手《の》が競争すること、「騁試《ていし》」は、馬の走り具合をためすことである。

○十五日丁卯。神泉苑に行幸す。先づ、釣台に御《おはしま》す。魚を観《みそなは》し、網を下す。獲るところの魚数百。後に、馬埒殿に御し、信濃国の貢馬を閲覧す。文人を喚び、詩を賦す。席に預かる者卅四人。木工寮・左右京職各《おのおの》物を献ず。日暮に鑾輿還宮す。

（『日本三代実録』、巻四八）

○廿五日己巳。神泉苑に行幸す。魚を観《みそなは》す。鷹・隼を放ち、水鳥を撃たしむ。彼《かしこ》より、便《すなは》ち、北野に幸《みゆき》し、禽を従《お》ふ。右近衛府の馬埒の庭に御し、左右の馬寮の御馬を馳走せ令《し》む。（後略）

（『日本三代実録』、巻四九）

○十四日丁亥。　太上天皇北辺馬埒の亭に於いて、騎射・競走馬を観覧す。親王・公卿、各《おのおの》装馬を献じ、以って競走に備ふ。王公以下、畢《ことごと》く会す。

（『日本三代実録』、巻五〇）

右の三例は、光孝天皇仁和元年（八八五）八月一五日、同二年一二月二五日、同三年五月一四日の記事である。(301)三例共、北野の「右近衛府の馬埒」、厳密には走路の横の馬埒殿を意味する。二例目の「馬埒の庭」、三例目の「馬埒の亭」も、同様である。馬埒は騎馬術の訓練場であり、また、その成果を競い合い、評価を賜わる場でもあった。「太上天皇」は、陽成上皇である。「亭」につき、『新撰字鏡』天治本に「亭直経反平館也舎也民所居也」（巻九、一〇丁ウ）、『倭名類聚抄』道円本に「亭　釈名云亭人所停集也和名阿波良一云阿波良也」（巻一〇、居宅類、六丁オ）、『色葉字類抄』前田本に「場アハラ[上上濁上]亭同」（下、ア部、辞字、三五丁ウ）とある。しかし、情況からすれば、これは、既に大きな建物であったらしく、従って、「馬埒亭」とは、風流の場を意図する美的表現であろう。

次の二例は、醍醐天皇の延喜八年（九〇八）五月二八日、同一八年二月二〇日神泉苑行幸の記事である。

御記延喜八年五月廿八日、従神泉苑西掖門入御埒殿、左大臣仰令捕池魚、左〔右（松・教）〕衛門督清経朝臣捧所捕得魚奉覧、則御前料理供膳余給侍臣左衛門佐兼茂調御膳御厨子所一両人階下調給臣下、此時騎射北渡ニル、

同十八年二月廿日入神泉苑東門至馬埒下輿此門、右乃衛門以網捕池魚付御厨子所調供、又南屏幔下調給侍臣等、及酉一刻競馬、　（『花鳥余情』、「藤裏葉」[302]）

『花鳥余情』から引用した。前者「御埒殿」は、「馬埒殿」を、後者「馬埒」は、その走路をいう。

次は、醍醐天皇が延喜一八年（九一八）一〇月八日朱雀院（宇多院）に幸した折の記録で、ここにも「馬埒」があった。

延木十八年十月八日、幸二朱雀院一。①至二馬埒一云々。次移二栢殿一云々。王卿下レ殿、持二右京職御贄一侍従大夫職官人同持レ之。立二庭中一。覧了、召二膳部一下給云々。②了左右衛門官人率二門部一、令二舁納一、参入令レ取二前池魚一、於二御前一調候云々。了雅楽於二池上一奏二音声一之。　（『西宮記』、「臨時五　行幸」[303]）

『神道大系』所収の『西宮記』（底本は前田尊経閣文庫蔵大永鈔本・九冊）によるが、『醍醐天皇御記』から引いたもの（逸文）らしい。①印以下につき、『花鳥余情』には「為院造作及御馬也、左衛門督藤原朝臣請捕魚、依請左右衛門官人率門部、令舁網参入、施網前池得鯉鮒十余侯〔唯（教）〕、於御前調供、又於東砌下調給侍臣」とあり[304]、また、②印以下につき、『三代御記逸文集成』には、「左衛門督藤原（定方）朝臣請捕魚。依請。左右衛門官人率門部令舁網参入。施網前池得鯉鮒十余喉。於御前調供。又於東砌下調給侍臣了。雅楽於池上奏音楽云々。[305]」とある。「朱雀院」（宇多院）、院内の「栢殿《かへどの》」（栢梁殿）、「馬埒」（馬場）については、先に触れた（「第四節「藤裏葉」の巻」参照）。

次の三例は、権大納言藤原行成（万寿四年〈一〇二七〉薨。行年五六歳）の日記『権記』に見える例である。

廿三日庚午　参内、中宮御読経結願也、此日於殿上、蔵人辨阿波権守、左右相分、取別挑競馬事、頭二人在左也、
右方取分、済政朝臣失也、人々有奇色、参左府、御読経始也、今夕亦参内、夜半許於左近馬埒令馳馬、
廿四日辛未　左方人々到左近馬場競馬、自内罷出也、
廿五日壬申　与蔵人辨同車参上土御門院、左丞相第也、東三条院近日御此、於馬場有競馬也、競馬十番、持、丞相厩馬駿蹄四疋可
給右方云々、皆可立五番以上云々、（後略）　（『権記』、長保二年四月）(306)

一条天皇の長保二年（一〇〇〇）四月二三、二四、二五日の条である（原文のまま）。一例目は、「今夕亦参内」とあるが、「夜半許於左近馬埒令馳馬」とあれば、二例目と同じく、「左近馬場」であろう。翌二五日の土御門院の競馬に出場するための予行演習をしたのであろうか。「馬埒」と「馬場」と、用語上にユレが認められる。別語を表記したものか、あるいは、同語の異表記かと問われるが、日常的には、古（俗）称・新称が交用されていたとしても不思議でない。三例目の「土御門院」につき、「左丞相第也、東三条院近日御《おはします》レ此《に》」と細字割注がある。「左丞相第」とは、左大臣藤原道長の邸宅、土御門殿をいう。「持《ぢ》」とは、もちあい、即ち、勝負は互いに優劣なかった。だが、「丞相厩馬駿蹄四疋」は、健闘したのであろうか、右方に給わった。「東三条院」とは、円融天皇（正暦二年〈九九一〉崩御）の女御詮子（東三条関白藤原兼家二女、長保三年閏一二月二二日崩御）をいう。

この「馬場」は、昨年落成した土御門院の馬場である。当時は、競馬が盛んで、朱雀院、頼通の高陽院など、一流邸宅では馬場・馬場殿を設けて競馬を楽しんだらしい。次例は、藤原氏の氏神を祭る春日神社の馬場である。

令下二大和国結一作春日神社走馬場埒一。幷加中掃除上。先レ是。毎年春秋祭日。令下二興福寺結一作馬埒一。洒中掃塵穢上。寺家言。佛神異レ道。忌祟応レ避。寺之此作。実乖二物情一。故改レ之。　（『日本三代実録』、巻四二）(307)

陽成天皇元慶六年（八八二）一〇月二五日の条である。「走馬場埒」とは、「走馬《はしりむま》の場《には》の埒《らち》」と読むのであろう。春日祭は春二月・冬一一月、上申の日に行われた。その準備として、興福寺に「馬埒」の結作・掃除をさせていたが、これを大和国に担当させることにした。常設でなく、臨時に設ける馬埒である。

以上には、内裏に「馬埒殿」、北野に「右近衛の馬埒」「右近衛府の馬埒の庭」「北辺馬埒亭」、また、朱雀院内に「馬埒」、春日神社に仮設の「馬埒」などと見えた。『権記』には、「左近馬埒」「左近馬場」と両形が見え、土御門院内にも「馬場」があった。これらは一一世紀初頭までの古記録における用例であるが、先の橘忠兼編『色葉字類抄』三巻本には「埒《ラチ》馬｜」（黒川本、巻中）とあった。本書は、近衛天皇の天養年間（一一四四～一一四五）から高倉天皇の治承年間（一一七七～一一八一）の頃の成立とされる。「馬埒《むまき》」は、国語（表記）として、遅くても一二世紀中葉までは見える、ということになる。

4　武徳殿の「馬場」、むまんば・むまば

それでは、「馬場」は、何時から登場したのであろうか。先に述べたように、大内裏の「馬埒殿《むまきとの》」は、嵯峨天皇弘仁九年（八一八）「武徳殿《ぶとくでん》」と改称された。この件については、『日本紀略』同年四月二七日に、次のように見える。

○庚辰《廿七》。於二前殿一講二仁王経一。縁二旱災一也。」是日。有レ制。改二殿閣及諸門之号一皆題二額之一。

（『日本紀略』、前篇、一四）(308)

嵯峨天皇（在位、大同四年〈八〇九〉～弘仁一四年〈八二三〉）は、桓武天皇第二皇子、大きな政変を経てもおり、律令体制・官制の改革に努め、蔵人所・検非違使等を設けた。格式や宮廷儀礼を整え、国家経営の基となる土地政策（公営田・勅旨田）・人材育成にも意を注いだ。宮殿・台閣・諸門等の全ての名称を唐風に改めたのもその経国理念の

一環であった。「武徳」は、「文徳・武徳」のそれで、『史記』（「秦始皇紀」）『漢書』『後漢書』などの正史・古典などに見える言葉であり、近くは、唐の初代皇帝高祖、李淵（字淑徳）の年号（六一八～六二六年）でもあった。「題額《だいがく》」は、殿閣や諸門の名号を縁取《ふちど》りある木板に大書し、その正面や高所に掲揚することをいう。

当面の「馬埒殿《むまきとの》」と「武徳殿」とにつき、『類聚国史』、巻七三、「歳時四　五月五日」の条において、「馬射」「騎射」「騎射走馬」「種々馬芸及打毬」などの行われた場所を調べると、嵯峨天皇弘仁八年までは「馬埒殿」、同九年からは「武徳殿」の名称で、それぞれ見えている。(309)

八年五月癸巳。五 御㆓馬埒殿㆒。観㆓馬射㆒。　（『類聚国史』、巻七三、「五月五日」）(310)

九年五月戊子。五 御㆓武徳殿㆒。観㆓騎射㆒。　（『類聚国史』、巻七三、「五月五日」）(311)

前者は、弘仁八年五月五日、後者は翌九年五月五日の条である。『日本紀略』（同年月日）も同様にある。(312) これらは公的な記録であり、そのためでもあろうが、公称の変更はきっぱりと行われている。この点につき、先学も、「馬埒殿」とは「平安宮の馬場の殿舎。弘仁九年に武徳殿と改称。殷富門内の東方、宴松原の西に所在。和名抄、牟万岐止乃（岐は波の誤りか）。大内裏図考証によれば、母屋は南北七間、東西二間で、四面に廂を持つ。渡廊で結ばれた七間、二間の後殿が付属する。東方の空間が馬場で、南北方向の二条の柵列で埒を設けて競技を行った。ただし、遷都間もない時期にこのような殿舎が整備されていたかは未詳。（後略）(313)」と述べられる。但し、「牟万岐止乃」の「岐」は、「波」字の誤りではない。あるがままを事実として尊重したい。

「馬埒殿」が「武徳殿」と改称されたのは、弘仁九年である。従って、『倭名類聚抄』の見出し語（標出語）でも、規範意識によるものであろう、この公称が用いられたのである。とはいえ、「牟萬岐止乃《むまきとの》」という呼称は存続していたようで、順は、これを「俗云」と説明している。いわば、通称である。「馬埒」「馬埒殿」という用語（表記）も、内裏の内外、私的な場・内輪の場において使用されることがあったであろう。

「武徳殿」につき、『類聚国史』以外の例を挙げる。九世紀半ばに「武徳殿の馬場」という表現がある。[314]

○庚子《四日》。有レ勅遣二使武徳殿馬場一。令レ角二走左右馬寮御馬各十疋一。　（『日本文徳天皇実録』、巻九）

○戊辰《八》。有レ勅。公卿於二武徳殿馬場一令レ角二走左右馬寮御馬各十疋一。令下二左右近衛各十六人。左右兵衛各三人。
春宮坊帯刀舎人三人一而騎射上。　（『日本文徳天皇実録』、巻一〇）

右二例がそれで、前者は、文徳天皇天安元年（八五七）五月四日、後者は、翌二年五月八日の条である。「角」は、馬の走行を競うこと。当時の競馬の法式は、四府の衛士等が左右に別れ、一番ずつ走馬し、勝負を争った。「騎射」は、騎馬で的中を競うことをいう。これら二条と同じ記事は、『類聚国史』、巻七三にも見えている。[315] 史料の性格上、正式な記録を踏まえたもので、従って、用語や表記もそうした情況下にある可能性がある。

実質的には「武徳殿馬場」の「ー馬場」は、「馬埒（殿）」の後進に当る。武徳殿は、高御座土壇以下を設けた主殿・後殿の建造物と、この東側の南北の馬場（走路）とから成る（『大内裡図考証』巻五）。既に、騎馬は、儀式典礼・年中行事などにおいても不可欠の存在となっていた。騎手の意のままに、威風堂々、しかし、優美に馬を操縦しなければならない。そのための調練の場が大内裏の内外に必要であったのである。その改称と同時に、大小の増築・改造もあったであろう、武徳殿は「武徳殿」だが、これに附設の馬場を指す場合は「武徳殿の馬場」と、それぞれに言い分けたであろう。また、内裏の左右馬寮や左右近衛府などに勤務する官人たちは、「武徳殿の馬場」を、日常的には「馬場」の一言で済ませることもあったはずである。その他の大宮人も、これに倣った、その内、この二文字は、「武徳殿」から離れて一人歩きし、ここに「馬場」、また、「馬場殿」という名称（和語）が成立した、と考えられる。北野辺りの左右近衛の「馬埒」も、徐々に「馬場」という語形の方へ移ったであろう。

天安元年三月丁卯《三十》。有レ勅遣二使神泉苑馬場一。令レ角二御馬之走足一也。

（『類聚国史』、巻七三、歳時四、「五月五日」）(316)

文徳天皇天安元年（八五七）の条である。神泉苑にも「馬場」があったと知られる。七月七日の相撲節にもここを会場とし、天皇の出御を仰いだ（平城天皇大同二年、同三年、嵯峨天皇大同五年、弘仁二〜七年、同一一年など）。

『菅家文草』は、昌泰三年（九〇〇）菅原道真が年若い醍醐天皇に献じた詩文集とされ、次のような奏状がある。

為二侍従等一請三引レ駒日賜《ハラムコトヲ》二幄座一状。

右侍臣之職、陪従惟務。大小宴遊、座席随設。唯至レ引レ駒、未レ有二前例一。雖レ然当日早朝、会二集本所一、乗輿初出、行列如レ常。比レ至二馬場一、出居大夫、高昇二殿上一、辨少納言、引就二幄中一。諸衛府幷臨レ時候二階下一之輩、各有レ所レ守、容レ身就（一本作得字）レ地。自余侍従、東西分散。及レ還二本宮（本朝文集作官字）一、不レ遑二赴集一。所司毎加二厳呵一、閉レ口不二敢措一レ詞。（後略）

（『菅家文草』、巻九、「奏上」）(317)

駒引の日、座のない侍臣のために幄座を請うた奏上である。末尾に、「元慶七年（八八三）四月一日」という日付がある。

『延喜式』は、醍醐帝の命により延喜五年藤原時平らが編集に着手、延長五年（九二七）完成した。ここには、もちろん、「幸二武徳殿一」（巻四八、左右馬寮、巻四七、左右兵衛府）と見え、その馬場については次のようにある。

凡騎射《ムマユミノ》人於二本府馬場一教習。其歴名移二兵部一。前レ節一日同移二馬寮一。又前レ節七日車駕幸二射殿一試二閲《ミタマフ》御馬一。訖将監已下惣廿人。便供二騎射一。（中略）立二殿庭一奏二射手姓名一。五日質明各就二馬寮一騎レ馬。陣列共進二馬場一。官人二人。（後略）

（『延喜式』、巻四五、左右近衛府）(318)

凡内馬場埒《ラチノ》料。楉《シモト》二百卌荷。葛廿荷。其用途並充二府物一。自二四月十二日一始掃除幷造レ埒。

（『延喜式』、巻四六、左右衛門府）(319)

「梏」字は、頭注に「梏、原作梠、拠閣本雲本改」とある。「梏《しもと》」とは、特定の植物名でなく、徒長枝のような細長い枝をいう。楚《すわえ》。埒《らち》の材とする。「内馬場」は、武徳殿の前（東側）の馬場をいう。

朱雀院については先に触れた。朱雀上皇は、その「馬場殿」に出御し、紅梅詩会を催している。

○廿一日辛未。上皇、馬場殿に御す。紅梅詩を賦す。

（『日本紀略』、天暦元年正月二一日）(320)

村上天皇の御代、天暦元年（九四七）正月二一日のことである。馬場殿付近は風雅の場でもあった。この「馬場殿」は、先に「馬埒」との表記で見えた（『西宮記』、延喜一八年一〇月八日醍醐天皇の幸あり）。

同天皇の頃の有職故実書『西宮記』（源高明著）、『新儀式』（応和三年〈九六三〉以後成立）に次のようにある。

一、北野行幸。

天皇服二白橡御衣一。延喜御時、天皇御二右近馬場一、改二着直衣一云々。王卿如レ例。衛府・公卿着二弓箭一又如レ例。其鷹飼王卿、大鷹々飼者、着二地摺獵衣・綺袴・玉帯一。鷂々飼者、青摺白橡袍・綺袴・玉帯・巻纓、皆有二下襲一。其帯劔之者有二尻鞘一。但、至二于王卿之鷹飼一、入レ野之後、（後略）

（『西宮記』、臨時三、装束）(321)

野行幸事。／若有二野行幸一。冬節行之。預定二其程一。令レ仰下上卿可レ有二行幸一之由上。（中略）先レ是所司択二便宜勝地一儲二御在所一。〈延喜十八年。北野行幸。儲二軽幄於御輿岡下東北一。（中略）同廿一年。同野行幸。儲二御座近衛府馬場屋母屋中門一。立二大床子一。（後略）〉（後略）

（『新儀式』、第四）(322)

行二幸神泉苑一観二競馬一事。／前一日。上卿召二仰行幸之由一。所司装二束馬場殿一。其儀。母屋西面五間懸二軟障一。其前及北面二間立二御屏風一。（後略、この後にも「馬場殿」と見える）

（同右）

因みに、峰岸明著『平安時代記録語集成』（下）によれば、「馬埒」の項目には、一例だけ、先の『権記』の例が見える。だが、「馬場」の用例は、延べ四一例が挙がっている。(323) その早くに位置するのは左記である。

十二日、於左近馬場馳宮(東宮)(崇象親王)御馬、　（『貞信公記抄』、延喜九年九月一二日）(324)

十六日、俊(源)朝臣来云、明日行幸次御彼院馬場事何、其可有様宜定申者、是非御本意、縁上皇(朱雀)賜令掃除彼処也云々
（同右、天暦二年八月一六日）(325)

廿八日辛卯、昨日、使官人等、右政了、自一条還来間、右近馬場馬留間、有帯刀弓箭者、令問之間放矢申、随身火長下人合三人、夜依暗然不能追捕者、今朝召遣左衛門督重光、被仰云、（後略）
（『小右記』、天元五年二月二八日）(326)

十一日乙卯、時々小雨、御馬競着馬場、事了参内、候宿、今夜雷雨殊甚、伝聞、従昨日、弘徽殿女御於桂芳坊令行修法、（律師正算云々）、（後略）
（同右、寛和元年五月一一日）(327)

若干の例を引いた。延喜九年、天暦二年、天元五年（九八二）、寛和元年（九八五）の四例である。「馬留《うまどめ》」は、競馬場の先端で馬を降りる所。馬場《ばば》末《すえ》、馬場先《さき》、馬駐《うまどめ》とも書く。逆に、馬を乗り出す所を馬出《うまだし》（馬場《ばば》本《もと》）という。

一方、同『集成』の末尾には、次の『水左記』永保四年（一〇八四）の例が見えている。

廿八日丁酉、陰、雨不降、今日高陽院競馬也、巳時着直衣参向、先之人々皆参入、余参入之後被定乗尻結番、為房於馬場東廂書之、書了奉上、人々着欄干円座、召左右方人（左中将経実、右中将能実）、給結番、給了着幕所、
（『水左記』、永保四年四月二八日）(328)

建物「馬場殿」の用例としては、次の『小右記』永延元年（九八七）の例以下、延べ三二例が挙がっている。

左近馬場今日如元被直移本馬場、（『左近馬場如元被直移事』）○(馬場)殿初造立云云、依宣旨所直立云々、
（『小右記』永延元年四月一日）(329)

原文を引いた。一条天皇の宣旨により、この日、左近の馬場をもとの馬場に直し移し、「…初めて造立した」とあ

る。「初造立」は、初めて建設したの意味でなく、ようやく新築（改築）なった、新築したばかりとの意味。

この件に関しては、前年（花山天皇、寛和二年）三月一〇日に次のような宣旨が下されている。

○十日戊寅。天陰雨下。午後。左大臣。権大納言藤原朝光卿。権中納言同義懐卿。中納言同文範卿。権中納言同為輔卿。参議源伊陟卿参㆓着左仗座㆒。此日。被㆑下㆘左近馬場改㆓南北㆒。幷五月節可㆑有宣旨㆖。又臨時奉幣。臨時諸社御読経。又春季御読経等事。同被㆑下㆓宣旨㆒畢。（『本朝世紀』、第一〇）(330)

頭注に、「馬場」の二字は別本（閣本・丁本）に「衛隔」に作るとある。「左近衛隔」も、埒を意味する。時の「左大臣」は、源雅信（正二位、六七歳）である。「左仗座《さじょう》」は、左近の陣をいう。左近衛府は上東・陽明門の間に、右近衛府は上西・殷富門の間に位置したが、それぞれの詰所（陣の座）は、左近衛は日華門の、右近衛は月華門の内にあった。(331)

同『集成』には、以上の他、「馬場饗」一例（長和五年）、「馬場舎」八例（寛仁元年以下）、「馬場所」六例（寛弘二年以下）、「馬場所掌」三例（寛仁三年以下）、「馬場亭」一例（長保五年）、「馬場末」一例（長和五年）、との用例も挙がっている。ここでは割愛する。

降って、藤原道長（万寿四年〈一〇二七〉薨。行年六二歳）の『御堂関白記』から引用する。

廿日、甲辰、天晴、有諸社奉幣事、而依夢想不□（宜カ）不参、此日土御門新馬場初馳馬、上達部多来、是依参春日競馬事也、（『御堂関白記』、長保元年二月二〇日）(332)

長保元年（九九九）二月のこの日、土御門殿の馬場開が催され、馳馬があった、上達部も多く来た。

八日、己丑、於馬場見陸奥交易御馬、是参内次、従南門引入也、（同、長保元年五月八日）(333)

道長は、土御門院の馬場にて陸奥交易御馬を閲した。翌九日天皇の御覧に入れることになっている馬であった。

右の「馬場」は、土御門院における競馬場である。土御門殿は、左大臣藤原道長（正二位、三四歳）の邸宅で土御門南、京極西の方一町であったのを、後に南町を加えて東西一町、南北二町となった。京極殿、上東門第ともいう（今の京都市大宮御所の東の地）。道長は、競馬をとても愛好し、長徳二（九九六）、三年に南町を加入したのもそのためであったとされる。この日記にも競馬関係の記事が多く、この時期にも土御門院においては頻繁に競馬が催され、(334)『栄花物語』、巻八にも、（寛弘元年）「五月には例《れい》の卅講《かう》など、上《かみ》の十五日勤《つと》め行《をこな》はせ給て、下《しも》の十日余《あま》りには、「競《くらべ》馬《むま》せさせむ」とて、土御門《つちみかど》殿の馬場屋《むまばや》・埒《らち》などいみじうしたてさせ給。行幸・行啓などおぼしめしつれど、この頃《ごろ》雨《あめ》がちにて、事どもえしあふまじき様《さま》なれば（中略）、馬《むま》の心地《こゝち》など御覧ぜんに、（後略）(335)」と見える。馬場殿では和歌会等の催されることもあった。(336)

以上からして、「馬場」という言葉は、九世紀半ばまでには成立し、以後、公家社会の通用語となっていたらしい。では、この「馬場」二字を何と読むのかということであるが、この点に関し、先の『日本三代実録』、仁和二年（八八六）十二月二十五日の条に「馬埒《むまき》（の）庭《には》」（巻四九）とあった。また、次のように『西宮記』（延長四年〈九二六〉）に「馬庭」、『権記』（長保元年〈九九九〉）に「馬庭殿」と表記した例がある。「埒屋」は、「馬屋《むまや》」の意か。

延長四年（九二六）十一月五日（四カ）、令三伊望朝臣仰二鶴鷹々（鷹飼カ）、（中略）・源教等一〈（中略）先候二右近馬庭一。〉乗輿至二右近埒屋（マヽ）一下レ輿、坐二大床子一、（後略）

（『西宮記』、「臨時四　人々装束」）(337)

三日、早朝参内、（中略）、与右源中将候御車、有競馬之事、了退出、馬庭殿下有犬死穢、

（『権記』、長保元年九月三日）(338)

「馬庭《むまには》」とは、「馬埒《むまき》（の）庭《には》」（『日本三代実録』）を縮約した表現である。これらを勘案すれば、一〇世紀中〜末頃までは「馬場・馬庭」を「むまには」、または、「むまんば」と言っていたのであろう。このムマ（馬）[ᵐma]＋ニ

ハ（庭・場）[nifa] という構成は、ムマニハ [^{m}manifa] >ムマンハ [^{m}manfa] >ムマンバ [^{m}ma^{n}ba] >ムマバ [^{m}maba]（→中世）と推移する。『和名類聚抄』（承平年間〈九三一～九三七〉成立）によれば、各地に「大庭」という地名が登載されており、その山陽郡の「美作国」、相模国の「高座郡」、但馬国の「三方郡」のそれぞれの条には「大庭於保無波」（道円本）という地名・読み方が見える。(339) 地名は、慣用度は高いが、固定的性格も有する。同列には扱えないが、この読み方を参考にすれば、承平の頃は「むまんば（馬場・馬庭）」であったのかも知れない。仮名文学作品では、『宇津保物語』に、「馬場《むまば》殿。大きなる池、（中略）。埒《らち》結ひたり。傍らに、西東の御厩《みまや》、別当、預りことごとしう、御馬十づつ鷹屋に鷹十づつ据ゑたり。」（「吹上上」(340)）、『枕草子』に、「五月の御精進《さうじ》のほど、（中略）馬場《むまば》といふ所にて、人おほくさわぐ。(341)」と見え、『紫式部日記』にも、「法住《ぢう》寺の座主《ざす》は馬場《むまば》の御殿《をとゞ》、へんち寺《ゞ》の僧都《づ》は文殿《ふどの》などに(342)」と見える。この時代は、敦成《あつひら》親王（後の後一条帝）誕生（寛弘五年〈一〇〇八〉九月一一日）の前である。これらの「むまば」の表記も、「-ば」の直前に若干の鼻音を含んでいた可能性はあろう。

『色葉字類抄』の前田尊経閣文庫蔵二巻本（永禄八年写）に「・馬場《(朱)ムマバ》」（巻上下、ム部、地儀(343)）、同じく『色葉字類抄』三巻本（黒川本）には、「馬場ムマハ」（巻中、ム部、地儀、四二丁オ(344)）と見える。前者には「・牧《(朱)ムマキ》・駅《(朱)ムマヤ》郵舎郵厩云救○（後筆補入字あり、省略）」（同上）、後者には、「牧《ホク》ムマキ」「駅《エキ》ムマヤ宿也」「厩《キウ》ムマヤ立馬舎也」（同上、四二丁オ）、「「私云圉養馬也」圉人ムマカヒ圉イ本典馬同典イ本馬子同」（中、ム部、人倫、四三丁オ）なども見える（一部既出）。

更に降って、『宣賢卿字書』(345)には、「馬場殿《ハヽトノ》」（廿六 屋躰）、『運歩色葉集』静嘉堂文庫本(346)には、ハ部に「・馬形《バキヤウ》・馬場《ハバ》・馬面《メン》・馬借《シヤク》・馬嵬《クワイ》在唐（脱カ）（・）馬蹄《テイ》硯之名」、ム部に「・馬櫪《ムマヤ》・馬槽《ブネ》・馬衣《ギヌ》祝言忌之・馬絹《ムマキヌ》祝言可書之・馬膚《ハタ》・馬歯《ムマグハ》□・飲レ馬《ミツカウムマニ》」とあり、『日葡辞書』(347)には、「Vma（馬）」とその複合語、また、「Baba mixe.（馬場見せ）」「Baba.（馬場）Vmano niua,（馬の場）」といった語が掲載されている。その「馬場《ばば》」の語頭は、ムマバの語頭音 [^{m}ma-] が、調音上の都合で破裂音化したものらしい。既に、周囲には「馬」の漢音「バ」（「馬上《ハシヤウ》」「馬鞭草《ハヘン》」「四馬車《シハシヤ》」「竹馬《チクバ》」「白馬《ハクハ》」〈寺名〉「両馬《リヤウバ》」など）も行われており、これが取込まれ、すげ替えられた可能性もあるが、この場合でも後続音が招き寄せたと考えられる。

因みに、中国には、「馬場《ばぢやう》」という語があった。唐李延寿著『北史』、巻二五、列伝一三「宇文福」（北魏、太和頃）の条に、「宇文福、其先南単于之遠属也、（中略）南北千里為牧地、今之馬場、是也」[348]と見える。

5　むまばのおとど（馬場大殿・馬場御殿）

『源氏物語大成』（青表紙本）によれば、一例だけ「むまは殿」（「藤裏葉」）と見え、他の六例は「むまはのおとゝ」と仮名で見えた（既出）。『河海抄』（巻五、「葵」）には、先に、「むまはのおとゝの程にたてわつらひて／左近馬場宿屋也云々／左近馬場は一条西洞院　右近馬場は一条大宮也」と見えた（第2項）。

「おとど」という言葉につき、『源氏物語大成』、巻四（索引篇）では、例えば、次のような項目語のもとに用例の所在が列挙されている。項目語には、それぞれ【　】内に、その相応する漢字表記が示される。[349]

(イ)　おとど【大殿・大臣】（名―人物）　(ロ)　おとど【御殿】（名―居所）　(ハ)　おとどのきみ【大殿君】

(ニ)　むまばどの【馬場殿】　(ホ)　むまばのおとど【馬場御殿】

第四節に引く「藤裏葉」の巻にも「おほきおとゞ仰《おほせ》こと給《たまひ》て」。「おほきおとゞの御おとごの十《とを》ばかりなる」と見えた。「おほきおとゞ」とは、「おほきおほいどの」「おほきおほいまうちぎみ」ともいい、太政大臣をいう。作品中、「ひだりのおとゞ」「みぎのおとゞ」、その他、「-おとど」と付した語句は多い。その「おとど」であるが、『日本国語大辞典　第二版』には、次のような語釈がある。[350]

おとど【大殿・大臣】《名》（「おおとの（大殿）」の変化した語）①建物を尊んでいう。㋑貴人の邸宅やその中の建物を尊んでいう。御殿。（中略、宇津保・俊蔭、源氏・若紫から引証）㋺（「馬場（うまば）のおとど」の形で）騎射（うまゆみ）、競馬（くらべうま）を見るために馬場に設けた簡略な建物。㋩（「夜のおとど」の形で）宮中、清涼殿内にある天皇の御寝所。②邸宅に住む人を尊敬していう。「…のおとど」「…おとど」の形で、「殿」や「様」の意を表わすことが多い。㋑家の主人である貴人。（中略、宇津保・俊蔭、落窪から引証）㋺とくに大臣をさしていう。官職名ではない。（中略、宇津保・国譲下、源氏・薄雲、大鏡一文徳、右京大夫集から引証）③女主人の尊称。（中略）④女房の尊称。（中略）語源説 (1)オホトノド（大殿処）の略か〔大言海〕。(2)オホトノ（大殿）の約転か〔雅言考・名言通・大言海〕。(3)オトドノ（乙殿）の略とする説は疑わしい。オトドは「殿」の字の擬訓〔河海抄〕。(4)御殿の義か〔和訓栞〕。(5)オホヒト（大人）の意。またはオモヒビトの中略か〔類聚名物考〕。(6)オホツヲムドノ（大御殿）の反〔名語記〕。（以下、発音の条など省略）

また、小型辞書における語釈例として、『新明解古語辞典』（補注版　第二版）によれば次のようにある。[351]

おとど（名）㊀【大殿】貴人の邸宅の敬称。「―の造りざま、しつらひざま、さらにもいはず」〔源・若紫〕㊁【大臣】大臣または公卿（くぎゃう）などの敬称。「―気色ばみ聞こえ給ふことあれど」〔源・桐壺〕㊂婦人の敬称。「母（おば）―、あけくれなげきいとほしがれば」〔源・玉鬘〕―や【大殿屋】（名）五月の騎射の時、中将・少将が着座した所。馬場の左右にあった。「在原業平…―に着きたりけるに」〔今昔24三六〕

「おとど」の語源として、前者には六説が紹介されている。だが、落着くところがないようである。「オホトノド（大殿処）の略か」、「オホトノ（大殿）の約転か」と疑問形で提出されているのは、これに類する「おほとのごもる・り（大殿籠）」「おほとのばら（大殿腹）」「おほとのわたり（大殿辺）」といった言葉に、同様の変化が見られないからであろうか。そこで、私案であるが、これを、一旦、「オホトノ（大殿）」と切り離し、「おとど」とは、接頭語「お（おん）（御）」（「おほみ」「おほん」「おん」の約）＋「との（殿）」＋接尾語「ど」（所・処の意）と解することはできないであろうか。「殿《との》」が、語の中心に位置し、これは、寝殿造《しんでんづくり》(352)の邸宅、七間四面の豪邸、また、摂政・関白など、特定の主人等を意味すると解する。接尾語「ど」は、右の(1)説（『大言海』）にも見えた。この「ど」は、頭に鼻音［n-］を持っていたかも知れない。「殿《との》」に「ど」（所・処の意）が付くのは、重複表現のようでもあるが、こうした語（造語成分）は、そもそも上接語を補足する役目にあり、「ある語に付いて、所・場所の意を表わす語。」（右『新明解古語辞典』）とも説明される。語音は、オ（オン）・トノ・ンド（御殿所）→オトンド→オトドと変化し、相応する漢字表記は、接尾語の一字分が省かれて「御殿」となった、その一字分が省かれたのは、この語の意味が不鮮明で、用いるべき文字が定まらなかったからであろう。

また、文脈によっては「大殿」（人物）とも書く。結果として、右『源氏物語大成』におけるように、「おとど」は「大殿・大臣」とも「御殿」とも表記することになる。

ところで、「大殿《おとど》」と書く語であるが、次のように、多くは、右の『源氏物語大成』の(イ)の用法で見えている。

御消息趣欲申大臣、余未参之前、大臣差権左中弁公忠(源)朝臣、被奉大殿(忠平)御消息趣云、今日若必可御出欤、可然者、可被行雑事如何、為蒙処分奉入云々、

（『九条殿記』、承平五年〈九三五〉一一月一日）(353)

朱雀天皇の御代、藤原忠平は摂政左大臣、従一位であった（五六歳）。

六日、甲寅、早朝参院、明日賀茂御祈祭文令覧也、小選罷出、晩頭参故太殿(藤原頼忠)、勘解由長官(藤原佐理)・頭中将(藤原公任)等会合、分行故殿御領処訖、深更各々分散、

（『小右記』、永祚元年〈九八九〉一〇月六日）(354)

この年、摂政、従一位に藤原兼家（六一歳）、太政大臣・従一位、前関白に同頼忠（六六歳）がいた。後者は、六月

二六日に薨じ（贈正一位）、一二月二〇日兼家が太政大臣に任じられた。頼忠は、実頼の息、母は時平の女。右は、その遺領の処分をしたとある。「故太殿」は頼忠を意味し、その邸に参上したらしい。

廿一日乙酉　寅剋参一宮御共、而早帰□近参、終日候大殿、

（『権記』、長保四年〈一〇〇二〉六月二一日）(355)

「大殿」とは、左大臣・正二位藤原道長（三七歳）、次の「摂政殿」とは、藤原頼通をいう。

十日　午剋許、左衛門尉宗相朝臣等、令追捕大殿取金銀等盗人、持参摂政殿御宿所方、一人新中納言雑色長光、一人保資真人郎等也、件使官人七人各□賜疋絹、惣所盗取金千四百両□金千余両出来云々、余参内宿、

（『左経記』、寛仁元年〈一〇一七〉七月一〇日）(356)

『大殿被参賀茂事』今日大殿謂大殿是前摂政也、世号大殿、被参賀茂、其道経東〔洞〕院東大路、其程咫尺、依少女催、同車見物、未時許被参、乗唐車、御幣、次神宝、納長櫃、神馬二疋、幷十列、次摂政引率上官、御幣・神宝・神馬如大殿、但舞人十人左右近府生以上、着青摺、袴同、此外有松尾走馬二疋、車後陪従発歌笛声遊行、

（『小右記』、寛仁二年〈一〇一八〉四月二一日）(357)

今日（四月二一日甲申）は賀茂祭（四月中酉の日）の前日で、前摂政・現摂政が御賀茂詣をした。実資は娘にせかされ、同車して華やかな行列の見物に出掛けた。長和五年（一〇一六）正月二九日三条天皇は皇太子に譲位し、同日藤原道長がその摂政となった。翌六年三月七日後一条天皇が即位し、三月一六日摂政は道長から頼通に交代した。四月二三日寛仁元年と改元された。寛仁二年四月現在、摂政・内大臣は頼通（二七歳）、道長は前太政大臣・前摂政であった（五三歳）。細字割書に「謂大殿是前摂政／也、世号大殿」とある。実資は、「大殿」とは前《さきの》摂政を言うのだ、世人はその人を尊んで「大殿」と申し上げるのだ、という。娘にもこう説いたのかも知れない。この時代に生きた人物の解説として珍重される。また、そうであれば、「大殿」という言葉は、そう古くからのものでなく、摂関時代以降のものということになろう。しかし、これは、辞任した左右大臣・内大臣には言わないのであろうか。「致仕《ちじ》

のおとど」の場合より、より限定的な意味・用法にあるようである。

藤原良房は、天安元年（八五七）二月人臣初の太政大臣となり、翌年一一月七日清和天皇（九歳）即位時に宣旨あって「摂政」となった（五五歳）。『公卿補任』には、貞観五年（八六三）まで「摂政太政大臣」（従一位）として見え、後は「太政大臣」とあり、また、同八年八月一九日「重勅摂行天下之政者」とある。時に、基経は従三位、中納言に昇ったばかりであるが（三一歳）、以後、同職は藤原氏が専任することとなる。「大殿」とは、当時、少なくとも、その氏の長者クラスを称した言葉と理解される。

また、『貞信公記』の延喜七年（九〇七）の条には「大殿門」という表記も見える。

七日、風雪、有節、雨儀也、大殿門（藤原時平）有御加階（正二位）、而不参叙人列、（後略）　（延喜七年正月七日）(358)

正二位に叙された左大臣藤原時平を「大殿門」と称している。同様の例は、同年二月八日、同八年四月二一日、同九年二月四日の条にも見える。また、『九暦』にも、藤原基経（関白太政大臣）を「大殿門」と称した例が見える。

又仰云、堀河太政大臣（藤原基経）元慶・仁和間、被住枇杷殿、其時八条式部卿（本康親王）並左右大臣（源融・同多）参詣殿下、或（中略）、

又仰云、故南親王（宮脱カ）貞保談云、堀河大殿門（基経）宣、有品親王来無品親王家、之有品親王（無品親王来ホ）来時（家ホ）、令人示可着座之由、大臣来一品親王家之時、主人親王躬自出進相迎、相共（迎二）着座、（後略）　（天慶七年一二月一一日）(359)

「大殿門」も「おとゞ」の表記であろう。あるいは、これは、「おとんど」[otondo]という撥音の存在を意味するのであろうか。関連して、『貞信公記』には「大度止殿」と書いた例もある。

廿五日、有官奏、右中弁、大度止殿（藤原定方カ）下蔵人所名簿、令維時朝臣等見帖字（マヽ）事、　（承平元年四月二五日）(360)

前年（延長八年）一一月二二日朱雀天皇の即位があり、この翌日四月二六日、「承平」と改元された。摂政・左大臣は、藤原忠平（正二位）、右大臣は、藤原定方（従二位、左大将）であった。定方は、醍醐天皇の生母胤子の兄弟で

ある。「大度止殿」とは、「おとゞ＋との」を写したものであろう。「おとゞ」の由来（語構成）を忘れたらしい。

中山忠親の『山槐記』には、「乙殿屋」という語が見える。即ち、仁安二年（一一六七）五月六日、右近衛馬場の騎射真手結に際し、兄の右大将・内大臣忠雅（正二位）に命じられて忠親（従三位）が相伴する条である。

天陰、夕小雨、即休、今日右近騎射真手結也、任大将初度大将有二見物事一也、可レ奉二相伴一之由、先日有二内府仰一、仍未剋参二花山院一、（中略）至二于馬場埒西一去二乙殿屋一十四五許丈立二予《御カ》車一、（中略）去二御車一五六丈立二予車一、（中略）臨二可レ取レ禄之期一向二乙殿屋一、少将通親兼在レ座、（後略）（『山槐記』(361)）

これが、先に引いた『新明解古語辞典』（補注版　第二版）の、「おとど（名）[一]【大殿】貴人の邸宅の敬称。」以下の条に見える「―《おとど》や【大殿屋】」に相当する。馬場の殿舎である。

「乙殿屋」は、「おとどや」の表記で、「乙」字は、いわば、宛字であろう。「内府」「花山院」は、内大臣忠雅。この年二月一一日平清盛が太政大臣に転じた後に補されたものである。後にも、「今日右近真手結也、任大将通《良》、後初度也、（中略）、車懸下簾乙殿屋南埒西立之見物」（治承四年〈一一八〇〉五月六日）と見える。

『河海抄』（四辻善成著、貞治六年〈一三六七〉脱稿）以下の注釈書類にも次のように見える。

むまはのおとゝつくりらち《埒》ゆひて

馬場殿　一説云　乙殿《ヲト、》歟　第舎をおとゝと二云也　殿に有甲乙殿又寝殿をよるのおとゝといふかことし　案之此義不然　野分巻に寝殿をおとゝのかはらといへり　乙殿にあらさる歟　只殿の字の訓おとゝと二云故也　人をも大臣にあらされともおはおとゝなといふ也　殿字の訓也（『河海抄』、巻九、「乙通女」(362)）

「乙殿」は、「甲乙の殿」の意味ではない、「殿の字の訓」を「おとゝと二云故」なりとある。

上馬《ジヤウメ》とも　紫《秘》上《ナシ》（高・九）の馬也　花同　河　馬場殿　埒五月ハ馬ノ月ナレハ夏ノ方ニ馬場アル也　一説二云乙殿歟　第舎ヲヲト、ト二云也　殿に有

甲殿有乙殿　又寝殿ヲヨルノヲト、ト云カコトシ（中略）人をも大臣にあらされともおばおと丶なと云也　殿ノ
字ノ訓也　　（『岷江入楚』、二一、「乙女」）(363)

『岷江入楚』は、慶長三年（一五九八）中院通勝の著になる。右には『河海抄』が引かれている。

むまはのおと丶の程に

おと丶は乙殿屋とて左右の馬場にあり　五月の騎射の時　中少将の着座する所也　賀茂の祭大内の時は北の
陣はて丶一条を東へとをるによて《よりて（松・教）》左《右（教イ）》近の乙殿の程をわたる也　（『花鳥余情』、「葵」）(364)

これに関連し、裏松光世著『故実叢書大内裡図考証』、巻二八、「右近衛府馬場」の条にも次のようにある。(365)

馬場殿　諸書、作乙殿屋、○西宮記、作埒屋、（中略）○花鳥余情曰、手結は、左右の真千《（ママ）》結也、乙殿屋とて、
左右近の馬場にあり、五月騎射のとき、中少将着座すと云々、（中略）

かくして、「むまばのおとど」に戻る。当面の「むまばのおとど」（青表紙本）という仮名書きは、『源氏物語大成』の「馬場御殿（おとど）」という表記に従ってよかろう。かつては、馬場の走路の脇に設けられた屋舎を「馬埒殿（むまきとの）」といった。その後、これは整備され、名称も唐風に「武徳殿」と改められた。武徳殿の馬場は、馬術を習練し、かつ、その成果を観戦させるという、いわゆるイベント会場としての性格も強くなった。手結《てつがい》（射礼・賭射・騎射）の行事など、天皇が観閲し、親王・公卿たちも大勢観覧する。時には、馬場屋に文人を集めて和歌・詩文を詠み、相撲を取らせ、饗宴を催した。朱雀院や土御門邸などでも同様であろうが、武徳殿の馬場屋、また、左右近衛府の馬場屋でも、多目的な用途に備えて設備・機能の充実が図られたであろう（既出、『故実叢書大内裡図考証』参照）。右近馬場では、馬場屋・馬場西屋・馬留屋・饗屋があり、野行幸の饗饌に使用されたともいう（既出）。武徳殿の馬場屋、また、左右近衛府の馬場屋（馬場大殿・馬場御殿）は、凡そ、こうした次第で「むまばのおとど」という、厳め

しくも格式高い呼称を獲得したようである。ただ、敬意表現というものは、一般的に鈍化していく傾向を有する。時に、親しく称呼されたのが「おとゞや（大殿屋・乙殿屋）」の類ではなかろうか。

6　おわりに

古記録史料、及び、文学作品などにより、平安時代の馬場に関する「むまき（馬埒）」「むまきとの（馬埒殿）」、また、「武徳殿」、「むまんば・むまば・ばば（馬場）」、更に、「むまばのおとど（馬場大殿）」等について検討した。古代には、柵（埒）を設けて馬や牛を飼養し、また、ここで馳走を試みる場所として「むまき（馬埒）」という施設があった。万葉時代以前から存在したようであるが、文字史料（古記録）に「馬埒（むまき）」「馬埒殿（むまきとの）」という文字が見えるのは、奈良時代末の延暦一二年、桓武天皇が山城国に新京を開く直前のことであった。名は体を表わすともいう。「馬埒殿《むまきのとの》」という施設は、同天皇の創設・命名になるとみて、相違なかろう。桓武天皇は、鷹狩も愛好した。この「馬埒」という文字表記は、少なくとも一二世紀中葉（『色葉字類抄』三巻本）まで行われた。

翌一三年、都は平安京に遷った。「馬埒殿」と付設の走路も、大内裏に移設され、五月・七月の節会、また、折々の遊宴や文雅などの会場としても用いられた。

嵯峨天皇は、弘仁九年、国家経営・官制改革の一環として「殿閣・諸門」の名号の全てを改めた。「馬埒殿《むまきのとの》」も「武徳殿」と改称された。だが、「武徳殿」は公式名で、「俗」に「むまきとの」とも通称されていた。付設の馬場は、「むまきのには」、あるいは、「武徳殿のむまには（馬庭・馬場）」といったようである。仲間内では単に「むまには」ということも多かったであろう。これは、やがて、「むまには＞むまんば＞むまば（馬場）＞ばば（馬場）」と推移して中世に及んだものらしい。新京には、左近馬場（一条西洞院）・右近馬場（一条大宮）も設けられ、朱雀院・神泉苑・

土御門院などにも馬場が設けられていた。こうした「馬場」の装い、また、馬場で催される諸々の行事・雅宴などは、『宇津保物語』『源氏物語』、その他の文学作品にも描かれている。

なお、飼馬・競馬等に関する研究は行われているが(366)、併せて、記録史料・文学作品等に見える馬術、騎射・笠懸・犬追物、馬医薬などに関する諸研究も進めたい(367)。馬、牛、犬といった動物は、単なる家畜でもペットでもなく、ヒトの生活と不即不離の関係にあった。日本文化の基底に関わる重要な課題が残されているようである。

注

(1) 山岸徳平校注『源氏物語　一』(『日本古典文学大系14』)、一九五八年一月、一九六七年一二月第一一刷、岩波書店。四七〜四九頁。

(2) 玉上琢弥編、山本利達・石田穣二校訂『紫明抄・河海抄』、一九六八年六月、角川書店。二〇頁。

(3) 既出、注(2)文献、玉上琢弥編『紫明抄・河海抄』、二一一頁。

(4) 黒板勝美、他編輯『新訂増補国史大系23　令集解』、一九六六年二月、吉川弘文館。一四五頁。

(5) 『群書類従』巻第八〇、第六輯、一九八七年一〇月訂正三版、続群書類従完成会。二四六頁。

(6) 「臨時客」は、「年頭に摂関家が大臣以下の上達部(かんだちめ)を自邸に招いて行なった饗宴。正月二日を例とした。大饗(だいきょう)に比し略儀のもの。」、また、「尊者」は、「大臣の大饗(だいきょう)の時、上座にすわる親王または高位の人。」と解説される(新村出編『広辞苑　第四版』、一九九一年一一月、岩波書店。一二七〇六頁、一五二八頁)。

(7) 「邂逅」の意味・用法につき、『実躬卿記』に「今日辻風、自一条烏丸吹出、破卻所々、家門及人倫等多被吹上、邂逅之珍事也」(東京大学史料編纂所編纂『大日本古記録　実躬卿記　三』、一九九八年三月、岩波書店。二六一頁)と見える例が参照される。

(8) 土田直鎮・所功《いさお》校注『神道大系　朝儀祭祀編二　西宮記』、一九九三年六月、神道大系編纂会発行。「恒例第一」、二六頁。底本は前田尊経閣文庫蔵大永鈔本。

(9) 既出、注(8)文献、土田直鎮、他校注『神道大系　朝儀祭祀編二　西宮記』、「臨時七」、七八〇頁。

(10) 『上卿簡要抄』、『上卿要』『上卿故実抄』といった有職故実書の類であろうか。『国書総目録』、第四巻(一九六六年一一月・一九七七年七月、岩波書店）には見えない。試みに、藤原定能著『上卿簡要抄』（前田育徳会尊経閣文庫編『羽林要秘抄 上卿簡要抄』、二〇一三年四月、八木書店）を一見するが、ここに引かれているような記事は見当たらないようである。

（11）伊井春樹編『松永本花鳥余情』（『源氏物語古注集成　第1巻』）、一九七八年四月、桜楓社。底本は松永鵬氏蔵四条隆量筆本、静嘉堂文庫本で校合。

（12）既出、注（8）文献、土田直鎮、他校注『神道大系　朝儀祭祀編一　西宮記』、七六二頁。黒板勝美、他編輯『新訂増補国史大系53　公卿補任　第一篇』、一九七一年九月、吉川弘文館。一五三頁。

（13）黒板勝美、他編輯『新訂増補国史大系4　日本三代実録』、一九六六年四月、吉川弘文館。五三九頁。

（14）所功編『三代御記逸文集成』（『古代史料叢書』、第三輯）、一九八二年一〇月、国書刊行会。一二七頁。

（15）和田英松著・所功校訂『新訂　官職要解』、一九八三年一一月、講談社。二一六頁。

（16）渡辺直彦校注『続神道大系　朝儀祭祀編　侍中群要』、一九九八年一一月、神道大系編纂会。三四七頁。

（17）東京大学史料編纂所編纂『大日本古記録　小右記　一』、一九五九年三月、岩波書店。二一二頁。三〇〇頁。

（18）東京大学史料編纂所・陽明文庫編纂『大日本古記録　御堂関白記　上』、一九五二年三月、岩波書店。一九九頁。

（19）松本大《おおき》氏研究発表「『花鳥余情』による『河海抄』利用の実相」、二〇一六年度中古文学会秋季大会、二〇一六年一〇月二三日、於大阪大学。

（20）稲賀敬二・福島律子校『広島大学蔵本　源氏物語一葉抄』（『翻刻平安文学資料稿』、第五巻第一分冊）、一九七〇年一〇月、広島平安文学研究会。一九頁。

（21）久松潜一監修『賀茂真淵全集』、第一三巻、一九七九年一一月、続群書類従完成会。一一頁。

（22）既出、注（8）文献、土田直鎮、他校注『神道大系　朝儀祭祀編二　西宮記』、七七九頁。

（23）米田雄介・吉岡真之校訂『史料纂集　吏部王記』、一九七四年七月、続群書類従完成会。

（24）東京大学史料編纂所編纂『大日本古記録　九暦』、一九五八年七月、岩波書店。四例は、ⅰは三五頁、ⅱは三六頁、ⅲは四二頁、ⅳは一二頁、ⅴは四三頁にそれぞれ見えるが、今、年次によって配列した。

（25）山中裕著『平安朝の年中行事』、一九七二年六月、塙書房。一一五頁。

（26）既出、注（17）文献、『大日本古記録　小右記　一』、三〇〇頁。

（27）『群書類従』、第一九輯、一九五九年一〇月訂正三版、続群書類従完成会。四七六頁。
（28）池田亀鑑編著『源氏物語大成』、巻一、一九五三年六月初版、一九六七年四版、中央公論社。五九四頁。
（29）既出、注（2）文献、玉上琢弥編『紫明抄・河海抄』、三五四頁。
（30）伝一条兼良筆、文明一三年写。斯編集委員会編集『天理図書館善本叢書和書之部第七十巻　河海抄伝兼良筆本　一』、一九八五年三月、八木書店。四三九頁。
（31）既出、注（2）文献、玉上琢弥編『紫明抄・河海抄』、八一頁。
（32）中野幸一編『岷江入楚』（『源氏物語古註釈叢刊』、第七巻）、一九八六年五月、武蔵野書院。二五四頁。
（33）黒板勝美、他編輯『新訂増補国史大系11　日本紀略　後篇　百錬抄』、一九六五年八月・二〇〇四年八月新装版、吉川弘文館。一五一頁。
（34）既出、（注8）文献、土田直鎮、他校注『神道大系　朝儀祭祀編二　西宮記』、五九一頁。
（35）『教訓抄』は、林屋辰三郎校注『古代中世芸術論』（『日本思想大系23』、一九七三年一〇月、岩波書店）による（八五頁）。『古今著聞集』は、西尾光一、他校注『古今著聞集上』（『新潮日本古典集成』、一九八三年六月、新潮社）による（一八七頁）。
（36）既出、注（2）文献、玉上琢弥編『紫明抄・河海抄』、一八八頁。この条につき、岡一男著『源氏物語の基礎的研究』（一九五四年一月、東京堂）に言及がある（一三七頁）。
（37）岩佐美代子著『和歌研究　附、雅楽小論』（岩佐美代子セレクション2）、二〇一五年三月、笠間書院。三〇二頁。なお、李嘉祐は中唐の詩人である。
（38）福山敏男著『日本建築史研究　続編』、一九七一年一月、墨水書房。伊井春樹著『源氏物語の伝説』、一九七六年一〇月、昭和出版。田中貴子「宇治の宝蔵―中世における宝蔵の意味―」、『伝承文学研究』、第三六号、一九八九年五月。
（39）林屋辰三郎著『中世芸能史の研究』、一九六〇年、岩波書店。二八三頁、など。中原俊章著『中世公家と地下官人』、一九八七年二月、吉川弘文館。一一五頁。
（40）水野忠央編『歌集・物語』（『丹鶴叢書』、第七巻）、一九七六年四月、臨川書店。七〇頁。
（41）川口久雄、他校注『土左日記　かげろふ日記　和泉式部日記　更級日記』（『日本古典文学大系20』）、一九六六年一一月、岩波書店。一六九頁。

(42) 河野多麻校注『宇津保物語　二』（『日本古典文学大系11』）、一九七八年二月、岩波書店。四一四頁。
(43) 柳井滋、他校注『源氏物語　三』（『新日本古典文学大系21』）、一九九五年三月、岩波書店。六〇頁。
(44) 『増補史料大成　長秋記　一』、一九七五年一一月、臨川書店。九〇頁。
(45) 既出、（注25）文献、山中裕著『平安朝の年中行事』、一一五頁。
(46) 岩佐美代子校注『中世日記紀行集』（『新日本古典文学大系51』）、一九九〇年一〇月、岩波書店。三三八頁。
(47) 村尾誠一著『新続古今和歌集』（『和歌文学大系12』）、二〇〇一年一二月、明治書院。三三九頁。一七九七番。底本は書陵部蔵吉田兼右本『二十一代集』所収本。なお、『古今著聞集』巻一六（興言利口第二五）に、雪のふりたりける朝、藤中納言家成邸に御鷹飼武正が「鳥を枝につけてもてきた」と見える（「第三節「行幸」の巻」参照）。
(48) 冷泉家時雨亭文庫編『宴曲　上』（『冷泉家時雨亭叢書』、第44巻）、一九九六年八月、朝日新聞社。
(49) 既出、注（42）文献、河野多麻校注『宇津保物語　二』、二九六頁。
(50) 斯編集委員会編『新編国歌大観』、第二巻、私撰集編　歌集、一九八四年三月、角川書店。五一四頁。一八〇二番。
(51) 荒木尚編著『言塵抄―本文と研究―』、二〇〇八年六月、汲古書院。一〇一頁。底本は肥前嶋原松平文庫蔵本。
(52) 阪倉篤義、他校注『竹取物語　伊勢物語　大和物語』（『日本古典文学大系9』）、一九七七年四月、岩波書店。一五五頁。
(53) 既出、注（52）文献、阪倉篤義、他校注『竹取物語　伊勢物語　大和物語』、三三二頁。
(54) 南波浩校註『大和物語』（『日本古典全書』）、一九七三年一月第六刷、朝日新聞社。一〇九頁。
(55) 山岸徳平校注『源氏物語　五』（『日本古典文学大系18』）、一九六七年八月第六刷、岩波書店。二〇四頁。
(56) 東京大学史料編纂所編纂『大日本古記録　実躬卿記　二』、一九九四年三月、岩波書店。二五頁。乾元元年二月二三日の条に「持参御鞠、付柳枝、二付之、重経卿取之、進寄巽木下解之、上ニ付御鞠解了、紙（中略）懐中、枝今一御鞠有之、寄立巽木、取御鞠、」云々とも見える（『大日本古記録　実躬卿記　四』、二〇〇一年三月。九九頁）。
(57) 斯刊行会編『増補史料大成　親長卿記　二』、一九八五年一〇月、臨川書店。一六五頁。
(58) 小著『鷹書の研究　宮内庁書陵部蔵本を中心に』、上冊、二〇一六年二月、和泉書院。第二部第一章、一六八頁以下。
(59) 富士谷御杖著・三宅清編纂『新編富士谷御杖全集』、第五巻、一九八一年五月、思文閣出版。四五六頁。
(60) 岩橋小弥太執筆、『群書解題』、第一五巻、一九六二年九月、続群書類従完成会。五九頁。

(61) 既出、注(12)文献、『新訂増補国史大系53 公卿補任 第一篇』、一七〇頁。

(62) 既出、注(6)文献、新村出編『広辞苑 第四版』では、「しるし【印・標・徴】」の項に、「―《しるし》ばかり【標許り】いささか。すこし。」(一三一三頁)、あるいは、「かたち【形・容】」の項に、「―《かたち》ばかり【形許り】実質が乏しく体裁だけのこと。謙遜して使うこともある。」(四九四頁)と解説される。

(63) 今泉定介編輯『増訂故実叢書』第二冊、一九二八年二月、吉川弘文館。六一〇頁、読点私意。

(64) 注(63)文献、今泉定介編輯『増訂故実叢書』第二冊、六〇九頁、六一〇頁。なお、『改訂増補故実叢書』(一九九三年六月、明治図書出版株式会社)の第21巻『本朝軍器考・同集古図説・軍用記 他』の「袖験の事」(二四三頁)・「笠注の事」(二四四頁)、その他、同じく第17巻『武家名目抄』第七「旗幟部三下」の「○笠標」(五五三頁)、「○兜ノ小旗」「○袖印」(五五九頁)、その他、同じく35巻『武装図説』、「笠印付鐶《かさじるしつけのかん》(笠印の鐶)」、また、「総角付鐶《あげまきづきのかん》」(『吾妻鏡』巻九、文治五年七月八日の条)、その他(二一一頁)。また、『伴大納言絵詞』、『平治物語絵詞』、『蒙古襲来絵詞』など参照。

(65) 後藤丹治、他校注『太平記 一』(『日本古典文学大系34』)、一九六〇年一月、岩波書店。二四二頁。

(66) 静嘉堂蔵本『運歩色葉集』、天文一七年写、影印、一九六一年一月、白帝社。ト部。六七頁。

(67) 『斎藤朝倉両家鷹書』、『続群書類従』、第一九輯中、一九八五年二月訂正第六刷。三七一頁。

(68) 既出、注(6)文献、新村出編『広辞苑 第四版』、四八〇頁。

(69) 既出、注(52)文献、阿部俊子・今井源衛、他校注『竹取物語 伊勢物語 大和物語』(『日本古典文学大系9』)、二六三頁。

(70) 渡辺実校注『枕草子』(『新日本古典文学大系25』)、一九九一年一月、岩波書店。五七頁。

(71) 片桐洋一校注『後撰和歌集』(『新日本古典文学大系6』)、一九九〇年四月、岩波書店。三五四頁。前歌の詞書は多分に異なり、「楢《なら》の葉《は》を求め侍ければ」云々と見え、また、上の句は「わが宿《やど》を何時馴《いつな》らしてか楢《なら》の葉《は》を」、後歌の第一句は「楢《なら》の葉《は》の」とある。

(72) 斯編集委員会編集『天理図書館善本叢書和書之部第七十一巻 河海抄伝兼良筆本 二』、一九八五年五月、八木書店。

(73) 佐竹昭広、他校注『方丈記 徒然草』(『新日本古典文学大系39』)、一九八九年一月、岩波書店。一四三頁。

(74) 吉沢貞人著『徒然草古注釈集成』、一九九六年二月、勉誠社。三二五頁。

(75) 『武家調味故実』、『群書類従』、第一九輯(既出、注(27)文献)、七八六頁。

(76) 牧野富太郎編『牧野日本植物図鑑』、一九七四年、北隆館、白井祥平監修・太平洋資源開発研究所編『全国樹木地方名検索辞典』、二〇〇七年～二〇〇八年、生物情報社、白井祥平監修・太平洋資源開発研究所編『全国方言集覧』(『動植物標準和名→方言名検索大辞典』)、第一～七期、一四冊、二〇〇〇年～二〇〇五年、同研究所出版、佐竹義輔、他編『日本の野生植物 木本Ⅰ』、一九八九年、平凡社、など。

(77) 『古事類苑』、「遊戯部十四　放鷹」、一九〇八年八月、神宮司庁版、一九八三年一一月、吉川弘文館。一〇三一頁。

(78) 柳田国男著『定本 柳田国男集』、第一一巻、一九六三年五月初版、一九六七年第七刷。一七四頁。また、一六一頁、一七一頁など。赤田光男「狩猟の練武性とウサギ狩りの作法」(『帝塚山短期大学紀要　人文・社会科学編・自然科学編』、第三一号、一九九四年三月)でも柳田説が継承されている。

(79) 杉本つとむ編著『小野蘭山本草綱目啓蒙―本文・研究・索引―』、一九七四年一〇月再版、早稲田大学出版部。四五四頁。

(80) 既出、注(76)文献、白井祥平監修・太平洋資源開発研究所編『全国方言集覧』。

(81) 『小倉問答』、『続群書類従』、第一九輯中(既出、注(67)文献)、二七五頁。

(82) 牧野富太郎著『原色牧野植物大図鑑　離弁花・単子葉植物編』、一九九七年初版・二〇〇三年七月、北隆館。一六頁。

(83) 佐佐木信綱編『日本歌学大系』、第四巻、一九五六年一月初版・一九九四年七版、風間書房。三〇三頁。

(84) 松田武夫著『新釈古今和歌集』、上巻、一九六八年三月、風間書房。八二三頁。

(85) 引用した『茅窻漫録』の一章は、『古事類苑』、「植物一　木」(一九一一年五月、神宮司庁版、一九八五年八月、吉川弘文館)にも引用されているが、「玉柏」「ヲガタマノ木」の写生図二丁分は省かれている(二四八頁)。底本は未詳。

(86) 牧野富太郎原著・大橋広好、他編集『新牧野日本植物図鑑』、二〇〇八年一一月、北隆館。一一七頁。

(87) 既出、注(52)文献、大津有一・築島裕、他校注『竹取物語　伊勢物語　大和物語』(『日本古典文学大系9』)、一六九頁。『古今和歌集』巻一七、雑歌上、八六六番参照。

(88) 既出、注(43)文献、柳井滋、他校注『源氏物語　三』(『新日本古典文学大系21』)、五八～六一頁。

(89) 安藤徹責任編集『三条西公条自筆稿本 源氏物語細流抄』(『龍谷大学善本叢書25』)、二〇〇五年三月、思文閣出版。五二一頁。

(90) 吉沢義則編纂『未刊国文古註釈大系』、第一〇冊、一九三七年七月、帝国教育出版部。一四九頁。

(91) 既出、注(13)文献、『新訂増補国史大系4　日本三代実録』、六二一頁。

(92) 黒板勝美、他編輯『新訂増補国史大系5　類聚国史　前篇』、巻三二、一九六五年三月、吉川弘文館。二〇一頁。但し、「勑」字の前の闕字はない。

(93) 既出、注（2）文献、玉上琢弥編『紫明抄・河海抄』、四二一頁。

(94) 既出、注（72）文献、斯編集委員会編集『天理図書館善本叢書和書之部第七十一巻　河海抄伝兼良筆本　二』。

(95) 既出、注（23）文献、米田雄介・吉岡真之校訂『史料纂集　吏部王記』、二六頁。『扶桑略記』（黒板勝美、他編輯『新訂増補国史大系12　扶桑略記・帝王編年記』、一九六五年一二月、吉川弘文館）にも記録がある（二〇一頁）。

(96) 既出、注（92）文献、『新訂増補国史大系5　類聚国史　前篇』、一八九～二〇一頁。なお、天皇の放鷹につき、弓野正武「平安時代の鷹狩について」（『民衆史研究』、第一六号、一九七八年五月）、松本政春「桓武天皇の鷹狩について」（寝屋川市市史編纂課編集『市史紀要』、第五号、一九九三年三月、同市教育委員会）などの詳論がある。なお、遊猟回数などは、認定方法により、松本氏の場合と差異がある。

(97) 既出、注（11）文献、伊井春樹編『松永本花鳥余情』（『源氏物語古注集成　第1巻』）、一九七頁。

(98) 河北騰「李部《りほう》王記と源氏物語」、『国語と国文学』、一九九五年、九月号。今井源衛執筆「漢籍・史書・仏典引用一覧」（阿部秋生・秋山虔・今井源衛・鈴木日出男校注・訳者『源氏物語③』（『新編日本古典文学全集22』）、一九九六年一月、小学館。四八六頁。加藤静子「大原野行幸の準拠と物語化」、『国文学解釈と鑑賞別冊　源氏物語の鑑賞と基礎知識　No.30行幸・藤袴』、二〇〇三年一〇月、至文堂。

(99) 既出、注（90）文献、吉沢義則編纂『未刊国文古註釈大系』、第一〇冊、一五〇頁。

(100) 既出、注（2）文献、玉上琢弥編『紫明抄・河海抄』、一〇四頁。

(101) 既出、注（2）文献、玉上琢弥編『紫明抄・河海抄』、四二三・四二四頁。

(102) 既出、注（72）文献、斯編集委員会編集『天理図書館善本叢書和書之部第七十一巻　河海抄伝兼良筆本　二』、巻一一、一四丁オ。

(103) 既出、注（23）文献、米田雄介、他校訂『史料纂集　吏部王記』、一八頁。

(104) 岡嶌偉久子編『林逸抄』（『源氏物語古注集成　第23巻』）、二〇一二年五月、おうふう。五三八頁。

(105) 既出、注（13）文献、『新訂増補国史大系4　日本三代実録』、五三九頁。

(106) 秋吉正博著『日本古代養鷹の研究』、二〇〇四年二月、思文閣出版。第三章第一節参照。

(107) 市川久編『蔵人補任』、一九八九年六月、続群書類従完成会。五二頁。

(108) 黒板勝美、他編輯『新訂増補国史大系60上　尊卑分脉　第三篇』、一九六六年一〇月、吉川弘文館。六頁。
(109) 既出、注(52)文献、大津有一・築島裕、他校注『竹取物語　伊勢物語　大和物語』(『日本古典文学大系9』)、一六九頁。
(110) 既出、注(40)文献、水野忠央編『歌集・物語』(『丹鶴叢書』、第七巻)、七〇頁。
(111) 東京大学史料編纂所編『大日本史料』第一編之五(醍醐天皇)、一九二七年。八六七頁。延長四年北野行幸の記事は、『日本紀略』『西宮記』『貞信公記抄』『新儀式』『袖中抄』などにも見える。
(112) 永積安明・島田勇雄校注『古今著聞集』(『日本古典文学大系84』)、一九六六年三月、岩波書店。四〇六頁。
(113) 既出、注(73)文献、佐竹昭広、他校注『方丈記　徒然草』(『新日本古典文学大系39』)、一四三頁。
(114) 既出、注(112)文献、永積安明・島田勇雄校注『古今著聞集』、四八〇頁。
(115) 三上景文著『地下家伝』(与謝野寛、他編纂校訂『日本古典全集』)、一九九八年、斯刊行会。関連して、弓野正武「「鷹飼渡」と下毛野氏」(『史観』、第九三冊、一九七六年三月)、同「古代養鷹史の一側面」(竹内理三先生喜寿記念論文集刊行会編『律令制と古代社会』、一九八四年九月、東京堂出版。一三一頁以下)、同「御鷹飼の系譜」(『早稲田大学高等学院研究年誌』、第三四号、一九九〇年)、中原俊章著『中世公家と地下官人』(既出、注(39)文献)、二本松泰子「下毛野氏の鷹術伝承」(『立命館文学』、第六〇七号、二〇〇八年八月)、大坪舞「交野の御狩」(『平安文学研究　衣笠編』、第三号、二〇一一年七月)、その他の論考がある。
(116) 長岡京市史編纂委員会編集『長岡京市史　資料編二』、一九九二年三月、長岡京市役所。四六八頁。武正の後裔、あるいは、一族と覚しい人物が、『実躬卿記』に散見する(姓は「下毛野」と表記)。『徒然草』の第六六段に見える「御鷹飼下野武勝」も同様であり、「武」を通字《とおりじ》とする。なお、下毛野氏の子孫は、後に本拠とした乙訓郡(長岡京市)調子の地名をもって「調子」とも名乗った。
(117) 築島裕、他編修『改訂新潮国語辞典』、一九七四年三月、新潮社。二〇四〇頁。
(118) 既出、注(112)文献、永積安明・島田勇雄校注『古今著聞集』、四〇七頁。
(119) 稲村栄一著『訓注　明月記』、第四巻、二〇〇二年一二月、今井書店。一二〇頁。今、付訓を省き、割書には〈　〉印を用いた。
(120) 既出、注(73)文献、佐竹昭広、他校注『方丈記　徒然草』(『新日本古典文学大系39』)、一四三頁。
(121) 玉上琢弥著『源氏物語評釈』、第六巻、一九六六年六月、角川書店。四六三頁。
(122) 既出、注(43)文献、柳井滋、他校注『源氏物語　三』(『新日本古典文学大系21』)、一九五頁。

(123) 既出、注(89)文献、安藤徹責任編集『三条西公条自筆稿本 源氏物語細流抄』(『龍谷大学善本叢書25』)、五五七頁。

(124) 既出、(注2)文献、玉上琢弥編『紫明抄・河海抄』、四五五頁。

(125) 既出、(注14)文献、所功編『三代御記逸文集成』(『古代史料叢書』、第三輯)、一八〇頁。

(126) 中野幸一編『花鳥余情　源氏和秘抄　源氏物語之内不審条々　源語秘訣　口伝抄』(『源氏物語古註釈叢刊』、第二巻)、一九七八年一二月、武蔵野書院。二五〇頁。

(127) 伊井春樹校・解説『平瀬家旧蔵本　弄花抄』(『翻刻平安文学資料稿』、第一巻第三分冊)、一九六八年二月、広島平安文学研究会。一五七頁。

(128) 太田静六著『寝殿造の研究』(新装版、二〇一〇年七月、吉川弘文館)、第二章、「第四節　朱雀院の考察」、八四〜九八頁。

(129) 既出、注(128)文献、太田静六著『寝殿造の研究』(新装版)、第三章、「第六節　『源氏物語』に現れる源氏の邸宅」、二二〇〜二三四頁。池浩三著『源氏物語』、一九八九年九月、中央公論美術出版。一四七頁。

(130) 賀茂真淵(久松潜一監修『賀茂真淵全集』、第一四巻、一九八二年四月、続群書類従完成会。三三二頁)、その他(岩波書店刊の『日本古典文学大系』『新日本古典文学大系大系』、また、阿部秋生氏、松岡智之氏等)。

(131) 『龍山公鷹百首』、『続群書類従』、第一九輯中(既出、注(67)文献)、四八二頁。

(132) 土井忠生・森田武・長南実編訳『邦訳日葡辞書』、一九八〇年五月、岩波書店。六六四頁。

この『日葡辞書』に見える鷹狩言葉については、小著『鷹書の研究 宮内庁書陵部蔵本を中心に』、下冊(二〇一六年二月、和泉書院)に述べた(一九三二頁以下)。

(133) 『鷹経辨疑論』、『続群書類従』、第一九輯中(既出、注(67)文献)、二二三頁。

(134) 『責鷹似鳩拙抄』、『続群書類従』、第一九輯中(既出、注(67)文献)、三六四頁。

(135) 既出、注(92)文献、『新訂増補国史大系5　類聚国史　前篇』、巻三二、「帝王十二　天皇遊獵」、一八九〜二一〇頁。

(136) 既出、注(92)文献、『新訂増補国史大系5　類聚国史　前篇』、巻三二、「帝王十二　天皇巡幸」、一九九頁。

(137) 既出、注(8)文献、土田直鎮、他校注『神道大系　朝儀祭祀編二　西宮記』、五七五頁。また、既出、(2)文献、玉上琢弥編『紫明抄・河海抄』、四五五頁。

(138) 阿部猛執筆「きんや　禁野」に、「禁野には守護・預・専当を置いて監理させた。」とある(斯編集委員会編集『国史大辞典4』、一九八四年二月、吉川弘文館。六九九頁)。また、飯沼賢司執筆「のもり　野守」(同『大辞典11』、一九九〇年九月、四三五頁)参照。

(139) 既出、注(8)文献、土田直鎮、他校注『神道大系　朝儀祭祀編二　西宮記』、五二六頁。

(140) 既出、注(16)文献、渡辺直彦校注『続神道大系　朝儀祭祀編　侍中群要』、三三八頁。底本は蓬左文庫蔵旧金沢文庫本、早稲田大学蔵本と出入りがある。

(141) 既出、注(8)文献、土田直鎮、他校注『神道大系　朝儀祭祀編二　西宮記』、六四五頁。

(142) 既出、注(2)文献、玉上琢弥編『紫明抄・河海抄』、四五五頁。

(143) 既出、注(14)文献、所功編『三代御記逸文集成』(『古代史料叢書』、第三輯)、一一四頁。

(144) 既出、注(8)文献、土田直鎮、他校注『神道大系　朝儀祭祀編二　西宮記』、五九一頁。

(145) 山崎誠・小沢サト子・金本節子校『広島大学蔵本　源氏物語一葉抄』(『翻刻平安文学資料稿』、第五巻第五分冊)、一九七二年一一月、広島平安文学研究会。二九三頁。

(146) 既出、注(14)文献、所功編『三代御記逸文集成』(『古代史料叢書』、第三輯)、四五頁、六九頁。

(147) 『花鳥余情』、第一八「藤裏葉」。既出、注(126)文献、中野幸一編『花鳥余情　源氏和秘抄　源氏物語之内不審条々　源語秘訣　口伝抄』(『源氏物語古註釈叢刊』、第二巻)、二五〇頁。

(148) 既出、注(121)文献、玉上琢弥著『源氏物語評釈』、第六巻、四六四頁。

(149) 既出、注(23)文献、米田雄介・吉岡真之校訂『史料纂集　吏部王記』、二六頁。

(150) 井上光貞、他校注『日本思想大系3　律令』、一九七六年一二月、岩波書店。一七八頁、一八二頁。五二五頁。

(151) 黒板勝美、他編輯『新訂増補国史大系1上　日本書紀　前篇』、一九六六年一二月、吉川弘文館。三六二頁。

(152) 黒板勝美、他編輯『新訂増補国史大系28　政事要略』、一九六四年九月、吉川弘文館。一一八頁。また、沖森卓也、他編著『古代氏文集』、二〇一二年四月、山川出版社。二八五頁。

(153) 既出、注(112)文献、永積安明・島田勇雄校注『古今著聞集』(『日本古典文学大系84』)、四八〇頁。

(154) 黒板勝美、他編輯『新訂増補国史大系59　尊卑分脈　第二篇』、一九六六年八月、吉川弘文館。三六五頁。

(155) 既出、注(145)文献、『広島大学蔵本　源氏物語一葉抄』(『翻刻平安文学資料稿』、第五巻第五分冊)、二九三頁。

(156) 既出、注(127)文献、伊井春樹校・解説『平瀬家旧蔵本　弄花抄』(『翻刻平安文学資料稿』、第一巻第三分冊)、一五七頁。

(157) 「松風」の巻に、「なにがしの朝臣の、小鷹にかゝづらひて立ちをくれ侍ぬり、いかゞなりぬらむなど言ふ」(『新大系2』、二〇五頁)と見える。

(158) 「行幸」の巻に、「親王たち、上達部なども、鷹にかかづらひたまへるは、めづらしき狩の御装ひどもをまうけ給。近衛の鷹飼いどもは、まして世に目馴れぬ摺衣を乱れ着つゝ、けしきことなり。」(『新大系3』、五九頁)と見える。

(159) 柳井滋、他校注『源氏物語　二』(『新日本古典文学大系20』)、一九九四年一月、岩波書店。三二三頁。

(160) 既出、注(128)文献、太田静六著『寝殿造の研究』(新装版)、第三章、「第六節　『源氏物語』に現れる源氏の邸宅」、二二三頁。但し、太田氏の依拠された『宇津保物語』のテキストに難がなかったかともされる。

(161) 既出、注(159)文献、柳井滋、他校注『源氏物語　二』(『新日本古典文学大系20』)、三二四頁。

(162) 柳井滋、他校注『源氏物語　四』(『新日本古典文学大系22』)、一九九六年三月、岩波書店。二六頁、三二頁。

(163) 玉上琢弥著『源氏物語評釈』、第八巻、一九六七年三月、角川書店。一三〇～一三一頁。

(164) 『侍中群要』第一〇には、「御鷹飼事／　蔵人奉レ勅、仰二検非違使・馬寮等一、又以二所下文一仰二禁野一」とあり、「御鷹飼」の任用(人事等)は、蔵人が勅を奉じて検非違使・馬寮等に下達し、蔵人所の下文をもって禁野に下達せよと定められていた(「第一節「桐壺」の巻」参照)。また、嵯峨朝に左右衛門府の官人の兼任として設置された検非違使は、元来、左右衛門府管下の部署であり、その禁野の管掌者(禁野専当)は左右衛門府の官人が兼任していたとされる(既出、注(106)文献、秋吉正博著『日本古代養鷹の研究』、一七四頁)。

(165) 既出、注(12)文献、『新訂増補国史大系53　公卿補任　第一篇』、八八頁。

(166) 黒板勝美、他編輯『新訂増補国史大系3　日本後紀・続日本後紀・日本文徳天皇実録』、一九六六年八月、吉川弘文館。一〇二頁。

(167) 既出、注(166)文献、『新訂増補国史大系3　日本後紀・続日本後紀・日本文徳天皇実録』、九四頁。

(168) 松村博司校注『大鏡』(『日本古典文学大系21』)、一九六八年二月、岩波書店。二五六頁。

(169) 既出、注(2)文献、玉上琢弥編『紫明抄・河海抄』、四九九頁。

(170) 既出、注(168)文献、松村博司校注『大鏡』(『日本古典文学大系21』)、二五六頁。

(171) 青木和夫、他校注『続日本紀　二』(『新日本古典文学大系13』)、一九九〇年九月、岩波書店。一〇〇頁。

(172) 青木和夫、他校注『続日本紀　三』（『新日本古典文学大系14』）、一九九二年一一月、岩波書店。一六頁。
(173) 既出、注（166）文献、『新訂増補国史大系3　日本後紀・続日本後紀・日本文徳天皇実録』、三八頁。
(174) 既出、注（166）文献、『新訂増補国史大系3　日本後紀・続日本後紀・日本文徳天皇実録』、一〇三頁。
(175) 既出、注（166）文献、『新訂増補国史大系3　日本後紀・続日本後紀・日本文徳天皇実録』、一三七頁。
(176) 既出、注（166）文献、『新訂増補国史大系3　日本後紀・続日本後紀・日本文徳天皇実録』、二三五頁。
(177) 既出、注（13）文献、『新訂増補国史大系4　日本三代実録』、一〇八頁。岡田荘司執筆「みょうじん　名神」、斯編集委員会編集『国史大辞典13』、一九九二年四月、吉川弘文館。五二三頁。
(178) 黒板勝美、他編輯『新訂増補国史大系25　類聚三代格・弘仁格抄』、一九六五年八月、吉川弘文館。二六頁。
(179) 黒板勝美、他編輯『新訂増補国史大系26　延暦交替式・貞観交替式・延喜交替式・弘仁式・延喜式』、一九六五年三月、吉川弘文館。五七頁。
(180) 黒板勝美、他編輯『新訂増補国史大系6　類聚国史　後篇』、一九六五年七月、吉川弘文館。二八一頁。
(181) 伊井春樹校・解説『平瀬家旧蔵本　弄花抄』（『翻刻平安文学資料稿』、第一巻第四分冊）、二〇一二年五月、広島平安文学研究会。一九八頁。
(182) 既出、注（104）文献、岡嶌偉久子編『林逸抄』（『源氏物語古注集成　第23巻』）、七四一頁。
(183) 石田穣二・清水好子校注『源氏物語　五』（『新潮日本古典集成』、第四〇回、一九九三年一一月八刷、新潮社）の頭注に、「『河海抄』は、醍醐天皇の崩御後、左衛門の陣の前で御鷹を解き放った話を引く（『大鏡』昔物語）」とある（三〇三頁）。頭注の意図するところは何であろうか。
(184) 和田英松著・所功校訂『新訂　官職要解』（既出、注（15）文献）によれば、「左衛門督」は中納言・参議で兼帯したものが多い、右衛門督は非参議でも任じた例があるとされる（一四〇頁）。
(185) 既出、注（162）文献、柳井滋、他校注『源氏物語　四』（『新日本古典文学大系22』）、一一二頁。
(186) 古今和歌六帖輪読会（代表平野由紀子）著『古今和歌六帖全注釈』、二〇一二年三月、お茶の水女子大学附属図書館（E-book サービス）。二〇三・二〇四頁。
(187) 既出、注（6）文献、新村出編『広辞苑　第四版』、九三八頁。

(188) 既出、注(162)文献、柳井滋、他校注『源氏物語　四』(『新日本古典文学大系22』)、一一三頁。
(189) この「語句解釈」は吉海直人氏執筆。伊井春樹編集『国文学解釈と鑑賞別冊　源氏物語の鑑賞と基礎知識　No.23　夕霧』、二〇〇二年六月、至文堂。一〇七頁。
(190) 既出、注(163)文献、玉上琢弥著『源氏物語評釈』、第八巻、三五九頁。
(191) 既出、注(163)文献、玉上琢弥著『源氏物語評釈』、第八巻、三六二頁。
(192) 久松潜一校訂者代表『契沖全集』、第七巻、一九七四年八月、岩波書店。一三六頁。
(193) 小野蘭山著『本草綱目啓蒙4』(『東洋文庫552』)、一九九二年七月、平凡社。四二頁。
(194) 『景印文淵閣四庫全書　子部三二七　類書類』所収、『酉陽雑俎続集八』、「支動」、一九八六年三月、台湾商務印書館。一〇四七―八二六頁。
(195) 森岡照明・叶内拓哉・川田隆・山形則男著『図鑑 日本のワシタカ類』、一九九五年八月、文一総合出版。
(196) 既出、注(2)文献、玉上琢弥編『紫明抄・河海抄』、一三五頁。
(197) 既出、注(2)文献、玉上琢弥編『紫明抄・河海抄』、五一三頁。
(198) 冷泉家時雨亭文庫編『源氏物語柏木　河海抄巻第十五　後陽成天皇源氏物語講釈聞書』(『冷泉家時雨亭叢書』、第八期、第99巻)、二〇一五年六月、朝日新聞社。一三四頁。なお、『河海抄』の注釈文は、松岩雄校訂編輯『河海抄　花鳥余情　紫女七論』(『国文註釈全書』、一九〇八年、国学院大学出版部)所収本も同じ。
(199) 既出、注(126)文献、中野幸一編『花鳥余情　源氏和秘抄　源氏物語之内不審条々　源語秘訣　口伝抄』(『源氏物語古註釈叢刊』、第二巻)、四一九頁。
(200) 白石一美・小林美和子校『広島大学蔵本　源氏物語一葉抄』(『翻刻平安文学資料稿』、第五巻第七分冊)、広島平安文学研究会。一九七三年一〇月。三六八頁。
(201) 既出、注(89)文献、安藤徹責任編集『三条西公条自筆稿本　源氏物語細流抄』(『龍谷大学善本叢書25』)、四六三頁。
(202) 既出、注(2)文献、玉上琢弥編『紫明抄・河海抄』、五六八頁。
(203) 既出、注(2)文献、玉上琢弥編『紫明抄・河海抄』、五九九頁。
(204) 既出、注(126)文献、中野幸一編『花鳥余情　源氏和秘抄　源氏物語之内不審条々　源語秘訣　口伝抄』(『源氏物語古註釈叢刊』、第二巻)、三八五頁。

(205) 既出、注(2)文献、玉上琢弥編『紫明抄・河海抄』、五三三頁。

(206) 既出、注(126)文献、中野幸一編『花鳥余情　源氏和秘抄　源氏物語之内不審条々　源語秘訣　口伝抄』(『源氏物語古註釈叢刊』、第二巻)、四一九頁。

(207) 山岸徳平校注『源氏物語　四』(『日本古典文学大系17』)、一九六八年四月、岩波書店。二二〇頁、四九六頁。

(208) 既出、注(2)文献、玉上琢弥編『紫明抄・河海抄』、五七三頁。「様器」につき、古記録や物語に、「以朱器用大饗之人、用様器如何、欲見貞信公《(藤原忠平)》拝給太政大臣之日記者、(中略)、庇饗用様器、亦見故殿拝給之御記、如彼承平六年、」(『小右記』、長和五年三月三日)、「そこに氷《ひ》召《め》せば、小《ちひ》さく割《わ》りて蓮《はす》の葉《は》に包《つゝ》みて様器《(やうき)》に据《す》ゑて」(『宇津保物語』、「国譲中」、『日本古典文学大系12』、一九九頁)などと見える。古代の遺跡から出土するためし(木簡)もこの一種である。

(209) 今西祐一郎、他校注『土佐日記　蜻蛉日記　紫式部日記　更級日記』(『新日本古典文学大系24』)、一九八九年一一月、岩波書店。一一九頁。

(210) 柳井滋、他校注『源氏物語　五』(『新日本古典文学大系23』)、一九九七年三月、岩波書店。三四八頁。

(211) 玉上琢弥著『源氏物語評釈』、第一二巻、一九六八年七月、角川書店。四二〇頁。

(212) 高野浩氏『国文学解釈と鑑賞別冊　源氏物語の鑑賞と基礎知識　No.40　手習』(二〇〇三年五月、至文堂)の解説が参照される(一一二頁以下)。

(213) 既出、注(2)文献、玉上琢弥編『紫明抄・河海抄』、五九七頁。

(214) 既出、注(27)文献、『群書類従』、第一九輯、五一四頁。

(215) 田中喜美春・田中恭子著『貫之集全釈』(『私家集全釈叢書20』)、一九九七年一月、風間書房。八二頁。

(216) 堀内秀晃・秋山虔校注『竹取物語　伊勢物語』(『新日本古典文学大系17』)、一九九七年一月、岩波書店。五五頁。今、会話文を追い込みとした。

(217) 既出、注(92)文献、『新訂増補国史大系5　類聚国史　前篇』、一九三一〜二〇一頁。嵯峨天皇が、弘仁二年閏一二月一四日山埼駅に御した例(同四年二月一六日山埼駅を行宮とする、同五年二月一七日山埼離宮と見える)、また、御門が「嵯峨院」(三例)、「河陽宮」(四例)などに御した、あるいは、行幸したとする例を外した。

(218) 既出、注（2）文献、玉上琢弥編『紫明抄・河海抄』、二〇九頁。
(219) 故実叢書編集部編『改訂増補故実叢書22巻　禁秘抄考註・拾芥抄』、一九九三年六月、明治図書出版社株式会社。一八頁。
(220) 既出、注（112）文献、永積安明・島田勇雄校注『古今著聞集』（『日本古典文学大系84』）、三〇九頁。
(221) 篠原昭二執筆「藤原季綱」による。『国史大辞典12』、一九九一年六月、吉川弘文館。一九七頁。
(222) 東京大学史料編纂所編纂『大日本古記録　中右記　四』、二〇〇二年五月、岩波書店。二二五頁。
(223) 既出、注（154）文献、『新訂増補国史大系59　尊卑分脉　第二篇』、四三五頁。
(224) 既出、注（52）文献、阿部俊子・今井源衛、他校注『竹取物語　伊勢物語　大和物語』（『日本古典文学大系9』）、二七九頁。
(225) 後藤昭雄「交野少将についての試論」、『語文研究』、第二五号、一九六八年。島津久基、玉上琢弥、その他の先学に言及があるが、拠るべきところを知らない。
(226) 既出、注（1）文献、山岸徳平校注『源氏物語　一』（『日本古典文学大系14』）、五五頁。
(227) 既出、注（2）文献、玉上琢弥編『紫明抄・河海抄』、二二四頁。
(228) 山岸徳平校注『源氏物語　三』（『日本古典文学大系16』）、一九六七年七月、岩波書店。六二頁。
(229) 既出、注（2）文献、玉上琢弥編『紫明抄・河海抄』、四二〇頁。
(230) 松尾聡、他校注『落窪物語　堤中納言物語』（『日本古典文学大系13』）、一九七七年五月、岩波書店。九一頁。
(231) 池田亀鑑・岸上慎二校注『枕草子　紫式部日記』（『日本古典文学大系19』）、一九六八年四月、岩波書店。三〇七頁。
(232) 中野荘次著『校本風葉和歌集』、一九三三年一〇月、賛精社。二三三頁。一〇四八番。なお、斯編集委員会編『新編国歌大観』、第五巻（一九八七年四月、角川書店）所収、『風葉和歌集』（一〇四八番）も参照される（八五二頁）。
(233) 小松茂美編『日本の絵巻2　伴大納言絵詞』（一九九一年二月、中央公論社）によれば、その第一四紙には、藤原良房が天皇に諫言する場面が描かれている。背景に清涼殿弘庇の衝立障子の表側「昆明池《こんめいち》」の絵が見えている。
(234) 既出、注（27）文献、『群書類従』、第一九輯、四七五頁。
(235) 既出、注（12）文献、『新訂増補国史大系53　公卿補任　第一篇』、一五一頁。
(236) 浅香年木執筆、『群書解題』、第一六下、一九六三年八月、続群書類従完成会。八二頁。
(237) 『群書類従』、第二四輯、一九三二年一〇月、一九七七年訂正三刷。二〇八〜二一五頁。

(238) 既出、注(154)文献、『新訂増補国史大系59　尊卑分脈　第二篇』、二六頁。
(239) 既出、注(154)文献、『新訂増補国史大系59　尊卑分脈　第二篇』、二七頁。なお、敦慶親王（二品、式部卿、延長八年薨）、敦固親王（二品、兵部卿、延長四年薨）の母については、はっきりしない。
(240) 『続群書類従』、巻九五一、第三二輯下、一九二四年八月、一九五七年七月訂正三版、続群書類従完成会。一六八～一七二頁。
(241) 馬淵和夫、他校注『今昔物語集③』（『新編日本古典文学全集37』）、二〇〇一年六月、小学館。一七三頁。
(242) 河野多麻校注『宇津保物語　一』（『日本古典文学大系10』）、一九七七年七月、岩波書店。三四三頁、三六四頁。
(243) 「馬埒殿《うまらちどの》」は、角田文衛監修、古代学会協会・古代学研究所編『平安時代史事典上』（一九九四年四月、角川書店。二五四頁）、倉田実編『平安大事典』（二〇一五年四月、朝日新聞出版。二二〇頁）、その他の著作において、また、「馬埒殿《ばらちでん》」は、下中弘編集『日本史大事典』、第五巻（一九九五年三月、第三刷、平凡社。八八八頁、一三一三頁）において行われている。「馬埒《ばらち》」は、斯編集委員会等編『日本国語大辞典　第二版』、第一〇巻（二〇〇一年一〇月、第二版、小学館。一四一三頁）において、『日本三代実録』元慶六年（八八二）一〇月の用例を添え、項目として立てられている。この他、武田祐吉・佐藤謙三訓読『訓読　日本三代実録』（一九八六年四月復刊、臨川書店）に「馬埒殿《うまばどの》」「馬埒の庭《うまばのには》」「馬埒亭《うまばどの》」と訓読されている（一〇九二、一一四七、一一六五頁、その他）。「馬埒」二字によって表記されている日本語を探りたい。
(244) 池田亀鑑編著『源氏物語大成』の巻一、二の「校異篇」、一九五三年一一月、中央公論社。
(245) 既出、注(43)文献、柳井滋、他校注『源氏物語　三』（『新日本古典文学大系21』）、一九五頁。
(246) 既出、注(121)文献、玉上琢弥著『源氏物語評釈』、第六巻、四六三頁。
(247) 既出、注(89)文献、安藤徹編集『三条西公条自筆稿本源氏物語細流抄』（『龍谷大学善本叢書25』）、五五七頁。
(248) 既出、注(2)文献、玉上琢弥編『紫明抄・河海抄』、四五五頁。
(249) 既出、注(14)文献、所功編『三代御記逸文集成』（『古代史料叢書』、第三輯）、一八〇頁。
(250) 既出、注(126)中野幸一編『花鳥余情　源氏和秘抄　源氏物語之内不審条々　源語秘訣　口伝抄』（『源氏物語古註釈叢刊』、第二巻）、二五〇頁。
(251) 既出、注(127)文献、伊井春樹校・解説『平瀬家旧蔵本　弄花抄』（『翻刻平安文学資料稿』、第一巻第三分冊）、一五七頁。
(152) 既出、注(128)文献、太田静六著『寝殿造の研究』（新装版）、第二章、「第四節　朱雀院の考察」、八四～九八頁。

（253）既出、注（8）文献、土田直鎮、他校注『神道大系　朝儀祭祀編二　西宮記』、一六八〜一七五頁。競馬とは、「禁中年中の行事として、五月五日・六日の節日に、衛府や馬寮の官人により、馬場殿で騎射（うまゆみ）とともに競馬を施行するのを例としたが、臨時の競馬として、離宮・行宮や搢紳の第宅、神社の境内、ときに路上でも、走馬の埒（らち）を設営して施行した。」とされる（鈴木敬三執筆「くらべうま　競馬」、『国史大辞典4』、一九八四年二月、吉川弘文館。九二〇頁）。

（254）既出、注（70）文献、渡辺実校注『枕草子』（『新日本古典文学大系25』）、二五〇頁。

（255）既出、注（2）文献、玉上琢弥編『紫明抄・河海抄』、二八七頁。

（256）秋山虔、他編『源氏物語大辞典』、二〇一一年二月、角川学芸出版。一三三〇頁。

（247）福山敏男執筆「うこんのばば　右近馬場」、斯編集委員会編『国史大辞典2』、一九八〇年七月、吉川弘文館。六三三頁。なお、同「さこんのばば　左近馬場」（同『大辞典6』、一九八五年一一月。三四〇頁）参照。

（258）監輯溝口禎次郎・田中親美・田中一松、著作権者兼発行者斎藤幸蔵、『日本絵巻物集成』、第三巻、「年中行事絵巻下」、一九四二年五月、雄山閣。複製はモノクロ、九頁に分載（七八〜八六頁）。絵はその全景、絵中に文言はない。

（259）福山敏男編集担当『新修日本絵巻物全集』、第二四巻、一九七八年一一月、角川書店。

（260）今泉定介編輯『故実叢書大内裡図考証』（裏松光世著）、一九〇一年一一月、吉川半七発行。巻二八（第七冊）。一七〇九頁。同『考証』は、江戸後期の有職故実家裏松光世（固禅）の研究成果で、天明年間（一七八一〜一七八九年）三〇巻五〇冊としてまとめられた。続編未詳。関根正直校註『公事根源新釈　下』、一九〇三年一二月・一九一九年九月、六合館。一二〇頁。小松茂美編『日本絵巻大成8　年中行事絵巻』、一九七七年一二月、中央公論社。

（261）大林組プロジェクトチーム復元、玉上琢弥監修「光源氏・六条院の考証復元」、一九九一年、『季刊大林』、No.34。

（262）山岸徳平校注『源氏物語　二』（『日本古典文学大系15』）、一九六七年七月、岩波書店。四二八頁。

（263）黒板勝美、他編輯『新訂増補国史大系1上　日本書紀　前篇』、一九六六年、吉川弘文館。三七三頁、三八一頁。同『後篇』、一九六七年。一五五頁。三例目の「麼」「辟」には、異文がある。なお、『日本書紀私記乙本』（『新訂増補国史大系8』）に「伏馬牟万布世須」（神代紀上）と見えるが、年代は不詳である。

（264）馬淵和夫編著『古写本和名類聚抄集成』、「第二部　十巻本系古写本の影印対照」、二〇〇八年八月、勉誠出版。五五頁。

（265）既出、注（264）文献、馬淵和夫編著『古写本和名類聚抄集成』、「第三部　二十巻本系古写本の影印対照」、一三〇頁。

(266) 清段玉裁注・清徐灝箋『説文解字注箋』、一九一四年補刊、北京徐氏刊。三一丁ウ。
(267) 陳彭年等撰『大宋重修広韻』、一九八二年一月、中文出版社。四九九頁。
(268) 『大広益会玉篇』、古代字書輯刊、二〇〇四年一月、中華書局。七頁、八頁。
(269) 山田孝雄・神田喜一郎解題『篆隷万象名義』、一九三六年複製本を再複製、台聯国風出版社。
(270) 『図書寮本類聚名義抄』、一九六九年一二月、勉誠社。二一七頁。
(271) 正宗敦夫校訂『類聚名義抄』、一九五四年五月、風間書房。六五四頁。
(272) 前田育徳会尊経閣文庫編集『尊経閣善本影印集成19　色葉字類抄　二　二巻本』、二〇〇〇年一月、八木書店。二三三頁。
(273) 中田祝夫、他編『色葉字類抄研究並びに索引　本文・索引編』、一九六四年六月、風間書房。
(274) 佐藤喜代治著『『色葉字類抄』（巻中）略注』、一九九五年四月、明治書院。六六四頁。
(275) 京都大学文学部国語学国文学研究室編纂『諸本集成倭名類聚抄〈本文篇〉』、一九六八年七月・一九七一年一〇月再版、臨川書店。
(276) 既出、注(264)文献、馬淵和夫編著『古写本和名類聚抄集成』、「第三部　二十巻本系古写本の影印対照」、三四九頁。
(277) 既出、注(260)文献、今泉定介編輯『故実叢書大内裏図考証』（裏松光世著）、巻五（第四冊）。四五五～四七四頁。
(278) 『景印文淵閣四庫全書　史部一三　正史類』（既出、注(194)文献）所収、『晋書』巻四二、列伝一二、「王渾子済」、二五五―七二九頁。
(279) 『景印文淵閣四庫全書　史部二〇　正史類』（既出、注(194)文献）所収、『魏書』、巻七七、列伝六五、「高道穆」、二六二―一五二頁。
(280) 既出、注(92)文献、『新訂増補国史大系5　類聚国史　前篇』、巻七三、「歳時四　相撲」、三五六頁。
(281) 既出、注(92)文献、『新訂増補国史大系5　類聚国史　前篇』、巻七二、「十七日射礼」、三三〇頁。
(282) 既出、注(92)文献、『新訂増補国史大系5　類聚国史　前篇』、巻七三、「献物」、四一四頁。また、黒板勝美、他編輯『新訂増補国史大系10　日本紀略　前篇』、一九六五年五月、吉川弘文館。二六七頁。
(283) 既出、注(282)文献、『新訂増補国史大系10　日本紀略　前篇』、二六八頁。
(284) 三例は、既出、注(92)文献、『新訂増補国史大系5　類聚国史　前篇』、巻七三、三四七頁、同じく巻七三、三四七頁、同じく巻七三、三五六頁。

(285) 既出、注(92)文献、『新訂増補国史大系5　類聚国史　前篇』、巻七三、「歳時四」、三四七頁。
(286) 既出、注(264)文献、馬淵和夫編著『古写本和名類聚抄集成』、「第二部　十巻本系古写本の影印対照」、一三三頁。
(287) 加藤常賢《じょうけん》著『書経　上』(『新釈漢文大系25』)、一九八三年九月、明治書院。「禹貢」篇、「第三節　青州」、七二頁。
(288) 東方文化研究所経学文学研究室纂修『尚書正義定本』、「巻六　禹貢」(十三経注疏定本之一、第三冊)、九丁ウ、一九四三年三月、同研究所発行。
(289) 前野直彬注解『唐詩選(下)』(岩波文庫)、二〇〇〇年一〇月。一三二頁。
(290) 既出、注(272)文献、前田育徳会尊経閣文庫編集『尊経閣善本影印集成19　色葉字類抄　二　二巻本』。二二五頁。
(291) 三谷栄一校注『狭衣物語』(『日本古典文学大系79』)、一九六五年八月、岩波書店。二三三頁。
(292) 既出、注(262)文献、山岸徳平校注『源氏物語　二』(『日本古典文学大系15』)、一三頁。
(293) 既出、注(207)文献、山岸徳平校注『源氏物語　四』(『日本古典文学大系17』)、八一頁。
(294) 既出、注(244)文献、池田亀鑑編著『源氏物語大成』、巻一、四〇六頁。同じく巻二、一二九五頁。
(295) 黒板勝美、他編輯『新訂増補国史大系22　律・令義解』、一九六六年七月、吉川弘文館。二七一～二七八頁。
(296) 『延喜式』(既出、注(179)文献、『新訂増補国史大系26　延暦交替式・貞観交替式・延喜交替式・弘仁式・延喜式』)、「巻四八　左右馬寮」(九七三頁)、「巻二八　兵部省」(六九九頁)。また、佐藤健太郎著『日本古代の牧と馬政官司』、二〇一六年一〇月、塙書房。二九五頁。「第一編　日本古代の牧制度」、「第三編　日本古代の儀式と馬牛」も参照される。
(297) 既出、注(8)文献、土田直鎮、他校注『神道大系　朝儀祭祀編二　西宮記』。「四月　駒牽」「五月　幸武徳殿」(一六五～一七五頁)。「八月　駒牽」(二四九～二六一頁)。また、『古事類苑4　地部三』、一九一三年七月・一九七一年一月、吉川弘文館。「地部四十五　牧」、九五六～一〇〇一頁。
(298) 既出、注(166)文献、『新訂増補国史大系3　日本後紀・続日本後紀・日本文徳天皇実録』、一〇〇頁。
(299) 既出、注(166)文献、『新訂増補国史大系3　日本後紀・続日本後紀・日本文徳天皇実録』、一一三頁。
(300) 既出、注(166)文献、『新訂増補国史大系3　日本後紀・続日本後紀・日本文徳天皇実録』、八五頁。
(301) 三例は、既出、注(13)文献、『新訂増補国史大系4　日本三代実録』の五九三頁、六二一頁、六三二頁。
(302) 既出、注(126)文献、中野幸一編『花鳥余情　源氏和秘抄　源氏物語之内不審条々　源語秘訣　口伝抄』(『源氏物語古註釈叢刊』、第二巻）、一二五〇頁。

(303) 既出、注（8）文献、土田直鎮、他校注『神道大系　朝儀祭祀編二　西宮記』、六一七頁。

(304) 既出、注（126）文献、中野幸一編『花鳥余情　源氏和秘抄　源氏物語之内不審条々　源語秘訣　口伝抄』（『源氏物語古註釈叢刊』、第二巻）、一二五〇頁。

(305) 既出、注（14）文献、所功編『三代御記逸文集成』（『古代史料叢書』、第三輯）、六九頁。

(306) 『増補史料大成　権記　一』、一九七五年九月、臨川書店。一二三頁。

(307) 既出。注（13）文献、『新訂増補国史大系4　日本三代実録』、五二七頁。

(308) 既出、注（282）文献、『新訂増補国史大系10　日本紀略　前篇』、三〇七頁。

(309) 既出、注（92）文献、『新訂増補国史大系5　類聚国史　前篇』、三四六～三四九頁。「武徳殿」の位置につき、宮城内の、東部に左近衛府・左兵衛府、同西部に右近衛府・右兵衛府・左右馬寮などが位置し、その右近衛府・右兵衛府二府の東側に「武徳殿」という建物があると図示されている（福山敏男執筆「きゅうじょう　宮城」、『国史大辞典4』〈既出、注（253）文献〉、一三三六頁）。

(310) 既出、注（92）文献、『新訂増補国史大系5　類聚国史　前篇』、三四八頁。

(311) 既出、注（92）文献、『新訂増補国史大系5　類聚国史　前篇』、三四八頁。

(312) 既出、注（282）文献、『新訂増補国史大系10　日本紀略　前篇』、三〇五頁、三〇七頁。

(313) 黒板伸夫・森田悌編『日本後紀』（『訳注日本史料』）、二〇〇三年一一月、集英社。一〇八八頁、補注。

(314) 既出、注（166）文献、『新訂増補国史大系3　日本後紀・続日本後紀・日本文徳天皇実録』、九八頁、一一五頁。

(315) 既出、注（92）文献、『新訂増補国史大系5　類聚国史　前篇』、三五一頁。

(316) 既出、注（92）文献、『新訂増補国史大系5　類聚国史　前篇』、三五一頁。

(317) 川口久雄校注『菅家文草　菅家後草』（『日本古典文学大系72』）、一九六六年一〇月、岩波書店。五六六頁。

(318) 既出、注（179）文献、『新訂増補国史大系26　延暦交替式・貞観交替式・延喜交替式・弘仁式・延喜式』、九五五頁。

(319) 既出、注（179）文献、『新訂増補国史大系26　延暦交替式・貞観交替式・延喜交替式・弘仁式・延喜式』、九六五頁。

(320) 既出、注（33）文献、『新訂増補国史大系11　日本紀略　後篇　百錬抄』、五五頁。

(321) 既出、注（8）文献、土田直鎮、他校注『神道大系　朝儀祭祀編二　西宮記』、五四五頁。

(322) 『新儀式』、『群書類従』第六輯（一九三二年一一月、一九八七年訂正三版、続群書類従完成会）所収。二三三頁。
(323) 峰岸明著『平安時代記録語集成　下』、二〇一六年八月、吉川弘文館。二五一五〜二五一七頁。
(324) 東京大学史料編纂所編『大日本古記録　貞信公記』、一九九五年二月、岩波書店。一六頁。
(325) 既出、注(324)文献、『大日本古記録　貞信公記』、二六二頁。
(326) 既出、注(17)文献、『大日本古記録　小右記　一』、一七頁。
(327) 既出、注(17)文献、『大日本古記録　小右記　一』、九七頁。
(328) 『増補史料大成　水左記・永昌記』、一九七五年九月、臨川書店。一七九頁。
(329) 既出、注(17)文献、『大日本古記録　小右記　一』、一二六頁。
(330) 黒板勝美、他編輯『新訂増補国史大系9　本朝世紀』、第一〇、一九六四年一〇月、吉川弘文館。一三三頁。
(331) 既出、注(15)文献、和田英松著・所功校訂『新訂　官職要解』、一二九頁。
(332) 既出、注(18)文献、『大日本古記録　御堂関白記　上』、一七頁。
(333) 既出、注(18)文献、『大日本古記録　御堂関白記　上』、二二頁。
(334) 既出、注(128)文献、太田静六著『寝殿造の研究』（新装版）、第三章、「第二節　藤原道長の土御門殿」、一五三〜一七八頁。
(335) 松村博司、他校注『栄花物語　上』（『日本古典文学大系75』）、一九六四年一一月、岩波書店。二四五頁。
なお、『御堂関白記』、寛弘元年五月二六日の条に「天晴、春宮御読経初云々、馬場殿装束初、」と見える（注(18)文献、九一頁）。
(336) 既出、注(18)文献、『大日本古記録　御堂関白記　上』、三二頁（長保元年九月一二日の条）。
(337) 既出、注(8)文献、土田直鎮、他校注『神道大系　朝儀祭祀編二　西宮記』、五七四頁。
(338) 既出、注(306)文献、『増補史料大成　権記　一』、七五頁。
(339) 既出、注(275)文献、京都大学文学部国語学国文学研究室編纂『諸本集成倭名類聚抄』、所在は、巻五、二三丁オ、巻六、二二丁ウ、巻八、四丁ウ。
(340) 中野幸一校注・訳『うつほ物語①』（『新編日本古典文学全集14』）、一九九九年六月、小学館。三九八頁。
(341) 既出、注(231)文献、池田亀鑑・岸上慎二校注『枕草子　紫式部日記』（『日本古典文学大系19』）、一四九頁。

(342)　伊藤博校注『土佐日記　蜻蛉日記　紫式部日記　更級日記』(『新日本古典文学大系24』)、一九八九年一一月、岩波書店。二五四頁。なお、『伊勢物語』の宮内庁書陵部御所本（503・64）、第九九段に、「むかし、右近の馬場のひをりの日」と見える（片桐洋一編『異本対照伊勢物語』、一九八一年一月、和泉書院。七〇頁）。この表記は、三条西家旧蔵学習院大学蔵本伝定家筆本（竹岡正夫著『伊勢物語全評釈古注釈十一種集成』、一九八八年八月第二刷、右文書院。一三七四頁）も同じ。こうした「馬場」も、鼻音を含んだ「ムマンバ」と読むのであろう。現代方言にも唇音の前の鼻音を留めるところがあったが、学校教育時代に入ってから消えつつある。

(343)　既出、注(272)文献、『尊経閣善本影印集成19　色葉字類抄　一　二巻本』、二二五頁。

(344)　既出、注(273)文献、中田祝夫、他編『色葉字類抄研究並びに索引　本文・索引編』。

(345)　京都大学文学部国語学国文学研究室編纂『分類体字書　宣賢卿字書』、一九七二年一二月、臨川書店。15丁ウ。

(346)　既出、注(66)文献、静嘉堂文庫蔵本『運歩色葉集』。

(347)　既出、注(132)文献、土井忠生・森田武・長南実編訳『邦訳日葡辞書』、四五頁、六九一頁。

(348)　『景印文淵閣四庫全書　史部二四　正史類』（既出、注（194）文献）所収、『北史』、二六六―五一八頁。

(349)　池田亀鑑編著『源氏物語大成』、巻四、一九五三年八月、中央公論社。六〇六頁、一一二頁。なお、人物を意味する(イ)「おとど（大殿・大臣）」については、服藤早苗著『家成立史の研究』（一九九三年一〇月、校倉書房）の「第二章　摂関期における「氏」・「家」―『小右記』にみられる実資を中心として―」（一二八頁以下）、樋口健太郎「院政期摂関家における大殿について」（『日本史研究』、第四八四号、二〇〇二年一二月）なども参照される。

(350)　日本国語大辞典第二版編修委員会・小学館国語辞典編集部編集『日本国語大辞典　第二版』、第二巻、二〇〇三年六月、小学館、一二七〇頁。

(351)　金田一春彦・三省堂編修所編『新明解古語辞典』、補注版　第二版、一九七四年六月、三省堂。一七八頁。

(352)　石村貞吉著・嵐義人校訂『有職故実（下）』、一九八七年一〇月、講談社。一四七頁。

(353)　既出、注(24)文献、『大日本古記録　九暦』、九二頁。

(354)　既出、注(17)文献、『大日本古記録　小右記　一』、二〇四頁。

(355)　既出、注(306)文献、『増補史料大成　権記　一』、二六三頁。

(356)　『増補史料大成　左経記』、一九八二年一一月、臨川書店。三二頁。

(357) 東京大学史料編纂所編纂『大日本古記録　小右記　五』、一九六九年八月、岩波書店。一五頁。
(358) 既出、注(324)文献、『大日本古記録　貞信公記』、二頁。
(359) 既出、注(24)文献、『大日本古記録　九暦』、一一九頁。
(360) 既出、注(324)文献、『大日本古記録　貞信公記』、一四二頁。
(361) 『増補史料大成　山槐記　二』、一九七五年一一月、臨川書店。五一頁。
(362) 既出、注(2)文献、玉上琢弥編『紫明抄・河海抄』、三八一頁。
(363) 既出、注(32)文献、中野幸一編『岷江入楚』(『源氏物語古註釈叢刊』、第七巻)、三七九頁。
(364) 既出、注(126)文献、中野幸一編『花鳥余情　源氏和秘抄　源氏物語之内不審条々　源語秘訣　口伝抄』(『源氏物語古註釈叢刊』、第二巻)、八二頁。
(365) 既出、注(260)文献、今泉定介編輯『故実叢書大内裡図考証』(裏松光世著)、一七一〇頁。
(366) 社団法人帝国競馬協会編輯発行(代表三宅隆人)『日本馬政史』(全五巻、一九二八年五月〜九月)、日本競馬会東京競馬場編纂兼発行(代表田中啓一)『馬に関する史料』(全二巻、一九四〇年三月)、その他がある。
(367) 斎藤弘吉、島田勇雄、近藤好和、服部英雄、谷口研語、森浩一(『日本古代文化の探求　馬』、一九七四年一〇月、社会思想社)、その他の御研究が発表されている。

第三章　『増鏡』の鷹狩

第一節　はじめに――「鳥柴」――

『増鏡』の第一〇、「老のなみ」に次のような一節がある。『日本古典文学大系87』から引用する。

六条殿の長講堂も、焼《(やけ)》にしを造《つく》られて、其比、御わたましゝ給。卯月《(うづき)》の初《はじ》めつかたなり。院の上《うへ》、庇《ひさし》の御車にて、上達部・殿上人・御随身《(みずいじん)》、えもいはずきよらなり。女院《(東二条院)》の御車に、姫宮《(姈子)》もたてまつる。出車《(いだしぐるま)》あまた、みな白《しろ》きあはせの五衣《(いつつぎぬ)》・濃《こ》き袴《はかま》・同《おな》じ単《ひとへ》にて、三日過《す》ぎてぞ、色〳〵の衣ども、藤・躑躅《つゝじ》・撫子《なでしこ》など着《き》かへられける。しばしこの院にわたらせ給へば、人〴〵絶《た》えずまいりつどふ。（中略）九月の供花には、新院《(亀山)》さへ渡《わた》りものし給へば、いよ〳〵女房の袖口《くち》心ことに用意加《ようゐくわ》へ給《(たまふ)》。

御花はつれば、両院ひとつ御車にて、伏見殿へ御幸なり。秋山の気色御覧《らん》ぜさせんとなりけり。上達部・殿上人、かなたこなた押《を》し合《あ》はせて、色〳〵の狩衣姿《かりぎぬすがた》、菊紅葉こき交《ま》ぜてうちむれたる、見どころ多《おほ》かるべし。野山のけしき色づきわたるに、伏見《ふしみ》山、田の面《も》につゞく宇治の川浪、はる〴〵と見渡《わた》されたるほど、いと艶《えん》あるを、若《わか》き人〴〵など、身にしむばかり思《おも》へり。（中略）

又の日は、伏見津《ふしみつ》に出《(いで)》させ給《(たまひ)》て、鵜舟御覧《らん》じ、白拍子御船《ふね》に召《め》し入《い》れて、歌うたはせなどせさせ給。二、三日おはしませば、両院の家司《けいし》ども、我劣《おと》らじといかめしき事ども調《てう》じて参《まゐ》らせあへる中に、山もゝの二位兼行、檜《ひ》破子《はりご》どもの、心ばせありて仕《つか》うまつれるに、雲雀《ひばり》といふ小《こ》鳥を荻①の枝につけたり。源氏の松風の巻《まき》を思《おも》へるにやありけん。為兼朝臣《（の）》を召《め》して、本院《（後深草）》「かれはいかゞ見る」と仰《おほ》せらるれば、「いと心得《え》侍らず」とぞ申ける。まことに、定家の中納言入道書《か》きて侍《（はべる）》源氏の本には、荻②とは侍らぬとぞうけ給《（たまはり）》し。かやうに御中いとよくて、はかなき御遊《あそ》びわざなども、いどましき様《さま》にきこえかはし給を、めやすき事に、なべて世の人も思 申《（おもひまうし）》けり。ある時は、御小弓射《い》させ給て、（中略）

此御代にも、又勅撰の沙汰《さた》、一昨年《おとゝし》ばかりより侍りし。為氏の大納言撰《えら》ばれつる、此十二月《しはす》にこそ奏《そう》せられける。続拾遺集ときこゆ。「たましゐあるさまにはいたく侍らざめれど、艶《えん》には見ゆる」と、時の人〴〵申侍けり。

続古今のひきうつし、おぼろけの事は、たちならびがたくぞ侍べき。（『日本古典文学大系87』[1]）

この翻字に用いられた底本は、古本系伝本「永正本」の内の学習院大学付属図書館蔵本である。上中下三冊からなる室町時代中期の古写本で、「解説」に「この学習院大学付属図書館本こそは、いわゆる永正本の原本にあたることがわかる。」とされる。右の漢字・仮名の表記、ルビなどは『大系』本の翻字のままである。

六条殿の長講堂が再建されたのは建治元年（一二七五）四月、これに間もない頃（弘安二年〈一二七九〉[2]）、九月の供《く》花法会《げほうえ》に、兄弟仲の良くなかった本院（後深草院、第八九代、時に三七歳）と新院（亀山院、第九〇代、時に三一歳）とが、伏見の御所で参会する場面である。文意は、——両院の家司《けいし》どもは、この時とばかりに競って御馳走を調えた。そのなかに楊梅《やまもも》兼行《かねゆき》（時に二四歳）も檜破子《ひわりご》などで趣向を凝らして奉仕しており、そこに雲雀《ひばり》という小鳥を荻の枝に付けたものがあった。（私〈『増鏡』の作者〉が思うには）これは、『源氏物語』の「松風」の巻に想を得た趣向だったらしい。本院（後深草院）は京極為兼《ためかね》（時に二六歳）を召して、あれはどうだ、どう見るか?、と仰せられたので、為兼は全く納得できないとお答えした。（私は）、本当に、（為兼の答えられたように）、定家の写した「源氏の本」には

「荻《をぎ》」とはなっていないと承ったことだ、――と解される。

九月の供花法会の後なら、「雲雀」は、小鷹狩《こたかがり》（鷂《はしたか》・雀鷂《つみ》などによる鷹狩）の獲物であろう。雲雀は、草原《くさはら》・河原・農耕地など、丈の低い草が疎《まば》らに生えた、やや乾いた土地を好み、棲息する。荻《おぎ》は、「イネ科の多年草。多くは水辺に自生、しばしば大群落を作る。高さ約一・五㍍。ススキに似る。地上茎は節があり細く、中空。葉は硬質、細長い線状、基部は鞘（さや）状で茎を包む。夏・秋の頃、絹様の毛のある花穂をつける。（後略）」、また、後に触れる萩《はぎ》は、「マメ科ハギ属の小低木の総称。高さ約一・五㍍に達し、叢生。枝を垂れるものもある。葉は複葉。夏から秋、多数総状に紅紫色または白色の蝶形花をつけ、のち莢（さや）を結ぶ。（後略）」[3]と解説される。

鷹狩で捉えた鳥を進献するには作法があり、福井久蔵氏は、『放鷹』の「第二篇　鷹と礼法」の「己、鷹の鳥進献の作法」の条において、「古、鷹の鳥を人に進献するには多く木の枝に附けたり。これを鳥附柴とも鳥柴ともいふ。夙く平安時代より行はれたり。」云々と、諸書を引きながら詳述されている[4]。本書でも、これにつき、縷縷述べてきたところである（第二章、「第二節「松風」の巻」参照）。

兼行は、鳥柴として雲雀という小鳥を「をぎ（荻）」に付けて持参した。だが、右には、本説《ほんぜつ》（典拠）として踏まえたはずの『源氏物語』（定家本）には「をぎ」とはない、「をぎ」に付けたのは間違いだ、という。

尤も、兼行の趣向につき、後深草院は、「ほう、『源氏』（「松風」の巻）を踏まえたな、結構ではないか、中々の趣向である」と評価していたのか、逆に、「いぶかしい、法度・作法にも故事にも外れている」と渋面を作っていたか、――いずれであったか分からない。しかし、俊成・定家の血を引く為兼（いわゆる京極派歌壇は、未だ形成されてはいない）を召して問うたとあれば、後深草院は、これは単なる主観的な良し悪しの問題ではない、大切な作法、故実の問題である、如何に評価するべきかと考え、識者の見解を求めたのであろう。

この一節は、兼行の趣向が、法度、作法に叶わず、むしろ、賢しらに終ってしまった話のようである。作者は、詰まるところ、彼の不作法を論《あげつら》い、後深草院や為兼の見識を賛美しようとしたのであろうか。以下に、右の傍線部を中心に検討してみたい。

第二節　定家の書きて侍る「源氏の本」

右において、『増鏡』の作者は、『源氏物語』（一一世紀初頭成立）の「松風」の巻、それも、定家の手になる本を決め手、即ち、証拠（本説）としている。では、『源氏物語』にはどうあるか、――と見れば、ここには「ことり（小鳥）」を「おぎ（荻）のえだ（枝）」に付けたとある。即ち、池田亀鑑編著『源氏物語大成』によれば、藤原定家の青表紙本には次のようにある（各句末の一字空白、及び、傍線は私意による）。

（前略）　山のにしきはまたしう侍りけり　のへの色こそさかりにはへりけれ　なにかしのあそむのこたかにかゝつらひてたちをくれ侍ぬる　いかゝなりぬらむなといふ　けふは猶かつらとのにとて　そなたさまにおはしましぬ　にはかなる御あるしとさはきて　うかひともめしたるに　あまのさへつりおほしいてらる　のにとまりぬるきむたち　ことりしるしはかりひきつけさせたるおきのえたなと　つとにしてまいれり　おほみきあまたゝひすむなかれて　かはのわたりあやうけなれは　ゑひにまきれておはしましくらしつ　をの〳〵絶句なとつくりわたして　月はなやかにさしいつるほとに　おほみあそひはしまりていといまめかし　（後略）

（「松かぜ」、巻一、五九四頁、八行～一二行）[5]

この条の「おきのえた」につき、青表紙本系の諸本には「おきのえた」とあり、この例外として池田本（桃園文庫蔵本）に「をきのえた」とあること、河内本系・別本系の諸本も「おきのえた」とあるが、津守国冬《つもりのくにふゆ》本（桃園文庫蔵本）だけには「きのえた」とあること、先に述べた（三八七頁参照）。

津守国冬本の「きのえた」につき、「これは「おきのえた」の「お」を脱したのかも知れない。」（右『日本古典文学大系87』、「補注 二八五」）とされる。しかし、「鷹の鳥」を「木《き》の枝」に付けるのは一般的な作法であった。誤脱だとすれば、そうした事情が誘因となったかも知れないが、意図して「き（木）のえた」と書いた可能性もある。

ともあれ、『源氏物語』「松風」の巻には「ことりしるしばかりひきつけさせたるお（を）きのえだなど」とある。とすれば、兼行は正しかったということになる。為兼の反応は、一体、どういうことであったのであろうか。

第三節　『増鏡』の伝本

先に引いた『増鏡』の本文（『日本古典文学大系87』）には、二ヶ所に「荻」と見えた。一例目は「小鳥を荻①の枝につけたり」、二例目は「源氏の本には、荻②とは侍らぬとぞ」である。実は、これら二ヶ所につき、同『大系』の「頭注」には、次のように記されている（二ヶ所に同一文）。

底本「萩」。諸本で訂正。

同『大系』の「底本」とは、永正本系の学習院大学付属図書館蔵本（三冊）である。この底本には、二ヶ所共、「萩」とあるというのである。とすれば、話は違ってくる。つまり、兼行は、小鳥を「萩」の枝に付けて持参した。彼は、やはり、作法を誤ったのである。問題はここにあった。『源氏物語』には「お（を）ぎ」とあり、後深草院（嘉元二年〈一三〇四〉崩、六二歳）の指摘も為兼の答弁もこれを踏まえ、『増鏡』の作者の得た情報も同様であったらしい。

では、『増鏡』大系本の校訂者が、右を「諸本で訂正」したのは何故か。これは適切であったのであろうか。

『増鏡』の諸本には、古本系（一七巻系統本）、増補本系（一九巻、あるいは、二〇巻）等の伝本がある。前者には、第一類（応永本）として、永和二年奥書本を応永九年に写した尾張徳川家蔵本、岩瀬文庫蔵本、龍門文庫蔵本、大倉精神文化研究所蔵本、平松家旧蔵本、近衛家旧蔵本、陽明文庫蔵本、書陵部蔵御物本など、第二類（桂宮本・谷森善臣旧蔵本）として、書陵部蔵桂宮本、書陵部蔵谷森善臣旧蔵本、書陵部蔵谷森善臣旧蔵一本、国立博物館蔵本、大阪府立図書館蔵本、第三類（永正本）として、学習院大学付属図書館蔵本、書陵部蔵永正片仮名本、書陵部蔵永正平仮名本、尊経閣文庫蔵本などがあり（この第三類には奥書のない伝本もある）、後者には、尊経閣文庫蔵御崇光院自筆本、静嘉堂文庫蔵浅野長祚旧蔵本などがあり、更に、書陵部蔵横本（首尾欠）、野坂家本などがあるとされる（『日本古典文学大系』、「解説」、二三二～二三九頁）。

中でも学習院大学付属図書館蔵本は、奥書により、三富豊前守入道釈宗観［俗名藤原忠胤、今年八四歳］が所持していた本［宗観自書］を、中御門一位大納言入道（宣胤）［春秋八旬］が永正一八年（大永元年〈一五二一〉）筆写したものと知られ、これを転写したのが他の永正本であるとされる。

古本系・増補本系の諸本において、右の①、②の条は、一様に「荻」となっており（但し、付訓の有無、また、その表記〈片仮名、平仮名〉などに差異がある）、唯一、学習院大学付属図書館蔵本だけが「萩」となっている。学習院大学付属図書館蔵本の素性や性格が問われてこよう。

「諸本」に「荻」とあれば、直ちにこれに倣う、というわけにはいかない。しかし、実のところ、学習院大学付属図書館蔵本には「諸本」と対立する異文が少なくないのである。この性格を窺えば、右もその一例と見てよさそうである。だが、それにしても、当本には、何故、「萩」とあったのであろうか。書写時の親本・祖本などには「おぎ《(を)》」

であった可能性が高い。然るに、ひとり、これを「萩」と転写したのである。その理由が知りたい。それは、「荻」「萩」の筆写体の類似による誤写か。それとも、意図して「おぎ《を》」を「はぎ」に改めたのか。

二ヶ所共、「萩」となっているのである。これからすれば、右は意図的な改変であろう。つまり、『増鏡』（底本）を写した人物は、文脈を顧慮し、また、『源氏物語』を参照し、正義は後深草院・為兼にあるはずだ、不審を犯したのは兼行であろう、と解釈したのではなかろうか。宣胤か、宗観か、あるいは、これに先行する何人か、分からない。が、後深草院を敬愛し、為兼を信じ、彼らに追従《ついじゅう》する人物であったのであろう。

このように見てくると、『増鏡』の原本には、二ヶ所とも「おぎ《を》（荻）」とあったことになる。

第四節　楊梅兼行について

そもそも、兼行は、「鳥柴」というだけなら、荻でもそれ以外でもよかったであろう。だが、彼は、「をぎ（荻）」でならねばならなかった。というのも、この行為に『源氏物語』の「松風」の巻を重ねてほしかったのである。時は同じく秋のころおい、桂川のほとりの別業（桂殿）において、光源氏以下、多くの殿上人や家司たちが集い、饗宴が催された。大御酒《おおみき》あまた度順流《ずんなが》れて、絶句・管絃の大御遊《おおみあそ》びが行われた。何といっても「にはかなる御あるじとさは《わ》ぎて、鵜飼《うかひ》ども召」されたが、一方には、君達（「野にとまりぬる君達《きむだち》」）が嵯峨野に野宿してまで「小鷹《こたか》にかゝづらひて」捕った「小鳥《ことり》」があった。小鳥は「しるしばかりひきつけさせたるおぎ《を》の枝《えだ》など苞《つと》にしてまいれり《ゐ》」という形でもたらされた（小鳥をしるし付けに結んだ荻を草苞にして持参した〈第二章第二節参照〉）。この君達らは、頭中将らをして「立《た》ちをくれ《お》侍《はべり》ぬる、いかゞなりぬらむ」と心配させていた。にわかの多くの客人のため、魚も小鳥も結構な数量が必要であったであろう。

『増鏡』においても、この「又の日」は、「伏見津《ふしみつ》に出《いで》させ給《たまひ》て、鵜舟御覧《らん》じ、白拍子御船《ふね》に召《め》し入《い》れて、歌うた《く》はせなどせさせ給。二、三日おはしませば、両院の家司《けいし》ども、我劣《おと》らじといかめしき事ども調《てう》じて参《まい》らせあへる中に、山もゝの二位兼行、檜破子《ひはりご》どもの、心ばせありて仕《つか》うまつれるに、雲雀《ひばり》といふ小《こ》鳥を」云々と見える。鵜飼・鷹狩による魚鳥は、こうした御あるじにはなくてはならないものである。兼行は、これを桂殿の饗宴に重ね、「松風」の巻の「をぎの枝」をもって両院を一層優雅な世界にいざなおうとしたのである。

而して、その『源氏物語』には、「ことり」を「おぎ《を》（荻）のえだ」に付けたと見えた。異文は、ないといってもよい。兼行の趣向は裏付けがあった。そうとすれば、後深草院・為兼の疑義は成立しないことになる。これは、一体、どういうことであろうか。為兼の業績について詳述された井上宗雄著『京極為兼』では、やはり、この問題に直面し、「現存青表紙本《あおびょうしぼん》には「おきのえた」とある由だが、この辺の詳細は不明である。」(6)とサジを投げられている。

楊梅の「兼行」は、「この時の院司なるべし」(7)とされる。「院司」とは、後深草院のそれであろうか。『公卿補任』『尊卑分脉』によれば、兼行は、故入道三品藤原忠兼卿男（実は故中将親忠朝臣男）といい、母は吉田為経女であった。建長六年（一二五四）に生まれ、正嘉二年（一二五八）一一月六日叙爵し、侍従、左少将、周防権介、右中将、左兵衛督と進み、伏見天皇正応五年（一二九二）三月非参議、従三位に叙された（三九歳）。永仁二年正三位、同五年民（兵カ）部卿、同六年一〇月民部卿に遷る（正安三年三月止）。正安元年従二位、嘉元二年（一三〇四）九月日後深草院御事（出家）により出家した（五一歳）。法名兼蓮。号楊梅。(8)文保元年（一三一七）九月三日伏見院崩御し（五三歳）、その初七日には素服《そふく》を賜っている（六四歳）(9)。歿年時は不詳。

後深草、伏見、後伏見、後二条（大覚寺統）の四代の御門に仕え、殊に後深草・伏見両院には寵臣として働き、民部卿にまで昇った。また、姉妹に後深草院宰相、伏見院新宰相がおり、子に俊兼（正三位、大宰大弐）、兼高（従二位、兵部卿、右衛門督）、盛親（内蔵頭、大蔵卿、従三位とも）、女子（平松資親卿室）、女子（四辻公春卿室）がいる。なお、兼行の養父忠兼（従三位、左少将、盛兼〈中宮権大夫、侍従、左中将、権中納言〉の養子、実は楊梅忠行男）は、実父親忠（本経忠、正四位下、左中将、文永六年〈一二六九〉歿）の叔父にあたる。複雑な縁組が繰り返されているのは南北朝という時代のせいでもあろう。

和歌にも評価を得ていたようで、京極派（前期）歌壇の一員としてその詠風に学び、各歌合に出詠した。『玉葉和歌集』に九首、『風雅和歌集』に八首が入首し、家集『兼行集』（龍谷大学図書館蔵、但し、六七首のみ）を残している。また、『とはずがたり』によれば、文永九年一一月一〇余日（巻一、三七章）や弘安四年一〇月大宮院の快気祝い（巻三、一四章）では篳篥を担当し、同五年三月二日妙楽堂の船楽でも篳篥を奏し、かつ、「山又《また》山」とうち出だしたるに、「変態繽紛《ひんぷん》たり」と両院の付けたまひしかば」[10]云々と見える。『和漢朗詠集』（巻下・山水、大江澄明）の一節である。『増鏡』によれば、西園寺北山邸における北山の准后（西園寺実氏〈文永六年〈一二六九〉薨、七六歳〉の正室貞子）の九十御賀（弘安八年二月三〇日〜三月二日）にも出仕し、上達部の奏する楽の内に「花上苑に明なり」と、うち出《い》だしたるに」と見える（二日の条、『大系』、三七六頁）。『和漢朗詠集』巻上・花、張読の「閑賦《かんふ》」を朗詠したのである。また、『実躬卿記』[11]によれば、彼の名は「左兵衛督」「前左兵衛督」として随所に見えているが、正応四年（一二九一）一一月二〇日伏見天皇中宮鏱子《しょうし》（西園寺実兼《さねかね》〈元亨二年〈一三二二〉薨、七四歳〉の長女、春宮胤仁〈後の後伏見天皇〉養母）の病気平癒のため、内侍所で御神楽が行われた際には和琴を担当している。実兼（太政大臣）一族のもとにも親しく出入りした人物のようである。同年一一月一六日常磐井殿（後深草法皇御所）の御神楽、また、同月一九日の内侍所（天皇渡御）の御神楽、同月二四日の内裏の御神楽、永仁元年（一二九三）八月二三日夕の御遊（主上〈伏見天皇〉出御)、同二年三月一五日六条殿(暫くの御所)の阿弥陀講、同年五月三日夜の御遊(主上出御)、同年五月一三日長講堂御講(後深草法皇臨幸)、正安三年(一三〇一)一一月五日亀山法皇御所清暑堂御神楽(後宇多上皇臨幸)、同月一〇日後宇多上皇御所清暑堂御神楽(亀山法皇臨幸)、同年一一月二三日清暑堂御神楽、乾元元年(一三〇二)三月八日後宇多上皇御所阿弥陀講などでも伶人の一人として篳篥を奏している。同二年三月二〇日和歌御会始では、前藤大納言為世、権中納言為兼、中宮権亮為道、左中将為相、その他と共に和歌を献じ、同年五月二八日夜の禁裏和歌御会にも参仕している。六条兼行は、和・漢、奏楽の才に長けていたことが分かる。

兼行の家系は、法興院摂政兼家公二男道綱(正二位、東宮傅、大納言、右大将、天暦九年〈九五五〉~寛仁四年〈一〇二〇〉一〇月一五日薨。六六歳)に遡る。『尊卑分脈』によって略記すれば、次のような家系となる。

道綱――兼経――敦家――敦兼――季行《楊梅》――重季――忠行――経季――親忠――兼行――兼高――兼親――…… *

道綱の父は摂政関白、従一位藤原兼家、母は倫寧女で、異母兄弟に道隆、道兼、道長がいる。『蜻蛉日記』によれば、道綱は鷹を飼養し、その母は詠歌に鷹詞「そる」を用いている。系譜の内、敦家(頭、正四位、伊与守、左馬頭、左中将。寛治四年七月一三日頓死、五八歳)の条には、「本朝篳篥一芸相伝棟梁也」、「管絃得名楽道之名匠」と添え書きされている。[12] また、楊梅流季行は、中宮亮、従三位、大宰大弐を歴任し、応保二年(一一六二)八月二日薨じた(四九歳)。号讃岐三位。この孫女(女とも)は、月輪禅閤九条兼実妾となって良通や後京極摂政良経の母となり、文化史上にも重要な位置を占める。『千載和歌集』一首入集。系譜中に*印を付した辺りは不明瞭であるが、兼親の甥に「定行(正四位下、左中将、遁世、始律蓮玄後禅号俊基)」という名が見える(左の『柳庵雑筆』参照)。

『尺素《せきそ》往来《おうらい》』一巻は、室町中期に成立した古往来の一つで、一条兼良（生歿、応永九年〈一四〇二〉～文明一三年〈一四八一〉）の撰とされる。(13) 故事に詳しく、ここに放鷹に関する次のような一節がある。

　就其者、去比、両御所為桜狩、御出于禁野片野／辺候、当道相伝、練習之家々園中将、坊門少将、楊梅／侍従、以下之若殿上人、幷御随身秦下毛野等之鷹師、／不論貴賤、蘇芳衫、錦帽子、付餌袋、居鷹而騎馬、／犬飼者、御中間共、不因老少、縹色衫、緋帽子、杖狩杖、牽／犬而歩行、其外、御共人々装束／被摸野行幸之儀候、愚／翁雖非家業、数奇之虚名、入御耳候歟、忝蒙上意／候之（虫）間、不顧後代之嘲哢、先応当座之催促、日来／所繫置鷹、鶬、兄鶬、○（鵃）、兄鵃、隼、大小雀鷂（虫）、（虫）□巣子下、／（後略）

（東京大学文学部国語研究室蔵『尺素往来』一冊〈第二三A棚、第九八号〉、訓点略、傍線・読点私意）

「両御所」とは、足利義政《よしまさ》・義尚《よしひさ》父子であろうか。前者は、室町幕府第八代将軍（在職、宝徳元年〈一四四九〉～文明五年〈一四七三〉）、後者は、第九代将軍（在職、文明五年〈一四七三〉～延徳元年〈一四八九〉）である。

右を承け、幕府奥右筆栗原信充は、その著『柳庵雑筆』において、次のように述べる(14)（振仮名を省く）。

○尺素往来に、去頃両御所、桜狩のため禁野片野辺に御出たるべく候。当道相伝練習の家々、園中将、坊門少将、楊梅侍従以下幷に御随身は、秦下毛野等の鷹掌と云は、公家の鷹匠なり。園とは参議正三位基氏卿の流を云。坊門とは、権大納言宗通卿の流を云ふ。楊梅とは、太宰大弐季行卿の流なり。但園基氏卿は、鎮守府将軍藤原基頼の曾孫なり。基頼は大宮右大臣（俊家公）の二男なりと云ども、其母常陸介源為弘の女なるが故に、外祖父の武勇を継で、弓馬に達し、鷹犬を好み、頗その妙を得たり。仏堂を草創して、持明院と号せしかば、遂にこの流を持明院と云。鷹犬の古実を記して十巻書と名付。基頼の子大蔵卿通基、その子権中納言基家卿に至て、三代弓馬の芸を伝へ、鷹犬の業に堪能なりしほどに、世以て其家業たることを許せし由、其家譜に見えたり。基家卿の長子侍従三位基宗、二男は即基氏なり。爰に園流を挙て持明院家のことに及ばざるは、当時持明院家、応仁の乱を避て京師を去て辺土に住せし故なるべし。然して園中将とは、基有朝臣を云ならん。坊門宗通卿は基頼の弟にて、幼名は阿古丸と云、童殿上せし人なり。坊門少将とは、伊氏朝臣なるべし。楊梅季行卿は、右大将道綱卿の長子正三位兼経の二男左中将敦家朝臣の二男刑部卿敦兼朝臣の三男なり。楊梅侍従とは定行ならん。御随身の秦、下毛野両家は御厨子所の鷹飼なり。其芸は、百済の酒君より伝はりしなり。文安四年（一四四七）の頃、波多野豊後守尚政と云御所鷹飼あり。（下略）

信充は、『尺素往来』から、「当道」、即ち、鷹道に関する「去比」～「毛野等之鷹師」の部分を引用し、考証している。即ち、「当道相伝練習の家々」には、「園中将」「坊門少将」「楊梅侍従」以下があるといい、「楊梅とは、太宰大弐季行卿の流なり」という（「定行」につき、右の系譜末尾の＊印参照）。

『蒙求《もうぎゅう》臂《ひ》鷹往来《ようおうらい》』は、松田宗岑《そうしん》（左馬助元藤《もとふじ》の法名、生歿は明応三年〈一四九四〉～永禄二年〈一五五九〉）の天文（一五三二～一五五五）の頃の撰作とされる。[15] 放鷹の諸般について詳しく述べるものであり、これに、左のような記事が見えている[16]（〈 〉は割書細字）。

次前夕従園家。就勝負小鷹狩儀。給使者候訖。此間者貴賎鶉鷸狩。雖令連続。未及勝負之狩沙汰歟。於御同心者。公武数寄之人々分左右。勝負之小鷹狩可令興行給也。人数者。左右共可為六人哉。公家者。甘露寺亜相家。飛鳥井納言家。坊城黄門家。園虎賁。坊門羽林。楊梅拾遺。可為此人々歟。武家者。第一御両殿。其外者以尊慮可被相計之。（中略）一事以上非御指南者。殆有失錯。狩詞尤肝要候。縦雖非掌飼列卒。於猟場争鉗其口哉。狩装束幷着鶉小鳥於草之法等。頃年作法余勘略漏法。卑劣至極候哉。又勝負小鷹狩時。就獲鶉与小鳥配当之儀。無骨之若輩。毎々為諍論歟。於今度猟者。殊更可被加尊詞哉。（後略）

（九月往状、『続群書類従』、一二一八・一二一九頁）

次所借進之鷹書。憔所返給之也。此外所持之書者。家説十二巻。〈全部。俗号政頼十二巻。〉貞通握翫書三冊。辨疑論三巻。〈頼房作。〉代々集幷諸家抄鷹歌千首三帖。〈一条殿下良基公御注。〉連歌二百韻。〈百韵者良基公御作。坊門家註。百韵者私殿家作。園家註。〉西園寺竹林院左府家秘訣一冊。楊梅家口伝二冊。園家伝書二冊。神平貞直秘櫃書二冊。良基公臂鷹訣二帖。鷹経一巻〈円忠自筆。同和点。裏書加註。〉等。此等者強半唯授一子書也。（中略）又家流者。往昔代々賢王御狩時。呼応鷹飼之所役人之子孫。構此家歟。園家。坊門家。楊梅家等。至于今為箕裘業也。随身説者。近代有用否哉。（後略）

（二月返状、同、一二三七頁）

室町時代半ばにおいても、「楊梅拾遺」（「楊梅家」）は、鷹道を箕裘の業とし、「勝負之小鷹狩」の興行の折に活躍したと知られる。鷹道の秘伝書「楊梅家口伝二冊」の著述もあったという。時に、著者松田宗岑は、近年、諸事混迷し、「狩詞」も「狩装束」の作法や「鶉小鳥を草に着ける法」も分からなくなっていると嘆息している。

「楊梅兼行」は、「本朝箏箑一芸相伝棟梁也」「管絃得名楽道之名匠」と称された楊梅季行の六代の孫であり、当代一流の名匠であった。と同時に、やはり、箕裘の鷹道を継承しており、それ故にこそ、当日、雲雀を荻に付けて両院に献じたと見られる。この行為自体、彼が、平素、放鷹を嗜み、その術に長けていたこと、故実にも通じていたことを証するものであろう。もとより、『源氏物語』の「松風」の巻に、「ことり」を「おぎのえだ《（を）》」に付けたとある故事もよく承知していたはずである。

第五節　京極為兼について

京極為兼（正二位、権大納言）は、定家（正二位、民部卿、権中納言、仁治二年薨）の曾孫に当たる。(17)即ち、京極為教（従二位、左中将、弘安二年〈一二七九〉五月二四日薨、五四歳〈公卿補任、四一歳〉）の子として建長六年（一二五四）に生まれた。母は三善雅衡女。文永七年（一二七〇）従四位下、弘安三年七月六日春宮（後深草院第二皇子・伏見天皇）に出仕し、伏見天皇は同一〇年一〇月二一日践祚した。持明院統（後深草院・伏見院・後伏見院）、大覚寺統（亀山院・後宇多院・後二条院）の皇統分立時期であり、為兼は、難しい人生を歩むことになる。(18)持明院統として皇統迭立に関わったとして幕府に嫌われ、永仁四年（一二九六）五月一五日権中納言を辞して籠居したが、同六年正月七日六波羅に拘引され、三月一六日佐渡に流された（七月二二日伏見天皇退位、後伏見天皇践祚、伏見院政）。乾元二年（一三〇三）閏四月為兼帰洛。伏見院の命により、正和元年（一三一二）第一四番目の勅撰集『玉葉和歌集』二〇巻を撰進した。同年一〇月一七日伏見院・為兼出家。同五年一〇月一二日為兼土佐に流された。二度目の失脚、配流である。元弘二年（一三三二）三月二一日歿した。幼少の頃から西園寺実兼（生歿、建長元年〈一二四九〉〜元亨二年〈一三二二〉九月一〇日。享年七四歳）に家僕のように仕え、実兼も為兼の歌道を愛していた。しかし、西園寺家を背負う実兼は、持明院統（伏見院）一筋というわけにもいかず、女鐘子を伏見院后（永福門院）とする一方、女瑛子（五条との間の女）を亀山院后とするなど、大覚寺統にも接近している。

文永七年（一二七〇）、九年、一一年などは、祖父為家（建治元年〈一二七五〉五月一日歿、七八歳）の嵯峨中院邸に同宿して和歌、「三代集」等を学び、また、詠歌代筆を務めた。歌道においては、為兼は、伯父為氏・従兄為世等の、いわは古典主義的な二条派歌壇に対立し、清新な叙景歌、感覚的な美しさに重きを置く京極派歌壇を形成、主導して『為兼卿和歌抄』を著わした（弘安年間末期の頃〈一二八五〜一二八七〉）。

俊成――定家――為家┬為氏――為世――……
　　　　　　　　　├為教――為兼――忠兼――…
　　　　　　　　　└為相

因みに、この前後の勅撰集には、一〇番目の『続後撰和歌集』（後嵯峨院下命、為家撰）、一一番目の『続古今和歌集』（後嵯峨院下命、為家撰、後、藤原光俊・基家・家良・行家が加わって撰進）、一二番目の『続拾遺和歌集』（亀山院下命、為氏撰）、一三番目の『新後撰和歌集』（後宇多院下命、為世撰）、また、一五番目の『続千載和歌集』（後宇多院下命、為世撰）、一六番目の『続後拾遺和歌集』（後醍醐院下命、為氏・為定撰）、一七番目の『風雅和歌集』（花園院監修、光厳院親撰）などがある。

京極為兼の人となりについては諸氏に言及がある。そのお一人は、「要するに為兼の人物は、積極的あるいは意志的という言葉で代表することができる。この積極的意志的ということは、彼の長所を構成すると同時に短所をも含んでいた。それが長所を発揮しては、持明院統のために献身的な働きを遂げ、また歌界の革新を断行したのであるが、それが欠点となつて現れては、周囲と衝突して一生の破綻を招来するに至り、和歌革新の事業も中途に挫折するに至つたのである。(19)」とされる。為兼は、少なくとも伝統的な作法や故事を尚ぶような余裕もなく、性格でもなかったようである。因みに、当面の条についても、次のように述べられている。(20)

為兼と持明院統との結び付きは、遡ってみれば為兼の母の実家三善家と持明院統との関係、為兼を扶持した西園寺実兼と持明院統との関係などに直接の契機があったと考えられ、それらの縁で為兼が後深草院に出仕したことから始まる。勿論、歌道家の庶流の出身である点、また気骨のある青年である点を最初から注目されていたことが増鏡・春能深山路の記事からも想像される。増鏡の方は年紀が明瞭を欠くが、建治から弘安初年の頃と推定される。楊梅兼行が荻の枝に小鳥をつけて持って来たのを見て、後深草院が為兼を召して「いかが見る」と質問したのに対し、彼は「いと心得侍らず」と返答している。地の文は、彼が御子左家の秘本の説を受けていることの証明になるのかどうか、どちらにもとれる書きぶりであるが、為兼の簡単明瞭なぶっきらぼうな返事のし方にも彼の面目が出ているようである。その為兼が後深草院からその子伏見院に転じたことについては、為兼と伏見院との間に共鳴し合う何ものかがあったからだと思われる。

為兼の発言は「簡単明瞭なぶっきらぼうな返事のし方」云々と評されている。だが、その「返事」につき、これはどのような意味だと理解されたのであろうか。このままでは、これに続く『増鏡』作者の弁が浮いてしまう。

後深草院の問い掛けに対し、為兼は「いと心得《え》侍らず」と反応した。彼は、多忙でもあったようで、鷹狩を嗜む余裕はなかったかも知れない。祖父為家からどんな秘説を受けたか分からないが、公家、また、歌人の嗜みとして鷹歌には通じていたであろう。『風雅和歌集』に、「谷ごしに草とるたかをめにかけて行くほどおそきしばのした道」（巻第八、冬歌、八七二番、詠者「前大納言為兼」）を遺す。この歌には、「鷹狩を　前中納言為相／みかり野に草をもとめてたつとりのしばしかくるる雪のした柴」（八七〇番）の歌と「御かりするかた山かげのおち草にかくれもあへずたつきぎすかな」（八七一番、詠者「前大納言公泰」）の歌との二首が前置されている。[21]

第六節　『増鏡』の作者

右にいう『増鏡』作者の弁とは、末尾の「まことに、定家の中納言入道書《か》きて侍《はべる》源氏の本には、荻[②]とは侍らぬとぞうけ給《たまはり》し。」という一文である。これは伝聞であり、しかも、事実に反する情報であった。自身の知識もなく、自らの目で確かめることもしなかったようである。

『増鏡』の原初形態や本文系統、伝本研究などは未だ途上にあり、作者についても詳らかにされていない。本書の作者として、かつて、二条良基の作と見る説（石田吉貞氏、木藤才蔵氏など）が有力であった（右「解説」、二二六頁）。近時、洞院公賢説（田中隆裕氏、小川剛生氏など）、兼好説（宮内三二郎氏）、その他も提出されてはいる。

良基は、従一位、左大臣、関白に昇った二条道平（建武二年〈一三三五〉二月四日歿。享年四九歳）を父とし、右大臣西園寺公顕（元応三年〈一三二一〉二月八日歿。享年四九歳）の女婉子（暦応二年〈一三三九〉四月一四日歿）を母として、元応二年（一三二〇）に生まれた。嘉慶二年（一三八八）六月一三日歿。享年六九歳。

二条家も西園寺家も鷹道との関わりは深い。即ち、道平は『白鷹記』の著者、良基は『嵯峨野物語』『鷹詞連歌』の著者といわれている。(22) 良基の孫一条兼良（文明一三年〈一四八一〉四月二日歿。享年八〇歳）は、『花鳥余情』『古今集童蒙抄』、また、『尺素往来』の著者とされる。前田尊経閣文庫蔵『持明院家鷹秘抄』一冊（一六函、五二架）は、三部からなる鷹書のようで（合冊本か）、この第三部（本文後三分の二）の首部には「寛正二年（一四六一）十一月廿九日」、末部に「一条禅閤御判」とある。この「一条禅閤御判」とは、兼良の花押を意味すると見てよさそうである。(23)

西園寺公顕は、先の実兼の男であり、実兼は公経（寛元二年〈一二四四〉八月二九日歿。行年七四歳）の曾孫である。公経は『鷹百首』（「鷹山に」）の著者とされ、実兼は『鷹狩記』（『基盛鷹狩記』）の著者とされる。(24)『増鏡』の作者は、兼行の趣向につき、「源氏の松風の巻《まき》を思《おも》へるにやありけん」と書いている。『源氏物語』の「松風の巻《まき》」を知っていたらしい。右のような良基であれば、『源氏物語』にも鳥柴の作法にも精通していたはずである。つまり、作者が良基であれば、右のような作者の弁は出てこない。それとも、良基は「松風の巻《まき》」に「おきのえた」とあることを失念していたのであろうか。あるいは、そのふりをして、後深草院・為兼を擁護し、その面子を立てようとしたのであろうか。

またの候補者とされる洞院公賢《きんかた》は、左大臣洞院実泰を父とし、正応四年（一二九一）八月に生まれ、内大臣、右大臣、左大臣、太政大臣を歴任し、延文五年（一三六〇）四月六日歿した（享年七〇歳）。洞院家（閑院流西園寺家の庶流）嫡流として両朝に信頼され、学識あって有職故実に明るく、『園太暦』『皇代暦』『魚魯愚鈔』などの著がある。兼好も候補者に挙げられているが、これは洞院公賢の執筆委嘱によるとされる。有力説とは思われない。

『徒然草』の第六六段には、「岡本《おかもと》の関白殿、盛《さか》りなる紅梅の枝に、鳥一双を添《そ》へて、この枝に付《つ》けてまい《（ゐ）》らすべきよし、御鷹飼下野武勝《（しもつけののたけかつ）》に仰《（おほせ）》られたりけるに、「花に鳥付《つ》くる、すべて知《し》りさぶらはず。一枝に二《ふた》つ付《つ》くることも存知し候はず」と申《（まうし）》ければ、膳部《ぶ》に尋《たづ》ねられ、人に問《と》はせ給《（たまひ）》て、又武勝に、「さらば、を《（お）》のれが思《おも》はんやうに付《つ》けてまい《（ゐ）》らせよ」と仰《おほ》せられたりければ」[25]云々と見える。命を受け、武勝は花もない枝に鳥一つを付けて参じ、併せて御所の御鷹飼の「鳥柴」の作法を言上したのであった。兼好は、御所の御鷹飼に伝わる、簡素ながらもその奥深い優雅な儀礼作法に嘆じ入ったようで、その次第を詳しく書き留めている。これも、失われつつある王朝栄華の一つとして、彼には惜しまれたことであろう（第二章「第二節「松風」の巻」参照）。

第七節　おわりに

兼行は、『源氏物語』の「松風」の巻を踏まえ、「ことり」を「お《（を）》ぎのえだ」に付けて献上した。この点、『増鏡』の諸本にある通りである。これについて、後深草院は為兼を召し、「かれはいかゞ見る」と問うた。この度の御下問は、為兼が「後深草院からは源氏の素養があると見られていたらしい[26]」からのことであった。その彼が、『源氏物語』

の「松風」の巻の一節を失念していたとは考えられない。この時代のこの世界であれば、そうした姿勢は許されないであろう。あるいは、それは、新風京極派を主導する立場にあればこそ、の反応であったのであろうか。

それとも、『増鏡』における当面の段、即ち、「又の日は、伏見津《ふしみつ》に出《（いで）》させ給《（たまひ）》て、鵜舟御覧《らん》じ、白拍子（中略）源氏の本には、荻とは侍らぬとぞうけ給《（たまはり）》し。」という数行は、実話でなく、フィクションであろうか。『とはずがたり』では、この辺りの記事（弘安元年〜四年二月頃）が欠落している。両院の仲睦まじさを強調しながら、為兼の存在感を描こうとした可能性もあるが、しかし、それなら、兼行を悪者に仕立てればよかろう。やはり、作者は、「松風」の巻の細部については忘失していたようである。『増鏡』の作者が書き留めようとしたのは、後深草院・伏見院の為兼に対する深い信頼と、為兼の両院に対する熱い忠誠心であったのかも知れない。

兼行は、後深草・伏見両院以下に可愛がられ、西園寺家や為兼などにも親しく交わった。篳篥・朗詠などに長け、鷹狩の故実・礼法にも通じていた。京極派歌壇の一人でもあったが、この歌風自体は、両院を中心とする詠風でもあった。どちらかと言えば明るい柔軟な性格であったように見受けられ、これに対し、為兼は、古典的な、しかし、オーソドックスな詠風にある宗家二条派歌壇を超えようと、日夜腐心していたらしい。そうした為兼にとって、『源氏物語』はともかく、故実や古歌などは念頭になかったのであろう。また、そうした故実を振りかざすような兼行は、むしろ、うっとうしい存在と見えたのではなかろうか。『玉葉和歌集』にはこれといった鷹歌が見えないようであるが[27]、これ自体、為兼の主義、主張あってのことであろう。時代的にも公家の狩猟は衰退しつつあり、鷹狩をもって新鮮な情感を詠い上げることは難しくなっていたようである。

注

（1）岩佐正、他校注『神皇正統　増鏡』（『日本古典文学大系87』）、一九六五年二月、岩波書店。三六四頁。「解説」、一三九頁。

(2) 今谷明著『京極為兼』（ミネルヴァ日本評伝選）、二〇〇三年九月、ミネルヴァ書房。四五頁、「年譜」。
(3) 新村出編『広辞苑 第四版』、一九九一年一一月、岩波書店。三四〇頁、二〇四三頁。
(4) 宮内省式部職編纂兼発行『放鷹』、一九三一年一二月、吉川弘文館。六四頁以下。
(5) 池田亀鑑編著『源氏物語大成』、一九五三年六月初版、一九六七年四版、中央公論社。
(6) 井上宗雄著『京極為兼』（人物叢書 新装版）、二〇〇六年五月、吉川弘文館。四二頁
(7) 和田英松・佐藤球著『重修増鏡詳解』、一九二五年七月、一九四一年一一版、明治書院。三七二頁。
(8) 『新訂増補国史大系53 公卿補任 第二篇』、一九七一年九月、吉川弘文館。三一六〜三七五頁。『新訂増補国史大系58 尊卑分脈 第一篇』、一九六六年六月、吉川弘文館。三四三頁。
(9) 慈什作『伏見上皇御中陰記』、『群書類従』、第二九輯（巻五一七）、三三六頁。
(10) 久保田淳校注・訳『建礼門院右京大夫集 とはずがたり』（『新編日本古典文学全集47』）、一九九九年一二月、小学館。四二〇頁、その他。
(11) 東京大学史料編纂所編纂『大日本古記録 実躬卿記 二』、一九九四年三月、岩波書店。一六一頁、一七三頁、一七四頁、一七六頁、二六一頁。同『実躬卿記 三』、一九九八年三月。三二頁、四〇頁、五六頁、六〇頁、六四頁。同『実躬卿記 四』、二〇〇一年三月。四一頁、四三頁、五九頁、一〇七頁。
(12) 敦家の名は、『教訓抄』巻五、19「納蘇利」の段に、「或記云、肥前守敦家《アツイエ》、吉備宮《キビツミヤ》ノ霜月ノ御神楽ニ参タリケルニ（中略）、トモニ神楽ヲウタウ、（後略）」と見える（『古代中世芸術論』〈『日本思想大系23』〉、一九七三年一〇月、岩波書店。一〇二頁）。
(13) 小川剛生「尺素往来の伝本と成立年代」（佐藤道生、他編『これからの国文学研究のために—池田利夫追悼論集』、二〇一四年、笠間書院）では、兼良の若い時分、応永三〇年（一四二三）頃の著作とされる。
(14) 斯大成編輯部編纂『日本随筆大成』、第三期3、一九七六年一二月、吉川弘文館。四一〇頁。
(15) 続群書類従完成会編『群書解題 第二』、一九六一年初版・一九八一年三版。二八頁。
(16) 『続群書類従』、巻三六五、第一三輯下、一九三四年七月・一九七六年訂正三版。
(17) 既出、注（8）文献、『尊卑分脈』、第一篇、二九四頁。
(18) 岩佐美代子著『改訂新装版 京極派歌人の研究』、二〇〇七年一一月、笠間書院。第一章序章、第二節、第二章、第一節、第二節

など参照。

（19）次田香澄「玉葉集の形成」、『日本学士院紀要』、第二二巻第一号、一九六四年三月。二五頁。

（20）既出、注（19）文献、次田香澄「玉葉集の形成」参照、三八頁。

（21）斯編集委員会編『新編国歌大観』第一巻、勅撰集編、歌集、一九八三年二月、角川書店。五七一頁。底本は九州大学附属図書館細川文庫蔵本（五四四・フ・二八）。

（22）小著『鷹書の研究　宮内庁書陵部蔵本を中心に』、二〇一六年二月、和泉書院。第一章第七節、三四九頁。

（23）既出、注（22）文献、『鷹書の研究　宮内庁書陵部蔵本を中心に』、三七六頁。

（24）既出、注（22）文献、『鷹書の研究　宮内庁書陵部蔵本を中心に』、第一章第六節、二二九頁。

（25）佐竹昭広、他校注『方丈記　徒然草』（『新日本古典文学大系39』）、一九九五年二月、岩波書店。一四三頁。

（26）既出、注（2）文献、今谷明著『京極為兼』、四二頁。

（27）『玉葉和歌集』、巻第五、秋歌下に前関白太政大臣の「かりにきて」の一首、また、巻第一四、雑一に祐子内親王家紀伊の一首などがある。

あとがき

『日本書紀』仁徳天皇四三年九月の条によれば、わが国の「鷹狩」は、百済王族酒《の》君によって伝えられた狩猟法であるという。この条は、当時の倭国が諸面において百済と深い関わりを有していたことを物語るもののようだが、その朝鮮半島は、さらに遠く、モンゴル・トルコなどにおける鷹狩の流れを受けたとされている。(1)

日本の「鷹狩」は、しかし、単なる狩猟の域に留まらなかった。古代にはこれを専らとする官司・官吏が置かれ、朝廷行事、貴族文化とも密接に関わった。天皇の野《の》行幸には、公卿らに先立って摺狩衣の「鷹飼」が供奉した。「鷹狩」は礼法・儀礼、有職故実などに関わるところも大きく、和漢の韻文や物語・説話、芸能などにおいても様々の素材を提供してきた。「鷹狩」は、地方の豪族・武将らの好むところでもあり、鷹・隼の遣い方、飼養法等についての流派や伝承も生まれた。近世に至り、将軍家・大名家に置かれた「鷹匠」も、やはり身分制度に組み込まれた役職であり、役宅が与えられ、城下に「鷹匠町」の形成されることもあった。

「鷹狩」が、社会的・精神的価値を有するようになると、その文字化も行われる。大小の事象につき、他者に伝えようがためのことである。「鷹狩」関係について、今日に書き伝えられた文字資料群を鷹書《たかのふみ》《たかしょ》という。(2)鷹隼の身体各部の名称、その飼養・調練や遣い方、傷病・医薬の方術等々の著作、また、語彙集などがそれである。これに加えて種々の記録・古文書の類も尊重されるが、これらに記し留められた情報は、すでに貴重な知的遺産に至ったものであり、少なくとも「日本放鷹文化史」記述のためには不可欠の基軸資料といって過言でない。こうした自覚は、はやく、近世の国学・和学研究、ことに『群書類従』編纂を企画した塙保己一に認められよう。

（1）新村出「鷹狩」、京都文学会編『芸文』、第一年第七号、一九一〇年一〇月、同「鷹狩（承前）」、同誌、第一年第九号、一九一〇年一二月。後に同氏著『新村出全集』、第五巻（一九七一年二月、筑摩書房）に収める。福井久蔵「鷹詞に就きて」、日本言語学会編『言語研究』、第六号、一九四〇年一一月。

（2）小著『鷹書の研究　宮内庁書陵部蔵本を中心に』、二〇一六年二月、和泉書院。

筆者は、先に、宮内庁書陵部を中心とし、各地の史料館・図書館、大学等に所蔵される「鷹書」類の調査・整理を行った。諸先学の「鷹書」研究に導かれてのことであるが、同類の書物は、これに留まるものではない。今後も、なお、これを探索し、「鷹書」類の集大成・体系化に努め、その内容分析や語彙研究に進まなければならない。それと同時に、「鷹狩」そのものに関する調査・研究も深める必要がある。関東から九州地方、また、海外も含め、実際の「鷹狩」は、何時、どこで、どのような形で行われたのか、可能な限り、その史料を調査し、これをもって「鷹書」解読、「放鷹文化史」研究の一助としたい。本書の第一部は、そうした試みの一端である。先ずは古記録類により、万葉時代から平安時代における「鷹狩記録」の、およそのところを調査したことになる。

第二部（『万葉集』の鷹狩）・第三部（王朝物語の鷹狩）は、右をもって古典文学作品に見える「鷹狩」を検討したものである。「木を見て森を見ず」といわれる。過誤も少なくないであろう。大方の御批正をいただきたい。

なお、ここには『伊勢物語』を加えなかった。この作品には、文字に現れる「鷹狩」とは別に、行間にも「鷹狩」が見えている。成立論に関わる問題もある。読解に際し、より慎重な解読が求められそうである。

『源氏物語』の「六条院」邸、その「馬場」等については不明瞭な点が少なくない。前者に関しては、かつて、大谷女子大学勤務中、玉上琢彌先生の特殊講義をたまわったことがある。担当授業の都合上、毎週、近鉄大阪阿部野橋駅発―富田林駅行の同じ電車に乗り合わせ、二人っきりの個人授業の場をいただいたのである。当時、先生は、「六条院」の復元（考証）を研究テーマとされていて、毎回、御思案半ばの微細なところを話題とされた。その語り口は如何にも穏和であり、『源氏物語』に一層の奥ゆかしさを覚えたが、今に思えば、折角の機会を逸した感がしてならない。

近時、古典作品、古文書・古記録、また、朝鮮・モンゴルなどの史料・辞書類の複製・翻刻・研究書等の刊行が続いている。貴重な古写本・古版本類もデジタル化され、オンラインで公開されつつある。隔世の感を禁じ得ないが、筆者にとって、取り分け、有難いのは峰岸明著『平安時代記録語集成』（上・下）二巻の刊行（二〇一六年八月、吉川弘文館）であった。本書は、記録史料に徹し、「記録語」そのものの分析・総合を目指したものである。著者の誠実な御仕事は、そのお人柄を彷彿とさせる。裨益されるところは大きい。高山寺典籍文書綜合調査では、毎期のこと、同宿の小僧よろしく、御指導いただいた身である。改めて謝意を表したい。

また、本書の執筆に前後し、虎尾俊哉編『訳注日本史料　延喜式㊦』の刊行（二〇一七年一二月、集英社）の報に接した。もとより、各界の切望していたところである。他ならぬ虎尾先生御自身にとっても、この上の御慶びはないであろう。先生は、全国的に吹き荒れた大学紛争の最中、弘前大学学生部長の激職にあられた。この渦中にあっても、また、国立歴史民俗博物館に転じられた後も、粛々と『延喜式』研究に勤しまれた。その校訂版本については「雲州版」を高く評価されていた。筆者が土御門本をもって『延喜式』の助数詞を分析した折（二〇一〇年）、直々に御電話いただき、丁寧な御指導をたまわった。しかし、これが最後の御言葉となった。虎尾先生は、㊦巻を未刊とされたまま、物故されたのであった（二〇一一年一月）。延喜式研究会の御都合もあったようであるが、故人の御心中を思い量れば、何とも痛ましい限りであり、胸塞がる想いであった。それが、今、ようやく刊行の運びとなったのである。(中)巻刊行（二〇〇七年六月）の後、一〇年目のことである。私事ながら、心より御祝辞申し上げる次第である。

本書に関連する小考は次の通りである。

第一部に関わるもの

○「鷹を数える助数詞」（『国語文字史の研究　四』）、一九九八年八月、和泉書院。小著『日本語の助数詞―研究と資料―』（二〇一〇年一月、風間書房）に収める。

○『鷹書の研究　宮内庁書陵部蔵本を中心に』、二〇一六年二月、和泉書院。

○「古代から近世にかけての助数詞の実態」、『日本語学』、二〇一七年五月号、明治書院。

第二部に関わるもの

○口頭発表、「鷹詞の性格について」、第一〇二回・国語語彙史研究会、二〇一二年一二月一日、於関西大学。

○口頭発表、「『万葉集』鷹歌小考」、第一一一回・国語語彙史研究会、二〇一五年一二月五日、於関西大学。

○「『万葉集』大伴家持の鷹歌・鷹言葉―「蒼鷹」について―」、『国語語彙史の研究　三六』、二〇一七年三月、和泉書院。

○「鷹山の言葉（鷹狩言葉）について―宮内庁書陵部所蔵鷹書・鷹詞の研究」、『神女大国文』、第二七号、二〇一六年三月。

○ＮＨＫラジオ第二放送、「私の日本語辞典」シリーズ、「鷹狩り文化から生まれた日本語～鷹詞（たかことば）～」（1）～（4）、聞き手はＮＨＫ日本語センターアナウンサー秋山和平氏、二〇一八年一月六、一三、二〇、

著者略歴

一九四五年　島根県安来市に生れる

一九七五年　広島大学大学院文学研究科博士課程退学

島根大学教授・神戸女子大学教授を経て、

現在　島根大学名誉教授・神戸女子大学名誉教授、博士(文学)

〔主要著書〕

『数え方の日本史』(二〇〇六年、吉川弘文館)

『藤原明衡と雲州往来』(二〇〇六年、笠間書院)

『日本語の助数詞―研究と資料―』(二〇一〇年、風間書房)

『鷹書の研究　宮内庁書陵部蔵本を中心として』(二〇一六年、和泉書院)

鷹狩と王朝文学

二〇一八年(平成三十)三月十日　第一刷発行

著　者　三《み》保《ほ》忠《ただ》夫《お》

発行者　吉川道郎

発行所　株式会社　吉川弘文館

郵便番号一一三―〇〇三三

東京都文京区本郷七丁目二番八号

電話〇三―三八一三―九一五一(代)

振替口座〇〇一〇〇―五―二四四番

http://www.yoshikawa-k.co.jp/

印刷＝藤原印刷株式会社

製本＝誠製本株式会社

装幀＝山崎　登

ISBN978-4-642-08527-4

索　　引

＊本書の本文中に見える事項名・人名を採録した．頻出する古記録・注釈書，人名等は省く．

Ⅰ 事 項 名

（「　」印は書名・作品名などを，［助］は鷹・犬等の助数詞を示す）

あ 行

さ　行

た　行

な 行

は　行

ま 行

や　行

ら　行

わ　行

II 人　　名

あ　行

か　行

さ　行

た　行

な　行

は　行

ま　行

や　行

ら　行

二七日放送。

第三部に関わるもの

○口頭発表、「鷹詞「鳥柴」小考―源氏物語・増鏡―」、第一一三回・国語語彙史研究会、二〇一六年九月二四日、於京都府立大学。

本書執筆に際し、勉学の機会を与えて下さった国語語彙史研究会の山内洋一郎先生・前田富祺先生・乾善彦先生・岡島昭浩先生・佐藤貴裕先生、その他の先生方に御礼申し上げたい。

出版に当たっては、吉川弘文館編集部の方々に懇切なる御配慮、御指導をたまわった。各位の御導きに対し、銘記して感謝申し上げる次第である。

二〇一八年一月

三保忠夫